Das Buch

Anders, hochbegabter Schüler eines Eliteinternats, freut sich auf seinen Traumurlaub: zwei Wochen Mittelmeer auf der Yacht seines Vaters, eines der mächtigsten und reichsten Männer des Landes. Doch das Flugzeug, das ihn und seinen Freund und Bodyguard Jannik in die Ägäis bringen soll, wird überfallen. Die Entführer zwingen den Piloten, Kurs auf ein unbekanntes Gebirge zu nehmen. Dabei gerät die kleine Cessna in ein Unwetter und muss notlanden. Noch ahnt Anders nicht, dass die Ruinenstadt ohne jede Spur von Leben, die auf ihn zustürzt, Teil einer unheimlichen Parallelwelt ist. Statt einer Rettungsmannschaft tauchen Männer in schwarzen Schutzanzügen auf. Ohne Vorwarnung eröffnen sie das Feuer. Auf der Flucht vor ihnen läuft Anders direkt in die Arme der geheimnisvollen Katt. Sie bringt ihn zu den Tiermenschen auf der anderen Seite der Stadt, doch die haben den Menschen den Krieg erklärt.

»Hohlbeins große Stärke sind die Bilder, die er heraufbeschwört.«
Die Welt

Die Autoren

Wolfgang und Heike Hohlbein zählen zu den erfolgreichsten und meistgelesenen Fantasy-Autoren des deutschsprachigen Raums. Sie wurden unter anderem mit dem »Preis der Leseratten« (ZDF) und dem »Phantasie-Preis der Stadt Wetzlar« ausgezeichnet, und ihr gemeinsames Erstlingswerk, der phantastische Roman *Märchenmond,* wurde mit bisher über 700.000 verkauften Exemplaren zum Bestseller. Sie leben mit ihren Kindern in der Nähe von Düsseldorf.

Ein ausführliches Werkverzeichnis der beiden Autoren findet sich am Ende des Buches.

WOLFGANG & HEIKE
HOHLBEIN

anders 1
Die tote Stadt

Roman

WILHELM HEYNE VERLAG
MÜNCHEN

FSC
Mix
Produktgruppe aus vorbildlich bewirtschafteten Wäldern und anderen kontrollierten Herkünften

Zert.-Nr. SGS-COC-1940
www.fsc.org
© 1996 Forest Stewardship Council

Verlagsgruppe Random House FSC-DEU-0100
Das für dieses Buch verwendete FSC-zertifizierte Papier
Holmen Book Cream liefert Holmen Paper, Hallstavik, Schweden.

Vollständige Taschenbuchausgabe 03/2010

Printed in Germany 2010
Umschlaggestaltung: Nele Schütz Design, München
Umschlagillustration: © Peter Gric
Druck und Bindung: GGP Media GmbH, Pößneck
ISBN: 978-3-453-53325-7

www.heyne.de

1

Anders war – abgesehen davon, dass er jeden Scherz, jedes Wortspiel und jeden noch so schlechten Kalauer, den man sich mit seinem Namen erlauben konnte, schon mindestens hundertmal gehört hatte und mittlerweile nichts mehr davon auch nur im Entferntesten komisch fand – tatsächlich schon immer ein wenig *anders* gewesen als die meisten anderen; sowohl was seine Mitschüler anging als auch den ihm bekannten Rest der menschlichen Spezies außerhalb des Internats. Es hatte damit begonnen, dass er bereits im Alter von neun Jahren hierher gekommen war (nahezu zwei Jahre eher als gewöhnlich), und um das Schulsystem vollends zum Zusammenbruch zu bringen, gleich eine Klasse übersprungen hatte. Mithilfe etlicher Privatstunden (und einer großzügigen Spende seines Vaters an das Internat) war ihm das gelungen, und seither war das Internat von Drachenthal nicht nur zu seiner zweiten, sondern eigentlich zu seiner *einzigen* Heimat geworden.

Anders verbrachte praktisch seine gesamte Zeit in dem altehrwürdigen Schloss, hinter dessen bewusst schlicht gehaltener Fassade sich eines der exklusivsten und teuersten Internate des Landes verbarg. Die Schulstunden sowieso – Anders war stolz darauf, in seinem ganzen Leben noch nicht eine einzige Stunde geschwänzt zu haben, was zwar der Wahrheit entsprach, jedoch schon ausreichte, um ihn zu einem Außenseiter unter seinen Mitschülern zu machen –, aber auch den allergrößten Teil seiner Freizeit, was die Wochenenden und sogar die kürzeren Ferien mit einbezog.

Selbstverständlich hatte Anders Freunde unter den anderen Internatszöglingen, allerdings nicht viele, und wenn er ganz ehrlich zu sich selbst war (was nicht besonders oft vorkam), dann musste er zugeben: auch keine besonders guten. Das lag natürlich zum Teil daran, dass Anders der war, der er nun einmal war, nämlich der einzige Sohn von Ottmar Beron, dem Besitzer eines der größten Firmenimperien des Landes, und nebenbei auch noch hochbegabt. Sein IQ schwankte – abhängig von der Methode, mit der man ihn maß – zwischen hundertfünfundvierzig und hundertsechzig. Weder das eine noch das andere war etwas *so* Außergewöhnliches auf Schloss Drachenthal. Das exorbitante Schulgeld, das die Eltern bezahlen mussten, sorgte für eine gewisse natürliche Auslese, und selbst die Eltern, die sich eine so gewaltige Summe leisten konnten, um ihre Kinder zu fördern (oder sie los zu sein, je nachdem), taten das in den seltensten Fällen, wenn ihre Sprösslinge *dumm* waren.

Reich zu sein war auf Drachenthal nichts Besonderes.

Einigermaßen intelligent zu sein auch nicht.

Aber *stinkreich* und *hochbegabt* in einer Person, das hatte Anders rasch herausgefunden, war eine Kombination, die sich sehr schnell zu einem Fluch entwickeln konnte, den man nie wieder loswurde. Statt wirklicher Freunde hatte er hier jede Menge Neider, die nur darauf warteten, dass ihm ein Missgeschick passierte, ihm ein Unglück widerfuhr oder das Schicksal sich irgendeinen anderen üblen Scherz mit ihm erlaubte, was sie dann vollmundig als *höhere Gerechtigkeit* verkaufen konnten. So war es kein Wunder, dass Anders schon früh damit begonnen hatte, sich von den anderen abzusondern und seine Freizeit mehr oder weniger allein zu verbringen, entweder mit seinen Büchern, seiner Musik und seinen DVDs, oder mit langen Spaziergängen in den dichten Wäldern, die Schloss Drachenthal umgaben. Wenn die anderen die freien Nachmittage im gut zwanzig Kilometer entfernten Dorf verbrachten, sah er sich lieber einen Film an oder las ein Buch, und an den Wochenenden unternahm er manchmal stundenlange Wandertouren oder auch schon einmal die eine oder andere (verbotene) Kletterpartie im nahe gelegenen Gebirge.

Es machte Anders nichts aus, alleine zu sein. Früher einmal, vor Jahren, hatte er die anderen mitunter beobachtet und eine Mischung aus Bedauern und Neid empfunden, wenn er sah, wie sie zusammen spielten und lachten – der lebendige Ausdruck ihrer *Freundschaft* –, doch das war lange her. Damals war er ein Kind gewesen. Heute war er noch nicht wirklich erwachsen, aber auch schon lange kein Kind mehr, und warum sollte er sich nach etwas sehnen, das er erstens niemals kennen gelernt hatte und zweitens niemals bekommen würde?

Darüber hinaus stimmte das nicht ganz. Es gab zumindest *einen* Menschen, den er durchaus als so etwas wie einen Freund betrachtete, und das Piepsen seines Handys erinnerte Anders genau in diesem Moment daran, dass dieser Mensch sich nicht nur gerade auf dem Weg hierher befand, sondern manchmal auch ziemlich ungeduldig sein konnte. Rasch grub er das Handy aus seinem Rucksack, warf einen Blick auf das Display und stellte fest, dass es eine SMS von Jannik war, genau wie er erwartet hatte. Und sie war, wie er ebenfalls erwartet hatte, äußerst knapp gehalten und bestand nur aus drei Worten: *Bin gleich da.*

Anders grinste. Das war typisch für Jannik. Auch wenn er es niemals zugegeben hätte, begegnete Jannik jedweder Technik mit einem tief verwurzelten natürlichen Misstrauen und hasste geradezu jedes Gerät, das mehr als einen Knopf hatte und dessen Funktionsweise er nicht wirklich ergründen konnte – was nicht etwa bedeutete, dass er damit nicht umzugehen verstand. Aber Anders hatte fast ein Jahr gebraucht, um Jannik dazu zu bringen, sein Handy nicht nur im absoluten Notfall zu benutzen, und ungefähr ebenso lange, etwas so Simples wie eine SMS abzuschicken.

Ein Grund mehr, ihn nicht warten zu lassen. Wenn Jannik eine Nachricht, wie *Bin gleich da,* abschickte, bedeutete das mit einiger Wahrscheinlichkeit, dass er den Wagen bereits die gewundene Zufahrt zum Tor heraufsteuerte. Und zumindest heute war Anders genauso begierig darauf, das Schloss zu verlassen, wie es die Mehrzahl seiner Mitschüler das ganze Jahr über war. In drei Tagen begannen die Sommerferien, und das bedeutete für Anders, dass sie *heute* begannen. Manchmal, dachte er nicht ohne eine gewisse hämische Schadenfreude, hatte es eben doch gewisse Vorteile, stinkreich und hochbegabt auf einmal zu sein. Die Internatsleitung würde es niemals wagen, seinem Vater einen Wunsch abzuschlagen, und seinen Notendurchschnitt konnten drei Fehltage nicht wirklich beeinträchtigen. Mehr als eine Eins in allen Fächern konnte er schließlich nicht bekommen.

Fast wahllos stopfte er noch ein paar Sachen in seinen Rucksack – alles, was er brauchte, würde er ohnehin auf der Yacht seines Vaters vorfinden, sodass die einzig wirklich wichtigen Dinge sein MP3-Player voll Musik und das Buch waren, in dem er gerade las und auf dessen Ende er nicht zwei Wochen warten wollte –, warf ihn sich über die Schulter und lief mit raschen Schritten aus dem Zimmer. Er machte sich nicht die Mühe, abzuschließen. Es war später Nachmittag und draußen herrschte schon seit Wochen ein wahres Bilderbuchwetter, was bedeutete, dass das Schloss so gut wie ausgestorben war. Und bevor die anderen zurückkamen, würde der Hausmeister seine Runde machen, hier ein wenig aufräumen und hinter sich sorgfältig abschließen. Wie gesagt: Manchmal hatte es gewisse Vorteile …

So schnell, wie er gerade noch konnte, ohne wirklich zu rennen, stürmte er den langen, mit dunklem Holz vertäfelten Flur entlang und lief die Treppe hinunter. Auch die gewaltige Eingangshalle war leer. Vor Jahren, als er das erste Mal hierher gekommen war, hatte ihn der riesige Saal mit dem in strengem Schachbrettmuster gefliesten Boden, den holzvertäfelten Wänden und der von mannsdicken Pfeilern getragenen und ebenfalls mit fast schwarzem Holz verkleideten Decke so beeindruckt, dass das Wort *eingeschüchtert* schon eher gepasst hätte; und zweifellos war dieser Effekt auch ganz genau der Grund, aus dem man sie so und nicht anders gebaut hatte. Heute verfehlte die Halle diese Wirkung total. Ganz im Gegenteil stieg

Anders' Laune mit jedem einzelnen federnden Schritt, den er sich der Tür näherte. Vor ihm lagen zwei Wochen Mittelmeer und eine Dreißig-Meter-Yacht. Adieu, Penne, willkommen, Abenteuer!

Anders war so in seine Vorfreude vertieft, dass er um ein Haar mit einem Mann zusammengestoßen wäre, der gerade einen Arm voll Pakete aus einem Lieferwagen hob, der unmittelbar vor der offen stehenden Tür abgestellt war. Allerdings war der andere auch nicht ganz unschuldig an dem Beinahezusammenstoß: Er drehte sich just in dem Moment um, in dem Anders mit schwungvollen Schritten aus der Tür trat; er musste entweder vollkommen in Gedanken versunken sein oder er hatte jemand komplett anderen erwartet. Als er Anders sah, fuhr er so heftig zusammen, dass er die Hälfte seiner Pakete fallen ließ, und auf seinem Gesicht erschien ein Ausdruck, den Anders mit *blankem Entsetzen* beschrieben hätte, wäre ihm auch nur der geringste Grund dafür eingefallen. Auch die restlichen drei Pakete entglitten seinen Händen und polterten zu Boden (so leicht, wie sie davonrollten, schienen sie kaum etwas zu wiegen), und Anders konnte gerade noch einen ebenso hastigen wie ungeschickten Schritt machen, um nicht darüber zu stolpern und womöglich der Länge nach hinzuschlagen.

»Entschuldigung«, murmelte er. Mit einem zweiten, noch ungeschickteren Schritt und mehr Glück als Können fand er seine Balance wieder und drehte sich zu dem Mann im blauen Overall um. Der Dunkelhaarige hatte sich mittlerweile nach seinen Paketen gebückt und sammelte sie in aller Hast zusammen. Anders fiel auf, dass seine linke Hand schrecklich vernarbt war und er anscheinend Mühe hatte, die Finger richtig zu benutzen.

»Das tut mir wirklich Leid«, sagte er. »Kann ich Ihnen helfen?«

Der Dunkelhaarige sah hoch und durchbohrte ihn mit einem Blick, als hätte er ihn auf frischer Tat bei einem furchtbaren Verbrechen ertappt. Er schien etwas sagen zu wollen, aber dann verlagerte sich sein Blick auf einen Punkt irgendwo hinter Anders. Für eine Sekunde wurde er noch wütender, doch dann drehte er mit einem Ruck den Kopf und fuhr fort seine Pakete zusammenzuraffen. Als sich Anders trotzdem nach einem Päckchen bücken wollte, scheuchte ihn der Mann mit der Narbenhand mit einer wütenden Bewegung davon. »Lass das«, knurrte er. »Ich komme schon klar.«

Um ein Haar hätte Anders ihm die Antwort gegeben, die ihm seiner Meinung nach zustand – schließlich hatte er das kleine Missgeschick mindestens im gleichen Maße verschuldet wie er selbst! –, beließ es dann aber bei einem wortlosen Schulterzucken und wandte sich wieder um. Dabei fiel sein Blick auf den Lieferwagen, der mit weit offen stehenden Hecktüren vor der Treppe stand. Abgesehen von den Paketen, die der Dunkelhaarige gerade fluchend zusammenlas, war er fast vollkommen leer. In dem überraschend großen Laderaum befanden sich nur noch ein paar zerknüllte Decken und eine Rolle Klebeband. Hinter dem schmalen Fenster zur Fahrerkabine konnte Anders die Umrisse eines zweiten Mannes erkennen. Der Fahrer war nicht allein gekommen.

»Na, heute schon irgendwelche Gespenster gesehen?«

Anders schloss für eine Sekunde die Augen, zählte in Gedanken bis drei und drehte sich dann langsam um, als er die Stimme hinter sich hörte. Direkt vor ihm stand ein breitschultriger Hüne mit Lederjacke, streichholzkurz geschnittenem, blond gefärbtem Haar und einem Schweinegesicht, der ihn aus hämisch funkelnden Augen musterte. Nur einen Schritt daneben stand eine zweite Gestalt, die sich alle Mühe gegeben zu haben schien, zu einer Kopie von Schweinegesicht zu werden; allerdings einer billigen. Nick, der Stolz des Internats, und einer der beiden Hirnamputierten, die ihn auf Schritt und Tritt begleiteten.

»Nö«, antwortete Anders mit einiger Verspätung. »Nur zwei Arschlöcher.« Er registrierte eine Bewegung aus den Augenwinkeln, wandte kurz den Kopf und verbesserte sich: »Drei.«

Nick wurde kreidebleich, und aus dem höhnischen Glitzern in seinen Augen wurde etwas, das aus Anders' Verdacht, dass diese Worte vielleicht nicht besonders klug gewählt gewesen waren, fast so etwas wie Überzeugung machte. Aber schließlich hatte man ihm ja immer wieder beigebracht nicht zu lügen, oder?

»Hast wohl heute deinen witzigen Tag, wie?«, fragte Nick. Er kam mit wiegenden Schritten näher und das tückische Funkeln in seinen Augen verstärkte sich noch. Anders blieb seelenruhig stehen und es gelang ihm sogar, Nicks Blick irgendwie standzuhalten, aber in seinem Inneren sah es anders aus. Die drei Stooges waren die berüchtigtsten Rüpel des Internats und selbstredend hatten sie es auf ihn ganz besonders abgesehen. Meistens gelang es ihm, ihnen irgendwie aus dem Weg zu gehen, und solange sie einzeln auftauchten, musste Anders sie auch nicht fürchten. Unglücklicherweise waren sie jedoch nicht einzeln gekommen, und das immer bedrohlicher werdende Funkeln in Nicks Augen machte Anders klar, dass er es nicht bei ein paar Beleidigungen und Drohgebärden zu belassen gedachte.

»Hat's dir auch noch die Sprache verschlagen?«, fragte Nick, als Anders auf die einzige Art antwortete, die nicht vollkommen selbstmörderisch war: gar nicht.

Anders schwieg noch immer. Seine Gedanken überschlugen sich. Nick stand jetzt nur anderthalb Schritte vor ihm, und die beiden anderen hatten sich so aufgestellt, dass sie zusammen mit Schweinegesicht Nick ein Dreieck bildeten, in dessen genauem Zentrum er sich befand. Oder anders ausgedrückt: Sie hatten ihn eingekreist. Keine Chance, zu entkommen.

»Anscheinend.« Nick beantwortete seine eigene Frage mit einem Nicken und einem breiten, aber nicht besonders humorvoll wirkenden Grinsen. »Na ja, ich an deiner Stelle hätte auch die Hosen voll.« Er machte eine Kopfbewegung auf den Rucksack, den Anders mit nur einem Riemen locker über die Schulter geworfen hatte. »Wo soll's denn hingehen, Spinner?«

»Das ist eigentlich egal«, antwortete Anders. »Nur möglichst weit weg von dir.« Zugleich fragte er sich selbst hysterisch, ob er eigentlich noch ganz normal sei. Vielleicht bestand ja tatsächlich eine astronomisch geringe Chance, dass er ohne Knochenbrüche und allzu schwere innere Verletzungen aus dieser Geschichte herauskam – aber nur, wenn er auf der Stelle die Klappe hielt.

Auch noch die allerletzte Spur von Nicks Lächeln erlosch und in seinen Augen funkelte nun die pure Mordlust. »Du *hast* deinen witzigen Tag«, stellte er grimmig fest. Gleichzeitig ballte er die rechte Hand genüsslich zur Faust. Anders konnte seine Knöchel knacken hören. Seltsamerweise fixierte er dabei nicht direkt Anders. Sein Blick wanderte immer wieder zu einem Punkt hinter ihm. Dann begriff Anders. Er sah weder ihn noch seine beiden Kumpane an, sondern den Fahrer des Lieferwagens. Möglicherweise versuchte er abzuschätzen, ob sich der Mann einmischen würde, wenn er und seine Kumpane sich auf ihn stürzten.

Anders' Gedanken überschlugen sich mittlerweile geradezu. Ein nicht kleiner Teil von ihm schien sich gerade auf einem Selbstvernichtungstrip zu befinden, und dieser Versuch könnte durchaus von Erfolg gekrönt sein.

»Also gut, du hast Recht«, sagte er, wobei er sich alle Mühe gab, den Zerknirschten zu spielen; und auch ein genau bemessenes Maß an Angst durchschimmern zu lassen. »Es tut mir Leid. Du könntest ja großzügig sein und ausnahmsweise einmal ein Auge zudrücken.«

Nick wirkte vollkommen verblüfft. *Diese* Reaktion war anscheinend so ziemlich das Allerletzte, womit er gerechnet hatte. Danach breitete sich ein hässliches Grinsen auf seinem Gesicht aus.

»Tja, warum eigentlich nicht?«, fragte er. Dann hob er die Hand, reckte den Daumen nach oben und betrachtete ihn nachdenklich. »Und welches soll es sein?«

Und tatsächlich versuchte er, Anders den Daumen ins rechte Auge zu drücken.

Die Attacke war so absurd und kam so plötzlich, dass es

ihm um ein Haar sogar gelungen wäre. Erst im buchstäblich allerletzten Moment duckte sich Anders zur Seite weg, packte gleichzeitig Nicks Handgelenk und riss mit aller Kraft daran, und ebenso gleichzeitig drehte er sich noch weiter, sodass Nick regelrecht über seine plötzlich abgeknickte Hüfte flog und den Boden unter den Füßen verlor.

Noch während Nick einen wenig anmutigen, aber rasanten Salto in der Luft schlug und dann mit einem Geräusch auf den Boden prallte, als hätte ein Zementlaster seine Ladung verloren, begriff Anders, dass er gerade seinen dritten und verhängnisvollsten Fehler gemacht hatte. Aus einem reinen Reflex heraus sprang er zurück, duckte sich und streckte zugleich das rechte Bein aus, sodass nicht nur einer von Nicks Deppen darüber fiel, sondern seinen Kameraden freundlicherweise gleich mit sich von den Füßen riss. Aber Anders machte sich nichts vor. Jannik hatte ihm den einen oder anderen Trick gezeigt, und er hatte auch zwei Jahre lang Judo trainiert, bevor es angefangen hatte, ihn zu langweilen, sodass er ganz gut in der Lage war, sich seiner Haut zu wehren. Aber die Burschen waren zu dritt und jeder allein war stärker als er. Alles Kampfsporttraining der Welt konnte dieses Ungleichgewicht nicht ausgleichen. Drei brutale Schläger gegen einen Judoka, das funktionierte vielleicht im Kino, aber niemals in der Wirklichkeit.

Rasch wich er noch zwei weitere Schritte zurück, suchte mit leicht gespreizten Beinen nach festem Stand und hob die Fäuste, während sich die drei mehr verblüfft als wirklich beeindruckt wieder aufrichteten. Hinter ihm fiel eine Wagentür ins Schloss, und Anders hörte, wie der Motor gestartet wurde. Der Lieferwagenfahrer und sein Begleiter hatten sich offensichtlich entschlossen, nicht in den ungleichen Kampf einzugreifen. Er war erledigt. Schweinchen Dick und seine Freunde würden ihn ungespitzt in den Boden rammen und dann so lange auf ihm herumtrampeln, bis sie Wadenkrämpfe bekamen. Aber Anders war zumindest entschlossen, sich so teuer wie möglich zu verkaufen.

Das Schicksal hatte ein Einsehen mit ihm. Gerade als sich Nick ganz hochgestemmt hatte und seine gut achtzig Kilo schnaufend in seine Richtung in Bewegung setzte, erklang ein lautstarkes Hupen, und ein sandfarben lackierter, riesiger Hummer-Jeep schoss mit röhrendem Motor durch das Burgtor. Die grobstolligen Reifen quietschten hörbar auf dem uralten Kopfsteinpflaster, als der wuchtige Wagen in einer engen Kurve herumschlitterte und dann – ganz bestimmt nicht durch Zufall – genau zwischen Nick und Anders zum Stehen kam. Die nur halbhohe Tür flog auf und Jannik stieg aus, wie immer mit legeren Jeans und schwarzem Rollkragenpullover bekleidet und wie fast immer mit Sonnenbrille. Heute war sie der Witterung sogar angemessen, aber er trug das Ding auch bei strömendem Regen und manchmal sogar nachts.

Jannik machte sich nicht die Mühe, den Schlüssel abzuziehen oder auch nur den Motor auszuschalten – von Dingen wie Umweltschutz oder Energieeinsparung hatte er noch nie etwas gehalten –, sondern wandte sich mit einem knappen Nicken an Anders und drehte sich dann gelassen zu Nick herum.

Der stiernackige Junge zögerte, und Anders konnte regelrecht sehen, wie es hinter seiner Stirn zu arbeiten begann. Nick war genauso groß wie Jannik, beinahe ebenso schwer und bestand fast nur aus Muskeln; und im Moment aus nichts anderem als schierer Wut. Und auch seine beiden Kumpel waren alles andere als Schwächlinge. Dennoch atmete Anders innerlich auf, denn er wusste genau, was geschehen würde, noch bevor die Wut aus Nick entwich wie die Luft aus einem angestochenen Luftballon.

Es war nicht das erste Mal, dass er so etwas erlebte. Jannik sah auch nicht ganz harmlos aus – ein kräftig gebauter Mann mit Drei-Tage-Bart und kurz geschnittenem schwarzem Haar, der im Grunde nichts Spektakuläres oder gar Bedrohliches an sich hatte. Und doch hatte Anders schon erlebt, wie viel stärkere Männer als Nick zuerst bleich geworden und dann zitternd davongeschlichen waren, wenn Jannik sie einfach nur *ansah*.

Es funktionierte auch diesmal. Nick starrte ihn noch eine Sekunde lang trotzig an, dann drehte er sich um und schlich wie ein geprügelter Hund davon, und Anders musste sich nicht umsehen um zu wissen, dass sich auch seine beiden Kumpane trollten.

Jannik wandte sich lächelnd wieder Anders zu. »Freunde von dir?«

»Die besten«, antwortete Anders. »Du bist zu früh gekommen. Wir wollten uns gerade in aller Form verabschieden.«

»Ich kann noch einmal gehen und irgendwo einen Kaffee trinken«, schlug Jannik vor.

Anders tat so, als würde er eine Sekunde darüber nachdenken, aber schließlich zuckte er nur mit den Schultern. »Ach lass mal. So wichtig war es nun auch wieder nicht.«

Jannik lachte und wurde dann für eine Sekunde sehr ernst. »Soll ich mich einmal mit den drei Blödmännern unterhalten?«

Diesmal dachte Anders tatsächlich eine Sekunde lang über diesen Vorschlag nach. Es war verlockend. Er konnte sich lebhaft vorstellen, wie diese *Unterhaltung* aussehen würde, und er gönnte den drei Hirnis einen kleinen Schrecken, aber natürlich schüttelte er schließlich doch den Kopf.

»Lieber nicht«, sagte er. »Ich muss noch eine Weile mit ihnen verbringen, weißt du?« Er lachte. »Aber nicht die nächsten zwei Wochen. Also fahren Sie bitte den Wagen vor, Gustav. Mein Flugzeug wartet.«

»Ganz wie Sie befehlen, Euer Merkwürden«, grinste Jannik. Anders ließ den Rucksack von der Schulter gleiten und hielt ihn ihm hin, aber Jannik ignorierte die Geste und stieg wieder in den Hummer.

Anders setzte eine übertrieben drohende Grimasse auf, ging um den Wagen herum und kletterte auf den unbequemen Beifahrersitz, ohne die Tür geöffnet zu haben.

»Das gibt einen Eintrag in deine Personalakte, das ist dir doch klar?«

»Vollkommen«, sagte Jannik. »Aber auf einen mehr kommt es jetzt auch nicht mehr an. Schnall dich an.«

Anders gehorchte, und Jannik legte den Gang ein und fuhr los, ohne sich seinerseits angeschnallt zu haben. Er fuhr auch nur ein paar Meter, dann trat er wieder auf die Bremse und sah plötzlich sehr konzentriert in den Spiegel.

»Was?«, fragte Anders.

»Dieser Lieferwagen«, begann Jannik mit einer entsprechenden Kopfbewegung in den Spiegel. »Weißt du, wer das ist? Ich meine, kennst du die Männer und weißt du, was sie anliefern?«

»Auf welche Frage soll ich zuerst antworten?«, meinte Anders. Jannik sah ihn kurz, aber so scharf an, dass Anders sich beeilte hinzuzufügen: »Nein. Keine Ahnung, wer das ist oder was sie bringen. Was soll es schon sein? Irgendwelches Material für die Schule.«

»Der Schulbetrieb ist in drei Tagen vorbei«, gab Jannik zu bedenken.

»Vielleicht brauchen sie bis dahin aber trotzdem noch Klopapier oder Servietten oder Bleistifte«, sagte Anders spöttisch.

Jannik blieb ernst. Er starrte den Wagen noch einen Atemzug lang weiter im Rückspiegel an, dann zog er einen Filzstift aus der Tasche und notierte sich das Nummernschild; in Ermangelung von Papier kurzerhand auf dem Handrücken.

»Was soll das?«, fragte Anders.

Jannik legte den Gang ein und fuhr los. »Ich überprüfe das Nummernschild später«, sagte er. »Man kann nie wissen.«

Fast gegen seinen Willen sah auch Anders noch einmal in den Rückspiegel und unterzog den Lieferwagen einer zweiten, etwas kritischeren Musterung, die allerdings ebenso ergebnislos verlief wie die erste. Ein älterer, schon etwas schäbig gewordener Lieferwagen ohne Aufschrift, das war alles.

»Hat dir schon jemand gesagt, dass du unter fortgeschrittener Paranoia leidest, Jannik?«, fragte er.

»Dein Vater zum Beispiel.« Jannik nickte. »Das war die Bedingung, unter der er mich eingestellt hat«, behauptete er.

Anders seufzte. Sie hatten das mit einem nur halb hochgezogenen Fallgatter gesicherte Burgtor erreicht, und Anders zog instinktiv den Kopf ein, als sie mit halsbrecherischem Tempo hindurchrasten. Unter den beiden Reifen des Jeeps spritzten Erdbrocken und Kies hoch, als sie die steile Auffahrt hinunterrasten, wobei sich meistens nur zwei Räder auf der Straße und die beiden anderen auf dem Randstreifen befanden. Obwohl er angeschnallt war, klammerte sich Anders mit beiden Händen am Sitz fest und ließ erst los, als sie auf die Straße hinausgeschlittert waren. Jeder andere Wagen außer dem Hummer hätte sich auf den letzten hundert Metern mindestens dreimal überschlagen, da war er sicher.

Jannik, dem seine plötzliche Nervosität natürlich nicht entgangen war, grinste breit. »Du hast doch nicht etwa Angst?«

»Wovor denn?«, gab Anders zurück. »Aber eine Frage habe ich: Du bist sicher, dass mein Vater dich dafür bezahlt, auf mich aufzupassen? Nicht, mich umzubringen?«

Jannik lachte. Er sagte nichts, doch er blickte noch einmal in den Rückspiegel und er fuhr noch immer viel zu schnell. Auch Anders drehte sich kurz im Sitz um und sah nach hinten. Das Schloss war schon fast außer Sicht gekommen. Er konnte gerade noch erkennen, wie der weiße Lieferwagen unter dem Tor auftauchte und den schmalen Serpentinenweg nach unten in Angriff nahm, aber natürlich sehr viel langsamer, als Jannik es getan hatte. Seufzend drehte er sich wieder nach vorne. »Du bist verrückt.«

»Nur vorsichtig«, verbesserte ihn Jannik.

»Du glaubst doch nicht wirklich, dass das mehr waren als harmlose Lieferanten!«

»Ich *glaube* gar nichts«, antwortete Jannik ernst. »Ich versuche zu *wissen.*«

»Aus welchem Esoterikbuch stammt denn das jetzt wieder?«, fragte Anders grinsend, aber Jannik blieb ernst.

»Du bist nicht irgendwer, Anders«, sagte er. »Dein Vater bezahlt mich dafür, dass ich auf dich Acht gebe.«

»Das bedeutet doch nicht, dass du hinter jedem Busch einen gedungenen Killer oder einen Möchtegern-Entführer sehen musst«, sagte Anders.

»Du weißt anscheinend immer noch nicht genau, wer dein Vater ist«, erwiderte Jannik. Anders wollte antworten, aber Jannik fuhr – nach einem weiteren raschen Blick in den Spiegel und mit leicht erhobener Stimme – fort: »Und damit auch du. Dein Vater ist ein sehr vermögender Mann.«

»Ach?«, meinte Anders spöttisch.

»Es geht nicht nur um Geld«, beharrte Jannik. »Mächtige Männer haben manchmal auch mächtige Feinde. Es ist einfach besser, wenn man vorsichtig ist.« Er lächelte. »Aber in diesem speziellen Fall hast du wahrscheinlich sogar Recht. Wahrscheinlich waren es wirklich nur harmlose Lieferanten.«

Anders deutete auf das Kennzeichen, das Jannik sich auf dem Handrücken notiert hatte. »Dann kannst du das ja auch wegwischen.«

»Nö«, antwortete Jannik grinsend. Er sah wieder in den Rückspiegel und er fuhr immer noch viel zu schnell. Erst als sie gute fünf oder sechs Kilometer vom Schloss entfernt waren, nahm er den Fuß ein wenig vom Gas. Aber wirklich nur ein wenig.

»Bist du schon aufgeregt?«, fragte er.

»Weil du am Steuer sitzt?«, fragte Anders zurück. »Sicher.«

»Immerhin sitzt du in einer Stunde im Flugzeug, und ein paar Stunden später geht es ab in Richtung Ägäis. Ich an deiner Stelle wäre aufgeregt.« Er hob die Schultern. »Außerdem siehst du deinen Vater wieder. Er freut sich jedenfalls schon sehr darauf, die nächsten Wochen mit dir zu verbringen.«

»Hat er denn so viel Zeit?«, fragte Anders. Die Worte taten ihm schon Leid, bevor er sie überhaupt ganz ausgesprochen hatte. Sie klangen viel bitterer, als sie gemeint gewesen waren. Jedenfalls redete er sich das ein.

»Eigentlich nicht«, antwortete Jannik achselzuckend. »Aber er nimmt sie sich eben für dich.« Er sah Anders rasch aus den

Augenwinkeln an und vermutlich glaubte er sogar, dass dieser es nicht bemerkte. »Er freut sich wirklich darauf.«

»Ja, ich mich auch«, antwortete Anders, und auch das war ehrlich gemeint. Seltsam war nur, dass sogar ihm selbst der bittere Unterton in seiner Stimme auffiel. »Ich würde mich vielleicht noch mehr freuen, wenn es nicht nur zwei Wochen im Jahr wären.«

Jannik seufzte. »Ich dachte immer, es gefällt dir im Internat.«

»Das tut es auch«, antwortete Anders fast hastig. Er hätte sich selbst ohrfeigen können. Warum hatte er damit überhaupt angefangen?

»Ich bin oft mit deinem Vater zusammen«, meinte Jannik. »Eigentlich immer, wenn ich nicht bei dir bin. Ich sage das jetzt nicht, um deinen Vater in Schutz zu nehmen, aber glaub mir, du wärst nicht glücklicher, wenn du bei ihm leben würdest. Die Wochen, die ihr jetzt zusammen verbringt, sind seine gesamte Freizeit. Er ist sehr viel unterwegs und es vergeht kaum ein Tag, an dem er nicht erst nach Mitternacht nach Hause kommt.«

»Um noch ein paar Millionen zu verdienen?«, fragte Anders.

»Unsinn!«, widersprach Jannik mit einer Heftigkeit, die ihn selbst zu überraschen schien. Nach einer spürbaren Pause und in deutlich beherrschterem Ton fuhr er fort: »Es geht wirklich nicht um Geld. Dein Vater nimmt seine Arbeit sehr ernst. Sie ist wichtig, glaub mir. Und er hat eine Menge Verantwortung.«

»Wieso?«

»Zum Beispiel für die vielen Menschen, die für ihn arbeiten. Und auch noch für sehr viele andere.« Wieder zögerte er einen Moment und er wechselte abermals die Tonart, bevor er weitersprach. »Ist es wegen der drei Typen von gerade?«

Es dauerte einen Moment, bis Anders überhaupt verstand, wovon er sprach, aber dann schüttelte er überzeugt den Kopf. »Schweinchen Dick und seine Freunde? Nein.«

»Schweinchen Dick?« Jannik lachte.

»Eigentlich heißt er Nick, aber Schweinchen Dick passt irgendwie besser, finde ich.« Anders schüttelte abermals den Kopf. »Es hat nichts mit ihnen zu tun. Die drei sind der Schrecken der ganzen Schule. Sie legen sich mit jedem an. Bis die Ferien vorbei sind, haben sie die Sache längst vergessen. So weit reicht ihr Gedächtnis nicht. Ich verstehe bloß nicht, wieso sie nicht schon längst von der Schule geflogen sind.«

»Vielleicht weil ihre Eltern glauben, dass sie doch noch einmal die Kurve kriegen«, antwortete Jannik. »Und der eine oder andere Lehrer möglicherweise auch.«

»Die und die Kurve kriegen?« Anders ächzte.

»Gib ihnen eine Chance«, sagte Jannik gutmütig. »Sie sind jung. Für manche gehört es zum Erwachsenwerden, eine Weile über die Stränge zu schlagen.«

»Damit willst du mir durch die Blume mitteilen, dass ich noch nicht erwachsen bin«, vermutete Anders.

»Nein, bist du nicht«, antwortete Jannik ernst. »Und du solltest froh darüber sein.« Er tippte vorsichtig auf die Bremse, betätigte den Blinker und bog dann mit kreischenden Reifen von der Hauptstraße ab. Anders klammerte sich instinktiv wieder an seinem Sitz fest, obwohl Jannik nicht mehr halb so halsbrecherisch fuhr wie vorhin. Er hätte vielleicht sogar geantwortet, aber da der Wagen kaum gefedert war, wurde er so heftig hin und her geworfen, dass er gar nichts sagen konnte ohne Gefahr zu laufen, sich selbst die Zunge abzubeißen. Doch irgendwie war er zugleich auch fast froh über den miserablen Zustand der Straße. Es war ein guter Anlass, das Thema zu beenden, das ihm zunehmend unangenehmer geworden war.

Für gute fünf Minuten blieb die Straße so schlecht, dann wurde sie besser, aber Anders' Erleichterung währte nicht lange. Jannik fuhr nur noch ein paar hundert Meter weit, dann bog er plötzlich in einen schmalen Waldweg ein, der nach wenigen Schritten vor einer massiven Metallschranke endete. Jannik stieg aus, zog einen Schlüsselbund aus der Tasche und öffnete das schwere Vorhängeschloss, mit dem die Barriere gesichert war. Noch immer ohne ein Wort der Erklärung stieg er wieder ein, fuhr fünf Meter weit und wiederholte die Prozedur dann in umgekehrter Reihenfolge.

»Aha«, sagte Anders, als sie weiterfuhren.

»Wir sind spät dran«, erklärte Jannik unaufgefordert. »Wenn wir durch den Wald fahren, sparen wir gute fünf Kilometer.«

»O ja, und es geht auch so schnell«, sagte Anders spöttisch. »Und ganz zufällig hält die Schranke jeden Verfolger auf. Sogar einen weißen Lieferwagen.«

»Unsinn«, widersprach Jannik. »Diese Strecke hier ist viel schöner. Ich dachte, du liebst die Natur.«

Anders resignierte. Wenn Jannik nicht über etwas reden wollte, dann tat er es nicht, basta. Aber dass er ihm etwas verschwieg, war klar. Vielleicht würde er ja später mit ihm reden, wenn sie sicher im Flugzeug saßen und auf dem Weg nach Genua waren.

Dennoch war ein spürbarer Missklang zwischen ihnen entstanden. Gute zehn Minuten lang fuhren sie in unbehaglichem Schweigen dahin. Der Wagen sprang wie ein bockendes Wildpferd aus Metall durch jedes einzelne Schlagloch, nach denen Jannik regelrecht zu suchen schien, und ein paarmal wurde der Weg so schmal, dass Anders nicht mehr sicher war, ob sie es überhaupt schaffen würden. Dann aber rumpelten sie über eine Kuppe, und der Wald wurde nicht nur lichter, sondern der Weg auch viel breiter. Nach guten hundert Metern war die Straße sogar geteert.

»Das Schlimmste ist überstanden«, sagte Jannik. »Von hier ab bleibt die Straße so gut.«

»Dann können wir ja auch die Plätze tauschen«, schlug Anders vor.

Jannik sah ihn – scheinbar – verständnislos an, aber darauf fiel Anders nicht herein. »Komm schon. Es ist schließlich nicht das erste Mal, dass du mich fahren lässt. Du weißt, ich kann es.«

Selbstverständlich wusste Jannik das. Schließlich hatte er es ihm selbst beigebracht. Trotzdem schüttelte er nach kurzem Überlegen den Kopf. »Das war etwas anderes«, behauptete er. »Auf einer abgesperrten Straße.«

»Ach, und was ist das hier?«, fragte Anders. »Gib deinem Herzen einen Stoß. Nimm es als vorgezogenes Geburtstagsgeschenk.«

»Du hast in vier Monaten Geburtstag«, erinnerte Jannik.

»Deshalb sage ich ja auch vorgezogen«, beharrte Anders.

»Das kann ich nicht machen«, sagte Jannik. »Dein Vater bringt mich um, wenn er erfährt, dass ich dich ans Steuer gelassen habe.«

»Das erzähle ich ihm sowieso«, erwiderte Anders. »Es sei denn, du lässt mich fahren. Nur hier im Wald, wo es niemand sieht.«

»Das ist Erpressung!«, beschwerte sich Jannik.

»Stimmt«, sagte Anders. »Aber ich bekomme mildernde Umstände. Erstens lässt du mir keine Wahl und zweitens bin ich ein verwöhnter, reicher Bengel, der es gewohnt ist, alles zu bekommen, was er will.«

Jannik hatte sichtlich Mühe, weiter ernst zu bleiben, aber er spielte perfekt noch ein paar Sekunden lang den Beleidigten, ehe er schließlich mit grimmigem Gesichtsausdruck anhielt und ausstieg.

Während er mit raschen Schritten um den Wagen herumging, rutschte Anders auf den Fahrersitz und legte die Hände auf das riesige Steuer. Natürlich wusste Jannik, dass sein kleiner Erpressungsversuch nicht ernst gemeint gewesen war. Aber solche Spielchen gehörten einfach dazu. Jannik wäre wahrscheinlich enttäuscht gewesen, hätte Anders ihn einfach nur *gebeten* ihn ans Steuer zu lassen.

Er wartete, bis Jannik auf der anderen Seite eingestiegen war und sich angeschnallt hatte, griff nach seinem eigenen Sicherheitsgurt, ließ den Verschluss einrasten und trat dann vorsichtig die Kupplung durch. Das Getriebe knirschte hörbar, als er den Gang einlegte, und Jannik verzog das Gesicht, als hätte er Zahnschmerzen.

»Sei bitte vorsichtig«, sagte er. »Dieser Wagen ist ziemlich teuer.«

»Ich habe das Fahren darauf gelernt«, erinnerte Anders.

»Hast du nicht«, behauptete Jannik. »Ich habe jedes Mal heimlich einen neuen gekauft, nachdem du damit gefahren warst.«

Anders zog eine Grimasse, enthielt sich aber vorsichtshalber jeden Kommentars. Tatsächlich hatte er den Hummer in den Graben gefahren, als Jannik ihn das allererste Mal ans Steuer gelassen hatte, und dabei einen ziemlichen Schaden verursacht. Jannik hatte die Schuld damals auf sich genommen, und soweit Anders wusste, hatte sein Vater niemals die Wahrheit erfahren. Trotzdem war es besser, wenn das nicht zu einer schlechten Angewohnheit wurde. Anders' Vater war schließlich nicht dumm. Falls Jannik jedes Mal ausgerechnet dann einen Unfall baute, wenn er mit ihm zusammen war, würde er früher oder später eins und eins zusammenzählen und zu einem Ergebnis kommen, das Jannik eine Menge Ärger einbringen konnte.

Anders vertrieb die unerfreulichen Gedanken und konzentrierte sich lieber darauf, den Wagen allmählich zu beschleunigen und dabei nach Möglichkeit auf der Straße zu bleiben. Es war ein halbes Jahr her, seit Jannik ihn das letzte Mal ans Steuer gelassen hatte, und der Hummer war alles andere als ein gutmütiges Fahrzeug. Außerdem waren sie bisher tatsächlich nur auf abgesperrten und gut ausgebauten Straßen gefahren, nicht auf einem holperigen, abschüssigen Waldweg, der noch dazu in zahllosen Serpentinen abwärts führte. Es dauerte eine Zeit, bis er ein Gefühl für das Steuer und vor allem die komplizierte Schaltung des Allradantriebes bekam – aber als er es einmal hatte, fuhr er so sicher, dass Jannik ihn verblüfft ansah und Anders seine Gedanken regelrecht auf seiner Stirn ablesen konnte.

»Du bist ganz sicher, dass es außer mir niemanden gibt, der dich ab und zu fahren lässt?«, fragte er.

»Bestimmt nicht«, sagte Anders. Das war die Wahrheit. Anders war beinahe selbst ein wenig erstaunt, wie leicht es ihm fiel, den Wagen zu fahren. Aber er hatte schon immer eine schnelle Auffassungsgabe gehabt und ein natürliches Verständnis für alles, was mit Technik zusammenhing, das fast so groß war wie Janniks Abneigung gegen dieselbe.

Aber auch darüber konnte er später noch nachdenken. Im Augenblick konzentrierte er sich lieber darauf, die Fahrt zu genießen; und das tat er auch in vollen Zügen. Bald hatte er den Wagen so gut in der Gewalt, dass Jannik ihn ein paarmal auffordern musste, es nicht zu übertreiben und langsamer zu fahren.

Viel zu schnell war es vorbei. Nach weiteren zwei oder drei Kilometern wurde der Weg wieder schmaler, und schließlich tauchte eine zweite gleichartige Schranke vor ihnen auf, wie die, die Jannik geöffnet hatte, damit sie in den Waldweg einbiegen konnten.

Während Jannik ausstieg um die Schranke zu öffnen, rutschte Anders wieder auf den Beifahrersitz hinüber. Er war enttäuscht, dass es vorbei war, aber zugleich auch von einem Hochgefühl beseelt, das er schon lange nicht mehr in dieser Intensität verspürt hatte.

»Das war wirklich nicht schlecht«, lobte Jannik, als sie weiterfuhren. Anders registrierte beiläufig, dass er sich diesmal die Mühe ersparte, die Schranke hinter ihnen wieder abzuschließen. »Wenn du erst einmal alt genug bist um den Führerschein zu machen, wird dein Vater eine Menge Geld für Fahrstunden sparen.«

»Ihm wird ein Stein vom Herzen fallen«, bestätigte Anders. »Danke.«

»Nichts zu danken«, antwortete Jannik mit gespieltem Zorn. »Schließlich hast du mich aufs Übelste erpresst.« Er wurde übergangslos wieder ernst. »Dein Pass ist in Ordnung?«

»Als ich das letzte Mal nachgesehen habe, war er es noch«, antwortete Anders. »Heute Morgen, um genau zu sein. Aber ich sehe gerne noch einmal nach, wenn du darauf bestehst.«

»Tu das«, sagte Jannik.

Anders verdrehte zwar die Augen, angelte jedoch gehorsam nach seinem Rucksack und nahm den Pass heraus, um ihn Jannik unter die Nase zu halten. Jannik warf einen kurzen, aber sehr aufmerksamen Blick darauf und folgte seiner Bewegung, als er den Pass in den Rucksack zurückwarf.

»Gutes Buch?«, fragte er.

Anders sah ihn eine Sekunde lang verständnislos an, dann senkte er den Blick und begriff erst jetzt, dass Jannik den umfangreichen Wälzer meinte, den er in seinem Rucksack entdeckt hatte. »Die Wahrträumer, von Bernhard Hennen«, sagte er. »Ganz nett, wenn auch ein bisschen schräg. Aber es liest sich gut.«

»Du liest also immer noch dieses komische Zeug?«, fragte Jannik. Anders konnte sich täuschen, aber er hatte das Gefühl, dass es ihm schwer fiel, ein abfälliges Lächeln zu unterdrücken.

»Fantasy?«, fragte er betont. »Ja, sicher. Und es ist kein komisches Zeug. Es sind sehr fantasievolle Geschichten.«

Seine Stimme war schärfer gewesen, als er selbst beabsichtigt hatte, und Jannik zog fast erschrocken den Kopf zwischen die Schultern.

»Ich wollte dir nicht zu nahe treten«, sagte er fast hastig. »Ich verstehe es nur nicht. Ich habe versucht ein paar dieser Bücher zu lesen, aber ich kann nichts daran finden.«

»Dann hast du vielleicht die falschen Bücher erwischt.«

Jannik schüttelte erneut den Kopf. »Nein, nein – sie waren schon gut geschrieben und sogar ziemlich spannend.«

»Aber?«

»Ich finde sie einfach überflüssig.« Jannik zögerte einen winzigen Moment, bevor er weitersprach. »Die Wirklichkeit ist so spannend und die Welt so gewaltig und aufregend, weißt du? Es ist absolut nicht nötig, sich irgendwelche fremden Welten auszudenken. Alle Wunder, die sich die Autoren in deinen Fantasy-Romanen ausdenken, gibt es in der Wirklichkeit schon. Es ist vollkommen überflüssig, sich noch neue auszudenken.«

Anders schluckte alles hinunter, was ihm dazu auf der Zunge lag. Es war nicht das erste Mal, dass sie dieses Gespräch führten, aber nach dem, was vorhin mit Nick und seinen beiden Freunden passiert war, reagierte er vielleicht ein bisschen dünnfellig. Vielleicht weil Jannik und Schweinchen Nick und seine Freunde eben nicht die Einzigen waren, die so reagierten.

Selbstredend war Fantasy-Literatur jeder Couleur auch unter den Schülern von Drachenthal das angesagte Lesefutter (unter einigen Lehrern auch, aber das hätten diese nie zugegeben), und Anders war weiß Gott nicht der Einzige, der Romane von Tad Williams, Tolkien, Lovecraft und Koontz verschlang. Aber es gab einen Unterschied: Sowohl bei seinen Mitschülern als auch bei fast allen anderen Menschen, die Anders kannte, war es Sitte, Romane über Elfen, Trolle, Feen und Kobolde zwar zu verschlingen, zugleich aber keine Gelegenheit auszulassen, um lautstark zu versichern, dass man natürlich nichts von all diesem Unsinn glaubte.

Bei Anders war das (haha!) anders. Natürlich glaubte er nicht, dass es irgendwo Hobbits gab – oder jemals gegeben hatte – oder Trolle, Minotauren oder sprechende Tiere. Aber er glaubte fest daran, dass es irgendwo *etwas* gab, woraus all diese Geschichten entstanden waren, eine verborgene Welt hinter den Dingen, in der es eben *doch* Elfen und Halblinge und Feen gab, und noch zahllose andere, noch viel fantastischere Dinge. Und er hatte niemals einen Hehl aus dieser Überzeugung gemacht.

Was ihm natürlich erst recht einen Ruf als Sonderling und Spinner eingebracht hatte.

Eingedenk dessen, was vor weniger als einer halben Stunde im Internat passiert war, zog es Anders allerdings vor, dieses

Thema nicht zu vertiefen. »Wie lange brauchen wir noch?«, fragte er stattdessen.

Jannik sah ihn irritiert von der Seite an. Anders kannte den Weg so gut wie er. Aber dann wurde ihm wohl klar, dass es Anders nur darum ging, das Thema zu wechseln.

»Zehn Minuten«, sagte er, blickte auf den Tachometer, dann auf die Uhr im Armaturenbrett und trat das Gaspedal mit einem so harten Ruck durch, dass Anders in den Sitz gepresst wurde und japsend nach Luft rang.

»Sechs«, verbesserte er sich.

Anders ersparte sich auch dazu jeden Kommentar, aber eines war ihm trotzdem vollkommen klar: Jannik verschwieg ihm etwas.

2

Sie brauchten keine sechs, sondern nicht einmal fünf Minuten, um den abseits gelegenen Sportflughafen zu erreichen. Streng genommen verdiente er diesen Namen nicht einmal. Die unsauber asphaltierte Piste war wenig mehr als ein Feldweg, auf dem Anders allerhöchstens einen Drachen hätte steigen lassen, ganz bestimmt kein Flugzeug und das Gebilde, das sich Tower schimpfte, sah aus wie eine Bretterbude auf Stelzen. In dem einzigen Hangar (einer rostigen Wellblechhütte) hatte Anders noch niemals ein anderes Flugzeug gesehen als die viersitzige Cessna, die der Firma seines Vaters gehörte; und wenn er es recht bedachte, dann hatte er eigentlich auf dem gesamten *Flughafen* noch niemals ein anderes Flugzeug gesehen. Ein- oder zweimal hatte er sogar schon geargwöhnt, dass der gesamte Flughafen seinem Vater gehörte und keine andere Daseinsberechtigung hatte als die ein oder zwei Starts und Landungen im Jahr, wenn Jannik ihn in die Ferien flog und zurückbrachte.

Aber da er Janniks Art kannte, auf Fragen zu antworten, die

er nicht beantworten wollte, hatte er gleich darauf verzichtet, sie überhaupt zu stellen …

Der rot-weiß gestreifte Schlagbaum, der die Zufahrt zum Flugplatz begrenzte, ging hoch, und anders als sonst steuerte Jannik nicht zuerst den Tower an, um die notwendigen Formalitäten zu erledigen, sondern lenkte den Jeep direkt in den Hangar, in dem die blau-weiß lackierte Cessna mit dem Firmenemblem der Beron Industries auf sie wartete. Anders wollte aussteigen, aber Jannik bedeutete ihm mit einer raschen befehlenden Geste, sitzen zu bleiben, war mit einem Satz aus dem Wagen und griff unter seinen Pullover. Anders' Augen wurden groß, als er die verchromte Pistole sah, die plötzlich in seiner Hand erschien.

Rasch, aber sehr gründlich durchsuchte Jannik den gesamten Hangar. Er wirkte erleichtert, als er zurückkam und Anders mit einer Geste aufforderte, nun ebenfalls auszusteigen, aber nicht so erleichtert, wie es Anders lieb gewesen wäre.

»So viel zu deiner Behauptung, dass alles wie immer ist, wie?«, fragte Anders spöttisch.

Jannik machte eine ärgerliche Geste. »Komm jetzt.«

Anders rührte sich nicht, sondern schwang nur seinen Rucksack über die Schulter. »Meinst du nicht, dass es Zeit wäre, mir reinen Wein einzuschenken?«, fragte er. »Was ist hier los?«

»Später«, antwortete Jannik. Sein Blick wanderte unstet durch den Raum. Wäre die Vorstellung nicht einfach grotesk gewesen, hätte Anders geschworen, dass er Angst hatte. »Es gab … ein paar Drohungen. Ich erzähle dir alles, sobald wir auf dreitausend Fuß Höhe sind, aber jetzt steig bitte in die Maschine.«

Irgendetwas war in seiner Stimme, das Anders klar machte, wie ernst die Situation war. Er warf noch einen raschen, nun ebenfalls nervösen Blick in die Runde, doch dann beeilte er sich, die viersitzige Sportmaschine anzusteuern und die Tür auf der rechten Seite zu öffnen. Er warf seinen Rucksack schwungvoll auf die hintere Sitzbank und kletterte aus der gleichen Bewegung heraus auf den Sitz des Copiloten, und als er hinterher über diesen Augenblick nachdachte (was er unzählige Male tat), da wurde ihm klar, dass er es durchaus hätte merken können. Genau genommen *merkte* er es sogar, denn das Geräusch, mit dem seine Habseligkeiten auf dem vermeintlich leeren Rücksitz aufprallten, klang eindeutig wie ein halb schmerzerfülltes, halb ärgerliches Grunzen; nicht wie der Laut, mit dem ein mit Kleidern und Büchern voll gepackter Rucksack auf einem Sitz aufprallt.

Trotzdem – als wäre er einfach nicht fähig, die einmal angefangene Bewegung noch zu stoppen – kletterte er weiter, ließ sich in den Sitz fallen und begriff erst wirklich, dass hier etwas nicht in Ordnung war, als sich ein starker Arm von hinten um seinen Hals schlang und seinen Kopf zurückriss. Und er begriff erst, das etwas *ganz und gar nicht* in Ordnung war, als eine vernarbte Hand vor seinem Gesicht auftauchte und die rasiermesserscharfe Klinge eines Messers an seine Kehle setzte.

»Ein einziger Mucks und du bist tot«, flüsterte eine Stimme an seinem rechten Ohr. »Hast du das verstanden?«

Selbst wenn Anders hätte antworten wollen, hätte er es gar nicht gekonnt. Der Arm schnürte ihm so gründlich den Atem ab, dass er keinen Laut herausbekam, und auch zu nicken erschien ihm wenig ratsam, denn die Messerklinge drückte schon jetzt so fest gegen seine Kehle, dass sie eine dünne brennende Linie über seine Haut zog. Vorsichtshalber reagierte er gar nicht.

Sein Schweigen schien dem Mann mit der Narbenhand jedoch Antwort genug zu sein, denn nach einem weiteren kurzen Moment lockerte er seinen Griff wenigstens weit genug, dass Anders wieder atmen konnte, und auch die Messerklinge zog sich um eine Winzigkeit zurück. Der brennende Schmerz wurde jedoch eher noch schlimmer und er spürte, wie ein einzelner warmer Blutstropfen an seinem Hals hinablief.

»Gut«, fuhr die zischelnde Stimme an seinem Ohr fort. »Und jetzt lächelst du deinem Freund da draußen nett zu und bittest ihn herzukommen, ist das klar?«

Diesmal deutete Anders ein Nicken zumindest an. Ein winziger Teil seines Denkens wollte ihm klar machen, dass die Worte der Narbenhand nichts als eine leere Drohung waren: Wenn der Kerl ihn entführen wollte, um ein Lösegeld oder was auch immer von seinem Vater zu erpressen, dann würde er den Teufel tun und ihm die Kehle durchschneiden. Was nutzte die wertvollste Geisel, wenn sie tot war?

Aber das war nur die Stimme seiner Logik. Sie mochte Recht haben (sie *hatte* Recht!), das spielte jedoch keine Rolle. Anders hatte einfach nur Angst. Das, was er so oft in seinen geliebten Fantasy-Romanen gelesen hatte, das spürte er nun am eigenen Leib: nackte Todesangst.

Und es war ganz und gar nicht lustig.

Unendlich behutsam, schon um sich nicht aus Versehen selbst die Kehle durchzuschneiden, wandte er den Kopf und hielt nach Jannik Ausschau. Sein Leibwächter, Chauffeur und Fahrlehrer hatte eine zweite Runde durch den Hangar gemacht und kam nun langsam auf die Cessna zu. Sein Blick wanderte unstet durch den großen, fast leeren Hangar, und das Blitzen der verchromten Pistole in seiner Hand erschien Anders in diesem Moment wie der pure Hohn. Jannik sah nur ganz kurz in seine Richtung und fuhr dann fort, den Hangar nach einer Gefahr abzusuchen, die längst hier drinnen auf ihn wartete.

»Komm bloß nicht auf die Idee, den Helden zu spielen«, zischte die Stimme an seinem Ohr. »Ich meine es ernst.«

Daran zweifelte Anders keine Sekunde. Er wagte es nicht, auch nur die geringste Bewegung zu machen, geschweige denn sich umzudrehen, aber er glaubte zu hören, dass sich noch ein zweiter Mann auf der Sitzbank hinter ihm befand. Der Mann mit der Narbenhand war ja auch im Lieferwagen nicht allein gewesen. Jannik hatte also doch den richtigen Riecher gehabt. Allerdings war Anders alles andere als begeistert darüber.

Jannik kam quälend langsam näher, streckte die Hand nach

der Cockpittür aus – und erstarrte mitten in der Bewegung. Seine Augen wurden groß und Anders konnte sehen, wie sich seine Kiefermuskeln anspannten. Seine Pistole kam mit einer unglaublich schnellen Bewegung hoch und richtete sich auf den Mann hinter Anders.

»Das würde ich an deiner Stelle nicht versuchen«, sagte Narbenhand; jetzt so laut, dass Anders die Ohren klingelten. »Ich glaube dir gern, dass du triffst, aber ich könnte immer noch zustoßen.«

Um seinen Worten noch ein bisschen mehr Nachdruck zu verleihen, verstärkte er den Druck auf Anders' Kehle wieder, und zu dem einzelnen Blutstropfen, der an seinem Hals hinabgelaufen war, gesellte sich ein weiterer. Anders biss die Zähne zusammen, um einen Schmerzenslaut zu unterdrücken.

Jannik blieb stocksteif stehen. Anders konnte regelrecht sehen, wie es hinter seiner Stirn arbeitete. Jannik war zweifellos ein ausgezeichneter Schütze, und Anders traute ihm durchaus zu, den Burschen hinter ihm zu erwischen, bevor dieser auch nur auf die *Idee* kam, sein Messer zu benutzen und ihm die Kehle durchzuschneiden. Vielleicht hätte er es sogar riskiert, aber die Kidnapper waren zu zweit, und Jannik konnte von seiner Position aus unmöglich sehen, ob der zweite Mann auch nur mit einem Messer bewaffnet war oder vielleicht mit einer Pistole.

»Komm schon, steig ein!«, zischte Narbenhand gehässig. »Wir müssen unseren Flugplan einhalten.«

Jannik zögerte noch eine endlose Sekunde, doch dann ließ er die Waffe sinken und streckte die andere Hand nach der Tür aus. Kaum war er eingestiegen, beugte sich der Mann hinter ihm vor und riss ihm die Pistole aus der Hand. In Janniks Augen blitzte es auf, aber auf seinem Gesicht zeigte sich nicht die mindeste Regung.

»So gefällt mir das schon besser«, sagte Narbenhand. »Und jetzt mach die Tür zu und starte die Kiste. Wir haben nicht alle Zeit der Welt!«

Jannik gehorchte – zumindest was die Tür anging. Er rührte allerdings keinen Finger, um den Motor zu starten. »Ihr glaubt doch nicht im Ernst, dass ihr damit durchkommt«, sagte er. »Wenn ich einfach so starte, dauert es keine fünf Minuten, bis wir einen Polizeihubschrauber am Hals haben.«

»Dann wirst du eben nicht *einfach so* starten, sondern dem Tower das vereinbarte Kennwort durchgeben«, erwiderte Narbenhand.

»Ich denke ja gar nicht daran!«

»Mach dich nicht lächerlich«, höhnte Narbenhand. »Wenn du so cool wärst, wärst du gar nicht erst eingestiegen und ich jetzt schon tot.«

»Was nicht ist, kann ja noch werden«, antwortete Jannik böse.

Narbenhand seufzte – und machte eine blitzartige Bewegung mit seinem Messer. Diesmal konnte Anders einen Schmerzenslaut nicht mehr ganz unterdrücken.

Jannik streckte den Arm aus und drückte den Anlasser. Der Motor rülpste zweimal und der Propeller machte eine halbe Drehung und blieb dann wieder stehen.

»Keine Tricks!«, sagte Narbenhand. »Was immer du tust, tut deinem Freund hier mehr weh als dir.«

Zu Anders' Erleichterung verzichtete er darauf, weiter an seinem Hals herumzuschnitzen, um seiner Forderung mehr Nachdruck zu verleihen, aber Jannik schien auch so verstanden zu haben. Sofort legte er den Daumen wieder auf den Anlasserknopf, drückte ihn allerdings noch nicht. Stattdessen leitete er die erste Gegenmaßnahme ein. Er drehte sich halb, sagte hastig: »Das war keine Absicht« und brachte sein Knie in Nähe des Notschalters des Funkgeräts, dessen spezielle Funktion er Anders in den letzten Ferien erklärt hatte. »Ich bin nervös und habe einen Fehler gemacht«, fuhr er fort. »Tut mir Leid.«

»Er meint es ehrlich«, sagte Anders in einem fast verzweifelten Ton, von dem er bis zu diesem Moment gar nicht gewusst hatte, dass er ihn hervorbringen konnte.

Narbenhands Blick wanderte zu Anders. »Halt deine Schnauze«, meinte er grob.

Anders zuckte zusammen, als wäre er geschlagen worden. »Ja«, antwortete er, wobei er sich Mühe gab, möglichst kleinlaut und zerknirscht zu wirken. Sein kleines Ablenkungsmanöver schien Erfolg gehabt zu haben. Obwohl er vermied in die Richtung von Janniks Knie zu blicken, erkannte er aus den Augenwinkeln, der unauffällige graue Notfalltaster war eingedrückt, und das bedeutete nichts anders, als dass der direkte Funkkanal zur Polizei geöffnet war. Wenn das stimmte, was Jannik ihm im letzten Sommer erklärt hatte, würden bereits jetzt ein paar sehr aufmerksame Beamte das Gespräch mitverfolgen, um zu entscheiden, ob es sich um einen Fehlalarm handelte, den sie mit einer raschen Rückfrage zu den Akten legen konnten – oder sie tatsächlich eingreifen mussten.

Narbenhands Aufmerksamkeit konzentrierte sich wieder auf Jannik. »Dir sollten besser nicht noch mehr Fehler unterlaufen«, drohte er. »Starte endlich!«

»Ich muss einen Moment warten«, antwortete Jannik nervös. »Wenn ich gleich noch einmal zu starten versuche, säuft der Motor ab, und dann dauert es eine halbe Stunde oder ich muss den Vergaser auseinander nehmen.«

Die Worte klangen ehrlich, vielleicht gerade weil Janniks Stimme vor lauter Nervosität zitterte, und anscheinend schien auch Narbenhand zu der gleichen Überzeugung gelangt zu sein, denn er geduldete sich, bis Jannik den Anlasser abermals betätigte. Auch jetzt bewegte sich der Propeller nur widerwillig, und im allerersten Moment gab der Motor ein Geräusch von sich, das Anders gar nicht gefiel. Dann aber sprang er mit einem plötzlichen Dröhnen an und der Propeller wurde zu einem verschwommenen Schatten vor dem Bug der Maschine und schien dann ganz zu verschwinden. Jannik griff mit beiden Händen nach dem Steuerknüppel und ließ die Cessna langsam anrollen.

»Ich muss mich beim Tower melden«, sagte er. »Wenn ich es nicht tue, alarmieren sie sofort die Polizei.«

»Wir wollen doch nicht unnötig Steuergelder verschwenden«, sagte Narbenhand gehässig. »Also mach deine Meldung – und vergiss das Kennwort nicht. Wenn wir einmal in der Luft sind, haben wir nichts mehr zu verlieren.«

Jannik schenkte ihm einen bösen Blick, lenkte die Cessna aber nur wortlos aus dem Hangar und ans Ende der Startbahn und hielt dann an, um nach dem Funkgerät zu greifen.

»Hier Delta Charlie Sieben Sieben«, meldete er sich. »Erbitte Startfreigabe.«

Es verging nicht einmal eine Sekunde, bevor eine leicht verzerrte Stimme aus dem Funkgerät antwortete: »Delta Charlie Sieben Sieben, Sie haben Startfreigabe. Einen guten Flug.«

»Wenn das Wetter mitspielt«, antwortete Jannik. »Delta Charlie Sieben Sieben, over and out.«

»Und das Kennwort?«, fragte Narbenhand.

»Die Bemerkung mit dem Wetter«, sagte Jannik. »Oder haben Sie gedacht, ich sage laut und deutlich: Und jetzt noch das vereinbarte Kennwort?«

Er wartete einen Moment lang vergeblich auf eine Antwort, zuckte schließlich nur mit den Schultern und griff wieder mit beiden Händen nach dem Steuerknüppel. Das Motorengeräusch wurde lauter und die Cessna rollte an und nahm rasch Fahrt auf. Der Mann mit der Narbenhand lockerte seinen Griff ein wenig und Anders nutzte die Gelegenheit, um vorsichtig den Kopf zu drehen und einen Blick in das Gesicht des Burschen hinter Jannik zu werfen. Er war vielleicht dreißig Jahre alt und hatte ein so typisches Verbrechergesicht, dass es schon fast lächerlich wirkte. Mit diesem Aussehen hatte er wahrscheinlich gar keine andere Wahl gehabt, als seinen Lebensunterhalt als Berufsganove zu verdienen. Außerdem hatte er Angst.

Der Mann schien seinen Blick zu spüren, denn er wandte mit einem Ruck den Kopf und funkelte Anders an. »Ist was?«, fauchte er. Seine Finger spielten nervös mit der Pistole, die er Jannik abgenommen hatte.

»Ist euch eigentlich klar, mit wem ihr euch da gerade anlegt?«, fragte Jannik, hastig und wahrscheinlich aus keinem anderen Grund als dem, den Blickkontakt zwischen Anders und dem Kerl mit der Verbrechervisage zu unterbrechen. Als er keine Antwort bekam, fuhr er fort: »Der Vater des Jungen hat nicht nur Geld. Er ist auch ein verdammt einflussreicher Mann. Ein sehr *mächtiger* Mann. Ich hätte nicht den Mut, ihn so wütend zu machen.«

»Lass das mal unsere Sorge sein«, meinte Narbenhand.

»Du hast ja keine Ahnung, *was* für eine Sorge«, sagte Jannik kalt. »Wenn ihr dem Jungen auch nur ein Haar krümmt, dann werdet ihr euch bald wünschen tot zu sein.«

Die Cessna wurde immer schneller, näherte sich in rasendem Tempo dem Ende der lächerlich kurzen Rollbahn und hob im buchstäblich allerletzten Moment ab. Anders hatte dieses Manöver schon oft genug erlebt, um sich keine Sorgen mehr zu machen, und darüber hinaus wusste er natürlich, dass Jannik ein ausgezeichneter Pilot war. Dennoch klammerte er sich ganz instinktiv an seinem Sitz fest, als die Maschine abhob und so dicht über die Grasnarbe hinter der Rollbahn hinwegschoss, dass die Räder den Löwenzahn köpften. Die Männer hinter ihnen sogen erschrocken die Luft zwischen den Zähnen ein und Jannik setzte noch einen drauf, indem er die Maschine jäh in die Höhe zog und zugleich in eine scharfe Rechtskurve legte.

»Mach bloß keine Dummheiten«, warnte Narbenhand. »Ich könnte sonst nervös werden.«

»Ich muss so steil hochziehen«, antwortete Jannik. »Die Thermik hier ist mörderisch.«

Anders konnte sich gerade noch einen erstaunten Blick verkneifen. Das gute Dutzend Mal, das sie zuvor von diesem Flugplatz aus gestartet waren, hatte Jannik die Cessna so sanft ansteigen lassen, dass man es praktisch nicht spürte. Und was er über die Thermik erzählte, war einfach Unsinn. Der Flugplatz war viel zu weit von den Bergen entfernt, um in den Bereich der warmen Aufwinde zu gelangen, die in unmittelbarer Nähe der Bergflanken aufstiegen.

Dann begriff er: Jannik machte dieses ungewöhnliche Flugmanöver gerade deswegen, weil er unauffällig darüber reden konnte – und die Polizei auf der anderen Seite des Funkkanals mithörte, was auch immer er an Richtungsangaben in seine Worte mit einbauen konnte. Ganz nebenbei gaben die beiden Kidnapper dabei preis, ob sie etwas vom Fliegen verstanden oder nicht.

Allzu viel war es offensichtlich nicht, denn der Mann mit der Narbenhand beließ es dabei. Nur sein Kamerad entblödete sich nicht, drohend mit der erbeuteten Pistole herumzufuchteln. »Mach keinen Blödsinn!«, knurrte er.

»Oder was?«, fragte Jannik verächtlich. »Erschießt du mich sonst?«

»Nein«, antwortete Narbenhand anstelle seines Kameraden. »Aber ich könnte deinem kleinen Freund ein Ohr abschneiden. Schließlich hat er ja zwei davon.«

Jannik schenkte ihm einen fast hasserfüllten Blick, antwortete jedoch nicht, sondern konzentrierte sich darauf, die Maschine in engen Kurven in die Höhe zu schrauben, bis sie ungefähr auf tausend Meter angelangt waren.

»Jetzt wäre es ganz praktisch, wenn ich wüsste, wohin ich fliegen soll«, sagte er dann.

»Einfach nach Süden«, antwortete Narbenhand.

»Gute Idee.« Jannik nickte und richtete den fast unsichtbaren Propellerkreis vor der Nase der Cessna gehorsam in die angegebene Richtung aus. »Und gegen welchen Berg soll ich fliegen?«

Die Frage entbehrte nicht einer gewissen Berechtigung. Auf direktem Kurs vor ihnen war nichts als eine scheinbar unüberwindliche Mauer aus massivem grauem Fels. Die meisten dieser Berge, das wusste Anders, waren tatsächlich zu hoch, als dass die kleine Cessna darüber hinwegfliegen konnte.

»Halt die Fresse«, zischte Narbenhand wütend. »Flieg einfach geradeaus. Ich sag dir dann schon, wo es langgeht.« Seine Stimme erzählte eine andere Geschichte. Er war nicht nur nervös, Anders war auch ziemlich sicher, dass er nicht die geringste Ahnung hatte, wohin sie eigentlich flogen.

Jannik fasste in Worte, was Anders gedacht hatte: »Du hast noch nie in einem Flugzeug gesessen, wie?«, fragte er. »Es gibt hier oben Luftstraßen. Wenn wir davon abweichen, haben wir schneller die Polizei am Hals, als du dir vorstellen kannst.«

Fast zu Anders' Überraschung reagierte Narbengesicht nicht wütend, sondern schien einen Moment ernsthaft über diese Worte nachzudenken. »Wir müssen auf die andere Seite der Berge«, sagte er schließlich. Dann machte er eine Kopfbewegung nach links. »Da lang.«

Anders' Blick folgte der Geste. Nicht allzu weit vor ihnen klaffte tatsächlich eine schmale Lücke in der ansonsten schier unüberwindlichen Mauer. Von hier aus betrachtet wirkte sie nur wie ein kaum fingerbreiter Riss, aber sie waren auch noch ein gutes Stück entfernt. Jannik rührte keinen Finger, um die Maschine in die entsprechende Richtung zu drehen.

»Hast du was an den Ohren?«, fragte Narbenhand.

»Vollkommen unmöglich«, sagte Jannik. »Das ist eine Flugverbotszone.«

»Wen interessiert das?«, erwiderte Narbenhand. »Tu, was ich dir sage.« Er schnitt Anders wieder in den Hals. Nicht sehr tief, aber es tat weh und blutete auch wieder. Jannik legte die Cessna hastig in eine Linkskurve, um Kurs auf die gewaltige Klamm zu nehmen, und sah Narbenhand eisig an.

»Wenn du Anders noch einmal anrührst, bringe ich dich um«, sagte er ruhig.

»Quatsch nicht«, fauchte Narbenhand. Aber völlig kalt schien ihn Janniks Drohung trotzdem nicht gelassen zu haben, denn er zog das Messer rasch ein Stück zurück.

»Wir bekommen wirklich Ärger«, beharrte Jannik. »Die ganze Gegend da vorne ist militärisches Sperrgebiet. Außerdem ist diese Schlucht ein Wetterloch. Die Thermik reißt uns in Stücke.«

»Du bist doch ein guter Pilot, oder?«, fragte Narbenhand. »Das schaffst du schon.«

Jannik verzichtete auf eine Antwort. Aber Anders glaubte zu spüren, dass seine Nervosität echt war. Narbenhand hatte Recht: Jannik war ein ausgezeichneter Pilot, doch diese Schlucht dort vorne machte ihm eindeutig Angst. Was wiederum *ihm* Angst machte. Anders war bisher davon ausgegangen, dass Jannik die Geschichte mit der Flugverbotszone nur erzählt hatte, um einem Polizeihubschrauber Zeit zum Aufholen zu geben, aber mit einem Mal war er sich dessen gar nicht mehr so sicher.

»Was habt ihr eigentlich vor, wenn ich fragen darf?«, fragte Jannik nach einer Weile.

»Darfst du nicht«, antwortete Narbenhand.

Wovon sich Jannik selbstverständlich nicht abhalten ließ und fortfuhr: »Mich interessiert nur, ob ihr auf eigene Rechnung arbeitet oder einen Auftraggeber habt.«

»Macht das einen Unterschied?«

»Und ob«, behauptete Jannik. »Es gibt zwei Möglichkeiten. Wenn ihr wirklich auf eigene Rechnung arbeitet, seid ihr entweder völlig wahnsinnig oder ihr habt wirklich nicht den blassesten Schimmer, mit wem ihr euch da gerade anlegt. In diesem Fall schlage ich vor, wir landen hier irgendwo und ihr zwei Spaßvögel macht möglichst rasch, dass ihr wegkommt. Ich verspreche euch, niemand wird etwas von der Sache erfahren.«

»Und die andere?«, erkundigte sich Narbenhand.

»Solltet ihr einen Auftraggeber haben, nennt ihr mir euren Preis und den Namen. Ich garantiere, dass euch nichts passiert.«

»Klar doch«, sagte Narbenhand spöttisch.

»Ich meine es ernst«, beharrte Jannik. »Anders' Vater dürfte sich brennend dafür interessieren, wer hinter der Sache steckt.

Ich bin sogar sicher, dass er sich für entsprechende Informationen sehr erkenntlich zeigen wird.«

»Hör auf zu quatschen«, sagte Narbenhand. Doch er klang ein bisschen nervös, fand Anders. Vielleicht auch nachdenklich.

Aber das galt auch für ihn. Sein Verdacht war nicht ganz unbegründet gewesen. Janniks scheinbar völlig überzogenes Verhalten während der Fahrt hierher erschien ihm plötzlich in einem vollkommen anderen Licht; ebenso wie die schon fast lächerliche Art, mit der er in James-Bond-Manier den Hangar durchsucht hatte. Vielleicht galt die Nervosität in seinen Augen ja gar nicht der Schlucht und dem vermeintlichen Sperrgebiet, sondern etwas vollkommen anderem.

Natürlich nicht zum ersten Mal, aber doch auf eine völlig neue Art fragte sich Anders, wer sein Vater überhaupt *war*. Das kurze Gespräch, das Jannik und er vorhin im Wagen geführt hatten, hatte im Grunde schon fast alles enthalten, was er über seinen Vater wusste. Anders war ja praktisch auf Schloss Drachenthal aufgewachsen und die Zeit davor, die er tatsächlich zu Hause verbracht hatte, begann in seiner Erinnerung allmählich zu verblassen, nicht nur weil die Jahre der frühesten Kindheit im Allgemeinen die Tendenz hatten, unverhältnismäßig schnell aus der Erinnerung zu verschwinden, sondern vor allem weil sie so gut wie ereignislos gewesen waren. Anders hatte seine Mutter nicht kennen gelernt. Früher, als er noch ein wirklich *kleines* Kind gewesen war, hatte er niemals nach ihr gefragt, denn wie sollte er etwas vermissen, das es nie in seinem Leben gegeben hatte?

Nach ein paar Jahren *hatte* er ein paarmal nach seiner Mutter gefragt, aber entweder gar keine oder nur eine ausweichende Antwort bekommen und es auch sehr rasch wieder aufgegeben, entsprechende Fragen überhaupt zu stellen. Mit dem instinktiven Gespür, das nur kleinen Kindern zu eigen ist, hatte er begriffen, dass die Frage nach dem Verbleib seiner Mutter das einzige, aber auch absolute Tabuthema im Hause seines Vaters war. Eine Zeit lang hatte er sich damit getröstet, dass sie vermutlich bei oder kurz nach seiner Geburt gestorben war und sein Vater nicht über sie reden wollte, weil ihm die Erinnerung einfach zu viele Schmerzen bereitete; das stellte zwar die bequemste Erklärung dar, aber tief in sich hatte er stets gespürt, dass das ganz und gar nicht der Wahrheit entsprach.

Abhängig von seinem Alter und den Büchern, die er gerade las, hatte er die unterschiedlichsten und zum Teil haarsträubendsten Theorien entwickelt, angefangen damit, dass sie von Mafia-Killern entführt und niemals zurückgekommen war, bis hin zu der festen Überzeugung, seine Mutter war in Wahrheit eine Elfenprinzessin gewesen, die in ihr geheimes Reich zurückkehrte, nachdem sie seinem Vater ein Kind geschenkt hatte. Aber irgendwann war ihm natürlich klar geworden, dass die Wahrheit viel einfacher und zugleich grausamer war. Wahrscheinlich hatte seine Mutter seinen Vater schlichtweg verlassen, kurz nachdem er auf die Welt gekommen war, und er wollte nicht über sie sprechen, weil er diesen Verlust – oder vielleicht auch die Kränkung, die das für einen so stolzen Mann wie ihn bedeuten musste – bis heute nicht verwunden hatte. Und seit er ins Internat gekommen und dort ein neues Zuhause gefunden hatte, hatte er praktisch gar nicht mehr an seine Mutter gedacht.

Jetzt aber, während er dasaß und versuchte den Kopf so zu halten, dass ihm Narbenhand nicht ganz aus Versehen die Kehle durchschnitt, sollten sie in ein Luftloch geraten oder Jannik eine unvorsichtige Bewegung am Steuerknüppel machen, wurde ihm plötzlich klar, er wusste über seinen Vater im Grunde kaum etwas. Es war genauso, wie Jannik gesagt hatte: Anders war in der Obhut ungewöhnlich oft wechselnder, aber ausnahmslos netter Kindermädchen aufgewachsen, und seinen Vater hatte er manchmal wochenlang überhaupt nicht zu Gesicht bekommen. Seine Erinnerungen an das Haus seiner Kindheit waren die an ein großes, düsteres Gebäude mit langen Korridoren und gewaltigen Zimmern mit hohen Decken, die mit schweren antiken Möbeln eingerichtet waren. Und an seinen Vater erinnerte er sich als einen großen, schweigsamen Mann, der schon in jungen Jahren weißes Haar gehabt hatte und selbst in einem Designeranzug eigentlich immer mehr wie ein mittelalterlicher König oder ein Magier wirkte. Tatsächlich wusste er nicht einmal wirklich, was er eigentlich tat. Er herrschte über ein mittlerweile gewaltiges Firmenimperium, aber das war auch schon beinahe alles. Sein Vater sprach in den wenigen kostbaren Stunden, die sie zusammen verbrachten, niemals über das Geschäft, und Anders hatte sich auch niemals ernsthaft dafür interessiert.

Vielleicht hätte er es besser tun sollen. Janniks Bemerkung von vorhin machte ihm zunehmend mehr zu schaffen; ebenso wie das, was Jannik danach zu Narbenhand gesagt hatte. Vielleicht ging es hier ja gar nicht um Geld. Was, wenn sein Vater nicht nur ein mächtiger Mann war, sondern auch ebenso mächtige Feinde hatte?

Anders brach den Gedanken mit Gewalt ab und rief sich selbst zur Ordnung. Er musste aufpassen, dass seine Fantasie nicht mit ihm durchging. Es brachte wenig ein, wenn er am Ende so weit war, seinen Vater als eine Art Mafia-Paten zu sehen und Narbenhand und die Verbrechervisage als moderne Robin Hoods, die ihn nur entführt hatten, um gegen die Zerstörung der Umwelt zu protestieren oder eine vom Aussterben bedrohte Untergattung der Gänseblümchen zu schützen, auf deren letztem verbliebenem Ausbreitungsgebiet die Firma seines Vaters ein neues Werk errichten wollte. Wahrscheinlich hatte Jannik Recht und die beiden waren einfach Idioten, die nicht die geringste Ahnung hatten, mit wem sie sich da gerade anlegten.

Das machte sie allerdings nicht weniger gefährlich.

Die Berge kamen allmählich näher. Anders warf einen verstohlenen Blick auf das Funkgerät. Er hoffte nur, dass wirklich stimmte, was Jannik ihm erzählt hatte, und er mit dem per

Knie zu erreichenden Schalter den direkten Funkkanal zur Polizei geöffnet hatte. Es wurde Zeit, dass etwas passierte, bevor sie aus der Reichweite der zuständigen Behörden waren. Der Riss im Felsmassiv war bereits viel größer geworden und Anders sah jetzt, dass es alles andere als eine schmale Klamm war, wie es von weitem den Anschein gehabt hatte, sondern eine gewaltige Schlucht mit nahezu senkrecht aufstrebenden Wänden. Die Luft darüber war deutlich dunkler als anderswo. Zumindest was das *Wetterloch* anging schien Jannik wohl die Wahrheit gesagt zu haben.

Das Funkgerät meldete sich. Jannik wollte nach dem Mikro greifen, aber Narbenhand schüttelte rasch den Kopf und Jannik zog die Hand mit einem angedeuteten Achselzucken wieder zurück. »Wenn ich mich nicht melde, wird es gleich ungemütlich werden«, sagte er.

Weitere fünf oder sechs Minuten vergingen. Das Felsmassiv kam unerbittlich näher und auch die brodelnde Dunkelheit über der Schlucht nahm zu. Anders war nicht mehr ganz sicher, ob es sich tatsächlich um eine Gewitterwolke handelte. Es sah eher aus, als hätte sich dort oben tatsächlich reine Dunkelheit zusammengeballt, als wäre dort oben etwas, das die Anwesenheit von Licht einfach nicht zuließ.

Was für eine unsinnige Vorstellung!

»Gleich geht der Tanz los«, verkündete Jannik unvermittelt. Narbenhand sah ihn verständnislos an und Jannik machte eine Kopfbewegung zum Spiegel hin. Als Anders' Blick der Bewegung folgte, sah er einen winzigen grün-weiß leuchtenden Punkt, der rasch näher kam.

»Mist!«, sagte Narbenhand inbrünstig. »Wo kommen die denn so schnell her?«

Jannik deutete auf das Funkgerät, an dem noch immer ein rotes Lämpchen flackerte. »Die mögen das gar nicht gerne, wenn man nicht auf ihre Funksprüche reagiert.«

»Spar dir deine klugscheißerischen Sprüche«, zischte Narbenhand. »Gib lieber Gas und häng sie ab.«

»Du hast wirklich keine Ahnung«, seufzte Jannik. »Das hier ist kein Düsenjäger. Dieser Polizeihubschrauber ist viel schneller als wir.«

Anders unterdrückte den Impuls, Narbenhand mit ein paar deutlichen Worten klar zu machen, dass die Polizei bereits die ganze Zeit über per Liveschaltung Zeuge der Entführung geworden war. Es war besser, wenn er sich so lange zurückhielt, bis sich die Situation tatsächlich zu ihren Gunsten änderte – falls sie es denn wirklich tat.

Immerhin kam der Helikopter rasch näher. Nach kaum einer Minute war aus dem blitzenden Punkt im Spiegel ein eleganter, stromlinienförmiger Umriss geworden, der tatsächlich so aussah, als könne er es spielend mit der Cessna aufnehmen, selbst wenn Jannik alles aus der Maschine herausholte.

»Verdammt!«, murmelte Narbenhand. Das Messer an Anders' Hals zitterte leicht.

Jannik grinste kalt. »Ich schätze, jetzt habt ihr ein Problem, Freunde. Ihr hättet mein Angebot annehmen sollen.«

»Irrtum«, antwortete Narbenhand. »*Du* hast ein Problem. Lass dir was einfallen, um die Bullen abzuhängen, oder dein Freund hier bekommt ein neues Gesicht.«

Der Hubschrauber holte jetzt rasch auf und das rote Flackern des Funkgerätes schien hektischer zu werden. Jannik ignorierte es und der Polizeihubschrauber machte einen überraschenden Satz und war plötzlich neben ihnen und höchstens noch zwanzig Meter entfernt. Der Pilot gestikulierte heftig und wedelte mit dem Mikrofon seines Funkgerätes, das er in der rechten Hand hielt.

Jannik sah ihn demonstrativ an und schüttelte dann zweimal übertrieben langsam den Kopf. Offensichtlich wollte er dem Piloten klar machen, dass er nicht antworten durfte.

Falls dieser es glaubte, so nutzte es jedenfalls nicht viel. Der Helikopter kam im Gegenteil noch ein gutes Stück näher, und dann hörten sie eine dröhnend verstärkte Lautsprecherstimme, die selbst das Geräusch der Motoren spielend überbrüllte.

»Achtung! Delta Charlie Sieben Sieben, Sie befinden sich in einer Flugverbotszone! Drehen Sie augenblicklich bei und folgen Sie uns!«

Jannik schüttelte den Kopf.

Der Helikopterpilot wiederholte seine Durchsage noch zweimal, dann änderte er seine Taktik. Die Maschine beschleunigte, setzte sich in vielleicht fünfzig Metern Entfernung vor die Cessna und verringerte dann allmählich ihre Geschwindigkeit.

»Werd bloß nicht langsamer«, drohte Narbenhand.

Jannik hielt die Geschwindigkeit gehorsam bei, doch der Hubschrauber wurde nun deutlich langsamer, sodass der Abstand zwischen ihnen rasend schnell zusammenschmolz. Jannik hielt den Steuerknüppel mit stoischer Ruhe fest, und nicht nur Anders begann allmählich nervös zu werden. Sie waren jetzt vielleicht noch dreißig Meter vom Heck des Polizeihubschraubers entfernt, dann zwanzig, zehn ... Der Pilot der Maschine hätte jetzt wieder Gas geben müssen, um weder ihn als Entführungsopfer noch sich selbst zu gefährden, aber er dachte offensichtlich gar nicht daran. Stur blieb er bei gedrosselter Geschwindigkeit auf Kurs.

Im buchstäblich allerletzten Moment legte Jannik die Maschine in eine scharfe Linkskurve und tauchte zugleich unter dem Helikopter weg. Als sie unter ihm hindurchschossen, konnte Anders sehen, dass auch der Hubschrauber einen fast erschrocken wirkenden Schlenker zur Seite machte. Für einen Augenblick fiel die Maschine zurück, dann holte sie auf und nahm ihren Platz neben der Cessna wieder ein. Selbst über die große Entfernung hinweg konnte Anders sehen, wie wütend der Pilot war.

Einen Moment lang winkte er Jannik noch ärgerlich zu, dann stieg die Maschine wieder, setzte sich über die Cessna und sank so plötzlich wieder herab, dass Anders ernsthaft damit rechnete, das Glas des Kanzeldaches unter den Kufen zersplittern zu sehen. Im letzten Augenblick drückte Jannik den Steuerknüppel nach vorne und ging in einen kurzen, aber rasenden Sturzflug über. Das Messer ritzte Anders' Hals und wieder lief Blut an seiner Kehle hinab.

»Verdammt noch mal, tu das Messer weg!«, fauchte Jannik, nachdem er die Maschine wieder abgefangen hatte und in Horizontalflug übergegangen war. »Oder willst du ihn ganz aus Versehen umbringen?«

Narbenhand zögerte noch einen Moment, aber dann zog er das Messer tatsächlich zurück – wenn auch nicht, ohne die Klinge an Anders' Hemd sauber gewischt zu haben. Der Kerl war wirklich ein Idiot.

Sein Kumpan fuchtelte drohend mit der Pistole herum. »Mach nur keinen Unsinn!«

»Weil du mich sonst erschießt, ich weiß«, sagte Jannik.

Anders tastete mit der Hand über seinen Hals und spürte klebriges Blut, aber nicht annähernd so viel, wie er erwartet hatte. Erleichtert drehte er den Kopf und hielt nach dem Helikopter Ausschau. Die Maschine war ein Stück zurückgefallen, holte jedoch schon wieder auf, wenn auch nicht mehr ganz so rasant wie zuvor. Jannik flog nun ebenfalls spürbar schneller, aber Anders war trotzdem sicher, dass sie keine Chance hatten, dem Helikopter zu entkommen.

Als hätte der Pilot seine Gedanken gelesen und sie bestätigen wollen, holte er plötzlich mit fast spielerischer Leichtigkeit auf und wiederholte sein Manöver von gerade, sodass Jannik erneut zu einem haarsträubenden Sturzflug gezwungen wurde. Anders fragte sich immer verzweifelter, was hier eigentlich los war. Bei Entführungen setzten die zuständigen Stellen normalerweise auf *Deeskalation*, statt wie durchgeknallte Rambos einen Privatkrieg gegen die Entführer anzuzetteln. Anders wusste nicht, was ihr aggressives Verhalten zu bedeuten hatte, er wusste nur eines: Hier lief etwas schrecklich schief.

»Verdammt noch mal, häng ihn endlich ab!«, schrie Narbenhand.

»Umgekehrt«, antwortete Jannik gepresst. »Noch ein paar solcher Scherze und er zwingt uns zur Landung.«

»Dann tu was dagegen!«, brüllte Narbenhand.

»Ach, und was?«, fragte Jannik. »Soll ich ihn vielleicht rammen?«

Der Bursche hinter ihm hob seine Pistole und machte Anstalten, das Fenster zu öffnen. »Wenn er das nächste Mal vorbeikommt, knalle ich ihn ab«, drohte er. »Halt die Kiste still.«

»Eine hervorragende Idee«, sagte Jannik. »Dann schicken sie als Nächstes eine Militärmaschine und die schießt uns gleich ab. Ich wundere mich sowieso, dass sie das Feuer noch nicht eröffnet haben. Wir sind tief in militärischem Sperrgebiet.« Er brach ab, als der Helikopter erneut wie ein angreifender Raubvogel auf seine Beute herabstieß und ihn zu einem weiteren Sturzflug zwang. Sie waren mittlerweile nur noch halb so hoch wie am Anfang. Jannik versuchte zwar, sofort wieder an Höhe zu gewinnen, aber der Polizeihubschrauber bedrängte sie weiterhin.

»Da hinein!« Narbenhand deutete auf die Schlucht. »Flieg in das Gewitter!«

»Bist du verrückt?«, entfuhr es Jannik.

»Kein bisschen«, antwortete Narbenhand. »Das hier ist ein Flugzeug. Wir werden viel eher mit einem Sturm fertig als ein Hubschrauber. Der folgt uns nicht in ein Gewitter.«

Damit hatte er vermutlich sogar Recht, dachte Anders. Aber er war immer weniger sicher, dass es sich bei dieser sonderbar dräuenden Dunkelheit wirklich um ein Gewitter handelte. Es schien vielmehr etwas zu sein, vor dem das Licht *floh.*

Jannik setzte zu einer Antwort an, aber Narbenhand nahm ihm die Mühe ab, indem er sein Messer hob und drohend damit vor Anders' Gesicht herumfuchtelte. Jannik schenkte ihm noch einen wütenden Blick, doch dann lenkte er die Maschine gehorsam in die befohlene Richtung. Der Helikopter holte wieder auf, stieß aber diesmal nicht auf sie herab, sondern setzte sich an ihre Seite.

3

»Um Gottes willen, Mann, sind Sie wahnsinnig?«, brüllte die Lautsprecherstimme aus dem Polizeihubschrauber. »Drehen Sie sofort ab oder Sie begeben sich in extreme Lebensgefahr!«

»Was du nicht sagst«, knurrte Narbenhand. Er deutete auf die Schwärze. »Gib Gas!«

»Das ist die allerletzte Warnung!«, schrie die Lautsprecherstimme. »Drehen Sie ab!«

Jannik wollte etwas sagen, doch in diesem Moment ging ein harter Schlag durch die Cessna, wie durch ein Automobil, das unversehens durch ein Schlagloch gefahren war, und fast in der gleichen Sekunde zerplatzte der erste schwere Regentropfen auf der Windschutzscheibe.

Was folgte, war das Gespenstischste, was Anders bis zu diesem Moment jemals erlebt hatte. Das Unwetter … begann nicht. Es war von einem Sekundenbruchteil zum nächsten *einfach da.* Es war, als wären sie über eine unsichtbare Grenze geflogen, die die eine Welt von der anderen trennte. Gerade waren sie noch durch strahlenden Sonnenschein und nahezu unbewegte Luft geflogen und im nächsten Sekundenbruchteil schlug eine Hölle aus brüllenden Luftwirbeln, Blitzen und Hagelkörnern und faustgroßen Regentropfen über ihnen zusammen. Die Cessna bäumte sich auf wie ein angeschossenes Tier, kippte auf die Seite und begann zu trudeln. Narbenhand schrie vor Schreck und hätte um ein Haar das Messer fallen gelassen, und sein Kamerad ließ seine Pistole *tatsächlich* fallen und bückte sich hastig unter den Sitz, um sie wieder aufzuheben. Unter normalen Umständen wäre das der Zeitpunkt für Jannik gewesen, die Initiative zu ergreifen und die beiden Möchtegern-Kidnapper zu überwältigen, aber unglücklicherweise hatte er im Moment alle Hände voll damit zu tun, das Flugzeug wieder in seine Gewalt zu bringen.

Auch Anders war nach vorne geschleudert worden, und da er bei all der Aufregung nicht einmal daran gedacht hatte, sich anzuschnallen, konnte er gerade noch die Hände ausstrecken und seinen Sturz am Armaturenbrett abfangen, bevor er sich an dem harten Metall den Schädel einschlug. Das Ergebnis war ein heftiger Schmerz, der durch seine Handgelenke schoss und ihm die Tränen in die Augen trieb.

Das Flugzeug schaukelte so heftig, dass es Anders kaum gelang, sich wieder aufzurichten. Halb benommen und mit nahezu tauben Fingern tastete er nach dem Sicherheitsgurt und ließ ihn mit einiger Mühe einschnappen. Erst dann wagte er es, den Kopf zu heben und nach draußen zu sehen.

Er bedauerte fast sofort, es getan zu haben. Rings um die Cessna tobte die Hölle. Anders nahm alles zurück, was ihm zu der unheimlichen Dunkelheit über der Klamm durch den Kopf geschossen war. Es *war* ein Gewitter, und zwar das mit Abstand schlimmste, das er jemals erlebt hatte. Der Himmel über ihnen war völlig schwarz, aber Anders war nicht einmal sicher, ob es wirklich der Himmel war. Die Cessna hüpfte so wild hin und her, dass er nicht mehr sagen konnte, wo oben oder unten war, rechts oder links. Jannik schrie irgendetwas, das er nicht verstand, und der Kerl hinter ihm hatte die Pistole wieder aufgehoben und fuchtelte panisch und vollkommen sinnlos damit herum. Ab und zu zerrissen gleißende Blitze die schreckliche Dunkelheit, und in diesen Augenblicken konnte Anders das Gemisch aus kinderfaustgroßen Hagelkörnern und kaum weniger großen Regentropfen erkennen, das aus allen Richtungen zugleich auf die kleine Maschine eintrommelte.

Die Kanzel dröhnte, als würde sie von unsichtbaren Riesen mit Fäusten bearbeitet, und die meisten Instrumente auf dem Armaturenbrett schienen entweder ausgefallen zu sein oder spielten verrückt.

»Verdammt noch mal, was ist da los?!«, brüllte Narbenhand. »Bring die Kiste unter Kontrolle!«

»Ich schaffe es, keine Angst«, antwortete Jannik. »Behaltet die Nerven.«

Es dauerte noch eine Weile – vielleicht nur Sekunden, die Anders wie eine Aneinanderreihung schierer Ewigkeiten vorkamen –, doch dann erkämpfte er sich die Gewalt über das bockende Flugzeug tatsächlich Stück für Stück zurück. Die Cessna torkelte immer noch hin und her wie ein kleines Boot, das in einen Orkan geraten war, und der Höllenlärm machte es weiterhin unmöglich, sich anders als schreiend zu verständigen, aber zumindest war Anders jetzt sicher, dass sie nicht mehr auf dem Rücken flogen. Wenigstens fast.

»Was zum Teufel geht hier vor?«, schrie Narbenhand. »Davon war keine Rede. Wenn das ein Trick ist, wirst du es bereuen!«

»Kein Trick«, antwortete Jannik. »Die Instrumente spielen völlig verrückt! Ich muss tiefer gehen um mich zu orientieren.«

Diesmal gab es keinen Zweifel daran, dass die Angst in seiner Stimme echt war. Auf seiner Stirn perlte Schweiß, obwohl die Temperaturen in der Kanzel mit jedem Augenblick weiter fielen, und er hielt den Steuerknüppel so fest, als versuchte er ihn zu zerbrechen.

»Wie hoch sind wir?«, schrie Narbenhand.

»Keine Ahnung!«, brüllte Jannik zurück. »Aber ich gehe tiefer! Wir müssen uns orientieren!«

Narbenhand widersprach nicht, und so senkte Jannik die Nase der bockenden Maschine ein wenig. Anders spürte, dass sie an Höhe verloren. Sehen konnte er es nicht. Die Schwärze, die die Maschine umgab, war noch immer total. Die grellen Blitze, die in unregelmäßigen Abständen aufzuckten, trugen nicht im Geringsten zu seiner Orientierung bei, sondern schienen seinen Gleichgewichtssinn im Gegenteil nur noch mehr zu verwirren.

Dann, ganz kurz, sah er doch etwas. Ein ganz besonders greller, tausendfach verästelter Blitz spaltete den Himmel in zwei asymmetrische Hälften, und in seinem bleichen Widerschein erkannte Anders, dass sie sich dem Boden schon bedrohlich weit genähert hatten. Die Cessna flog allerhöchstens noch achtzig oder hundert Meter hoch und auch diese Distanz schmolz rasend schnell zusammen. Nicht nur Anders schrie in reiner Todesangst auf, sondern auch alle anderen; aber das Geräusch ihrer Stimmen ging im Brüllen des Sturmes und dem protestierenden Heulen des Motors unter, als Jannik die Maschine in einer verzweifelten Bewegung nach oben riss. Trotzdem schien ihnen der Boden noch weiter entgegenzuspringen. Langsam, unendlich und quälend langsam kippte die Cessna in die Waagerechte und begann dann endlich wieder zu steigen. Anders hatte das grässliche Gefühl, dass sie dem Boden dabei nahe genug kamen, um ihn mit der ausgestreckten Hand mühelos zu erreichen.

Aber er bemerkte auch noch etwas: Ganz kurz, bevor das gleißende Flackern des Blitzes erlosch und sie wieder in die brodelnde Wolkenmasse eintauchten, glaubte er zu erkennen, wieso die bizarr geformten Felszacken und -grate, die wie steinerne Reißzähne nach dem Bauch der Cessna schnappten, so sonderbar symmetrisch aussahen. Es waren keine Felsen. Es waren Ruinen. Unter ihnen lagen die brandgeschwärzten, ausgeglühten Ruinen einer gewaltigen Stadt.

Das flackernde Licht erlosch endgültig und die unheimliche Dunkelheit schloss sich wie ein gewaltiges Leichentuch um die Cessna.

Anders blinzelte. Als er die Augen wieder öffnete, war die Schwärze unter ihnen wieder genauso absolut wie die über ihnen. Und er musste sich getäuscht haben. Eine Stadt, so weit oben im Gebirge? Unmöglich.

Die Cessna schüttelte sich immer heftiger, kippte von einer Seite auf die andere und wieder zurück und drohte komplett abzuschmieren, bevor Jannik die Kontrolle über das Steuer zurückerlangte.

Plötzlich leuchteten auf dem Instrumentenbrett vor Jannik

gleich drei rechteckige rote Warnleuchten auf und unmittelbar danach eine vierte, heftig flackernde grüne Taste. Jannik streckte die Hand aus um sie zu drücken. Eine der drei roten Lampen erlosch – und dann die zweite. Anders wusste zwar nicht wieso, aber er hatte plötzlich das schreckliche Gefühl, einem gnadenlosen Countdown zuzusehen, an dessen Ende etwas Furchtbares geschehen würde.

Jannik brauchte weitere entsetzliche Sekunden, um die Cessna wieder weit genug zu stabilisieren, dass er es wagen konnte, eine Hand vom Steuerknüppel zu lösen und nach der immer hektischer flackernden grünen Taste auszustrecken.

Ein peitschender Knall erscholl und eine handlange orangerote Feuerzunge leckte an Janniks Schulter vorbei und stanzte ein rauchendes Loch in das Instrumentenpult, genau dort, wo sich das flackernde grüne Licht befunden hatte.

Jannik schrie so gellend auf, als hätte der Pistolenschuss ihn getroffen und nicht die Instrumententafel, und stieß dem Schützen den Ellbogen mit solcher Wucht ins Gesicht, dass dieser die Waffe fallen ließ und sich wimmernd in seinem Sitz krümmte. Heulend schlug er die Hände vors Gesicht.

»Du bist doch verrückt!«, wimmerte er. »Dafür bringe ich dich um, du Hund!«

»Das ist gar nicht mehr nötig«, sagte Jannik. »Du hast uns gerade alle umgebracht, du Idiot.«

Er riss so abrupt am Steuerknüppel, dass Anders schon wieder gegen das Instrumentenpult geschleudert worden wäre, hätte er sich nicht angeschnallt, und zwang die Cessna in eine steil nach unten führende Pirouette, die sie einen Großteil der gerade so mühsam gewonnenen Höhe kostete.

»Was tust du da?«, brüllte Narbenhand.

»Ich versuche unser Leben zu retten!«, antwortete Jannik. »Wir müssen hier raus!«

Wieder zuckte ein Blitz auf. Irgendetwas daran war anders, aber Anders kam nicht dazu, den Gedanken weiterzuverfolgen, denn Jannik riss am Steuerknüppel und flog eine komplette Rolle, die ihn schon wieder in die Sicherheitsgurte schleuderte und den Kopf des Kidnappers hinter ihm unsanft mit dem Kanzeldach kollidieren ließ. Es folgte ein jäher Schlenker nach links und dann ein abermaliger rasender Sturzflug. Anders klammerte sich mit verzweifelter Kraft an seinem Sitz fest und auch die beiden Kerle hinter ihm, die nicht das Glück gehabt hatten, sich anzuschnallen, hatten etwas anderes zu tun, als etwas gegen Janniks wahnwitzige Flugmanöver zu unternehmen. Sie schrien irgendetwas, was Anders nicht verstand und vermutlich auch gar keinen Sinn hatte, und Jannik kämpfte immer verbissener mit dem Steuerknüppel und zwang die Cessna zu wilden Flugmanövern, die die zerbrechliche Maschine bis an die Grenzen belasteten. Er benahm sich wie ein Kampfpilot, der verzweifelt versuchte feindlichem Feuer auszuweichen.

Und es endete auch so. Jannik ließ die Cessna einen weiteren abrupten Hüpfer nach rechts machen, und es war ein reiner Zufall, dass Anders genau in diesem Moment den Kopf wandte und aus dem Fenster sah.

Es dauerte weniger als eine Sekunde. Etwas in Anders glaubte es nicht einmal in dem Augenblick, in dem er es sah: Eine ganze Salve bleistiftdünner, grellblauer Lichtbolzen raste aus der Dunkelheit herauf, stanzte eine perfekte Linie glühender runder Löcher in die Tragfläche und war wieder verschwunden, noch bevor Anders' Augen sie überhaupt richtig erfassen konnten. Für einen kurzen Moment schlugen Flammen aus der Tragfläche und erloschen sofort wieder, als der rasende Fahrtwind sie ausblies, aber Anders sah voll maßlosem Entsetzen, dass die Tragfläche im wahrsten Sinne des Wortes perforiert war. Selbst wenn die Cessna nur ganz einfach geradeaus geflogen wäre, hätte das die angeschlagene Tragfläche wohl kaum länger als ein paar Augenblicke mitgemacht. Der mörderischen Belastung durch Janniks wildes Flugmanöver hielt sie genau …

bis jetzt stand.

Anders beobachtete aus ungläubig aufgerissen Augen, wie die Tragfläche wie in einer bizarren Zeitlupenaufnahme nach oben wegknickte, noch eine halbe Sekunde wie ein absurder Wimpel im Fahrtwind flatterte und dann endgültig abgerissen wurde.

Die Cessna kippte über die beschädigte Tragfläche weg und begann in hoppelnden Spiralen in die Tiefe zu stürzen. Anders schrie in purer Todesangst auf und klammerte sich an seinem Sitz fest, obwohl er wusste, wie vollkommen sinnlos das war. Auch die beiden Kidnapper hinter ihm schrien, während Jannik immer noch verbissen mit dem Steuerknüppel kämpfte, der mittlerweile regelrecht nach seinen Händen zu schlagen schien.

Draußen zuckte wieder eine ganze Salve blauweißer Blitze auf, in deren flackerndem Licht Anders erkennen konnte, wie rasend schnell ihnen der Boden entgegensprang. Er sah auch, dass er sich nicht getäuscht hatte: Es *waren* Ruinen, die den Boden bedeckten.

Das Licht erlosch und aus dem rasenden Trudeln der Maschine wurde ein weiterer kompletter Überschlag – und dann brachte Jannik das unmögliche Wunder zustande, die Cessna nicht nur abzufangen, sondern aus ihrem unkontrollierten Sturz ein rasendes Gleiten zu machen.

Für zwei oder drei Sekunden. Dann traf etwas das Leitwerk der Maschine und riss es ab. Das Brüllen des Sturms steigerte sich zu einem trommelfellzerreißenden Crescendo, als der Fahrtwind plötzlich ungehindert durch die Kabine heulte. Nicht nur das Leitwerk war weg, sondern auch der Bursche, der auf Jannik geschossen hatte, während sich Narbenhand noch irgendwie festklammerte.

Die rasende Fahrt ging weiter. Ein neuer Blitz zerriss die Dunkelheit und zeigte Anders eine gewaltige Ziegelsteinmauer, die im Bruchteil eines Atemzugs zur Höhe des Mount Everest anzuwachsen schien, während das Flugzeug ihr entgegenraste.

Jannik riss am Steuerknüppel, und obwohl sie nur noch eine Tragfläche und kein Leitwerk mehr hatte, reagierte die Cessna darauf; wie ein sterbendes Schlachtross, das sich noch im Tode bemühte, seinen Reiter in Sicherheit zu bringen.

Vielleicht war es auch nur Zufall.

Statt in die Ziegelsteinmauer zu krachen, prallte die waidwunde Cessna dicht davor auf die Straße, sprang noch einmal in die Höhe wie ein flach über das Wasser geworfener Stein und schlitterte Funken sprühend in eine mit Trümmern und Schutt übersäte Straße unmittelbar daneben.

Sie war zu schmal, selbst für die schon kastrierte Maschine. Auch die zweite Tragfläche brach ab und der gewaltige Schlag verwandelte das Flugzeugwrack in einen sich rasend schnell drehenden Kreisel, der Trümmerstücke in alle Richtungen schleuderte. Anders wurde nach vorne in die Gurte und wieder zurückgeworfen, irgendetwas traf ihn so hart am Kopf, dass er Übelkeit in sich aufsteigen fühlte. Glas splitterte. Er schmeckte Blut und spürte, wie etwas tief im Rumpf der Cessna zersplitterte. Die rasende Fahrt ging noch zwei oder drei Atemzüge weiter und endete dann mit einem letzten Schlag, der heftig genug war, um ihn abermals mit so grausamer Wucht in die Gurte zu schleudern, dass er fast das Bewusstsein verlor.

Sekundenlang saß er einfach schlaff in seinem Sitz, nur von seinen Gurten daran gehindert, endgültig zu Boden zu sinken, und kämpfte mit aller Macht darum, nicht in Ohnmacht zu fallen. Flackerndes rotes Licht drang durch seine geschlossenen Lider und sein Mund füllte sich beängstigend rasch mit seinem eigenen Blut. Er hatte sich auf die Zunge gebissen – jedenfalls hoffte er, dass es nichts Schlimmeres war – und auch an seinem Gesicht lief warmes Blut hinab. Das flackernde rote Licht bedeutete Feuer und er saß im Wrack eines abgestürzten Flugzeuges. Wenn er nicht bald hier herauskam, würde er bei lebendigem Leib verbrennen.

Es war dieser Gedanke, der Anders die Kraft gab, die

Schwärze wieder aus seinem Kopf zu drängen und die Augen zu öffnen. Im ersten Moment sah er trotzdem kaum etwas. Zuckendes rotes Licht verwandelte die Welt außerhalb des zerborstenen Cockpits in ein höllisches Kaleidoskop aus zusammenhanglosen Bildern und purem Schmerz, und außerdem war ihm sein eigenes Blut in die Augen gelaufen. Anders blinzelte, machte es dadurch aber eher noch schlimmer und hob mühsam die Hand um das Blut wegzuwischen.

Neben ihm kam Jannik stöhnend zu sich. Er war ebenso angeschnallt gewesen wie Anders, schien aber trotzdem mit der Stirn auf den Steuerknüppel aufgeschlagen zu sein, denn seine Sonnenbrille war zerbrochen und sein Gesicht blutüberströmt. Mühsam und mit benommen wirkenden, leicht unsicheren Bewegungen richtete er sich auf, nahm die zerbrochene Sonnenbrille aus seinem Schoß und starrte sie eine Sekunde lang verständnislos an. Dann hob er mit einem Ruck den Kopf und fuhr zu Anders herum.

»Bist du verletzt?«, fragte er erschrocken.

»Keine Ahnung«, nuschelte Anders. Er bewegte sich vorsichtig und lauschte dabei aufmerksam in sich hinein. Es gab nicht besonders viele Stellen an ihm, die nicht wehtaten, aber zumindest schien er sich nichts gebrochen zu haben. »Ich glaube nicht«, verbesserte er sich. Er musste schlucken, um das Blut loszuwerden, das sich in seinem Mund angesammelt hatte. Obwohl er selbst wusste, wie absurd es in einer Situation wie dieser war, wäre es ihm peinlich gewesen, vor Jannik auszuspucken.

Jannik hob die Hand, um sich das Blut aus dem Gesicht zu wischen. Er wirkte noch immer leicht benommen, wie ein Mann, der gerade aus einem tiefen Traum erwacht war und sich noch nicht vollkommen in der Wirklichkeit zurechtfand.

»Wir müssen hier raus«, sagte er. »Kannst du gehen?«

»Ich denke schon«, antwortete Anders. Welche andere Wahl hatte er schon? Jannik wirkte nicht überzeugt. Anders löste rasch seinen Sicherheitsgurt und streckte die Hand aus um die

Tür zu öffnen. Sie nahm ihm die Arbeit ab, indem sie herausfiel und scheppernd zu Boden stürzte.

»Sei vorsichtig«, sagte Jannik. Anders hörte, wie er auf der anderen Seite aus der Maschine stieg, drehte sich aber nicht zu ihm um, sondern konzentrierte sich lieber darauf, selbst einigermaßen unbeschadet aus dem Cockpit zu klettern – was ihm im Übrigen sehr viel mehr Mühe bereitete, als er gehofft hatte. Er hatte überall Schmerzen und vor allem sein linkes Knie weigerte sich beharrlich, ihm mit gewohnter Präzision zu gehorchen.

Was er sah, als er umständlich aus dem Wrack der Cessna kletterte, war auch nicht unbedingt dazu angetan, ihm Mut zu machen.

Die rasende Karussellfahrt hatte in der Mitte eines großen, unsauber mit Kopfsteinen gepflasterten Platzes geendet, der an allen Seiten von mehrstöckigen Ziegelsteingebäuden gesäumt wurde. Was er im flackernden Schein des Feuers erkennen konnte, das waren ausnahmslos Ruinen, brandgeschwärzte Hüllen aus verkohltem Ziegelstein und ausgeglühten und verdrehten Stahlträgern, deren leere Fensterhöhlen ihn blicklos anzustarren schienen. Überall lagen Schutt und Trümmer, aber nirgends zeigte sich auch nur die geringste Spur von Leben.

Anders drehte sich herum. Der Anblick auf der anderen Seite unterschied sich nicht von dem hier. Das Flugzeug hatte eine unregelmäßige Spur brennender Trümmerteile zurückgelassen, aber der zerfetzte Rumpf hatte wie durch ein Wunder noch nicht Feuer gefangen. Anders verspürte ein eiskaltes Schaudern, als ihm klar wurde, *wie* groß das Wunder war, dem sie ihr Überleben verdankten: Der letzte Aufschlag hatte den Treibstofftank abgerissen, der in zehn oder zwölf Metern Abstand wie eine aufgebrochene Blüte aus Metall dalag und Feuer und weiße Glut in alle Richtungen versprühte. Im flackernden Feuerschein erkannte Anders eine verkrümmte Gestalt, die reglos auf dem Kopfsteinpflaster lag. Narbenhand, der es schließlich doch nicht geschafft hatte.

Er hörte, wie Jannik auf der anderen Seite im Wrack der Cessna rumorte und humpelte zu ihm hin, so schnell es sein geprelltes Knie zuließ. Gerade als er die Maschine umrundet hatte, kam Jannik heraus und schob etwas unter seinen Gürtel: die verchromte Pistole, die der ebenso untalentierte wie glücklose Kidnapper fallen gelassen hatte.

»Komm jetzt«, rief Jannik. »Wir müssen weg!«

Anders nahm an, dass er immer noch Angst hatte, das Wrack der Cessna könne Feuer fangen oder einfach wie eine Bombe explodieren – eine Furcht, die nicht gänzlich unbegründet war. Der abgerissene Tank lag zwar in relativ sicherer Entfernung da, aber Anders verstand nicht genug von Flugzeugen um sicher sein zu können, dass es wirklich der einzige Tank der Cessna war; außerdem gab es im Wrack des Flugzeuges noch mehr als genug brennbares Material.

Trotzdem blieb er stehen, wo er war, und deutete zu Narbenhand zurück. »Wir müssen uns um ihn kümmern.«

Jannik tat etwas sehr Seltsames: Er legte den Kopf in den Nacken und suchte rasch, aber sehr aufmerksam den Himmel ab, bevor er antwortete. »Er ist tot«, sagte er dann. »Das kann er nicht überlebt haben.«

»Und wenn doch?«

»Würde er uns nur aufhalten«, antwortete Jannik. Er wedelte ungeduldig mit der Hand. »Komm jetzt. Wir haben keine Zeit!«

Anders war so schockiert, er reagierte gar nicht, sondern starrte Jannik nur aus großen Augen an, sodass dieser ihn kurzerhand beim Arm ergriff und mit sich zerrte. Nach ein paar Schritten verringerte er sein Tempo ein wenig, als ihm klar wurde, dass Anders mit seinem verletzten Knie nicht mit ihm Schritt halten konnte. Aber sehr viel Rücksicht nahm er auch dann nicht auf ihn, ganz im Gegenteil trieb er ihn ziemlich grob vorwärts. Nach wenigen Augenblicken erreichten sie eines der ausgebrannten Gebäude und traten ein. Jannik zog ihn noch ein gutes Stück mit sich und weg vom Eingang, ehe er endlich seinen Arm losließ.

Anders war noch immer viel zu perplex, um irgendetwas anderes tun zu können als Jannik einfach fassungslos anzustarren. Das war doch nicht der Jannik, den er kannte! Auch er hatte Narbenhand nicht gerade ins Herz geschlossen, aber den Mann einfach liegen zu lassen, ohne sich auch nur davon zu überzeugen, ob er noch lebte oder vielleicht Hilfe brauchte, das sah ihm nun wirklich nicht ähnlich.

»Was soll denn das?«, murmelte er benommen. »Was geht hier vor?«

»Nicht jetzt«, zischte Jannik. Er unterstrich seine Worte durch eine entsprechende, fast befehlende Geste, blickte sich hektisch um und huschte dann mit zwei, drei schnellen Schritten zu einem der glaslosen Fenster und ließ sich davor in die Hocke sinken, um gebannt nach draußen zu sehen. Anders blieb noch ein paar Momente wie betäubt stehen, ehe er die Kraft fand, ihm zu folgen. Jannik bedeutete ihm mit einem hastigen Wink, sich ebenfalls zu ducken, und Anders gehorchte ganz automatisch.

»Jannik, was bedeutet das?«, murmelte er wieder verstört. »Wo sind wir hier? Was ist das für eine seltsame Stadt? Du weißt es doch, oder?«

Im ersten Moment war er fast sicher, dass Jannik gar nicht antworten würde, und tatsächlich verstrichen endlose Sekunden, bevor er schließlich fast widerwillig meinte: »Ja.«

»Und?«, fragte Anders. »Ist das alles, was du dazu zu sagen hast?«

»Ja«, entgegnete Jannik abermals, fuhr jedoch nach einem Augenblick und in zögerndem Ton fort: »Je weniger du weißt, desto besser ist es für dich, glaub mir.«

»Sehr komisch«, sagte Anders. »Du glaubst doch nicht, dass du damit durchkommst.«

»Doch, das glaube ich«, antwortete Jannik. »Mach dir keine Sorgen. Ich bringe dich hier schon raus. Noch einmal versage ich nicht«, fügte er leiser und hörbar bitter hinzu.

»Noch einmal?« Anders schüttelte den Kopf. »Spinnst du?

Diese Landung hätte nicht einmal Captain Picard besser hingekriegt.«

»Aber der hätte sich bestimmt nicht so übertölpeln lassen. Das hätte nicht passieren dürfen.«

»Was?«

»Was? Fragtest du wirklich *was*?« Jannik schüttelte ärgerlich den Kopf. »Es hätte nie zu diesem Schuss kommen dürfen. Ich habe einfach nicht vorausgesehen, dass einer dieser beiden Idioten wegen des Unwetters durchdrehen könnte. Das ist doch verrückt! Wenn der Typ nicht das Cockpit zusammengeschossen hätte, hätte ich die Maschine in einem Stück runtergebracht.«

»Ich fand dein Flugmanöver auch so schon beeindruckend«, erklärte Anders. »Immerhin leben wir noch. Und außerdem bist du ja kein ausgebildetes Hijacker-Opfer, oder?«

Jannik blieb ernst. »Es hätte einfach nicht passieren dürfen«, beharrte er. »Nicht mir.«

»Du konntest schließlich nicht ahnen, dass die beiden Typen vor uns da sind«, sagte Anders nun in ebenfalls ernstem Ton. »Ich verstehe sowieso nicht, wie sie das geschafft haben, mit dieser Schrottkarre von Lieferwagen.«

Darauf erwiderte Jannik nichts, aber er sah Anders auf eine ganz spezielle Art an, die ihm klar machte, dass *er* es sehr wohl verstand.

Dann begriff auch er es: Es war seine Schuld. Die beiden Möchtegernganoven hätten nicht die Spur einer Chance gehabt, sie einzuholen, wenn sie ihren Vorsprung nicht freiwillig verschenkt hätten, indem *er* den Hummer gefahren hatte. Es war ganz eindeutig seine Schuld. Aber er sparte sich jede entsprechende Bemerkung. Er glaubte Janniks Antwort darauf regelrecht zu hören: *Schließlich war es meine Entscheidung, dich fahren zu lassen.*

Stattdessen deutete er wieder nach draußen. »Und das?«

Vielleicht hätte Jannik in diesem Moment tatsächlich geantwortet, denn Anders spürte, dass er plötzlich nicht mehr annähernd so entschlossen war wie noch vor ein paar Augenblicken. Doch jetzt war er es, dem das Schicksal zu Hilfe kam: Gerade als Jannik zu einer Erklärung ansetzen wollte, begann sich die verkrümmte Gestalt draußen auf dem Kopfsteinpflaster zu bewegen. Narbenhand lebte.

Anders wollte aufspringen, doch Jannik legte ihm rasch die Hand auf den Unterarm und drückte so fest zu, dass ihm um ein Haar ein Schmerzenslaut entschlüpft wäre. Gleichzeitig deutete er mit der anderen Hand nach oben, in den Himmel hinauf.

Anders hob den Blick und für einen Moment stockte ihm fast der Atem.

Ohne dass es ihm bisher aufgefallen war, hatte das Unwetter ebenso schlagartig aufgehört, wie es begonnen hatte. Der Himmel jedoch war nicht leer. Zwei grelle Lichtpunkte näherten sich in rasendem Tempo, und beinahe im gleichen Moment hörte Anders ein dumpfes, rasch näher kommendes Geräusch, das er nach einem weiteren Augenblick als das typische Rotorengeräusch eines Hubschraubers erkannte.

»Na, *das* ging aber schnell!«, sagte er überrascht und auch unendlich erleichtert. Abermals wollte er aufspringen, und wieder legte Jannik ihm die Hand auf den Arm und hielt ihn zurück, wenn auch nicht auf so schmerzhafte Art wie gerade. Er schüttelte nur den Kopf.

»Was ist denn los?«, fragte Anders verwirrt.

»Still!«, zischte Jannik. »Und rühr dich nicht!«

Anders war so perplex, dass er sich tatsächlich nicht rührte – doch er blieb nicht still. »Aber wieso denn?«, wunderte er sich. »Das ist doch die Polizei, oder? Ich meine: Sie sind bestimmt gekommen, um …« *uns zu retten?* Die drei letzten Worte sprach er nicht mehr aus, als er den Ausdruck auf Janniks Gesicht sah. Wenn er jemals Angst in seinen Augen gesehen hatte, dann jetzt. Das da oben war weder die Polizei noch sonst jemand, der gekommen war um sie zu *retten.*

Mit klopfendem Herzen sah er wieder zum Himmel. Die

beiden Lichtpunkte kamen rasch näher und sie bewegten sich unabhängig voneinander, was bedeutete, dass es tatsächlich *zwei* Helikopter waren, nicht eine Maschine mit zwei Scheinwerfern. Das war seltsam. Fast so seltsam wie die Tatsache, dass die vermeintlichen Rettungskräfte jetzt schon hier sein sollten – auch wenn es ihm nach all den hektischen und turbulenten Ereignissen viel länger *vorkam*, so waren seit ihrer Begegnung mit dem Polizeihubschrauber doch allerhöchstens zehn Minuten vergangen; und wahrscheinlich eher weniger. Eigentlich war es unmöglich, dass sie so schnell auftauchten.

»Was ist hier los?«, fragte er wieder.

Jannik schüttelte abgehackt den Kopf. »Nicht jetzt.« In seiner Stimme war fast so etwas wie Panik. Anders sah, wie seine Hand an seinem Pullover hinunterwanderte und nach der Waffe griff, die er unter den Gürtel geschoben hatte, sich dann aber im letzten Moment wieder zurückzog.

Er blickte erneut nach oben. Die beiden grellen Lichtkreise waren mittlerweile so nahe gekommen, es war ihm kaum noch möglich, sie anzusehen, ohne dass die gleißende Helligkeit ihm die Tränen in die Augen trieb. Irgendetwas stimmte nicht mit dem Motorengeräusch. Er konnte nicht genau sagen was, aber es klang nicht wirklich wie das normale Motorengeräusch eines Helikopters. Das sonderbar gedämpfte Flappen nahm weiter an Lautstärke zu, dann wurde aus einem der beiden Lichtpunkte plötzlich der grelle Strahl eines Suchscheinwerfers, der wie eine Pfütze aus grellweißem Licht über die Straße tastete, einen Moment am Wrack der Cessna hängen blieb und dann weiterglitt.

Auch Narbenhand hatte das Licht natürlich bemerkt und richtete sich mühsam auf. Seine Bewegungen wirkten schwach und sonderbar unkoordiniert. Anders nahm an, dass er weniger Glück gehabt hatte als Jannik und er und ziemlich schwer verletzt war. Es grenzte ohnehin an ein Wunder, dass er überhaupt noch lebte.

Die beiden Lichtkreise teilten sich endgültig. Der Scheinwerferstrahl blieb unverrückbar auf Narbenhand gerichtet, der mittlerweile vollends aufgestanden war und die linke Hand über das Gesicht gehoben hatte, um seine Augen vor dem grellen Licht zu schützen. Der zweite Lichtpunkt erlosch plötzlich, und nur einen Moment später senkte sich der sonderbarste Hubschrauber auf den Platz herab, den Anders jemals gesehen hatte.

Die Maschine war riesig, stromlinienförmig und aggressiv geformt wie ein Hai und von einem so tiefen Schwarz, dass sie das Licht regelrecht aufzusaugen schien. Sie war außerdem sehr leise. Das Geräusch, das Anders gehört hatte, war nur das Zischen der Luft, die die bizarr geformten Rotorblätter durchschnitten. Die Turbine selbst schien vollkommen lautlos zu arbeiten.

Doch wenn er den Helikopter schon sonderbar fand, dann fehlten ihm für die drei Gestalten, die nach einem Moment aus dem fliegenden Raubfisch ausstiegen, beinahe die Worte.

Es waren zweifellos Menschen. Aber das war auch so ziemlich alles, was er auf Anhieb sagen konnte. Die drei Männer (wenn es Männer waren) trugen einteilige, glänzende schwarze Anzüge, die nahtlos in Handschuhe und wuchtige schwarze Helme übergingen. Ihre Gesichter verbargen sich hinter schwarz verspiegelten Scheiben und sie trugen klobige Gewehre mit plumpen Läufen in den Händen.

»Wer ist das?«, fragte Anders. Jannik brachte ihn mit einer fast erschrockenen Geste zum Schweigen und Anders wandte sich mit klopfendem Herzen wieder dem Geschehen auf dem Platz zu.

Narbenhand stand nach wie vor im Zentrum des Suchscheinwerfers, den der zweite Hubschrauber auf ihn richtete. Er hatte sich halb umgedreht, um sich dem gelandeten Helikopter zuzuwenden. Die linke Hand hatte er noch immer schützend über die Augen erhoben, mit der anderen winkte er den Männern zu, die aus dem gelandeten Hubschrauber gestiegen waren.

»Dieser Dummkopf«, flüsterte Jannik.

Anders kam nicht einmal dazu, ihn zu fragen, wie diese Worte gemeint waren.

Er *sah* es.

Narbenhand machte einen Schritt auf die Männer in den unheimlichen schwarzen Schutzanzügen zu und winkte noch einmal, und einer der Männer hob seine Waffe und drückte ab, ohne länger als einen Sekundenbruchteil gezielt zu haben.

4

Er war ein ausgezeichneter Schütze. Der blaue Lichtbolzen, den seine Waffe ausstieß, durchbohrte Narbenhands Brust, brach in einer Wolke aus Blut und zerfetztem Gewebe aus seinem Rücken wieder hervor und verbrauchte den Rest seiner Energie, indem er ein fast metergroßes Loch in die Ziegelsteinmauer hinter dem Mann schlug. Narbenhand warf die Arme in die Höhe, taumelte einen Schritt zurück und brach dann wie vom Blitz getroffen zusammen. Anders konnte nur deshalb im letzten Moment einen entsetzen Schrei unterdrücken, weil ihn das Grauen erregende Geschehen gleichzeitig lähmte.

Und es war noch nicht vorbei. Der Mann, der Narbenhand niedergeschossen hatte, ging mit schnellen Schritten zu ihm hin und beugte sich über ihn um ihn zu untersuchen, und der Hubschrauber, der noch immer reglos über dem Platz schwebte, schaltete einen zweiten Scheinwerfer ein, der wie eine suchende Hand über den Platz und die umliegenden Gebäude tastete.

Jannik duckte sich hastig unter die Fensterbrüstung, als sich der Lichtkreis in ihre Richtung bewegte, und Anders ahmte die Bewegung instinktiv nach. Nicht einmal eine Sekunde darauf fiel der Scheinwerferstrahl durch das Fenster über ihren Köpfen und riss eine gespenstische Szenerie aus Trümmern und harten Schatten aus der Dunkelheit. Anders' Augen hatten nicht genug Zeit, sich an die veränderten Lichtverhältnisse zu gewöhnen, aber selbst die Fragmente, die er sah, reichten aus, um ihm einen eisigen Schauer über den Rücken zu jagen. Sie befanden sich in einem Totenhaus.

Der Lichtstrahl wanderte weiter und die Dunkelheit schien mit doppelter Wucht über ihnen zusammenzuschlagen. Anders schloss die Augen und zählte in Gedanken langsam bis fünf, ehe er die Lider wieder hob. Dennoch sah er Janniks Gesicht im ersten Moment nur als verschwommenen bleichen Fleck vor sich, der nur nach und nach wieder Konturen und Tiefe bekam.

Immerhin konnte er gut genug sehen, um Janniks heftiges Gestikulieren zur Kenntnis zu nehmen; und auch seine Bedeutung zu verstehen. Statt irgendetwas zu sagen oder eine Frage zu stellen, richtete er sich behutsam wieder auf und spähte aus dem Fenster.

Weitere Männer waren aus dem Hubschrauber gestiegen, und Anders' Herz machte einen erschrockenen Sprung in seiner Brust, als er sah, dass sich zwei oder drei ziemlich genau in ihre Richtung bewegten.

Jannik berührte ihn am Arm und gab ihm gleichzeitig mit einem warnenden Wink zu verstehen, still zu sein – als ob das noch nötig gewesen wäre. Anders deutete nur ein Nicken an und Jannik machte eine Kopfbewegung in die Dunkelheit hinter sich hinein. Anders war alles andere als begeistert von dem Gedanken, ihm dorthin zu folgen, aber er hatte auch nicht vergessen, was Narbenhand passiert war. Vielleicht würde er es nie wieder vergessen können.

So lautlos, wie es ihm nur möglich war, richtete er sich auf und folgte Jannik. Ganz automatisch nahm er sogar dieselbe Haltung ein: geduckt und so weit vornübergebeugt, dass seine Hände über den Boden geschleift wären, hätte er die Arme nicht halb erhoben.

Wenigstens hatten sich seine Augen wieder halbwegs an die

Dunkelheit gewöhnt, sodass er seine Umgebung zumindest schemenhaft erkennen konnte. Nicht dass es viel zu sehen gegeben hätte. Sie befanden sich in einem großen, nahezu leeren Raum, der mit Schutt und Trümmern übersät war. Aber irgendetwas fehlte.

Anders konnte nicht sagen was. Aber es fehlte.

Jannik deutete – wie Anders annahm, ziemlich wahllos – nach vorne und beschleunigte seine Schritte noch, und Anders beeilte sich um nicht den Anschluss zu verlieren. Er dachte gar nicht darüber nach, wie Jannik hier die Orientierung behielt – oder ob überhaupt. Das so ziemlich Schlimmste, was er sich im Moment vorstellen konnte, war, hier allein zurückzubleiben. Er bemühte sich den pochenden Schmerz in seinem linken Knie zu ignorieren, biss die Zähne zusammen und schloss humpelnd zu Jannik auf.

Draußen erscholl ein dumpfes, sonderbar lang anhaltendes Poltern. Anders fuhr erschrocken zusammen und duckte sich ganz instinktiv, und möglicherweise rettete ihm diese Bewegung das Leben, denn plötzlich griff ein zweiter, noch viel gleißenderer Lichtfinger durch das Fenster herein und verfehlte ihn nur um Zentimeter. Anders warf sich instinktiv in die entgegengesetzte Richtung und erblickte einen niedrigen, sonderbar kantigen Umriss. So schnell er konnte, humpelte er darauf zu. Das Licht folgte ihm wie der tastende Finger eines Raubtiers, das die Witterung seiner Beute aufgenommen hatte, aber noch nicht ganz genau wusste, wo es zu suchen hatte, brach plötzlich ab, als es den Bereich des Fensters verließ, und flammte dann näher und scheinbar doppelt so grell wieder auf, als es durch die daneben liegende Fensteröffnung drang. Im allerletzten Moment erreichte Anders den Schutthaufen, setzte mit einem verzweifelten Sprung darüber hinweg und duckte sich. Sein ohnehin lädiertes Knie bedankte sich mit einer wütenden Schmerzattacke für die grobe Behandlung. Das Bein knickte unter ihm weg. Er fiel, und noch während er stürzte, glitt der bleiche Knochenfinger aus Licht dort über ihm entlang, wo er sich vor einem Sekundenbruchteil noch befunden hatte.

Die anderthalb Jahre widerwilligen Judotrainings zahlten sich nun aus, denn Anders fing seinen Sturz nicht nur ganz instinktiv mit einer Rolle ab, sondern glitt dabei auch endgültig in die Deckung des mehr als meterhohen Schutthaufens. Der Lichtfinger wanderte weiter, erfuhr eine neuerliche Unterbrechung, als er den Bereich des Fensters verließ – und kehrte zurück! Anders presste sich mit angehaltenem Atem gegen den Boden, und sein Herz begann noch heftiger zu schlagen, als er sah, wie sich ein zweiter Lichtstrahl hinzugesellte, der zielstrebig nach seinem Versteck tastete. Sie hatten ihn gesehen!

Für einen Moment drohte ihn Panik zu übermannen. Es hätte nicht viel gefehlt und er wäre einfach losgerannt, obwohl ihn der Lichtstrahl dann ganz bestimmt erfasst hätte. Nur mit allerletzter Kraft gelang es ihm, die Angst zurückzudrängen und liegen zu bleiben.

Immerhin verschafften ihm die in regelmäßigen Abständen aufflammenden und wieder erlöschenden Lichtstrahlen einen etwas genaueren Überblick über seine Umgebung. Der Raum, in den sie geflohen waren, hatte die Abmessungen einer kleinen Kathedrale und schien früher einmal als Fabrikhalle gedient zu haben, bevor ihn irgendeine schreckliche Katastrophe heimgesucht hatte; zusammen mit dem Rest der Stadt. Ein Großteil der Decke war eingebrochen, überall lagen Schutthaufen und gewaltige Betonbrocken, aus denen die zerfetzten Enden rostiger Moniereisen ragten. Trotzdem konnte Anders noch die wuchtigen Betonsockel erkennen, auf denen früher einmal gewaltige Maschinen gestanden haben mochten. Der vollkommen schwarze Boden war mit der typischen Schicht bedeckt, die aus eingetrocknetem Öl, Schmiere und dem Schuhsohlenschmutz eines halben Jahrhunderts bestand und selbst dem verheerenden Feuersturm getrotzt hatte ohne ihre Klebrigkeit einzubüßen. Als der Scheinwerferstrahl über die rückwärtige Wand strich, erblickte Anders eine rostige Feuerschutztür, die eine halbe Tonne wiegen musste, trotzdem aber eingebeult und zerknüllt war wie eine Coladose, die jemand mit Fäusten bearbeitet hatte.

Jannik hockte geduckt hinter einem fast mannsgroßen Bruchstück der Decke und winkte ihm aufgeregt zu. Hinter ihm sah Anders etwas, das ihn an einen Haufen verkohlter schwarzer Spaghetti erinnerte, bevor er es als die Überreste einer ausgeglühten, steil in die Höhe führenden Metalltreppe identifizierte.

Anders beantwortete Janniks Winken mit einem knappen Nicken und wandte sich dann wieder den Lichtstrahlen zu. Mit einer Art sonderbar erschöpftem Entsetzen registrierte er, dass es mittlerweile drei geworden waren. Nun gab es keinen Zweifel mehr. Obwohl er hundertprozentig sicher war, dass ihn der Suchscheinwerfer nicht erfasst hatte, wussten sie, er war hier. Und Anders hatte auch die drei schwarz vermummten Gestalten nicht vergessen, die sich auf dem Weg hierher befanden.

Ein Grund mehr, sich zu beeilen. Er versuchte einen Moment lang vergeblich, irgendein Muster in dem hektischen Hin und Her und Aufflammen und Erlöschen der Lichtbalken zu erkennen, vielleicht ein Loch in dem Netz aus Licht, das sich unbarmherzig enger und enger um ihn zusammenzog. Es gab keines. Er musste das Risiko eingehen und auf sein Glück vertrauen. Behutsam stemmte er sich in die Höhe und betastete probehalber sein linkes Knie um sicherzugehen, dass es sein Körpergewicht auch tragen konnte und ihm nicht etwa im ungünstigsten aller Momente den Dienst quittierte. Es tat weh, aber es ging. Anders verschwendete eine weitere kostbare halbe Sekunde damit, nach einer Lücke in dem hektisch flackernden Lichtgitter zu suchen, von der er wusste, dass es sie nicht gab – und hätte um ein Haar erschrocken aufgeschrien. Für den Bruchteil einer Sekunde riss der Lichtstrahl ein Gesicht aus der Dunkelheit, das hinter einem Trümmerberg hervorlugte. Aber dieses Gesicht war …

Nein. Anders schüttelte den Gedanken ab. Seine Nerven begannen ihm allmählich wirklich *üble* Streiche zu spielen. Was ja auch kein Wunder war. Er atmete noch einmal tief ein, nahm all seinen Mut zusammen und spurtete los.

Jeder einzelne Schritt war die Hölle. Glühende Messerklingen stachen in sein Knie und fraßen sich brutal bis in seinen Oberschenkel und die Hüfte hinauf. Anders wimmerte vor Schmerz. Tränen schossen ihm in die Augen und verschlechterten seine Sicht noch mehr, und schon nach den ersten Schritten rannte er nicht, sondern humpelte in einem taumelnden Zickzackkurs in die ungefähre Richtung, in der er Jannik vermutete. Er konnte nicht sagen, ob ihn einer der Suchscheinwerfer erfasste oder nicht oder wie lange es dauerte. Irgendwann griff plötzlich eine Hand nach ihm und riss ihn mit einem so harten Ruck herum, dass er fast in Janniks Arme fiel, als er sich hinter den Betonbrocken duckte. Wimmernd brach er vollends zusammen und schlang die Arme um sein schmerzendes Knie. Eine Armee winziger Ratten mit rot glühenden Zähnen fraß sich beharrlich weiter in seinem Bein nach oben.

»Was ist los?«, fragte Jannik. Trotz der an Panik grenzenden Sorge in seiner Stimme hatte er sie zu einem Flüstern gesenkt. Er beugte sich über ihn und streckte die Hände aus, wagte es aber dann nicht, ihn zu berühren.

»Mein Knie«, presste Anders zwischen zusammengebissenen Zähnen hervor. Er hatte Mühe, nicht zu schluchzen. »Irgendetwas darin … ist kaputt.«

»Kannst du laufen?«, fragte Jannik.

Anders wälzte sich mühsam herum, stand mit dem rechten Bein auf und belastete dann vorsichtig das andere. Im ersten Moment fühlte es sich an, als würde es einfach zerbrechen, aber dann erlosch der Schmerz so übergangslos, als hätte ihn jemand abgeschaltet, und es blieb nur ein dumpfes, wummerndes Pochen zurück.

»Ich denke schon«, sagte er. *Wenn ich vorsichtig bin und*

nichts wirklich Leichtsinniges tue, fügte er in Gedanken hinzu. *Zum Beispiel gehen.*

Jannik betrachtete ihn noch einen Moment lang mit unverhohlenem Zweifel, dann sah er kurz zu den tastenden Lichtfingern hoch und deutete schließlich auf das ausgeglühte Treppenskelett. Schon der bloße Gedanke, sich mit seinem verletzten Knie dort hinaufzuquälen, jagte Anders einen kalten Schauer über den Rücken, aber Jannik hatte natürlich Recht. Sie konnten nicht bleiben. Es grenzte ohnehin schon an ein Wunder, dass die Männer in den schwarzen Anzügen noch nicht hier waren.

Jannik wies ihn mit einer knappen Geste an, vorauszugehen. Die bleichen Lichtstrahlen schienen die Bewegung nachzuvollziehen und glitten zitternd die Metalltreppe hinauf, wie um ihn zu verhöhnen und ihm die Aussichtslosigkeit seines Vorhabens vor Augen zu führen. In dem kurzen Moment schattenloser Helligkeit sah Anders jedoch auch, dass die Treppe zwar in einem schlimmen Zustand, aber begehbar war. Das Geländer wirkte nicht so, als wäre es ratsam, es auch nur mit einem Bruchteil seines Körpergewichts zu belasten, und einige Stufen fehlten, doch es war zu schaffen. Die Treppe führte zu einer Art Galerie hinauf, die zum Großteil weggebrochen war, aber in dem Sekundenbruchteil, bevor der Lichtstrahl weiterwanderte und die Galerie wieder in vollkommener Schwärze versank, erkannte Anders die Umrisse mehrerer Türen, die dort oben tiefer in das Gebäude hineinführten.

Es ging los. Die Treppe ächzte hörbar unter seinem Gewicht, und als Jannik hinter ihm auf die Stufen trat, schien sie eine Sekunde lang zu wanken, als wolle sie kurzerhand zusammenbrechen. Anders verscheuchte die Bilder von einstürzenden Treppen und von Metallspießen durchbohrten Gliedmaßen, mit denen ihn seine Fantasie quälen wollte, und humpelte die verzogenen Stufen hinauf, so schnell er konnte.

Auf dem oberen Drittel wäre er fast gestürzt. Den fehlenden Stufen wich er müheloser aus, als er es selbst für möglich gehalten hätte, aber eines der ausgeglühten Gitterroste gab ohne Vorwarnung unter seinem Gewicht nach und donnerte mit einem gewaltigen Scheppern in die Tiefe. Hätte Anders es mit seinem gesunden Bein belastet, wäre er wahrscheinlich zusammen mit ihm hinuntergekracht. So jedoch gelang es ihm, einen hastigen Schritt auf die nächste Stufe hinaufzumachen und sich in Sicherheit zu bringen.

Leise zu sein war jetzt ohnehin sinnlos geworden. Anders stürmte rücksichtslos weiter, erreichte mit wenigen hastigen Schritten die Galerie und trat zur Seite um Jannik Platz zu machen. Ein bleicher Lichtstrahl glitt einen halben Meter an ihm vorbei, betastete neugierig das verbogene Metallgeländer der Galerie und erlosch wieder.

Jannik stürmte hinter ihm die Treppe herauf und steuerte anscheinend wahllos die erste Tür an. Sie war verschlossen. Jannik fluchte, rüttelte im Herumdrehen noch einmal vergeblich an der Klinke und wandte sich der nächsten Tür zu.

Diesmal hatte er mehr Glück. Er musste sich mit der Schulter dagegen stemmen und mit aller Kraft drücken, doch dann bewegte sich die verzogene Metallplatte mit einem Kreischen, das noch auf der anderen Seite des Platzes zu vernehmen sein musste. Jannik verzog das Gesicht, als wären es seine eigenen Gelenke, die er zerbrechen hörte, verstärkte seine Anstrengungen aber noch, bis er den Spalt genug erweitert hatte um sich hindurchzuquetschen.

Doch er setzte nur dazu an und erstarrte dann mitten in der Bewegung.

Unter ihnen wurden Schritte laut. Anders drehte sich erschrocken um und erstarrte dann ebenfalls, als er die drei in glänzende schwarze Overalls gehüllten Menschen erkannte, die die Halle betreten hatten. In dem stroboskopischen Lichtgewitter, das immer noch tobte, schienen sie nur manchmal Gestalt anzunehmen und immer wieder zu verschwinden, um ein Stück entfernt und in anderer Haltung wieder aufzutauchen, was sie noch unheimlicher und bizarrer erscheinen ließ.

Trotz des flackerndes Lichts konnte Anders sie nun besser erkennen als gerade draußen auf dem Platz. Sah man von ihren Waffen ab, die nicht nur wirkten wie aus der Requisitenkammer eines Science-Fiction-Films, sondern auch einen ebenso Grauen erregenden Effekt hatten, war ihr Anblick doch nicht ganz so fremdartig, wie es im ersten Moment den Anschein gehabt hatte. Die schwarzen Monturen, die jeden Quadratzentimeter ihres Körpers bedeckten, waren offensichtlich aus einem einzigen Stück gegossen, und aus der Nähe erkannte Anders jetzt, dass sie flache Tornister auf den Rücken trugen, die über dünne gerippte Schläuche mit ihren Helmen verbunden waren. Ihre Gesichter verbargen sich hinter verspiegelten Scheiben. Aber so unheimlich dieser Aufzug auch wirkte, war Anders doch klar, dass es sich um nichts Außergewöhnlicheres als simple ABC-Schutzanzüge handelte, wie sie die Feuerwehr oder auch das Militär benutzten.

Abgesehen von den Star-Trek-Waffen natürlich.

Er wollte sich umdrehen, fing aber im letzten Moment einen fast entsetzten Blick aus Janniks Augen auf und blieb vollkommen reglos stehen.

Die drei Gestalten begannen sich in der Halle zu verteilen, wobei sie sich langsam um sich selbst drehten und ihre Waffen beständig von links nach rechts und wieder zurück schwenkten. Sie suchten nach ihnen, und Anders hatte das sichere Gefühl, dass sie nicht auf das Licht der Suchscheinwerfer angewiesen waren, um die Dunkelheit zu durchdringen.

Jannik wartete zur sprichwörtlichen Salzsäule erstarrt, bis alle drei in eine andere Richtung sahen, dann huschte er mit einer blitzartigen Bewegung durch den Türspalt und Anders folgte ihm. Kaum war er durch die Tür, riss Jannik ihn zur Seite und atmete hörbar auf.

»Bewegungssensoren«, flüsterte er. »Aber ich glaube, sie haben uns nicht bemerkt.«

Ein grellblauer Lichtblitz stanzte ein faustgroßes Loch in die Metalltür zwischen Jannik und Anders, raste den Gang hinab und zertrümmerte praktisch im gleichen Sekundenbruchteil die Rückwand.

Jannik fluchte, ergriff Anders am Handgelenk und stürmte los. Hinter ihnen rammte ein zweiter Lichtblitz die Tür endgültig aus den Angeln und zerschmetterte einen Teil der Decke. Im Widerschein der herabregnenden Funken sah Anders, dass sie sich in einem schmalen Gang befanden, von dem zahlreiche Türen abzweigten. Jannik stürmte wahllos auf die nächste davon zu, machte im letzten Moment kehrt und rannte weiter, wobei er Anders ohne die geringste Rücksicht auf sein verletztes Knie hinter sich herzerrte.

Er wiederholte dieses scheinbar sinnlose Manöver noch drei- oder viermal, bis endlich eine der Türen seine Gnade fand und er hindurchstürmte. Erst jetzt wurde Anders klar, warum: Hinter der Tür lag eine Treppe, die sowohl nach oben als auch nach unten führte. Jannik stürmte die nach oben führenden Stufen hinauf, hielt auf dem ersten Absatz an und versetzte Anders einen Stoß, der ihn noch zwei, drei Stufen weiterstolpern ließ, bevor er ungeschickt auf ein Knie herabfiel – selbstverständlich auf das verletzte.

Rote Blitze aus Schmerz explodierten vor Anders' Augen. Während er sich hastig zur Seite rollte, um sein Knie zu entlasten, fiel Jannik ebenfalls auf ein Knie herab und riss gleichzeitig die Pistole aus dem Hosenbund. Unter ihm zerbarst die Tür in einem flackernden blauen Lichtgewitter und eine Gestalt in einem schwarzen ABC-Anzug stürmte hindurch.

Jannik und der Angreifer schossen gleichzeitig. Der Lichtblitz verfehlte Jannik um Haaresbreite und schlug ein metergroßes Loch in die brüchige Ziegelsteinmauer hinter ihm; doch noch während er sich unter dem Hagel von Trümmerbrocken und Staub duckte, traf seine eigene Kugel den Mann in die Brust und schleuderte ihn zurück.

Jannik wartete nicht ab, was weiter geschehen würde, sondern sprang hastig auf und riss auch Anders in die Höhe. So schnell es sein geprelltes Knie zuließ, stolperten sie weiter.

In dem blassen Licht, das durch das gewaltsam geschaffene Loch in der Mauer hereinströmte, konnte er das Treppenhaus ein wenig genauer erkennen. Die Wände bestanden aus dem obligaten Ziegelstein, der auch hier fast überall brandgeschwärzt war, und es gab zahllose rechteckige Öffnungen, aus denen abgerissene Leitungen und zerschmolzene Kabelenden ragten. Auch die Lampen, die einmal unter der Decke gehangen hatten, waren verschwunden, aber hier und da entdeckte er an ihrer Stelle geschmolzenes Glas, das sich in die Decke eingebrannt hatte. Anders beschlich plötzlich das unheimliche Gefühl, zu wissen, was hier passiert war. Doch er gestattete auch diesem Gedanken nicht, Gestalt anzunehmen.

Die Treppe führte weiter in die Höhe, aber Jannik stürmte durch die Tür, die es auf dem nächsten Absatz gab, schob Anders – diesmal sehr viel sanfter – ein Stück zur Seite und ging dann wieder in Combat-Stellung, die Pistole mit beiden Händen auf den Treppenabsatz unter sich gerichtet. Während er darauf wartete, dass ein weiterer Verfolger auftauchte, sah sich Anders mit klopfendem Herzen um. Sie befanden sich nicht in einem weiteren Gang, sondern in einer weitläufigen Halle, die fast das gesamte Stockwerk einzunehmen schien. Die gegenüberliegende Wand war einmal ein großes Fabrikfenster gewesen, aber sämtliches Glas war verschwunden, sodass es nur noch ein asymmetrisches Gitter aus ausgeglühten Metallstreben gab, durch das blassgraues Licht hereinströmte.

Der größte Teil der Halle war leer; nur ganz auf der anderen Seite ragten die zusammengestauchten Reste großer Metallregale in die Höhe, die nichts mehr enthielten als eine Schicht aus verbranntem Lack und Staub. Ein Stück davon entfernt erhob sich eine Konstruktion, die sich in einem etwas besseren Zustand zu befinden schien: eine rechteckige Plattform, die auf vier schlanken Pfeilern stand. Ihr Zweck war Anders nicht völlig klar, doch er schenkte ihr auch keine wirkliche Beachtung, sondern warf einen unsicheren Blick zu Jannik hin, der noch immer auf ein Knie gestützt dahockte und auf ein Ziel wartete, das wahrscheinlich nicht mehr kommen würde. Dann wandte er sich um und durchquerte humpelnd die Halle um ans Fenster zu treten.

Draußen war es nicht wirklich hell geworden, aber der Gewittersturm hatte sich endgültig verzogen, und in der dunkelgrauen Dämmerung, die er zurückgelassen hatte, konnte er gleich mehrere Straßenzüge der verbrannten Stadt überschauen, ehe sein Blick von einem höheren Gebäude aufgehalten wurde. Was er sah, machte aus seinem schrecklichen Verdacht keine Gewissheit – das war er längst –, machte es ihm aber unmöglich, sie weiter zu verleugnen.

Die Häuser, auf die er hinabblickte, waren ausnahmslos zu schwarzen, ausgehöhlten Skeletten verkohlt. Es gab kein Fenster mehr, in dem sich noch Glas befunden hätte, und die wenigen Türen, die er entdeckte, schienen allesamt aus Metall zu sein. Die Straßen waren mit Schutt und Trümmerbergen übersät, und wenn man genau hinsah, konnte man fast so etwas wie eine symmetrische Verteilung darin entdecken, ein Muster, das sich auch in den Häusern fortsetzte. Die gesamte Stadt sah aus, als wäre sie um eine Winzigkeit nach links gerückt worden; nicht weit genug, um die Gebäude vollends zum Einsturz zu bringen, aber doch zu weit, um die Störung der strengen geometrischen Linien zu übersehen. Er hörte Janniks Schritte hinter sich, wandte sich aber nicht zu ihm um, sondern sah weiter aus fast blicklosen Augen auf die Szenerie unvorstellbarer Verheerung hinab, die sich unter ihm ausbreitete.

»Du solltest vom Fenster weggehen«, sagte Jannik. »Wenn sie dich von der Straße aus sehen …«

»Was ist hier passiert?«, flüsterte Anders. Diese wenigen Worte auszusprechen kostete ihn fast seine ganze Kraft. In seinem Hals war plötzlich ein bitterer, harter Kloß, der sich einfach nicht hinunterschlucken ließ, ganz gleich wie oft er es auch versuchte.

»Ich glaube, das weißt du schon«, antwortete Jannik leise.

»Und?« Anders lachte bitter. »Hat es überhaupt noch Sinn, wegzulaufen, oder sind wir schon verstrahlt?«

»Nein«, erwiderte Jannik. »Keine Angst. Es waren saubere Bomben.«

Anders starrte noch einen Atemzug lang in die Tiefe, dann fuhr er plötzlich herum und schrie Jannik an: »Was ist hier passiert?«

»Nicht das, was du glaubst«, meinte Jannik leise. »Jedenfalls nicht aus dem Grund, den du dir vermutlich vorstellst.«

»Ich will eine Antwort und keine Sprüche aus einem chinesischen Glückkeks!«, zischte Anders. »Was ist hier passiert? Wer hat das getan? Und warum?«

»Ich kann es dir nicht sagen, Anders. Ich darf es nicht und ich will es auch nicht. Du hättest das alles hier niemals sehen sollen. Und jetzt sollten wir gehen. Ich habe ihnen einen ziemlichen Schrecken eingejagt, aber der wird bestimmt nicht lange anhalten. Sie kommen wieder.«

Anders schüttelte heftig den Kopf. »Ich rühre mich erst von der Stelle, wenn du mir gesagt hast, was hier passiert ist.«

»Dann töten sie dich«, antwortete Jannik ernst. »Und mich. Willst du das?«

Der zweite Teil seiner Frage war glatte Erpressung und Jannik wusste das – aber sie funktionierte. Anders sah ihn noch eine Sekunde lang trotzig an, doch dann wandte er sich gehorsam endgültig vom Fenster ab und folgte Jannik, der mit schnellen Schritten das gegenüberliegende Ende der Halle ansteuerte.

»Wir müssen aus diesem Gebäude raus«, warnte Jannik. »Wenn ihnen klar wird, dass sie uns nicht fangen können, sprengen sie es vermutlich einfach in die Luft.«

Anders zweifelte nicht daran, dass die Männer in den schwarzen ABC-Anzügen gerade in diesem Moment dabei waren, genau das vorzubereiten. Alles andere wäre ziemlich dumm gewesen. Ihr Verhalten ließ keine Zweifel daran, dass sie nicht die Absicht hatten, Jannik und ihn lebend einzufangen, und Jannik hatte ihnen gerade auf recht drastische Weise demonstriert, wie hoch der Preis werden konnte, ihrer auf klassische Weise habhaft zu werden. Warum sollten sie das Risiko eingehen, einen weiteren Mann zu verlieren? Jannik hatte Recht.

Trotzdem verlangsamte er seine Schritte, als sie sich der sonderbaren Plattform näherten, und blieb schließlich ganz stehen. Irgendetwas an dieser stelzbeinigen Konstruktion erweckte seine Aufmerksamkeit, vielleicht beunruhigte sie ihn auch. Dabei war bei näherer Betrachtung eigentlich nichts Außergewöhnliches daran. Es handelte sich um eine vielleicht zwei mal zwei Meter messende Plattform, die offensichtlich aus Teilen unterschiedlicher Herkunft, die nicht so recht zueinander passen wollten, grob zusammengefügt worden war. Die Beine waren zwar gleich hoch, jedoch von unterschiedlicher Stärke und Gestalt. Eine bizarr verformte Skulptur, die nur noch vage Ähnlichkeit mit der simplen Haushaltsleiter hatte, die sie einmal gewesen war, führte die zwei Meter zur Plattform hinauf.

Und plötzlich wurde Anders klar, was Jannik an diesem seltsamen Riesentisch so beunruhigt hatte, dass er trotz seiner eigenen Warnung, sich zu beeilen, stehen geblieben war um ihn eingehend zu betrachten. Die sonderbare Konstruktion war nicht nur mit wenig Gefühl für Ästhetik, sondern auch äußerst primitiv zusammengeschustert. Es gab keine Schweißnähte oder Schrauben. Sämtliche Verbindungen waren entweder gesteckt oder irgendwie verkeilt oder grob mit Draht zusammengebunden. Das Ganze sah aus, als wäre es von einem Kind mit wenig Geschick und keinerlei Erfahrung, dafür aber umso größerer Begeisterung zusammengebastelt worden. Es passte nicht hierher. Wer immer es gebaut hatte, hatte es getan, *nachdem* die Katastrophe jegliches Leben aus dieser Stadt herausgebrannt hatte. Während dieser Gedanke Anders nur *irritierte*, schien der Riesentisch Jannik deutlich mehr als nur zu *beunruhigen*.

Er trat wieder einen Schritt zurück und legte den Kopf in

den Nacken um zur Plattform hinaufzusehen, dann musterte er kurz und nachdenklich die verformte Aluminiumleiter, als überlege er, ob sie stabil genug war sein Gewicht zu tragen. Anders fand den Gedanken, dass er dort hinaufsteigen könnte, äußerst beunruhigend.

Jannik stieg jedoch nicht die Leiter hinauf, sondern ließ sich stattdessen in die Hocke sinken. Anders sah erst jetzt, dass die Leiter – ebenso wie die Beine des Riesentisches – nicht direkt auf dem Betonboden der Halle stand, sondern in einer verbeulten Zinkwanne, die ein paar Finger hoch mit einer klaren Flüssigkeit gefüllt war. Ein scharfer Geruch ging davon aus, der Anders vage bekannt vorkam, ohne dass er ihn gleich einordnen konnte. Jannik tauchte behutsam einen Finger in die Flüssigkeit und roch dann daran.

»Benzin?«, fragte Anders.

Jannik schüttelte den Kopf und stand auf. »Petroleum«, antwortete er. »Ungefähr wenigstens.« Er trat zwei weitere Schritte zurück und legte abermals den Kopf in den Nacken, um die bizarre Konstruktion noch einmal und sehr viel aufmerksamer zu mustern. Aus der Sorge in seinem Gesicht wurde etwas anderes.

»Was ist daran so schlimm?«, fragte Anders geradeheraus.

Jannik versuchte nicht zu leugnen. »Es dürfte nicht hier sein«, murmelte er.

Ein plötzlicher Windzug fuhr durch das glaslose Fenster herein. Anders hob den Blick und auch Jannik fuhr wie von der Tarantel gestochen herum, aber es war zu spät.

Ein fliegender schwarzer Hai war vor dem Fenster aufgetaucht, und genau in dem Moment, in dem Jannik herumwirbelte, schaltete der Pilot die beiden riesigen Scheinwerfer ein. Das Licht war so unerträglich gleißend, dass Anders mit einem Schrei die Arme vors Gesicht riss.

Der Helikopter feuerte. Die beiden grellblauen Lichtblitze – keine bleistiftdünnen, eleganten Geschosse wie die, die die Männer in den schwarzen Anzügen abfeuerten, sondern armdicke, brüllende Ungetüme aus purer Zerstörungskraft, die rot glühende Bahnen ionisierter Luft hinter sich her zogen – verfehlten ihr Ziel und ließen die Wand hinter ihnen fast auf voller Länge in Flammen aufgehen. Dabei wurde jedoch eines der Beine der Plattform gekappt, und das war genug, um die gesamte Konstruktion zum Zusammenbrechen zu bringen. Gleichzeitig fielen Tropfen rot glühenden Metalls in die mit Petroleum gefüllte Wanne und setzten sie mit einem gewaltigen Krachen in Brand. Das alles dauerte nicht einmal den Bruchteil einer Sekunde, aber es gab Jannik die Gelegenheit, ihm ein weiteres Mal das Leben zu retten.

Noch während die Plattform knirschend zur Seite kippte und sich noch auf ihrem Weg nach unten in ihre Einzelteile aufzulösen begann, riss Jannik ihn herum und rannte im Zickzack los. Zu Anders' maßlosem Entsetzen steuerte er direkt auf die lichterloh brennende Wand zu.

Der Helikopter schwenkte träge herum. Der Pilot hatte die Scheinwerfer ausgeschaltet, vermutlich um sich nicht selbst unnötig zu blenden, aber er verfügte zweifellos über andere Möglichkeiten, sein Ziel zu erfassen.

Trotzdem gingen auch die beiden nächsten Schüsse fehl. Die Walze aus entfesselter Energie ließ den Großteil der Metallregale in einem Regen aus glühendem Schrott zusammenbrechen, und was danach an Zerstörungskraft noch übrig war, reichte aus, um die brennende Wand vor ihnen endgültig einstürzen zu lassen.

Jannik schlug einen Haken, zerrte ihn weiter rücksichtslos mit sich und wechselte dann abermals die Richtung, um die Tür wieder anzusteuern, durch die sie hereingekommen waren. Anders drehte im Laufen den Kopf. Die komplette linke Seite der Halle stand in Flammen. Der Zusammenbruch der Mauer musste die Statik des gesamten Gebäudes nachhaltig beeinträchtigt haben, denn ein Teil der Decke hatte sich herabgesenkt und Anders glaubte zu spüren, wie sich der Fußboden unter ihnen so träge bewegte wie eine gigantische Eisscholle, die allmählich in eine andere Strömung geriet. Der Helikopter hatte sich wieder ein kleines Stück vom Fenster entfernt und war gleichzeitig weiter herumgeschwenkt, um in eine bessere Schussposition zu gelangen. Aber der Pilot feuerte nicht.

»Wieso schießen sie nicht?«, schrie Anders.

Jannik stürmte vor ihm durch die Tür, und der Hagel nadeldünner blauer Blitze, der ihnen aus der Tiefe entgegenschlug, beantwortete Anders' Frage. Jannik feuerte ohne zu zögern zurück. Diesmal verfehlte er sein Ziel, aber die dunkel gekleidete Gestalt am unteren Ende der Treppe zog sich hastig zurück, und Jannik stürmte die Treppe weiter hinauf und zerrte ihn wieder hinter sich her. Einen Moment später verwandelte eine ganze Salve blauer Blitze die Tür, durch die sie gerade gekommen waren, in glühenden Schrott.

Sie erreichten den nächsten Absatz, aber die Tür war verschlossen und ihre Verfolger ließen ihnen keine Zeit, sie gewaltsam zu öffnen. Ein Schauer blauer Blitze hämmerte Löcher in die Wände des Treppenhauses, die in Sprüngen näher kamen. Ihre Verfolger hüteten sich in Janniks Schussfeld zu geraten, aber das hatten sie mit ihren überlegenen Waffen auch gar nicht nötig. Anders schätzte, dass sie mindestens zu dritt waren, und sie feuerten, was ihre Waffen hergaben. Früher oder später mussten sie Jannik oder ihn einfach durch Zufall treffen, falls das gesamte Gebäude nicht vorher zusammenbrach und sie unter sich begrub.

»Sie treiben uns aufs Dach!«, keuchte Jannik.

Und damit hatte er vermutlich Recht. Über ihnen lag jetzt nur noch ein Treppenabsatz. Wenn diese Tür ebenfalls verschlossen war, blieb ihnen nur noch das Dach, wo garantiert schon der Hubschrauber auf sie wartete.

Die Tür *war* verschlossen. Diesmal war das Schicksal gegen sie. Ihnen blieb keine andere Wahl, als weiter nach oben zu rennen und schließlich auf das Dach hinauszustürmen. Anders' allerschlimmste Befürchtungen bewahrheiteten sich nicht; über ihnen schwebte kein stählerner Hai, um seinen brennenden Atem nach ihnen zu schleudern, und es gab auch keine Männer in schwarzen ABC-Anzügen.

Dennoch war das Dach eine Sackgasse. Das Gebäude stand allein und es gab keinen anderen Weg vom Dach hinunter. Auf der gegenüberliegenden Seite ragte ein kleiner Wald von Lüftungsschächten und kugelförmigen Ventilatoren in die Höhe, die wie durch ein Wunder nahezu unbeschädigt geblieben waren, aber das Dach des benachbarten Gebäudes war mindestens zwanzig Meter entfernt. Sie saßen in der Falle. Und als wäre das alles noch nicht genug, leckten orangerote Flammen hinter ihnen über die Dachkante, und Anders war jetzt sicher, ein noch leichtes, aber Unheil verkündendes Vibrieren unter den Füßen zu spüren.

Jannik deutete zur anderen Dachseite. »Komm! Vielleicht gibt es eine Feuerleiter!«

Sie eilten los. Anders rechnete jeden Augenblick damit, die Tür hinter sich auffliegen zu hören, falls der kleine Dachaufbau nicht gleich in einer feurigen Wolke auseinander barst, um Männer in schwarzen Gummianzügen und mit furchtbaren Waffen zu erbrechen.

Nichts davon geschah. Sie näherten sich unbehelligt der Dachkante und Anders' Herz machte einen ungläubigen Sprung in der Brust, als er das Ende der altmodischen eisernen Feuerleiter sah, das unmittelbar vor ihnen über die kaum kniehohe Brüstung ragte. Er griff schneller aus, und als sie noch zwei Schritte von der Leiter entfernt waren, tauchte ein schwarzer Koloss mit glühenden Augen aus der Tiefe auf. Ein Geräusch wie Schwertklingen, die durch die Luft schnitten, erscholl, und ein eisiger Sturmwind peitschte ihnen in die Gesichter.

Jannik schrie auf, riss seine Pistole in die Höhe und gab rasch hintereinander drei Schüsse ab. Die Kugeln prallten Funken sprühend vom Panzerglas der Pilotenkanzel ab und heulten als Querschläger davon, und der Helikopter glitt nahezu lautlos ein Stück rückwärts durch die Luft und schwenkte um eine Winzigkeit herum. Dann feuerte er. Die Pistole verschwand zusammen mit Janniks linker Hand und dem größten Teil seines Unterarmes und auf der anderen Seite des Platzes ging ein kleineres Gebäude in Flammen auf.

5

Jannik gab keinen Laut von sich. Eine geschlagene Sekunde lang stand er einfach reglos da, dann hob er langsam den Arm und betrachtete scheinbar vollkommen ungläubig den rauchenden Stumpf, der sich dicht unter dem Ellbogen befand. Er machte einen taumelnden Schritt, drehte sich halb um seine Achse und kippte dann lautlos über die Brüstung in die Tiefe.

Anders stand da wie gelähmt. Er empfand … nichts. Keinen Schrecken, keinen Schock, nicht einmal Schmerz oder Furcht. Er hatte gesehen, was passiert war, und ein Teil seines Verstandes machte ihm mit gnadenloser Sicherheit klar, dass Jannik tot war – aber irgendwie drang diese Erkenntnis nicht wirklich in sein Bewusstsein vor. Jannik war tot und nun würde auch er sterben; aber das alles schien plötzlich keine Rolle mehr zu spielen, als wäre es etwas, das gar nicht ihn selbst betraf, sondern jemanden, dessen Schicksal er aus sicherer Entfernung verfolgte.

Ganz langsam hob er den Kopf und sah den Helikopter an. Die gewaltige Maschine war wieder näher gekommen und der an ein Haifischmaul erinnernde Bug schwenkte genau in diesem Moment wieder herum, als der Pilot eine letzte winzige Korrektur vornahm, um ihn in eine perfekte Schussposition zu zwingen.

Anders war dem Helikopter jetzt nahe genug, um die beiden Piloten in der nur matt erleuchteten Kabine zu erkennen. Er konnte sehen, wie der Pilot die Hand ausstreckte, und wappnete sich gegen den schrecklichen, aber sicher kurzen Schmerz, mit dem ihn der blaue Lichtblitz treffen würde. Doch in diesem Moment geschah etwas sehr Sonderbares: Der zweite Mann in der Kanzel machte eine rasche Bewegung, mit der er den Piloten zurückhielt, dann deutete er mit der anderen Hand auf Anders. Auch diese beiden trugen schwarze ABC-Anzüge mit verspiegelten Helmscheiben, aber Anders glaubte ihre durchdringenden Blicke fast körperlich zu spüren.

Plötzlich kippte der Helikopter lautlos zur Seite und verschwand.

Eine Sekunde später geschah zweierlei: Die Tür des Dachaufbaus flog mit einem Knall aus den Angeln und die Lähmung fiel endlich von Anders ab. Mit fürchterlicher Gewalt begriff er, was gerade geschehen war, dass sie Jannik vor seinen Augen umgebracht hatten, und der Schmerz sprang ihn warnungslos an und grub sich mit glühenden Klauen in seine Seele. Aber er sah auch zugleich die drei schwarz vermummten Gestalten durch die aufgebrochene Tür stürmen und in seine Richtung rennen, und sein Überlebensinstinkt erwies sich zumindest in diesem Moment stärker als Wut und Trauer. Er fuhr auf dem Absatz herum und rannte davon, so schnell er konnte.

Die Auswahl an Verstecken war nicht sonderlich groß. Ein gutes Viertel des Daches wurde bereits von Flammen gesäumt. Anders konnte zwar nicht mehr sagen, ob der Boden unter seinen Füßen tatsächlich noch vibrierte, dafür aber spürte er umso deutlicher, dass er *heiß* wurde. Das gesamte Gebäude würde ein Raub der Flammen werden, und das wahrscheinlich innerhalb weniger Minuten.

Ein blauer Blitz raste an ihm vorbei und ließ einen Teil der Brüstung verdampfen. Anders schlug einen schnellen Haken nach links und steuerte den Wald aus Lüftungsschächten und Ventilatoren an, ein mehr als erbärmliches Versteck – streng genommen gar keines –, aber das einzige, das sich ihm anbot.

Zumindest würde es für seine Verfolger ein bisschen schwerer werden, ihn zu treffen, und vielleicht gab es dort drüben ja eine zweite Feuerleiter, die in die Tiefe führte.

Zwei weitere blaue Blitze schlugen präzise je einen Meter rechts und links von ihm in den Boden, und Anders' vorsichtige Erleichterung wich dumpfer Wut. Vielleicht war das Wunder, dem er seine Rettung verdankte, doch nicht ganz so groß und von weitaus bösartigerer Natur, als er bisher angenommen hatte. Möglicherweise wollten die Kerle einfach noch ein bisschen mit ihm spielen, um sich für den Tod ihres Kameraden zu rächen.

Er rannte trotzdem schneller, humpelte im Zickzack zwischen den Ventilationsschächten umher und verzog das Gesicht, als eines der Metallrohre in einem blauen Blitz auseinander flog und geschmolzenes Metall auf ihn herabregnete. Einen Moment später erreichte er die Brüstung und hätte vor Enttäuschung beinahe laut aufgeschrien. Es gab eine zweite Feuerleiter, aber sie bestand nur noch aus drei Sprossen, die im Nichts endeten.

Verzweifelt drehte Anders sich um und hielt nach irgendeinem anderen Fluchtweg Ausschau. Es gab keinen. Die drei Männer waren vielleicht noch zwanzig Schritte von ihm entfernt und kamen langsam näher. Sie hatten nicht nur aufgehört zu schießen, sondern ihre Waffen auch gesenkt; einer hatte sein Gewehr sogar über die Schulter gehängt. Wahrscheinlich, dachte Anders, hatten sie vor, ihn einfach über das Dach zu stoßen; oder ihm die Beine zu brechen, damit er sich nicht mehr bewegen konnte und bei lebendigem Leib verbrannte.

Etwas klapperte. Kaum einen Meter neben ihm fiel der Verschluss einer Lüftungsklappe zu Boden und in der quadratischen Öffnung dahinter erschien eine schmale Hand, die ihm hektisch zuwinkte.

Anders überlegte nicht mehr – dafür blieb ihm keine Zeit – , er handelte. Mit einem einzigen Schritt war er bei der Klappe und zwängte sich hindurch. Etwas bewegte sich vor ihm in der Dunkelheit und er hörte eine Folge polternder Laute, die sich als leiser werdendes Echo in der Tiefe fortsetzten. Aber er hörte auch noch andere Geräusche: Stampfende, schwere Schritte, die plötzlich sehr schnell näher kamen.

Er schob auch noch die letzten Zweifel beiseite und kroch auf Händen und Knien hinter dem Schatten her, der ihn in den Schacht gelockt hatte. Es war fast vollkommen dunkel hier drin, sodass er nur ein Huschen vor sich wahrnahm; doch wer immer es war, er bewegte sich mit erstaunlicher Schnelligkeit und Geschick. Selbst ohne sein verletztes Knie hätte Anders keine Chance gehabt, ihn einzuholen.

Hinter ihm erklang das Kreischen von Metall, das mit brutaler Gewalt auseinander gerissen wurde. Anders hielt nicht im Kriechen inne, sondern versuchte im Gegenteil noch mehr Tempo zu machen, drehte aber den Kopf und erkannte entsetzt, dass die Verfolger bereits da waren. Einer der Männer hatte das Ende des Luftschachtes auseinander gezerrt und starrte zu ihm herein. Das war jetzt wohl unwiderruflich das Ende. Der Schacht war entschieden zu klein, als dass der Mann in seinem klobigen Schutzanzug ihm folgen konnte, aber er war auch zu klein, um ihn zu verfehlen. Er musste nur seine Waffe heben und in seine ungefähre Richtung zielen und *konnte* gar nicht danebenschießen.

Doch er tat es auch diesmal nicht. Er stand einfach nur da und starrte Anders durch seine verspiegelte Helmscheibe an.

Anders wandte sich wieder nach vorne. Sein Führer war plötzlich verschwunden, und noch bevor er auch nur Gelegenheit fand, wirklich zu erschrecken, galt dasselbe auch für den Boden unter seinen Händen. Anders keuchte vor Schrecken und griff blindlings Halt suchend um sich, doch es war zu spät. Er kippte nach vorne und schlitterte kopfüber in die Tiefe.

Gottlob knickte der Gang nicht senkrecht ab und die rasende Schlitterpartie dauerte auch nicht lange. Anders vollführte eine unfreiwillige Achterbahnfahrt und schlug sechs oder sieben Meter tiefer auf; mit einem Dröhnen, als wollte das gesamte Gebäude rings um ihn herum zusammenbrechen, aber ohne sich wirklich wehzutun. Er blieb einen Moment benommen liegen, dann richtete er sich mit einem Ruck auf und schlug sich prompt den Kopf an der niedrigen Decke des Lüftungsschachts an.

Ein leises Lachen erscholl. Anders blinzelte, richtete sich ein zweites Mal und entsprechend vorsichtiger auf und wandte den Kopf in die Richtung, aus der die Stimme gekommen war. Es war fast vollkommen dunkel hier drinnen, sodass er auch jetzt nur einen Schatten sah, aber die Stimme hatte sehr hell geklungen; und sehr jung.

»Hast du dir wehgetan?«

»Nicht besonders«, antwortete Anders. »Wer bist du?«

»Später.« Der Schatten bewegte sich raschelnd. »Komm jetzt. Wir müssen weg.«

Seine erste Einschätzung schien richtig gewesen zu sein. Die Stimme eines Kindes, vielleicht auch eines Jugendlichen, der nur unwesentlich jünger war als er selbst.

Auf jeden Fall die Stimme von jemanden, der Recht hatte. Sie mussten weg hier, und das so schnell wie möglich. Die Luft roch verbrannt und es war spürbar wärmer hier drinnen, als es sein sollte. Das Haus brannte. Und da waren immer noch seine Verfolger. Auch wenn sie ihm nicht hierher gefolgt waren, konnten sie ihn und diese ganze Bruchbude mit dem Hubschrauber in Stücke schießen, wann immer sie wollten.

»Pass auf!«, erscholl die Stimme seines Retters vor ihm. »Es geht wieder nach unten.«

Die Warnung machte es nicht viel besser. Er erschrak nicht mehr, aber die Rutschpartie wurde kein bisschen weniger unangenehm und sie dauerte auch deutlich länger als die erste. Der Aufprall war entsprechend härter und das lang nachhallende Scheppern und Dröhnen musste im ganzen Gebäude zu hören sein.

Anders richtete sich hastig auf und sah etwas, das ihn nun *wirklich* erschreckte: Die Dunkelheit war einem unheimlichen düsterroten Licht gewichen, das vom unteren Ende des Schachtes kam. Es war noch wärmer geworden.

»Das Haus brennt«, sagte er. »Kommen wir da durch?«

»Dort oder überhaupt nicht«, antwortete sein Retter. »Und wenn wir noch lange warten, ganz bestimmt nicht. Kannst du noch weiter?«

Anders nickte. Er konnte sein Gegenüber immer noch nicht richtig erkennen, nur dass es sehr schlank und klein zu sein schien; und sehr blass. Ohne eine weitere Antwort abzuwarten, wandte die Gestalt sich um und kroch erstaunlich flink weiter. Der Gang führte ungefähr fünfzehn oder zwanzig Meter geradeaus und ging dann wieder in eine jähe Schräge über, und als Anders anhielt und in die Tiefe blickte, stockte ihm der Atem.

Unter ihnen tobte die Hölle. Ein Teil der Seitenwand war weggerissen und roter Feuerschein und Flammen züngelten in den Schacht hinein. Anders konnte nicht sagen, ob das Metall dort unten wirklich glühte oder es nur der rote Widerschein der Flammen war, den er sah. Die Hitze berührte sein Gesicht wie eine warme, unangenehm trockene Hand, und der Brandgeruch war so stark geworden, er hatte fast Mühe, zu atmen.

»Los jetzt!«

Anders fiel zu spät ein, dass das Licht ihm auch die Gelegenheit bieten konnte, sich seinen geheimnisvollen Retter genauer anzusehen. Dieser zögerte nur einen Sekundenbruchteil, bevor er sich abstieß und mit schützend vor das Gesicht geschlagenen Händen geradewegs in die Flammen hinabschlitterte. Anders bekam nur einen flüchtigen Eindruck von zerschlissenen braunen Stoffhosen, nackten Füßen und wehendem langem Haar von undefinierbarer Farbe, dann raffte auch er all seinen Mut zusammen und stieß sich ebenfalls ab.

Es dauerte nur Sekunden, aber es war die Hölle. Anders schloss die Augen und hielt instinktiv den Atem an und er folgte im buchstäblich allerletzten Moment dem Beispiel seines Retters und riss die Hände vors Gesicht.

Er hatte das Gefühl, über eine glühende Herdplatte zu rutschen. Es war eindeutig nicht nur der Widerschein der Flammen gewesen, den er gesehen hatte. Trotz der schützend vor das Gesicht geschlagenen Hände glaubte er zu fühlen, wie ihm die Flammen das Fleisch vom Gesicht saugten; und er schrie nur deshalb nicht vor Schmerz und Angst auf, weil er fürchtete, dass die glühende Luft seine Lungen versengen würde.

Endlich war es vorbei. Er prallte – diesmal mit grausamer Wucht – auf, schlitterte noch fünf oder sechs Meter weiter und spürte die Gefahr instinktiv. Ohne genau zu wissen warum, riss er die Arme in die Höhe und hielt sich an dem Erstbesten fest, was er zu fassen bekam. Einen Sekundenbruchteil später pendelten seine Beine frei über einem Abgrund, der ebenso gut einen, aber auch hundert Meter tief sein konnte.

Ein brutaler Ruck ging durch seine Handgelenke und setzte sich als Welle kleiner, rasend schnell aufeinander folgender Schmerzexplosionen bis in seine Schultern fort. Anders keuchte, klammerte sich aber trotzdem mit verzweifelter Kraft fest und strampelte vollkommen sinnlos mit den Beinen, als würde er Wasser treten.

»Spring!«, drang eine Stimme von unten zu ihm empor. »Lass los! Es ist nicht tief!«

Anders war so in Panik, dass er es nicht einmal wagte, nach unten zu sehen, aber er hatte auch gar keine andere Wahl, als dem Rat seines Retters zu folgen. Seine Kraft reichte nicht mehr, ihn zu halten. Er sprang.

Nicht tief bedeutete in diesem Fall einen Sprung von guten vier oder fünf Metern. Er prallte auf und rollte sich ganz instinktiv über die Schulter ab. Es gelang ihm nicht annähernd so gut, wie er gehofft hatte, und sein Sturz wurde ziemlich unsanft von etwas ebenso Hartem wie Scharfkantigem gebremst. Er blieb einen Moment lang liegen, wartete vergeblich darauf, dass das Pochen in seinem Knie nachließ, und sah ein schmales, von strähnigem Haar eingerahmtes Gesicht über sich, als er die Augen öffnete.

»Alles in Ordnung?«

»Nein«, stöhnte Anders. »Aber ich lebe immerhin noch. Danke.«

Vorsichtig stemmte er sich hoch und sah sich um. Es war beinahe schon grotesk: Sie waren wieder in der Halle, in der Janniks und seine Flucht begonnen hatte. Direkt über ihm – mindestens fünf oder sechs Meter über ihm! – zog sich ein zerborstener Luftschacht aus ausgeglühtem Metall unter der Decke entlang. *Nicht tief?* Es war ein Wunder, dass er sich beim Sturz aus dieser Höhe nicht alle Knochen im Leib gebrochen hatte!

Anders erlebte ein zweites Wunder, als er aufzustehen versuchte. Es ging. Sein Bein tat weh und er konnte nicht gerade stehen, sondern war zu einer absurd schrägen Haltung gezwungen wie ein alter Seemann, der sich ein Leben lang gegen den Wind gestemmt hatte, der immer aus derselben Richtung kam. Aber er konnte stehen, und wenn er es nicht übertrieb, wahrscheinlich sogar laufen.

Zum ersten Mal konnte er seinen Retter nun genauer erkennen. In mindestens einem Punkt hatte er sich getäuscht: Es war kein Retter, sondern eine Retter*in*; ein dunkelhaariges Mädchen, das ungefähr in seinem Alter, aber einen guten Kopf kleiner war als er und bestimmt hübsch gewesen wäre, hätte es zwanzig Kilo mehr gewogen; oder auch dreißig. Ihre eingefallenen Wangen, die tief in den Höhlen liegenden Augen und ihre knochigen Hände jedoch zerstörten diesen Eindruck gründlich. Das Mädchen war halb verhungert, und seine schmutzstarrende Kleidung, die fast nur aus Lumpen zu bestehen schien, unterstrich diesen Eindruck noch. Anders schluckte jedoch alles hinunter, was ihm dazu auf der Zunge lag, und zwang sich zu einem verunglückten Lächeln.

»Mein Name ist Anders«, sagte er. »Ich schätze, du hast mir das Leben gerettet. Danke.«

»Katt«, sagte das Mädchen.

»Katt?« Anders blinzelte verständnislos.

»Mein Name«, erklärte sie. »Ich heiße Katt. Und wenn du noch ein bisschen länger am Leben bleiben willst, dann sollten wir von hier verschwinden.«

Ein seltsamer Name, fand Anders, aber Katt war ja auch ein ziemlich seltsames Mädchen. Und außerdem hatte sie Recht – sie mussten machen, dass sie hier wegkamen. Das Gebäude über ihren Köpfen brannte immer noch und es war auch hier unten schon spürbar wärmer geworden. Nach dem Feuersturm, der das Gebäude gründlich genug heimgesucht hatte, um selbst Glas zu schmelzen, konnte sich Anders eigentlich nicht vorstellen, was hier überhaupt noch brennen sollte. Aber offensichtlich fanden die Flammen noch genug Nahrung. Vielleicht lag es an den unheimlichen Waffen, mit denen der Hai den Brand entfacht hatte.

Er nickte. Katt wollte sich umdrehen und losmarschieren, doch in diesem Moment flammte ein grelles Licht auf, das die Halle in schon fast schmerzhafte Helligkeit tauchte. Anders riss schützend die Hände vors Gesicht, und auch das Mädchen mit dem sonderbaren Namen presste die Augen zusammen und zog instinktiv den Kopf ein.

Diesmal war es kein einzelner Scheinwerferstrahl, der durch das Fenster hereintastete. Sämtliche Fenster und auch die offen stehende Tür waren von gleißendem weißem Licht erfüllt, das so grell war, dass sich das halbe Dutzend schwarz verhüllte Gestalten, das auf das Haus zugestürmt kam, darin aufzulösen schien wie dunkle Eiswürfel in der Glut eines Heizstrahlers.

Katt schrie auf und wirbelte herum und auch Anders folgte ihr ganz instinktiv. Wenn es jemanden gab, der den Weg hier herausfand, dann war es das Mädchen.

Sie rannten fast bis zum anderen Ende der Halle und dann war Katt plötzlich verschwunden. Anders stolperte noch ein paar Schritte weiter und wäre um ein Haar schon wieder gestürzt; denn dort, wo er festen Boden vermutet hatte, gähnte plötzlich ein steil in die Tiefe führender Treppenschacht. Katt war nur noch ein verschwommener Schatten irgendwo an seinem unteren Ende.

Anders griff hastig nach dem verbogenen Treppengeländer und nutzte seinen eigenen Schwung, um die ersten Stufen in die Tiefe zu stürmen. Bevor er unter dem Bodenniveau der Halle verschwand, sah er noch einmal zum Eingang zurück. Seine unheimlichen Verfolger stürzten genau in diesem Moment hintereinander durch die Tür in die Halle. Keiner von ihnen hatte seine Waffe in der Hand, aber das hatten sie auch gar nicht nötig. Trotz ihres plump erscheinenden Äußeren bewegten sie sich mit einer Schnelligkeit, mit der Anders vermutlich nicht einmal dann hätte mithalten können, wenn er ausgeruht und unversehrt gewesen wäre – und er war keines von beidem.

Katt hatte am unteren Ende der Treppe angehalten und wartete auf ihn. In dem herrschenden Zwielicht war ihr Gesicht wieder zu einem bleichen Fleck ohne scharfe Konturen geworden, aber er konnte ihre Nervosität überdeutlich spüren. Sie wedelte ungeduldig mit der Hand und fuhr herum, kaum dass er neben ihr angelangt war.

Anders war vollkommen außer Atem, doch Katt machte keine Anstalten, ihr Tempo zu verringern, sondern eilte ganz im Gegenteil immer wieder ein paar Schritte voraus und blieb dann erneut stehen, um ungeduldig zu ihm zurückzusehen. Auch Anders blickte ein paarmal hastig über die Schulter zurück, jeden Moment darauf gefasst, Männer in schwarzen Schutzanzügen und mit schrecklichen Waffen hinter sich auftauchen zu sehen, aber das geschah sonderbarerweise nicht. Dabei hätte die Zeit für ihre Verfolger mehr als gereicht, sie einzuholen.

»Keine Angst«, sagte Katt plötzlich. Sie hatte seinen Blick richtig gedeutet. »Sie kommen niemals hier herunter.«

»So?«, fragte Anders atemlos. »Und warum rennen wir dann so?«

»Weil wir auch nicht hier sein sollten«, antwortete Katt in leicht verwundertem Ton; so als hätte er die dümmste aller nur vorstellbaren Fragen gestellt. »Es ist schon viel zu spät. Beeil dich.«

Anders versuchte es, doch sein Knie machte mittlerweile so sehr zu schaffen, dass sein Tempo immer langsamer wurde. Seine ausgemergelte Führerin reagierte mit sichtlicher Ungeduld darauf, enthielt sich aber jedes weiteren Kommentars. Anscheinend hatte sie eingesehen, dass er einfach nicht mehr schneller *konnte.*

Während er erfolglos versuchte wenigstens mit seiner rätselhaften Retterin Schritt zu halten, sah er sich zum ersten Mal wirklich aufmerksam um; allerdings mit kaum größerem Erfolg. Es war so dunkel, dass er selbst Katt nur noch als verschwommenen Schemen erkennen konnte, obwohl sie kaum drei Schritte vor ihm ging. Und selbst wenn das Licht besser gewesen wäre, hätte es wahrscheinlich gar nicht viel zu sehen gegeben – sie befanden sich in einem kahlen Gang aus nacktem Beton. Verrostete Rohrleitungen zogen sich unter der Decke entlang und auch hier entdeckte er in unregelmäßigen Abständen offen stehende Klappen in den Wänden, aus denen zerfetzte Kabelstränge hingen. Dennoch gab es einen Unterschied zwischen diesem Tunnel und dem Treppenhaus oben: Die zerborstenen Lampen, die in regelmäßigen Abständen unter der Decke hingen, waren nicht geschmolzen, und die Wände waren zwar ebenfalls geschwärzt, aber nicht zu Schlacke verbrannt. Die Hitze war hier unten nicht ganz so verheerend gewesen.

»Ich habe mich noch gar nicht richtig bei dir bedankt«, sagte er nach einer Weile.

»Doch, hast du«, antwortete Katt.

»Dann tue ich es eben noch einmal«, beharrte Anders. »Warum hast du es getan?«

Katt drehte den Kopf und sah zu ihm zurück. Anders konnte ihr Gesicht jetzt noch viel weniger erkennen als vorhin, aber er glaubte ihre Verwirrung regelrecht zu spüren. Sie antwortete auch erst mit einiger Verzögerung und in dem fast flapsigen Ton, in dem man eine bewusst dumme Antwort auf eine ganz besonders dumme Frage gibt. »Mir war gerade danach.«

»Du hast dich selbst in Lebensgefahr gebracht.« Anders blieb ernst.

»Kaum«, antwortete Katt. »Sie haben mich schon oft gejagt, aber noch nie bekommen. Sonst wäre ich kaum hier, um dir den Hals zu retten.« Ihre Stimme wurde leiser. »Sie haben deinen Freund umgebracht.«

»Ja«, meinte Anders. Plötzlich hatte er Mühe, die Tränen zurückzuhalten. Natürlich hatte er Jannik nicht vergessen, aber Katts Worte hatten den Schmerz aus dem Gefängnis befreit, in das er ihn bisher in seinem Bewusstsein eingesperrt hatte. Ohne dass er etwas dagegen tun konnte, spulte sich die ganze furchtbare Szene noch einmal vor seinem geistigen Auge ab, im Bruchteil einer Sekunde und dennoch mit einer grässlichen Präzision, die ihm nicht die kleinste Kleinigkeit ersparte. Den Ausdruck in Janniks Augen, als er sich umdrehte und in die Tiefe stürzte, würde er nie wieder vergessen.

»Ja«, sagte er noch einmal. »Aber vorher hat er auch einen von ihnen erledigt.«

Katt blieb abrupt stehen, er konnte nicht schnell genug reagieren und prallte gegen sie, sodass sie beide taumelten. Mit einem Ruck drehte sie sich zu ihm um und starrte ihn an. »Was?«

»Er hat einen von ihnen erschossen«, wiederholte Anders. »Oder zumindest schwer verletzt. Und er hätte noch mehr von ihnen erwischt, wenn sie ihm einen fairen Kampf geliefert hätten. Jannik war …«, er musste schlucken um die Tränen niederzukämpfen, »… ein guter Mann.«

Anders war selbst fast ein wenig erstaunt, mit welcher Kälte er über den Tod eines Menschen sprach. Und es war nicht nur so dahingesagt. Er *wünschte* sich in diesem Moment, dass Jannik noch mehr von den Männern in den schwarzen Schutzanzügen erschossen hätte; wenn es möglich gewesen wäre, am besten alle. Auch ihnen war ein Menschenleben nichts wert. Sie hatten Narbenhand kaltblütig ermordet und sie hätten auch Jannik und ihm ohne zu Zögern in den Rücken geschossen, wenn sie gekonnt hätten. Sie hatten es schließlich oft genug versucht.

»Das war jetzt nicht dein Ernst«, meinte Katt. »Das sagst du nur um mich zu beeindrucken.«

»Was? Dass er einen von ihnen erschossen hat?« Anders schüttelte den Kopf. »Mir tut nur Leid, dass es nicht mehr gewesen sind.«

Katt starrte ihn durchdringend an. Sie versuchte in seinem Gesicht zu lesen und herauszufinden, ob er log, schien aber zu keinem eindeutigen Ergebnis zu gelangen. Schließlich trat sie kopfschüttelnd zurück. »Wenn das stimmt, wundert es mich nicht mehr, dass sie so wütend sind.«

»Was sind das überhaupt für Kerle?«, fragte Anders. »Du scheinst sie ja ganz gut zu kennen.«

Diesmal ließ Katts Blick keine Zweifel daran aufkommen, dass sie an seinem Verstand zweifelte. »Du bist wirklich ein komischer Bursche, Anders«, sagte sie. »Woher kommst du?«

»Von … weither.« Anders wusste selbst nicht warum, doch er hatte plötzlich das sehr sichere Gefühl, dass es besser war, wenn er ihr noch nicht die ganze Wahrheit sagte.

»Das scheint mir auch so«, entgegnete Katt grimmig. »Aber wenn du mich auf den Arm nehmen willst, dann musst du dir schon was Besseres einfallen lassen.« Und damit drehte sie sich mit einem Ruck um und stürmte mit so weit ausgreifenden Schritten weiter, dass Anders zurückfiel und sie schon nach einem Moment aus den Augen verlor.

6

Allein in der Dunkelheit zurückgelassen zu werden, inmitten einer fremden, fast völlig zerstörten Stadt, die ihm nicht Zuflucht und Schutz nach der Entführung und dem Flugzeugabsturz geboten hatte, sondern ihn von einer Sekunde auf die andere zum Gejagten gemacht hatte, war fast mehr, als Anders ertragen konnte. Fast sofort flammte Panik in ihm hoch. Es war nicht vollkommen dunkel hier unten, aber die Sicht reichte trotzdem nur zwei oder drei Schritte weit. Wenn er das Mädchen verlor, hatte er wahrscheinlich keine Chance, jemals wieder den Rückweg zu finden.

Katt hatte jedoch ein Einsehen mit ihm. Sie wartete auf ihn, nachdem er zehn oder fünfzehn vorsichtige Schritte durch die Finsternis gestolpert war. Anders rechnete damit, dass sie eine weitere Frage stellen würde, aber sie wedelte nur ungeduldig mit der Hand und ging weiter vor ihm her, diesmal jedoch in so geringem Abstand, dass er sie nicht aus den Augen verlor. Sie legten vielleicht noch fünfzig oder sechzig Schritte zurück, dann endete der Gang vor einer massiven Betonwand. Erst als Anders sie fast erreicht hatte, sah er das knapp halbmeterhohe Loch, das in Kniehöhe darin gähnte.

»Schnell!« Katt deutete mit einer unwilligen Geste auf das Loch in der Wand. »Es ist nicht mehr weit.«

Anders sah sie noch einen Moment zweifelnd an, aber dann ließ er sich gehorsam auf Hände und Knie herabsinken und kroch los. Das Loch in der Wand entpuppte sich als der Eingang eines höchstens fünfzig Zentimeter durchmessenden Tunnels, der durch bröseliges Erdreich, zum Teil aber auch massiven Fels zu führen schien. Anders war allerdings nur auf Vermutungen angewiesen, denn schon nach den ersten Metern blieb das Licht endgültig hinter ihm zurück, sodass er durch vollkommene Dunkelheit kroch. Er konnte nicht sagen, wie lang der Stollen war; für sein subjektives Empfinden jedenfalls schien er kein Ende zu nehmen. Anders hatte nie an Klaustrophobie gelitten, aber in diesem engen Loch begann ihm seine Fantasie bald die übelsten Streiche zu spielen. Was, wenn dieser Gang einfach im Nichts endete oder sich vor ihm so verengte, dass er vielleicht für die viel schlankere Katt groß genug war, aber nicht mehr für ihn? Anders glaubte nicht, dass seine Kraft reichte, um das ganze Stück rückwärts kriechend zurückzulegen. Und was, wenn der Gang plötzlich zusammenbrach und er unter hundert Tonnen Erdreich und Fels zerquetscht oder – schlimmer noch – lebendig begraben wurde, bis er nach drei oder vier Tagen qualvoll verdurstete?

Gerade als seine Fantasie zu einem noch härteren Schlag ausholte, um ihn mit noch grauenvolleren Schreckensvisionen zu quälen, wurde es vor ihm wieder hell – auch wenn er den blassgrauen Schimmer unter normalen Umständen nicht einmal zur Kenntnis genommen hätte. Er versuchte instinktiv schneller zu kriechen.

»Dort vorne wird es ein bisschen eng«, rief Katt hinter ihm.

Anders verdrehte mit einem lautlosen Seufzen die Augen und verkniff sich jeden Kommentar. Hätte er den nötigen Platz dazu gehabt, hätte er sich den Schweiß von der Stirn gewischt. So verwandte er das bisschen Kraft, das er noch hatte, lieber darauf, mit zusammengebissenen Zähnen weiterzukriechen. Er gestattete sich nicht darüber nachzudenken, was Katt unter *ein bisschen eng* verstehen mochte.

Aber es *wurde* eng. Die Decke senkte sich so weit herab, dass er nicht mehr auf Händen und Knien robben konnte wie bisher, sondern sich flach auf dem Bauch liegend und mit seitwärts gedrehtem Kopf über den Boden ziehen musste und der harte Stein trotzdem schmerzhaft über sein Gesicht und seinen Rücken schrammte. Die Platzangst schlug nun mit aller Macht zu. Sein Herz jagte und er zitterte am ganzen Leib und war in Schweiß gebadet. Er geriet nur deshalb nicht endgültig in Panik, weil es ihm irgendwie gelang, seine Furcht auf den noch viel schrecklicheren Gedanken zu fokussieren, was geschehen würde, wenn er *anhielt,* und sich auf diese Weise immer wieder selbst anzutreiben.

Alles in allem waren es nicht einmal fünf Meter, die er so zurücklegte, aber es waren die längsten fünf Meter seines Lebens. Dann griffen seine Hände plötzlich ins Leere. Anders verlor den Halt, stürzte und schlug gute anderthalb Meter tiefer auf grausam hartem Stein auf. Nicht zum ersten Mal an diesem Tag explodierten rote Schmerzblitze vor seinen Augen, als seine Stirn mit dem Boden kollidierte. Der Schmerz war so schlimm, dass ihm übel wurde.

Trotzdem verspürte er im ersten Moment nichts anderes als eine unendlich tiefe Erleichterung. Er konnte sich nicht erinnern, jemals solche Angst gehabt zu haben wie in den letzten Minuten; nicht einmal vorhin, als er zusammen mit Jannik vor den blauen Blitzen geflohen war. Anders lag einfach da, atmete in tiefen, fast gierigen Zügen ein und aus und genoss das unbeschreiblich süße Gefühl, die faulig riechende Luft in die Lungen saugen zu können, ohne bei jedem Atemzug das Gefühl haben zu müssen, in einen Schraubstock eingespannt zu sein, der sich unbarmherzig weiter zusammenzog. Sein Kopf tat furchtbar weh (von seinem Knie ganz zu schweigen) und die Übelkeit, die in seinen Eingeweiden wühlte, wollte einfach nicht nachlassen, aber das spielte keine Rolle.

Katt ließ sich mit einer geschmeidigen Bewegung neben ihm zu Boden gleiten und drehte ihn auf den Rücken. Wenn man bedachte, dass sie allerhöchstens achtzig Pfund wog und nur aus Haut und Knochen zu bestehen schien, war sie erstaunlich stark.

»Das war gar nicht schlecht«, sagte sie. »Ehrlich gesagt war ich nicht ganz sicher, ob du …«

Sie verstummte, als ihr Blick in sein Gesicht fiel. Anders sah, wie sich ihre dunklen, leicht schräg stehenden Augen weiteten. Sah er so schlimm aus?

Ja, wie ihre nächsten Worte bestätigten. »Was ist mir dir?«

»Nichts«, presste Anders zwischen zusammengebissenen Zähnen hervor, womit er sich vermutlich nicht nur endgültig lächerlich machte, sondern auch die Übelkeit in seinem Magen noch weiter anfachte. Er atmete tief und gezwungen langsam ein und wieder aus und hatte plötzlich alle Mühe, einen Brechreiz zu unterdrücken.

Trotzdem ließ er nur noch eine Sekunde verstreichen, ehe er die Ellbogen gegen den harten Stein presste und sich langsam in die Höhe stemmte. Alles drehte sich um ihn und der pochende Schmerz hinter seiner Stirn wurde schlimmer, nicht besser. Zitternd hob er die linke Hand und betastete sein Gesicht. Zumindest blutete er nicht aus den Ohren, was immerhin darauf hinwies, dass er sich keinen Schädelbruch zugezogen hatte.

»Kannst du aufstehen?«, fragte Katt.

Angesichts des immer noch latent vorhandenen Brechreizes verzichtete Anders vorsichtshalber auf eine Antwort und versuchte stattdessen Katts Aufforderung schweigend nachzukommen. Es ging, aber zu allem Überfluss wurde ihm nun auch noch so massiv schwindelig, dass er rasch die Hand ausstrecken musste um sich an Katts Schulter festzuhalten. Aber immerhin konnte er stehen.

Katt sagte irgendetwas, doch er hatte plötzlich Mühe, dem Klang ihrer Stimme einen Sinn abzugewinnen. Alles drehte sich um ihn und das Gesicht des Mädchens begann vor seinen Augen zu zerfließen. Er spürte, wie seine Knie weich wurden. Die Übelkeit wurde schlimmer …

… und erlosch ebenso plötzlich, wie sie gekommen war. Aus dem unerträglichen Schmerz hinter seiner Stirn wurde ein immer noch schlimmes, nun aber erträgliches Pochen, und auch sein Blick klärte sich. Mit einem erleichterten Aufatmen hob er den Kopf und sah Katt an. »Was hast du gesagt?«

»Nichts«, antwortete das Mädchen. Sein Blick strafte diese Behauptung Lügen, doch Anders beließ es dabei und schaute sich stattdessen neugierig um. Es gab auch hier nicht viel zu sehen, denn das Licht war womöglich noch schlechter als in dem Kellergang, durch den sie das brennende Gebäude verlassen hatten. Dennoch reichten schon die wenigen Meter, die er überblicken konnte, aus, um ihn erkennen zu lassen, dass sie sich in einem alten Kanalisationsschacht befanden; einer Kanalisation ohne einen einzigen Tropfen Wasser allerdings.

Anders sah noch einmal zu dem Loch hin, durch das sie hereingekommen waren. Es kam ihm selbst beinahe unglaublich vor, dass er sich durch diese winzige Öffnung gequetscht haben sollte. Zumindest ihre unheimlichen Verfolger hatten sie nun ganz sicher abgeschüttelt.

»Gehen wir weiter?«, schlug er vor.

Katt sah ihn noch einen Moment lang auf dieselbe fast unheimliche Art an, dann nickte sie nur wortlos und wandte sich ab um zu gehen.

Sie bewegte sich auch jetzt schnell, legte aber kein ganz so mörderisches Tempo vor wie eben, wofür Anders ihr sehr dankbar war. Sowohl seine Kopfschmerzen als auch die Übelkeit waren auf ein erträgliches Maß zurückgesunken und selbst sein geprelltes Knie schien eingesehen zu haben, dass es ihn nicht stoppen konnte, und begnügte sich damit, nur noch wie ein heftiger Muskelkater zu schmollen. Aber er hatte in den letzten Stunden mehr ertragen als in den *Jahren* zuvor, und er spürte, wie unter all den Schmerzen und kleineren und größeren Blessuren eine andere, gefährlichere Art von Erschöpfung heranwuchs, der er nichts mehr entgegenzusetzen hatte. Sein Körper lief bereits auf Reserve. War sie aufgebraucht, hatte er nichts mehr, worauf er noch zurückgreifen konnte. Wahrscheinlich hielten ihn sowieso nur noch die Anspannung und das Adrenalin in seinem Kreislauf auf den Beinen. Wohin auch immer Katt ihn bringen wollte – es war besser, sie erreichten ihr Ziel *schnell.*

Katt bewegte sich nun zwar etwas langsamer durch die Dunkelheit vor ihm, dennoch aber mit einer traumwandlerischen Sicherheit, die Anders nicht nur nicht verstand, sondern die ihm fast schon unheimlich war. Man hätte beinahe geglaubt, sie könne im Dunkeln sehen. Doch wahrscheinlich war sie diesen Weg einfach nur schon so oft gegangen, dass sie ihn selbst mit verbundenen Augen gefunden hätte.

»Wohin gehen wir?«, fragte er nach einer Weile.

»Zum nächsten Sicherplatz«, antwortete Katt. »Es ist nicht mehr weit.«

Sicherplatz, dachte Anders. *Aha. Was immer das sein mochte.* Er schwieg.

Katts Auffassung von *nicht mehr weit* musste sich wohl noch gründlicher von seiner Definition dieses Begriffs unterscheiden, als er ohnehin schon befürchtet hatte, denn sie marschierten bestimmt noch eine Viertelstunde durch den trockenen Kanal. Anders stellte keine weiteren Fragen – die Antworten hätten ihn wahrscheinlich nur noch mehr deprimiert –, sondern verwandte das bisschen Energie, das ihm noch blieb, nachdem er die schwere Aufgabe bewältigt hatte, einen Fuß vor den anderen zu setzen, darauf, sich den Kanal so aufmerksam wie möglich anzusehen. Abgesehen davon, dass er vollkommen ausgetrocknet war und es viele Jahre her sein musste, als hier unten auch nur ein Tropfen Wasser geflossen war, erschien er ihm völlig normal. Dann und wann mündete ein Zufluss oder auch ein anderer Kanal in den Stollen, der manchmal mit einem rostzerfressenen Gitter verschlossen war. Der Stein war mit dem Schmutz von Jahrzehnten verkrustet, aber nicht verbrannt. Hier unten hatte das Feuer nicht getobt.

Doch da war etwas anderes. Es fiel Anders schon vorhin auf, als er zusammen mit Jannik in die Fabrikhalle gekommen war, und obwohl er das Gefühl nicht in Worte hatte kleiden können, war es doch die ganze Zeit über da gewesen. Etwas … fehlte.

Und dann wurde ihm klar, was.

Rings um ihn herum waren nur Stein und totes Metall. An einem Ort wie diesem hätte es Schimmel geben müssen, Moder und brodelnde Fäulnis, Ungeziefer und Spinnweben, *irgendetwas* eben. Aber es gab nichts von alledem. Der Gang – und auch die gesamte Stadt hoch über ihren Köpfen – war vollkommen tot. Hier gab es nicht einmal mehr eine Spur von Leben. Der Gedanke war so unheimlich, dass er Anders erneut einen eisigen Schauer über den Rücken jagte. Und er weckte eine nagende Furcht in ihm. Er hatte Jannik geglaubt (*Es waren saubere Bomben*), aber wenn das stimmte, dann hätte das Leben längst an diesen verbrannten Ort zurückkehren müssen. Vielleicht hatte Jannik sich ja geirrt oder er hatte ihm bewusst nicht die Wahrheit gesagt, um ihn nicht zu beunruhigen. Irgendetwas hatte diese Stadt nicht nur verbrannt, sondern regelrecht sterilisiert, und vielleicht war dieses Etwas ja noch da. Katt hatte nicht wirklich erklärt, warum sie es so eilig hatte. Und möglicherweise trugen die Männer aus den schwarzen Hubschraubern die ABC-Anzüge ja nicht nur, weil sie sie so kleidsam fanden.

Anders brach auch diesen Gedanken mit einer fast gewaltsamen Anstrengung ab. Es war, wie es war, basta. Er gewann nichts, wenn er sich selbst verrückt machte.

Endlich blieb Katt wieder stehen. Vor ihnen befand sich jedoch keine Treppe oder ein anderer Ausstieg aus der Kanalisation, sondern ein weiteres, wenn auch deutlich größeres Loch, das jemand gewaltsam in die Mauer gebrochen hatte.

»O nein, nicht schon wieder!«, stöhnte Anders.

»Diesmal ist es nicht so anstrengend«, versprach Katt. »Nur noch ein paar Schritte. Glaubst du, dass du es schaffst?«

Anders lauschte vergebens auf einen Unterton von Spott oder gar Häme in ihrer Stimme. Er fand nichts dergleichen. Ihre Sorge um ihn war echt.

Dennoch bedachte er Katt nur mit einem beleidigten Blick und marschierte (na ja: humpelte) stolz erhobenen Hauptes an ihr vorbei. »Natürlich«, knurrte er. »Ich bin doch …« Er schluckte den Rest des Satzes vorsichtshalber hinunter. Beinahe hätte er gesagt: *Ich bin doch kein Mädchen.* Aber das wäre nicht besonders klug gewesen. Immerhin hatte dieses *Mädchen* ihm nicht nur das Leben gerettet, sondern sich bisher auch als weitaus zäher erwiesen als er. Aber wahrscheinlich musste man das sein, um in einer Umgebung wie dieser länger als ein paar Stunden am Leben zu bleiben.

Er ließ Katt an sich vorbei, duckte sich hinter ihr durch die Maueröffnung und sah, dass sie Recht hatte: Der Weg war tatsächlich nicht mehr weit, aber er führte in eine andere Richtung als erwartet. Hinter dem Mauerdurchbruch lag eine vielleicht fünf Meter hohe Kammer, deren Decke eingebrochen war. Eine geradezu abenteuerlich zusammengebundene Leiter führte zu dem gezackten Loch in der Decke hinauf, über dem Anders etwas erblickte, das wieder zu sehen er kaum noch zu hoffen gewagt hatte: Licht.

Es war kein Tageslicht. Es war nicht einmal besonders hell, sondern nur ein mattgrauer Schimmer, den er noch vor ein paar Stunden als *Dunkelheit* bezeichnet hätte. Jetzt aber entlockte ihm dieses graue Zwielicht einen halblauten Freudenschrei. Er griff nach den mit Draht festgebundenen Leitersprossen und begann sie hastig hinaufzusteigen, ohne auch nur einen einzigen Gedanken daran zu verschwenden, ob diese haarsträubende Konstruktion sein Gewicht überhaupt tragen konnte. Nach wenigen Augenblicken erreichte er das Ende der Leiter und zog sich durch das gezackte Loch in der mindestens fünfzig Zentimeter starken Betondecke.

Der Anblick traf ihn wie ein Schlag. Anders erstarrte mitten in der Bewegung. Er registrierte nicht einmal, dass Katt hinter ihm die Leiter heraufkam und durch sein plötzliches Innehalten gezwungen wurde, sich in einer komplizierten, schlängelnden Bewegung an ihm vorbeizuschieben, um ganz aus dem Loch hinauszuklettern.

»Du solltest dich nicht so anstrengen«, sagte sie. »Das ist für dich wirklich nicht …« Sie brach mitten im Wort ab. »Anders? Alles in Ordnung?«

Anders hörte die Frage nicht einmal wirklich. Er stand immer noch wie gelähmt da, einen Fuß auf der letzten Sprosse der improvisierten Leiter und einen auf dem Boden, und versuchte den Anblick zu verarbeiten, der sich ihm bot.

Die Kammerdecke war gleichzeitig der Boden einer so gewaltigen unterirdischen Halle, dass ihre Decke in regelmäßigen Abständen von viereckigen Betonsäulen gestützt werden musste. Das Licht, das er gesehen hatte, strömte durch ein breites, weit offen stehendes Tor herein, hinter dem eine betonierte Rampe in sanftem Winkel weiter nach oben führte. Auch hier lag alles voller Schutt und Trümmer. Links von Katt und ihm stand eine unregelmäßige Doppelreihe uralter Automobile. Die Halle war nichts anderes als eine ganz gewöhnliche Tiefgarage, wie er sie schon zu Dutzenden gesehen hatte.

Und trotzdem erschütterte ihn ihr Anblick mehr und tiefer als alles andere zuvor. Vielleicht gerade weil sie so banal war. So *normal.*

Bisher hatte er in dieser verbrannten Stadt nichts anderes als Gebäude gesehen, Häuser in mehr oder weniger fortgeschrittenen Stadien der Zerstörung, die fast vollkommen leer waren. Aber nun sah er zum ersten Mal etwas, das den *Bewohnern* dieser verbrannten Stadt gehört hatte. Etwas, das sie geschaffen und gebaut hatten. Die rostigen, von Steinen und heruntergefallenen Teilen der Decke zertrümmerten Autowracks machten aus der weitläufigen Halle etwas, das die leeren Gebäude über ihren Köpfen mit Erfolg verheimlicht hatten: ein Grab.

»Anders?«, fragte Katt noch einmal. »Ist alles in Ordnung?«

Anders antwortete auch jetzt noch nicht, doch er überwand seine Erstarrung zumindest weit genug, um vollends von der Leiter wegzutreten. Sein Herz klopfte immer rascher und nun wurde ihm auch wieder ein wenig schwindelig, aber das schrieb er dem Schock zu, den ihm der plötzliche Anblick versetzt hatte. Einen Moment lang blieb er noch stehen, dann wandte er sich ganz um und ging langsam auf die Automobile zu.

Katt hielt ihn am Arm zurück und deutete mit der anderen Hand in die entgegengesetzte Richtung. »Da geht es lang.«

»Nur einen Moment.« Anders versuchte sich mit sanfter Gewalt loszumachen und nach einem Moment gelang es ihm auch; aber nur weil Katt es zuließ.

Langsam, mit immer heftiger klopfendem Herzen näherte er sich dem ersten Wagen. Er war zertrümmert und unter einer so dicken Schicht aus betonhart eingetrocknetem Schmutz begraben, dass seine ursprüngliche Farbe nicht einmal mehr zu erraten war. Aber Anders erkannte immerhin das Modell, auch wenn er kein Spezialist für antike Automobile war. Der Wagen war mindestens dreißig oder vierzig Jahre alt und dasselbe galt für sämtliche Autos hier.

»Großer Gott, was … was ist hier passiert?«, murmelte er.

»Das weiß niemand«, sagte Katt. Sie folgte ihm, hielt jedoch einen größeren Abstand, als notwendig gewesen wäre. »Das war schon immer hier. Niemand weiß, wozu es gut ist.« Sie schwieg einen Moment, dann fügte sie in seltsam verändertem Ton hinzu. »Weißt du es etwa?«

Anders antwortete nicht. Er ging, immer langsamer werdend, weiter und streckte schließlich die Hand nach dem Türgriff aus. Er rechnete nicht ernsthaft damit, die Tür aufzubekommen; sicher war sie verzogen oder nach so langer Zeit einfach festgerostet. Aber sie schwang ganz im Gegenteil nicht nur leicht, sondern auch nahezu lautlos auf und gewährte ihm einen Blick in das Wageninnere, das fast noch erschreckender aussah als sein Äußeres. Auch hier herrschten uralter eingetrockneter Staub und Schmutz vor, nur diesmal sah Anders es sofort: Was für die gesamte Stadt galt, das hatte auch diesen Wagen heimgesucht. Er war vollkommen leer. Alles, was Anders noch erblickte, waren die nackten Metallteile der Karosserie und die Stahlrohrgestelle der Sitze. Alles, was nicht aus widerstandsfähigem Metall bestanden hatte, war verschwunden; selbst das Lenkrad.

Anders trat wieder einen Schritt zurück und unterzog das

Äußere des Wagens einer zweiten, etwas kritischeren Musterung. Auch die Reifen waren verschwunden, genauso wie die Gummidichtungen der Fenster. Und irgendetwas sagte Anders, dass sie nicht *verbrannt* waren. Er ging zum nächsten Wagen, untersuchte auch ihn und kam zu demselben beunruhigenden Ergebnis. Alles, was nicht aus Metall oder Glas bestanden hatte, war verschwunden. Obwohl er wusste, was er finden würde, untersuchte er noch drei weitere Fahrzeuge. Es war überall dasselbe. Die Wagen waren ausnahmslos uralt und zu etwas wie eisernen Skeletten geworden.

»Brauchst du noch lange?«, fragte Katt. »Was auch immer du da tust.« Sie war in zehn oder zwölf Schritten Entfernung stehen geblieben und beäugte ihn misstrauisch, fast als hätte sie plötzlich Angst, sich ihm zu nähern. Aber sie hob nach einem weiteren Moment den Arm und deutete in die gleiche Richtung wie vorhin. »Wir müssen uns beeilen.«

Anders blickte nach hinten und gewahrte eine schmale Tür, die anscheinend in einen benachbarten Raum führte. Er hatte ganz automatisch angenommen, dass sie die Tiefgarage durch das einladend offen stehende Tor verlassen würden.

»Wieso gehen wir nicht einfach da lang?«, fragte er.

Katt starrte ihn an. »Du hast wirklich keine Ahnung, wie?« Ihre Stimme klang noch immer ein wenig ungläubig, obwohl Anders ihr ansah, dass sie zugleich an seinen Worten zweifelte.

»Nein«, sagte er. »Warum erklärst du es mir nicht?«

Katt schüttelte seufzend den Kopf und wandte sich der Auffahrt zu und ihre Augen weiteten sich. Hastig drehte sich Anders in dieselbe Richtung – und fuhr fast entsetzt zusammen.

Die vier Gestalten, die die Auffahrt heruntermarschiert kamen, zeichneten sich als scharf umrissene schwarze Schatten vor einem nur wenig helleren Hintergrund ab, aber Anders wusste trotzdem sofort, mit wem sie es zu tun hatten. *Wie zum Teufel hatten sie sie hier gefunden?*

»Hast du nicht gesagt, sie kämen niemals hier herunter?«, fragte er.

»Das haben sie auch noch nie getan«, antwortete Katt. Dann schrie sie: »*Lauf!*«

Sie spurtete los und Anders begriff schon nach ihren ersten Schritten, wie sehr er sie trotz allem unterschätzt hatte. Katt schien in dem ohnehin schwachen Licht der Tiefgarage nahezu unsichtbar zu werden und sie bewegte sich nicht nur so lautlos, sondern auch so schnell wie eine flüchtende Raubkatze.

Einer der Männer feuerte auf sie. Der hellblaue Lichtblitz verfehlte sie um mehrere Meter und schlug eine Stichflamme aus der Wand, und Katt begann Haken zu schlagen und sich auf fast noch unmöglichere Weise zu bewegen. Der nächste Schuss verfehlte sie noch mehr, aber nun eröffneten auch die anderen Männer das Feuer, und Anders hatte ja bereits gesehen, was für ausgezeichnete Schützen sie waren. Ein wahres Gewitter grellblauer Lichtpfeile regnete auf das flüchtende Mädchen herab. Die Wand, auf die sie zuhielt, stand bereits in hellen Flammen und an einem Dutzend Stellen hatten sich lodernde Vulkane im Boden aufgetan, die Flammen und geschmolzenen Beton spien. Früher oder später *mussten* sie sie einfach treffen, ganz gleich wie schnell sie sich auch bewegte.

Anders fasste einen verzweifelten Entschluss. Er tat es nicht bewusst – zum Nachdenken blieb ihm keine Zeit, und wäre sie ausreichend gewesen, so hätte er es ganz bestimmt nicht getan –, sondern ganz instinktiv, aber er spürte einfach, dass es richtig war. Statt in direkter Linie hinter Katt herzulaufen, schwenkte er ein wenig nach links und rannte so schnell, wie es sein pochendes Knie zuließ. Und direkt in die Schussbahn der Verfolger hinein. Drei, vier, fünf blendend helle Blitze zischten vor ihm durch die Luft und dann hörte das Feuer ebenso plötzlich auf, wie es begonnen hatte.

Anders schwenkte nach rechts, mobilisierte jedes bisschen Kraft, das er noch in sich fand, und rannte jetzt hinter Katt her. Noch ein halbes Dutzend Schritte und sie hatte die Tür erreicht und stürmte hindurch; allerdings nur um sofort stehen zu bleiben und hektisch in seine Richtung zu winken.

»Lauf!«, schrie sie. »Sie kommen!«

Anders hätte am liebsten laut aufgelacht. Hielt sie ihn vielleicht für blind oder was dachte sie, vor wem er davonrannte? Er versuchte trotzdem noch schneller zu rennen, aber es ging einfach nicht mehr. Er wurde im Gegenteil allmählich wieder langsamer.

Sofort wurde ihm eine neue Gefahr bewusst. Auch wenn die Männer nicht auf ihn schießen würden, so konnten sie einfach schneller laufen als er. Sollten ihn seine Kräfte nicht verlassen, würden sie ihn trotzdem einholen, noch bevor er die Tür erreicht hatte.

Plötzlich loderte es hinter ihm wieder grellblau und flackernd auf. Anders biss in der Erwartung die Zähne zusammen, getroffen zu werden, aber die Geschosse aus Licht und Hitze waren nicht einmal in seine Richtung gezielt. Worauf immer diese Männer auch schossen – er war es jedenfalls nicht. Anders stürmte weiter, taumelte mit letzter Kraft durch die Tür und ließ sich schwer atmend neben Katt gegen die Wand sinken. Erst dann drehte er sich um und sah zu den Männern zurück.

Ihre Verfolger feuerten immer noch, sogar hektischer und schneller als zuvor. Aber sie schossen immer noch nicht in ihre Richtung, sondern konzentrierten ihr Feuer auf die Ausfahrt hinter den offen stehenden Toren! Blitz auf Blitz schlug in den verbrannten Beton ein und überall sprühten Flammen und Funken, die jedoch erstaunlich schnell wieder erloschen.

Aber war es überhaupt Beton, auf den sie schossen? Anders war sich nicht sicher. Das Licht war zu schlecht um Einzelheiten zu erkennen, und der hektisch flackernde Feuerschein machte es auch nicht einfacher – doch es kam ihm mehr und mehr so vor, als wäre die gesamte Auffahrt in eine schwerfällige Bewegung geraten und begänne auf ganzer Breite nach unten zu rutschen.

Oder als kröche irgendetwas darüber heran …

»Hoffentlich fressen sie sie auf«, zischte Katt. Sie sah ihn an. »Kannst du noch?«

Anders nickte, aber die Bewegung erfolgte eher automatisch und nicht, weil sie seiner Überzeugung entsprach. Sein Kopf schmerzte immer heftiger und auch die Übelkeit kehrte allmählich zurück. Sein Knie pochte.

»Dann komm. Ich glaube nicht, dass sie sie lange aufhalten können.«

Anders nickte auch jetzt nur wortlos, aber er ließ noch ein paar Sekunden verstreichen, in denen er entsetzt in die Tiefgarage hinausstarrte, ehe er sich von der Wand abstieß und mühsam hinter Katt herschlurfte. Die Männer hatten sich enger zusammengeschlossen und konzentrierten ihr Feuer weiterhin auf die glitzernde Schwärze, die lautlos die Rampe heruntergekrochen kam. Doch obwohl ihre Waffen das Feuer der Hölle zu entfesseln schienen, war die wimmelnde Masse ein sichtbares Stück näher gekommen. Anders glaubte zu erkennen, dass sie mittlerweile versuchten, so etwas wie eine Gasse in die brodelnde Decke zu schießen, doch die glühenden Brandnester erloschen beinahe schneller als sie entstanden.

»Danke«, sagte Katt, nachdem sie eine Weile schweigend vor ihm hergelaufen war und nur manchmal einen Blick über die Schulter zurückgeworden hatte, um sich davon zu überzeugen, dass er noch mitkam – ein Kunststück, das ihm mit jedem Schritt schwerer fiel. Er hatte den Punkt absoluter Erschöpfung fast erreicht.

»Wofür?«, fragte er kurzatmig.

»Du hast mir das Leben gerettet«, antwortete Katt. Anders spürte, wie schwer es ihr über die Lippen kam. Sie gehörte ganz offensichtlich nicht zu den Menschen, die es gewohnt waren, sich zu bedanken. Trotzdem fuhr sie nach einem Moment fort: »Das war das Tapferste, was ich jemals erlebt habe. Warum hast du es getan?«

»Weil mir gerade danach war«, erwiderte Anders, ganz bewusst im gleichen Ton und mit denselben Worten, mit denen sie vorhin auf seine Frage geantwortet hatte. »Außerdem war es nicht ganz so tapfer, wie du vielleicht glaubst.«

»Wieso?«

»Sie hatten schon zweimal die Gelegenheit, auf mich zu schießen, und haben es nicht getan. Ich habe einfach gehofft, dass es auch noch ein drittes Mal funktioniert.«

Katt sah ihn ungläubig an. »Und wenn du dich getäuscht hättest?«

Anders hob die Schultern. »Dann wäre ich der Erste, der es gemerkt hätte.« Er hörte sogar selbst, wie dumm das klang – aber was sollte er sagen? Dass er gar nicht darüber nachgedacht, sondern es einfach *getan* hatte? Oder dass er sein Leben nicht nur aufs Spiel gesetzt hatte, um die Dame seines Herzens zu beschützen, sondern weil er ohne sie sowieso keine Chance mehr hatte, hier herauszukommen? Beides wäre die Wahrheit gewesen, aber es erschien ihm wenig angeraten, es offen auszusprechen.

Außerdem war ihm entsetzlich übel und seine Kopfschmerzen waren mittlerweile so schlimm geworden, dass er Sehstörungen bekam.

Hinter ihnen erscholl ein ungeheures Dröhnen und Krachen. Der Gang wankte so heftig, dass sie gegen die Wände geschleudert wurden und Anders hilflos daran heruntenglitt, und der Widerschein eines ungeheuerlichen blau gleißenden Blitzes flutete über sie hinweg und schien ihre grotesk verzerrten Schatten in den Betonboden einzubrennen. Ein Geräusch erklang, als bräche das gesamte Haus über ihren Köpfen zusammen, und ein zweiter, noch gleißenderer Blitz erhellte den Gang und Anders verlor das Bewusstsein.

7

Es konnte nicht für lange gewesen sein, nur wenige Augenblicke, allerhöchstens ein paar Minuten. Er wachte mit dem gleichen unerquicklichen Gefühl auf, mit dem er in den schwarzen Abgrund der Bewusstlosigkeit gestürzt war – Übelkeit und entsetzliche Kopfschmerzen –, aber es hatte sich noch etwas hinzugesellt: Er zitterte vor Kälte am ganzen Leib und er musste nicht extra die Hand an die Stirn heben um zu wissen, er hatte Fieber. Er öffnete die Augen und stellte mit einem Gefühl leiser Überraschung fest, dass sie sich nicht mehr in dem Gang befanden, in dem er das Bewusstsein verloren hatte. Dieser Korridor war viel breiter und unter der Schmutzschicht, auf der er lag, schien sich ein Marmorfußboden zu verbergen. Stöhnend drehte er sich auf den Rücken und blickte in Katts Gesicht. Sie war noch blasser geworden und ihr Atem ging schnell und in harten, mühsamen Stößen. Ihre Haut glänzte vor Schweiß.

»Was …?«, murmelte Anders.

Katt brachte ihn mit einer raschen Geste zum Schweigen. »Mach dir keine Sorgen«, sagte sie. »Wir sind in Sicherheit. Wenigstens für den Moment.«

Anders hatte Mühe, sie zu verstehen. Ihr Atem ging so schnell, dass sie kaum sprechen konnte. Anders sah, sie zitterte am ganzen Leib.

»Wo … Wo sind wir?«, murmelte er benommen.

»Fast am Sicherplatz«, antwortete sie. »Es ist nicht mehr weit.«

»Und wie kommen wir hierher?«, fragte Anders.

Katt hob die Schultern. »Ich habe dich getragen.«

»Getragen?«, ächzte Anders. »Aber ich wiege doppelt so viel wie du!«

»Stell dir vor, das ist mir nicht entgangen«, antwortete Katt. Das ironische Lächeln, mit dem sie ihre Worte untermalen wollte, wurde vor Erschöpfung und Schwäche zur Grimasse. »Aber ich hatte keine Wahl. Alles war plötzlich voller Feuer, und ich hatte Angst, dass das ganze Haus zusammenbricht. So etwas habe ich noch nie erlebt! Ich weiß nicht, was geschehen ist.«

Sie sah ihn bei diesen Worten fragend an, aber Anders ignorierte ihren Blick und tat auch so, als hätte er ihre Frage gar nicht gehört. Er hatte sogar eine *ziemlich konkrete* Vorstellung davon, was passiert war. Es hatte etwas mit fliegenden Haien zu tun, die die Luft mit sirrenden Schwertklingen teilten und das Feuer der Hölle spuckten – aber wie hätte er das einem Menschen erklären sollen, der nicht einmal wusste, was ein Automobil war?

»Wenn es wirklich nicht mehr weit ist, sollten wir weitergehen«, schlug er vor.

»Kannst du das denn?«, fragte Katt.

»So schlimm ist es auch wieder nicht«, behauptete Anders. Lächerlich. Trotzdem fuhr er fort: »Ich weiß auch nicht, was mit mir los war. Normalerweise mache ich nicht so schnell schlapp. Ich bin wohl nicht in Form.«

Um seine Behauptung (vor allem sich selbst) zu beweisen, versuchte er aufzustehen, was ihm allerdings erst mit Katts Hilfe gelang. Alles drehte sich um ihn. Es war deutlich heller geworden, aber er konnte trotzdem nicht besser sehen als zuvor. Alles, was weiter als zehn oder fünfzehn Schritte entfernt war, verschwand zwar nicht mehr in völliger Dunkelheit, schien sich aber in grauen Schlieren aufzulösen. Er blinzelte ein paarmal und machte einen ungeschickten Schritt, mit dem er um sein Gleichgewicht kämpfte. Und dann geschah dasselbe, was er schon einmal erlebt hatte: So plötzlich, als hätte jemand einen Schalter in seinem Inneren umgelegt, verschwanden Übelkeit, Schwindelgefühl und Schmerzen, und zurück blieb nur eine leise Benommenheit; und ein Gefühl von Schwäche, das wahrscheinlich schon sehr bald zunehmen würde.

»Ich glaube, es geht schon wieder«, sagte er.

Katt nickte ernst. »Das liegt an der Anstrengung. Wenn du vorsichtig bist, schaffen wir es bestimmt.« Sie lächelte aufmunternd auf eine Art, die ihn beinahe wütend machte, und als wäre das noch nicht genug, streckte sie zu allem Überfluss die Hand aus, um ihn zu stützen, als wäre er ein gebrechlicher alter Mann. Anders gönnte ihr nur einen beleidigten Blick, machte stolz erhobenen Hauptes einen Schritt an ihr vorbei und forderte sie mit einer Geste auf, ihm die Richtung zu zeigen. Katt musterte ihn noch einmal auf diese gleichermaßen abfällige wie besorgte Art, wandte sich dann aber mit einem wortlosen Schulterzucken um und ging los; und ganz bestimmt *nicht* zufällig gerade schnell genug, dass er ihr nicht ohne Mühe folgen konnte.

Trotz ihrer sichtbaren Erschöpfung bewegte sie sich noch immer so elegant, dass Anders einen dünnen Stich puren Neids verspürte, als er sie ansah. Ihre Bewegungen hatten etliches von ihrer Schnelligkeit und Mühelosigkeit verloren, waren jedoch immer noch geschmeidig wie die einer Katze. Anders hatte keine Sekunde lang geglaubt, dass *Katt* ihr richtiger Name war – aber er glaubte plötzlich zu wissen, warum man sie so nannte. Das Mädchen hatte etwas von einer Katze. Es war zumindest genauso zickig.

Anders verlor schon nach wenigen Minuten die Orientierung, obwohl er sich alle Mühe gab (warum eigentlich?), sich den Weg einzuprägen, den Katt durch das offenbar immer noch unterirdisch gelegene Labyrinth nahm. Sie durchquerten mehrere große Räume und eine Unzahl von Korridoren und von Türen gesäumten Fluren, die vollkommen unterschiedlich waren und dennoch eine unheimliche Gemeinsamkeit hatten: Sie waren ebenso leer und von allem Leben verlassen wie die unterirdischen Tunnel und Kanalisationstrakte, durch die sie zuvor gekommen waren.

Schließlich blieb Katt wieder stehen und deutete auf eine schmale Metalltür. »Dort hinauf noch, dann sind wir da. Schaffst du das?«

Anders sah sie nur verwirrt an. Warum sollte er das letzte Stück Weg nicht mehr schaffen? Er fühlte sich alles andere als gut, aber das war nach dem, was hinter ihm lag, auch nicht weiter erstaunlich. Er würdigte das Mädchen nicht einmal einer Antwort, sondern forderte es nur mit einer unwilligen Geste auf, die Tür zu öffnen. Katt zuckte ebenso wortlos mit den Schultern und ging voraus. Hinter der Tür lag ein schmaler Treppenschacht, in dem ein gutes Dutzend Betonstufen zu einer von blassem Zwielicht erfüllten Tür hinaufführte. Sie warf ihm einen letzten, nun fast eisigen Blick zu und lief mit federnden Schritten die Stufen hinauf.

Natürlich war sich Anders darüber im Klaren, dass er sich durch und durch albern benahm. Es ging einfach gegen seinen Stolz, dass dieses unscheinbare Mädchen stärker und zäher sein sollte als er – und dass ihm sein Verstand diesen Umstand mit genüsslicher Klarheit vor Augen führte, änderte daran gar nichts. Anscheinend war der Leidensdruck immer noch nicht groß genug, um seinen Stolz zu besiegen.

Er folgte Katt. Als er die Treppe halb überwunden hatte, hörte er ein Geräusch und blieb stehen. Nichts. Er musste sich getäuscht haben. Seltsam war nur, dass auch Katt stehen geblieben war und den Kopf auf die Seite gelegt hatte um zu lauschen. Anders schloss die Augen und konzentrierte sich, aber da waren nur seine eigenen Atemzüge und das Pochen seines Herzens. Doch dann, gerade als er weitergehen wollte, erklang der seltsame Laut wieder: ein Scharren wie von Fingernägeln auf hartem Stein oder Glas, und wie um seine letzten Zweifel zu zerstreuen, sah er, wie Katts Umriss über ihm leicht zusammenfuhr.

»Was …?«, begann er.

Katt brachte ihn mit einer eindeutig erschrockenen Geste zum Verstummen. Er konnte sehen, dass sie nun noch konzentrierter lauschte. Das Geräusch wiederholte sich nicht und trotzdem wirkte sie äußerst beunruhigt, als sie sich halb zu ihm umdrehte und ihn mit einer nervösen Geste aufforderte weiterzugehen. Sie trat durch die Tür, machte jedoch nur einen einzelnen Schritt und blieb dann wie angewurzelt stehen. Anders konnte ihrem Schatten regelrecht ansehen, dass etwas nicht stimmte. Mit zwei, drei weit ausgreifenden Sätzen, mit denen er jedes Mal gleich mehrere Stufen überwand, war er neben ihr und blieb ebenfalls stehen.

Im nächsten Moment riss er ungläubig die Augen auf und starrte abwechselnd auf den Boden direkt vor Katts Füßen und in ihr Gesicht. Sie hatte auch noch das allerletzte bisschen Farbe verloren. Ihre Lippen waren leicht geöffnet und zitterten und in ihren Augen stand das blanke Entsetzen geschrieben.

Es war auch wirklich kein schöner Anblick. Nur eine Handbreit vor ihren nackten Füßen hockte das abstoßendste Geschöpf, das Anders jemals gesehen hatte: Im allerersten Moment dachte er, es wäre eine Kakerlake, dann, er hätte es mit einer Spinne zu tun, bis ihm schließlich klar wurde, dass es sich um eine ebenso unmögliche wie Ekel erregende Mischung aus beidem handelte. Das Geschöpf hatte eindeutig die acht wie kantiges Metall abgeknickten Beine und den aus zwei ungleichen Kugeln bestehenden Leib einer Spinne, trug aber einen blauschwarz schillernden Chitinpanzer und hatte zwei übermäßig lange, wippende Fühler, die sich wie kleine Antennen ununterbrochen hin und her bewegten, als tasteten sie die Luft nach dem Geruch von Beute ab. Ein halbes Dutzend winzige Knopfaugen lugten unter dem Rückenpanzer mit einer tückischen Intelligenz hervor, den ein Wesen wie dieses einfach nicht hätte besitzen sollen, und die kleinen Beißzangen erweckten durchaus den Eindruck, als könnten sie schmerzhaft zubeißen; zumindest wenn man nackte Füße hatte wie Katt. Aber wozu trug er stabile Schuhe mit dicken Ledersohlen?

»Keine Angst«, sagte er. »Das Vieh tut dir nichts.« Und damit hob er den Fuß und zerstampfte das Miniaturmonster zu einem schmierigen Fleck auf dem Fußboden.

Katt schrie auf und riss ihn zurück, aber es war zu spät. Anders kämpfte einen Moment lang mit wirbelnden Armen um sein Gleichgewicht, sah sie verblüfft an und fuhr dann mit dem Fuß ein paarmal über die Türschwelle, um die ekelhaften Überreste der Spinnenkakerlake von seiner Schuhsohle zu kratzen. Er hatte das Vieh zerquetscht; doch obwohl er mit ziemlicher Kraft zugetreten hatte, war es ihm nicht gelungen, den Chitinpanzer zu zerbrechen.

»O nein, was hast du getan?«, hauchte Katt. »Anders!«

»Keine Sorge«, antwortete Anders. »Das Biest kann so giftig sein, wie es will, die Schuhe sind stabil. Sie haben Stahlkappen, weißt du?«

»Aber verstehst du denn nicht?«, keuchte Katt, während sie ihn aus weit aufgerissenen Augen anstarrte. »Das war ein Späher!«

Anders blinzelte verständnislos. Ein seltsames Gefühl begann sich in ihm breit zu machen. »Ein ... Späher?«, wiederholte er. »Du meinst, es ... es gibt noch mehr von ... von diesen Dingern?«

Katt nickte und vor Anders' innerem Auge erschien das Bild der Garageneinfahrt, die plötzlich zu glitzerndem unheimlichem Leben erweckt schien. Ein eisiger Schauer rann ihm den Rücken hinab, der ihn an die Berührung unzähliger Spinnenbeine erinnerte, die über seinen Körper krochen.

»Und dieses Ding war ihr Späher?«, vergewisserte er sich. »Na, dann ist ja alles in Ordnung. Ich meine: Er ist tot. Du brauchst keine Angst zu haben, dass er seine Freunde noch alarmieren kann.«

»Aber verstehst du denn nicht, Anders?«, ächzte Katt. »Wenn man den Späher tötet, dann alarmiert er im Moment seines Todes noch die anderen!« Sie sah sich plötzlich gehetzt um. »Wir können nur hoffen, dass sie noch weit genug entfernt sind!«

»Blödsinn!«, antwortete Anders. »Willst du mir erzählen, dass die Viecher telepathisch sind oder so?«

»Ich weiß nicht, was dieses Wort bedeutet, aber es ist so, glaube mir«, sagte Katt. »Du weißt ja gar nichts! Allmählich fange ich wirklich an zu glauben, dass du vom Himmel gefallen bist!«

Anders setzte zu einer Antwort an, aber Katt schnitt ihm wieder mit einer ärgerlichen Geste das Wort ab. Trotz allem, was sie gerade gesagt hatte, machte sie keine Anstalten, loszulaufen, sondern schloss die Augen, lauschte einen Moment mit höchster Konzentration und nickte dann grimmig. »Sie sind unterwegs hierher.«

Auch Anders lauschte einen Moment, aber er konnte absolut nichts hören. Offensichtlich hatte Katt nicht nur bessere Augen als er, sondern auch bessere Ohren. Sie deutete nach rechts. »Wir können es noch schaffen. Es ist nicht mehr weit bis zum Sicherplatz.«

Anders wollte sich umwenden, doch Katt schüttelte nur erneut den Kopf und machte einen Schritt in die entgegengesetzte Richtung. »Hier entlang. Komm.«

Anders gehorchte zwar, warf aber noch einen unsicheren Blick in die Richtung, in die sie gerade gedeutet hatte. »Liegt dieser Sicherplatz denn nicht da?«

»Doch«, antwortete Katt. »Aber diesen Weg können wir nicht nehmen. Schnell jetzt. Und leise!«

Trotz ihrer eigenen Worte bewegte sie sich nicht sonderlich schnell. Sie schlenderte zwar nicht gerade gemächlich dahin, doch sie ging nicht so schnell, wie sie gekonnt hätte, von *rennen* ganz zu schweigen. Sie durchquerten den Raum und betraten einen schmalen ausgebrannten Korridor, dessen Decke sich zum größten Teil unter ihren Füßen befand statt über ihren Köpfen. Katt betrat ihn erst, nachdem sie erneut mit geschlossenen Augen dagestanden und gelauscht hatte.

»Sie kommen näher«, murmelte sie. »Das wird knapp.«

»Wenn wir es so eilig haben«, fragte Anders, während er ächzend über einen meterhohen Schuttberg hinwegstieg und dabei versuchte, sich möglichst *nicht* an den rostigen Metallspitzen zu verletzen, die daraus hervorragten, »warum laufen wir dann nicht schneller?«

»Weil du dann vielleicht wieder zusammenbrichst«, sagte Katt. »Und meine Kraft reicht nicht mehr, um dich zu tragen.«

Anders schenkte ihr einen giftigen Blick und schluckte jeden Kommentar hinunter. Allmählich ging ihm die Kleine gehörig auf die Nerven, bei aller Dankbarkeit, die er noch immer empfand. Er hatte einmal schlapp gemacht und er war nicht einmal sicher, ob er das, was sie für ihn getan hatte, umgekehrt auch für sie hätte tun können, aber das war noch lange kein Grund, dauernd darauf herumzureiten! Sobald sie hier heraus waren, würden sie ein klärendes Gespräch darüber führen müssen.

Am Ende des Korridors ging es nach links, dann nach rechts und wieder nach links. Es war ein wahres Labyrinth, durch das Katt ihn führte, und obwohl er schon nach wenigen Minuten nicht nur hoffnungslos die Orientierung verloren hatte, sondern allmählich sogar die Bedeutung dieses Wortes zu vergessen begann, hatte er doch zugleich das Gefühl, dass sie sich mehr oder weniger im Kreis bewegten. Was, wenn Katt in Wahrheit so wenig wusste wie er, wo sie waren, sondern einfach nur blind herumstolperte?

Nein, diesen Gedanken wollte er nicht denken.

Außerdem war er falsch. Sie passierten noch zwei oder drei weitere Abzweigungen, die Anders' Orientierungssinn endgültig den Rest gaben, und traten dann in einen langen Korridor, der sich in beiden Richtungen in grauem Zwielicht verlor. Die Abzweigung nach rechts war vollkommen leer, in der anderen Richtung erblickte Anders einen verschwommenen Umriss, der eine Erinnerung in ihm wecken wollte, ohne dass es ihm gänzlich gelang.

Katt atmete erleichtert auf. »Scheint, als hätten wir Glück«, sagte sie und deutete auf den Schatten. »Schaffst du es noch?«

»Jetzt reicht's mir«, antwortete Anders beleidigt. »Ich bin dir ja wirklich dankbar, aber ...«

Er brach ab, als Katt scharf die Luft zwischen den Zähnen einsog und aus erschrocken aufgerissenen Augen nach rechts starrte. Hastig drehte er den Kopf und stöhnte hörbar auf. Wer immer an den Fäden dieser Geschichte zog, schien einen ganz besonders perfiden Sinn für Humor zu besitzen.

Aus der grau in grau verschwimmenden Entfernung am Ende des Gangs traten drei Gestalten in glänzenden schwarzen Gummianzügen.

Katt schrie auf und wirbelte herum und Anders fegte hinter ihr her, so schnell er konnte. Jetzt mussten sie rennen, ob sie wollten oder nicht.

Hinter ihnen flackerte ein blauer Blitz auf. Der Schuss verfehlte sie so weit, dass es kaum ein Zufall sein konnte, und ließ einen Teil der Decke vor ihnen herunterbrechen. Katt schlug einen blitzschnellen Haken, um dem Hagel aus Trümmerstücken und Staub auszuweichen, und Anders vollzog die Bewegung mit, so gut er konnte, um sie mit seinem eigenen Körper zu decken. Diesmal war es eine bewusste Entscheidung. Der Warnschuss hatte ihm klar gemacht, dass die Männer ganz gezielt *nicht* auf ihn schossen und es vermutlich auch nicht tun würden. Warum auch immer, sie hatten sich offensichtlich vorgenommen ihn lebend zu fangen. Vielleicht nahmen sie ihm den Tod ihres Kameraden ja noch übler, als er bisher gedacht hatte, und hatten etwas ganz Besonderes mit ihm vor.

Unglückseligerweise waren sie nicht dumm. Sein kleiner Trick, seine eigene unerklärliche Unberührbarkeit zu nutzen, um Katt zu beschützen, funktionierte auch jetzt, aber die Männer hatten dazugelernt: Eine Salve aus drei Schüssen verfehlte Katt und ihn in weitem Abstand und hämmerte auf halbem Wege zwischen ihnen und dem Sicherplatz in die Decke.

Diesmal brach sie fast auf ganzer Breite zusammen, und noch während Tonnen von Staub und brennenden Trümmerstücken zu Boden regneten, hämmerte eine zweite Salve in die Seitenwand des Gangs und ließ sie ebenfalls einstürzen. Wirbelnder Staub und Flammen erfüllten die Luft, sodass man kaum noch etwas sehen konnte, und obwohl sie noch mindestens zwanzig oder fünfundzwanzig Meter von der Stelle entfernt waren, konnte Anders bereits jetzt die mörderische Hitze spüren, die von dem glühenden Gestein ausging. Die Männer legten eine Feuerbarriere quer durch den Gang, die sie unmöglich passieren konnten. Noch zwei oder drei solcher Salven und sie saßen in der Falle! Wenn doch nur Jannik hier wäre! Er hätte gewusst, wie sie entkommen konnten.

Aber Jannik war nicht hier und die nächste Salve gleißend blauer Blitze zertrümmerte auch die andere Seite des Korridors und vergrößerte die Barrikade aus Staub und glühendem Schutt noch.

Die vierte kam nicht mehr.

Anders legte vier, fünf, sechs weitere Schritte zurück, bevor er im Laufen den Kopf wandte.

Er hatte gedacht, dass es nicht mehr schlimmer kommen konnte, aber natürlich stimmte das nicht. Es kam schlimmer. Die Männer hatten aufgehört zu schießen, weil sie plötzlich mit was viel Wichtigerem beschäftigt waren: mit Rennen.

Der Boden hinter ihnen war zu glitzerndem schwarzem Leben erwacht.

Es war wie eine getreue Wiederholung der Szene aus der Tiefgarage, nur dass er sie diesmal aus viel geringerer Entfernung betrachtete: Es mussten Millionen winziger gepanzerter, klickender und schnappender Spinnenkakerlaken sein, die wie ein lebender Teppich hinter den Männern aufgetaucht waren und näher kamen. Sie waren nicht einmal besonders schnell, kaum schneller als ein rennender Mann, aber ihre Zahl schien unendlich zu sein und der lebende Teppich bedeckte nicht nur den Boden, sondern schwappte auch an den Wänden entlang, und nicht wenige der kleinen Ungeheuer rasten sogar kopfunter an der Decke heran, ohne dadurch nennenswert an Geschwindigkeit zu verlieren.

Und dieses Mal würde kein mit Laserkanonen ausgestatteter Kampfhubschrauber auftauchen, um die lebende Flut im allerletzten Moment zu vernichten.

Die Männer schienen das wohl genau so zu sehen, denn sie verschwendeten keine Zeit damit, auf die heranrasende Insektenmasse zu schießen, sondern konzentrierten sich ganz darauf, zu rennen. Der Abstand zwischen ihnen und den Ungeheuern schmolz, ganz langsam, aber auch unerbittlich.

Sie hatten den Schutthaufen erreicht. Katt riss die Arme vor das Gesicht und sprang ohne innezuhalten einfach in die Mauer aus Rauch und Flammen hinein, und Anders atmete noch einmal tief ein, schloss die Augen und tat es ihr gleich.

Irgendetwas strich wie eine glühende Hand über sein Gesicht und versengte ihm Haare und Augenbrauen. Er stolperte, fand mit einem ungeschickten Schritt sein Gleichgewicht wieder und rang keuchend nach Luft. Hitze und Qualm trieben ihm die Tränen in die Augen, aber er sah trotzdem, dass sie den Sicherplatz jetzt fast erreicht hatten. Und nun wusste er auch, warum ihm der Umriss auf so sonderbar fremdartige Weise bekannt vorgekommen war: Er hatte so etwas schon einmal gesehen. Es handelte sich um die gleiche, an einen viel zu hochbeinigen Tisch erinnernde Konstruktion, die Jannik und er in der ausgebrannten Fabrikhalle gefunden hatten. Auch ihre Beine und die selbst gebastelte Leiter, die zu der Plattform hinaufführte, standen in halb durchgesägten Metallfässern. Aus einem davon schlugen Flammen. Anscheinend hatte die Hitze eines fehlgegangenen Schusses die leicht entzündliche Flüssigkeit darin in Brand gesetzt.

»*Rauf!*«, brüllte Katt. Sie gestikulierte hektisch zu der Leiter hin, und Anders, der sich endgültig damit abgefunden hatte, sein Schicksal in die Hände dieses sonderbaren Mädchens zu legen, zögerte keine Sekunde, nach den wackeligen Stufen zu greifen und hastig daran hinaufzuklettern. Er rechnete damit, dass Katt ihm sofort folgen würde, doch stattdessen griff sie unter ihr Hemd und zog etwas heraus, das wie ein Knäuel eng zusammengerollter Schnur aussah. Während sie mit fliegenden Fingern ein gut meterlanges Stück davon abrollte, lief sie zu dem Eimer mit der brennenden Flüssigkeit, fiel davor auf ein Knie und hielt das abgewickelte Ende der Schnur in die Flammen. Sie musste den Kopf dabei weit in den Nacken legen, um sich nicht das Gesicht zu versengen. Als sie das Band wieder herauszog, glühte sein Ende hellgelb wie eine Lunte. Hastig sprang sie auf, war mit einem Satz beim nächsten Bein und setzte den Inhalt des Fasses, aus dem es herausragte, mittels ihrer improvisierten Zündschnur in Brand.

Anders glaubte endlich zu begreifen, was sie vorhatte und was der Sinn dieser Konstruktion war. Der bloße Gedanke ließ ihm schier die Haare zu Berge stehen – aber wie Jannik so gerne gesagt hatte: Verzweifelte Situationen bedingen manchmal auch verzweifelte Maßnahmen.

Während Katt zum nächsten Fass hetzte, hob er den Blick und sah in die Richtung zurück, aus der sie gekommen waren. Der Gang war hinter einer geschlossenen Wand aus Flammen und brodelndem schwarzem Rauch verschwunden, die fast bis zur Decke reichte. Bisher war es keinem der winzigen Ungeheuer gelungen, die Barriere zu durchbrechen, aber auch von den Männern, die sie gelegt hatten, war keine Spur mehr zu sehen. Die Flammen schlugen jetzt viel höher als noch vor einem Augenblick, als Katt und er durch das Hindernis gesprungen waren, und Anders konnte auch spüren, wie sehr die Hitze zugenommen hatte. Ohne die geringste Spur von Häme oder Befriedigung begriff er, dass die Männer offensichtlich in ihre eigene Falle gegangen waren.

Auch das vierte Fass hatte mittlerweile Feuer gefangen und Katt begann hastig die Leiter hinaufzuklettern. Die brennende Lunte hielt sie immer noch in der Hand und Anders sah, dass es sich tatsächlich um eine Art Zündschnur zu handeln schien, denn sie brannte nicht wirklich, sondern glühte nur hell und offensichtlich sehr heiß.

Kaum oben angekommen riss sie das glühende Ende der Schnur ab, ließ es hinter sich in die Tiefe fallen und warf sich dann hastig zur Seite, als auch der Inhalt des Fasses, in dem die Leiter stand, mit einem hörbaren *Wusch* Feuer fing. Eine Stichflamme schoss fast bis zur Plattform hinauf und erlosch, bevor sie wirklich gefährlich werden konnte.

An der Decke über der Feuerbarriere erschienen die ersten

Spinnenkakerlaken und etliche der kleinen Biester versuchten sogar die Wände als Weg an dem Hindernis vorbei zu nutzen, wurden aber zum Großteil von den Flammen erfasst und fielen verschmort zu Boden. Viele glühten auf und zerplatzten mit einem Geräusch wie Popcorn, aber Anders machte sich nichts vor: Auch diese Wand aus Feuer würde die ungeheuerliche Masse der Killerinsekten nicht aufhalten.

»Das war knapp«, keuchte Katt. Sie richtete sich mühsam auf, wischte sich mit dem Handrücken Ruß und Schweiß aus dem Gesicht und wandte sich mit einem besorgten Blick an Anders. »Kannst du noch?«

Anders verstand die Frage nicht ganz. Ihm war ein wenig flau und sein Herz raste, aber das war auch nur verständlich, nach dem, was hinter ihnen lag. Eigentlich hätte *er* es sein müssen, der sich nach *ihrem* Befinden erkundigte.

Hinter der Feuerbarriere blitzte es grellblau und gleißend auf. Plötzlich erscholl ein gellender Schrei, und ein Teil der Schutthalde brach Funken sprühend zusammen und riss die Halde aus brennendem Popcorn mit sich. Dennoch erschienen immer mehr und mehr der kleinen Ungeheuer und auch durch die Bresche quoll eine wimmelnde tausendbeinige Masse. Dann stolperte ein Mann in einem schwarzen Gummianzug aus den Flammen heraus, unmittelbar gefolgt von einem zweiten. Hinter ihnen blitzte es noch zweimal grellblau auf und wieder erscholl ein gellender Schrei, der dann mit erschreckender Plötzlichkeit abbrach. Und dann waren mit einem Mal unzählige schwarzglänzende, schnappende Ungeheuer da, die einfach über die Flammen hinwegfluteten und sie mit ihrer schieren Masse erstickten. Tausende von ihnen verbrannten oder explodierten in winzigen gelben und roten Funkenschauern, aber ungleich mehr stürmten hinter ihnen heran und rasten einfach über die verkohlten Überreste ihrer Brüder und Schwestern hinweg.

Die beiden Männer rannten um ihr Leben. Einer raste mit weit ausgreifenden Schritten an ihnen vorbei und die schiere

Todesangst verlieh ihm die Schnelligkeit, tatsächlich wieder einen kurzen Abstand zwischen sich und die schrecklichen Verfolger zu bringen.

Der andere beging einen tödlichen Fehler. Statt sein Heil ebenfalls in der Flucht zu suchen, schwenkte er um und rannte auf den Sicherplatz zu. Die Spinnenkakerlaken holten ihn ein, noch bevor er die Hälfte der acht oder zehn Schritte zurückgelegt hatte. Zahllose der kleinen Monster zerplatzten unter seinen schweren Stiefeln, aber Anders sah auch, wie Dutzende, wenn nicht Hunderte der achtbeinigen winzigen Scheusale an seinen Beinen hinaufzukrabbeln begannen, über seinen Anzug strömten oder die winzigen Beißzangen in das zähe Material zu schlagen versuchten. Während er weiter auf den Sicherplatz zuhetzte, versuchte er mit verzweifelten Bewegungen die kleinen Ungeheuer abzustreifen. Es gelang ihm auch, doch für jedes, das er zerquetschte oder davonschleuderte, schienen sofort zwei oder drei neue aufzutauchen. Und ihre Zahl nahm immer noch weiter zu. Als er die Leiter erreicht hatte, watete er bereits durch eine knöcheltiefe Schicht aus glitzerndem Chitin und schnappenden Beißzangen.

Mit einer verzweifelten Bewegung sprang er vor und schloss die Hände um die Leitersprossen. Die gesamte Konstruktion ächzte und wankte so heftig unter seinem Anprall, dass Anders schon ernsthaft befürchtete, sie könnte einfach zusammenbrechen, und der Mann begann mit hastigen Bewegungen an den Sprossen in die Höhe zu steigen.

Er schaffte es nicht. Gerade als seine Hand den Rand der Plattform fast erreicht hatte, erstarrte er. Eine Mischung aus einem Schrei und einem gequälten Stöhnen drang unter seinem Helm hervor und er glitt wieder ein Stück nach unten – und Anders warf sich vor und griff mit beiden Händen nach seinem ausgestreckten Arm. Er wurde selbst ein Stück nach vorne gerissen und war kurz davor von der Plattform gezerrt zu werden, dann fand er mit den Füßen irgendwo Halt.

Und zugleich sah er, was passiert war: Die primitive Verteidigungskonstruktion, aus der die Beine der Plattform emporragten, erfüllte mit erstaunlicher Effizienz ihren Zweck. Die brennende Flüssigkeit – vielleicht auch mehr die Hitze, die das Metall der glühenden Fässer ausstrahlte – hielten die Killerinsekten sicher auf Abstand. Der wimmelnde Strom teilte sich einfach davor, um sich wenige Zentimeter hinter dem Hindernis wieder zu schließen. Die winzigen Spinnenkakerlaken, die dumm genug waren es trotzdem zu versuchen, verkohlten zischend, sobald sie mit dem heißen Metall in Berührung gerieten.

Der Mann in dem ABC-Anzug musste allerdings das Fass umgeworfen haben, in dem die Leiter stand. Die Flammen waren erloschen und Hunderte und Aberhunderte der kleinen Monster krabbelten über die heißen Überreste hinweg, krochen an seinem Anzug hoch oder begannen bereits mit erschreckender Geschicklichkeit die Leiter zu erklimmen. Nicht nur der Fremde war in Gefahr, erkannte Anders entsetzt, auch ihre eigene, noch vor einem Moment so uneinnehmbar erscheinende Festung stand im Begriff, überrannt zu werden!

Trotzdem hielt er den Arm des Mannes mit aller Kraft fest und versuchte ihn zu sich hinaufzuziehen. Aber er war einfach zu schwer. Langsam glitt der Mann, der mittlerweile fast aufgehört hatte sich zu bewegen, wieder in die brodelnde schwarze Tiefe zurück, und schließlich versagten Anders' Kräfte endgültig. Er ließ seine Hand los. Der Mann kippte nach hinten und war im nächsten Moment einfach unter der wimmelnden glänzenden Masse verschwunden.

Anders sank schluchzend zusammen, aber ihm blieb nicht einmal genügend Zeit, um das Entsetzliche zu begreifen, das sich gerade vor seinen Augen abgespielt hatte. Katt riss ihn mit solcher Gewalt zur Seite, dass er über die halbe Plattform rollte und sich instinktiv an dem Gitterrost festkrallte, sonst wäre er womöglich selbst in die Tiefe gestürzt. Dennoch sah er, dass bereits die ersten Spinnenkakerlaken über dem Rand der Plattform erschienen und mit gierig zitternden Fühlern die Luft nach dem Geschmack von Beute abtasteten. Katt ignorierte sie jedoch. Sie hielt plötzlich eine rostige Drahtschere in den Händen, mit denen sie hastig die Drähte durchtrennte, mit denen die Leiter am Rand der Plattform festgebunden war. Mit einem kraftvollen Ruck stieß sie sie zurück und überzeugte sich davon, dass sie auch umfiel und nicht etwa zurückkippte, erst dann wandte sie sich um und benutzte ihre Drahtschere, um die Insektenmonster zu erschlagen, die es auf die Plattform hinaufgeschafft hatten.

Anders musste schon wieder mit der Übelkeit und den Schmerzen kämpfen, die diesen Moment ausgesucht hatten, um mit vereinten Kräften über ihn herzufallen, aber diesmal verlor er nicht das Bewusstsein, sondern blieb nur einige Sekunden mit geschlossenen Augen liegen und wartete, bis das quälende Hämmern in seinem Kopf aufhörte und sein Magen die Versuche einstellte, irgendwie aus seinem Hals herauszukriechen. Als er die Augen wieder öffnete, schien es Katt gelungen zu sein, den letzten Angehörigen der achtbeinigen Entermannschaft zu erledigen, denn sie hockte neben ihm auf den Knien und sah mit einer Mischung aus Wut und Erleichterung auf ihn herab, die er nicht verstand.

»Bist du jetzt vollkommen verrückt geworden?«, fragte sie.

»Ja, danke«, murmelte Anders. »Es geht mir schon wieder gut. Aber ich freue mich, dass du dir solche Sorgen um mich machst.«

»Wir könnten jetzt beide tot sein!«, fuhr Katt unbeeindruckt und in noch schärferem Ton fort. »Warum hast du das getan? Er hätte uns ohne zu zögern umgebracht und du riskierst dein Leben, um ihn zu retten!«

Anders richtete sich mühsam auf und kroch dorthin zurück, wo die Leiter gestanden hatte, bevor er antwortete. »Kein Mensch hat einen solchen Tod verdient«, sagte er schaudernd.

Die Leiter war ebenso verschwunden wie der Mann in dem schwarzen ABC-Anzug. Unter ihnen war nichts als eine brodelnde, wimmelnde Masse, von der ein Geräusch ausging wie von hunderttausend Kastagnetten, die klickend aneinander schlugen. Und nicht nur in der Tiefe unter ihnen. Auch die Wände waren vollkommen von dem schier endlosen Strom der Spinnenkakerlaken bedeckt. Sie befanden sich im Inneren eines lebendigen Tunnels, der sich in beide Richtungen so weit erstreckte, wie sein Blick reichte. Man hätte es auch anders ausdrücken können: im Inneren eines gewaltigen Fress- und Verdauungsapparates, der nur darauf wartete, sie ihrer Bestimmung zuzuführen.

Es gab bloß eine einzige Unterbrechung in dieser lebendig wimmelnden Masse. Als Anders den Blick hob, sah er über sich statt einer dahinfegenden Decke aus Spinnenkakerlaken ein gewaltiges gezacktes Loch, das nicht nur in der Decke dieses Gangs gähnte, sondern auch in der darüber. Er hätte nicht sagen können, ob man es absichtlich hineingebrochen oder den Sicherplatz genau darunter aufgebaut hatte. Aber zumindest tat es seinen Dienst und verhinderte, dass sich die achtbeinigen Angreifer von oben auf sie herabfallen lassen konnten. Zumindest im Moment waren sie hier in Sicherheit.

Die Frage war nur, wie lange noch.

Anders sah sich schaudernd auf der Plattform um. Sie war nicht leer, sondern enthielt neben einer Anzahl zerschlissener Decken auch zwei metallene Benzinkanister, die jeder gut zwanzig Liter enthalten mussten, sowie einen Metallkorb mit Werkzeug, aus dem Katt wohl auch die Drahtschere hatte. Auch wenn die Konstruktion selbst nicht unbedingt vor Einfallsreichtum strotzte, so hatte ihr Erbauer doch für alle Eventualitäten vorgesorgt.

Er warf einen Blick durch den Gitterboden auf die brennenden Ölfässer. Ganz davon abgesehen, dass der gesamte Hochstand allmählich unangenehm warm zu werden begann, machte ihm noch etwas anderes Sorgen: Wenn ihn seine Erinnerung an den Sicherplatz nicht täuschte, den Jannik und er untersucht hatten, dann war nicht besonders viel von der brennbaren Flüssigkeit in den Behältern gewesen.

Er sah wieder zu dem lebenden Teppich hoch, mit dem die Innenseite des Korridors ausgekleidet war. »Wie lange dauert es noch?«, fragte er.

Katt hob die Schultern. »So lange es eben dauert. Es sind viele.«

»Aber das …« Anders zögerte einen Moment und setzte noch einmal und hörbar nervöser dazu an, die Frage auszusprechen. »Aber das Feuer wird doch lange genug brennen, oder?«

Katt hob nur abermals die Schultern. Sie schwieg.

8

Insgesamt waren seit dem Moment, in dem die erste Spinnenkakerlake durch die Feuerbarriere gebrochen war, bis zu dem Augenblick, wo der lebende Strom allmählich versiegte und dann ganz aufhörte, wohl kaum mehr als drei oder vier Minuten vergangen, aber auch eine so kurze Zeitspanne konnte zu einer schieren Ewigkeit werden, wenn die Umstände entsprechend waren – und diese Umstände *waren* entsprechend gewesen. Obwohl all seine Sinne zum Zerreißen angespannt gewesen waren, hatte Anders das Gefühl, aus einem Albtraum zu erwachen, als die letzten Nachzügler der Insektenarmee schließlich an ihnen vorüberzogen und endlich wieder Ruhe einkehrte.

Er hatte damit gerechnet, dass Katt zur Sicherheit noch eine gewisse Zeit verstreichen lassen würde. Stattdessen bedeutete sie ihm mit einer ungeduldigen Geste, von der Plattform zu klettern, kaum dass die letzte Spinnenkakerlake in der Dämmerung verschwunden war, und Anders gehorchte schweigend. Allerdings gab er den Versuch, an einem der metallenen Beine hinunterzuklettern, sehr schnell wieder auf. Die gesamte Plattform war mittlerweile unangenehm heiß geworden, die eiserne Stütze aber schien regelrecht zu glühen, obwohl das Feuer darunter erloschen war; nur wenige Augenblicke, nachdem das letzte Insekt verschwunden war.

Er sprang die knapp zwei Meter kurzerhand in die Tiefe und landete fast zu seiner eigenen Überraschung sicher auf beiden Beinen. Selbst sein geprelltes Knie nahm die grobe Behandlung klaglos hin und Anders bückte sich rasch um die Leiter aufzuheben, damit Katt den Boden auf bequemere Weise erreichen konnte. Noch während er die Leiter an den Rand der Plattform lehnte, sah er sich mit klopfendem Herzen nach dem Mann im schwarzen Gummianzug um.

Er erlebte eine Überraschung. Anders hatte nicht erwartet, ihn lebend vorzufinden oder auch nur einigermaßen unversehrt. Aber er war gar nicht mehr da.

Im allerersten Moment dachte er, die lebende Flut hätte ihn einfach mitgerissen, und in gewissem Sinne stimmte das sogar. Sein unheimliches Gewehr lag auf der anderen Seite des Sicherplatzes, gute drei oder vier Meter entfernt und was von seinem schwarzen Tornister übrig geblieben war, bildete eine in Stücke zerbrochene Spur, die weiter in den Gang hineinführte. Vielleicht zehn oder zwölf Meter entfernt schließlich fand er eine handgroße, einseitig verspiegelte Glasscherbe, die er erst nach einigen Sekunden als das wiedererkannte, was von der Sichtscheibe des Helmes übrig geblieben war. Dicht daneben lag eine Armbanduhr, deren ledernes Armband aber ebenso fehlte wie die Gummidichtung der Scheibe. Anders musste an die skelettierten Überreste der Autos unten in der Tiefgarage denken und erschauerte innerlich. Er wollte plötzlich gar nichts mehr sehen, obwohl sich die Spur unheimlicher Überreste noch ein gutes Stück weiterzog. Er machte kehrt und ging zu Katt zurück, die mittlerweile ebenfalls die Leiter herabgestiegen war.

Sie war jedoch weder mit leeren Händen gekommen noch war sie untätig geblieben, während er der Spur der grausigen Schnitzeljagd gefolgt war. Sie hatte einen der rostigen Benzinkanister heruntergeschleppt und war gerade damit fertig, das letzte der vier Ölfässer zwei Finger breit mit der scharf riechenden Flüssigkeit aufzufüllen, die er enthielt.

»Hast du Angst, sie könnten zurückkommen?«, fragte Anders.

»Sie kommen niemals zurück«, antwortete Katt. Sie sah nicht zu ihm hin, sondern betrachtete ihre Arbeit kritisch und füllte schließlich eines der Fässer noch um wenige Schlucke weiter auf. »Aber der Nächste, der herkommt, hat vielleicht nicht genügend Zeit dazu. Wer den Sicherplatz benutzt, der füllt auch das Feuerwasser wieder auf.«

Das erschien Anders nur logisch, doch als Katt auch den letzten Behälter, den der Leiter, auffüllen wollte, hielt er sie mit einer fragenden Bewegung zurück. »Warum zieht ihr die Leiter nicht einfach nach oben?«

»Weil man dann von unten nicht mehr an die Leiter kommt.«

Anders gab jedoch nicht so schnell auf. Er hatte nur ein paar Blicke gebraucht, um die Schwachstelle der ganzen Konstruktion zu erkennen. »Diese Leiter stellt doch nur eine Gefahr da«, sagte er. »Warum bringt ihr nicht einfach Trittstufen an den Beinen an?« Hätte er dieses sonderbare Gebilde konstruiert, hätte es sowieso nur eine einzige Stütze gehabt, die viel leichter zu verteidigen gewesen wäre als gleich vier.

Katt bedachte ihn mit einem fast mitleidigen Blick und leckte über ihre Fingerspitzen, mit denen sie anschließend ganz kurz eines der Beine berührte. Es zischte hörbar. »Weil niemand Lust hat, eine halbe Stunde lang zu warten, bis es weit genug abgekühlt ist, Schlaumeier.«

»Ich hatte sowieso das Gefühl, dass wir gegrillt worden wären, wenn es noch ein wenig länger gedauert hätte«, meinte Anders. Das war nicht übertrieben. Die letzten Minuten hatten sie auf den Decken sitzend zugebracht, die vermutlich aus keinem anderen Grund dort oben lagen, aber dennoch war die Hitze am Schluss kaum noch zu ertragen gewesen. »Die Stufen müssten natürlich aus einem Metall sein, das die Hitze nicht so gut leitet«, sagte er in leicht belehrendem Ton. »Genau wie die ganze Plattform oder wenigstens ein sicherer Teil davon.«

»Ach?«, fragte Katt schnippisch. »Und woher willst du wissen, welches Metall die Hitze nicht so gut leitet?«

»Zum Beispiel, indem man es ausprobiert«, schlug Anders vor.

Katt setzte zu einer weiteren und zweifellos schnippischen Antwort an, aber dann beließ sie es bei einem sonderbaren Blick und einem nachdenklichen Stirnrunzeln. »Du bist ein ziemlich komischer Bursche, wie?«

»Nein«, antwortete Anders. »Da, wo ich herkomme, nennt man das Logik.«

»Wo du herkommst«, wiederholte Katt nachdenklich. »Wo ist das?«

Um ein Haar hätte Anders ganz offen geantwortet – und warum auch nicht? Schließlich hatte er ja nichts zu verbergen! –, aber eine innere Stimme gemahnte ihn zur Vorsicht. »Warum sagst du mir nicht erst einmal, wo ich überhaupt bin?«, fragte er zögernd.

»Im dunklen Land«, antwortete Katt. Ächzend und ohne ihn noch einmal um Hilfe zu bitten, richtete sie die Leiter wieder auf, stellte sie an ihren richtigen Platz und füllte anschließend ihren Behälter zwei Finger hoch mit der brennbaren Flüssigkeit. Ihr Kanister war danach so gut wie leer, aber sie verschloss ihn trotzdem sorgfältig wieder und trug ihn die Leiter hinauf. Bevor sie wieder zu Anders herunterkletterte, band sie das wackelige Gebilde mit Draht sorgsam fest.

»Wer füllt eigentlich die Kanister mit diesem *Feuerwasser* wieder auf, wenn sie leer sind?«, fragte Anders.

Die Frage schien Katt aus irgendeinem Grund unangenehm zu sein, denn sie antwortete erst nach einigen Sekunden und ohne ihn dabei direkt anzusehen. »Wer eben gerade vorbeikommt«, sagte sie achselzuckend. »Manchmal sind es Eisenjäger.«

»Eisenjäger?«

»Sie suchen Eisen«, erklärte Katt. »Weißt du denn gar nichts?«

Eisenjäger ... irgendetwas an diesem Wort störte Anders, ohne dass er im ersten Moment selbst genau sagen konnte was. Es klang sogar höchst präzise – wenn man einmal wusste, was es bedeutete. Aber nun, da Anders in Gedanken die richtige Spur aufgenommen hatte, dauerte es auch nur noch einen Moment, bis er verstand, was ihn an diesem Begriff so gestört hatte: Er fiel in die gleiche Kategorie wie das Wort *Sicherplatz*. Im Grunde gab es nichts daran auszusetzen, aber er hörte sich irgendwie an, als hätte ihn sich ein Kind ausgedacht.

»Diese kleinen Biester«, fragte er, »wie nennt ihr sie?«

»Fresser«, antwortete Katt. »Wie denn sonst?«

Ja, das passte. Das Wort klang ganz genauso wie *Sicherplatz* und *Eisenjäger*. Er sagte nichts mehr, sondern ging zu der Stelle zurück, an der der Mann sein Gewehr fallen gelassen hatte, und ließ sich zögernd davor in die Hocke sinken. Trotz seines höllischen Respekts vor dieser ebenso fürchterlichen wie bizarren Waffe hatte er doch die winzige Hoffnung gehabt, dass das Ding noch funktionieren und er eventuell sogar seine Bedienung verstehen könnte, um ihren Verfolgern bei ihrem nächsten Zusammentreffen die eine oder andere unangenehme Überraschung zu bereiten.

Das Gewehr war jedoch nur noch ein Skelett. Alles, was nicht aus widerstandsfähigem Metall oder Glas bestanden hatte, war einfach weg – sowohl der Schaft als auch die Zieleinrichtung, die anscheinend aus Kunststoff gewesen waren. An der Seite befand sich eine rechteckige Öffnung, die so aussah, als hätte sie eine Anzahl gedruckter Schaltungen enthalten, doch die *Fresser* hatten selbst vor dem Miniaturcomputer nicht Halt gemacht.

Enttäuscht ließ er die Waffe wieder sinken; zugleich aber auch ein wenig erleichtert. Er war nicht sicher, ob er den Mut gehabt hätte, diese Waffe auf einen Menschen zu richten. Und er war froh, dass ihm die Entscheidung abgenommen worden war.

Katt hatte die Leiter wieder sicher befestigt und stieg zu ihm herab. »Sie lassen nichts übrig, was nicht aus Stein oder Eisen ist«, sagte sie, als hätte sie seine Gedanken erraten. »Das kannst du liegen lassen. Das Eisen ist zu hart um es einzuschmelzen, und so kann man nichts damit anfangen.«

Anders ließ sich nichts anmerken, aber Katt hatte ihm gerade eine äußerst wertvolle Information zukommen lassen – nämlich dass sie oder die Leute, zu denen sie gehörte, eine solche Waffe oder doch zumindest deren Überreste nicht das erste Mal in die Hände bekamen.

Er stand vollends auf, ging ein paar Schritte und bückte sich gleich wieder um etwas aufzuheben. Es war ein schlanker, silberfarbener Nagel mit einem sonderbar geformten Kopf und geripptem Schaft, halb so lang wie sein kleiner Finger und nahezu gewichtslos.

»Was ist das?«, fragte Katt.

»Ich bin nicht ganz sicher«, antwortete Anders, »aber ich glaube, es ist ein chirurgischer Nagel.«

»Ein was?«

»So etwas braucht man, um Knochen zu nageln, damit sie besser zusammenheilen«, antwortete Anders. Er schloss die Hand um sein Fundstück und steckte es dann in die Hosentasche. »Jedenfalls weiß ich jetzt, dass in diesen Anzügen Menschen stecken und keine Aliens.«

Katts verständnisloser Blick machte klar, dass sie mit einem dieser beiden Ausdrücke nicht besonders viel anfangen konnte. »Sollen wir nicht besser weitergehen?«, schlug sie vor. »Es ist jetzt nicht mehr weit, aber der Tag ist auch bald zu Ende.«

»Und die Fresser?«, fragte Anders.

»Kein Problem«, meinte Katt großspurig. »Wir müssen nur auf ihrer Spur bleiben, bis wir nahe genug am Fluss sind. Sie gehen niemals zweimal denselben Weg. Sie würden nichts finden, was sie noch fressen könnten.«

Nach dem, was Anders gerade gesehen hatte, klang das wie

eine überzeugende Erklärung. »Ich frage mich sowieso, was sie eigentlich fressen«, sagte er. »Allzu viel scheint es hier ja nicht zu geben.«

»So dies und das«, antwortete Katt. »Manchmal Dummköpfe, die sich hierher verirren. Oder ein kleines Tier. Und am Ende sich selbst.«

Über den letzten Satz dachte Anders vorsichtshalber nicht nach. Der Knoten in seinem Gehirn war auch so schon groß genug. Er forderte Katt nur mit einer Geste zum Weitegehen auf und schloss sich ihr an, als sie gehorchte.

Auf dem ersten Stück ging es ganz gut, aber bald meldete sich sein geprelltes Knie wieder, und auch die Übelkeit und seine rasenden Kopfschmerzen kamen zurück, nicht so schlimm wie zuvor, sodass sie ihn zum Anhalten gezwungen hätten, aber doch so heftig, dass er allmählich langsamer wurde. Nichts davon schien seiner Führerin zu entgehen, denn sie warf ihm immer besorgtere Blicke zu. Sie enthielt sich allerdings jeden Kommentars und passte ihre Schritte klaglos seinem sinkenden Tempo an.

Es wurde schlimmer, nicht besser. Anders hatte darauf gehofft, dass er sich nach einer Weile wieder erholen würde, wie die Male zuvor, wenn ihn Schwäche und Schmerzen überfallen hatten, aber die Kopfschmerzen wurden immer schlimmer und auch die Übelkeit und das Fieber ließen nicht nach. Er hatte einen widerlichen Geschmack im Mund. Bitterer Speichel sammelte sich immer schneller unter seiner Zunge und auch das Fieber schien zu steigen und nicht nachzulassen.

Endlich blieb Katt stehen und deutete auf die letzte von schätzungsweise zehntausend Türen, die sie im Laufe der zurückliegenden Stunde durchschritten hatten. Frische Luft schlug ihnen entgegen und dahinter lag kein weiterer Korridor, Treppenschacht, Gang oder Saal, sondern der freie Himmel. Anders atmete erleichtert auf und wollte an ihr vorbeigehen, aber Katt hielt ihn mit einer raschen Bewegung zurück und bedeutete ihm mit der anderen Hand, leise zu sein. Behutsam trat er hinter ihr ins Freie und duckte sich gleich darauf hinter einen Schuttberg, der nur wenige Schritte jenseits der Tür lag.

Im Nachhinein war er Katt dankbar, dass sie ihn gewarnt hatte. Aber zum allergrößten Teil war er damit beschäftigt, an seinem Verstand zu zweifeln.

Das Fabrikgebäude war nicht zusammengebrochen, wie er erwartet hatte, doch es stand jetzt merklich schräger da und wirkte selbst inmitten all der anderen deformierten Ruinen ringsum sonderbar missgestaltet. Das Feuer war nahezu erloschen. Nur hier und da stoben noch Funken auf.

»Wir sind … im Kreis gelaufen?«, keuchte er. »Die ganze Zeit?«

»Beschwer dich bei den Fressern«, sagte Katt lakonisch. »Außerdem müssen wir zum Fluss, und die Brücke liegt hinter diesem Block.«

»Dann suchen wir einen anderen Weg!«

»Zu gefährlich«, antwortete Katt. »Wenn wir den Fressern noch einmal über den Weg laufen, entkommen wir ihnen vielleicht nicht mehr. Es kann nicht mehr lange dauern. Wir müssen warten. Sie sind noch nie so lange geblieben.«

Die Bemerkung galt dem guten Dutzend in der Farbe der Nacht gekleideten Gestalten, das sich auf der anderen Seite des großen Platzes aufhielt. Etliche von ihnen waren damit beschäftigt, die Trümmer der Cessna einzusammeln und in die beiden Haifisch-Helikopter zu verladen, die nebeneinander vor dem Gebäude gelandet waren, in dem ihre verzweifelte Flucht ihren Anfang genommen hatte, die meisten Männer aber standen einfach nur herum.

Anders legte den Kopf in den Nacken und sah nach oben. Der Gewittersturm war mittlerweile vollends abgezogen, doch es war trotzdem nicht hell geworden. Über der Ruinenstadt waren weder Mond noch Sterne zu erkennen, sondern nur absolute, konturlose Schwärze. Und obwohl es ihm wie eine Ewigkeit vorkam, seit Jannik und er über diesem Platz abgestürzt waren, konnten in Wahrheit doch nicht mehr als wenige Stunden vergangen sein.

»Hast du nicht gerade etwas von *Tag* gesagt?«, wandte er sich an Katt.

»Am anderen Ufer, ja.« Das Mädchen machte eine Kopfbewegung in Richtung des brennenden Hauses. Anders sah angestrengt in diese Richtung, aber der Himmel war auch dahinter vollkommen schwarz.

»Ich verstehe«, murmelte er mit schwerer Zunge. Sein Fieber war weiter gestiegen und seine Gedanken begannen sich langsam zu verwirren. Er hatte sich gerade doch tatsächlich eingebildet, dass sie behauptet hätte, auf der anderen Seite des Flusses wäre es noch Tag.

»Beantwortest du mir noch eine Frage?«, murmelte er.

»Gern.«

»Wann ist hier Besuchszeit?«

Katt sah ihn verständnislos an. »Was für eine Zeit?«

»Besuchszeit«, antwortete Anders. »Komm schon! Wir leben im einundzwanzigsten Jahrhundert! Selbst in einer geschlossenen Abteilung darf man ab und zu Besuch von seinen Verwandten empfangen.«

Katts Blicke wurden immer verwirrter. Sie setzte zu einer Antwort an, aber dann sog sie plötzlich scharf die Luft ein und sah wieder zu den gelandeten Hubschraubern und ihren Besatzungen hin.

Die Männer hatten aufgehört zu tun, womit sie gerade beschäftigt waren, und rannten aus allen Richtungen auf die Helikopter zu. Anders hörte ein feines Sirren, als die Turbinen gestartet wurden, dann begannen sich die seltsam gekrümmten Rotorblätter immer schneller zu drehen und wurden schon nach wenigen Sekunden nahezu unsichtbar.

Einige der Männer feuerten, aber die meisten hetzten mit weiten Sprüngen auf die offen stehenden Türen der Helikopter zu und sprangen hinein, ehe sie sich herumdrehten, um ihren Kameraden draußen Feuerschutz zu geben. Anders konnte nicht erkennen, worauf sie schossen; aber dort, wo die grellblauen Blitze einschlugen, schien manchmal etwas wie brennendes Popcorn in die Höhe zu fliegen.

Selbst die geballte Feuerkraft eines Dutzends ihrer unheimlichen Waffen reichte nicht aus, um das nach Millionen zählende Heer der Fresser zurückzuschlagen oder wenigstens aufzuhalten. Das gesamte hintere Drittel des Platzes schien zum Leben erwacht zu sein und schob sich glitzernd und lautlos auf sie zu. Noch ehe alle Männer an Bord waren, hob einer der Helikopter ab, schwenkte in wenigen Metern Höhe herum und setzte seine ungleich stärkeren Bordwaffen ein, um den letzten Flüchtenden Deckung zu geben.

Es wurde trotzdem eng. Bis auf einen einzigen Mann schafften es alle, den rettenden Hubschrauber zu erreichen. Dieser eine Unglückliche stolperte, griff mit verzweifelt ausgestreckten Armen nach der Kabinentür und verfehlte sie. Aber Anders konnte selbst über die große Entfernung hinweg sehen, wie sein Anzug an der Landekufe darunter hängen blieb und fast auf ganzer Länge aufriss.

Der Helikopter hob ab, noch bevor der Mann aufstehen konnte, und zwei seiner Kameraden beugten sich in der offen stehenden Tür vor und erschossen ihn.

Anders schrie ungläubig auf. »Großer Gott! Aber … aber warum haben sie das getan?!«

»Sein Anzug war gerissen«, sagte Katt.

Anders konnte nichts mehr sagen. Abgesehen davon, dass ihm das Entsetzen die Kehle zuschnürte, war ihm fürchterlich übel und er musste sich plötzlich mit aller Macht beherrschen, um sich nicht zu übergeben. Fassungslos und schier gelähmt vor Grauen sah er zu, wie die beiden Hubschrauber rasch an Höhe gewannen und dann mit einer Beschleunigung verschwanden, die jedem Düsenjäger zur Ehre gereicht hätte.

»Wir sollten noch einen Moment warten«, sagte Katt. »Die Fresser werden rasch weiterziehen, aber es scheint ein ziemlich großer Schwarm zu sein.«

Anders hörte kaum hin. Er weigerte sich immer noch zu glauben, was er soeben mit eigenen Augen gesehen hatte. Die Männer hatten ihren eigenen Kameraden erschossen, nur weil sein Anzug zerrissen war? Plötzlich war er nicht mehr so sicher wie noch vor einer halben Stunde, dass in den schwarzen ABC-Anzügen tatsächlich *Menschen* steckten …

9

Übelkeit und Schmerzen ließen für einen Moment nach, aber dafür fühlte sich Anders nun so schwach wie ein neugeborenes Kind. Er sackte sichtbar in sich zusammen und musste darum kämpfen, die Augen offen zu halten.

»Geht es noch?«, fragte Katt.

»Ich weiß nicht«, antwortete Anders wahrheitsgemäß. Sogar das Sprechen fiel ihm jetzt schwer. Das Fieber, das ihm zunehmend zu schaffen machte, war wahrscheinlich die Erklärung für diese ganze aberwitzige Geschichte: Er lag in irgendeinem Krankenhausbett, hatte ungefähr zweiundsiebzig Grad Fieber und fantasierte sich den ganzen Blödsinn nur zusammen.

»Ich glaube, sie sind weg«, sagte Katt.

Anders konnte sich nicht erinnern, dass seit ihren letzten Worten eine nennenswerte Zeitspanne verstrichen war, aber das musste wohl so sein, denn als er sich – mit Katts Hilfe – aufrichtete und über den Rand seiner Deckung spähte, lag der Platz wieder vollkommen leer da. Das Mädchen warf ihm noch einen zweifelnden Blick zu, sagte aber nichts mehr, sondern ging in einem Tempo los, bei dem er gerade noch mithalten konnte. Nachdem sie ein paar Schritte weit gegangen waren, wurde es erstaunlicherweise besser. Die frische Luft tat gut und die vorsichtige Bewegung brachte seinen Kreislauf in Schwung. Außerdem schien das, was immer er hatte, in Schüben zu kommen und die Abstände dazwischen wurden offensichtlich kürzer.

»Wie weit ist es noch?«, fragte er.

»Zwei Blocks«, antwortete Katt. Sie verbesserte sich. »Drei. Aber die Fresser sind in eine andere Richtung gezogen. Ich habe noch nie erlebt, dass sie kehrtgemacht hätten.«

»Und sonst gibt es keine menschenfressenden Ungeheuer hier?«, fragte Anders.

Er rechnete fest mit einem *doch* als Antwort, aber Katt warf ihm nur einen schrägen Blick zu und schüttelte den Kopf. »Nichts, was die Fresser übersehen hätten«, erklärte sie. Sie schwieg einen Moment, dann: »Du kommst von draußen, habe ich Recht?«

Warum sollte er noch leugnen? Anders war ohnehin sicher, dass er die nächste Stunde nicht überleben würde. Entweder würde ihn irgendein bizarres zwölfarmiges und dreiköpfiges Ungeheuer auffressen, das Katt zu erwähnen vergessen hatte, oder er würde nach ein paar Schritten tot zusammenbrechen – oder endlich aus diesem verrückten Albtraum aufwachen. Und trotzdem zögerte er, offen zu antworten.

»Ich bin nicht ganz sicher, ob wir von demselben *draußen* reden«, sagte er.

Katt sah ihn verstört an. »Gibt es denn mehr als eines?«

»Wenn du die Welt meinst, aus der die *Men in Black* mit ihren fliegenden Küchenmixern kommen, muss ich dich enttäuschen«, erwiderte er. »Von den Typen habe ich noch nie zuvor gehört. Und von ihren Science-Fiction-Hubschraubern und ihren Star-Trek-Waffen auch nicht.«

»Aha«, machte Katt.

»So etwas gibt es bei uns gar nicht«, beharrte Anders. »Darüber hinaus …« Er hob die Schultern und sah wieder in den Himmel, der noch immer vollkommen schwarz und sternenlos dalag. Ein verrückter Gedanke schoss ihm durch den Kopf: Konnte es sein, dass er durch irgendein noch unbekanntes physikalisches Phänomen so etwas wie einen Zeitsprung gemacht hatte und in eine düstere und Furcht einflößende Zukunft verschlagen worden war oder in eine Art schreckliches

Paralleluniversum? Er dachte einen Moment ganz ernsthaft über diese Möglichkeit nach, kam aber dann zu dem Schluss, dass die Kombination Unfallopfer/Gehirnschaden/Klapsmühle doch sehr viel wahrscheinlicher war.

»Ich glaube schon«, sagte er schließlich.

Wieder sah Katt ihn eine ganze Weile auf eine Art an, die er nicht zu deuten vermochte – auch wenn es ihm so schien, als sei sie nicht unbedingt erfreut über seine Antwort. »Und wie ist es ... dort?«, fragte sie zögernd.

»So ähnlich wie hier«, antwortete Anders. »Nur ganz anders.«

Katt wirkte fast ein bisschen beleidigt, aber sie sagte nichts mehr, sondern ging nur ein wenig schneller, sodass er das bisschen Kraft, das er noch in seinem protestierenden Körper fand, dafür aufwenden musste, nicht zurückzufallen.

In gewisser Hinsicht war das Anders aber nur recht. Er brauchte eine Weile, um Klarheit in seine Gedanken zu bringen, und Katt würde ihm nur weitere Fragen stellen, die er weder beantworten konnte noch wollte. Ihm spukten selbst genug Fragen im Kopf herum, auf die er keine Antworten fand. Er war in einem Teil der Welt gestrandet, den es eigentlich gar nicht geben durfte, war von Männern verfolgt worden, die vollkommen grundlos aus Waffen auf ihn schossen, die es noch viel weniger geben durfte, und in Hubschraubern flogen, die geradewegs aus dem nächsten Jahrhundert zu stammen schienen, und war um ein Haar von Ungeheuern aufgefressen worden, die von Roland Emmerich hätten entworfen sein können.

O ja, und ganz nebenbei: Jannik war tot.

Eine tiefe Trauer überkam Anders, als er an seinen Freund zurückdachte – denn nichts anderes war Jannik gewesen. Sein Freund. Vielleicht der einzige wirkliche Freund, den er jemals gehabt hatte. Er fühlte sich, als hätte er ihn verraten, ja, als trüge er die Schuld an dem, was Jannik zugestoßen war, und in gewissem Sinne stimmte das ja auch. Hätte er Jannik nicht überredet ihn fahren zu lassen, dann wäre es den Kidnappern vielleicht nicht gelungen, sie zu überholen und sich in der Cessna zu verstecken …

Anders brach den Gedanken ab. Was-wäre-wenn-Überlegungen brachten ihn gewiss nicht weiter. Ihm blieb gar keine andere Wahl, als einfach weiterzumachen und abzuwarten, was geschah.

Während er zwei Schritte neben und einen halben Schritt hinter Katt herging, betrachtete er sie verstohlen und vielleicht zum allerersten Mal, seit sie sich kennen gelernt hatten, wirklich aufmerksam. Er musste an das albtraumhafte Gesicht denken, das er unten in der Fabrikhalle zu sehen geglaubt hatte. Bisher hatte er ganz automatisch angenommen, dass es Katt gewesen war, aber nun wurde ihm klar, wie bitter Unrecht er ihr damit tat. Er korrigierte seine Schätzung, was Katts Alter anging, um mindestens ein Jahr nach unten, wenn nicht zwei. Und noch etwas fiel ihm auf, das er bisher nicht nur nicht für möglich gehalten hatte, sondern das ihn auch sehr verwirrte: Er sah plötzlich, wie schön Katt war. Selbst Hunger und lebenslange Entbehrungen, die sie gezeichnet und fast bis zur Karikatur hatten abmagern lassen, hatten ihrer natürlichen Anmut und Grazie nichts anhaben können.

»Wir sind gleich da.«

Katt hob die Hand, und als Anders ihrer Geste folgte, sah er, dass sie das brennende Fabrikgebäude längst passiert hatten. Vor ihnen lag ein weiterer Ruinenblock und dahinter erkannte er eine schnurgerade Linie aus Schwärze, die die verbrannte Stadt in zwei Hälften teilte. Der Fluss, von dem Katt gesprochen hatte? Er versuchte zu erkennen, was auf der anderen Seite lag, aber es gelang ihm nicht. Die Ruinenstadt schien sich dort einfach fortzusetzen, doch sehr viel mehr als Schatten konnte er im Grunde nicht sehen. Von dem *Tag*, der auf der anderen Seite herrschen sollte, war jedenfalls weit und breit keine Spur.

Ein scharfer Schmerz schoss durch seinen Hinterkopf. Anders unterdrückte im letzten Moment einen Schmerzenslaut, atmete tief ein und klammerte sich einen Moment lang an die verrückte Hoffnung, dass es nur ein Zufall war und der Schmerz gleich wieder vergehen würde. Stattdessen breitete er sich wie ein Spinnennetz aus weiß glühenden Fäden langsam weiter in seinem Kopf aus, und nach einigen Sekunden gesellten sich auch seine alten Kumpel Übelkeit und Schwindel hinzu. Ihm blieb nicht mehr allzu viel Zeit.

Katt schien zu spüren, wie es um ihn stand, denn sie beschleunigte ihre Schritte, und Anders trottete einfach hinter ihr her, bis sie die Linie aus geronnener Schwärze erreicht hatten, die die Ruinenstadt teilte. Er war mittlerweile in einem Zustand, in dem er vermutlich einfach in den Abgrund hineingestolpert wäre, hätte Katt ihn nicht im letzten Moment zurückgehalten.

»Was …?«, murmelte er benommen. Er war nicht sicher, ob seine Stimme überhaupt noch verständlich war. Oder ob er überhaupt sprach oder es sich nur eingeredet hatte.

Katt bedachte ihn auch bloß mit einem mitleidigen Blick. Ihre Stimme nahm plötzlich jenen ganz besonderen Klang an, den man eigentlich nur anschlug, wenn man mit sehr kleinen Kindern (oder sehr alten Leuten) sprach und nicht ganz sicher war, dass sie einen auch verstanden. »Bleib einfach hier stehen und rühr dich nicht von der Stelle, in Ordnung?«

Anders nickte gehorsam – er hätte vermutlich auch genickt, wenn sie ihm die Lottozahlen der vorletzten Woche genannt hätte –, und Katt bildete mit den Händen einen Trichter vor dem Mund und stieß einen sonderbaren trällernden Schrei aus; er war nicht einmal sehr laut, aber so durchdringend, dass er in der Stille dieser unheimlichen sternenlosen Nacht sehr weit zu hören sein musste.

»Meine Schwester wartet auf der anderen Seite«, sagte sie. »Sie lässt uns die Brücke herunter, keine Angst.«

Anders hatte keine Angst. Er konnte sich auch nicht erinnern, eine entsprechende Frage gestellt zu haben, aber er nickte vorsichtshalber trotzdem; sehr vorsichtig, doch selbst diese kleine Bewegung ließ seine Kopfschmerzen schier explodieren.

Katt hob abermals die Hände und wiederholte ihren trällernden Laut, dann stampfte sie wütend mit dem Fuß auf und schrie. »Ratt, verdammt noch mal! Wo bist du?«

»Ratt?«, fragte Anders. Musste sie so schreien? Sein Kopf würde einfach zerspringen, wenn sie weiter so herumbrüllte.

»Meine Schwester«, erklärte Katt.

»Katt und Ratt«, kicherte Anders. »Wie komisch.«

»Stört dich irgendetwas daran?«, fragte Katt spitz. Sie funkelte ihn einen Moment lang herausfordernd an und brüllte dann noch einmal und noch lauter nach ihrer Schwester.

Anders verzog demonstrativ das Gesicht und entfernte sich ein Stück von ihr; allerdings nicht sehr weit und auch ohne sich dem *Fluss* auf mehr als zwei Schritte zu nähern.

Es war kein Fluss. Offensichtlich sprachen sie in vielerlei Hinsicht nur scheinbar eine Sprache, die sich zwar derselben Worte bediente, ihnen aber unterschiedliche Bedeutungen zumaß. Was vor ihm lag, hatte jedenfalls nicht die geringste Ähnlichkeit mit einem Gewässer. Es war ein gut fünf Meter breiter Schacht aus verwittertem grauem Beton, der auf eine unbestimmte Distanz nach unten führte. Anders beugte sich unsicher vor und richtete sich dann umso hastiger wieder auf. Er hatte nur einen kurzen Blick in die Tiefe erhaschen können, aber irgendetwas, das an Wasser erinnerte, hatte er nicht gesehen.

»Was ist dort unten?«, fragte er.

Katt hob die Schultern. »Die Fresser kommen nicht hinüber«, sagte sie. »Das reicht doch, oder?« Sie wartete Anders' Antwort nicht ab, sondern bedachte ihn noch einmal mit einem fast feindseligen Blick und brüllte wieder aus Leibeskräften nach ihrer Schwester, wobei sie diesmal eine ganze Litanei von Beleidigungen und Flüchen hinzufügte, die Anders unter normalen Umständen glatt die Schamesröte ins Gesicht getrieben hätten.

Es funktionierte. Diesmal verging nur noch ein Moment, dann erscholl ein helles Quietschen und ein spindeldürrer langer Schatten begann sich aus der Silhouette der Ruinenstadt auf der anderen Seite des Flusses zu lösen. Anders starrte ihn einen Moment lang aus aufgerissenen Augen an, aber für mehr reichte seine Konzentration nicht. Seine Gedanken drehten sich immer schneller um sich selbst. Es war ihm unmöglich, sie länger als für einen Moment auf einen einzelnen Punkt zu fokussieren. Ihm war so übel wie noch nie zuvor in seinem ganzen Leben.

»Wir haben es gleich geschafft«, sagte Katt. »Ich wusste, dass ich mich auf Ratt verlassen kann. Es dauert nur noch einen Moment. Hältst du so lange durch?«

Natürlich nicht. Er nickte. »Ja.«

Katts Gesichtsausdruck erklärte sehr deutlich, was sie von dieser Antwort hielt. Aber sie war diplomatisch genug, nichts zu sagen, sondern konzentrierte sich auf den filigranen Schatten, der sich langsam und von einem schrill quietschenden Geräusch begleitet über den *Fluss* senkte, und Anders tat dasselbe – wenigstens versuchte er es.

Seine Gedanken verwirrten sich immer mehr. Ihm war unvorstellbar übel. Er hatte die schlimmsten Kopfschmerzen diesseits des Andromedanebels und sein Fieber hatte gute Aussichten, ins Guinness-Buch der Rekorde einzugehen; eigentlich hätte sein Blut längst den Siedepunkt erreichen und er aus den Ohren dampfen müssen wie ein überhitzter Schnellkochtopf.

Irgendwie fand er das alles plötzlich ungemein komisch.

Quietschend und ächzend senkte sich der spinnwebenartige Umriss weiter herab und schlug schließlich mit einem lang nachvibrierenden Knall auf dem diesseitigen Rand des *Flusses* auf, und Katt wurde plötzlich höchst lebendig. »Kannst du noch?«, fragte sie.

»Klar«, antwortete Anders und sank in die Knie.

Katt fing ihn auf und dann tat sie das Peinlichste, was ihm

jemals passiert war: Sie federte kurz in den Knien ein und warf sich ihn dann einfach über die Schulter. Er konnte spüren, wie sie einen Moment lang unter seinem Gewicht schwankte und dann mit einer raschen Bewegung ihr Gleichgewicht wiederfand, dann drehte sie sich um und lief mit geradezu provozierend leichten Schritten los.

Anders war fast froh, nicht mehr allzu genau mitzubekommen, was um ihn herum und vor allem *mit ihm* geschah. Wenn das, was er von der *Brücke* erkennen konnte, über die Katt mit geradezu boshafter Leichtigkeit stürmte, real war, dann war sie ein schierer Albtraum: ein zerbrechliches Gebilde aus aneinander ge*bundenen (!)* Sprossen und Streben, das unter ihren Schritten ächzte, als wolle es jeden Moment einfach in Stücke brechen.

Anders warf einen Blick in die Tiefe, aber das bedauerte er beinahe augenblicklich. Unter ihnen *war* etwas, aber er konnte nicht sagen was. Nur dass ihm die bloße Ahnung dessen, was es sein könnte, schon ein Gefühl des Entsetzens vermittelte, das alles bisher Dagewesene sprengte.

Nach einer schieren Ewigkeit hatten sie das jenseitige Ufer erreicht. Katt stolperte noch zwei Schritte auf den festen Boden hinaus, ehe sie mit einem erschöpften Laut auf die Knie sank und Anders wie einen nassen Sack von der Schulter gleiten ließ. Er fiel, was weit weniger wehtat, als er erwartet hätte, und rollte zwei-, dreimal über den Boden, bevor er auf dem Rücken liegen blieb. Unter ihm waren weiches Gras und Erdreich, nicht mehr harter Stein, und durch seine geschlossenen Augenlider drang helles Sonnenlicht. Aber Katt hatte ja schließlich angekündigt, dass der Tag auf dieser Seite des Flusses noch nicht zu Ende war – was auch immer das heißen sollte.

Er wollte die Augenlider heben, aber selbst das gelang ihm erst beim dritten Anlauf. Irgendetwas stimmte tatsächlich nicht mit ihm. Ganz gewaltig sogar.

Es sah so aus, als hätte sich die Anstrengung gelohnt. Über

ihm erstreckte sich ein wolkenloser und geradezu obszön strahlend blauer Hochsommerhimmel, aber die Fassaden, deren leicht nach links verschobene Linien den Blick dort hinauflenkten, unterschieden sich nicht grundlegend von denen auf der anderen Seite. Es waren die brandgeschwärzter, vom Feuer ausgehöhlter Ruinen. Die zerstörte Stadt setzte sich offensichtlich auch auf dieser Seite des Flusses fort.

Wie aus sehr großer Entfernung hörte er Katts Stimme, die aber nicht mit ihm sprach; obwohl er mittlerweile zu benommen war um die Worte zu verstehen, spürte er das. Eine andere, hellere und irgendwie zischelnd klingende Stimme antwortete, dann näherten sich leichte Schritte, die auf dem mit Gras bedeckten weichen Boden kaum zu hören waren.

Katt tauchte über ihm auf. Sie sah verschwitzt aus und so erschöpft, als hätte sie gerade eine schwere körperliche Anstrengung hinter sich, die sie nicht nur bis an die Grenzen dessen geführt hatte, was sie eigentlich zu leisten imstande war, sondern vielleicht sogar ein Stück darüber hinaus. Und die Sorge in ihrem Blick war so angewachsen, dass sich Anders trotz seines benommenen Zustandes fragte, ob es jetzt nicht doch angeraten sei, dass auch er selbst sich ernsthafte Sorgen machte.

»Das ist Ratt, meine Schwester.« Sie machte einen Handbewegung zu einem Schatten, der sich gerade außerhalb von Anders' Gesichtskreis befand, sodass er einen nicht geringen Teil seiner verbliebenen Energie darauf verwenden musste, den Kopf zu drehen und zu der Gestalt hinaufzublinzeln, die sich ihm von der anderen Seite näherte. Katts Schwester schien etwas kleiner zu sein als sie, und er hatte das verrückte Gefühl, sie trug eine Art struppigen Fellmantel, obwohl die Sonne auf dieser Seite des Flusses so heiß vom Himmel brannte, dass es schon fast unangenehm war. Genau erkennen konnte er Ratt allerdings nicht, denn die Sonne stand direkt über ihr, sodass ihm das grelle Licht zusätzlich die Tränen in die Augen trieb.

»Das ist Anders, von dem ich dir erzählt habe«, fuhr Katt fort, ganz offensichtlich an ihre Schwester gewandt.

Ratt kam näher und beugte sich neugierig vor. Anders konnte sie immer noch nicht richtig erkennen, aber auch mit ihrem Kopf konnte irgendetwas nicht stimmen, denn sie schien trotz der Hitze nicht nur einen Fellmantel zu tragen, sondern zu allem Überfluss auch noch eine Pelzmütze.

»Er sagt, er kommt von draußen«, fuhr Katt fort. »Ich weiß nicht, ob das stimmt. Aber er hat die Krankheit.«

Ratt beugte sich noch weiter vor, und Anders, der gerade damit anfangen wollte, über Katts letzte Bemerkung angemessen zu erschrecken, besann sich eines Besseren und fiel in Ohnmacht.

10

Er konnte unmöglich sagen, wie lange er geschlafen hatte, aber dieser Unterschied war ihm doch klar: Die Ohnmacht, in die er gefallen war, war nach einer Weile in einen ganz normalen Schlaf übergegangen, der aber weder besonders lange gedauert haben konnte noch in irgendeiner Form erholsam gewesen war. Ganz im Gegenteil: Noch während Anders' Bewusstsein träge wie ein zu Tode ermatteter Schwimmer über die Grenze zwischen Schlaf und Wachsein glitt, spürte er, dass ihn auf der anderen Seite wirkliche Erleichterung erwartete. Es hatte sich nicht allzu viel verändert. Er hatte noch immer Kopfschmerzen und ihm war noch immer ein wenig übel; allerhöchstens, dass beides nicht mehr so schlimm war wie zuvor. Und dass sein Knie aufgehört hatte wehzutun. Wenigstens etwas. Es war schon erstaunlich, wie schnell man genügsam wurde, wenn es einem nur schlecht genug ging.

Er öffnete die Augen und hatte im allerersten Moment das Gefühl, sich noch in der verbrannten Stadt auf der anderen Seite des Flusses zu befinden, denn er war noch immer von grauem Zwielicht umgeben, das alle Farben auslöschte und die Umrisse der Dinge leicht unscharf werden ließ, sodass er fast glauben konnte, sich im Inneren einer verwackelten Schwarz-Weiß-Fotografie zu befinden. Auf den zweiten Blick aber wurde ihm klar, dass die Erklärung viel simpler war. Draußen war es dunkel geworden und vor den Fenstern des überraschend großen Raumes, in dem er sich befand, hingen löcherige Vorhänge, die das trübe Nachtlicht zusätzlich aussperrten. Wenn er sich richtig an die letzten Augenblicke erinnerte, bevor ihm die Sinne geschwunden waren, so war es früher Nachmittag gewesen. Anscheinend hatte er doch ein wenig länger geschlafen, als er bisher angenommen hatte.

Die Erinnerung ließ noch ein anderes, viel erschreckenderes Bild aus Anders' Bewusstsein emporsteigen, das er aber hastig verscheuchte. Er fühlte sich auch so schon miserabel genug, ohne sich mit den geschmacklosen Scherzen abzugeben, die seine überreizte Fantasie für ihn parat hielt.

Er blinzelte ein paarmal um die Benommenheit loszuwerden, stützte sich auf die Ellbogen und stemmte sich behutsam in die Höhe. Etwas glitt raschelnd von seiner Brust herunter, und als Anders an sich hinabsah, stellte er zweierlei fest: Er war vollkommen nackt und jemand hatte ihn mit einem vor Schmutz starrenden Lumpen zugedeckt, der ebenso stank wie das Bett, auf dem er lag.

Leicht angeekelt, aber auch mindestens ebenso peinlich berührt, setzte sich Anders weiter auf, schwang die Beine von der Kante des quietschenden Feldbettes, auf dem er erwacht war, und schlang sich mit einer ganz unbewussten Bewegung den schmuddeligen Lappen um die Hüften. Der Boden, auf den er seine nackten Füße setzte, war warm.

Anders drehte langsam den Kopf, um sich noch einmal und jetzt aufmerksamer umzusehen. Das blasse Zwielicht machte es nach wie vor schwer, Einzelheiten zu erkennen, aber er sah immerhin, dass der Raum sehr groß und mit einer überraschenden Vielzahl von Möbeln ausgestattet war, allesamt uralt und in keinem besonders guten Zustand. Was nahe genug war, um Einzelheiten zu erkennen, schien ausnahmslos aus Metall zu bestehen und wies darüber hinaus Brandspuren auf; vermutlich hatte auch hier nichts, was aus brennbarem Material bestand, die Katastrophe überstanden.

Er hörte ein Geräusch und wandte den Kopf zur Tür, die wie die Fenster nur aus einem leeren Rahmen mit einem davor gehängten Lappen bestand. Der Fetzen wurde beiseite geschlagen und Katt trat ein. Anders konnte sie nur als Schemen erkennen, aber es entging ihm trotzdem nicht, dass sie mitten im Schritt erstarrte, als sie ihn auf der Bettkante sitzen sah.

»Du bist wach?«

»Wie du siehst.« Anders begann zu husten und musste ein paarmal schlucken, weil ihm seine Stimme den Dienst versagen wollte.

»Warte«, sagte Katt. »Ich hole dir Wasser.«

Bevor Anders sie zurückhalten konnte, fuhr sie auf dem Absatz herum und war wieder aus dem Zimmer. Anders sah ihr ein bisschen verdattert nach, aber er hatte tatsächlich Durst; außerdem war sie so schnell hinausgerannt, dass sie zweifellos sehr rasch zurückkommen würde.

Er stand auf, schlang sich das Tuch enger um die Hüften und tappte ungeschickt durch das Zimmer, um seine Kleider zu suchen. Ihm war natürlich klar, wer ihn ausgezogen hatte – wenn auch nicht genau, warum –, aber er hätte es noch peinlicher gefunden, sich vor ihren Augen wieder *an*zuziehen.

Er schaffte es so gerade. Als die Decke vor dem Eingang das nächste Mal zurückgeschlagen wurde, war er gerade damit beschäftigt, sich die Schuhe zuzubinden, und betrachtete Katt nur kurz aus den Augenwinkeln. Sie war nicht allein gekommen. Hinter ihr betrat ein zweiter, kleinerer Schatten den Raum – vermutlich ihre Schwester –, der aber unmittelbar neben der Tür stehen blieb. Katt trug etwas in den Händen, und als sie näher kam, hörte Anders ein leises Gluckern, das seinen Durst zu einem plötzlich fast unerträglichen Brennen in seiner

Kehle werden ließ. Ohne den Schuh ganz zuzubinden fuhr er zu Katt herum und riss ihr den verbeulten Metallbecher regelrecht aus den Fingern.

Das Wasser war warm und schmeckte ein wenig schal, aber er stürzte es trotzdem mit großen, gierigen Schlucken hinunter, und obwohl er den Becher bis zur Neige leerte, hatte er hinterher beinahe mehr Durst als zuvor. Um auch nicht den letzten Tropfen zu verschwenden, fuhr er sich mit der Zunge über die Lippen und bemerkte erst jetzt, wie spröde und rissig sie waren. Das Fieber musste ihm mehr zugesetzt haben, als ihm bis jetzt bewusst geworden war.

»Danke«, sagte er und hielt Katt den Becher hin. »Kann ich noch etwas haben?«

»Später«, antwortete Katt. »Ich glaube nicht, dass du im Moment zu viel trinken solltest. Wie fühlst du dich?« In der Frage schwang eine unüberhörbare Verwunderung darüber mit, ihn nicht nur wach, sondern auch auf den Beinen und schon wieder komplett angezogen zu sehen. Sie selbst hatte sich allerdings ebenfalls auf erstaunliche Weise erholt. Sie sah nicht unbedingt aus wie das blühende Leben – dafür war sie zu mager und die Spuren lebenslanger Entbehrungen waren zu tief in ihrem Gesicht eingegraben –, aber sie schien den zurückliegenden Tag weitaus besser weggesteckt zu haben als er, wie Anders nicht ohne einen dünnen Stich von Neid registrierte.

»Wie man sich eben so fühlt nach einem Tag wie gestern«, sagte er. »Wo sind wir?«

»Gesstern?«, fragte Ratt von der Tür aus. Anders warf einen flüchtigen Blick in ihre Richtung und ein sonderbares Gefühl beschlich ihn. Das Bild aus seiner Erinnerung wollte wieder auftauchen, aber Anders verscheuchte es hastig. Ratt hatte eine komische Art zu reden, vielleicht auch einen Sprachfehler – und?

»In meinem Haus«, antwortete Katt. »Ratt und ich haben dich hergebracht.« Sie machte eine Geste, als er etwas sagen wollte, und fuhr fort: »Es wäre mir wirklich lieber, wenn du dich setzt. Wir wissen ja, was für ein starker und zäher Bursche du bist, aber du hast nichts davon, wenn du gleich wieder zusammenklappst.«

Das war zu viel, bei aller Dankbarkeit, die Anders immer noch empfand. Irgendwann musste sie damit aufhören, ständig darauf herumzutrampeln, dass sie ihn getragen hatte.

Zweimal, um genau zu sein.

»Hör mal«, begann er. »Ich finde, dass …«

Der Schatten neben der Tür bewegte sich. Ratt kam näher und trat in das graue Licht, das durch die Löcher in den Lumpen hereinfiel, mit denen das Fenster verhängt war, und Anders brach mitten im Satz ab. Sein Unterkiefer klappte herunter. Der Becher entglitt seinen Fingern und fiel scheppernd zu Boden, aber das hörte er nicht.

Aus ungläubig aufgerissenen, hervorquellenden Augen starrte er Katts Schwester an.

Seine Erinnerung hatte ihm keinen Streich gespielt.

Und es war auch kein Albtraum gewesen.

Vor ihm stand eine anderthalb Meter große, aufrecht gehende Ratte.

»Aber … aber das ist doch … unmöglich!«, ächzte er.

»Ja, fffreut misss auch, diss kennen sssu lernen«, zischte Ratt. »Und wenn esss disss trössstet, isss finde diss auch nicht gerade hübssss.«

»Ich träume«, murmelte Anders. Es gab keine menschengroßen Ratten, die auf den Hinterpfoten gingen und freche Antworten lispelten.

»Bitte setzt dich, Anders«, bat Katt. »Ich glaube, wir müssen dir etwas erklären.«

Anders ließ sich tatsächlich wieder gehorsam auf die Bettkante sinken – wenn auch nur, weil sich seine Knie plötzlich anfühlten, als wären sie mit Pudding gefüllt, und das Gewicht seines Körpers einfach nicht mehr tragen konnten. Katt beobachtete ihn sehr aufmerksam, und er übersah auch nicht, dass sie in leicht angespannter Haltung dastand, um sofort zugreifen zu können, sollte er wieder schlapp machen. Diesmal nahm Anders ihr ihre unübersehbare Sorge nicht übel. Er hatte wirklich das Gefühl, im nächsten Moment einfach zusammenzuklappen. Alles drehte sich um ihn, was aber diesmal keine körperlichen Ursachen hatte. Er hörte auch Katts Worte kaum. Er konnte nur die struppige Gestalt neben ihr anstarren, die ihn jetzt, wo er saß, zu allem Überfluss auch noch fast um Haupteslänge überragte und aus ihren schwarzen Augen höhnisch auf ihn herabzugrinsen schien wie ein Dämon, den ein Fiebertraum geboren hatte.

Aber es war kein Traum. Vor ihm stand eine Ratte.

Großer Gott, vor ihm stand eine menschengroße sprechende Ratte!

»Nun krieg diss wieder ein«, zischelte Ratt. »Hassst du noch nie ein Mädsssen gessehen?«

So eines nicht, dachte Anders. Er war nicht fähig die Worte auszusprechen. Seine Kehle war wie zugeschnürt. Mädchen? *Mädchen?!*

»Ich habe es dir gesagt«, sagte Katt, an ihre Schwester gewandt, aber ohne den Blick auch nur eine Sekunde von Anders' Gesicht zu nehmen. Sie sah aus, als erwarte sie eine ganz bestimmte Reaktion von ihm. Nein. Als *befürchte* sie sie.

»Blödsssinn«, zischelte Ratt. Ihre Schnurrhaare zitterten wie kleine nervöse Antennen, als sie heftig ihren Kopf schüttelte. »Er ssspielt unssss wasss vor!«

Anders war weit davon entfernt, seinen Schock überwunden zu haben, aber er war jetzt zumindest fähig, sich das Rattenmädchen etwas genauer anzusehen. Katts Schwester war nicht wirklich eine Ratte, nicht vollkommen wenigstens. Sie war nackt, sodass er sehen konnte, ihr Körper war nahezu völlig von dichtem braunem Fell bedeckt. Ihr Körperbau war jedoch eher der eines Menschen als eines Nagers: Sie hatte Hände, ihre Hinterläufe waren zu etwas wie viel zu kleinen Füßen geworden, auf denen sie mit beachtlichem Geschick balancierte, und sie hatte sogar einen langen nackten Peitschenschwanz, der im Moment nervös hin und her zuckte. Und auch ihr Kopf war eine Mischung aus dem eines Menschenmädchens und dem einer Ratte, aber das Ergebnis war äußerst erstaunlich: Sie sah keineswegs hässlich oder gar abstoßend aus, sondern ganz im Gegenteil auf eine schwer in Worte zu fassende Weise hübsch.

»Ja, ganz wie du meinst«, sagte Katt und zog eine Grimasse, die jede weitere Erklärung überflüssig machte. »Warum gehst du nicht und holst etwas zu essen für Anders? Er muss vor Hunger sterben. Und sag den anderen noch nichts. Ich will erst noch mit ihm reden.«

Ratt nickte zwar, rührte sich aber nicht von der Stelle, sondern funkelte Anders nur noch tückischer aus ihren kleinen, schwarzen Knopfaugen an. Dann bleckte sie die Zähne – nur dass es keine Rattenzähne waren, sondern ganz normale, sehr regelmäßig geformte perlweiße Menschenzähne.

»Das reicht«, sagte Anders. »Jetzt ist es genug.«

Katt sah ihn nur fragend an, aber Ratt verzog abfällig das Gesicht – jedenfalls nahm Anders das an. Er hatte nicht besonders viel Erfahrung damit, in der Physiognomie einer Ratte zu lesen.

»Ihr könnt mit dem Theater aufhören«, fuhr er fort. »Ich meine: Ihr habt euren Spaß gehabt, aber nun ist es gut. Du kannst die Maske abnehmen, Ratt – oder wie immer du heißt.«

Ratt funkelte ihn geradezu mordlüstern an und zischte drohend – doch Anders hatte das Gefühl, dass nichts davon echt war und hinter der gespielten Wut in ihrem Blick in Wirklichkeit nur mühsam verhohlener Spott war.

»Die Suppe«, erinnerte Katt. »Und tu ordentlich Fleisch hinein. Er hat eine Menge aufzuholen.«

Selbstverständlich ging Ratt nicht, ohne ihm noch einen abschließenden bösen Blick zuzuwerfen – aber sie ging. Anders sah ihr nach, bis der Vorhang hinter ihr wieder zugefallen war, und er starrte auch dann noch eine geraume Weile in die Richtung, in die sie verschwunden war.

»Alles in Ordnung?«, fragte Katt.

»Natürlich«, murmelte Anders. »Ich habe nur gerade mit einer Ratte gesprochen, aber sonst geht es mir gut … glaube ich.«

Er löste mit einiger Mühe seinen Blick von der Tür und sah das Mädchen an. Katts verständnisloser Blick machte ihm klar, dass sie die Ironie in seinen Worten nicht einmal im Ansatz verstanden hatte. Er nickte und sagte noch einmal und diesmal in ernstem Tonfall. »Ja. Ich war nur … ein bisschen überrascht, das ist alles. Damit habe ich nicht gerechnet.«

Katt schwieg einen Augenblick, dann setzte sie sich neben ihn auf die Bettkante und legte ihm in einer seltsam vertrauten Geste die Hand auf den Oberschenkel. Die Berührung war Anders nicht unangenehm, ganz im Gegenteil. Dennoch konnte er sich gerade noch im letzten Moment beherrschen, ihre Hand nicht wegzustoßen. Er war erschrocken und vor allem verwirrt wie nie zuvor in seinem Leben.

»Du kommst wirklich von draußen, nicht?«, fragte sie.

Anders schwieg. Er war gar nicht fähig einen klaren Gedanken zu fassen; geschweige denn zu *antworten.*

»Ratt glaubt das immer noch nicht wirklich, aber ich weiß, dass es so ist. Du hast im Schlaf gesprochen.«

»So?«, fragte Anders. »Was habe ich denn gesagt?«

»Das meiste habe ich nicht verstanden, ehrlich gesagt«, gestand Katt. Sie lächelte unsicher, als wäre ihr dieses Eingeständnis überaus peinlich. Sie hob die Schultern. »Aber vielleicht war es ja doch nur sinnloses Gebrabbel. Du hast ziemlich hohes Fieber gehabt. Eine Zeit lang war ich nicht sicher, ob du es überlebst.«

»Wenn ich wirklich im Fieber geredet habe, woher willst du dann wissen, dass nicht tatsächlich alles nur Unsinn war?«, fragte Anders.

»War es das?«

»Woher soll ich das wissen? Dazu müsste ich mich erinnern, was ich gesagt haben soll.« Sein grober Ton tat ihm bereits Leid, noch bevor er die Worte vollständig ausgesprochen hatte. »Entschuldige. Aber ich kann mich wirklich nicht erinnern.« Er kramte in seinem Gedächtnis, doch das Ergebnis war nur ein noch größeres Durcheinander in seinen Gedanken. Er war nicht einmal mehr ganz sicher, was von dem, woran er sich zu erinnern glaubte, nun wirklich wahr war, und was nur Teile eines Albtraums, der ihn bis in die Wirklichkeit verfolgte.

»Das wundert mich nicht«, sagte Katt. »Du wärst fast gestorben. Du bist der Erste, der die Krankheit bekommen hat und nicht gestorben ist.«

»Welche Krankheit?«

»Die Krankheit eben«, antwortete Katt. »Alle bekommen sie, die nicht von hier sind. Alle, die von draußen kommen.«

»Wie die Männer in den schwarzen Anzügen?« Plötzlich ergab zumindest eine der schrecklichen Erinnerungen einen Sinn, wenn auch einen durch und durch furchtbaren. »Ist das der Grund, warum sie ihren eigenen Kameraden erschossen haben?«

»Sie nehmen niemanden mit, dessen Anzug beschädigt worden ist«, sagte Katt. Das war nicht unbedingt die Antwort auf seine Frage, aber Anders war noch immer viel zu verwirrt, um auf solche Feinheiten zu achten. »Manche töten sich selbst. Die anderen sterben an der Krankheit.«

»Alle?«

»Ich weiß nicht«, meinte Katt achselzuckend. »Es heißt, zwei von ihnen wären lebendig hierher gebracht worden, aber sie hatten die Krankheit schon und sind gestorben, ohne noch einmal aufgewacht zu sein.«

»Es heißt?«

»Ich war damals noch nicht hier«, antwortete Katt. »Es ist lange her. Vielleicht ist es auch gar nicht wahr. Es ist wirklich lange her, weißt du? Auch die ganz Alten haben es nicht selbst erlebt, sondern nur von ihren Eltern gehört. Deshalb glauben viele auch nicht, dass du wirklich von draußen kommst. Aber ich habe es gewusst.«

Die Worte waren zweifellos ehrlich gemeint, aber irgendetwas daran missfiel Anders. Sie glaubte ihm, so war das nicht. Aber die Art, auf die sie ihm glaubte und ihn ganz offensichtlich auch gegen die anderen (wer immer sie sein mochten) in Schutz genommen hatte, erfüllte ihn eher mit Unbehagen. Allmählich beschlich ihn das Gefühl, dass Katt ihn als eine Art persönliches Eigentum betrachtete; etwas, das sie gefunden hatte und möglicherweise auch nicht wieder herzugeben gedachte.

»Deine Schwester«, fragte er. »Ratt. Ist sie …« Er fuhr sich nervös mit der Zungenspitze über die Lippen und musste neu ansetzen. Seine Gedanken bewegten sich in unwillkürlichen Sprüngen hin und her und er spürte, dass in ihm etwas heranwuchs, das schlimmer war als Entsetzen. »Ist sie wirklich deine Schwester?«

»Selbstverständlich«, antwortete Katt. »Hast du keine Geschwister?«

»Nein«, antwortete Anders. »Und wenn ich welche hätte, wären sie nicht so.«

»Nicht *so*?« Katts Stimme klang plötzlich scharf.

»Nicht so wie ihr«, erklärte Anders vorsichtig. »Nicht so … anders.«

Er hatte etwas falsch gemacht. Katt schwieg eine ganze Weile, ehe sie fortfuhr, und ihre Stimme klang hörbar kühler als noch vor einem Augenblick, wenngleich auch deutlich neugieriger. »Sind alle da, wo du herkommst, so wie du?«

»So wie ich?« *Keine Mischlinge aus Mädchen und Ratte? Nein, ganz bestimmt nicht.*

Katt sah ihn erwartungsvoll an, aber dann zog sie die Hand von seinem Bein zurück und rutschte gleichzeitig ein kleines Stück von ihm weg. »Du willst nicht darüber reden«, stellte sie fest.

»Nein, das ist es nicht«, sagte Anders hastig. Er setzte nun seinerseits dazu an, die Hand nach ihr auszustrecken, wagte es aber nicht, sie zu berühren. Seltsam, als sie zusammen um ihr Leben gelaufen waren, war sie ihm fast wie eine – wenn auch vielleicht etwas sonderbare – gute Freundin vorgekommen. Jetzt, da sie allein und in relativer Sicherheit beisammen waren, fühlte er sich so befangen, als hätten sie sich gerade erst kennen gelernt.

»Sondern?«, fragte Katt.

»Ich weiß es nicht«, antwortete Anders gequält. »Ich …« Er schüttelte hilflos den Kopf. Alles drehte sich um ihn. Das *konnte* doch nur ein Albtraum sein! Er stand mit einem Ruck auf, machte einen Schritt und wäre fast gestolpert, weil er den rechten Schuh noch nicht zugebunden hatte und prompt auf seinen Schnürsenkel trat. Hastig bückte er sich, band ihn zu und wollte sich zur Tür wenden, doch Katt hielt ihn mit einer raschen Bewegung zurück.

»Nicht«, sagte sie. Sie klang fast erschrocken.

»Warum?«, fragte Anders.

»Es wäre mir lieber, wenn du …« Katt hob die Schultern.

»Wenn ich nicht da hinausgehe?«, fragte er mit einer entsprechenden Geste auf die Tür. Katt nickte und Anders schürzte trotzig die Lippen und war mit zwei nur noch schnelleren Schritten bei der Tür. Mit einem entschlossenen Ruck schlug er den Vorhang zur Seite und trat hindurch. Aber er war trotz allem noch besonnen genug, nur einen einzigen Schritt zu machen und dann stehen zu bleiben um sich umzusehen. Und schon im nächsten Moment war er sehr froh, genau so gehandelt zu haben.

Vor ihm lag ein lang gestreckter, asymmetrischer Platz, der früher einmal rechteckig gewesen sein musste. Jetzt war die komplette Hauszeile auf der gegenüberliegenden Seite zusammengebrochen und bildete eine gewaltige Schutthalde, die lange Zungen aus Stein und Betonbrocken auf den Platz hinausschob. Auch die übrigen Gebäude waren mehr oder weniger schwer beschädigt und allesamt auf die gleiche Art schief und in dieselbe Richtung gedrückt, die er schon ein paarmal beobachtet hatte. Hinter etlichen Fenstern leuchtete rotes oder gelbes Flackerlicht und auch auf dem Platz brannten zwei oder drei große Feuer, um die eine Anzahl Gestalten hockte, die er in der Dunkelheit aber nur als gedrungene Schatten erkennen konnte.

Und dennoch gut genug um zu sehen, dass nicht alle von ihnen *menschlich* waren …

Manche Umrisse waren zu struppig, als hätten sie Fell, hatten lange, spitze Ohren oder schienen buckelig zu sein. Anders sah mehr als eine Gestalt, die einen Schwanz hinter sich herschleifte oder gar auf allen vieren zu gehen schien, und auch die Laute, die an sein Ohr drangen, klangen eher wie das Grunzen einer ganzen Menagerie, als sie an menschliche Stimmen erinnerten.

»Komm wieder rein«, ertönte Katts Stimme hinter ihm. Nach einem Moment fügte sie hinzu. »Bitte.«

Obwohl es zu dunkel war, um den Ausdruck auf den Gesichtern der versammelten Albtraumgestalten zu erkennen, spürte Anders doch ihre Blicke auf sich ruhen, und das Gefühl war so unangenehm, dass er sich nach einem Moment hastig wieder zurückzog. Katt saß noch immer auf der Bettkante, doch Anders ging nicht wieder zu ihr zurück, sondern steuerte einen der uralten Stühle an und ließ sich vorsichtig darauf nieder; einen Campingstuhl aus Metall, von dem nur noch das Drahtgestell übrig war.

»Sie sind alle so wie Ratt?«, murmelte er. Katt reagierte nicht auf die Frage und Anders hatte Mühe, weiterzusprechen. Wieso fiel es ihm eigentlich plötzlich so schwer, die richtigen Worte zu finden? Er hatte doch sonst keine Probleme damit. Schließlich überwand er sich und stellte die Frage, die er *eigentlich* hatte stellen wollen.

»Aber du bist doch …?«

»Was?«, fiel ihm Katt ins Wort. »Normal?«

Selbstverständlich war sie das nicht. *Katt.* Spätestens seit er ihre Schwester – Ratt – gesehen hatte, hätte es ihm klar sein müssen. Sie hatte Dinge gehört, lange bevor *er* sie gehört hatte. Ihre sonderbar elegante gleitende Art, sich zu bewegen, und ihre erschreckende Kraft. Und es war fast, als hätte sie im Dunkeln sehen können.

»Nein«, sagte sie nach einigen Sekunden. Ihre Stimme klang spröde. »Ich bin genauso ein Monster wie alle anderen hier.«

»Das habe ich nicht gemeint«, sagte er hastig.

»Doch, ganz genau das hast du gemeint!« Katt stand mit einem Ruck auf. Die Bettfedern quietschten hörbar. »Willst du es sehen? Hier! Schau ganz genau hin!« Sie trat auf ihn zu und begann sich mit wütenden Bewegungen die Kleider vom Leib zu reißen – was nicht lange dauerte. Sie trug nur Hemd und Hose, nichts darunter, und auch keine Schuhe.

In dem blassen Licht, das den Raum erfüllte wie matt leuchtender Dunst, konnte er auch ihren Körper nur als Schemen erkennen, zumal sie zwei Schritte vor ihm stehen geblieben war, gerade an der Grenze, jenseits derer er wirklich Details hätte erkennen können – oder sie berühren, falls er überraschend den Arm ausgestreckt hätte.

Zumindest auf den ersten Blick schien ihr Körper vollkommen menschlich zu sein, auch wenn er so dürr und abgemagert war, dass ihm sein bloßer Anblick einen scharfen Stich versetzte. Unter normalen Umständen wäre es ihm peinlich gewesen, dass sich das Mädchen einfach so vor ihm auszog, aber jetzt verspürte er nichts als Mitleid; und eine allmählich aufkeimende Wut auf ein Schicksal, das ein Kind zwang, in einem solchen Elend aufzuwachsen. Katts ausgemergelter Körper war genau wie ihr Gesicht: Es war nicht zu übersehen, wie schön sie *hätte sein können*, hätte sie nur die Chance dazu bekommen.

Dann drehte sie sich um und er sah, was sie ihm eigentlich hatte zeigen wollen: Zwischen ihren knochigen Schulterblättern begann ein schmaler getigerter Streifen aus flauschigem Fell, der sich an ihrem Rückgrat hinunterzog und direkt über ihren Pobacken endete; als hätte er zu einem Schwanz werden sollen, den es aber zu seiner Erleichterung nicht gab.

Katt blieb einige Sekunden lang reglos stehen, dann drehte sie den Kopf und sah ihn aus blitzenden Augen an. Täuschte er sich oder waren ihre Pupillen plötzlich schmal und geschlitzt wie die einer Katze?

»Na?«, fragte sie spitz. »Zufrieden? War es das, was du wissen wolltest, oder bin ich dir nicht Ungeheuer genug?«

Anders streckte zögernd die Hand aus. Er musste aufstehen, um sie erreichen zu können, und auch dann zögerte er noch einmal sie zu berühren.

Als er es schließlich tat, war es das seltsamste Gefühl, das er je gehabt hatte. Es fühlte sich ganz und gar so an wie Katzenfell, aber es befand sich auf dem Rücken eines *Menschen,* und das fühlte sich so unheimlich und *falsch* an, wie er es sich vor einer Minute noch nicht einmal hatte vorstellen können.

Auch Katt fuhr unter seiner Berührung zusammen und erschauerte leicht, aber Anders hatte den Eindruck, dass es aus einem ganz anderen Grund geschah.

Er verscheuchte den Gedanken hastig und zog die Hand zurück. Katt drehte sich um und legte den Kopf in den Nacken, um zu ihm emporzublicken, und für einen Moment waren sie sich ganz nahe. Ihre Augen waren nicht geschlitzt wie die einer Katze, sondern groß und rund und scheinbar endlos tief, und ihr Blick kam ihm so verletzlich und scheu vor wie der eines eingeschüchterten Rehs. Abermals hob er die Hand, und der Vorhang hinter ihnen wurde zurückgeschlagen und eine zischelnde Stimme fragte: »Ssstöre isss?«

Anders fuhr so erschrocken zusammen und zugleich zurück, dass er über den Stuhl stolperte, auf dem er gerade noch gesessen hatte. Eine halbe Sekunde lang stand er in einer fast grotesken Haltung da und kämpfte mit wild rudernden Armen um sein Gleichgewicht, dann schlug er der Länge nach hin.

Ausnahmsweise tat er sich diesmal nicht weh dabei, aber er blieb dennoch zwei, drei Sekunden lang benommen liegen, ehe er sich umständlich wieder hochrappelte. Ratt stand in der Tür und hatte eine Blechschale mit dampfendem Inhalt in den zierlichen Händen. Sie grinste unverschämt, während ihr Blick von Anders zu Katt und wieder zurück wanderte.

Auch Katt war einen Schritt zurückgewichen. Mit einem Mal schien es ihr doch peinlich zu sein, so vollkommen entblößt vor ihm zu stehen, denn sie verschränkte für einen Moment linkisch die Arme vor der Brust, dann bückte sie sich hastig nach ihren Kleidern und schlüpfte hinein.

»Nein«, beantwortete sie Ratts Frage verspätet, während sie sich alle Mühe gab, Anders mit Blicken regelrecht aufzuspießen. »Anders wollte sich nur überzeugen, wie weit meine Missbildungen reichen.«

»Das habe ich nicht gesagt!«, protestierte Anders. Natürlich hatte er das gesagt. Zumindest *gemeint*. Katt beließ es auch nur bei einem weiteren, verächtlichen Blick und stopfte sich mit wütenden Bewegungen das Hemd in die Hose. Anders konnte regelrecht in ihren Augen lesen, dass es ihr mit jedem Moment peinlicher wurde, sich vor ihm ausgezogen zu haben.

Ratt griente noch unverschämter und kam näher. Ihr Schwanz peitschte amüsiert, während sie ihm die Blechschale hinhielt. Anders griff ganz automatisch danach und hätte sie um ein Haar fallen lassen, denn das Metall war glühend heiß. Hastig trat er einen Schritt zurück und stellte die Schale auf den Tisch. Ratts Grinsen veränderte sich die ganze Zeit über keinen Deut, aber er war ziemlich sicher, dass sie das mit Absicht getan hatte. Ihre Hände sahen so verwundbar aus wie Babyfinger, doch anscheinend vertrug sie deutlich mehr Hitze als er. Oder sie hatte sich einfach beherrscht.

Um die Situation nicht noch peinlicher werden zu lassen, richtete er hastig den Stuhl wieder auf, über den er gerade gestolpert war, setzte sich und angelte den rostigen Löffel aus der Schale. Natürlich war er hineingerutscht, sodass er sich die Finger noch heftiger verbrannte, während er ihn aus der heißen Suppe fischte, aber er würde den Teufel tun und Ratts hämischem Grinsen noch mehr Nahrung geben. Ohne eine Miene zu verziehen, wischte er zuerst den Löffelstiel und dann seine Finger an seinem Hosenbein trocken und begann danach zu essen. Überflüssig zu sagen, die Suppe war so heiß, dass er sich prompt die Zunge daran verbrannte, und seine vom Fieber gerissenen Lippen waren auch nicht gerade begeistert.

Aber vielleicht war es auch ganz gut, dass die Suppe so heiß war, denn sie sah aus wie leicht gefärbtes Wasser, und wahrscheinlich hätte sie auch so geschmeckt, wäre er imstande gewesen ihren Geschmack festzustellen. Anders erinnerte sich daran, dass Katt ihrer Schwester aufgetragen hatte, ausreichend Fleisch in die Suppe zu geben, aber das musste sie entweder überhört haben oder ihre Auffassungen von *ausreichend* gingen auch in dieser Hinsicht gewaltig auseinander. In der fast farblosen Brühe schwammen nur einige wenige faserige Fleischstücke von undefinierbarer Farbe. Und auch der Löffel sah aus, als hätte er schon an Orten gesteckt, wo ein Löffel eigentlich nicht hingehörte.

Anders löffelte seine Suppe jedoch bis auf den allerletzten Rest aus und vertilgte auch noch das letzte Fitzelchen zähen Fleisches. Erst nachdem er zu essen begonnen hatte, spürte er, wie hungrig er wirklich war, und die dünne Wassersuppe schien seinen Hunger nicht zu stillen, sondern ganz im Gegenteil eher noch richtig anzufachen. Aber schließlich war seine letzte Mahlzeit das Frühstück am vergangenen Morgen gewesen und das hatte er fast unberührt zurückgehen lassen, denn er war ja der festen Überzeugung gewesen, schon mittags auf der Yacht seines Vaters essen zu können.

Anders bedauerte es fast, diesen Gedanken gedacht zu haben, denn die Erinnerung an das Internat und seine Pläne von gestern führten ihm mit brutaler Deutlichkeit vor Augen, wie gründlich sich sein Leben in noch nicht einmal vierundzwanzig Stunden verändert hatte. Noch gestern um diese Zeit war er der Sohn eines reichen Industriellen gewesen, der wohl behütet und fernab von allen Gefahren lebte und dessen größtes Abenteuer in der Aussicht auf eine zweiwöchige Mittelmeerkreuzfahrt mit einem Mann bestand, der zwar sein Vater war, den er aber trotzdem kaum kannte. Seither war er entführt und mit einem Flugzeug abgeschossen worden. Jemand hatte mit Laserkanonen auf ihn gefeuert. Sein bester Freund war tot, vor seinen Augen umgebracht, ebenso sinn- wie grundlos. Er wäre um ein Haar von raubgierigen Killerinsekten aufgefressen worden, und nun war er in einer Stadt gelandet, die offenbar vor langer Zeit von einem Atomschlag getroffen worden war.

Hatte er noch etwas vergessen? O ja, sein Essen war ihm von einer aufrecht gehenden Ratte mit einem Sprachfehler gebracht worden.

»War esss gut?«

Anders ließ fast eine Sekunde verstreichen, bevor er begriff, dass die Frage ihm galt und Ratt offenbar die Suppe damit gemeint hatte; und dann noch einmal so lange um sich zu entscheiden, wie er antworten sollte. War sie aufrichtig gemeint und er antwortete ehrlich, würde er sie vermutlich vor den Kopf stoßen, und das wollte er nicht. Aber er traute dem bizarren Geschwisterpaar auch durchaus zu, ihm einen bösen Streich gespielt zu haben und sich hinterher halb totzulachen, dass er aus lauter Höflichkeit ihr altes Spülwasser hinuntergewürgt hatte und danach auch noch so tat, als wäre es köstlich gewesen. Er antwortete mit einer Kopfbewegung, die ganz bewusst so vage war, damit Ratt sich ihre Bedeutung aussuchen konnte. Einfach absurd war, dass er sich immer noch hungrig genug fühlte, um sich noch beherrschen zu können, das Rattenmädchen nicht nach einer zweiten Portion zu fragen.

»Und jetzt erzähl!«, forderte ihn Ratt auf. Ihr Schwanz peitschte nervös und klopfte den Takt einer imaginären Melodie auf den Boden.

»Erzählen?« Anders wandte sich mit einem fragenden Blick an Katt, nicht an ihre Schwester. »Was?«

»Von drausssen«, antwortete Ratt an Katts Stelle. »Wenn du wirklisss von drausssen kommsss, musss du doch wisssen, wie es dort isss.«

»Lass ihn doch erst einmal zu Atem kommen«, sprang ihm Katt bei. »Er ist ja noch gar nicht ganz wach!«

»Isss finde, er hat lange genug gesssIafen«, antwortete Ratt.

Sie beugte sich vor und beschnüffelte Anders' Gesicht, aber er konnte weniger denn je sagen, ob sich Ratt nur ihrer Natur gemäß benahm oder den Spaß einfach auf die Spitze treiben wollte. »Isss finde, er riecht nissst wie jemand von drausssen«, zischelte sie. »Nein, überhaupsss nisss. Er riecht eher wie ein dreckiger Ssspisssel.«

»Ratt, hör auf«, seufzte Katt. »Ich bin genauso neugierig wie du, doch wir sollten Anders erst einmal Gelegenheit geben, richtig wach zu werden.«

Anders warf ihr einen raschen dankbaren Blick zu, aber er war auch ein wenig verwundert. Katts Sprunghaftigkeit verwirrte ihn mehr und mehr. Sie machte das Mädchen noch unberechenbarer, und als wäre das alles noch nicht verwirrend genug, setzte Katt noch einen drauf, indem sie sagte: »Ich kann mir vorstellen, dass er selbst eine Menge Fragen hat.«

»Dann sssolltess du disss bessser beeilen, sssie sssu beantworten«, zischelte Ratt. »Ein paar von den anderen sssind nämlisss ssson auf dem Weg hierher und die sssind vielleicht nissst ssso geduldig wie isss.«

Anders wurde hellhörig. »Wie meinst du das?«

»Sssolche wie du sssind bei unsss nissst besssondersss beliebt, ssso meine isss dasss«, antwortete Ratt – und diesmal spürte Anders genau, dass die Worte ernst gemeint waren.

»Ratt übertreibt«, mischte sich Katt ein. Mit einem ärgerlichen Blick in Ratts Richtung fügte sie hinzu: »Wie üblich.«

Ratt reagierte, indem sie ihrer Schwester die Zunge herausstreckte und dabei geradezu unverschämt grinste.

»Verschwinde und sieh nach Bat«, sagte Katt. »Und halt uns die anderen noch einen Moment vom Leib. Bitte«, fügte sie nach einem Moment und hörbar widerwillig hinzu.

Ratt starrte ihre Schwester noch einen Herzschlag lang aus herausfordernd blitzenden Knopfaugen an, aber dann warf sie den Kopf in den Nacken und stolzierte so beleidigt hinaus, wie es zu allen Zeiten und bei allen Völkern (und wie Anders zu argwöhnen begann, auch allen Spezies) nur kleine Schwestern zu tun imstande sind.

Er wartete gerade, bis Ratt den Raum verlassen hatte, dann wandte er sich mit besorgtem Gesicht an Katt. »Wie hat sie das gemeint?«

»Ratt liebt es, zu übertreiben«, antwortete Katt, aber Anders spürte, dass es nicht die Wahrheit war. Katt war auf einmal fühlbar nervöser als noch vor einem Augenblick, bevor ihre Schwester wieder hereingekommen war. Sie trat einen Moment unbehaglich auf der Stelle und sprach dann weiter, ohne ihm direkt in die Augen zu blicken.

»Es kann nicht schaden, ein bisschen vorsichtig zu sein, weißt du? Ein paar von den anderen … waren nicht begeistert, als ich dich mitgebracht habe. Und einer oder zwei …«

»… halten mich für einen Spitzel, ich weiß«, führte Anders den Satz zu Ende, als Katt es nicht tat. »Vielleicht wäre es schon hilfreich, wenn ich wüsste, für welche Seite ich angeblich spioniere?«

Katt druckste einen Moment herum und Anders konnte ihr ansehen, wie angestrengt sie nach einer Ausrede suchte oder irgendeinem Vorwand, um nicht antworten zu müssen.

Sie brauchte keines von beidem. Der Vorhang wurde zurückgeschlagen und drei so vollkommen unterschiedliche Gestalten traten ein, dass Anders sich mit aller Macht zusammenreißen musste, um nicht erschrocken zu keuchen, obwohl er so ungefähr gewusst hatte, was ihn erwartete.

Oder jedenfalls geglaubt hatte es zu wissen.

Der Erste war etwa so groß wie er, ebenso abgemagert und

ausgezehrt wie Katt und sah auf den ersten Blick fast wie ein ganz normaler Mensch aus, hatte aber gleichzeitig etwas unübersehbar Hündisches, das sich jedoch mehr in seinem Benehmen als in seinem Äußeren niederschlug. Direkt hinter ihm betrat eine Gestalt das Haus, deren Geschlecht Anders unmöglich erraten konnte, dafür aber umso eindeutiger die Spezies, deren DNA sich irgendwie in die ihrer menschlichen Vorfahren eingeschlichen hatte. Glatte Reptilienhaut spannte sich über einem flachen, nahezu ausdruckslosen Gesicht, und ganz wie bei einer Schlange bewegte sich eine lange gespaltene Zunge misstrauisch in seine Richtung und schien mindestens ebenso viele Informationen aufzunehmen wie die gelben Reptilienaugen, die ihn kalt anstarrten. Ihre Glieder waren noch viel dünner als die Katts und die des Hundemannes und schlackerten auf unangenehme Weise bei jeder Bewegung, als hätte sie keine Knochen oder ein paar Dutzend zusätzliche Gelenke.

Die dritte Kreatur war so groß, dass sie sich unter der Tür hindurchbücken musste um das Zimmer zu betreten, und als sie sich wieder aufrichtete, konnte Anders ein ungläubiges Keuchen nicht mehr ganz unterdrücken.

Es war ein leibhaftiger Minotaurus.

11

Der Minotaurus war riesig. Selbst ohne die gewaltigen, nach vorne gebogenen Hörner maß er gute zwei Meter. Sein nackter Oberkörper hatte sowohl die Form als auch die Abmessungen eines großen Weinfasses, und obwohl Hunger und Entbehrungen auch an ihm unübersehbare Spuren hinterlassen hatten, sahen seine Muskeln so aus, als würden sie manchmal nur so zum Spaß Eisenbahnschwellen zerbrechen. Das Gesicht war zu hundert Prozent das eines Stieres, doch unterhalb des Halses schien er zu ebenso hundert Prozent ein ganz gewöhnlicher

Mensch zu sein; sah man von der geradezu monströsen Muskulatur ab.

»Es ist also wahr«, knurrte der Hundemann. »Er ist endlich wach.« Er *knurrte* tatsächlich, auch wenn er mit klar modulierter Stimme sprach, die sogar einen überraschend angenehmen Klang hatte. Dennoch schien jedes Wort, das er äußerte, von einem unüberhörbar drohenden Knurren begleitet zu werden. Das Reptiliengeschöpf sagte nichts dazu, sondern ließ seine Zunge nur noch nervöser in Anders' Richtung zucken.

»Dann können wir ja jetzt vielleicht auch mit ihm reden«, fügte der Minotaurus hinzu. Seine Stimme war genauso volltönend und tief, wie Anders sie sich vorgestellt hatte, aber er sprach sehr langsam und legte nach jedem Wort eine hörbare Pause ein, als fiele es ihm schwer, zu sprechen. Vielleicht waren seine Stimmbänder ja eher die eines Stieres als die eines Menschen, dachte Anders. Das Gehirn hinter der gewaltigen Stirn war jedoch eindeutig das eines Menschen, wie ihm ein einziger Blick in die großen, von unübersehbarer Intelligenz erfüllten Augen bewies. Anders gemahnte sich in Gedanken zur Vorsicht, den Minotaurus nicht zu unterschätzen. Dieses Geschöpf war nicht nur stark, sondern auch klug.

Er hob die Schultern. »Nichts dagegen.«

Katt warf ihm einen fast beschwörenden Blick zu. »Das ist Anders«, sagte sie rasch, dann deutete sie ebenso schnell nacheinander auf den Hundemann, die Schlange und den Minotaur. »Rex, Liz und Bull, die Ältesten der Sippe.«

Kurze Namen schienen hier äußerst beliebt zu sein, dachte Anders amüsiert, ebenso wie *einfallslose.* Was allerdings ihre Wahrhaftigkeit anging, kamen ihm immer mehr Zweifel. Er traute sich nicht zu, das Alter des Schlangengeschöpfes auch nur zu schätzen, ebenso wenig wie das des Minotaurus, aber Rex konnte unmöglich älter sein als Katt.

»Ihr dürft noch nicht zu viel von ihm erwarten«, fuhr Katt fort, an die drei *Ältesten* gewandt und in hastigem Ton und eindeutig lauter, als notwendig gewesen wäre. Anders hatte das

Gefühl, dass sie im Grunde nur plapperte, damit *er* nichts sagte. »Er ist noch ziemlich durcheinander und auch ein bisschen mitgenommen vom Fieber!«

Sie machte eine kreisende Bewegung mit dem Finger an der Schläfe, die anscheinend in allen Kulturen und bei allen Spezies das Gleiche bedeutete, und als sie sich zu ihm umdrehte, warf sie ihm noch einmal diesen beschwörenden Blick zu. Es war nicht zu übersehen, wie viel Respekt sie vor den drei Gestalten hatte.

»Warum überlässt du es nicht uns, das zu beurteilen, Katt?«, fragte Bull. Die Worte bestätigten Anders' Verdacht. Der Minotaur war vermutlich der Anführer der drei.

»Sicher«, sagte Katt nervös.

»Warum wartest du dann nicht einfach draußen?«, schlug der Minotaur vor. »Du könntest Ratt bei Bat helfen. Ich glaube, es geht ihr nicht besonders gut.«

Katt zögerte und Anders lächelte ihr zu und sagte aufmunternd: »Geh ruhig. Wenn das Freunde von dir sind, sind es auch meine Freunde.« Er wandte sich direkt an Bull. »Ich werde alle eure Fragen beantworten. Soweit ich es kann, heißt das.«

Die letzte Einschränkung bedauerte er praktisch sofort, denn er musste feststellen, dass auch die Augen eines Stieres durchaus imstande waren, ein Gefühl wie Misstrauen auszudrücken, aber er hielt ihrem Blick ruhig stand. Nach einem Augenblick drehte sich Katt widerstrebend um und ging hinaus. Rex folgte ihr bis zur Tür. Er gab sich nicht einmal Mühe, zu verhehlen, dass er es aus keinem anderen Grund tat als dem, sich davon zu überzeugen, dass sie auch wirklich ging und nicht etwa draußen stehen blieb um zu lauschen.

»Katt sagt, du hättest ihr geholfen«, begann Bull, nachdem der Hundemann zurückgekommen war und ihm flüchtig zugenickt hatte. »Ist das wahr?«

Anders war ein wenig überrascht. Er hatte damit gerechnet, dass der Minotaur ihn nach seiner Herkunft fragen würde. Er nickte nur.

»Warum?«, fragte Rex.

»Warum?« Anders verstand die Frage nicht.

»Warum«, bestätigte der Hundemann. »Niemand hilft einem anderen, wenn er nichts davon hat.«

»Da, wo ich herkomme, schon«, antwortete Anders ganz automatisch.

»Hier nicht«, sagte Bull. Er trat nicht einmal auf die goldene Brücke, die Anders ihm gebaut hatte. »Also, warum hast du ihr geholfen?«

Es lag Anders auf der Zunge, ganz einfach die Wahrheit zu sagen. *Weil ich es ihr schuldig war. Sie hat mir nämlich zuvor auch das Leben gerettet und ihr eigenes dafür riskiert.* Aber irgendetwas sagte ihm, dass das nicht klug gewesen wäre. Offensichtlich galten hier andere Werte als da, wo er herkam.

»Ohne sie hätte ich es nicht geschafft«, sagte er – was ja auch der Wahrheit entsprach. »Sie kannte den Weg. Ich nicht.«

Diese Antwort schien den Minotaur zufrieden zu stellen. »Katt erzählte auch, die Drachen hätten dich gejagt«, sagte er. »Stimmt das?«

Drachen? Im ersten Moment wusste Anders nicht, wovon Bull überhaupt sprach, aber dann begriff er: Furcht einflößende fliegende Ungeheuer, die Feuer spuckten. Drachen. Natürlich. »Ja.«

»Warum?«, knurrte Rex.

»Das weiß ich nicht«, antwortete Anders.

»Du kommst von draußen und weißt nicht, warum die Drachen dich jagen?«, fragte Bull. »Warum sollte ich dir das glauben?«

Seine sonderbar schleppende Art, zu reden, gab den Worten ein Gewicht, das Anders zu noch größerer Vorsicht gemahnte. Gerade hatte er sich gewundert, dass der Minotaur ihn nicht sofort auf seine angebliche Herkunft angesprochen hatte, aber nun wurde ihm klar, sie hatten die ganze Zeit über nichts anderes gesprochen.

»Weil es die Wahrheit ist«, sagte er. »Ich weiß nicht, wer diese ... *Drachen* sind. Und ich weiß auch nicht, warum sie meinen Freund getötet haben oder mich umbringen wollten. Bevor ich hierher gekommen bin, wusste ich nicht einmal, dass es sie gibt.«

»Obwohl du behauptest von draußen zu kommen?«, fragte Rex. »Die Drachen kommen von draußen. Wer soll das glauben?«

»Nicht von dort, wo ich herkomme«, antwortete Anders. In leicht patzigem Ton fügte er hinzu: »Es gibt da eine ziemliche Menge Gegend, weißt du?«

In Rex' Augen blitzte es wütend auf und Anders hatte den Verdacht, schon wieder etwas gesagt zu haben, was vielleicht nicht so ganz klug gewesen sein mochte. Trotzdem zwang er sich nicht nur, seinem Blick ruhig standzuhalten, sondern lächelte ganz im Gegenteil sogar. Er selbst hatte nie einen Hund besessen, aber er wusste, dass man ihnen gegenüber niemals Schwäche zeigen durfte, und er konnte nur hoffen, dass Rex auch in dieser Hinsicht eine Menge mitbekommen hatte und sich sein hündisches Erbe nicht darauf beschränkte, im nächsten Moment das Bein zu heben um ihn anzupinkeln.

Liz zischelte und Bull sagte langsam: »Das reicht.« Anders fiel auf, das Schlangenwesen hatte eigentlich immer gezischelt, bevor der Minotaur etwas sagte. War es möglich, dass er sich getäuscht hatte und Bull nur so etwas wie der Übersetzer für das Schlangenwesen war?

»Entschuldige«, sagte er. »Aber es ist die Wahrheit. Die Welt, aus der ich komme, ist sehr groß. Ich habe noch nie so etwas wie diese Drachen gesehen oder auch nur von ihnen gehört, das müsst ihr mir glauben. Ich weiß auch nicht, warum sie mich umbringen wollten.«

»Warum bist du dann hier?«, fragte Bull.

Anders hätte beinahe schrill aufgelacht. »Ganz bestimmt nicht freiwillig«, antwortete er. »Jannik und ich sind mit einem Flugzeug abgestürzt. Jedenfalls dachte ich das zuerst.« Er beschloss instinktiv, die ganze Vorgeschichte wegzulassen und auch von Narbenhand und seinem Kumpanen nichts zu erwähnen. Es war auch so schon kompliziert genug. »Mittlerweile glaube ich allerdings eher, dass einer von euren Drachen uns abgeschossen hat.«

»Ein Flugzeug?« Rex schnüffelte an seiner Schulter, als könne er auf diese Weise erkennen, ob Anders die Wahrheit sagte oder nicht. »Was soll das sein?«

»Eine Maschine«, antwortete Anders. »Ein Apparat, der fliegt.«

Fehler Nummer … ach egal. Ein gewaltiger Fehler jedenfalls, denn nicht nur Rex machte einen hastigen Schritt zurück und starrte ihn aus aufgerissenen Augen an. Liz zischelte aufgeregt und aus Bulls Augen leuchtete das Misstrauen nun geradezu.

»Wie die Drachen?«, bellte Rex.

»Nein«, antwortete Anders rasch. »Oder doch, aber …« Er schüttelte verwirrt den Kopf. Irgendetwas sagte ihm, dass von seinen nächsten Worten eine Menge abhängen konnte – sein Leben zum Beispiel –, doch es fiel ihm immer schwerer, die richtigen Worte zu finden.

»Aber?«, fragte Bull.

»Ein Flugzeug ist nichts Besonderes, da, wo ich herkomme«, sagte er vorsichtig. »Aber sie sind nicht gefährlich. Man benutzt sie nur, um von einem Ort zum anderen zu kommen. Nicht um Leute umzubringen.«

»Ihr fliegt damit von einem Ort zum anderen?«, bellte Rex. Vielleicht war es auch ein spöttisches Lachen. »Wozu soll das gut sein?«

»Weil es schnell geht«, antwortete Anders. »Man schafft eine Strecke in ein paar Stunden, für die man sonst Wochen brauchen würde. Oder Monate.«

Bull und der Hundemann tauschten einen bezeichnenden Blick, aber Anders konnte nicht sagen, ob sie seine Antwort nur nicht verstanden oder ihm einfach kein Wort glaubten. Oder beides.

»Dann ist es draußen größer als hier?«, fragte Bull.

Anders hatte zwar keine Ahnung, wie groß *hier* war, aber er nickte trotzdem. »Ich denke schon.«

»Und sie sind alle so wie du?«

»Wie ich?« Anders verneinte, doch er spürte schon im gleichen Moment, dass seine Antwort vielleicht ein wenig vorschnell gewesen war. Von Bulls und Rex' Standpunkt aus waren zweifellos alle anderen Menschen *so wie er*. »Mehr oder weniger«, schränkte er ein.

»Ich glaube ihm nicht«, bellte Rex. Liz zischelte und Bull wiegte den Kopf.

»Das wird sich zeigen«, sagte Bull. »Vorerst soll er hier bleiben. Wir entscheiden nach der Jagd, was mit ihm zu geschehen hat. So lange mag er hier bei Katt bleiben. Aber du bist mir für ihn verantwortlich.« Den letzten Satz hatte er mit deutlich lauterer Stimme gesprochen. Jetzt lachte er und fuhr nach einer Pause und noch eine Spur lauter fort: »Das hast du doch verstanden, Katt? Komm ruhig rein und antworte. Ich weiß, dass du draußen stehst und lauschst.«

Einen Moment lang geschah gar nichts, dann aber wurde das Tuch vor dem Eingang beiseite geschlagen und eine ziemlich kleinlaute Katt trat ein; dicht gefolgt von einem etwas kleineren, spitzohrigen Schatten.

»Als ob ich das nötig hätte«, murmelte Katt trotzig.

Der Minotaur lachte gutmütig. »Ich weiß, was für scharfe Ohren du hast. Aber das gilt nicht für deine Schwester. Dafür ist sie umso neugieriger. Du hast gehört, was wir gesagt haben?«

Katt nickte.

»Dann merke es dir«, fuhr Bull fort. »Und pass gut auf deinen neuen Freund auf. Wenn er irgendetwas tut, was der Sippe zum Schaden gereicht, machen wir dich dafür verantwortlich.«

Anders versuchte sich vorzustellen, wie es sein musste, mit

diesem stierköpfigen Giganten ein wirklich langes Gespräch zu führen oder gar einen Streit. Wahrscheinlich trieb es einen in den Wahnsinn, einem Gesprächspartner zuhören zu müssen, der für jeden Satz eine knappe Viertelstunde brauchte.

»Wir kommen heute Abend wieder und reden mit deinem Freund«, fuhr Bull fort. »Sieh zu, dass er bis dahin gut ausgeschlafen ist, denn wir haben eine Menge Fragen an ihn. Und such dir eine Beschäftigung für ihn. Er muss arbeiten, wenn er essen will.«

Damit ging er. Liz folgte ihm und schließlich auch Rex, wenn auch nicht, ohne noch ein abschließendes drohendes Knurren in Anders' Richtung ausgestoßen zu haben. Katt schickte ihnen einen zornigen Blick hinterher und Ratt streckte dem Hundemann die Zunge heraus – allerdings erst, nachdem er gegangen und der Vorhang hinter ihm zugefallen war und sie sicher sein konnte, dass er es nicht mehr sah.

»Das sind also eure Anführer?«, fragte Anders.

»Anführer?«

»Eure Ältesten«, verbesserte sich Anders. »Die, die das Sagen haben.«

Katt benötigte ein paar Augenblicke, um überhaupt zu begreifen, was er meinte. Dann aber schüttelte sie zu Anders' nicht geringer Überraschung den Kopf. »Wir haben keine Anführer«, sagte sie.

»Das klang aber gerade nicht so.«

»Bull und die anderen sind unsere Ältesten«, sagte Katt vollkommen verständnislos. »Bull ist sehr klug. Er sagt uns, was das Beste für uns ist, aber er würde uns nie etwas befehlen.«

»Ihr tut nur alle, was er euch sagt, weil ihr wisst, dass es das Beste für euch ist«, vergewisserte sich Anders.

»Ja«, antwortete Katt. »Alles andere wäre doch dumm, oder?«

»Sicher«, seufzte Anders. Er hatte plötzlich gar keine Lust mehr, *dieses* Gespräch fortzusetzen. Es demoralisierte ihn irgendwie. Stattdessen machte er eine Kopfbewegung zur Tür.

»Darf ich das Haus verlassen oder stehe ich unter Hausarrest?«

»Du kannst tun, was du willst«, antwortete Katt. Aber Anders hatte keineswegs vergessen, was der Minotaur gesagt hatte. Selbstverständlich würde er nichts tun, was Katt am Ende in Schwierigkeiten brachte.

»Führst du mich ein bisschen herum?«, bat er. »Nicht dass ich mich am Ende noch verlaufe.«

Katt warf ihm einen raschen dankbaren Blick zu. Sie hatte verstanden. Dennoch zögerte sie und nickte erst nach einer geraumen Weile. Anders hatte schon wieder das Gefühl, irgendetwas falsch gemacht zu haben, aber er konnte sich beim besten Willen nicht denken, was. Katt unternahm auch keinen Versuch, irgendetwas zu erklären, sondern drehte sich nach einem weiteren Moment wortlos um und verließ das Gebäude.

12

Wenn vielleicht auch nicht in vielerlei, so unterschied sich der Teil der Ruinenstadt, in der Katt und ihre Sippe lebten, doch zumindest in einer Hinsicht von dem, in dem er das Katzenmädchen kennen gelernt hatte und um sein Leben gerannt war. Es war ein gewichtiger Unterschied: Der Nachthimmel, der sich über den zerbröckelnden Dächern der geschundenen Stadt spannte, war keine Licht schluckende schwarze Decke, sondern ein ganz normaler Himmel, an dem eine schmale Mondsichel und zahllose funkelnde Sterne standen.

Und sie hatten das Haus erst wenige Minuten verlassen, als es hell wurde. Der Himmel im Osten begann sich grau zu färben und hellte sich dann schon fast unnatürlich schnell auf, aber Anders hielt seine Gedanken im Zaum, die schon wieder auf eine absurde Wanderschaft gehen wollten. Sie befanden sich weit oben im Gebirge, das dafür bekannt war, wie rasch es hier hell, aber am Abend auch wieder dunkel wurde. Selbst wenn er dafür noch keinen letztendlichen Beweis hatte, so war er doch mittlerweile vollkommen sicher, sich weder auf einem anderen Planeten noch in der Zukunft oder irgendeiner anderen Dimension zu befinden. Und er war auch (fast) sicher, weder einen Albtraum zu haben noch auf irgendeine andere Weise zu halluzinieren. Er war in der Zeit, in die er gehörte, und er erlebte all das wirklich. Er hatte nur nicht die mindeste Ahnung, wieso.

Katt hatte ihn zwar gehorsam aus dem Haus begleitet, war danach aber so schweigsam geblieben wie zuvor und Anders hatte es für eine Weile dabei belassen. Was er zu sehen bekam, das reichte auch voll und ganz aus, um seine Gedanken für eine Weile zu beschäftigen.

Bull, Liz und Rex waren nicht die einzigen unheimlichen Mischungen zwischen Mensch und Tier, die er an diesem Morgen zu Gesicht bekam, und noch nicht einmal die bizarrsten. Anders zog es vor, sich die allermeisten Gestalten nicht zu genau anzusehen, schon um zu verhindern, dass sie ihn zu weit in seine Albträume verfolgten aber er sah immerhin, dass nicht *alle* Angehörigen der Sippe so deutlich verwandelt waren wie Bull oder Ratt. Viele der Gestalten, die an den erlöschenden Feuern saßen, frühstückten oder einfach mit offenen Augen dem Morgen entgegendämmerten, sahen vollkommen normal aus. Falls sie überhaupt irgendwelche Missbildungen hatten, so verbargen sie sich unter ihren Kleidern oder waren so geringfügig, dass sie nicht auffielen.

Nachdem sie eine Weile schweigend über den großen Platz geschlendert waren, wurde ihm die Stille so unangenehm, dass er es nicht mehr aushielt. Er blieb stehen, drehte sich zu ihr um und versuchte ihren Blick einzufangen, aber es gelang ihm nicht. Eigentlich nur, um überhaupt etwas zu sagen (und nicht über Bull und die anderen zu reden; dazu hatte er keine Lust), fragte er: »Wie geht es Bat?«

Katt warf einen raschen Blick in die Richtung zurück, aus

der sie gekommen waren, bevor sie antwortete. In vielen Gebäuden, die den Platz säumten, wenn auch längst nicht in der Mehrzahl, brannten Feuer. Eines davon war jedoch fast taghell erleuchtet und auch auf dem Dach des dreistöckigen Gebäudes loderten Flammen; übrigens als einzigem.

»Schon wieder besser«, sagte sie. »Sie bekommt ein Kind. Aber es sieht nicht gut aus.«

»Das tut mir Leid«, antwortete Anders. »Es ist doch hoffentlich nichts Schlimmes?«

Katt hob die Schultern. »Es dauert nur noch zwei oder drei Tage. Dann sehen wir weiter.«

»Ist sie deine Freundin?«

Katt sah abermals zu dem hell erleuchteten Haus hin, bevor sie antwortete. »Sie bekommt ein Kind«, sagte sie, als wäre das Antwort genug. Möglicherweise war es das für sie auch. Anders ging jedoch nicht weiter darauf ein. Er wollte nicht wirklich über Bat reden. Es war ihm nur darum gegangen, das immer unangenehmer werdende Schweigen zu durchbrechen, und das war ihm schließlich gelungen.

»Das hier ist also euer …« Er suchte einen Moment nach Worten. »Lager«, sagte er schließlich. Katt nickte nur.

»Wie groß ist eure Sippe?«, fragte Anders.

»Sehr groß«, antwortete Katt. Eine Spur von Stolz schwang in ihrer Stimme mit. »Wir sind fast hundert. Die größte Sippe von allen.«

»Es gibt noch andere?«, fragte Anders überrascht.

»Noch fünf«, antwortete Katt. »Aber keine ist so groß wie unsere. Und wir haben die erfolgreichsten Jäger. Im letzten Winter ist niemand verhungert.«

»Und das ist schon ein Erfolg, wie?« Katts Antwort machte ihn wütend, denn er spürte, dass es nicht nur die Willkür des Schicksals war, die die Verantwortung für das erbärmliche Leben trug, das Katt und all diese bedauernswerten Kreaturen hier führen mussten.

»Das ist mehr, als alle anderen Sippen sagen können«, erwiderte Katt in leicht verwundertem Ton. »Ist das denn bei euch nicht so?« Sie verstand seinen Zorn offensichtlich nicht.

»Natürlich nicht!«, antwortete er heftig. »Die meisten Menschen bei uns wissen gar nicht mehr, was Hunger ist!«

»Dann kommst du aus einem sehr glücklichen Land«, sagte Katt. Sie klang traurig.

Anders setzte zu einer noch heftigeren Antwort an, aber dann beließ er es bei einem wortlosen Kopfschütteln und sagte leise: »Entschuldige.«

»Wofür?«

»Nichts«, sagte Anders. »Komm. Erzähl mir von deinen Leuten. Wie lebt ihr hier? Was tut ihr? Wovon lebt ihr?«

Katt sah ihn sehr lange und auf eine Weise an, die ihm einen eisigen Schauer über den Rücken laufen ließ. »Ich würde viel lieber etwas über dich hören«, gestand sie. »Über das Draußen.«

»Ihr wisst gar nichts davon, wie?« Anders' Blick löste sich für einen Moment von Katts Gesicht und glitt zu den Bergen hin, die die Ruinenstadt in drei Himmelsrichtungen einrahmten. Nur im Norden waren keine Berggipfel zu sehen, sondern nichts als dunstige Entfernung. »Habt ihr immer in diesem Tal gelebt?«

»Das weiß niemand«, antwortete Katt. Sie hob die Schultern und für einen Moment glitt ihr Blick in dieselbe Richtung wie der Anders' zuvor. In ihren Augen erschien ein sonderbarer Ausdruck, den Anders nicht deuten konnte. Aber er war nicht angenehm. Er war nicht sicher, dass er die Geschichte wirklich kennen wollte, die sich hinter diesem Blick verbarg.

»Ich bin hier geboren und meine Mutter auch«, fuhr sie nach einer kleinen Ewigkeit fort, unaufgefordert und sehr leise. »Was vorher war, weiß niemand.«

»Wie, niemand?«, vergewisserte sich Anders. »Es muss doch Leute geben, die sich erinnern. Deine Eltern! Oder die Alten! Ich meine nicht Bull und die angeblichen Ältesten, sondern die *wirklich* Alten!«

Katt sah ihn verständnislos an. »Niemand wird älter als Bull oder Liz«, sagte sie. »Bull hat fast zwanzig Winter überlebt. Niemand ist vor ihm so alt geworden, und auch er hat es nur geschafft, weil er so stark ist. Aber die nächste oder übernächste Jagd wird er nicht überleben.«

»Und das stört ihn nicht?«

»So ist das Leben«, sagte Katt gleichgültig. »Bull weiß das. Ist es bei euch anders? Sterbt ihr niemals?«

»Doch«, antwortete Anders. »Aber nicht so! Mit zwanzig? Da fängt das Leben gerade erst an!«

Katt sah ihn auf eine Weise an, die er im ersten Moment nicht verstand. Dann, als er ihren Blick begriff, fuhr er betroffen zusammen und sein schlechtes Gewissen meldete sich. Wenn das, was Katt gerade erzählte, die Wahrheit war, dann hatte sie den größten Teil ihres Lebens bereits hinter sich; den *aller*größten Teil sogar. Seine Worte mussten ihr wie der pure Hohn vorkommen.

»Entschuldige«, sagte er noch einmal. »Aber ich … ich verstehe das einfach nicht! Was ist hier passiert? Warum hilft euch niemand?«

»Helfen?«, wiederholte Katt verständnislos. »Aber wer denn und warum?«

Anders ignorierte die Frage nach dem *wer*. Der einzige Kontakt, den diese bedauernswerten Kreaturen mit den Menschen aus dem anderen Teil der Welt hatten, waren offensichtlich die Männer aus den schwarzen Kampfhubschraubern, die diese Leute hier so treffend *Drachen* nannten und die ja auch ihm schon demonstriert hatten, wie ihre *Hilfe* aussah. Aber warum?

»Warum hast du mir geholfen?«, fragte er.

»Weil du mir vorher das Leben gerettet hast«, antwortete Katt. »Ich bezahle meine Schulden.«

»Das stimmt nicht«, beharrte Anders. »Du hast damit angefangen. Ich wäre jetzt tot, wenn du mich nicht vom Dach geholt hättest. Und jetzt erzähl mir nicht, es wäre nicht gefährlich gewesen! Sie hätten dich genauso erschießen können wie mich.«

»Vielleicht war ich nur dumm«, antwortete Katt trotzig. »Oder ich wollte nicht, dass sie gewinnen.«

Ihr veränderter Ton entging Anders nicht. Anscheinend war es bei diesen Leuten nicht üblich, Fremden zu helfen, und es schien Katt irgendwie peinlich zu sein, gegen diese unausgesprochene Regel verstoßen zu haben. Er beließ es dabei, wenigstens für den Moment.

»Also, was ist hier passiert?«, fragte er noch einmal. Er machte eine weit ausholende Geste. »Wer hat euch das angetan?«

»Angetan?«

»Jemand hat diese Stadt zerstört«, beharrte Anders. »Ihr müsst doch wissen, wer oder warum. Es … es muss doch irgendwelche Geschichten geben!«

»Ich verstehe nicht, was du meinst«, sagte Katt. Es klang ehrlich.

»Ihr habt keinerlei Erinnerung an die Vergangenheit?«, fragte Anders ungläubig. »Keine Überlieferungen? Nicht einmal Legenden über ein großes Feuer, das vom Himmel gefallen ist, oder meinetwegen den Zorn der Götter oder auch einen Drachen, der eure Welt verbrannt hat?«

»Was für ein Unsinn«, antwortete Katt. »Es war schon immer so.«

»Nein, verdammt, das war es nicht!«, widersprach Anders. »Es ist noch nicht einmal lange her!«

»Woher willst du das wissen?«, fragte Katt. Plötzlich war ihr Misstrauen wieder da, stärker als je zuvor. »Bis jetzt hast du so getan, als ob du nichts von uns weißt.«

»Das stimmt auch«, antwortete Anders. »Aber weißt du, Städte wie diese gibt es bei uns auch. Nur sind sie ganz anders.«

»Und wie?«, wollte Katt wissen.

»Nicht zerstört«, antwortete Anders. »Nicht so verbrannt

wie diese hier. Die Häuser dort haben Dächer und Fenster und Türen.« Er schüttelte den Kopf. »Hast du dich niemals gefragt, wer das alles hier gebaut hat?«

»Niemand baut irgendetwas«, antwortete Katt spontan. »Es ist verboten.«

»Quatsch«, sagte Anders inbrünstig. »Hier stimmt irgendetwas nicht, Katt. Irgendetwas ist hier passiert. Etwas Fürchterliches. Und ihr wollt anscheinend noch nicht einmal wissen, was.«

»Wissen ist gefährlich«, antwortete Katt. Es kam so schnell wie ein lebenslang antrainierter Reflex, eine Litanei, die sie ganz automatisch herunterbetete, ohne auch nur einen Sekundenbruchteil darüber nachzudenken. »Und nutzlos. Was hat man davon, zu wissen, was früher war?«

Anders setzte zu einer geharnischten Antwort an, aber er ließ es bleiben. Es hatte nun wirklich wenig Sinn, wenn Katt und er sich in die Haare gerieten. Er schwieg.

»Vielleicht haben Rex und die anderen ja Recht«, sagte Katt.

»Recht? Womit?«

»Sie sagen, du wärst gefährlich für uns.«

»Ja, vielleicht«, antwortete Anders achselzuckend. »Aber du brauchst dir keine Sorgen zu machen. Ich werde nicht lange genug hier bleiben, um euch wirklich gefährlich zu werden.«

Katt zog die Augenbrauen zusammen. »Wie meinst du das?«

»So, wie ich es sage«, antwortete Anders. »Ich werde bestimmt nicht hier bleiben.«

»Unsinn«, widersprach Katt. »Niemand geht von hier weg.«

»Hat es denn schon jemand versucht?«

»Ein paar«, antwortete Katt. »Sie sind alle gestorben. Niemand kommt über die Berge.«

»Ich schon«, beharrte Anders. Katt wollte erneut widersprechen, doch diesmal fiel ihr Anders sofort und mit leicht erhobener Stimme ins Wort – obwohl er das Gefühl hatte, das besser nicht zu sagen. »Ich bin nicht irgendwer, weißt du? Ich meine: Ich bin weder außergewöhnlich wichtig noch berühmt oder unersetzlich. Aber mein Vater ist ein sehr einflussreicher Mann und nebenbei stinkreich. Er hat längst gemerkt, dass das Flugzeug nicht planmäßig angekommen ist, und er wird Himmel und Hölle in Bewegung setzen, um mich zu finden.« Er deutete mit einem ganz bewusst abfälligen Laut auf die Berge, die sich schwarz und drohend wie gigantische steinerne Gefängniswärter über die Dächer der Stadt erhoben. »Diese Berge müssten schon bis zum Mond hinaufreichen. Ich wette mit dir, dass er keine drei Tage braucht, bis er mich gefunden hat.«

»Bist du sicher?«, fragte Katt.

Etwas an der Art, wie sie die Frage stellte, irritierte Anders. Vielleicht hätte es ihn sogar erschreckt, hätte er es zugelassen. Dennoch nickte er.

»Du hattest die Krankheit, Anders«, sagte Katt, erst nach einigen weiteren Sekunden und immer noch in diesem so sonderbar mitfühlenden Ton, der ihm mit jedem Moment mehr Unbehagen bereitete.

»Und?«

»Du hattest schweres Fieber«, fuhr Katt fort. »Wir dachten alle, dass du stirbst, aber du hast es geschafft.«

Anders starrte sie an. Sein Herz begann zu klopfen. »Wie lange … habe ich geschlafen?«, fragte er stockend.

»Zehn Tage«, antwortete Katt.

13

Fast die Hälfte des Tages verbrachte er in einer Art Schockzustand zwischen Entsetzen, fassungslosem Unglauben und Wut. Zehn Tage? Er sollte *zehn Tage* und Nächte im Fieber dagelegen haben, ohne es gemerkt zu haben? Ganz abgesehen davon, dass es ihm schwer fiel, das zu glauben (er konnte sich nicht daran erinnern, so angestrengt er sich auch das Gehirn zermarterte, sondern hatte ganz im Gegenteil noch immer das Gefühl, dass er nur wenige Stunden geschlafen hatte), *wollte* er es einfach nicht glauben. Die Konsequenzen wären zu schrecklich gewesen.

Anders war nach wie vor fest davon überzeugt, dass sein Vater nichts unversucht lassen würde, um ihn zu finden. Mit Sicherheit hatte er bereits die größte Suchaktion losgetreten, die dieses Land jemals gesehen hatte, und er würde nicht eher ruhen, bis seine Leute jeden Stein umgedreht hatten, jeden See abgesucht, in jeden Brunnenschacht geblickt und jeden einschlägig vorbestraften Möchtegernganoven durch die Mangel gedreht hatten.

Aber zehn Tage waren eine unglaublich lange Zeit. Anders war natürlich noch nie selbst das Objekt einer solchen Rettungsaktion gewesen, doch er war auch nicht der erste Mensch, der verschwand, und er hatte schon die eine oder andere größere Suchaktion in den Medien mitverfolgt: ganze Hundertschaften von Polizisten und Tausende von freiwilligen Helfern, die Wälder und Sümpfe absuchten, unterstützt von Flugzeugen, Hubschraubern und sogar Kampfjets des Militärs, die die Landschaft unter sich mit Wärmebildkameras und allem möglichen anderen technischen Schnickschnack abtasteten. Leider wusste er auch, dass solche Unternehmen die fatale Tendenz hatten, umso weniger erfolgreich zu sein, je länger sie dauerten. Vermisste wurden zumeist schnell gefunden – oder gar nicht. Die meisten Vermissten, die nicht innerhalb der ersten Stunden oder Tage wieder auftauchten, wurden erst nach Wochen oder Monaten entdeckt; von Spaziergängern, im Wald verscharrt oder eingewickelt in eine Plastiktüte, die sich im Wehr einer Kläranlage verfangen hatte.

Mit einiger Mühe gelang es Anders, seine randalierende Fantasie wieder unter Kontrolle zu bekommen. Schließlich war er noch am Leben und mit ein bisschen Glück würde das auch so bleiben. Aber nicht hier. Er konnte sich einfach nicht vorstellen, dass sein Vater aufgeben würde, bevor er ihn nicht gefunden hatte – oder den definitiven Beweis für seinen Tod in den Händen hielt.

Auch wenn Anders es nicht wollte – aber der Gedanke ließ ein Bild in seiner Erinnerung entstehen, das er liebend gern verleugnet hätte: die Männer in den schwarzen Anzügen, die die Trümmer der abgestürzten Cessna einsammelten und in die gelandeten Hubschrauber verluden. Vielleicht *hatte* man seinen Vater ja schon längst von seinem Tod überzeugt, und statt eine groß angelegte Suchaktion zu leiten, stand er in genau diesem Moment an einem offenen Grab, in dem sich ein leerer Sarg befand, wie es manchmal bei symbolischen Beerdigungen der Fall war. Vielleicht war er ja auch schon tot, bei dem Absturz ums Leben gekommen, und das hier war die Hölle oder zumindest das Fegefeuer, in dem er für die nächsten sechshunderttausend Jahre oder bis zum Jüngsten Gericht festsaß.

Nur dass er sich beim besten Willen keines Vergehens bewusst war, das eine solche Strafe verdiente.

Das Geräusch nackter Füße auf dem harten Steinboden riss ihn aus seinen düsteren Überlegungen. Er sah hoch und bemerkte Katt, die hereingekommen war und sich langsam und mit einem fast schüchternen Lächeln näherte. Er erwiderte es, allein schon aus Erleichterung, dass es nicht ihre Schwester war, allerdings nicht *nur* aus diesem Grund. Ratt war schon zwei- oder dreimal hereingekommen und er war jedes Mal froh gewesen, wenn sie wieder gegangen war. Er hatte nichts gegen das Rattenmädchen; ganz im Gegenteil. Wenn man sich einmal an ihren Anblick gewöhnt hatte, war sie auf ihre Art sogar ganz niedlich. Aber sie war auch eine kolossale Nervensäge: Ihr Charakter hatte eine Menge von dem nichtmenschlichen Teil ihres Erbes mitbekommen.

»Wie geht es dir?«, fragte Katt.

Anders hob die Schultern. Katt machte nicht nur Konversation, das spürte er. Sie sorgte sich wirklich um ihn. »Wie soll es mir schon gehen?«

Katt kam langsam näher und blieb in zwei Schritten Abstand wieder stehen. Anders konnte ihr ansehen, wie krampfhaft sie überlegte, was sie sagen konnte. Schließlich hob sie unbehaglich die Schultern und machte eine linkische Handbewegung hinter sich, zum Ausgang.

»Ich habe Wasserdienst«, sagte sie zögernd. »Willst du mich begleiten?«

Was immer *Wasserdienst* war. Anders zuckte mit den Schultern, ließ die Bewegung übergangslos in ein Nicken übergehen und stand auf. Er hatte jetzt den halben Tag hier gesessen und sich selbst Leid getan; vielleicht war es ganz gut, wenn er an die frische Luft ging und sich die düsteren Gedanken aus dem Schädel blasen ließ. »Warum nicht?«

Katt sah ihn noch einen Moment zweifelnd an, aber dann nickte sie und ging nach draußen und Anders folgte ihr.

Die Sonne brannte so hell von einem wolkenlosen Himmel, dass er im ersten Moment geblendet die Augen schloss und schützend die Hand über das Gesicht hielt. Es war sehr warm, fast schon heiß, und nicht der leiseste Windhauch regte sich. Anders ließ einen Moment verstreichen, bis sich seine Augen an die veränderten Lichtverhältnisse gewöhnt hatten, dann bedeutete er Katt mit einem Nicken, dass sie weitergehen sollte. Sie deutete nach links, wandte sich absurderweise aber aus der gleichen Bewegung heraus in die entgegengesetzte Richtung. Nur zwei Schritte neben dem Eingang stand eine lange, unordentlich aufgestellte Reihe alter Metallkanister, rostig und groß genug, um jeder mindestens zwanzig Liter zu fassen. Sie ähnelten den Behältnissen, in denen das *Feuerwasser* gewesen war, mit dem Katt den Sicherplatz geschützt hatte.

Sie nahm sich zwei der offensichtlich leeren Kanister und Anders ging ihr nach und tat dasselbe. Katt legte zweifelnd die Stirn in Falten.

»Bist du sicher?«, fragte sie.

»Was?«

»Die Kanister werden ziemlich schwer, wenn sie voll sind«,

antwortete Katt. »Meinst du, dass du dich schon weit genug erholt hast um das zu schaffen?«

»Ich schätze, das werden wir sehen«, antwortete Anders. Obwohl er wusste, dass Katts Worte nur ehrlicher Sorge um ihn entsprangen, ärgerten sie ihn schon wieder. Vor allem weil sie vermutlich Recht hatte. Er fühlte sich alles andere als frisch und Tatsache war, er spürte bereits das Gewicht der beiden *leeren* Kanister. Aber natürlich war er viel zu stolz, um Katts kaum verhohlenes Angebot anzunehmen und sich mit nur einem Kanister zu begnügen. Stattdessen fügte er noch in eindeutig trotzigem Ton hinzu: »Bull hat doch gesagt, dass ich arbeiten muss, wenn ich essen will.«

»Er hat nicht gesagt, dass du dich überanstrengen sollst«, antwortete Katt, beließ es aber darüber hinaus bei einem Achselzucken und wandte sich um, und Anders war endlich klug genug, die sinnlose Diskussion nicht fortzusetzen, sondern die Klappe zu halten.

Im hellen Tageslicht betrachtet machte die Ruinenstadt einen vielleicht nicht freundlicheren, aber wenigstens nicht mehr ganz so unheimlichen Eindruck. Die Ruinen blieben, was sie waren, riesige geschwärzte Skelette, die nicht so aussahen, als hätten sie jemals Leben beherbergt. Die linke Seite des Platzes wurde von gewaltigen Schutthalden blockiert, die wegzuräumen sich niemand die Mühe gemacht hatte, und obwohl Katt behauptet hatte, dass die Sippe nahezu hundert Köpfe umfasste, schienen die allermeisten Gebäude leer zu stehen. Nur eine Hand voll Türen und Fenster waren mit den grauen Fetzen verhängt, die Katt und ihre Schwester als Vorhänge benutzten. Von der Sippe war im Moment auch kaum jemand zu sehen, worüber Anders jedoch nicht wirklich unglücklich war. Nur auf der anderen Seite des großen Platzes spielten einige Kinder, aber Anders verzichtete darauf, sie sich genauer anzusehen. Auch wenn er durch Ratt, Liz und die anderen schon einen lebhaften Vorgeschmack auf den Rest der Sippe bekommen hatte, so hielt er es doch für besser, den

Rest dieser Menagerie in homöopathischen Dosen kennen zu lernen.

Kurz bevor sie den Platz verließen, blieb Anders noch einmal stehen und sah sich um. Auf dem Dach des Hauses, das neben dem Katts und ihrer Schwester stand, brannte noch immer ein Feuer. Es war zu hell, um die Flamme wirklich zu sehen, aber Anders erblickte eine fettige schwarze Qualmsäule, die sich nahezu senkrecht in die unbewegte Luft erhob, bevor sie in dreißig oder vierzig Metern Höhe allmählich auseinander trieb. Er blickte fragend.

»Sie wird heute ihr Kind bekommen«, antwortete Katt, die seinen Gesichtsausdruck bemerkt hatte. »Spätestens morgen.«

»Ihr entzündet immer ein Freudenfeuer, wenn eine von euch ein Kind erwartet?«

»Ist das bei euch nicht so?«, fragte Katt verständnislos.

Anders lachte. »Nein. Unsere Sippen sind ... etwas größer als eure.«

»So viel größer?«

Anders nickte.

»Wie viel?«, fragte Katt.

Anders überlegte einen Moment, dann machte er eine deutende Bewegung mit dem leeren Kanister in die Runde. »Stell dir vor, diese ganze Stadt wäre voller Menschen. In jedem Raum würde eine ganze Familie wohnen.«

Katt bekam große Augen. »Das glaube ich nicht.«

»Und dann stell dir vor, sie wäre hundert Mal so groß«, fuhr Anders fort. »Und es gäbe hundert von diesen Städten.«

Katt starrte ihn weiter fassungslos an und in ihren Augen erschien ein Erschrecken, das Anders im ersten Moment nicht verstand. Sie lachte; aber es klang nervös und nicht echt. »Du nimmst mich auf den Arm«, sagte sie. »Keine Sippe kann so groß werden. Wovon sollte sie leben?«

Anders gemahnte sich in Gedanken zur Vorsicht. Es konnte ihm gleich sein, ob Katt ihm glaubte oder nicht, aber die Gefahr bestand vielleicht gerade darin, *dass* sie ihm glaubte. Vielleicht war er ja nicht der Einzige, der die Wahrheit nur in homöopathischen Dosen vertrug.

»Ja, da hast du wohl Recht«, sagte er zweideutig und machte Anstalten, weiterzugehen. Sie sah ihn noch einen Moment lang so zweifelnd und erschrocken an, dass Anders seine eigenen Worte schon fast bedauerte. Während sie weitergingen, mahnte sich Anders in Gedanken nicht nur zur Vorsicht, sondern belegte sich auch mit einer Reihe wenig schmeichelhafter Bezeichnungen. Er sollte sich wirklich jedes Wort, das er sagte, sehr genau überlegen.

Sie verließen den Platz und betraten eine schmale, mehr als zur Hälfte von Schutt und Geröll blockierte Straße, die gut anderthalb oder zwei Kilometer geradeaus führte. Die Häuser, obwohl zerstört, waren noch immer so hoch, dass sie einen Großteil des Sonnenlichtes zurückhielten; am Grunde der gemauerten Schlucht war es deshalb nicht nur dunkler, sondern auch merklich kühler als auf dem großen Platz, an dem die Sippe lebte. Nur ein schmaler Streifen auf der linken Seite lag im hellen Sonnenlicht da, aber Katt verzichtete darauf, dort entlangzugehen, sondern marschierte auf der anderen Straßenseite vornweg, obwohl sie dadurch gezwungen waren, ständig irgendwelchen Trümmerbrocken und Schutthalden auszuweichen oder gar darüber hinwegzuklettern. Anders wunderte sich ein wenig, aber er ging davon aus, dass Katt schon wissen würde, was sie tat, und folgte ihr klaglos. Er verzichtete auf die Frage, wie weit sie noch zu laufen hatten. Mit zwei dann vollen Wasserkanistern an den Armen würde der Rückweg auf jeden Fall zur Tortur werden.

Während er Katt in geringem Abstand folgte, nutzte er die Gelegenheit, sich zum ersten Mal wirklich aufmerksam umzusehen. Bisher hatte ihn vor allem der Anblick der nahezu vollkommenen Verheerung schockiert, den die ausgebrannten Straßenzüge boten, nun aber versuchte er sich vorzustellen, wie diese Stadt wohl ausgesehen haben musste, bevor das

Feuer der Hölle über sie hereingebrochen war. Es war nicht einfach. Anders hatte sich nie sonderlich für Städtebau und Architektur interessiert, und die Katastrophe war wie ein gigantisches Blatt Schmirgelpapier über die Straßen gerast und hatte alle Feinheiten und Details mitgerissen. Dennoch gelang es ihm nach einer Weile, sich wenigstens ein ungefähres Bild zu machen. Was er über die Autowracks in der Tiefgarage gedacht hatte, das traf wohl auch auf die ganze Stadt zu. Nichts hier war jünger als dreißig Jahre.

Die Häuser waren genau in jenem langweiligen, zweckbestimmten Stil erbaut, der zwei oder drei Jahrzehnte vor seiner Geburt in Mode gewesen war, und die Stadt war weder besonders groß noch besonders wohlhabend gewesen. Die meisten Gebäude waren nicht höher als zwei oder drei Stockwerke und es hatte offensichtlich nicht besonders viele Schaufenster oder Ausstellungsräume gegeben. Eine Arbeiter- oder Fabriksiedlung, schätzte er, die aus monotonen Ziegelstein- oder Fertigteilhäusern erbaut worden war. *Dafür* wiederum erschien sie ihm ziemlich groß; seine Schätzung, was ihre ehemaligen Einwohnerzahlen anging, war wohl eher noch zu vorsichtig gewesen. Aber eine so große Siedlung hier, so hoch oben im Gebirge und weit weg von jeder anderen Stadt oder menschlichen Ansiedlung? Das schien keinen Sinn zu ergeben.

Anders zerbrach sich eine ganze Weile den Kopf über dieses weitere Rätsel, gab es aber schließlich auf. Er hatte eine Anzahl möglicher Erklärungen gefunden, doch eine erschien ihm unsinniger als die andere. Außerdem hatten sie ihr Ziel anscheinend erreicht: Katt bog nach links ab und trat zu Anders' Verwunderung in ein mehrgeschossiges Gebäude, das aus dem allgegenwärtigen Ziegelsteinmauerwerk bestand und fast keine Fenster hatte.

Entsprechend dunkel war es in seinem Inneren. Allein hätte Anders keine Chance gehabt, auch nur die nach oben führende Treppe zu finden; hastig schloss er so dicht zu Katt auf, dass er ihr fast in die Fersen trat. Er fragte sich vergebens, wie die Mitglieder der Sippe, die nicht über die scharfen Augen einer Katze verfügten, hier zurechtkamen.

Sie gingen drei Treppen nach oben, dann stieß Katt eine Tür auf und Anders blinzelte in das helle Sonnenlicht, als er hinter ihr auf das flache Dach hinaustrat.

»Jetzt ist es nicht mehr weit«, sagte Katt überflüssigerweise. Anders verkniff sich jeden Kommentar und trottete gehorsam hinter ihr her, sah sich aber aufmerksam um. Das Dach, unter dessen geschmolzener Teerpappe rissiger Beton zum Vorschein kam, befand sich auf gleicher Höhe mit den allermeisten anderen Gebäuden, sodass er einen guten Teil der Stadt überblicken konnte. Ihre Größe entsprach ungefähr dem, was er sich vorgestellt hatte – eine Hand voll Blocks in drei Richtungen. Nur hinter ihnen endete die Stadt in einer weiteren, dieses Mal aber auf natürlichem Wege entstandenen Schutthalde, die den Fuß des Gebirges markierte, an dessen Flanke sich die gesamte Stadt schmiegte. Während Anders' Blick langsam an dem fast senkrecht emporstrebenden Granit hinaufwanderte, lief ihm ein kalter Schauer über den Rücken. Er vermochte nicht zu schätzen, wie hoch diese Berge waren, aber sie waren *hoch* – auf einigen Gipfeln glitzerte Schnee oder auch ewiges Eis – und sie sahen nicht so aus, als ließen sie sich ohne weiteres übersteigen. Er musste an das denken, was Katt über diejenigen gesagt hatte, die versucht hatten diese Berge zu überwinden, und mit einem Mal fiel es ihm gar nicht mehr so leicht, Katts Worte mit einem Schulterzucken und jugendlichem Optimismus abzutun.

»Da vorn«, sagte Katt. »Sei vorsichtig.«

Der Sinn ihrer Warnung wurde Anders rasch klar. Nur noch zwei oder drei Schritte vor ihnen gähnte ein mindestens fünf Meter durchmessendes, nahezu kreisrundes Loch im Boden. Seine Ränder waren unregelmäßig und zerfranst, und Anders bemerkte voller Sorge die zum Teil fingerbreiten Risse, die den Beton an dieser Seite durchzogen. Darunter gähnte nur bodenlose Schwärze. Anders folgte Katts Beispiel und wurde immer langsamer, je weiter er sich dem Loch näherte, und setzte die Füße auch immer behutsamer auf – was natürlich vollkommen unsinnig war. Beschädigt oder nicht, die Betondecke war gute dreißig Zentimeter dick, und alles, was herunterfallen konnte, hatte dreißig Jahre Zeit gehabt, genau das zu tun. Trotzdem folgte er Katts Beispiel und ließ sich auf Hände und Knie hinabsinken, um das letzte Stück zurückzulegen.

Kühle Luft und der charakteristische Geruch von Wasser schlugen ihm entgegen, als er den Rand des Lochs erreicht hatte und sich vorbeugte. Im ersten Moment sahen seine an das grelle Sonnenlicht gewöhnten Augen gar nichts, dann bemerkte er ein verschwommenes Glitzern und hörte gleichzeitig ein helles Plätschern und Gluckern. Unter ihnen war Wasser. Eine ziemliche Menge Wasser.

»Der Brunnen«, erklärte Katt. »Gib mir das Seil bitte.« Sie deutete nach links, wo ein locker zusammengerolltes Seil lag, das aus allen möglichen Stoffresten kunterbunt gespleißt war. An seinem einen Ende befand sich ein schwerer rostiger Karabinerhaken. Katt befestigte den Haken an einem der Wasserkanister, klappte den Verschluss auf und ließ ihn dann kurzerhand in die Tiefe fallen. Es verging sicher eine Sekunde, bis er mit einem hörbaren Platschen unter ihnen aufschlug; fünf oder sechs Meter, schätzte Anders, wenn nicht mehr. Ein Brunnen, dachte er, auf dem Dach eines Hauses?

Katt setzte sich etwas bequemer hin und bewegte das Seil in ihren Händen hin und her; wahrscheinlich, damit der Kanister unterging und sich dabei mit Wasser füllte. Anders hatte nicht das Gefühl, dass er ihr im Moment irgendwie behilflich sein konnte, also stand er wieder auf und näherte sich dem jenseitigen Rand des Daches. Wenn es jemals eine Brüstung gegeben hatte, so war sie längst zerbröckelt, sodass er sich nur mit äußerster Vorsicht, dafür aber mit umso heftiger klopfendem Herzen vorbeugte und nach unten sah.

Die Fassade fiel so senkrecht und glatt ab, dass ihm fast

schwindelig wurde, aber nicht ganz auf halbem Wege fing ein silberfarbenes Blitzen seinen Blick auf. Anders beugte sich vorsichtig noch ein kleines Stück weiter vor und erkannte ein gut halbmeterstarkes Rohr aus geripptem Metall, das unter ihm in der fensterlosen Wand verschwand und mit sanfter Steigung zu der Bergflanke hinaufführte, die vielleicht zwanzig oder auch dreißig Meter entfernt war. Ein fast filigranes Gespinst aus metallenen Trägern und Sprossen stützte das Rohr. Angesichts der unvorstellbaren Verheerung, deren Spuren er überall sah, kam ihm der Anblick dieser zerbrechlichen Konstruktion fast absurd vor, aber bei näherer Betrachtung sah sie auch nicht wirklich *alt* aus; ebenso wenig wie das Rohr selbst.

Dann machte irgendetwas hinter seiner Stirn beinahe hörbar *klick*, und er begriff. Katts *Brunnen* war in Wahrheit nichts anderes als eine Zisterne, die vermutlich einen Großteil des fensterlosen Gebäudes ausfüllte und von frischem Quellwasser gefüllt wurde, das direkt aus den Bergen kam. Eine sehr simple, aber auch nahezu narrensichere Konstruktion. Wie es aussah, hatte er Katt und ihre Sippe wohl ein wenig unterschätzt.

Er ging zu Katt zurück. Sie hatte mittlerweile aufgehört ihre Schnur hin und her zu schwenken und zog den Kanister mit beiden Händen zu sich herauf. Sie ging dabei sehr schnell zu Werke und auf eine Weise, die lange Übung verriet, aber Anders sah auch, wie sich ihre schmalen Schultern unter dem zerschlissenen Hemd spannten und die Sehnen an ihrem dünnen Hals angestrengt hervortraten. Rasch trat er hinzu und half ihr. Gemeinsam brauchten sie nur einen Augenblick, um den Kanister nach oben zu ziehen. Aber Anders machte sich nichts vor. Der Kanister wog gute zwanzig Kilogramm, und obwohl sie ihn mit vereinten Kräften nach oben gezogen hatten, spürte er die Anstrengung bereits. *Zwei* von diesen Dingern über eine Distanz von mindestens drei Kilometern zu schleppen (von der Treppe ganz zu schweigen), würde die Hölle sein.

Trotzdem half er Katt unverdrossen, den nächsten Kanister einzuhaken und in die Tiefe zu werfen und nach ein paar Minuten auch wieder gefüllt nach oben zu ziehen. Nicht nur um den Gentleman zu spielen, sondern vor allem um seine eigenen Kräfte auf die Probe zu stellen, bestand er sogar darauf, den dritten Kanister ganz allein nach oben zu ziehen. Es gelang ihm, aber nur *geradeso*, und am Schluss war er so erschöpft, dass er beinahe zusammengebrochen wäre.

Katt sagte nichts dazu, sondern nahm ihm kommentarlos das Seil aus der Hand und übernahm den letzten Kanister allein, aber die Sorge in ihrem Blick wurde größer. Diesmal hörte Anders nicht auf die Stimme seines Stolzes, als sie ihm mit einer Kopfbewegung zu verstehen gab, dass er sich zurückziehen und erst einmal zu Atem kommen sollte.

Es dauerte eine Weile, bis er wieder genug Kraft gesammelt hatte, um sich wenigstens aufzusetzen. Katt zog gerade den vierten und letzten Kanister nach oben. Anders fühlte sich ein wenig schuldig dabei zuzusehen, wie sie sich mit dem Gewicht des vollen Zwanzig-Liter-Kanisters abmühte, aber seine Vernunft siegte ausnahmsweise über seinen Stolz und seine Beschützerinstinkte. Ob er es wahrhaben wollte oder nicht, Katt *war* einfach stärker als er und schließlich hatte er zehn Tage Fieber hinter sich und befand sich bestenfalls in der Rekonvaleszenz. Er tat weder ihr noch sich einen Gefallen, wenn er sich überanstrengte und gleich wieder auf die Nase fiel.

Stattdessen wandte er den Blick und sah sich abermals um, diesmal in die andere Richtung. Zwei Blocks entfernt, sehr viel näher, als er geglaubt hatte, stieg eine nahezu senkrechte schwarze Rauchsäule in die Luft.

»Ist das Bats … Babyfeuer?«, fragte er überrascht. Katt nickte nur und Anders stand umständlich auf und trat an die Dachkante.

»Aber das ist ja gar nicht weit«, murmelte er überrascht. Sein Blick suchte die Straße, die sie hierher genommen hatten. »Wir haben einen riesigen Umweg gemacht. Warum? Wir müssen nur an der ersten Abzweigung nach links und sparen mindestens die halbe Strecke.«

Katts Blick folgte zwar der Richtung, in die sein ausgestreckter Arm wies, aber sie schüttelte zugleich den Kopf. »Dazu müssten wir das Gebiet von Lorans Sippe durchqueren«, sagte sie.

»Und das dürft ihr nicht?« Anders runzelte die Stirn. »Habt ihr Streit mit ihnen?«

»Streit?« Katt schien Mühe zu haben, dem Wort überhaupt einen Sinn abzugewinnen. Ächzend (aber, wie Anders nicht ohne Neid erkannte, trotzdem mit nur einer Hand) zog sie den letzten Kanister über den Rand des Loches und stand auf. »Nein. Wir haben keinen Streit mit den anderen Sippen. Aber wir respektieren gegenseitig unsere Gebiete.« Sie machte eine kreisende Handbewegung. »Das hier ist der einzige Brunnen in der Stadt. Alle Sippen holen hier ihr Wasser. Es gäbe nur Durcheinander, wenn jeder machen würde, was er will. Deswegen haben wir feste Strecken, die wir nehmen.«

»Deshalb bist du auf der linken Straßenseite geblieben?«, fragte Anders. »Statt die andere zu nehmen, obwohl es viel einfacher gewesen wäre?«

Katt nickte. »Das sind die Regeln. Es ist besser, sich an die Gesetze zu halten.«

Anders schluckte alles hinunter, was ihm zu diesem Blödsinn auf der Zunge lag, denn Katts Stimme hatte schon wieder diesen fast unheimlichen Ton, als hätte sie diese Worte nicht nur auswendig gelernt, sondern so verinnerlicht, dass sie gar nicht mehr anders konnte, als sie auf ein bestimmtes Stichwort hin von sich zu geben. Statt überhaupt etwas zu sagen, richtete er sich vollends auf und griff nach den beiden Wasserkanistern. Sie waren nicht so schwer, wie er erwartet hatte.

Sie waren viel schwerer.

Und auch was er über den Rückweg gedacht hatte, stellte sich als Irrtum heraus.

Es war schlimmer. Viel, viel schlimmer.

14

Nachdem er anderthalb Wochen geschlafen hatte, kam es Anders im Nachhinein geradezu unglaublich vor – aber sie waren kaum zurück im Lager, da ließ er sich vornüber aufs Bett fallen und sank in den tiefen Schlaf vollkommener Erschöpfung, aus dem er erst nach mehr als einer Stunde wieder erwachte; und auch das nicht von selbst, sondern weil ihn eine schmale Hand an der Schulter rüttelte. Benommen versuchte er sie wegzuschieben, aber sie beharrte darauf, hartnäckig an seiner Schulter zu rütteln, und als er schließlich – widerwillig – den Kopf hob und nach dem Quälgeist Ausschau hielt, blickte er in ein grinsendes, von dichtem braunem Fell bedecktes Rattengesicht.

»Hau ab!«, nuschelte er. »Lass mich schlafen.«

»Gansss wie du willsss«, antwortete Ratt. »Dann essse isss deine Porssion eben auch.«

»Essen?« Anders war kein bisschen weniger müde als noch vor einer Sekunde, aber sein Hunger schien regelrecht zu explodieren. Was ja auch kein Wunder war – die dünne Wassersuppe vom Morgen hatte seinen Hunger eher richtig angestachelt, und wenn Katt die Wahrheit gesagt hatte, dann hatte er praktisch in den gesamten anderthalb Wochen zuvor nichts gegessen.

So schnell, dass ihm sein Kreislauf die gelbe Karte zeigte und ihm prompt schwindelig wurde, setzte er sich auf. Er hätte vermutlich trotzdem sofort nach der dampfenden Schale in Ratts winzigen Babyfingern gegriffen, wäre ihm nicht so schwindelig gewesen, dass er gleich zwei davon sah. Außerdem hatte er Ratts kleinen *Scherz* von heute Morgen nicht vergessen.

»Stell es bitte auf den Tisch«, bat er. »Ich komme sofort. Ich will mir nur noch eben die Zähne putzen, duschen und die

Fingernägel maniküren.« Vorsichtshalber dachte er lieber nicht darüber nach, wie viele dieser drei Begriffe sie vermutlich *nicht* kannte. Sie zeigte auch keinerlei Reaktion auf seine Bemerkung, sondern trug die Schale zu dem verbeulten Metallschreibtisch, lud sie darauf ab und setzte sich selbst auf einen Stuhl auf der anderen Seite, wo bereits ein Blechnapf stand. Sie zischelte irgendetwas, aber Anders zog es vor, auch das nicht zu verstehen.

Er blieb noch einen Moment auf der Bettkante sitzen, bis sich das Schwindelgefühl allmählich aus seinem Kopf zurückzog, dann gesellte er sich zu ihr und griff nach der Blechschale. Es schien sich um dieselbe zu handeln wie am Morgen, und Anders war nicht einmal besonders überrascht, dass sie auch die gleiche wässrige Suppe enthielt. Wenigstens hatte Ratt diesmal ein paar Stücke zähen Brots mitgebracht; drei, um genau zu sein, und keines davon war größer als eine Kinderfaust.

»Esst ihr immer so gut?«, fragte er spöttisch, während er die fade Brühe löffelte und sein Stück Brot hinunterwürgte.

»Die nächssse Lebensssmittellieferung kommt ersss in ssswei Tagen.«

»Lebensmittellieferung?« Anders wurde hellhörig.

»Der Wagen«, antwortete Ratt. *Sie* schlürfte ihre Suppe mit ebenso unübersehbarem wie -hörbarem Appetit, und auch das Brot verschwand mit rasender Schnelligkeit zwischen ihren Zähnen. Anders biss ebenfalls ab und versuchte nicht daran zu denken, dass es nicht nur wie etwas aussah, das sie zwischen ihren Zehen herausgepult hatte, sondern auch so schmeckte. Er hatte es ohnehin fast überstanden. Sein Brot war weg und die Suppenschale so gut wie leer, aber sein Hunger war noch kein bisschen gestillt. Nicht einmal annähernd. Aber er verkniff sich die Frage, ob es noch einen Nachschlag gab. Ratt hatte sie ja praktisch schon beantwortet, bevor er sie gestellt hatte.

»Und bis der Wagen hier ist, müsst ihr eure Lebensmittel einteilen«, vermutete er. Mit etwas Pech bedeutete das, noch zwei Tage hungern zu müssen, aber nach allem, was er durchgestanden hatte, würde er auch das noch schaffen. »Kommt er oft so spät?«

»Er kommt nisss sssu ssspät«, lispelte Ratt.

Anders nickte. »Das heißt, dass ihr oft hungern müsst.« Er war nicht sonderlich überrascht, nicht, seit er Katt nackt gesehen hatte. Unter dem dichten Fell war es sehr schwierig, Ratts Körper zu beurteilen, und darüber hinaus war sie ja eigentlich auch mehr Ratte als Mensch – aber eine ziemlich dürre Ratte. Je nachdem wie sie sich bewegte, konnte er sehen, wie die Rippen durch ihre Haut stachen. Dann dachte er an das Gespräch am Morgen und an die gewaltigen Muskelpakete auf Bulls Schultern und Oberarmen. Anscheinend war nicht für alle hier Schmalhans Küchenmeister. Er schwieg jedoch dazu. Vorläufig.

»Woher kommt dieser Wagen?«, fragte er.

»Ausss dem Norden«, antwortete Ratt. Auch sie hatte ihre Suppe ausgelöffelt und leckte die Schale nun genüsslich leer. »Du stellsst sssiemlich viele Fragen. Darf isss auch eine Frage ssstellen?«

»Nur ssssu«, grinste Anders.

Ratt blinzelte eine Sekunde lang verwirrt, aber dann stellte sie die Blechschüssel auf den Tisch und linste gierig auf das letzte Stück Brot.

»Katt sssagt, du hasss ihr dasss Leben gerettet«, sagte Ratt. »Isss dasss wahr?«

»Ja«, seufzte Anders. »Zweimal, um genau zu sein. Und sie mir einmal. Damit habe ich einen gut. Warum ist das denn nur so spannend? Jeder an meiner Stelle hätte das getan!«

»Isss nisss«, sagte Ratt.

Anders starrte sie an. »Wie?«

»Ssso etwasss hätte keiner von unsss getan«, bestätigte Ratt. »Ssseid ihr draussssen alle ssso?«

»Vielleicht nicht alle«, sagte Anders. »Aber wenn du damit meinst, dass wir uns gegenseitig helfen, wenn einer von uns in Not ist, ja.«

»Dann ssseid ihr verrückt«, sagte Ratt. Ihre Hand bewegte sich wie zufällig auf den Teller mit dem letzten Brotkanten zu.

»Ich kann das wahrscheinlich nicht richtig beurteilen«, sagte Anders spöttisch. »Aber irgendwie kommt es mir doch so vor, als ob unser System besser funktioniert. Was passiert denn, wenn einer von euch in Gefahr ist? Willst du mir erzählen, dass ihr ihn einfach im Stich lasst?«

»Wass heisss dass, im Ssstich lasssen?«

»Ihm nicht helfen«, erklärte Anders. Ratts Hand kroch weiter auf das Brot zu und Anders' Magen knurrte drohend.

»Aber dasss dürfen wir nisss«, sagte Ratt. »Dasss Gesssetsss sssagt, dasss jeder für sssich überleben musss.«

»Das Gesetz, aha«, sagte Anders. Schon wieder dieses *Gesetz.*

»Dassss Gesssetsss«, bestätigte Ratt. Ihre Hand machte eine unglaublich rasche Bewegung in Richtung des Brotes, doch so schnell sie war, Anders war schneller. Er schnappte zu und stopfte sich das Stück beinahe zur Gänze in den Mund.

In Ratts Augen blitzte fast so etwas wie Mordlust auf. »Dasss Gesssetsss sssagt auch, dasss man sssich nisss gegenssseitisss besssttiehlt«, zischelte sie.

Anders grinste sie an, schluckte den Bissen hinunter und kaute genüsslich auf dem kleinen verbliebenen Rest. Ein ganz kleines bisschen kam er sich zwar schäbig vor, aber wirklich nicht sehr. Wenn Hunger und Anstand aufeinander prallten, dann stand der Sieger in diesem ungleichen Kampf meistens von vornherein fest; vor allem wenn einer der beiden Kontrahenten zehn Tage Zeit gehabt hatte, um zu trainieren.

Außerdem war es letztendlich ja nur eine Ratte. »Wer stellt denn eigentlich eure Gesetze auf?«, fragte er.

Ratt starrte auf das Stück Brot, das langsam zwischen Anders' Zähnen verschwand. »Sssie waren ssschon immer da.«

»Und was genau heißt das?«, fragte Anders.

»Immer, eben.«

Die Stimme kam von der Tür, nicht von Ratt, und als Anders sich herumdrehte, erkannte er Katt, die hereinkam und einen Zipfel des Vorhangs so am oberen Türrahmen befestigte, dass wenigstens ein wenig Sonnenlicht hereinfiel. Das Zimmer wurde dadurch nicht freundlicher, aber zumindest heller.

»Du stellst zu viele Fragen, Anders.« Sie kam näher, und Anders sah, dass auch sie eine Schale mit dampfender Suppe in der Hand hielt. Ihr Atem ging schnell und sie war so verschwitzt, dass ihre Kleider an der Haut klebten. »Geht es dir wieder besser?«

»Sicher«, antwortete Anders. »Danke.«

Katt nahm neben ihm Platz, schenkte ihm ein strahlendes Lächeln und nahm einen Löffel Suppe. Ihre andere Hand streckte sie ganz automatisch nach dem Teller aus, auf dem das Brot gelegen hatte, und führte die Bewegung nur halb zu Ende. Sie hatte sich ausgezeichnet in der Gewalt, denn auf ihrem Gesicht war nicht einmal eine Spur von Enttäuschung, aber Anders fuhr betroffen zusammen und wusste plötzlich nicht mehr, wohin mit seinem Blick. Ratts Augen funkelten boshaft.

»Wo … bist du gewesen?«, fragte er, um das mit jedem Atemzug unangenehmer werdende Schweigen zu durchbrechen.

»Bei der Quelle«, antwortete Katt. »Ich habe dir doch gesagt, ich habe Wasserdienst.«

»Du warst noch einmal dort?«, entfuhr es Anders. »Mit den schweren Kanistern?«

»Ich muss noch zweimal gehen«, antwortete Katt. Sie klang fast fröhlich, auf keinen Fall aber so, als bereite ihr die Vorstellung, noch zweimal die lange Strecke zu gehen und dabei mehr als ihr eigenes Körpergewicht mit sich zu schleppen, Unbehagen. »Ich müsste sogar noch dreimal gehen, wenn du mir nicht geholfen hättest.«

Geholfen war zumindest übertrieben. Anders hatte seine beiden Kanister zwar tapfer getragen (die meiste Zeit über wenigstens), aber er war sich natürlich darüber im Klaren, dass er

Katt mehr aufgehalten als geholfen hatte. Er war sogar ziemlich sicher, dass Katt das nur sagte, damit er sich wegen des Brotes keine Vorwürfe machte. Natürlich erreichte sie damit eher das Gegenteil.

»Ich komme nachher noch einmal mit «, sagte er.

»Lieber nicht«, antwortete Katt. Warum war er nicht überrascht? »Ich habe mit Rex gesprochen. Er hat nichts dagegen, wenn du dich noch zwei oder drei Tage ausruhst. Du kannst dich in aller Ruhe im Lager umsehen und die anderen kennen lernen. Danach entscheiden wir, welche Aufgabe du bekommst.«

Anders hätte eine Menge dazu sagen können, aber es erschien ihm der Mühe nicht wert. Niemand würde ihm sagen, welche Aufgabe er zu übernehmen hatte. Doch er wollte nicht mit Katt streiten. Dazu plagte ihn sein schlechtes Gewissen noch zu sehr; seine Freude war auch zu groß, dass Katt zurück war. Und er würde nicht lange genug hier sein, um überhaupt in die Verlegenheit zu kommen, diese Diskussion ernsthaft führen zu müssen.

»Isss glaube, isss lassse eusss beiden Turteltäubsssen bessser allein«, zischelte Ratt. Sie stand auf, klopfte noch zweimal beleidigt mit dem Schwanz auf den Boden und rauschte hinaus.

Katt sah ihr kopfschüttelnd nach, aber auch ein ganz kleines bisschen amüsiert. »Nimm es ihr nicht übel. Sie ist im Grunde wirklich nett. Sie mag dich.«

»Ach?«, fragte Anders.

»Das ist nur ihre Art, es zu zeigen«, behauptete Katt.

»Dann sollte ich vielleicht froh sein, dass sie sich nicht Hals über Kopf in mich verliebt hat«, sagte Anders spöttisch. »Sonst würde sie mir wahrscheinlich aus lauter Zuneigung die Kehle durchbeißen.«

Katt lachte, aber es klang nicht echt. Sie versanken wieder in unangenehmes Schweigen, bis auch Katt ihre dünne Suppe ausgelöffelt und noch einen wehmütigen Blick auf den Brotteller (von dem sie glaubte, er bemerke ihn nicht) geworden hatte. Schließlich lehnte sie sich zurück, fuhr sich genießerisch mit der flachen Hand über den Bauch, wie man es nach einer wirklich ausgiebigen Mahlzeit tut, und lächelte ihn an. Sie war eine erbärmliche Schauspielerin.

Anders begann sich unter ihren Blicken schon wieder unwohl zu fühlen, wenn auch jetzt auf eine völlig andere Art als noch vor Augenblicken.

»Wenn … wenn du willst, komme ich wirklich noch einmal mit«, sagte er zögernd. Nach einer Sekunde und mit einem ebenso entschuldigenden wie misslungenen Lächeln fügte er hinzu: »Und sei es nur, um dir Gesellschaft zu leisten.«

»Das ist wirklich lieb von dir«, meinte Katt. »Aber ich gehe lieber allein. So bin ich einfach schneller. Und auch schneller wieder zurück«, fügte sie fast hastig hinzu. »Du solltest die Zeit nutzen, um dich mit den anderen bekannt zu machen.«

»Ich weiß nicht, ob das so eine gute Idee ist«, sagte Anders.

»Lass dich nicht von Rex und den anderen täuschen«, erwiderte Katt. »Die meisten von uns sind nicht so. Jemand wie du war eben noch nie hier, das ist alles.«

»Heute Morgen hast du etwas anderes gesagt«, erinnerte Anders.

»Habe ich?«

»Hast du«, antwortete Anders. »Du hast gesagt, ein paar von euch hätten Angst vor mir. Oder würden glauben, dass ich euch alle in Gefahr bringe.«

Katt machte eine wegwerfende Geste. »Dummköpfe gibt es überall«, sagte sie leichthin. »Sie werden ihre Meinung schon ändern, wenn sie dich erst einmal besser kennen. Aber dazu musst du ihnen auch die Gelegenheit geben, dich überhaupt kennen zu lernen.«

»Ich weiß nicht, ob sich das lohnt«, meinte Anders vorsichtig. »Ich bleibe bestimmt nicht lange genug.«

»Wir werden sehen«, erwiderte Katt. Seine Worte schienen sie nicht besonders zu beeindrucken. Fast wie zufällig rutschte sie ein kleines Stück näher an ihn heran. Anders hatte es zeit seines Lebens gehasst, wenn ihm jemand deutlich näher als auf Armeslänge kam, und er setzte auch jetzt ganz automatisch dazu an, um die gleiche Distanz von ihr wegzurutschen, die sie sich ihm genähert hatte.

Aber dann tat er es doch nicht. Etwas sehr Seltsames geschah: Anders spürte plötzlich, wie angenehm ihm ihre Nähe war. Seine Nervosität von gerade war gar nicht auf Katts Nähe zurückzuführen gewesen, sondern vielmehr darauf, dass Katt *nicht* in seiner Nähe gewesen war. Er kannte sie kaum. Sie war – zumindest in ihrem augenblicklichen Zustand – gewiss keine Schönheit und sie roch nicht einmal besonders gut (vorsichtig formuliert), aber nichts davon störte ihn wirklich. Vermutlich stank er nach zehn Tagen, die er schwitzend auf den zerrissenen Laken gelegen hatte, noch viel schlimmer als sie. Bei einem Volk, für das Wasser ein so schwer zu beschaffendes Gut war, wurde vermutlich nicht besonders viel Wert auf Körperhygiene gelegt.

Dennoch gab er sich nach einem Moment einen Ruck und rutschte ganz bewusst ein Stück von ihr weg; sogar weiter, als nötig gewesen wäre, um seinen Sicherheitsabstand wieder einzuhalten. Er konnte Katt ansehen, wie enttäuscht sie war, obwohl sie sich auch jetzt meisterhaft beherrschte, aber es war eine ganz bewusste Entscheidung, auch wenn ein ziemlich großer Teil von ihm lautstark dagegen protestierte. Er würde nicht lange genug hier bleiben, um ihrer zweifellos beginnenden Freundschaft eine echte Chance zu geben, wohl aber lange genug, um ihr eine bittere Enttäuschung zu bereiten, die schlimmer werden musste, je länger er damit zögerte, für klare Verhältnisse zu sorgen.

Nach allem, was sie für ihn getan hatte, war er es ihr einfach schuldig, ehrlich zu ihr zu sein. »Ich werde nicht mehr lange hier bleiben, Katt«, sagte er.

»Sicher«, erwiderte sie mit einer Ignoranz, zu der wohl nur Frauen imstande waren.

»Ich meine es ernst, Katt«, beharrte er. »Weißt du, in einem Punkt hast du vollkommen Recht. Jemand wie ich war vielleicht wirklich noch nie hier.«

Katt zog fragend die Augenbrauen hoch, sagte aber nichts. Wie beiläufig legte sie die Hand auf sein Bein.

»Vielleicht hast du ja sogar Recht und vor mir hat es wirklich noch keiner geschafft, diese Stadt wieder zu verlassen. Aber es war auch noch niemand hier, der wusste, wie es auf der anderen Seite aussieht. Ich komme von *außerhalb*, Katt. Ich weiß, wie es dort aussieht, und ich schaffe es auch wieder dorthin zurück.«

»Klar«, meinte Katt spöttisch. »Du bist der große Held.«

»Nein«, antwortete Anders. »Aber ich weiß, was ich will. Außerdem bin ich ein ziemlich guter Bergsteiger.«

»Du willst über die Berge klettern?« Der sanfte Spott in ihrer Stimme wäre gar nicht notwendig gewesen um Anders klar zu machen, wie lächerlich seine Worte klangen. Er selbst war auch nicht annähernd so überzeugt davon, dass er es tatsächlich schaffen konnte, wie er Katt (und sich selbst) glauben machen wollte. Es stimmte schon, dass er seit Jahren gerne in den Bergen umhergeklettert war, in denen das Internat lag, doch die waren nicht annähernd mit den wolkenstürmenden Giganten zu vergleichen, die die Stadt an drei Seiten umschlossen. Aber er würde es auf jeden Fall *versuchen.*

»Und das hat auch keinen Sinn.«

»Was?«

Anders deutete mit einer Kopfbewegung auf ihre Hand, die noch immer wie zufällig auf seinem Bein lag. »Das.«

Eine Sekunde lang reagierte Katt überhaupt nicht. Dann zog sie die Hand so hastig zurück, als hätte sie sie versehentlich auf eine heiße Herdplatte gelegt, und ihr Lächeln gefror wie eine Rose, die unversehens in flüssigen Stickstoff getaucht worden war.

»Eingebildet bist du wohl gar nicht, was?«, schnappte sie. Sie sprang so hastig auf, dass der alte Bürostuhl, auf dem sie saß, auf seinen Rollen zurückschoss und scheppernd gegen die Wand prallte.

»So war das nicht gemeint«, sagte Anders hastig, aber Katt machte sich nicht einmal die Mühe, ihm noch weiter zuzuhören. Sie war bereits auf dem Absatz herumgefahren und rannte aus dem Raum.

15

Selbst in der Menagerie absurder Fabelwesen, die Anders bisher hier zu Gesicht bekommen hatte, stellte Bat eine Ausnahme dar. Die Frau war sehr groß – es war schwer, die Größe eines liegenden Menschen zu schätzen, vor allem wenn er die Knie angezogen hatte, aber Anders schätzte sie auf ein gutes Stück über zwei Meter – und so spindeldürr, dass selbst Katt im Vergleich zu ihr wohlgenährt gewirkt hätte.

Umso grotesker sah ihr gewaltig angeschwollener Bauch aus. Es war nicht das erste Mal, dass Anders eine schwangere Frau sah, aber niemals aus solcher Nähe und niemals *so.* Dennoch – man musste kein Arzt sein um zu erkennen, dass hier irgendetwas nicht stimmte. Bats Bauch war so stark aufgebläht, als warteten darin nicht ein oder vielleicht auch zwei Kinder darauf, das Licht der Welt zu erblicken, sondern mindestens ein Dutzend, und sie wimmerte leise und warf unentwegt den Kopf hin und her, als hätte sie große Schmerzen.

Anders war jedoch nicht in letzter Konsequenz sicher, ob Bats Zustand nun normal war oder nicht. Er hatte keine Erfahrung mit schwangeren Frauen, aber noch sehr viel weniger mit zweieinhalb Meter großen schwangeren *Fledermäusen.* Denn nichts anderes war Bat. Ihr Gesicht war das einer menschlichen Frau, sogar einer sehr schönen Frau, auch wenn es im Moment vor Schmerz zu einer Grimasse verzerrt war; der Rest ihres Körpers jedoch war eher der einer übergroßen, spindeldürren Fledermaus – allerdings einer Fledermaus ohne Flügel. Wo sie sein sollten, da spannten sich nur nutzlose graue Hautlappen, die an unzähligen Stellen gerissen und zernarbt, aber ganz bestimmt auch unversehrt nicht kräftig genug gewesen wären, um das Gewicht ihres Körpers zu tragen.

Als hätte sie seine Gedanken gelesen, stieß Bat ein unglaublich schrilles Wimmern aus, das in den Zähnen schmerzte und Anders das Gefühl gab, seine Schädeldecke würde sich allmählich vom Rest seines Kopfes lösen – ein Laut, der sich wohl zum allergrößten Teil im Ultraschallbereich bewegte, wie er annahm –, und zog die Knie noch weiter an den Körper.

»Ist das … normal?«, fragte Anders stockend.

Ratt, die bisher mit dem Rücken zur Tür gestanden und sein Eintreten anscheinend noch gar nicht bemerkt hatte, antwortete ohne sich zu ihm umzudrehen. »Ja. Nein. Ich weisss nisss.« Erst dann wandte sie den Kopf in seine Richtung und funkelte ihn aus ihren winzigen Knopfaugen an. »Wasss tusss du hier?«

»Ich habe dich gesucht«, antwortete Anders wahrheitsgemäß. »Ich wusste nicht, dass ich nicht herkommen darf.«

»Darfsss du«, antwortete Ratt patzig. »Aber du ssstörsss. Esss isss bald ssso weit.«

»Aber irgendetwas stimmt nicht, habe ich Recht?«

Diesmal blieb ihm das Rattenmädchen die Antwort schuldig. Im allerersten Moment hatte Anders angenommen, dass sie einfach nicht mit ihm reden wollte, aber *Ja. Nein. Weisss nisss,* konnte durchaus eine ehrliche Antwort auf seine Frage sein. Vielleicht wusste sie tatsächlich nicht, ob Bats Zustand normal war oder nicht. Wie auch, in einer Gemeinschaft, die nicht nur aus hundert unterschiedlichen Individuen, sondern aus hundert verschiedenen *Spezies* bestand. Hätte sie ihm erzählt, dass Bat Eier legen und kein lebendiges Kind bekommen würde, hätte er es wahrscheinlich auch geglaubt.

»Weisss nissss«, antwortete Ratt, aber allein ihr Tonfall behauptete das genaue Gegenteil. »Wasss willsss du hier?«

»Ich habe dich gesucht«, antwortete Anders.

»Wie nett«, spottete Ratt.

Anders ignorierte die Spitze und trat neben sie und damit ein gutes Stück näher an das schäbige Lager heran, auf dem die Fledermausfrau lag. Näher wagte er sich nicht. Bat hatte aufgehört zu wimmern, aber möglicherweise nur im hörbaren Bereich; das Gefühl, einen Bienenschwarm mit Rasierklingen anstelle von Flügeln in seinem Hinterkopf zu haben, hatte nicht nachgelassen.

Er hatte tatsächlich nach Ratt gesucht, nicht nach der Fledermausfrau; aber da er ziemlich sicher gewesen war, sie an Bats Wochenbett zu finden, war das irgendwie auf dasselbe hinausgelaufen. Was ihn ein wenig überrascht hatte, war der Umstand, dass Ratt alleine hier war. Bats Wimmern war selbst draußen auf dem Platz deutlich genug zu hören gewesen, um ihn hierher zu locken, und man musste weder Gynäkologe noch Tierarzt sein, sondern einfach nur die Augen aufmachen um zu sehen, dass hier etwas ganz und gar nicht in Ordnung war.

»Warum hilft ihr denn niemand?«, murmelte er.

Ratt hob nur die Schultern. »Wer denn?«

Es dauerte einen Moment, bis Anders wirklich begriff, was sie gesagt hatte. Sein Blick löste sich von Bats Gesicht und richtete sich ungläubig auf das des Rattenmädchens.

»Aber ihr müsst doch jemanden haben, der … der so etwas kann!«, sagte er stockend.

»Der wasss kann?«, fragte Ratt. Sie verstand nicht einmal, wovon er eigentlich sprach.

»Ihr helfen!«, antwortete Anders. »Ihr und anderen, die krank sind oder alt oder meinetwegen auch ein Kind bekommen! Einen Heiler oder Medizinmann oder Schamanen oder wie immer ihr es auch nennt!«

»Iss weisss nisss, wassss du meinsss«, zischelte Ratt.

»Und was ist mit ihrem Mann? Dem Vater?«

»Balte isss bei der lesssten Jagd umsss Leben gekommen«, antwortete Ratt. »Aber wasss hätte er tun sssollen?«

Bat bäumte sich auf und stieß einen wimmernden Schrei aus, und zugleich hatte Anders das Gefühl, sein Kopf würde gleich auseinander platzen. Er spürte ein Kribbeln auf der Oberlippe und hob die Hand. Seine Nase hatte zu bluten begonnen.

Auch Ratt schienen die spitzen Ultraschallschreie der Fledermausfrau unangenehm zu sein, denn sie trat immer nervöser von einem Bein auf das andere und ihr Schwanz zuckte erregt hin und her.

»Gehen wir lieber rausss«, sagte sie. »Hier können wir sssowiessso nisss machen.«

Anders widersprach nicht, obwohl er das absurde Gefühl hatte, die Fledermausfrau irgendwie im Stich zu lassen – auch wenn Ratt zweifellos Recht hatte: Sie konnten sowieso nichts tun. Im Gegenteil: Hätte Bat in diesem Moment tatsächlich ihr Kind bekommen, wäre er wahrscheinlich glatt in Ohnmacht gefallen. Wortlos folgte er Ratt aus dem Zimmer und einen Moment später hinauf auf den Platz.

Draußen wurde es ein wenig besser. Bats Wimmern war nicht mehr zu hören, und nachdem sie sich ein paar Schritte entfernt hatten, hörte auch der reißende Schmerz auf, den ihre Ultraschallschreie in seinem Kopf auslösten.

Er sah nach oben. Über dem Haus stieg noch immer eine senkrechte schwarze Rauchwolke in die Luft, und er sah gerade noch den Schatten eines Tiermenschen hinter der Brüstung verschwinden, der sich anscheinend um das Feuer gekümmert hatte. Diese Leute waren wirklich sonderbar, dachte er. Sie entzündeten ein Freudenfeuer, wenn einer von ihnen ein Kind bekam, aber dann kümmerten sie sich nicht die Bohne darum.

»Wasss wolltesss du von mir?«, fragte Ratt.

»Eigentlich nichts«, antwortete Anders achselzuckend. »Katt meinte, ich sollte mich ein wenig umsehen und mich mit den anderen bekannt machen … und ich wollte nicht den Rest des Tages im Haus rumsitzen.«

Ratt sah ihn schräg an. »Isss weisss nisss, ob Bull esss ssso gerne sssieht, wenn du hier rumsssnüffelsss.«

»Bull ist nicht begeistert davon, dass ich hier bin, nicht wahr?«, fragte Anders. Sein Blick löste sich von der schwarzen Rauchsäule, die wie ein Fanal über dem Haus in die Luft stieg, und glitt unsicher über den Platz. Von den hundert Köpfen, aus denen die Sippe angeblich bestand, waren nur drei oder vier zu sehen, und alle Gesichter wandten sich hastig wieder ab, sobald er in ihre Richtung blickte. Bull war vermutlich nicht der Einzige, der ihn nicht gerne sah.

»Sssie haben Angsss«, sagte Ratt nach einer Weile mit überraschender Offenheit.

»Vor mir?« Anders schüttelte den Kopf. »Aber ich tue doch niemandem was.«

»Ssstimmt esss, dasss die Drachen disss gejagt haben?«

»Sie haben meinen Freund getötet«, antwortete Anders. Erst danach stellte etwas in seinen Gedanken die Verbindung zu Ratts Frage und dem her, was sie *wirklich* gemeint hatte. »Ihr habt Angst, dass sie hierher kommen und nach mir suchen.«

Ratt sah weg. Sie schien plötzlich etwas furchtbar Interessantes auf der anderen Seite des Platzes entdeckt zu haben, aber ihr Schwanz zuckte nervös und verriet sie.

Anders überlegte einen Moment. »Sie *waren* schon hier«, sagte er dann.

»Am sssweiten Tag«, antwortete Ratt leise, ohne ihn anzusehen und erst nach einer geraumen Weile und hörbar widerwillig. »Nisss hier bei unsss. Aber sssie sssind über die Ssstadt geflogen, die gansssse Nacht. Sssie haben allesss abgesssucht.«

»Dann kann ich Bull ja noch dankbar sein, dass er mich nicht gleich ausgeliefert hat, wie?«, fragte Anders böse.

»Er wusssste nisss, dasss du da bisss«, antwortete Ratt. »Katt und isss haben diss versssteckt. Isss wollte esss nisss, aber Katt hat darauf bessstanden. Ssssie hat esss den anderen ersss gesssagt, alsss sssie weg waren.«

»Aber woher hat sie gewusst, dass die *Drachen* nach mir suchen?«

Ratt wandte sich endlich zu ihm um und machte eine Geste in die Richtung, in der der dunkle Teil der Stadt lag. »Sssie ... haben ssswei Nächte lang allesss dort drüben abgesssucht. Esss waren viele. Viel, viel mehr, alsss wir je sssuvor gesssehen haben. Sssie haben viel gesssosssen.«

Anders sortierte in Gedanken das chaotische Gewirr von Informationen, das Ratt ihm gerade gegeben hatte. Die Männer in den schwarzen Helikoptern waren also zurückgekommen um nach ihm zu suchen. Das musste allerdings nicht zwangsläufig bedeuten, dass sie auch gekommen waren um ihn *umzubringen.* Sie hatten Jannik getötet und ihn wie einen Hasen durch die Ruinenstadt gejagt, was man nun wirklich nicht als freundlichen Akt bezeichnen konnte. Aber wer sagte ihm denn, dass das auch der Grund gewesen war, aus dem sie zurückgekommen waren? Er erinnerte sich, wie sie die Trümmer der Cessna eingesammelt und mitgenommen hatten, bevor die Fresser aufgetaucht waren und sie verjagt hatten, und vielleicht hatte jemand dort, wo sie herkamen, ja die richtigen Schlüsse aus den Fundstücken gezogen und begriffen, dass jemand hier war, der nicht zu den Tiermenschen gehörte. Das, wovon Ratt erzählte, konnte ganz gut die Rettungsaktion gewesen sein, von der er geglaubt hatte, sie hätte nie stattgefunden.

Anders war sich darüber im Klaren, dass er sich an einen Strohhalm klammerte. Die Männer hatten Narbenhand erschossen, ohne auch nur eine Sekunde zu zögern, und Jannik ebenfalls, und sie hatten sogar einen ihrer eigenen Kameraden getötet, nur weil sein Anzug beschädigt worden war.

Aber sie hatten nicht auf ihn geschossen ...

Für einen Moment sah Anders die albtraumhafte Szene auf dem Dach noch einmal ganz deutlich vor sich. Der Hubschrauberpilot hatte keine Sekunde gezögert Jannik zu erschießen und er hätte zweifellos auch auf ihn gefeuert, ja, er hatte die Hand schon nach den Waffenkontrollen ausgestreckt. Aber dann hatte ihn sein Begleiter hastig zurückgehalten, mit der anderen Hand auf ihn gedeutet und irgendetwas gesagt, und von diesem Augenblick an *hatten die Männer nicht mehr auf ihn geschossen,* sondern versucht ihn lebendig einzufangen!

Aber was, dachte er benommen, wenn er sich irrte und alles ganz anders gewesen war? Wenn sie ihn erkannt hatten und gar nicht hinter ihm her waren um ihn zu töten, sondern um ihn zu *retten?*

Die Vorstellung war so schrecklich, dass er sich am liebsten geweigert hätte den Gedanken zu Ende zu denken, doch leider war das nicht möglich. Die Männer hatten danach nicht mehr auf ihn geschossen. Sie hatten das Feuer sogar eingestellt, als er sich in die Schussbahn geworfen hatte, um Katt zu beschützen.

Wenn das stimmte, dann bedeutete das nicht nur, er war ganz allein Schuld daran, dass er nun in diesem Wirklichkeit gewordenen Albtraum gefangen war. Dann trug er auch die Verantwortung für das Schicksal der drei Männer, die den Fressern zum Opfer gefallen waren, und auch des einen, den seine eigenen Kameraden erschossen hatten. Nein. Anders weigerte sich einfach diese Möglichkeit zu akzeptieren. Sie war zu schrecklich um wahr sein zu können.

»Wasss hasss du?«, fragte Ratt. Ihre Stimme klang ein wenig alarmiert, und Anders begriff, dass er wohl nicht nur seit einer geraumen Weile wie erstarrt dastand und ins Leere stierte, sondern sich seine Gedanken und Gefühle wohl auch deutlich auf seinem Gesicht widergespiegelt hatten.

»Nichts«, sagte er hastig. Bevor Ratt noch etwas erwidern konnte, wedelte er mit der Hand und fuhr fort: »Ist es weit bis zum Fluss?«

Ratt schüttelte irritiert den Kopf. »Ssswei Ssstrasssen. Warum?«

»Kannst du mich hinbringen?«

»Sssicher«, antwortete Ratt. »Aber dasss darf isss nisss. Wir dürfen nisss an den Flusss.«

»Nein, dürft ihr nicht?«, vergewisserte sich Anders. »Komisch. Dann muss ich wohl geträumt haben, dass Katt mich drüben auf der anderen Seite gefunden hat.«

»Bull hat sssie ssstreng bessstraft, weil sssie auf der anderen Ssseite war«, sagte Ratt. Sie klang mit einem Mal ziemlich nervös, und es war nicht besonders schwer zu erraten, warum.

»Nur sie?«

Ratt schwieg. Ihr Schwanz peitschte nervös und auch ihre spitzen Rattenohren zuckten, ohne dass sie es unterdrücken konnte.

»Dann wissen Bull und die anderen wohl gar nicht, dass du ihr geholfen hast, auf die andere Seite zu kommen?«

Ratt schwieg beharrlich weiter, aber ihre Augen sprühten vor Wut.

»Was meinst du«, fragte Anders lächelnd. »Wollen wir dafür sorgen, dass es auch so bleibt?«

»Du verdammter gemeiner Sssuft!«, zischte Ratt.

»Ssstimmt«, griente Anders. Er machte eine einladende Handbewegung. »Ladies first.«

16

Wie er erwartet hatte, war der Fluss nicht wirklich ein Fluss, sondern ein gut fünf Meter breiter und ebenso tiefer aus Beton gegossener Kanal, der die Stadt so gerade wie mit einem Lineal gezogen teilte. Es floss auch kein Wasser darin. Sein Boden war von einer braungrünen, wuchernden Masse bedeckt, die sich in ununterbrochener sanfter Bewegung zu befinden schien und sich irgendwie jedem Versuch entzog, sie mit Blicken zu fixieren; wenn er genauer hinsah, erkannte er nichts außer einem Durcheinander aus knorrigen Wurzeln und Blättern und sonderbar farblosen, schlaffen Blüten. Ein sachter, jedoch sehr unangenehmer Geruch ging davon aus, wie nach Pflanzen und Grünzeug, aber fremdartiger, *warnend.*

»Und das hält die Fresser auf?«, wunderte er sich.

Ratt nickte. Im allerersten Moment glaubte er, sie würde es auch diesmal wieder bei dieser Bewegung belassen, denn sie hatte auf dem ganzen Weg hierher kein einziges Wort mit ihm gesprochen, sondern sich nur nach Kräften bemüht, ihm mit Blicken die Haut vom Leib zu ziehen. Dann aber antwortete sie doch.

»Sssie fürchten die Pflansssen. Weisss nisss, warum.«

Anders warf noch einen letzten, nachdenklichen Blick in die Tiefe und richtete sich dann mit einem gedanklichen Seufzen wieder auf. Sein allererster Gedanke war gewesen, dass es sich vielleicht um Fleisch fressende Pflanzen handelte, die ihrerseits die Fresser fraßen, aber dafür waren es einfach zu wenige. Die lebende Decke füllte den Boden des Kanals vollständig aus, war jedoch höchstens zehn Zentimeter hoch. Hier und da schimmerte sogar der rissige Boden durch den grünen Teppich. Er hatte mit eigenen Augen gesehen, wie die Spinnenkakerlaken eine Barriere aus rot glühendem Stein überrannt hatten. Er glaubte nicht, dass es irgendein lebendes Wesen auf der Welt gab, das imstande war die Fresser aufzuhalten.

Ein weiteres Rätsel, das er nicht lösen konnte.

Anders hob die Hand, um die Augen gegen das grelle Sonnenlicht abzuschirmen, und sah zur eigentlichen Stadt hinüber. Auch wenn dort drüben ewige Nacht herrschte, war von diesem Ufer aus nichts davon zu sehen. Die Ruinen lagen im hellen Sonnenlicht da und boten einen schon fast grotesk normalen Anblick; soweit eine von atomarem Feuer verbrannte Stadt normal sein konnte, hieß das. Der einzige Unterschied waren das Unkraut und Moos, das auf dieser Seite wuchs und an manchen Stellen sogar schon den Straßenbelag gesprengt hatte. Der Boden auf der anderen Seite war leer gefressen, im wahrsten Sinne des Wortes.

Er versuchte das Gebäude auszumachen, auf dessen Dach

er Katt getroffen hatte, aber es gelang ihm nicht. Immerhin wurde ihm klar, dass der jenseitige Teil der Stadt deutlich kleiner war als der, in dem Katt und ihre Leute lebten. Wahrscheinlich, dachte er bitter, hatten Katt und er ihn auf ihrer unterirdischen Flucht einmal komplett durchquert. Mindestens.

Er verscheuchte den Gedanken. Er war nicht hierher gekommen, um darüber nachzudenken, was er alles *falsch* gemacht hatte.

Mit einiger Mühe löste er seinen Blick von der zerbröckelnden Skyline der toten Stadt und suchte die viel höhere, aber nicht weniger zerschundene Silhouette der Berge dahinter. Sie waren nicht sehr weit entfernt; vielleicht zwei oder drei Kilometer, bestimmt nicht mehr. Es war zu schaffen. Es würde nicht leicht werden. Sich allein in der ewigen Dunkelheit durch die zerstörten Straßen zu bewegen, war vermutlich schon lebensgefährlich genug, und dann waren da noch die Fresser. Aber es war zu schaffen.

»Die Brücke«, sagte er.

Ratt schnaubte. »Vergisss esss.«

»Willst du, dass ich mit Bull rede?«, fragte er, aber diesmal funktionierte es nicht. Ratt schüttelte nur noch einmal und noch entschiedener den Kopf.

»Geh doch sssu ihm«, sagte sie stur. »Isss lassse diss niss rüber. Katt bringt misss um!«

»Ich habe nicht vor, dort hinüberzugehen«, erwiderte Anders. *Wenigstens jetzt noch nicht.* »Ich bin doch nicht verrückt.«

»Warum willsss du sssie dann sssehen?«

»Nimm einfach an, dass ich neugierig bin«, antwortete Anders. »Alle, die von draußen kommen, sind so.«

»Du bisss verrückt«, sagte Ratt.

»Das sind auch alle, die von draußen kommen«, bestätigte Anders ungerührt.

Ratts Blicke wurden noch feindseliger. Sie bleckte herausfordernd die Zähne. Hätte sie tatsächlich die scharfen Nagerzähne einer Ratte gehabt, hätte es wahrscheinlich sogar beeindruckend gewirkt. So sah es eher … niedlich aus.

Aber Anders hütete sich natürlich, *das* auszusprechen. Ratt wäre ihm garantiert an die Kehle gegangen. Stattdessen machte er eine auffordernde Geste und bemühte sich, ein halbwegs freundliches Lächeln auf sein Gesicht zu zwingen. »Komm schon«, bat er in versöhnlichem Ton. »Ich will sie nur sehen. Ich werde nicht versuchen hinüberzugehen.«

»Du weisss, dasss isss riechen kann, wenn du lügsss«, sagte Ratt. Ihr Widerstand begann zu wanken.

»Dann weißt du ja auch, dass ich die Wahrheit sage«, antwortete er. »Ich bin einfach nur neugierig, das ist alles.«

Ratt sah ihn noch einen Moment scharf an und versuchte in seinem Gesicht zu lesen, was ihrer Behauptung, sie könne riechen, ob jemand die Wahrheit sagte oder nicht, auch noch den letzten Rest von Glaubwürdigkeit nahm (die sie ohnehin nie besessen hatte). Schließlich hob sie die Schultern und wandte sich mit einer trotzigen Bewegung ab um vorauszugehen.

Sie mussten nur wenige Dutzend Schritte zurücklegen, um die Brücke zu erreichen, die im Übrigen gar keine Brücke war. Anders lief ein eisiger Schauer über den Rücken, als er das rostige Etwas erkannte, das halb von Unkraut und Gebüsch überwuchert am Rand des Kanals lag wie ein gestrandetes Fabeltier aus einer unendlich weit entfernten, bizarren Welt. Wind und Jahreszeiten hatten den Lack weggeschmirgelt und das Metall schutzlos den Angriffen von Rost und Erosion ausgeliefert, die daraufhin eifrig ans Werk gegangen waren. Die Fenster waren leer, es gab keine Gummidichtungen und Reifen mehr und Anders musste keinen Blick in das Führerhaus werfen um zu wissen, dass auch die Sitze und die Holz- und Kunststoffteile des Armaturenbrettes verschwunden waren. Trotzdem erkannte er sofort, was er vor sich hatte, und blieb erstaunt mitten im Schritt stehen.

»Das ist eure Brücke?«, fragte er.

»Sssissser«, antwortete Ratt. Hörbarer Stolz schwang in ihrer Stimme mit. »Wir sssind die einsssige Sssippe, die eine eigene Brücke hat. Die anderen müsssen unsss um Erlaubnisss fragen, wenn sssie ssssie benusssen wollen.« Sie legte den Kopf schräg und erwartete eindeutig ein *Nein* als Antwort, als sie fortfuhr: »Gibt esss sssso etwasss dort, wo du herkomsss auch?«

»Ja«, antwortete Anders, der sich noch immer ein wenig benommen fühlte. Der Anblick traf ihn härter, als er sich eigentlich erklären konnte. Vielleicht weil er ihm ähnlich wie der der zerstörten Autos in der Tiefgarage wieder einmal vor Augen führte, wo er wirklich war; viel mehr, als es der Anblick der Ruinen gekonnt hatte. »Ja«, sagte er noch einmal. »Nur nennt man es bei uns Feuerwehrwagen.«

»Feuerwehrwagen?«, wiederholte Ratt zweifelnd, aber auch ein bisschen erschrocken. »Willsss du sssagen, er macht Feuer?«

»Nein«, antwortete Anders. »Ganz im Gegenteil, Ratt.«

Er sah dem Rattenmädchen an, wie wenig Sinn diese Worte für es ergaben, aber er verzichtete darauf, ihm etwas erklären zu wollen, was es sowieso nicht verstehen konnte, und ging weiter. Der Löschzug war mindestens dreißig Jahre alt. Das bullige Gefährt, bei dessen Anblick Anders unwillkürlich das Wort *Truck* durch den Kopf schoss, lag halb schräg auf der Seite und es strahlte trotz des erbärmlichen Zustandes, in dem es sich befand, immer noch eine Aura von Kraft und Würde aus, der er sich nicht entziehen konnte.

Und noch etwas: Er weckte Zorn in ihm. Eine nur langsam aufkeimende, aber allmählich stärker werdende Wut, nicht einmal so sehr auf die Menschen, die das alles hier getan hatten, sondern auf die Männer in den schwarzen Helikoptern, die zuließen, dass es so *blieb.* Er befand sich in einem der vielleicht abgelegensten und sicher am besten versteckten Winkel der Welt, und niemand, absolut *niemand* außerhalb dieses Tales, wusste von der Existenz dieser Stadt und schon gar nicht von der ihrer Einwohner. Niemand, außer den Männern in den schwarzen Hubschraubern. Und statt diesen bedauernswerten Kreaturen zu helfen, machten sie *Jagd* auf sie!

Zu sagen, dass Anders in dieser Sekunde mehr denn je entschlossen war, irgendwie aus diesem Tal herauszukommen, wäre nicht richtig gewesen. Er wusste jetzt, dass er hier herauskommen würde, ganz egal wie.

»Jemand wird dafür bezahlen«, murmelte er.

»Wasss?«, fragte Ratt.

Anders antwortete nicht, sondern ging weiter. Er musste sich durch dorniges Gestrüpp zwängen, um den gestrandeten Löschzug zu erreichen, das ihm Unterarme und Hände zerkratzte, aber er achtete nicht darauf, sondern kletterte mit umständlichen Bewegungen auf das rostige Wrack hinauf und stand schließlich neben Ratts *Brücke*: einer rostigen Drehleiter, die nicht wirklich so aussah, als würde er ihr sein Körpergewicht mit ruhigem Gewissen anvertrauen können. Er war plötzlich ganz froh halb bewusstlos gewesen zu sein, als Katt ihn vor zehn Tagen darüber getragen hatte.

»Das ist also eure Brücke.«

»Ja«, erklärte Ratt voller Stolz. Ohne dass er sie eigens dazu auffordern musste, wuselte sie an ihm vorbei und begann an der rostigen Kurbel zu drehen, die die Drehleiter ausfuhr. Anders wollte ganz automatisch zu ihr gehen und ihr helfen, überlegte es sich dann aber im letzten Moment anders. Ratt war unübersehbar stolz darauf, ihm die Funktionsweise ihrer Brücke zu demonstrieren, und er wollte ihr den Spaß nicht verderben. Außerdem schien es dem Rattenmädchen nicht annähernd so viel Mühe zu bereiten, die eingerostete Kurbel zu bedienen, wie er erwartet hätte. Aber er hatte ja schon mehr als einmal gesehen, wie stark sie war.

Die Leiter schob sich mit einem Quietschen auseinander, das gute Chancen hatte, ihm die Zähne aus dem Kiefer zu treiben. Als sie sich etwas sieben oder acht Meter weit in die Höhe reckte, begann der Wagen unter seinen Füßen leicht zu zittern. Ein ächzender Laut erklang, wie von Metall, das sich gerade überlegte, ob es nun zerbrechen sollte oder nicht, und aus dem Zittern unter seinen Füßen wurde ein Schwanken.

»Ähm … Ratt, bist du sicher, dass du weißt, was du da tust?«, fragte er.

»Sssissser«, antwortete Ratt. Sie hielt dennoch einen Moment im Kurbeln inne, allerdings nur, um einen kurzen, aber sehr aufmerksamen Blick auf die andere Seite des Kanals zu werfen. Dann legte sie sich nur umso heftiger ins Zeug. Die Leiter schob sich quietschend weiter auseinander und der Wagen unter ihnen schwankte immer bedrohlicher.

»Ratt, pass auf«, sagte Anders alarmiert. »Die ganze Kiste …« kippte um.

Anders hatte es vorausgesehen, aber seine Reaktion kam trotzdem zu spät. Er versuchte noch sich irgendwo festzuklammern, doch seine Hände griffen ins Leere. Der komplette Feuerwehrwagen kippte zur Seite und Anders schlug mit einem zappelnden halben Salto in die entgegengesetzte Richtung und landete auf dem Rücken. Das weiche Gras dämpfte seinen Aufprall, sodass er sich nicht verletzte, aber der Aufschlag trieb ihm die Luft aus den Lungen und er blieb einen Moment benommen liegen. Seine Ohren klingelten.

Unsicher und viel mehr wütend auf sich selbst als auf Ratt stemmte er sich auf die Ellbogen hoch und sah, dass das Klingeln gar nicht in seinen Ohren war. Der komplette Löschzug war auf die Seite gekippt, aber ein gewaltiges Trümmerstück verhinderte, dass er ganz umfiel; er wackelte in einer fast grotesken Wippbewegung hin und her, wobei das altersschwache Metall nicht nur ächzte und stöhnte, sondern das ausgefahrene Ende der Leiter auch in fast gleichmäßigem Takt auf dem jenseitigen Rand des Kanals aufschlug und sich wieder hob. Der Anblick war so grotesk, dass Anders etliche Sekunden lang einfach dalag und ihn aus weit aufgerissenen Augen anstarrte.

»Toll, nisss?«, fragte Ratt. Sie klang, als ob sie jeden Moment vor Stolz einfach platzen würde.

»Toll?« Anders runzelte die Stirn und stemmte sich umständlich weiter in die Höhe. Er verbiss sich jeden weiteren Kommentar, näherte sich aber vorsichtig dem Betonbrocken, der den Wagen vor dem endgültigen Umfallen bewahrte, und beäugte ihn misstrauisch. Er sah ziemlich stabil aus, doch der Beton war uralt und mürbe geworden von dem Tonnengewicht, das unzählige Male auf ihn heruntergekracht war.

Ratt zog eine Schnute und war offenbar beleidigt, weil er ihr Werk nicht entsprechend gewürdigt hatte. Sie wartete bestimmt eine Minute lang vergebens darauf, dass er es nachholte, dann krabbelte sie wieder auf den hin und her schwankenden Löschzug, balancierte mit ausgebreiteten Armen und kerzengerade ausgestrecktem Schwanz zur Kurbel zurück und begann daran zu drehen. Diesmal kostete es sie deutlich mehr Mühe, die Leiter zu bewegen, aber Anders verzichtete jetzt ganz bewusst darauf, ihr seine Hilfe anzubieten. Den kleinen Scherz von gerade hatte er ihr noch nicht vergeben.

Die Leiter schob sich mit einem gotterbärmlichen Quietschen wieder zusammen, und als sie einen bestimmten Punkt unterschritten hatte und sich das Gleichgewicht der absurden Wippe weit genug verschoben hatte, glitt der gesamte Wagen mit einem Krachen und Scheppern in seine ursprüngliche Position zurück, die noch auf der anderen Seite der Schlucht zu hören sein musste.

»Gesssafft!«, piepste Ratt.

Anders nickte. »Irgendwann fällt die ganze Kiste um«, sagte er. »Oder bricht in Stücke.«

»Isss sssson ssweimal passsiert«, sagte Ratt. Sie war ein bisschen kurzatmig von der Anstrengung. »Die gansse Sssippe mussste mithelfen, um sssie wieder aufsssurisssten.«

»Und irgendwann schafft ihr es nicht mehr oder die Leiter bricht einfach ab«, murmelte Anders. Etwas lauter fügte er hinzu: »Wozu braucht ihr sie überhaupt? Ich meine: Was wollt ihr eigentlich auf der anderen Seite?«

Außer Dummköpfen wie dir das Leben zu retten?, fragte Ratts Blick. »Die Eisssenjäger gehen mansssmal rüber«, sagte sie.

»Und bei der Jagd brauchen wir sssie auch. Nissst immer, aber mansssmal. Bull war ssson dreimal drüben.«

Anders fragte sich vergebens, was es dort drüben zu jagen gab. »Eisenjäger?« Er hatte sich noch immer nicht ganz an diese schmeichelhafte Bezeichnung für ordinäre *Schrottsammler* gewöhnt. »Aber gibt es denn auf dieser Seite nicht genug Altmetall?«

»Dasss von drüben issss bessser«, behauptete Ratt. Warum auch immer.

Anders hatte den rostigen Löschzug mittlerweile umkreist und besah sich interessiert die rostige Kurbelmechanik. Es war eine sehr grobschlächtige, fast schon primitive Konstruktion, die aber gerade deshalb besonders robust war: Mehrere versetzt angebrachte Zahnräder und nicht mehr als drei große Hebel, rostig, aber durchaus noch intakt. Zögernd streckte er die Hand aus und berührte einen der Hebel. Es war ihm schon immer leicht gefallen, die Funktionsweise von Maschinen zu verstehen; vielleicht nicht immer sofort und in allen Einzelheiten, wohl aber das *Prinzip*, das dahinter steckte. Hier war es nicht anders. Die Mechanik war allerdings so simpel, dass sogar ein Kind sie begriffen hätte.

»Wasss hassst du vor?«, fragte Ratt misstrauisch. Anders ignorierte sie, schloss seine Hand fester um den Hebel und zog prüfend daran. Nichts geschah. Natürlich geschah nichts. Nach dreißig oder vierzig Jahren musste die ganze Konstruktion einfach hoffnungslos festgerostet sein. Wahrscheinlich brauchte er einen Schweißbrenner, um auch nur eines der Zahnräder zu bewegen.

Dennoch vergrößerte er seine Anstrengungen noch. Ein Knirschen erklang, gefolgt von einem peitschenden Knall, und Anders war für eine halbe Sekunde felsenfest davon überzeugt, dass er nun den abgebrochenen Hebel in der Hand halten würde.

Ratt kreischte vor Entsetzen. »Wasss tusss du da? Du machsss esss ja kaputt!«

Aber der Hebel war nicht kaputt. Ganz im Gegenteil bewegte er sich plötzlich so leicht, als wäre er gerade erst frisch eingefettet worden. Anders schob ihn nach vorne und ein dumpfes, sehr schweres Klacken erscholl, als würde irgendetwas Massives einrasten.

»Hör sssofort auf damit!«, quietschte Ratt. »Bull bringt dich um, wenn du esss kaputt machsss! Und misss gleisss mit!«

Anders ignorierte sie weiter, beugte sich vor und besah sich die Stellung der Zahnräder. Es kam ihm zwar selbst unwahrscheinlich vor, aber er hatte einmal Glück gehabt, warum also kein zweites Mal?

»Dreh an der Kurbel«, sagte er.

»*Wasss?*«, kreischte Ratt. »Du völlig übergesssnappter, dämlissser, bekloppter ...«

»Dreh an der Kurbel!«, sagte Anders noch einmal. »Bitte!«

Ratt funkelte ihn nur an und bleckte herausfordernd die Zähne, doch sie rührte keinen Finger um seinem Befehl nachzukommen. Anders seufzte tief, aber er sagte nichts mehr, sondern ging mit schnellen Schritten um den Wagen herum und griff mit beiden Händen nach der Kurbel. Sie drehte sich schwerer, als er erwartet hatte – aber sie bewegte sich und die Leiter begann sich quietschend auseinander zu schieben. Anders hatte den Hebel jedoch nicht umgelegt, nur um auszuprobieren, ob er es konnte. Die Leiter bewegte sich nun nicht mehr im Fünfundvierzig-Grad-Winkel nach oben, sondern schob sich waagerecht aus dem Wagen heraus. Als sie zur Gänze ausgefahren war, bildete sie eine parallele Linie entlang des Kanals. Ratts Augen wurden groß.

»Na?«, grinste Anders.

Ratt ächzte. »Du hassst esss kaputtgemacht! Bull reissst dir den Kopf ab! Und mir auch!«

Anders grinste unerschütterlich weiter, eilte abermals um den Wagen herum und ging zum vorderen Ende der Leiter. Ohne sichtbare Hast hob er die Hand und schob die voll ausgefahrene Leiter zur Seite. Sie schwenkte quietschend herum, beschrieb einen zitternden Viertelkreis und kam über dem anderen Ufer des Flusses zur Ruhe. Ratts Unterkiefer klappte herunter.

Er blieb auch da, aber ihre Augen quollen vor Unglauben ein gutes Stück aus den Höhlen, als Anders die Leiter mit nur einer Hand und ohne die geringste sichtbare Anstrengung, dafür aber mit einem umso breiteren Grinsen wieder zurückschwenkte.

»Deshalb nennt man es Drehleiter, weißt du?«

»Wie … wie hasss du dasss gemacht?«, ächzte Ratt.

»Eigentlich habe ich gar nichts gemacht«, antwortete Anders. »Ich habe nur einen Hebel umgelegt, das ist alles. Es ist im Grunde ganz leicht. Man muss nur wissen, wie es funktioniert.« Sein Grinsen wurde noch breiter. »Glaubst du immer noch, dass Bull mir den Kopf abreißt?«

Ratt antwortete nicht darauf. Sie starrte nur die ausgefahrene Leiter an, dann das gegenüberliegende Ufer und dann wieder die Leiter, und Anders konnte sehen, wie es hinter ihrer Stirn arbeitete. Anders seinerseits fragte sich, wie viele der uralten Maschinen, die es in und unter den zerstörten Häusern zweifellos geben musste, vielleicht noch funktionierten, wenn man nur ein bisschen nachhalf. Wahrscheinlich nicht allzu viele. Aber ebenso wahrscheinlich immer noch genug, um das primitive Leben der Sippe unendlich zu erleichtern.

»Ich glaube, ich sollte mich einmal ausführlicher mit euren Ältesten unterhalten«, fuhr er fort, als Ratt nicht antwortete. »Komm.«

Ratt gehorchte nicht sofort, sondern sah rasch und unsicher zum anderen Ufer des Kanals hin und danach etwas länger zur Kurbel. Anders hatte die Leiter zwar wieder zurückgeschwenkt, aber sie war noch immer zu ihrer ganzen Länge ausgefahren. Auch Anders überlegte, ob er sie wieder einziehen sollte, doch seine Muskeln schmerzten noch immer von der Anstrengung, die schwer gängige Kurbel zu bewegen. Sie ein-, später wieder aus- und dann noch einmal einzufahren, sobald er mit Bull zurück war, war pure Energieverschwendung.

Mit schnellen Schritten entfernten sie sich von dem uralten Feuerwehrwagen und näherten sich den Häusern. Ratt drehte immer wieder den Kopf und sah zurück, als könne sie immer noch nicht ganz glauben, was sie gerade mit eigenen Augen gesehen hatte – und dann stieß sie ein erschrockenes Keuchen aus und versetzte Anders einen Stoß, der ihn haltlos zur Seite taumeln und hinter einem fast mannshohen Schutthaufen auf die Knie fallen ließ.

Wütend und verdattert zugleich rappelte sich Anders hoch und fuhr herum, um Ratt am Schlafittchen zu packen und gehörig durchzuschütteln, aber sie bewies ihm endgültig, wie viel stärker als er sie war, denn sie schlug seine Hände fast beiläufig zur Seite, zwang ihn abermals auf die Knie und deutete mit dem anderen Arm zum Fluss zurück. Anders' Blick folgte der Geste. Und im nächsten Augenblick vergaß er alles, was er dieser vorwitzigen Ratte gerade noch hatte antun wollen, und duckte sich stattdessen noch tiefer hinter den Schutthaufen.

Zwischen den Hochhäusern auf der anderen Seite des Kanals war ein schwarzer fliegender Hai aufgetaucht. Er kam rasch näher und hielt für einen Moment so direkt auf ihr Versteck zu, dass Anders fast davon überzeugt war, entdeckt worden zu sein. Dann aber schwenkte er plötzlich herum, beschrieb eine enge Kurve und kam dann unmittelbar über dem alten Feuerwehrwagen in der Luft zum Stehen. Drei, vier Atemzüge lang hing er vollkommen reglos dort, dann glitt er ein kleines Stück rückwärts durch die Luft. Die flache Haifischschnauze senkte sich.

Anders schloss gedankenschnell die Augen, aber die beiden grellblauen Blitze fraßen sich trotzdem problemlos durch seine Lider und ließen orangegelbe Nachbilder über seine Netzhäute flimmern, selbst als er die Augen wieder öffnete.

Wo der Löschzug gelegen hatte, wälzte sich eine brodelnde

Wolke aus gelben Flammen und fettigem schwarzem Qualm in die Höhe. Ein unheimliches Grollen rollte über sie hinweg und der Boden unter ihren Füßen erzitterte. Von einer Hausfassade nur wenige Schritte entfernt lösten sich einige Steinbrocken und polterten krachend in die Tiefe, und nur einen Moment später fauchte eine Hitzewelle über ihr Versteck hinweg, gefolgt von einer gewaltigen Staub- und Schmutzwolke.

Anders sprang in die Höhe, ergriff Ratt kurzerhand am Arm und zerrte sie einfach hinter sich her. Der Staub wurde für einen Moment so dicht, dass er praktisch blind war. Er konnte nur hoffen, dass der kurze Blick, den er auf die Fassade hinter sich geworfen hatte, ihn nicht komplett getrogen hatte und er mit voller Wucht vor die Wand rennen würde, aber dieses Risiko musste er einfach eingehen. Er versuchte ganz im Gegenteil sogar noch schneller zu laufen.

Und sie hatten Glück. Er rannte nicht direkt auf die Tür zu, aber doch zielsicher genug, um im letzten Moment den Kurs korrigieren zu können und mit Ratt im Schlepptau hindurchzustürmen. Hustend humpelte er noch ein paar Schritte weiter, ließ endlich Ratts Hand los und sah sich gehetzt um. Auch dieser Raum schien früher einmal eine Fabrik- oder Lagerhalle gewesen zu sein, denn er war sehr groß und nahezu leer. Nur an der Rückseite erhoben sich ein halbes Dutzend große liegende Metallzylinder. Anders deutete hastig darauf und rannte los, und obwohl Ratt sichtlich nicht im Mindesten verstand, was er tat, schien sie doch zumindest den Ernst der Lage begriffen zu haben, denn sie folgte ihm gehorsam.

Draußen wurde der Stauborkan für einen Moment noch heftiger und hörte dann schlagartig auf, als es einfach nichts mehr gab, was noch aufgewirbelt werden konnte, und ein riesiger nachtschwarzer Schatten erschien vor den Fenstern. Aber in diesem Moment hatte Anders die Metallzylinder auch schon erreicht und stürmte um die erste der gewaltigen liegenden Röhren herum.

Am liebsten hätte er vor Erleichterung laut aufgeschrien. Er hatte nicht die leiseste Ahnung, wozu die tonnenschweren Zylinder gut gewesen waren, aber sie waren hinten offen, und das allein zählte. Außerdem bestanden ihre Wände aus gut zehn Zentimeter dickem Gusseisen. Mit einem einzigen Schritt war er an der ersten Eisenröhre und kroch hinein.

Ratt folgte ihm. »Wasss …?«, begann sie.

»Still!«, keuchte Anders beinahe entsetzt. »Keinen Laut oder wir sind tot!«

Ratt hielt erschrocken die Klappe und auch Anders sagte nichts mehr und versuchte sogar möglichst flach zu atmen, um nur ja kein verräterisches Geräusch zu verursachen. Sein Herz hämmerte so laut, dass das Geräusch die enge Metallröhre wie dumpfer Trommelschlag auszufüllen schien, und im ersten Moment hörte er sonst nichts außer seinen eigenen und Ratts gedämpften Atemzügen.

Dann vernahm er einen anderen Laut. Das Geräusch scharfer Schwertklingen, die die Luft teilten, begleitet von einem weiteren, noch viel unheimlicheren Laut. Ein unendlich leises, aber machtvolles Vibrieren, das eigentlich mehr zu fühlen als wirklich zu hören war. Er konnte spüren, wie draußen etwas sehr Großes vorbeiglitt.

Es dauerte nicht wirklich lange, doch die Sekunden, die sie mit angehaltenem Atem in der engen Metallröhre saßen, dehnten sich zu Ewigkeiten. Er konnte nichts tun. Nichts als dazusitzen und zu beten, dass das Eisen dick genug war, um sie vor den unsichtbaren Fingern zu schützen, die zweifellos in diesem Moment durch den Raum tasteten.

Sie hatten Glück.

Nach einer Weile hörte das Vibrieren auf, und nur eine Sekunde später verklang auch das seidige Geräusch der Rotorblätter.

Anders atmete hörbar auf. Aber er ließ trotzdem noch einmal gut fünf Minuten verstreichen, ehe er es wagte, vorsichtig aus dem Rohr herauszukriechen.

17

»Das ist schlimm«, sagte Bull. »Das ist wirklich sehr, sehr schlimm.« Seine Art, nach jedem Wort eine hörbare Pause einzulegen, verlieh den Worten noch mehr Gewicht, als sie ohnehin schon hatten, und Anders wurde das ungute Gefühl nicht los, dass sich noch eine zweite, nicht für jeden zugängliche Botschaft darin verbarg, die einzig und allein ihm galt. Bull hatte bisher schweigend zugehört, während Ratt mit schriller und sich fast überschlagender Stimme berichtete, was geschehen war, aber sein Blick hatte Anders' Gesicht nicht eine Sekunde losgelassen.

»Die Brücke zerstört«, sagte er. »Das ist schlimm. Was wolltet ihr überhaupt dort?«

Anders setzte an, zu antworten, aber Ratt kam ihm zuvor. »Nisss«, sagte sie. »Andersss wollte sssie nur sssehen, dasss isss allesss. Aber wir haben nisss angerührt. Wir sssind ihr nisss einmal nahe gekommen, bevor der Drache aufgetaucht isss.«

»Stimmt das?«, fragte Bull an Anders gewandt.

Anders nickte. Er hoffte, dass er sich gut genug in der Gewalt hatte, um Bull nicht merken zu lassen, wie überrascht er über Ratts Behauptung war. Warum log sie? Sie hatten rein gar nichts getan, was sie sich hätten vorwerfen müssen – aber er wollte Ratt nicht unnötig in Verlegenheit bringen. Darüber hinaus baute er einfach darauf, dass sie im Moment besser wusste, was richtig war und was nicht.

»Warum sollen wir ihm glauben?«, bellte Rex. Er fletschte die Zähne in Anders' Richtung. »Seit er hier ist, verfolgt uns das Unglück! Die Drachen waren noch nie so wütend wie jetzt.«

»Reg dich ab, Bello«, sagte Anders verächtlich. Rex wollte auffahren, aber Bull brachte ihn mit einer fast nur angedeuteten Geste mit einer seiner riesigen Pranken zum Verstummen.

»Du verstehst das nicht, Anders«, erklärte er. »Der Verlust

der Brücke ist ein schwerer Schlag, nicht nur für uns, sondern für alle Sippen.«

»Das glaube ich«, antwortete Anders. »Aber so schlimm ist es nun auch wieder nicht. Ich baue euch eine neue Brücke. Eine viel bessere. Ich kann so etwas, glaubt mir. Und es ist das Mindeste, was ich für euch tun kann. Immerhin wäre ich nicht mehr am Leben ohne euch.«

Die Reaktion der Tiermenschen fiel vollkommen anders aus, als er erwartet hatte. Liz zischelte rätselhaft in seine Richtung und Rex zog seine Oberlippe zurück und bleckte mit einem Knurren die Zähne. Und Bull sah regelrecht erschrocken aus, auch wenn es Anders nach wie vor schwer fiel, im Gesicht des Minotaurus zu lesen.

»Vielleicht hat Rex ja Recht«, sagte er nach einer Weile.

»Was?«, fragte Anders. »Glaubt ihr vielleicht, ich arbeite mit den Typen in den Helikoptern zusammen?« Bull sah ihn fragend an. »Den Drachen.«

»Wer weiß«, knurrte Rex.

»Katt sagt, sie hätten versucht dich zu töten«, fuhr Bull auf seine merkwürdige Art fort. »Und ich glaube Katt, zumal sie auch sagt, dass du ihr das Leben gerettet hast. Und nun hast du dasselbe für ihre Schwester getan.«

»Ich frage mich nur, warum«, knurrte Rex. Liz zischelte zustimmend.

»Vielleicht kann ich die Drachen ja noch weniger ausstehen als manche von euch«, erwiderte Anders spitz. »Aber bei dem einen oder anderen könnte ich da vielleicht eine Ausnahme machen.«

Rex knurrte noch wütender, doch Bull brachte ihn erneut mit einer entsprechenden Geste zum Schweigen. »Rex hat Recht, Anders«, sagte er. »Seit du hier aufgetaucht bist, sind mehr und wildere Drachen am Himmel aufgetaucht als jemals zuvor. Und jetzt haben sie die Brücke zerstört.«

»Esss isss nisss dasss ersssе Mal«, sagte Ratt. »Sssie haben unsss ssson öfter grundlosss angegriffen.«

»Niemals so«, entgegnete Bull ruhig. »Sie waren nie so nervös und niemals so freigiebig mit ihrem Feuer. Man könnte meinen, dass sie etwas suchen. Oder jemanden.«

»Wenn ihr wollt, dann gehe ich«, erklärte Anders ernst. »Das Letzte, was ich will, ist, euch in Gefahr zu bringen.« Das war ehrlich gemeint. Die Sippe in Gefahr zu bringen bedeutete ganz automatisch auch *Katt* in Gefahr zu bringen, und das wollte er ganz bestimmt nicht.

»Das wird nicht nötig sein«, antwortete Bull. »Jeder, der bei der Sippe um Aufnahme bittet, bekommt sich auch. Du kannst bleiben, zumindest bis wir endgültig über dein Schicksal entschieden haben. Aber es wäre besser, wenn du das Lager nicht mehr verlässt.«

»Heißt das, ich bin euer Gefangener?«, fragte Anders.

Bulls gewaltige Hörner bewegten sich langsam von links nach rechts und wieder zurück. »Du kannst gehen, wohin immer du willst. Aber es wäre um deiner selbst willen besser, wenn du hier bleibst. Die Drachen sind nicht die Einzigen, die uns im Moment Sorgen machen.« Er drehte sich zu Liz und dem Hundemann herum. »Wir werden zur Brücke gehen und sehen, was noch zu retten ist.«

Anders wusste nur zu gut, was sie finden würden: Einen schwarzen Krater im Beton und vielleicht noch ein paar zu Schlacke verbrannte Metallklumpen, mehr bestimmt nicht. Und vielleicht einen schwarzen Kampfhubschrauber, der mit aufgeladenen Laserkanonen auf sie wartete. Aber er sagte nichts, sondern wartete, bis die drei Tiermenschen das Haus verlassen hatten. Dann jedoch drehte er sich hastig zu Ratt um und fragte mit scharfer, trotzdem aber gesenkter Stimme: »Warum hast du ihm nicht die Wahrheit gesagt?«

Ratt warf einen nervösen Blick zur Tür, um sich davon zu überzeugen, dass sie auch wirklich allein waren, bevor sie antwortete. »Weil er unsss dann getötet hätte. Niss nur diss, sssondern auch missss!«

»Aber warum denn? Wir haben doch gar nichts gemacht!«

»Isss hätte dir die Brücke nisss ssseigen dürfen«, beharrte Ratt. »Du hasss sssie verändert.«

»Ach, und deshalb haben die Drachen sie zusammengeschossen, wie?« Anders zeigte ihr einen Vogel. »Verdammt noch mal, wer sind diese Drachen eigentlich? Was sind das für Kerle? Was wollen sie von euch?«

»Ich weisss nisss«, antwortete Ratt. »Sssie waren ssson immer da. Manchmal greifen sssie unsss an, aber nisss oft.«

»Und ihr habt nie versucht euch zu wehren?«, fragte Anders. Er hörte selbst, wie lächerlich das klang, aber Ratt schüttelte nur sehr ernst den Kopf.

»Sssie sssind unbesssiegbar«, antwortete sie. »Ssselbss die Elder fürchten ssssie.«

»Die Elder?« Anders wurde hellhörig.

»Sssie leben im Norden«, antwortete Ratt. »Ssssie hasssen unsss. Sssie sssind ssslimm, aber nisss sssso ssslimm wie die Drachen.«

»Das heißt, es gibt nicht nur euch und die anderen Sippen?«, hakte Anders nach. »Es gibt hier noch andere?« Plötzlich war er sehr aufgeregt. Ratt nickte und Anders drängte: »Diese Elder, was sind das für Wesen? Menschen wie ich oder …?«

»Ungeheuer wie ich?«

Anders fuhr erschrocken herum und blickte in Katts Gesicht, die ihrem Namen alle Ehre gemacht hatte und vollkommen lautlos hereingekommen war. Sie war in Schweiß gebadet und zitterte vor Anstrengung und Schwäche, aber ihre Augen loderten vor Zorn.

»Wenn du uns für Ungeheuer hältst, dann solltest du sie erst einmal sehen«, fuhr sie fort. »Manche von ihnen sehen vielleicht nicht so schlimm aus wie wir, doch es sind Bestien. Falls du mit dem Gedanken spielst, zu ihnen zu gehen, lass dich nicht aufhalten. Aber wundere dich nicht, wenn sie dich umbringen – nachdem sie eine Weile mit dir gespielt haben, heißt das.«

Anders sah sie fast hilflos an. Er hatte nicht die mindeste Ahnung, was er so Schlimmes getan oder gesagt hatte, doch Katts Zorn war echt und er war sogar noch viel größer, als sie sich anmerken ließ.

»Bitte entschuldige«, sagte er. »Ich wollte nicht …«

Katt ignorierte ihn demonstrativ und wandte sich zu ihrer Schwester um. »Was war hier los? Was wollten Bull, Liz und Rex schon wieder hier?«

»Die Brücke issst sssersssstört«, antwortete Ratt.

Katt keuchte. »Was?«

Ratt deutete auf Anders, dann auf sich und sagte: »Die Drachen.« Dann erklärte sie mit schnellen, kaum noch verständlichen Worten, was geschehen war. »Sssie hätten misss erwisst, wenn Andersss nisss gewesssen wäre. Er hat misss gerettet.«

Katts Wut war sichtlich verraucht, während sie den Worten ihrer Schwester gelauscht hatte, und mittlerweile sah sie nur noch erschrocken aus. Mit eindeutig schuldbewusster Miene drehte sie sich wieder zu Anders um.

»Das tut mir Leid«, sagte sie. »Das wusste ich ja nicht. Ist dir auch wirklich nichts passiert?«

»Nein«, antwortete Anders. »Deine Schwester übertreibt. Ich bin einfach nur weggerannt und habe sie mitgenommen. So wie du mich, als wir uns das erste Mal getroffen haben.«

»Das war etwas anderes«, behauptete Katt. Anders sah nicht ganz ein, wieso, aber sie gab ihm keine Gelegenheit, eine entsprechende Frage zu stellen, sondern war mit zwei schnellen Schritten bei ihm und schloss ihn so fest in die Arme, dass ihm die Luft wegblieb. Trotz ihres ausgemergelten Äußeren stand sie ihrer Schwester hinsichtlich ihrer Körperkraft nicht viel nach.

Anders machte sich ganz instinktiv aus ihrer Umarmung los, aber es war wirklich nur ein Reflex. Er war wieder selbst davon überrascht – aber Katts Nähe bereitete ihm keineswegs Unbehagen. Ganz im Gegenteil.

Noch während er sie von sich schob, sah er den verletzten Ausdruck in ihren Augen und zog sie in der gleichen Bewegung wieder ein Stück an sich heran, wenn auch nicht ganz so dicht wie zuvor.

»Nicht so stürmisch«, sagte er lächelnd. »Du erwürgst mich ja. Oder willst du zu Ende bringen, was die Drachen begonnen haben?«

»Wie?«, machte Katt verwirrt.

»Du bist doch nicht immer noch böse wegen heute Mittag?«, fragte er.

Katt wirkte nun vollkommen verwirrt, aber dann schüttelte sie hastig den Kopf und trat nun ihrerseits einen Schritt zurück, um sich aus seinem Griff zu befreien, allerdings nicht weil sie verletzt war, sondern weil ihr ihr eigenes Verhalten plötzlich peinlich zu sein schien.

»Nein«, sagte sie. »Ich war nur … erschrocken. Dir ist wirklich nichts passiert?«

»Nein«, versicherte Anders zum wiederholten Male. Aber je öfter er es sagte, desto verwirrter war er auch. Es war knapp gewesen, ziemlich knapp sogar – doch wenn er genau darüber nachdachte, war ihre Flucht trotzdem beinahe zu leicht gewesen. So wie er die Männer in den schwarzen Helikoptern einschätzte, hätten sie es kaum dabei bewenden lassen, einen Blick durch die Fenster zu werfen und die Halle mit ihren Sensoren abzutasten. Hätten sie Verdacht geschöpft, dann hätten sie das ganze Gebäude kurzerhand in Schutt und Asche gelegt, nur so zur Vorsicht.

Sie hatten es nicht getan.

Vielleicht hatte er schon wieder einen Fehler gemacht, dachte er. Möglicherweise wäre dieser ganze Albtraum jetzt schon vorbei und er könnte sich in den bequemen Ledersesseln eines Helikopters lümmeln und sich mit Höchstgeschwindigkeit nach Hause fliegen lassen, wenn er nur die Nerven behalten und das Haus einfach mit erhobenen Händen verlassen hätte.

Möglicherweise wäre dann aber auch in diesem Moment nur noch ein rauchender Krater im Asphalt von ihm übrig.

»Wo bist du gewesen?«, fragte er, obwohl ihm Katts verschwitztes Äußeres und die Spuren vollkommener Erschöpfung in ihrem Gesicht die Antwort natürlich bereits gaben: Sie hatte abermals ihr eigenes Körpergewicht quer durch die Stadt geschleppt. »Wasser holen?«

Katt nickte. »Ja, aber es war das letzte Mal. Für die nächsten drei Tage haben wir genug Wasser.«

»Und dann?«

»Ist ein anderer an der Reihe«, antwortete Katt. Sie wirkte gleichermaßen irritiert wie verärgert. Sie wollte ganz offensichtlich jetzt nicht über dieses Thema reden, aber Anders wollte nicht mehr über die *Drachen* reden und schon gar nicht über das, was vorhin geschehen war.

»Eines verstehe ich nicht«, fuhr er fort. »Wenn das die einzige Wasserstelle in der ganzen Stadt ist, warum verlegt ihr euer Lager nicht einfach dorthin?«

»Weil die anderen Sippen ihr Wasser auch dort holen«, antwortete Katt. »Was soll das? Ich will jetzt nicht über das Wasser reden, Anders! Du wärst beinahe ums Leben gekommen!«

»Knapp vorbei ist auch daneben«, sagte Anders leichthin. »Mir ist ja nichts passiert und Ratt auch nicht.« Er warf dem Rattenmädchen einen beinahe beschwörenden Blick zu. »Du kennst doch deine Schwester. Sie übertreibt gern.«

»Pfff«, machte Ratt.

»Es war vollkommen verrückt, überhaupt dorthin zu gehen!«, empörte sich Katt, während sie zu ihrer Schwester herumfuhr. »Du musst verrückt geworden sein! Weißt du nicht, was hätte passieren können?«

»Es war meine Schuld«, erklärte Anders hastig. »Ich habe sie gezwungen mich dorthin zu bringen.«

»Derjenige, der Ratt zu etwas zwingt, was sie nicht will, ist noch nicht geboren«, sagte Katt, während sie ihrer Schwester einen neuerlichen, zornsprühenden Blick zuwarf. Ratt streckte ihr die Zunge heraus und Katt wandte sich wieder an Anders. Aus dem Zorn in ihren Augen wurde … etwas anderes.

»Aber was wolltest du da?«, fragte sie.

»Nichts«, behauptete Anders. »Ich war wirklich nur neugierig.«

»Du wolltest auf die andere Seite«, sagte Katt.

»Nein«, erwiderte Anders. »Jedenfalls noch nicht.«

»Aber irgendwann willst du es.«

»Das spielt doch jetzt gar keine Rolle«, antwortete Anders ausweichend. »Ich wollte es nur sehen.« Er streckte die Hand aus, um Katt an der Schulter zu berühren, aber sie wich mit einer raschen Bewegung zurück.

»Du wolltest einfach abhauen«, meinte sie. »Nach allem.« Plötzlich füllten sich ihre Augen mit Tränen. »Wolltest du Ratt mitnehmen oder wärst du allein gegangen?« Sie ließ Anders gar keine Gelegenheit, irgendetwas zu antworten, sondern fuhr auf dem Absatz herum und stürmte hinaus; bühnenreifer Abgang, die Zweite.

»Upsss«, machte Ratt.

Anders blickte abwechselnd sie und den Vorhang an, der hinter Katt herflatterte. »Was habe ich denn falsch gemacht?«

»Katt isss eben Katt«, sagte Ratt schulterzuckend. »Aber sssie beruhigt sssisss ssson wieder. Isss rede mit ihr.« Und damit trippelte auch sie aus dem Raum.

»Kein Problem«, murmelte er. »Ich hatte sowieso gerade nichts vor.« Er fühlte sich … hilflos. Der berühmte Elefant im Porzellanladen war nichts gegen ihn und das Schlimmste war: Er hörte es zwar überall um sich herum klirren und bersten, aber er wusste nicht einmal, *was* er falsch gemacht hatte.

Weiber!

Anders starrte den Vorhang noch einige Momente lang unschlüssig an, dann ging er zum Bett, ließ sich darauf fallen und verschränkte die Hände hinter dem Kopf. Er war so verwirrt, dass es fast körperlich wehtat – und was das Schlimmste war: Er hatte das Gefühl, der Lösung die ganze Zeit über fast zum Greifen nahe zu sein. Aber sie entzog sich ihm wie ein glitzernder Fisch, den er dicht unter der Wasseroberfläche sah, jedoch einfach nicht packen konnte!

Um sich von Katt und dem, was er in ihren Augen gelesen hatte, abzulenken, richtete er seine Gedanken fast gewaltsam wieder auf die Helikopter und die Männer in den schwarzen Schutzanzügen. Je länger er darüber nachdachte, desto weniger Sinn schien ihm ihr Verhalten zu machen. Als er sie das erste Mal gesehen hatte, da hatte er einfach nur Angst vor ihnen gehabt, doch so schlimm diese Stunden auch gewesen sein mochten, sie waren ihm bedeutend *einfacher* erschienen. Sie wollten ihn umbringen und er wollte gerne noch ein bisschen am Leben bleiben, so einfach war das. Jetzt …

Natürlich war es nicht wirklich so: Aber beinahe wäre es ihm lieber gewesen, Ratts *Drachen* hätten auch heute auf ihn geschossen (selbstverständlich ohne ihn zu treffen), denn dann hätte er wenigstens gewusst, woran er mit ihnen war.

Es gab im Grunde nur einen einzigen Ausweg aus diesem Dilemma: Er musste mehr über die Drachen und ihre Beweggründe herausfinden. Etliches wusste er ja schon. Die schwarzen Helikopter kamen nicht aus dieser Welt, die geradewegs aus einem postnuklearen Albtraum entsprungen zu sein schien, sondern von draußen; dem gleichen *Draußen*, aus dem auch er stammte. Nur dass in *dieser* Welt noch nie jemand etwas von solchen Maschinen und Waffen gehört hatte; und von einer ganzen Stadt, in der die Überlebenden eines atomaren Holocaust vor sich hin vegetierten, schon gar nicht.

Anders erwog einen Moment lang die alte Geschichte vom bösen, verrückten Wissenschaftler, der in seinem unterirdischen Labor an der Erschaffung einer Rasse von Übermenschen bastelte und seine Privatarmee hatte, die die Drecksarbeit für ihn erledigte, und verwarf sie ebenso schnell wieder, wie sie ihm gekommen war. In dieser Geschichte hatten weder James Bond noch Blofield etwas zu suchen.

Aber was war wirklich hier passiert? Eine gewaltige Katastrophe, so viel war klar, und sie lag erstens eine geraume Weile – eine Generation, um genau zu sein – zurück, und es war zweitens mit großer Wahrscheinlichkeit *kein* Unfall gewesen. Er hatte Janniks Worte keinen Moment lang vergessen: *Es waren saubere Bomben.* Jannik hatte gewusst, was hier passiert war. Aber Jannik war tot.

Eine tiefe Trauer überkam Anders, begleitet von einem heftigen schlechten Gewissen, dass er seinen Freund und Beschützer bisher anscheinend einfach vergessen hatte. Das stimmte so natürlich nicht. Vielmehr war der Schmerz über den ebenso sinnlosen wie brutalen Tod Janniks einfach so groß, dass er schon die bloße Erinnerung daran aus seinem Gedächtnis getilgt hatte, soweit es ihm möglich war. Er würde das nicht auf Dauer durchhalten, das war ihm klar. Irgendwann würde er sich der Erinnerung stellen müssen, und je länger er den Moment hinausschob, desto schlimmer musste er werden. Und da war noch ein hässlicher, dünner Gedanke, der sich wie ein schleichendes Gift in seine Erinnerungen schlich: Jannik hatte gewusst, was das alles hier bedeutete. Aber warum hatte er nichts gesagt, wenigstens nachdem sie mit der Cessna abgestürzt waren und …

Als wäre in diesem Gedanken ein Widerhaken verborgen gewesen, an dem seine Erinnerungen hängen blieben, dachte er ihn – wortwörtlich – noch einmal und noch einmal, und zugleich versuchte er mit aller Konzentration die Szene wieder vor seinem inneren Auge ablaufen zu lassen. Die Männer hatten die Trümmer der Cessna aufgelesen und Stück für Stück in die gelandeten Helikopter verladen. Aber sie waren längst nicht dazu gekommen, ihre Arbeit zu Ende zu bringen. Sie hatten sich fluchtartig zurückziehen müssen, als die Fresser auftauchten, und ein Gutteil der zerborstenen Maschine war auf dem Platz zurückgeblieben. Vielleicht ja sogar die Pilotenkanzel. Und vielleicht – nur vielleicht – sogar sein Rucksack.

In dem sich sein Handy befand.

Endlos lange versuchte Anders die Erinnerung herbeizuzwingen, aber am Ende musste er resignieren. Er wusste es einfach nicht. Die Logik sagte ihm zwar, dass die Männer zuallererst die Passagierkabine und ihren Inhalt geborgen hatten, doch eigentlich war nicht viel von dem, was in diesen furchtbaren Stunden geschehen war, wirklich logisch gewesen. Vielleicht war sein Rucksack ja noch da. Vielleicht war ja sein *Handy* noch da!

Der Vorhang raschelte. Anders drehte den Kopf und stellte überrascht fest, dass es draußen mittlerweile dunkel geworden sein musste, denn er konnte sowohl die Tür als auch die beiden Fenster nur noch als blaugraue Rechtecke vor einem noch dunkleren Hintergrund ausmachen. Und auch die Gestalt, die hereingekommen war, war nur als schwarze Silhouette zu erkennen. Trotzdem wusste er sofort, dass es Katt war, noch bevor sein Verstand registrierte, dass der Schatten zu groß für den Ratts war und weder spitze Ohren noch einen Schwanz hatte.

Er wollte nicht mit ihr reden. Das hieß: Er wollte nichts mehr, als mit ihr zu reden und ihre Nähe zu spüren, doch er hatte zugleich auch beinahe Angst vor dem Chaos, das sie in seinen Gefühlen auslöste. Er schloss hastig die Augen und drehte sich auf die Seite um den Schlafenden zu spielen.

Anders konnte vielleicht die Augen schließen, aber nicht die Ohren. Als wäre er plötzlich ebenso hellhörig wie eine Katze, hörte er nicht nur, wie sie mit nahezu lautlosen Schritten näher kam, sondern auch, wie sie dicht neben ihm stehen blieb und dann ihre Kleider abstreifte.

»Rutsch zur Seite«, sagte Katt. »Ich weiß, dass du nicht schläfst.«

Anders spielte noch einen weiteren Moment den Schlafenden, aber dann kapitulierte er und rutschte ein Stück zur Seite. Trotzdem war er vollkommen perplex, als sie im nächsten Moment neben ihn unter die zerschlissene Decke schlüpfte und sich zusammenrollte.

»Äh … was … tust du da?«, fragte er stockend.

»Ich bin müde«, antwortete Katt. »Und ich habe zehn Nächte lang auf dem Fußboden geschlafen. Das reicht.«

Anders setzte dazu an, ihr zu erklären, dass er kein Problem damit hätte, nun seinerseits auf dem Boden zu schlafen und ihr das Bett zu überlassen, doch er brachte plötzlich keinen Laut mehr hervor. Seine Kehle war wie zugeschnürt.

Katt schmiegte sich noch enger an ihn. Ihr Körper fühlte sich so knochig und mager in seinem Rücken an, wie er es erwartet hatte, aber zugleich war er auch auf sonderbare Weise weich. Die Berührung löste eine wahre Explosion von Gefühlen in ihm aus, die er vielleicht schon mal erlebt hatte, aber niemals zuvor in dieser Intensität. Sein Herz begann zu rasen.

»Und … Ratt?«, fragte er.

Katts Haar kitzelte in seinem Nacken, als sie den Kopf schüttelte. »Sie ist bei Bat«, sagte sie. »Es kann jetzt nicht mehr lange dauern. Aber ein paar Stunden schon.«

Anders zögerte noch einen Moment, in dem er in sich hinein und auf das rasende Hämmern seines Herzens lauschte, doch dann drehte er sich langsam herum und Katt begann leise zu schnurren wie eine zufriedene Katze.

18

Es musste Mitternacht sein, wenn nicht später, und als er diesmal erwachte, wehrte er sich mit aller Kraft dagegen, die er, müde wie er war, aufbringen konnte. Ausnahmsweise erinnerte er sich nicht an einen jener Albträume, wie er sie in letzter Zeit immer hatte und die im Grunde aus nichts anderem bestanden als aus einer nahezu sinnlosen Aneinanderreihung von Szenen, in denen irgendjemand versuchte ihn auf alle möglichen und unmöglichen Arten umzubringen. Er erinnerte sich auch nicht an irgendeinen anderen Traum. Seine letzte Erinnerung war die an den getigerten Fellstreifen auf Katts Rücken; und an ihr warmes Schnurren, das er nicht nur gehört, sondern vielmehr tief in seinem Inneren gespürt hatte.

Anders sah ein, dass er nicht an dieser Erinnerung festhalten konnte, öffnete aber die Augen noch nicht, sondern tastete mit der linken Hand hinter sich. Katt war hinter ihm eingeschlafen, eng an ihn geschmiegt und den Arm um seine Schulter geschlungen, und mit ein bisschen Glück war das Erste, was er fühlte, der wunderschöne Fellkamm, der sich von ihrem Haaransatz über den Rücken hinabzog.

Das warme Fell war nicht mehr da und der Rest von Katt auch nicht. Anders war allein.

Fast erschrocken öffnete er die Augen, starrte noch eine Sekunde lang mit klopfendem Herzen in die Dunkelheit und fuhr dann mit einer fast erschrockenen Bewegung herum.

Katt war immer noch nicht da. Er lag allein in dem schmutzigen Bett und er war auch nicht von selbst aufgewacht.

Etwas hatte ihn geweckt.

Anders war im allerersten Moment noch zu benommen, um das Geräusch zu identifizieren, und für einen noch kürzeren Augenblick klammerte er sich auch noch mit Erfolg an die Zeit, bevor er eingeschlafen war, aber an dem Geräusch war irgendetwas Alarmierendes, das die Barrieren aus Mattigkeit und angenehmen Erinnerungen, die Anders zwischen sich und der sehr viel weniger angenehmen Wirklichkeit errichtet hatte, mühelos unterlief. Er kannte dieses Geräusch. Es war der Laut rasiermesserscharfer großer Schwertklingen, die die Luft zerteilten.

Anders richtete sich mit einer so hastigen Bewegung auf, dass das altersschwache Feldbett ächzte. Sein Herz sprang mit einem einzigen Satz bis in seinen Kehlkopf hinauf und hämmerte dort mit zehnfacher Schnelligkeit weiter.

Das Geräusch war immer noch da.

Anders blieb eine weitere Sekunde lang stocksteif aufgerichtet und mit rasendem Puls im Dunkeln sitzen und lauschte auf das grässliche Geräusch, aber es tat ihm nicht den Gefallen, langsam auszuklingen und zu einem Teil eines Albtraumes zu werden, der ihn irgendwie durch die Phase des Erwachens begleitet hatte, sondern wurde im Gegenteil eher lauter. Hastig sprang Anders auf, bückte sich nach seinen Kleidern und schlüpfte rasch in Hemd und Hose.

Erst als er auch die Schuhe anzog, spürte er, dass er nicht mehr allein war.

Anders erstarrte mitten in der Bewegung, richtete sich langsam wieder auf und versuchte die Dunkelheit mit Blicken zu durchdringen. Irgendwo rechts von ihm bewegte sich etwas. Ein Rascheln ertönte und Anders glaubte einen Schatten wahrzunehmen, ohne ihn jedoch genau erkennen zu können.

»Katt?«, fragte er.

»Nein«, erwiderte eine tiefe, irgendwie schleppende Stimme.

»Bull?«, murmelte er. Dann fuhr er in hörbar erschrockenerem Tonfall fort: »Wie lange … bist du schon hier?«

Der Minotaur lachte leise und grollend. »Noch nicht sehr lange«, antwortete er. »Jedoch lange genug.«

Anders grübelte eine Sekunde lang über diese Antwort nach, zog es aber dann vor, nicht allzu genau über ihre Bedeutung nachzudenken. Außerdem gab es im Moment wirklich wichtigere Probleme.

»Dort draußen …«, begann er.

»Ich weiß, was dort draußen ist«, unterbrach ihn Bull.

»Aber das ist ein Heli… ein *Drache!*«, keuchte Anders. Täuschte er sich oder war der Sirren der Rotorblätter noch lauter geworden? Er spürte jetzt auch wieder dieses sonderbare Vibrieren.

»Ich weiß«, sagte Bull noch einmal.

»Worauf wartest du dann noch?« Anders schlüpfte hastig in seinen zweiten Schuh und wedelte gleichzeitig mit der Hand zur Tür.

»Ich bleibe hier«, antwortete Bull. »Und du solltest das auch.«

»Hier bleiben?« Anders wiederholte das Wort, als wäre er nicht sicher, richtig verstanden zu haben. Einen Moment lang wartete er vergeblich darauf, dass der Minotaur weitersprach, dann wandte er sich mit einer entschlossenen Bewegung um und ging zur Tür.

Bull vertrat ihm mit einer überraschend geschmeidigen Bewegung den Weg. »Nein«, sagte er.

Das Rotorengeräusch hielt immer noch an und das unangenehme Vibrieren und Kribbeln in seinen Eingeweiden nahm sogar noch zu. Er glaubte etwas wie einen Schrei zu hören, vielleicht auch ein Wimmern, aber er war nicht ganz sicher.

»Was geht da draußen vor?«, fragte er.

»Nichts, was dich etwas anginge«, antwortete Bull schleppend.

Wahrscheinlich hatte er sogar Recht damit, dachte Anders. Aber vielleicht auch nicht. Vielleicht war es ja gerade andersherum, und sie waren gekommen um ihn zu *retten.* Oder …

»Wo ist Katt?«, fragte er.

»Sie ist bei Bat«, antwortete Bull. »Doch es ist nichts, was dich …«

»… etwas angeht, ich weiß«, fiel ihm Anders ins Wort. »Aber ich glaube, das entscheide ich doch lieber selbst.« Er machte einen raschen Schritt. Erneut versuchte Bull ihm den Weg zu vertreten, nur diesmal war Anders einfach zu schnell. Er tauchte unter dem Arm des Minotaurus hindurch, war mit einem einzigen Schritt an ihm vorbei und schlug den Vorhang zur Seite.

Der Anblick ließ ihn mitten im Schritt erstarren.

Der Platz war hell erleuchtet. Ein gutes halbes Dutzend Feuer und eine sehr viel größere Anzahl Fackeln brannten, sodass er den gigantischen schwarzen Helikopter, der zehn Meter über ihm schwebte, deutlich erkennen konnte.

Anders sog scharf die Luft zwischen den Zähnen ein und Bull legte ihm eine seiner mächtigen Pranken auf die Schulter. Er sagte nichts, aber die Bedeutung der Geste war klar. Anders zog sich wieder einen halben Schritt in den Schatten der Tür zurück, um von oben nicht sofort gesehen zu werden, sollte einer der Männer im Helikopter zufällig einen Blick in die Tiefe werfen.

Er glaubte es allerdings nicht. Der Drache schwebte so reglos wie festzementiert zehn Meter über der Straße. Die Rotoren waren fast unsichtbar geworden, aber Anders sah trotzdem, dass der flirrende Schemen weniger als einen Meter von der Fassade entfernt war. Der Pilot verstand sein Handwerk.

»Was wollen sie hier?«, fragte er.

»Bat«, antwortete der Minotaur. »Sie hat gerade ihr Kind bekommen.«

Und deshalb waren die Drachen gekommen? Anders verdrehte den Hals, um an dem Helikopter vorbei den Blick zum Dach hinaufzuwerfen. Der künstliche Orkan, den die Rotorblätter entfachten, hatte den Rauch davongewirbelt, aber das Feuer brannte immer noch. Vielleicht war es ja doch nicht nur ein Freudenfeuer gewesen. Und jetzt, wo Bull ihn einmal darauf aufmerksam gemacht hatte, sah er auch, dass der Helikopter genau vor den Fenstern in der zweiten Etage schwebte, hinter denen Bats Zimmer lag. Orangefarbenes Fackellicht flackerte dahinter und kämpfte gegen den künstlichen Sturmwind der Rotoren, und Anders sah das hektische Hin und Her von Schatten, die sich hinter den Fenstern bewegten.

Plötzlich erklang ein Schrei, hoch und spitz und fast mehr zu *fühlen* als wirklich zu hören; wie Rasierklingen, die in seinen Kopf schnitten. Anders schlug erschrocken die Hände vor die Ohren, aber es nutzte nichts. Bats Wimmern schien eher noch an Lautstärke zuzunehmen. Der Tanz der Schatten oben hinter den Fenstern wurde hektischer – und dann verschlang ein flackerndes blaues Gleißen das Licht der Fackeln und eine andere schrille Stimme begann zu schreien.

»Katt!«, keuchte Anders. »Was …?«

Weiter kam er nicht. Bulls Hand glitt von seiner Schulter, aber praktisch im gleichen Sekundenbruchteil schlang sich sein anderer Arm von hinten um Anders' Hals und zerrte ihn zwei, drei Schritte weit ins Haus zurück.

Anders reagierte ohne wirklich nachzudenken. Bull war schrecklich stark, aber gerade das wurde ihm zum Verhängnis. Statt sich gegen seinen Griff zu wehren, warf sich Anders ganz im Gegenteil noch weiter zurück, vollführte dann eine blitzschnelle halbe Drehung, wobei er kräftig an Bulls Arm zog, und der Minotaurus stolperte, viel mehr von der Kraft seiner eigenen Bewegung nach vorne gerissen als von Anders gestoßen, an ihm vorbei und prallte mit haltlos rudernden Armen gegen den Tisch, der unter seinem Anprall in Stücke brach.

Der Minotaurus fuhr mit einem wütenden Schnauben herum. Vielleicht wäre es Anders trotz allem noch gelungen, das Schlimmste zu verhindern, aber draußen schrie Katt noch immer, flackerndes blaues Licht drang durch die Tür herein, und er hatte einfach keine Zeit für eine endlose Diskussion; schon gar nicht mit einem Gesprächspartner, der eine Viertelstunde brauchte, um einen Satz zu Ende zu bringen. Statt auch nur ein Wort der Besänftigung zu sagen, suchte er mit leicht gespreizten Beinen nach festem Stand, hob die Arme und ging in Grundstellung, und Bull reagierte genau so, wie er instinktiv erwartet hatte. Er scharrte sogar mit den Füßen, bevor er den Kopf senkte und mit vorgestreckten Hörnern heranstürmte.

Anders empfing ihn mit einem Fußtritt vor den Schädel, den der Stiermensch vermutlich nicht einmal spürte, aber das war ohnehin nur ein Ablenkungsmanöver. Noch während er nach hinten kippte, von Bull scheinbar umgerammt, packte er mit beiden Händen die Hörner des Minotaurus. Gleichzeitig zog er die Knie an den Körper und rammte Bull die Füße gegen die Brust. Eines der spitzen Hörner zerriss sein Hemd und zog eine brennende Linie aus Schmerz über seine Seite, und möglicherweise begriff Bull sogar im allerletzten Moment noch, was sein Gegner vorhatte, denn Anders konnte spüren, wie er sich herumzuwerfen versuchte, aber es war viel zu spät. Er fiel, rollte über den gekrümmten Rücken ab und streckte ruckartig die Beine aus, und Bull verlor wie durch Zauberei den Boden unter den Füßen, beschrieb einen kompletten Salto in der Luft und krachte mit solcher Wucht gegen die Wand, dass das ganze Haus zu erzittern schien.

Anders führte die Rolle zu Ende und nutzte seinen eigenen Schwung, um wieder auf die Beine zu kommen; allerdings nicht annähernd so mühelos und elegant, wie er es erwartet hatte. Seine Hüft- und Kniegelenke schmerzten höllisch und er musste einen hastigen Ausfallschritt machen, um nicht sofort wieder zu stürzen. Bull sah nicht nur aus wie ein Stier, er schien auch nicht nennenswert leichter zu sein. Einen zweiten derartigen Angriff würde er nicht überstehen.

Trotzdem warf er nur einen flüchtigen Blick zur Seite. Bull war an der Wand entlang zu Boden gesackt und kämpfte heftig blinzelnd und kopfschüttelnd gegen die Benommenheit. Blut lief aus seiner Nase. Wenn er wieder vollends zu sich kam, würde er sehr, sehr wütend sein.

Aber das hatte Zeit bis später.

Anders war mit zwei gewaltigen Sätzen bei der Tür.

Gerade rechtzeitig um zu sehen, dass er zu spät gekommen war.

Der Helikopter kippte genau in dieser Sekunde zur Seite. Die Turbine heulte schrill auf und die Maschine stieg plötzlich fast senkrecht und unglaublich schnell in die Höhe. Und genau in dem Sekundenbruchteil, in dem sie die Fenster von Bats Zimmer passierte, loderte blaues Feuer unter ihrer flachen Haifischschnauze hervor.

Anders schrie auf; nicht nur weil das blaue Licht so unerträglich gleißend wie mit glühenden Messern in seine Augen schnitt, sondern auch vor purem Entsetzen. Alles geschah gleichzeitig, fast im gleichen Bruchteil einer Sekunde, und trotzdem nahm er jedes noch so winzige schreckliche Detail mit gnadenloser Deutlichkeit wahr. Hinter den Fenstern über ihm brodelte plötzlich orangerotes und weißes Feuer. Die komplette Rückwand des Stockwerkes flog weg, wie von einem gigantischen Hammerschlag nach außen getrieben, und der Himmel loderte rot im Widerschein der Flammen, die auch dort brüllend nach außen schlugen. Und dann, fast schon eingehüllt in einen Mantel aus alles versengendem Feuer, hechtete eine schlanke Gestalt aus dem Fenster, flog mit ausgebreiteten Armen wie eine Turmspringerin vom Zehn-Meter-Brett in die Tiefe und rollte sich im letzten Moment zusammen.

Katt landete sicher auf den Füßen, kippte nach vorne und rollte vier- oder fünfmal über Schultern und Rücken ab, bis die Energie des Sprunges weit genug aufgezehrt war, dass sie mit der letzten Bewegung auf die Beine federn konnte. Mit unvermindertem Tempo rannte sie weiter und wich im Zickzack den brennenden Trümmern und Steinen aus, die rings um sie herum zu Boden regneten. Ganz gelang es ihr nicht. Anders sah, wie sie plötzlich taumelte und schmerzhaft das Gesicht verzog; aber noch bevor er ihr zu Hilfe eilen konnte, hatte sie den Bereich der größten Gefahr verlassen und fiel hustend vor ihm auf die Knie.

»Katt!«, schrie er. »Bist du verletzt?«

Was für eine dumme Frage! Katts Gesicht war blutüberströmt, und die Art, wie sie die linke Schulter hielt, machte ihm klar, dass diese zumindest übel geprellt war, wenn nicht gebrochen.

Trotzdem schüttelte Katt hastig den Kopf, als er die Hände nach ihr ausstrecken wollte.

»Ratt!«, stieß sie atemlos hervor. »Sie ist noch drinnen!«

Anders fuhr entsetzt herum. Das obere Geschoss des Hauses war komplett zusammengebrochen. Zehn Meter hohe Flammen versuchten brüllend vor Wut den Himmel zu versengen und auch aus den Fenstern der darunter liegenden Etage quoll schwarzer Rauch und leckten orangerote Feuerzungen. Immer noch regneten Trümmerbrocken zu Boden, wenn auch nicht mehr annähernd so viele wie noch vor einem Augenblick.

Er hörte, wie sich hinter ihm etwas bewegte – wahrscheinlich Bull, der seine Knochen wieder sortiert hatte und nun herauskam um ihm den Kopf abzureißen –, schaltete den vernünftigen Teil seines Gehirns kurzerhand ab und stürmte los.

Anders versuchte erst gar nicht, den herunterregnenden Trümmerstücken auszuweichen. Er hatte weder die scharfen Augen einer Katze noch deren fantastische Reaktionen, sondern baute einfach auf sein Glück. Mit einem Dutzend gewaltiger Sätze erreichte er die Tür und stürmte hindurch.

Auch das Erdgeschoss war von rotem Feuerschein erfüllt. Es war heiß wie in einem Backofen und die Luft war so voller Qualm, dass schon sein erster keuchender Atemzug in einem qualvollen Husten endete. Flackerndes rotes Licht drang vom oberen Ende der Treppe herab und auch ein Teil der Decke hatte sich in ein Spinnennetz aus leuchtenden roten und gelben Linien verwandelt. Sie würde herunterbrechen, begriff Anders entsetzt. Wo war Ratt?

Ein panikerfülltes Quietschen wies ihm den Weg. Im ersten Moment sah er nur flackerndes Licht und tobende schwarze Schatten, als er in die Richtung blickte, aus der das Wimmern kam, aber er stürmte einfach los und nach einer weiteren Sekunde sah er Ratt.

Der Anblick wäre vielleicht sogar komisch gewesen, wäre Anders vor Angst nicht halb wahnsinnig gewesen und hätte er nicht ein furchtbares Knirschen und Ächzen gehört, das ihm verriet, dass das gesamte Haus im Begriff war, zusammenzubrechen. Soweit er das beurteilen konnte, war Ratt zumindest nicht schwer verletzt – unmittelbar hinter ihr jedoch war ein mehr als metergroßes Stück der Betondecke heruntergebrochen und hatte ihren Schwanz eingeklemmt. Sie zerrte und riss mit aller Kraft daran, aber der Brocken musste eine halbe Tonne wiegen und rührte sich nicht.

Anders war mit zwei gewaltigen Sätzen bei ihr, fiel auf die Knie und stemmte sich mit aller Gewalt gegen das Trümmerstück.

»Esss brissst sssussammen!«, kreischte Ratt. »Wir werden ersssslagen!«

Die Decke antwortete mit einem zustimmenden Ächzen auf ihre Worte. In dem leuchtenden Spinnennetz erschienen große, von höllischer Glut erfüllte Löcher. Steine und ganze Lawinen aus glühendem Staub regneten rings um sie herum zu Boden, und Anders verdoppelte seine Anstrengungen, den Betonbrocken zur Seite zu schieben. Er zitterte nicht einmal.

»Ein Messer!«, schrie er. »Hast du ein Messer?«

»Wosssu?«, piepste Ratt.

Anders antwortete nicht, sondern sah sich gehetzt um. Er brauchte irgendetwas mit einer scharfen Kante! Ratts Schwanz war nicht dicker als sein kleiner Finger, und diese Verletzung würde sie überleben; fünfzig Tonnen Beton, die ihr auf den Kopf fielen, nicht. Ebenso wenig wie er.

Seine tastenden Hände schlossen sich um etwas ebenso Raues wie Scharfkantiges. Er hob seinen Arm und Ratt kreischte. *»Bisss du wahnsssinnisss?!«*

Anders holte noch weiter aus und dann war plötzlich Bull da. Mit nur einer Hand schleuderte er den Betonbrocken zur Seite, unter dem der Schwanz des Rattenmädchens eingeklemmt war, und taumelte, als ein faustgroßer Brocken von der Decke seinem Kameraden zu Hilfe kam und ihn genau zwischen die Hörner traf. Aber er schüttelte den Schmerz nur mit einem unwilligen Grunzen ab, klemmte sich Ratt kurzerhand unter den linken und Anders unter den rechten Arm und wirbelte herum. Während er mit gewaltigen Sätzen zum Ausgang hetzte, stürzten rings um sie immer mehr Teile der Decke herab. Bull wurde noch mindestens zwei- oder dreimal getroffen, ohne dadurch allerdings auch nur langsamer zu werden, und auch Ratt quietschte, als ein faustgroßer Stein ihr mageres Hinterteil traf und davon abprallte.

Die Decke brach zusammen, kaum dass sie das Haus verlassen hatten. Wie eine gierige Zunge, die noch im letzten Moment nach ihrer Beute zu schnappen versuchte, schoss ihnen eine Wolke aus Schutt und heißem Staub hinterher und hüllte sie für einen qualvollen Augenblick ein, dann waren sie endlich im Freien, und Bull machte noch drei weitere, weit ausgreifende Schritte, ehe er endlich stehen blieb und zuerst Anders, dann weitaus vorsichtiger Ratt ablud.

Katt war mit einem einzigen Satz neben ihnen. Obwohl sie selbst verletzt und ihr Gesicht mittlerweile eine einzige Maske aus Blut war, stand in ihren Augen nichts außer panischer Angst um Anders geschrieben. »Bist du verletzt?«, keuchte sie. »Anders, ist dir etwas passiert?«

Anders schüttelte nur benommen den Kopf, aber Ratt begann mit schriller Stimme zu keifen: »*Er?* Du fragsss, ob *er* verlesss isss? Diessser Irrsssinnige wollte mir den Sssswansss absssneiden!«

Katt sah Anders verwirrt an, doch sie wirkte zugleich auch ein ganz kleines bisschen amüsiert. »Du wolltest *was?«*

»Unsinn«, sagte Anders benommen. Alles um ihn drehte sich.

»Er lügt!«, keifte Ratt. »Sssieh doch ssselbsss! Er hat dasss Messer ja immer noch in der Hand!«

Anders sah verwirrt an sich herab. Er bemerkte erst jetzt, dass er das Metallstück noch immer umklammert hielt. Hastig ließ er es fallen. Es klirrte zu Boden und das amüsierte Funkeln in Katts Augen nahm noch zu.

»Diessser Irrre!«, keifte Ratt. »Er wollte misss verssstümmeln! Er hätte miss ohne sssu Zssögern in Ssstücke gesssnitten!«

»Genug jetzt!«, sagte Bull streng. »Ratt, bring deine Schwester in euer Haus und kümmere dich um sie. Sie ist verletzt.«

»Sssie?!«, kreischte Ratt. »Und wer kümmert sssisss um misss?«

»Ratt!«, sagte Bull streng.

Das Rattenmädchen funkelte ihn noch eine halbe Sekunde lang trotzig an, aber dann drehte es sich gehorsam um und ergriff seine Schwester an der unversehrten Schulter. Allein die Tatsache, dass sich Katt ohne Widerstand wegführen ließ, machte Anders klar, dass sie tatsächlich mehr als nur *einen Kratzer* abbekommen hatte.

Auch er wollte den beiden ungleichen Schwestern folgen, aber Bull hielt ihn mit einer raschen Bewegung zurück. »Einen Moment noch.«

Anders blieb gehorsam stehen. Sein Herz begann schon wieder schneller zu schlagen. »Was du gerade getan hast, hat mich wirklich überrascht, Anders«, sagte er.

Anders schwieg. Was hätte er auch sagen sollen? Jetzt war wohl der Moment der Abrechnung gekommen.

»Ich nehme es dir nicht übel«, fuhr der Minotaurus fort, »denn ich weiß, warum du es getan hast.«

»So?«, fragte Anders unsicher.

»Aber nur dieses eine Mal«, sagte Bull auf seine unheimliche schleppende Art. »Sprichst du auch nur mit einem Einzigen darüber oder tust du es noch einmal, dann töte ich dich.«

19

Trotz aller Aufregung fanden sie in dieser Nacht doch noch ein paar Stunden Schlaf. Katt hatte bereits auf dem Bett gelegen und nur leise gestöhnt, als Anders hereingekommen war, und ihre Schwester hatte ihn nur mit einer Salve zornsprühender Blicke empfangen und sich ansonsten in beleidigtes Schweigen gehüllt, sodass Anders es dabei belassen hatte, Katt vorsichtig das Blut aus dem Gesicht zu wischen und sich danach zu ihr zu legen, um sie tröstend in die Arme zu schließen.

So waren sie eingeschlafen, und als er am nächsten Morgen erwachte, war er allein. Blasses Sonnenlicht schien in so flachem Winkel durch das Fenster herein, dass es gerade erst Tag geworden sein konnte, aber draußen auf dem Platz herrschte bereits reges Treiben. Anders konnte von seiner Position auf dem Bett aus nicht direkt nach draußen sehen, doch er hörte Lärm und zahllose durcheinander plappernde Stimmen. Wo war Katt?

Er stand auf, ging – noch ein wenig verschlafen – zur Tür und blieb wie angewurzelt stehen. Er hatte sich nicht getäuscht: Praktisch die gesamte Sippe musste auf dem mit Trümmern übersäten Platz zusammengekommen sein. Doch Anders schenkte dem bunten Sammelsurium bizarrer Gestalten kaum mehr als einen flüchtigen Blick. Er starrte aus hervorquellenden Augen auf die drei riesigen grotesken Gestalten, die in der Mitte des Platzes standen und mit Bull und den beiden anderen Ältesten redeten.

Gegen die drei Neuankömmlinge wirkten selbst Bull und Ratt beinahe wie normale Menschen. Schon der kleinste von ihnen war annähernd so groß wie Bull, aber ungleich massiger, und während die meisten Angehörigen der Sippe immer noch eindeutig Menschen waren, die irgendwo etwas von einem Tier mitbekommen hatten, handelte es sich bei den drei unheimlichen Besuchern ganz eindeutig um *Tiere* mit einer kleinen Spur Mensch.

Genauer gesagt: um Insekten.

Die Kreatur, die mit heftig gestikulierenden Fühlern und ununterbrochen mahlenden Mandibeln mit Bull sprach, war eine Art gigantischer Käfer mit einem wulstigen Rückenpanzer, der unter den schräg einfallenden Strahlen der Sonne in allen Farben des Regenbogens schillerte. Die zweite, viel größere Kreatur konnte Anders nicht eindeutig identifizieren, denn sie bestand praktisch nur aus Panzerplatten, Stacheln und Klauen, doch bei der dritten handelte es sich eindeutig um eine riesige Spinne mit einem menschlichen Oberkörper, Armen und Kopf, aber einem Gesicht mit einem winzigen dreieckigen Maul und sechs runden schwarzen Augen. Der bloße Anblick dieses Ungeheuers bereitete Anders Übelkeit.

Er schien nicht der Einzige zu sein, dem es so erging. Die Sippe hatte einen dichten Kreis um die drei Besucher gebildet, hielt aber trotzdem einen respektvollen Abstand zu ihnen ein, und Anders konnte die angespannte Nervosität, die sich unter den Tiermenschen ausgebreitet hatte, geradezu mit Händen greifen. Das aufgeregte Stimmengemurmel täuschte ihn nicht darüber hinweg, dass es sich bei den Besuchern allem Anschein nach nicht um willkommene Gäste handelte. Nicht wenige Tiermenschen waren bewaffnet; viele nur mit Knüppeln oder Steinen, die sie unauffällig hinter dem Rücken hielten, aber einige auch mit Eisenstangen oder primitiven, selbst gebastelten Schwertern oder Messern.

Anders löste seinen Blick endlich von der riesigen Spinnenkreatur (schon um seinen rebellierenden Magen zu beruhigen) und ließ ihn stattdessen noch einmal über die versammelte Menge schweifen. Er hatte die Sippenmitglieder noch nie beieinander gesehen und musste jetzt feststellen, dass Katts Angabe, ihre Anzahl betreffend, kräftig daneben gelegen hatte. Anders schätzte, dass es mindestens *zwei*hundert waren, wenn nicht sogar mehr. Katt hatte ihm entweder bewusst die Unwahrheit gesagt – oder sie hatte nicht die geringste Ahnung, was *hundert* bedeutete, und benutzte das Wort ganz einfach für *viele.*

Endlich entdeckte er Katt in der Menge, und als hätte sie seinen Blick gespürt, drehte sie sich genau in diesem Moment um und sah in seine Richtung. Sie war zu weit entfernt um in ihrem Gesicht zu lesen, aber Anders hatte das Gefühl, dass sie ihm einen beschwörenden Blick zuzuwerfen versuchte. Sie tauschte ein paar Worte mit ihrer Schwester, die unmittelbar neben ihr stand, dann wandte sie sich um und ging langsam zum Haus zurück. Hatte Anders bei ihrem Blick noch Zweifel gehabt, so war er nun hundertprozentig davon überzeugt, dass hier etwas ganz und gar nicht stimmte. Er hatte noch niemals einen Menschen gesehen, der so betont beiläufig von einem Punkt zum anderen schlenderte wie Katt. Ganz automatisch wich er wieder ein Stück weiter in den Schatten des Türrahmens zurück, und das war vielleicht auch ganz gut so, denn in diesem Moment drehte auch der Spinnenmann den massigen Oberkörper. Für zwei oder drei Sekunden richtete sich der Blick seiner schrecklichen Mehrfachaugen direkt auf Katt, dann schien er in Gedanken den Weg fortzusetzen, den sie eingeschlagen hatte. Anders machte hastig einen weiteren Schritt zurück und erstarrte dann zur Salzsäule, als die Spinne ihn direkt ansah.

Sein Herz begann zu hämmern. Allein der Anblick der abstoßenden Kreatur war schon fast mehr, als er ertragen konnte. Wenn dieses *Ding* hierher kam …

Aber der Moment ging vorüber. Das halbe Dutzend entsetzliche Augen starrte ihn noch einen Moment durchdringend an, danach schien es jegliches Interesse an ihm zu verlieren und das Wesen wandte sich wieder zu Bull und den andern um. Entweder die Kreatur interessierte sich wirklich nicht für ihn oder die Dunkelheit hier drinnen ließ ihn für ihre an das helle Sonnenlicht gewöhnten Augen unsichtbar werden. Anders hätte die erste Möglichkeit vorgezogen, aber irgendetwas sagte ihm, dass es nicht so war.

Katt schlenderte gemächlich näher, trat ein und zog dann so übertrieben beiläufig den Vorhang zu, als hätte sie es darauf angelegt, sich mit aller Gewalt verdächtig zu machen. Erst dann drehte sie sich wieder zu ihm um und atmete hörbar auf.

»Ich hatte schon Angst, du würdest aufwachen und nach draußen kommen«, sagte sie. »Wie geht es dir?«

Selbst in dem Zwielicht, das hier drinnen wieder eingekehrt war, nachdem sie den Vorhang geschlossen hatte, war nicht zu übersehen, dass ihr Gesicht grün und blau geschlagen und heftig angeschwollen war, und sie trug den linken Arm in einer improvisierten Schlinge. Die Frage war vollkommen lächerlich.

»Viel entscheidender ist ja wohl: Wie geht es *dir?*«, gab Anders zurück.

»Gut«, log Katt. »Es sieht schlimmer aus, als es ist.«

Was für ein Unsinn, dachte Anders. Aber im Moment gab es Wichtigeres. Er deutete auf den Vorhang, den Katt so sorgfältig hinter sich zugezogen hatte. »Wer sind die?«

»Wen meinst du?« Katt versuchte allen Ernstes so zu tun, als verstünde sie gar nicht, wovon er sprach.

»Tarantula und ihre Freunde«, antwortete Anders grob. »Stell dich nicht dumm!«

Katt lächelte schüchtern. »Sein Name ist nicht Tarantula.«

»Katt!«

»Sie sind von der benachbarten Sippe«, antwortete Katt. »Sie sind wegen dem hier, was letzte Nacht passiert ist.«

»Von der benachbarten ...« Anders stockte mitten im Satz, sah sie einen Moment lang verwirrt an und ging dann einfach an ihr vorbei zur Tür, obwohl sie Anstalten machte, ihn aufzuhalten. Allerdings schlug er den Vorhang nicht beiseite, sondern begnügte sich damit, durch eines der zahllosen Löcher in dem zerschlissenen Stoff zu spähen. Der Anblick hatte sich kaum verändert. Bull stand noch immer da und debattierte mit den drei Insektenwesen. Die Gesten, mit denen er seine Worte begleitete, waren hektischer geworden, und Anders war nun sicher, dass es sich nicht um ein freundschaftliches Gespräch handelte.

»Die benachbarte Sippe?«, murmelte er. »Sind sie ...« Er suchte nach Worten. »Sehen sie alle so aus wie sie?«

Katt trat lautlos neben ihn. »Sie sind nicht wie wir, wenn du das meinst.«

»Insekten?«

Katt kannte vermutlich das Wort nicht, aber sie schien dennoch zu begreifen, was er meinte.

»Hart. Ja. Sie sind alle so.«

»Hart?« Nun ja, das beschrieb es irgendwie auch. Anders sah weiter hinaus und zwang sich, seinen Widerwillen zu überwinden und die drei Kreaturen genauer anzusehen. Die Spinne war tatsächlich eine groteske Mischung aus Mensch und Arachnide, aber die beiden anderen Geschöpfe hatten zumindest auf den ersten Blick nur sehr wenig Menschliches. Hätte der Käfer nicht mit Bull gesprochen, hätte man ihn für einen ganz gewöhnlichen Käfer halten können, sah man von seiner absurden Größe ab. Bei der anderen Kreatur schien es sich um eine Art Gottesanbeterin zu handeln.

Ganz allmählich begann er zu begreifen. »Die anderen Sippen bestehen auch aus solchen Geschöpfen?«, vergewisserte er sich.

Katt schüttelte den Kopf. »Nur diese. Manche sehen aus wie Liz.«

»Ich verstehe«, murmelte Anders. Nicht dass er *wirklich* verstand – in gewisser Hinsicht hatte er das Gefühl, weiter von der Wahrheit entfernt zu sein denn je und sich mit jedem Moment, der verging, nur noch mehr davon zu entfernen. Dennoch hatte er ein neues Teil des Puzzlespieles umgedreht. Bei den Besuchern, mit denen Bull sprach, handelte es sich zweifelsohne um Insekten, während das bunte Sammelsurium, das sie umringte, aus zum Teil grotesken, dennoch aber eindeutigen Mischungen zwischen Menschen und Säugetieren bestand. Schließlich *waren* Menschen ja nichts anders als Säuger. Und nach dem, was Katt gerade über Liz gesagt hatte, musste es mindestens noch eine weitere Sippe geben, die sich aus den verschiedensten Spielarten der Kombination Mensch/Reptilien zusammensetzte. Ganz offensichtlich hatte sich die schreckliche Vermischung der Gene nicht auf eine Art beschränkt, aber ebenso offensichtlich lebten die verschiedenen Arten – von wenigen Ausnahmen wie Liz einmal abgesehen – streng voneinander getrennt.

Wofür Anders zumindest beim Anblick des Spinnenmannes äußerst dankbar war.

»Seid ihr mit ihnen verfeindet?«, fragte er.

»Verfeindet?« Katt dachte einen Moment nach und schüttelte dann wieder den Kopf. »Nein. Das können sie sich nicht leisten.«

»Bull sieht aus, als hätte er Angst vor ihnen«, sagte Anders.

»Bull hat vor niemandem Angst«, erwiderte Katt. »Es gibt auch keinen Grund, sich zu fürchten. Jedenfalls nicht bei *dieser* Sippe. Sie sind hässlich und furchtbar stark, aber auch dumm. Und es sind nur sehr wenige. Sie leben nicht sehr lange.«

Anders nahm diese Information erleichtert, aber auch ohne

sonderliche Überraschung zur Kenntnis. Der menschliche Anteil in diesen Geschöpfen war deutlich kleiner als bei den Mitgliedern von Bulls Sippe, und damit anscheinend auch ihre Intelligenz. Und Insekten lebten im Allgemeinen nicht so lange wie Säugetiere. Dennoch beunruhigte ihn der Anblick, und das weit über ihre bloße Hässlichkeit hinaus. Nach allem, was er von Biologie und Naturwissenschaften verstand, waren Insekten dieser Größe einfach unmöglich.

Die bizarre Diskussion draußen auf dem Platz hielt noch einige Augenblicke an, aber dann wandten sich der Käfer und die Gottesanbeterin um und gingen; und nach einem letzten, misstrauischen Blick in ihre Richtung stakste auch Tarantula davon. Die Menge begann sich rasch zu zerstreuen und auch Anders trat von der Tür zurück.

»Was genau wollten sie hier?«, fragte er. Katt antwortete nicht, sondern wich seinem Blick aus, und Anders fuhr fort: »Sie waren meinetwegen hier.«

Katt hob die Schultern.

»Warum?«

»Weil sssie glauben, dasss allesss deine Sssuld isss.« Ratt trat ein, schoss einen giftigen Blick in seine Richtung ab und huschte dann an ihm vorbei, wobei sie den Schwanz um das von ihm abgewandte Bein gewickelt hatte. »Und vielleisss haben sssie ja Resss.«

»Meine Schuld?«

»Unsinn«, sagte Katt. »Sie übertreibt mal wieder. Hör nicht auf sie.«

»Was hast du damit gemeint, es ist meine Schuld?«, beharrte Anders.

»Die Drachen haben ssisss noch nie ssso gebärdet wie jesss«, antwortete Ratt. Anders trat auf sie zu, doch Ratt wich hastig um die gleiche Distanz zurück und wickelte sich den Schwanz diesmal um ihre rechte Hand. Aber eigentlich sah es eher so aus, als ob sie ihn in der Hand *verbarg*.

»Ratt, halt endlich die Klappe!«, fauchte Katt.

»Nein. Ich will, dass sie antwortet«, sagte Anders. »Bitte, Katt. Ich weiß, dass du mich schützen willst, aber du tust mir damit keinen Gefallen. Und euch auch nicht.« Er wandte sich wieder an Ratt. »Also?«

»Wass tusss du, wenn isss nisss antworte?«, fragte Ratt patzig. »Sssneidesss du mir dann irgendeinen anderen Körperteil ab?«

»Ja«, grollte Anders. »Aber nichts Wichtiges, keine Sorge. Vielleicht nur den Kopf.«

Ratt funkelte ihn an und schleuderte auch noch einen giftigen Blick in Richtung ihrer Schwester, aber sie machte zugleich auch vorsichtshalber zwei weitere Schritte zurück. Anders konnte jedoch nicht sagen, wem von ihnen diese ganz instinktive Reaktion galt. »Bull sssagt, ssseit du hier biss, sssind die Drachen viel gefährlicher geworden. Und isss glaube, er hat Resss. Sssonsss sssieht man in einem gansssen Jahr nisss ssso viele wie in den lesssten Tagen.«

»Seit ich hier bin«, sagte Anders. Also doch. Sie suchten ihn.

»Das ist doch nur Zufall«, rief Katt. Aber ihr Protest klang nicht mehr wirklich überzeugend. Sie glaubte selbst nicht mehr an das, was sie sagte.

»Nein«, antwortete er ruhig. »Das ist bestimmt kein Zufall.« Er drehte sich zu Katt um. »Das kann kein Zufall sein, und das weißt du auch. Sie sind hinter mir her. Vielleicht sollte ich zu ihnen gehen und mich ihnen stellen, bevor ich euch noch alle in Gefahr bringe.«

»Du nimmst dich zu wichtig«, fauchte Katt. Sie rang jetzt sichtbar um Fassung, aber als Anders auch nur einen halben Schritt in ihre Richtung machte, wich sie hastig um die mehrfache Distanz zurück und er blieb wieder stehen. Anders war enttäuscht. Natürlich wusste er, dass ihr kindisches Benehmen nur der Sorge um ihn entsprang, aber nach der vergangenen Nacht hätte er doch ein wenig mehr Vertrauen von ihr erwartet.

»Ja, vielleicht«, erwiderte er, um mehrere Nuancen kühler, als er eigentlich beabsichtigt hatte. »Aber wenn nicht, dann könntet ihr alle in Gefahr sein.«

»Ach ja?«, machte Katt schnippisch. »Und du meinst, du könntest uns alle retten, indem du einfach losrennst und dich von ihnen verbrennen lässt?« Sie gab sich Mühe, ihrer Stimme einen möglichst verächtlichen Klang zu verleihen. »Ich verstehe. Hast du heute noch keine Heldentat begangen?«

Er kannte den Grund, aus dem sie ihn verletzten wollte, also gelang es ihr nicht. Trotzdem prallte ihr ätzender Spott nicht gänzlich von ihm ab. Eigentlich spielte es keine Rolle, warum – Katt litt Höllenqualen und allein das machte ihm zu schaffen. Es machte ihn zugleich auch ein bisschen wütend, aber viel mehr betroffen.

Der Vorhang wurde zurückgeschlagen, doch es wurde nicht wirklich heller, denn der Schatten, der unter der Tür erschien, füllte sie fast zur Gänze aus.

»Du bist schon wach«, sagte Bull. »Das ist gut.«

»Ich bin sogar schon länger wach«, antwortete Anders. »Lange genug, um euren lieben Besuch zu sehen. Ich hätte ihn gerne begrüßt, aber Katt war dagegen.«

Bulls Silhouette wandte den riesigen gehörnten Schädel, um für einen Moment zu Katt hinzusehen. »Das war sehr klug von dir«, sagte er. »Die westliche Sippe ist unberechenbar. Ich weiß nicht, was geschehen wäre, hätten sie ihn entdeckt.«

Ganz so überlegen, wie Katt getan hatte, schien sich der Minotaur offenbar doch nicht zu fühlen, dachte Anders. Und wenn er an die riesige Spinne und die fast noch Furcht einflößendere Gottesanbeterin dachte, konnte er ihn auch gut verstehen. Er wollte etwas sagen, entschied sich aber dann anders und deutete nach draußen. Bull verstand, auch wenn sein Nicken nur angedeutet war. Er trat rückwärts gehend wieder aus dem Haus, hielt mit der linken Hand jedoch den Vorhang zurück, und Anders folgte der Einladung. Katt und auch ihre Schwester wollten sich ihnen anschließen, aber Bull machte eine knappe Handbewegung und sie blieben wieder stehen.

Die Menge draußen auf dem Platz hatte sich mittlerweile zerstreut. Anders erblickte nur noch eine Hand voll Tiermenschen, die jedoch ausnahmslos hastig wegsahen, wenn er den Kopf in ihre Richtung wandte. Rex lungerte in einiger Entfernung herum und verfolgte jede seiner Bewegungen mit misstrauischen Blicken. Von Liz war nichts zu sehen und jetzt, als er darüber nachdachte, konnte er sich auch nicht erinnern, ihn vorhin hier auf dem Platz gesehen zu haben, obwohl doch anscheinend die gesamte Sippe zusammengekommen war, um die uneingeladenen Gäste zu begrüßen.

Bull und er entfernten sich ein gutes Dutzend Schritte von Katts Haus, bevor der Minotaurus das Schweigen brach. »Du bist ein sonderbarer Bursche, Anders. Ich werde nicht schlau aus dir.«

»Das sagen meine Lehrer auch immer«, antwortete Anders, hob aber hastig die Hand und fuhr in ernsterem Ton fort: »Ich weiß, was du sagen willst, Bull. Glaub mir, ich will euch nicht in Gefahr bringen. Vielleicht habe ich das schon getan, aber ich will nicht, dass noch mehr passiert.« Er blieb stehen. »Vielleicht ist es wirklich besser, wenn ich gehe.«

Bull sah ihn für die Dauer eines endlosen schweren Atemzuges an. »Ich weiß nicht, ob ich das zulassen kann. Es sind nicht nur die anderen Sippen. Ich bin nicht sicher, ob die Elder nicht schon von dir wissen. Wenn sie hierher kommen und nach dir suchen und du bist nicht mehr da, dann wäre das schlimm.«

Schon wieder diese Elder. Auch in Bulls Stimme war ein sonderbarer Unterton, als er diesen Namen aussprach. Im ersten Moment kam er Anders vollkommen anders vor als der Katts, wenn sie über das geheimnisvolle Volk aus dem Norden sprach, aber dann wurde ihm klar, dass er im Grunde dasselbe aussagte. Die Gewichtung der einzelnen Gefühle dabei mochte verschieden sein, doch beide sprachen über etwas, was sie gleichermaßen fürchteten wie hassten. Trotzdem: Jetzt war nicht der Moment, darüber zu reden.

»Also, was erwartest du von mir?«, fragte er.

»Nichts«, antwortete Bull. »Ich wünschte, du wärst nie gekommen, Anders. Aber du bist nun einmal hier und jetzt müssen wir entscheiden, was wir mit dir anfangen.«

»Ich verstehe dich nicht«, sagte Anders heftig. »Du glaubst mir doch?«

»Was?«, fragte Bull.

»Dass ich von draußen komme.«

Bull nickte.

»Und trotzdem hast du bisher keine einzige Frage gestellt!« Anders deutete erregt auf die noch immer qualmende Ruine, die zu Bats Grab geworden war und um ein Haar auch zu dem von Katt und ihrer Schwester geworden wäre. »Du glaubst sogar, dass das da meine Schuld ist, und vielleicht hast du sogar Recht damit! Und trotzdem stellst du mir keine Fragen. Willst du denn gar nicht wissen, wie es draußen aussieht? Wer wir sind? Wie wir leben? Oder wie ihr hier rauskommt?«

»Nein«, antwortete Bull.

»Nein?!«

»Nein«, bestätigte der Stiermann. »Es ist gut so, wie es ist.«

»Nein, verdammt noch mal, das ist es nicht!« Anders schrie fast. »Katt wäre letzte Nacht beinahe umgebracht worden! Bat *ist* tot! Das ist *nicht* in Ordnung!« Bulls Fatalismus machte ihn immer wütender. »Wollt ihr wirklich ewig so weiterleben? Wollt ihr gar nicht wissen, wer euch all das hier angetan hat? Und warum?«

»Wissen«, antwortete Bull, »ist gefährlich. Und nutzlos.«

»Wenn die Menschen immer so gedacht hätten, dann würden wir wahrscheinlich heute noch auf Bäumen leben und uns mit Stöcken bewerfen!« *Und es gäbe auch keine Kampfhubschrauber,* fügte eine leise Stimme in seinem Kopf hinzu. *Und keine Waffen, die ganze Städte verbrennen und die Nachkommen der Überlebenden dazu zwingen, schlimmer als die Tiere dahinzuvegetieren.*

»Was du sagst, mag für dich und dein Volk richtig sein«, antwortete Bull. »Aber nicht für uns. Dies ist unsere Welt und sie gefällt uns so, wie sie ist. Wieso glaubst du uns sagen zu können, was gut für uns ist und was nicht?«

»Weil das hier für niemanden gut ist«, antwortete Anders.

»Für uns schon«, widersprach Bull. »Wissen nutzt niemandem, und Veränderungen sind gefährlich. Wissen tötet.«

Da war er wieder, dieser fast unheimliche Klang, der seine Worte zu einer Litanei machte, die er einfach herunterbetete, ohne sich ihres Sinns bewusst zu sein, vielleicht sogar ohne dass sie einen Sinn *hatte,* die er aber nicht zurückhalten konnte. Vielleicht war das Unheimlichste überhaupt, dachte Anders schaudernd, dass Bull die letzten beiden Sätze flüssig und schnell ausgesprochen hatte, gänzlich ohne das spürbare Zögern, das sonst jedem einzelnen seiner Worte vorausging. Er sagte nichts dazu.

»Du wirst hier bei uns bleiben, bis wir herausgefunden haben, was die Elder von dir wissen«, fuhr Bull fort, nun wieder in seinem gewohnt schleppenden Ton. Anders war nicht einmal sicher, ob Bull sich erinnern würde, die Worte gesagt zu haben, wenn er ihn darauf ansprach. »Danach werde ich entscheiden, was weiter mit dir geschieht.«

Er wandte sich um und wollte gehen, aber Anders hielt ihn mit einer raschen Geste zurück. »Eine Frage noch, Bull.«

»Ja?«

»Gestern Nacht, als der Drache hier war«, sagte Anders.

Bulls Augen wurden schmal. Er sagte nichts, aber in seinem Blick erschien ein warnendes Funkeln, das Anders klar machte, dass der Minotaur offensichtlich an etwas anderes dachte als er.

»Ratt wäre um ein Haar ums Leben gekommen«, fuhr Anders fort. »Genau wie ich. Wir wären jetzt wahrscheinlich beide tot, wenn du uns nicht gerettet hättest.«

»Bring mich nicht dazu, es zu bedauern«, grollte Bull.

»Aber ich dachte, es wäre bei euch nicht üblich, euch gegenseitig zu helfen«, sagte Anders ungerührt. »Also, warum hast du es getan? Du hättest ganz gut selbst dabei umkommen können.«

Bull starrte ihn nur an. Er schwieg.

»Irgendwie habe ich das Gefühl, du hast in der letzten Nacht gegen deine eigenen Regeln verstoßen«, fuhr Anders fort. »Nicht dass ich böse darüber wäre – aber kann es sein, dass du es mit euren Gesetzen nicht allzu ernst nimmst?«

Bull starrte ihn noch eine weitere Sekunde lang ausdruckslos und schweigend an, dann fuhr er auf der Stelle herum und stürmte mit leicht gesenktem Kopf davon. Anders sah ihm nach und er ertappte sich bei dem albernen Gedanken, tatsächlich darauf zu warten, dass kleine Dampfwölkchen aus seinen Nüstern quollen wie bei einer Comicfigur. Er musste über diese Vorstellung lächeln, wurde aber sofort wieder ernst, als er sah, wie Rex auf den Minotaurus zutrat und heftig gestikulierend in seine Richtung deutete. Bull brachte ihn mit einer wütenden Geste zum Verstummen und stürmte weiter, ohne im Schritt innezuhalten, und Rex folgte ihm wie ein Hündchen, das eilfertig seinem Herrn hinterherhechelte.

Mit Rex würde er noch Schwierigkeiten bekommen, das war ihm klar. Aus Bull dagegen wurde er einfach nicht schlau. Der Stiermann hätte ihn in der vergangenen Nacht zweifelsohne töten können. Es hätte schon gereicht, wenn er einfach *gar nichts* getan hätte. Niemand, auch Katt nicht, hätte ihm einen Vorwurf machen können, wenn er nicht in das brennende Haus gestürmt wäre um ihn herauszuholen oder nur das Rattenmädchen gerettet hätte. Und trotzdem – und obwohl Anders ihn zuvor so gedemütigt hatte wie vermutlich noch niemand vor ihm – war er ihnen ohne zu zögern gefolgt und hatte sein eigenes Leben riskiert, um das ihre zu retten.

Allmählich wurde es kompliziert, dachte Anders spöttisch. Wenn es noch ein paar Tage so weiterging, dann würde er anfangen müssen eine Strichliste zu führen, wer wem das Leben gerettet hatte und warum.

Als er sich umdrehte, kamen Katt und ihre Schwester aus dem Haus. Das Rattenmädchen sah aus blitzenden Augen in seine Richtung, zischelte irgendetwas und schlug dann einen Haken nach rechts, um mit eifrigen Schritten davonzutrippeln, wobei es aber nicht vergaß, seinen Schwanz schützend um den rechten Arm zu wickeln. Katt sah ihr kopfschüttelnd nach, ging aber dann weiter und kam langsam auf ihn zu. Anders erschrak, als er sie im vollen Sonnenlicht und von nahem sah und erkannte, *wie* verschwollen und von Blutergüssen übersät ihr Gesicht und ihre Schulter wirklich waren. Sie hatte Glück gehabt, dass ihr der Stein nicht den Schädel eingeschlagen hatte. Er sagte jedoch nichts dazu, sondern deutete stattdessen auf Ratt, die hoch erhobenen Hauptes davonstolzierte, ohne auch nur ein einziges Mal zu ihnen zurückzublicken.

»Was ist mit ihr los?«

»Ach nichts«, antwortete Katt. »Ratt ist eben Ratt, weißt du?« Plötzlich grinste sie, was durch ihr verschwollenes Gesicht ungewohnt hämisch wirkte. »Du hattest doch nicht wirklich vor, ihr den Schwanz abzuschneiden, oder?«

»Doch«, antwortete Anders ernst. »Er war unter einem Stein eingeklemmt und ich dachte mir, dass sie ohne Schwanz vielleicht besser lebt als mit eingeschlagenem Schädel.«

»Du bist ein komischer Bursche, Anders«, sagte Katt. »Sind alle da, wo du herkommst, so wie du?«

»Nein«, gestand Anders. »Aber wir sind es gewohnt, Probleme zu lösen – und nicht darauf zu warten, dass sie von selbst verschwinden.«

Katt setzte dazu an, etwas darauf zu erwidern, doch dann beließ sie es bei einem vorsichtigen einseitigen Stirnrunzeln, drehte sich um und sah zu dem zerstörten Gebäude hin, aus dem sie in der vergangenen Nacht im letzten Moment entkommen waren.

Anders konnte sich eines eisigen Fröstelns nicht erwehren,

als er in die gleiche Richtung sah. Die Ruine rauchte noch immer – vielleicht war es auch nur Staub, der in der unbewegten Luft nach oben stieg – und war fast um die Hälfte kleiner geworden. Die oberen anderthalb Stockwerke waren komplett zusammengebrochen und nur sehr wenig von dem frei gewordenen Schutt war auf die Straße herabgestürzt, zumindest auf dieser Seite. Eine kompakte Masse aus Schutt und Trümmern füllte die Fenster aus und schien von ihrem eigenen Gewicht so zusammengepresst zu werden, dass sie blieb, wo sie war. Anders fragte sich, wieso das ganze Gebäude nicht einfach auseinander platzte wie eine Einkaufstüte aus Papier, in die man mehr hineinzustopfen versuchte, als sie fassen konnte, aber zugleich verspürte er auch ein neuerliches eisiges Frösteln, als ihm klar wurde, *wie* knapp es gestern Nacht war. Wäre Bull nur ein paar Sekunden später gekommen, dann wären Ratt und er unter den Trümmern zerquetscht worden wie unter den Stößen einer Tausend-Tonnen-Presse …

Schon um diese schreckliche Vorstellung zu vertreiben machte er eine neuerliche Kopfbewegung zur Ruine hin und fragte: »Warum haben sie das getan?«

»Die Drachen?« Katt blickte ihn fragend an und Anders nickte.

»Ich weiß es nicht«, antwortete Katt. »Vielleicht aus Rache.«

»Rache?«

»Bat hat sich gewehrt«, antwortete Katt. »Fast hätte sie einen ihrer Anzüge beschädigt.«

»Gewehrt? Wogegen?« Er machte eine Handbewegung ins Nichts hinauf, dorthin, wo noch vor wenigen Stunden das Feuer auf dem Dach des Hauses gebrannt hatte, das jetzt anderthalb Stockwerke tiefer lag. »Ihr habt dieses Feuer gar nicht angezündet, weil ihr euch über Bats Schwangerschaft gefreut habt, habe ich Recht? Sondern um den Drachen Bescheid zu geben.«

»Sie sehen sich die Kinder an, die geboren werden.«

»Jetzt sag nicht, sie entscheiden, wer leben darf und wer nicht«, sagte Anders. Aber eigentlich kannte er die Antwort schon. Er hatte es in der zurückliegenden Nacht zumindest geahnt, als er den Hubschrauber vor den Fenstern schweben sah, hinter denen die Fledermausfrau ihr Kind bekam; nur hatten sich die Ereignisse dann so überstürzt, dass er gar nicht dazu gekommen war, einen vernünftigen Gedanken zu fassen. Und warum auch nicht? Die Mutationen, die den Platz rings um ihn herum bevölkerten, konnten nur die Spitze des Eisberges sein. Ein paar der unangenehmeren Spielarten hatte er ja gerade selbst zu Gesicht bekommen, und es musste noch viel grässlichere Missgeburten geben; Geschöpfe, die nicht einmal lebensfähig waren und denen man vermutlich einen Gefallen tat, wenn man sie von einer Existenz voller Qualen und Furcht befreite, die ohnehin nur Stunden oder bestenfalls Tage dauern konnte …

Bevor seine Gedanken noch weiter auf diesen gefährlichen Pfaden wandeln konnten, sagte Katt: »Bat kannte das Risiko. Sie selbst hatte Glück. Sie wurde ohne Flügel geboren und ihre Schwingen sind erst später gewachsen und haben nie richtig funktioniert.«

Anders sah sie verwirrt an. Er hatte Mühe, dem plötzlichen Gedankensprung zu folgen.

»Sie wusste, dass das bei ihren Kindern nicht genauso sein musste«, fuhr Katt fort. »Wir haben sie gewarnt, aber sie wollte unbedingt ein Kind.«

»Und?«, fragte Anders verständnislos. Dann begriff er und holte japsend Luft. »Du meinst, die Drachen haben sie getötet, weil ihr Kind *Flügel hatte?*«

»Die Luft gehört den Drachen«, bestätigte Katt und machte gleichzeitig eine entsprechende Geste mit der unverletzten Hand. »Flügel sind verboten.«

»Und deshalb haben sie sie umgebracht?«, fragte Anders ungläubig.

Katt schüttelte heftig den Kopf. »Sie wollten das Kind mitnehmen, wie immer. Bat hat sich gewehrt. Da haben sie sie erschossen.«

So, wie sie es sagte, dachte Anders erschüttert, klangen die Worte wie das Selbstverständlichste von der Welt. »Und dich um ein Haar gleich mit!«

»Ich verstehe es auch nicht«, antwortete Katt. Jetzt klang sie eindeutig *schuldbewusst*, dachte Anders. Als könne sie sich zwar nicht erklären wieso, wisse aber tief in sich genau, dass sie die ganze Katastrophe ausgelöst hatte. »So etwas haben sie noch nie getan. Jedenfalls nicht so schlimm. Irgendetwas muss sie sehr wütend gemacht haben.«

Was meinst du, wie wütend ich erst bin, dachte Anders. Sein Entschluss, dieses Tal so oder so zu verlassen, war jetzt fester denn je. Irgendjemand würde für all das hier bezahlen.

Sein Magen knurrte hörbar. Obwohl es die natürlichste Sache der Welt war, war ihm das Geräusch peinlich, und Katts Grinsen trug nicht gerade dazu bei, dass er sich dabei wohler fühlte. Vielleicht sollte er das als Wink des Schicksals werten, das Thema zu beenden, das ihn immer wütender machte und dem Katzenmädchen mit jedem Moment unangenehmer zu werden schien. Natürlich gab es immer noch ungleich mehr, was er über sie und ihre Sippe *nicht* wusste, als das, *was* er wusste. Aber er war auch gar nicht mehr sicher, ob er wirklich noch viel mehr über die Sippe und ihr erbärmliches Leben herausfinden wollte. Je tiefer er in das Geheimnis dieser albtraumhaften Welt eindrang, desto mehr Schreckliches förderte er zutage.

»Habe ich das Frühstück verschlafen oder seid ihr zu spät dran?«, fragte er lächelnd. Allein bei dem Gedanken an die dünne Wassersuppe und das labberige Brot sammelte sich schon wieder saurer Speichel unter seiner Zunge, aber er hatte *Hunger.*

Katt antwortete wieder mit diesem seltsam anzusehenden einseitigen Schulterzucken. »Der Wagen kommt erst morgen.«

»Und das heißt?«

»Das heißt, dass es heute nichts gibt«, antwortete Katt.

»Du meinst, wir müssen heute hungern?«, ächzte Anders. Plötzlich erschien ihm die Aussicht auf eine Schale heiß gemachten Wassers mit einigen Streifen zähen faserigen Fleisches gar nicht mehr so übel.

Katt wirkte nicht sonderlich beeindruckt. Auch das schien für sie so selbstverständlich zu sein wie die Tatsache, dass morgens die Sonne aufging. »Nur bis morgen«, sagte sie. »Der Wagen kommt meist bei Sonnenaufgang. Danach feiern wir ein großes Fest.«

»Damit die Vorräte anschließend noch weniger lange halten«, seufzte Anders. »Wisst ihr, was euch hier fehlt? Jemand, der ein bisschen Organisation in den Laden bringt.« Er seufzte noch einmal und tiefer. »Gehen wir ein Stück spazieren?«

20

Es war dasselbe Haus, in dem Ratt und er sich vor dem Helikopter in Sicherheit gebracht hatten, und ihre Schritte hatten sie ganz und gar nicht durch Zufall hierher geführt, auch wenn Anders so tat und Katt sich alle Mühe gab, so zu tun, als fiele sie darauf herein. Sie hatten die Halle mit den rostigen Eisenzylindern durchquert und die Treppe nach oben genommen, aber Anders waren die scheuen Blicke nicht entgangen, die Katt im Vorübergehen auf die rostigen Metallrohre geworfen hatte – und auch nicht die Art, wie sie ihn danach musterte. Offenbar hatte Ratt von ihrem Abenteuer hier erzählt, aber er begann sich zu fragen, *was* sie eigentlich erzählt haben mochte.

Jetzt standen sie oben auf dem Dach des dreistöckigen Gebäudes und blickten nach Süden, über den Fluss und den Teil der Stadt hinweg, der den Fressern gehörte. Von hier oben aus betrachtet wirkte das Bild schon fast absurd friedlich und die Berge schienen zum Greifen nahe zu sein. Auch objektiv betrachtet waren sie nicht allzu weit weg, aber wie alles war das natürlich ein höchst relativer Begriff. Anders war in einer Welt aufgewachsen, in der Entfernungen nicht mehr viel bedeuteten und man jeden Punkt auf dem gesamten Planeten in weniger als vierundzwanzig Stunden erreichen konnte, wenn man es wirklich wollte. Doch diese Welt war fort, unerreichbar hinter einer Mauer aus Milliarden Tonnen Granitgestein, die sich vor ihm bis in den Himmel hinauf zu erheben schienen, und vielleicht noch darüber hinaus.

Dabei konnten sie gar nicht allzu weit geflogen sein. Die Cessna war schließlich kein Düsenjäger, und von dem Moment an, in dem sie in die Schlucht hineingeflogen waren, bis zu dem Augenblick, in dem die Drachen (jetzt benutzte er das Wort schon in Gedanken!) sie abgeschossen hatten, waren nur ein paar Minuten vergangen, auch wenn sie ihm wie Ewigkeiten vorgekommen waren. Sie *konnten* nur ein paar Kilometer zurückgelegt haben.

Das war es, was ihm seine Logik sagte. Seine Augen behaupteten etwas anderes. Realistisch geschätzt lagen zwischen dem Fluss und den Bergen, die die Stadt dort drüben begrenzten, weniger als zwei Kilometer; eine Strecke, die selbst dann zu schaffen sein sollte, wenn er sich dabei vor einer Horde mordlüsterner Spinnenkakerlaken verstecken musste. Das Problem waren die Berge selbst. Die Klamm, durch die sie in das Tal eingeflogen waren, lag in gerader Linie vor ihm, aber er schätzte, dass der Fels auch dort mindestens anderthalb bis zweitausend Meter hoch war. Für einen geübten Bergsteiger kaum eine nennenswerte Herausforderung. Nicht mit einer entsprechenden Ausrüstung, mit Seilen, Steigeisen und Pickel, Kletterhaken, richtigem Schuhwerk und warmen Kleidern, einem Fernglas und möglichst noch einem Funkgerät, um im Notfall die Bergrettung rufen zu können. Seine Ausrüstung bestand jedoch aus einem Paar Turnschuhen, Jeans und leeren Händen – und das machte aus der fast harmlosen Felswand ein nahezu unüberwindliches Hindernis.

Aber vielleicht war es ja gar nicht notwendig, versuchte er sich in Gedanken zu beruhigen. Mit ein bisschen Glück war sein Handy ja noch da, und falls es hier irgendwo eine Zwischenstation gab und er ein Netz bekam …

Anders legte den Kopf in den Nacken und blinzelte aus zusammengekniffenen Augen in den strahlend blauen Morgenhimmel hinauf. Ein weiteres Rätsel, und vielleicht sogar bisher das Größte von allen.

»Was suchst du?«, fragte Katt.

»Sie müssten uns sehen«, murmelte Anders.

»Sie?« Auch Katt sah nach oben und blinzelte in das helle Licht. Seltsam – aber Anders war für einen Moment fast sicher, dass die Schwellung in ihrem Gesicht schon ein wenig zurückgegangen war. »Die Drachen?«

»Satelliten«, antwortete Anders. Wie hatte er das vergessen können? Die Existenz dieser Stadt geheim zu halten, hätte vor fünfzig Jahren vielleicht sogar noch funktioniert, mit gewaltigem Aufwand und noch größerer Sorgfalt. Heute war es vollkommen unmöglich!

»Satelliten?«, wiederholte Katt verständnislos. »Willst du sagen, dass deine Leute … dort oben sind?«

Für jemanden wie sie war das eine erstaunlich scharfsinnige Schlussfolgerung, dachte Anders. Trotzdem schüttelte er den Kopf. »Ein paar schon. Wenigstens manchmal. Aber das meine ich nicht.« Er wedelte aufgeregt mit der Hand nach oben. »Dass es hier keine Flugzeuge gibt, das kann ich mir zur Not noch irgendwie erklären, weißt du? Aber dort oben *wimmelt* es von Satelliten.« Katts Blick wurde noch verständnisloser und Anders verbesserte sich. »Fliegende Augen, die wir dort oben geparkt haben, um alles beobachten zu können.«

»Fliegende Augen?«, murmelte Katt. Sie schüttelte den Kopf. »Das sagst du jetzt nur, um dich über mich lustig zu machen«, behauptete sie. »So etwas könnt nicht einmal ihr.«

»Glaub mir, wir können noch ganz andere Sachen«, antwortete Anders. »Aber darum geht es jetzt nicht! Dort oben sind buchstäblich Hunderte von Satelliten! Es gibt keinen Ort auf diesem ganzen Planeten, der nicht ununterbrochen beobachtet wird!«

»Und?«, fragte Katt.

»Und? Ja verstehst du denn nicht? Jemand *muss* diese Stadt gesehen haben, und nicht nur ein *Jemand.* Es ist vollkommen unmöglich … etwas von dieser Größe vor der ganzen Welt zu verstecken! Nicht heute!«

»Und was heißt das?«, fragte Katt.

»Das heißt, dass …« Anders brach ab und hob in einer Geste vollkommener Hilflosigkeit seine Hände. »Ich weiß es nicht«, murmelte er. »Es ist unmöglich, das heißt es.«

»Vielleicht wollen deine Leute ja nichts davon wissen«, schlug Katt vor. »Oder es ist ein Geheimnis.«

»Ich lebe nicht in einer Welt, in der Geheimnisse lange geheim bleiben«, sagte Anders. Er lachte humorlos. »Glaub mir, es wimmelt bei uns nur so von Leuten, die kein größeres Vergnügen kennen, als jedes Geheimnis zu lüften und hinauszuposaunen.«

Katts Blick blieb so verständnislos, wie er gewesen war, aber nun mischte sich ein deutlicher Anteil von Mitleid hinein. Sie kam näher, schmiegte sich an seine Schulter und rieb mit einem leisen Schnurren die unverletzte Seite ihres Gesichts an seiner Wange. Anders lächelte, doch nach einem Moment löste er sich von ihr und schob sie sacht auf Armeslänge von sich.

»Lass uns gehen«, sagte er. »Ich würde gerne sehen, was von der Brücke noch übrig ist. Vielleicht ist ja noch etwas zu retten.«

Katt wirkte enttäuscht und auch Anders fragte sich, ob er eigentlich verrückt sei. Sie waren allein und Katt machte keinen Hehl daraus, dass sie nicht nur mit ihm gekommen war, um frische Luft zu schnappen und die schöne Aussicht zu genießen. Dennoch wandte er sich vollends um und ging mit schnellen Schritten zur Treppe, bevor Katt ihn zurückhalten und er doch noch schwach werden konnte.

Es waren nur wenige Dutzend Schritte bis zu der Stelle, an der der Feuerwehrwagen gestanden hatte, und es gab absolut nichts mehr, was noch *zu retten* gewesen wäre: Von dem Wrack waren nur noch ein flacher Krater und ein paar ausgeglühte Trümmerstücke übrig geblieben, denen man nicht einmal mehr ansah, was sie einmal gewesen waren. Nur von der ausgefahrenen Leiter war noch ein gut zwei Meter langer Rest zu sehen, der aber hoffnungslos verbogen war. Anders versuchte nicht einmal sie weiter auseinander zu ziehen. Die Teile waren untrennbar miteinander verschweißt. Katt stand die ganze Zeit in einigen Schritten Abstand da und sah ihm schweigend zu. Anders wusste allerdings nicht, ob sie nun seine Nähe mied oder die des verbrannten Kraters.

»Sie haben ganze Arbeit geleistet«, sagte er düster. »Da müssen wir uns wohl etwas einfallen lassen.«

Katt legte den Kopf schräg. »Du glaubst wirklich, du könntest eine neue Brücke bauen?«

»Ich schätze schon«, antwortete er. »Es muss ja nicht gleich ein ganzer Löschzug sein, oder?«

»Bull will in ein paar Tagen auf die Jagd gehen«, sagte Katt. Anders versuchte vergebens herauszufinden, ob sich in ihrer Stimme so etwas wie Vorwurf verbarg. Wenn, beherrschte sie sich meisterhaft.

»Ich brauche auf jeden Fall Material«, sagte er. Metall, einen Schneidbrenner, Schraubenschlüssel und eine Konstruktionszeichnung, außerdem seinen Laptop, ein halbes Dutzend Hilfskräfte und ungefähr vier Wochen Zeit. »Kannst du mir zeigen, wo eure … Eisenjäger ihre Sachen finden?«

Katt deutete schweigend über den Kanal. Natürlich. Wären die Ruinen auf dieser Seite nicht hoffnungslos ausgeplündert gewesen, hätten Katts Leute bestimmt nicht ihr Leben aufs Spiel gesetzt, um auf der anderen Seite nach Metall zu suchen. Er trat mit einem großen Schritt über den ausgeglühten Rest der Leiter hinweg und an den Rand des Kanals. Seine Gelenke knackten hörbar, als er sich auf dem betonierten Randstreifen in die Hocke sinken ließ. Jetzt folgte ihm Katt, hielt aber weiter einen viel größeren Abstand, als nötig gewesen wäre.

Anders ließ wieder eine geraume Weile verstreichen, in der er einfach dahockte und in den fünf Meter tiefen Schacht hinabsah. Seine Vermutung von gestern wurde zur Gewissheit. Es waren keine Fleisch fressenden Pflanzen, sondern verkohlte Wurzelstränge, Blüten und einige kurze Stacheln, die aber nicht besonders gefährlich aussahen. Hier und da hatten die Wurzeln versucht den Beton zu sprengen, waren aber nicht sonderlich erfolgreich gewesen.

»Diese Pflanzen«, sagte er nachdenklich. »Sind sie giftig?«

»Man kann sie nicht essen, wenn du das meinst.« Katt schüttelte den Kopf. »Aber giftig sind sie nicht. Sie riechen nicht besonders gut, das ist alles. Bull meint, das wäre vielleicht der Grund, warum die Fresser den Fluss fürchten.«

Das klang einleuchtend. Anders wusste, dass viele Insekten sich mithilfe von Pheromonen verständigten. Vielleicht stanken ihnen die blassen Blüten einfach oder die Geruchsstoffe schrien ihnen ein unüberhörbares *Verschwindet!* entgegen, das ihre empfindlichen Näschen beleidigte.

»Bist du sicher?«, fragte er.

Katt nickte. »Ich bin einmal hinuntergeklettert.« Anders blickte sie zweifelnd an und Katt korrigierte sich mit einem leicht verlegenen Lächeln. »Also gut, ich bin von der Brücke gefallen. Die Fresser waren hinter mir her und ich hatte es ziemlich eilig.«

»Und wie bist du wieder hinaufgekommen?« Immerhin waren die Wände des Kanals ziemlich glatt und beinahe fünf Meter hoch.

Katt deutete nach links. »Es gibt eine Stelle, an der man hinaufkommt. Es ist nicht weit.«

Sie ging los ohne seine Antwort abzuwarten. Es war tatsächlich nicht weit; vielleicht hundertfünfzig oder zweihundert Schritte, und Anders sah die Stelle schon von weitem: Ein Teil der Schachtwand auf dieser Seite war geborsten. Die

Wand war nicht zusammengebrochen, was praktisch gewesen wäre, aber in dem verwitterten Beton prangten mehrere fast handbreite Risse, in denen selbst ein weniger begabter Kletterer als er nach unten hätte steigen können. Er machte sich unverzüglich ans Werk und brauchte nicht einmal eine Minute, um in den Kanal hinunterzukommen. Katt verzichtete darauf, ihm zu folgen, vermutlich wegen ihrer verletzten Schulter, beuge sich aber neugierig vor und sah ihm mit einer Mischung aus Erstaunen und widerwilliger Bewunderung zu. Augenscheinlich hatte sie seiner Behauptung, ein guter Bergsteiger zu sein, nicht besonders viel Glauben geschenkt.

Anders zögerte noch einen winzigen Moment, seinen Fuß auf den lebenden Teppich zu setzen, aber dann überwand er seine letzten Hemmungen und sprang die letzten dreißig Zentimeter in die Tiefe.

Nichts geschah. Die Pflanzendecke federte spürbar unter seinem Gewicht und er hatte ein paar der Blüten und Stängel zerquetscht. Ein leiser, aber durchdringend unangenehmer Geruch hüllte ihn ein. Katt hatte ja gesagt, dass die Pflanzen nicht besonders gut rochen. Anders machte zwei, drei vorsichtige Schritte, dann ließ er sich in die Hocke sinken, um die Pflanzen aus der Nähe zu betrachten.

Er konnte absolut nichts Außergewöhnliches feststellen. Es waren ganz normale Pflanzen, die einen dichten, ineinander verwobenen Teppich bildeten, der an manchen Stellen gute dreißig Zentimeter dick sein musste, an anderen wieder so dünn war, dass der nackte Beton hindurchschimmerte.

Er riss eine der Blüten ab und zerrieb den Stängel zwischen den Fingern. Der Geruch wurde intensiver und etwas wie zähflüssige weiße Milch blieb an seinen Fingern kleben. Er ließ die Reste fallen, stand wieder auf und ging mit vorsichtigen Schritten zur gegenüberliegenden Wand, wobei er darauf achtete, möglichst nicht auf die Blüten zu treten.

»Vielleicht solltest du jetzt wieder herauskommen«, sagte Katt. Sie klang nervös.

»Sofort«, antwortete Anders – was ihn aber nicht daran hinderte, weiterzugehen und erst vor der jenseitigen Mauer anzuhalten. Aus der Nähe betrachtet wirkte sie schon nicht mehr ganz so glatt. Im Gegenteil: Der Beton war von Rissen durchzogen und regelrecht durchlöchert, als hätte ihn jemand als Zielscheibe benutzt, um sein neues Maschinengewehr auszuprobieren. Es sah nicht allzu schwierig aus.

»Anders?«, fragte Katt nervös.

»Sofort«, antwortete Anders, hob die Arme und tastete mit den Fingerspitzen über den rauen Beton.

Katt sog hörbar die Luft zwischen den Zähnen ein. »Was hast du vor?«

»Nichts«, antwortete Anders. »Ich bin gleich zurück.«

Er begann zu klettern. Katt keuchte noch lauter und versuchte ihn mit immer schrillerer Stimme zum Umkehren zu bewegen, aber er achtete gar nicht darauf, sondern begann mit zusammengebissenen Zähnen nach oben zu klettern. Es ging nicht annähernd so gut, wie er gehofft hatte, und er war auch nicht annähernd so gut in Form, wie er geglaubt hatte, doch das Einzige, was zählte, war, dass es überhaupt ging. Anders brauchte gut fünf Minuten, um die Wand hinaufzuklettern, und oben angekommen war er vollkommen außer Atem. Aber er schaffte es.

»Anders, bitte!«, flehte Katt vom anderen Ufer aus. »Komm zurück!«

»Sofort«, antwortete Anders schwer atmend. »Ich will mich nur einen Moment ausruhen.« Diesmal meinte er es ernst. Einmal angefangen hatte ihn seine eigene Begeisterung mitgerissen, und er hatte irgendwie gar nicht aufhören können mit Klettern. Nun aber bekam er allmählich Angst vor seiner eigenen Courage.

Seine Umgebung trug auch nicht gerade dazu bei, ihm Mut zu machen. Obwohl er eigentlich hätte wissen müssen, was ihn erwartete, ließ der Anblick sein Herz ein wenig schneller schlagen.

Er war von fast vollkommener Dunkelheit umgeben. Die Ruinen thronten sich wie bizarre Skulpturen aus geronnener Schwärze vor einem Hintergrund, der nur wenig heller war, und der Himmel über ihm war einfach verschwunden; es gab weder Sterne noch Mond oder auch nur irgendeine Struktur. Beunruhigt drehte er sich um und sah zu Katt zurück, und was er jetzt erblickte, das versetzte ihm einen regelrechten Schock. Auch das andere Ufer lag im Dunkeln da. Die Silhouette der Stadt erhob sich gegen einen Himmel, der kaum weniger dunkel war als der auf dieser Seite, nur dass es dort drüben Sterne gab, und selbst Katt war nur als schwarzer Scherenschnitt zu erkennen, obwohl sie gerade einmal fünf Meter entfernt war.

Dennoch spielte er einen kurzen Moment lang mit dem Gedanken, einfach weiterzugehen, jetzt, wo er das vermeintlich größte Hindernis so unerwartet leicht überwunden hatte. Wenn er sich richtig erinnerte, musste er nur der Straße vor sich folgen, um zu dem Platz zu gelangen, auf dem die Reste der abgestürzten Cessna lagen. Er konnte wenigstens nachsehen, ob sein Rucksack noch da war.

Ein leises Rascheln erklang. Anders senkte den Blick und sog erschrocken die Luft ein, als er die hässliche Kreatur gewahrte, die unmittelbar vor ihm hockte. Sie maß ungefähr fünf Zentimeter, hatte einen schimmernden Rückenschild aus Chitin und sah aus wie eine ziemlich misslungene Kreuzung zwischen einer Spinne und einer Kakerlake. Winzige nervöse Fühler tasteten in seine Richtung.

Mit klopfendem Herzen ließ Anders sich in die Hocke sinken, sah sich aber noch einmal hastig nach rechts und links um. Es waren keine weiteren Fresser zu sehen. Bei dieser einzelnen Kreatur musste es sich um einen Späher handeln.

Sehr vorsichtig streckte er die Hand aus. Die Fühler des winzigen Scheusals bewegten sich heftiger, tasteten zitternd in Richtung seiner Finger – und dann machte das Insekt einen regelrechten Satz nach hinten und raste so schnell davon, dass Anders' Blicke ihm kaum noch folgen konnten.

Anders stand auf, drehte sich alarmiert und schnell um seine eigene Achse – nichts – und betrachtete dann einen Moment lang nachdenklich seine Finger, die er dem Minimonster entgegengestreckt hatte. Irgendetwas daran schien das kleine Ekelpaket nahezu in Panik versetzt zu haben. Sieht so aus, dachte er amüsiert, als könnten die kleinen Biester mich nicht riechen. Den Plan, den Absturzort nach seinem Handy abzusuchen, konnte er trotzdem für den Moment abschreiben. Dass der Späher vor ihm davongerannt war, bedeutete nicht automatisch, dass dasselbe auch auf einen ganzen Schwarm der kleinen Biester zutreffen musste – aber immerhin schien seine Idee vom Prinzip her richtig zu sein. Zumindest etwas, woran man arbeiten konnte.

Erschöpft, aber sehr zufrieden, kehrte er auf demselben Weg zu Katt zurück. Und selbstverständlich empfing sie ihn mit einem ganzen Schwall von Vorwürfen.

»Das war das Leichtsinnigste, was ich je gesehen habe! Du musst völlig verrückt geworden sein! Was, wenn du dich verletzt hättest? Oder wenn du auf Fresser gestoßen wärst?«

»Ich musste nur etwas nachschauen«, antwortete Anders.

»Ach, und was?« Katt begann mit der gesunden Hand an ihm herumzuzupfen, als müsste sie sich eigenhändig davon überzeugen, dass er auch tatsächlich in einem Stück zurückgekehrt war. »Ob du deine Sinne noch alle beisammen hast?«

Ihr Zorn begann Anders allmählich zu amüsieren, denn sie konnte nicht überspielen, dass er nur der Sorge um ihn entsprang.

»Ich glaube, ihr braucht in Zukunft keine Brücke mehr«, antwortete Anders.

»Prima Idee«, lobte Katt. »Nur können wir leider nicht alle wie eine Spinne an der Wand hochkrabbeln, weißt du?«

»Das braucht ihr auch nicht«, antwortete Anders grinsend.

»Wie meinst du das?«

»Später«, antwortete Anders. *Und dann verrate ich dir vielleicht auch, dass ihr in Zukunft außerdem keine Sicherplätze mehr braucht. Aber schön eins nach dem anderen.* »Jetzt brauche ich erst einmal deine Hilfe. Du weißt doch sicher, wo eure Eisenjäger das Metall aufbewahren, das sie drüben einsammeln.«

»Sicher«, sagte Katt. »Aber …«

»Prima«, unterbrach sie Anders. »Also pass auf: Ich brauche ein paar Eisenstangen, eine Säge und einen Hammer.«

»Aber wozu?«, wunderte sich Katt.

»Weil ich etwas gutzumachen habe«, antwortete Anders. Katt wollte antworten, aber Anders machte eine rasche Handbewegung und fuhr mit leicht erhobener Stimme fort: »Ich weiß, dass sie die Brücke meinetwegen zerstört haben. Den Schaden wieder gutzumachen ist das Mindeste, was ich tun kann.«

»Unsinn«, sagte Katt. Sie versuchte sich zu einem Lächeln zu zwingen. »Habe ich dir schon gesagt, dass du dich zu wichtig nimmst?«

»Ratt hat Bull und den anderen nicht gesagt, was wirklich passiert ist, bevor der Drache uns angegriffen hat«, beharrte Anders. »Es war kein Zufall, habe ich Recht?«

»Woher soll ich das wissen?«

»Und es ist auch ganz bestimmt nur Zufall, dass sie sich so anders benehmen, seit ich hier bin.« Anders seufzte. »Hilfst du mir nun oder nicht?«

Katt sah ihn eine ganze Weile unentschlossen an. Dann nickte sie. Aber Anders hatte nicht das Gefühl, dass sie es ehrlich meinte.

21

Anders' Magen knurrte so laut, dass es nun schon wirklich peinlich war, als sie zum Lager zurückkehrten. Er hatte in seinem ganzen Leben noch nicht gehungert – natürlich hatte er schon Hunger gehabt, furchtbaren Hunger sogar, aber das war ein Unterschied, wie er allmählich zu begreifen begann –, doch er hatte gehört, dass der Hunger nach ein paar Tagen nachlassen würde, bis man ihn schließlich gar nicht mehr spürte.

Entweder hungerte er noch nicht lange genug oder es stimmte einfach nicht.

Das Gefühl, das in seinen Eingeweiden wühlte, hatte nichts mit dem zu tun, was er bisher unter dem Wort *Hunger* gekannt hatte. Es tat *weh* und es schickte Vorboten aus Schwäche und beginnender Übelkeit in jeden Teil seines Körpers. Vorhin, als er zweimal in den Kanal hinab- und wieder hinaufgeklettert war, war er aufgeregt und sein Blut so mit Adrenalin gesättigt gewesen, dass er es nicht einmal gemerkt hatte; aber mit jedem einzelnen Schritt, den sie sich dem Lager näherten, spürte er nun, wie sehr ihn die Anstrengung erschöpft hatte. Seine Knie waren weich wie Butter und ihm wurde allein auf dem kurzen Rückweg zweimal so übel, dass er angehalten und sich einen Moment ausgeruht hätte, wäre er allein gewesen. In Katts Gegenwart wollte er seine Schwäche nicht zugeben, und sie war diplomatisch genug, so zu tun, als bemerke sie sie nicht. Aber Anders war mehr als nur froh, als der große Platz endlich vor ihnen auftauchte und sie das Haus ansteuerten, in dem Katt und ihre Schwester lebten. Er hatte nicht das Gefühl, dass er eine noch wesentlich längere Strecke geschafft hätte.

Erst jetzt, als sie sich dem Gebäude näherten und er es von weitem sah, erkannte er die Schäden, die auch dieses Haus bei dem Angriff in der vergangenen Nacht davongetragen hatte – es grenzte schließlich an das, in dem Bat gelebt hatte, und die Drachen hatten nicht unbedingt einen chirurgischen Eingriff vorgenommen, sondern eher eine Notoperation mit einem Vorschlaghammer. Ein fast handbreiter Riss zog sich durch die gesamte Fassade, und je länger Anders ihn betrachtete, desto mehr wunderte er sich, dass nicht auch dieses Gebäude einfach wie ein Kartenhaus in sich zusammengebrochen war.

Noch eine solche Attacke würde es vermutlich nicht überstehen.

Ratt wuselte in einem Winkel des großen Zimmers umher und war mit irgendeiner Tätigkeit beschäftigt, deren Sinn Anders nicht erkannte, die dafür aber eine Menge Krach machte. Ihre spitzen Ohren tauchten nur einmal kurz aus den Schatten auf, als sie eintraten, und verschwanden dann wieder; aber nicht schnell genug, dass Anders das kurze feindselige Aufblitzen in ihren Augen übersehen konnte.

Er beachtete es nicht wirklich, sondern steuerte auf wackeligen Knien das Bett an, erreichte es mit letzter Kraft und fiel mehr darauf, als er sich hinlegte. Kaum schloss er die Augen, wurde ihm endgültig übel. Es wurde erst besser, als er sich zwang die Lider wieder zu heben.

»Ruh dich einen Moment aus«, sagte Katt. »Ich hole dir einen Schluck Wasser.«

»War esss ssso ansssstrengend?«, fragte Ratt feindselig. Sie tauchte endgültig aus den Schatten auf und kam näher. Als sie Anders' Blick begegnete, verbarg sie hastig den Schwanz hinter dem Körper. »Isss hätte allerdingsss gedacht, dasss ihr länger braucht«, fügte sie mit einem anzüglichen Blick auf ihre Schwester hinzu. »Aber du bisss ja verlesst.«

»Ratt, halt die Klappe«, seufzte Katt. Sie klang eher resigniert als wirklich zornig, und sie wartete Ratts Reaktion auch gar nicht ab, sondern ging hinaus um Wasser zu holen. Ratt war unübersehbar enttäuscht, dass ihre Schwester sich weigerte mit ihr zu streiten, aber sie gab auch keineswegs auf, sondern wandte sich wieder zu Anders um und bleckte herausfordernd die Zähne.

»Jemand hat den Tisss kaputtgemacht«, zischelte sie. »Gessern Nacht, alssss wir oben bei Bat gewesssen ssssind.«

»Vielleicht ist etwas draufgefallen«, murmelte Anders. *Zum Beispiel ein hundertfünfzig Kilo schwerer Stiermensch.* »Euer Haus hat ganz schön was abgekriegt.«

Ratt antwortete nicht gleich, sondern warf einen bezeichnenden Blick auf die gegenüberliegende Wand, gegen die ebenfalls unübersehbar etwas geprallt war.

»Ich an eurer Stelle würde mir ein anderes Zuhause suchen«, fuhr er fort. »Die Bude könnte euch bei der kleinsten Erschütterung auf den Kopf fallen.« Er stemmte sich auf die Ellbogen hoch und erwartete halbwegs, dass sein Magen wieder zu rebellieren begann, aber die Übelkeit zog sich im Gegenteil allmählich wieder zurück. Vielleicht hatte er sich einfach nur überanstrengt.

»Bisssher war dasss Hausss gut genug für unsss«, zischte Ratt. »Aber da waren wir ja auch nur ssswei.«

»Ihr habt immer allein hier gelebt?«, erkundigte sich Anders. Er hatte einfach keine Lust, sich mit Ratt zu streiten. Außerdem hatte er diese Frage schon lange stellen wollen – wenn auch vielleicht nicht ihr. »Wo sind eure Eltern? Tot?«

»Unssser Vater isss nisss von der Jagd sssurückgekommen«, antwortete Ratt. »Aber wasss geht disss dasss an?«

»Vielleicht wollte Anders ja nur freundlich sein.« Katt kam zurück und balancierte eine Schale randvoll mit Wasser in beiden Händen. Sie hatte den verletzten Arm dazu aus der Schlinge genommen und Anders war erstaunt, wie gut sie ihn schon wieder bewegen konnte. Er war jetzt sicher, dass die Schwellung in ihrem Gesicht schon sichtbar zurückgegangen war. Es schien wohl zu stimmen, was man über die Zähigkeit von Katzen sagte.

»Indem er misss ausssfragt?«, zischte Ratt feindselig. »Aber isss verssstehe. Isss lassse eusss beide jesss besser allein. Reissst eine Ssstunde oder bessser ssswei?«

»Komm wieder, wenn es dunkel geworden ist«, sagte Katt trocken. »Oder besser, wenn es wieder hell geworden ist.«

»Pfff!«, machte Ratt. Sie klopfte noch zweimal wütend mit dem Schwanz auf den Boden und rauschte dann beleidigt hinaus.

»Ich hoffe, sie ist jetzt nicht wirklich wütend auf dich.« Anders griff nach der Schale und führte sie behutsam zum Mund, um auch nur ja keinen Tropfen der kostbaren Flüssigkeit zu verschütten. Jeder Tropfen, den er vergeudete, würde Katt einen Tropfen Schweiß kosten, um neues herbeizuschaffen. Er trank jedoch nur einen kleinen Schluck und stellte die Schale dann vorsichtig auf den Tisch, der jetzt tatsächlich deutlich wackelte. Statt ihm gut zu tun, schien das lauwarme Wasser die Übelkeit in seinem Magen eher zu schüren.

»Ratt ist immer wütend auf mich«, antwortete Katt wegwerfend. »Wenn sie keinen Grund hat, dann erfindet sie eben einen.«

»Hat sie denn einen Grund?«

»Sie ist eifersüchtig«, antwortete Katt.

Anders starrte eine Sekunde lang sie, dann das Bett und dann wieder sie an, aber Katt lachte nur.

»Nein, nicht deshalb. Du … bist nicht das, was sie bevorzugt.«

»Na, da bin ich ja beruhigt«, murmelte Anders. Bildete er es sich nur ein oder bekam er rote Ohren? Er räusperte sich. »Worauf dann?«, fragte er unbehaglich.

»Auf dich«, antwortete Katt, wie um die Verwirrung ganz bewusst komplett zu machen. »Immerhin habe ich dich gefunden.«

»Das heißt aber nicht, dass ich dir gehöre«, entfuhr es Anders. Die Worte taten ihm schon Leid, bevor er sie ausgesprochen hatte, und er wusste selbst nicht genau, warum er das überhaupt gesagt hatte. Katt schien es ihm nicht übel zu nehmen. Wenn er ihren Blick richtig deutete, dann war sie in diesem Punkt allerdings nicht unbedingt seiner Meinung.

»Bisher waren wir immer zusammen«, fuhr sie fort. »Aber die letzten Tage habe ich fast nur mit dir verbracht. Das ist alles. Sie wird sich schon daran gewöhnen.«

Es lag Anders auf der Zunge, zu sagen, dass sie dazu wahrscheinlich keine Gelegenheit bekommen würde. Wahrscheinlich hatte Katt aber vollkommen Recht. Wenn man bedachte, wie wichtig die Brücke für die Sippe gewesen war, dann hatte

Ratt sich am vergangenen Abend nur allzu leicht bereit erklärt, mit ihm zu gehen und ihm das große Geheimnis zu zeigen.

Er trank noch einen Schluck Wasser. Sein Magen rebellierte noch mehr, aber Anders zwang die Übelkeit mit einer bewussten Willensanstrengung zurück und trank im Gegenteil noch einen weiteren, sehr viel größeren Schluck. Gegen den Hunger konnte er nichts tun, doch Durst war mindestens genauso gefährlich und er wirkte wesentlich schneller.

»Ruh dich noch ein wenig aus«, sagte Katt. »Und mach dir keine Sorgen wegen Ratt. Sie beruhigt sich schon wieder.«

Sie machte eine Geste zum Bett hin, aber Anders schüttelte den Kopf. »Du wolltest mir zeigen, wo ihr euer Werkzeug verwahrt«, erinnerte er sie.

Katts Blick antwortete ganz deutlich, dass sie das ganz und gar *nicht* wollte, doch sie widersprach auch nicht, sondern drehte sich nur unbehaglich um und ging zur Tür. Anders lauschte noch einen Moment in sich hinein – es wäre schon ziemlich peinlich gewesen, wenn er jetzt den starken Mann herauskehrte und nach ein paar Schritten wieder schlappmachte –, dann folgte er ihr.

Der Platz war so leer, wie er ihn in Erinnerung hatte. Von der beinahe zweihundertköpfigen Sippe waren nur ein paar spielende Kinder zu sehen, die sich aber am anderen Ende des großen Platzes aufhielten und keinerlei Notiz von ihnen nahmen. Er fragte sich, wohin all die Leute verschwunden waren. Katt ging wesentlich langsamer voraus, als sie es gekonnt hätte, und ungefähr für die Hälfte der Strecke steuerte sie das Gebäude an, in dem Bull und der Hundemann am Morgen verschwunden waren, dann schwenkte sie scharf nach links und betrat ein Haus vier oder fünf Türen daneben.

Das Haus war bewohnt, aber leer. Es gab vier oder fünf schmutzige Betten und ein paar erbärmliche Möbel, und in der Luft lag ein unangenehmer Geruch nach kaltem Schweiß und verdorbenen Lebensmitteln. Katt ging plötzlich deutlich schneller, so als wolle sie nicht, dass er sich zu aufmerksam umsah, und steuerte eine Treppe im hinteren Teil des Raumes an, die in einen staubigen, fast vollkommen dunklen Kellerraum führte. Erst als sie das Ende der Treppe erreicht hatten, blieb sie stehen und wartete, bis er zu ihr aufgeschlossen hatte.

»Ich hoffe, du weißt, wo der Lichtschalter ist«, sagte er. Es war zu dunkel, um den Ausdruck auf ihrem Gesicht zu erkennen, aber Anders konnte ihren verständnislosen Blick geradezu fühlen und beeilte sich, eine auffordernde Geste in die Dunkelheit zu machen.

Katt führte ihn so zuverlässig durch die Dunkelheit, wie sie es vor zwei Wochen durch die Kanalisation auf der anderen Seite des Flusses getan hatte; aber obwohl er nun wusste, dass sie über die Nachtsichtigkeit und das feine Gehör einer Katze verfügte, fühlte er sich jetzt sehr viel unsicherer. Außerdem bewegten sie sich ziemlich genau in die Richtung zurück, aus der sie gerade gekommen waren. Zwei- oder dreimal durchschritten sie leere Verbindungstüren und einmal ein anderthalb Meter großes Loch, über dessen Herkunft Anders vorsichtshalber *nicht* nachdachte.

Endlich wurde es wieder hell vor ihnen – soweit man den staubigen grauen Schimmer, der durch ein einzelnes schmales Fenster unter der Decke hereindrang, Helligkeit nennen wollte. Er schloss mit zwei schnellen Schritten noch dichter zu Katt auf und wollte etwas sagen, aber Katt brachte ihn mit einer hastigen Geste zum Schweigen und legte für einen Moment den Kopf auf die Seite um zu lauschen. Erst dann nickte sie.

»Ist Bull nicht zu Hause?«, fragte Anders.

Katt blinzelte überrascht. »Woher weißt du das?«

Anders machte eine entsprechende Handbewegung. »Fünf Türen nach links und fünf Keller nach rechts«, antwortete er. »Klassische Mengenlehre. Zwei Bananen und drei Zitronen ergeben vielleicht eine Sechs in Mathe, aber bestimmt einen glücklichen Montessori-Lehrer.«

»Wie?«, machte Katt hilflos.

»Vergiss es.« Anders winkte ab. »Bull darf nicht wissen, was ich vorhabe, habe ich Recht?«

»Er ist im Moment … ein bisschen nervös«, sagte Katt ausweichend.

»Dann ist es vielleicht besser, wenn ich den Rest allein erledige.« Anders deutete mit einer Kopfbewegung auf die nächste Tür. »Dort?«

»Ja«, antwortete Katt. »Aber ich komme mit.«

»Ich verstehe«, seufzte Anders. »Mitgegangen, mitgefangen, wie? Also gut. Ich suche das Material und du das Werkzeug. Ich brauche ein paar Schlüssel, einen Bohrhammer und eine Siebzehner-Knarre wäre auch nicht schlecht. Und das längste Verlängerungskabel, das du finden kannst.«

»Also gut«, sagte Katt gepresst und sah sich nervös um. »Aber mach nicht zu viel Krach. Ich warte hier, falls jemand kommt.«

Dagegen wiederum hatte Anders nichts einzuwenden. Schon weil er ziemlich sicher war, den Rückweg alleine gar nicht zu finden.

Hinter der Tür verbarg sich ein Raum, der groß sein mochte, aber so hoffnungslos voll geräumt war, dass Anders fast Mühe hatte, sich darin zu bewegen. Deckenhohe Regale waren bis zum Bersten mit allem möglichen Krempel voll gestopft und auch in den schmalen verbliebenen Gängen dazwischen stapelten sich Kisten und eiserne Körbe, in die Bull und die anderen Sammler offenbar wahllos alles hineingeworfen hatten, was ihnen in die Finger gekommen war. Es gab kein System, nach dem die Schätze der drei Sippenältesten geordnet waren, schon weil sie beim Großteil ihres *Besitzes* vermutlich nicht einmal eine Ahnung hatten, welchen Zweck er erfüllte, sodass Anders nichts anderes übrig blieb, als ebenso wahllos zu suchen.

Er fand so ziemlich alles, was er nicht brauchte, und tatsächlich einige der Elektrowerkzeuge, die er gerade Katt gegenüber erwähnt hatte. Dazu ausgeschlachtete Fernseher, Motorenteile und Platinen, Radkappen, Teile von Küchenmaschinen, elektronische Bauteile und Stücke von Möbeln – offenbar hatten die Eisenjäger wahllos alles zusammengerafft, was sie in den Ruinen finden konnten, und hierher gebracht. Anders nahm an, dass Metall, ganz gleich in welcher Form, in dieser Welt die größte – und vielleicht einzige – Kostbarkeit darstellte; auch wenn er bezweifelte, dass sie mit dem allergrößten Teil ihrer Fundstücke irgendetwas anfangen konnten.

Immerhin fand er alles, was er brauchte, und er entdeckte auch noch eine Anzahl von Dingen, die sich später womöglich als nützlich erweisen mochten und deren genaue Lage er sich einprägte, so gut es ging. Bevor er den Raum verließ, öffnete er noch eine wuchtige Eisentruhe, die unmittelbar neben der Tür stand – und erlebte eine Überraschung.

Sie enthielt keinerlei Metall, sondern einen viel größeren Schatz.

Essen.

Die Kiste war nicht unbedingt randvoll und sie enthielt auch keine Köstlichkeiten, nicht einmal etwas, das er unter normalen Umständen freiwillig auch nur *angerührt* hätte, geschweige denn gegessen. Aber die Umstände waren nicht normal. Die Kiste enthielt ein halbes Dutzend rechteckige Brotlaibe, Fleisch und einen Drahtkorb mit schrumpeligem Obst, dessen bloßer Anblick Anders das Wasser im Mund zusammenlaufen ließ. Außerdem machte er ihn wütend. Er hungerte seit zwei Tagen, aber das war nicht das Problem: Er war fremd hier, fast ein Eindringling, und Bull hatte keinen Hehl daraus gemacht, dass er hier nicht willkommen war. Aber Bulls gesamte Sippe hungerte. Und vor allem: Katt und ihre Schwester hungerten.

Hätte Anders überhaupt noch Skrupel gehabt, dann hätte dieser Gedanke sie wohl endgültig beseitigt. Er hatte eine Jutetasche gefunden, in der er das Material und Werkzeug trug, das er für sein Vorhaben benötigte. Aber sie war nur zu zwei

Dritteln gefüllt. Jetzt beugte er sich vor und stopfte wahllos alles hinein, was er fand; abgesehen von dem rohen Fleisch, mit dem er nichts anfangen konnte. Am liebsten hätte er den Rest auch noch mitgenommen, und sei es nur, damit Bull, Rex und diese komische Eidechse heute Abend ins Leere griffen und auch einmal spürten, was es hieß, mit knurrendem Magen einzuschlafen.

Stattdessen stopfte er sich nur noch ein Stück Brot in den Mund, schloss den Deckel der Kiste und trat kauend wieder auf den Gang hinaus.

Katt trat draußen bereits voller Ungeduld von einem Fuß auf den anderen und sprudelte los, noch bevor er die Tür geschlossen und sich zu ihr umgedreht hatte.

»Was hat denn so lange gedauert? Sie werden uns noch ...« Sie brach mitten im Wort ab und riss erstaunt die Augen auf. »Was hast du da?«

Statt zu antworten griff Anders in seinen Beutel und zog etwas hervor, von dem er wenigstens hoffte, dass es so etwas wie ein Apfel war. Katt starrte die Frucht aus großen Augen an, aber sie rührte keinen Finger, um danach zu greifen. »Woher hast du das?«, fragte sie.

»Ich schätze, euer Ältester sammelt nicht nur Eisen«, sagte Anders.

Katt riss ungläubig die Augen auf. »Bull? Du hast Bull bestohlen?« So, wie sie das sagte, hörten sich die Worte an, als hätte er etwas Schlimmes und Gotteslästerliches begangen.

»Sagen wir so: Robin Hood war schon immer mein Lieblingsfilm«, antwortete er. Katt sah ihn verständnislos an.

»Ich nehme ihm nur weg, was er euch vorher weggenommen hat.« Anders wedelte auffordernd mit der Frucht. »Und jetzt gebe ich es euch zurück. Nimm schon.«

Katt sah das Obst einen Moment an und rang mit sich, aber dann griff sie zu und biss herzhaft hinein.

»Und jetzt sollten wir vielleicht wirklich gehen«, sagte Anders. »Ich muss zurück zum Fluss. Aber ich schlage vor, dass wir diesmal einen Weg nehmen, auf dem uns die anderen nicht sehen.«

22

Er hatte Katt gebeten, bis zum letztmöglichen Moment zu warten, und sie kamen tatsächlich erst mit dem letzten Licht des Tages; selbst wenn sie sich beeilten, würden sie erst nach Dunkelwerden ins Lager zurückkehren. Trotzdem hatte er es mit Mühe und Not so gerade eben geschafft und das Ergebnis sah alles andere als professionell aus: Eine unregelmäßige Reihe schief und krumm eingeschlagener Nägel und Eisenteile, von denen er nicht einmal sicher war, ob sie das Gewicht eines Kolosses wie Bull tragen konnten; zumindest nicht auf Dauer.

Er hatte die Arbeit eindeutig unterschätzt; und seine eigenen Kräfte *über*schätzt. Anders war schon immer ein begeisterter Handwerker gewesen und er hatte auch mit Recht von sich behauptet ziemlich talentiert zu sein. Aber er war es gewohnt, mit professionellem Werkzeug zu arbeiten – Bohrmaschine, Schleifhexe und Fräse und zur Not Heißkleber und schnell härtendem Zement. Mit dem richtigen Werkzeug und vernünftigem Material wäre er in einer Stunde fertig gewesen. Dem Beton mit bloßen Händen und nichts anderem als einem Hammer zu Leibe zu rücken war eine fast unlösbare, schweißtreibende Aufgabe gewesen und hatte ihm nicht nur ein Dutzend schmerzende Blasen an beiden Händen (und einen blau geschlagenen Daumen) beschert, sondern auch den ganzen Tag gedauert. Und das Ergebnis … nun ja.

Der Minotaurus schien das ganz ähnlich zu sehen. Es fiel Anders nach wie vor schwer, in seinem Gesicht zu lesen; Bull hatte einfach eine Physiognomie, die ihn *immer* schlecht gelaunt und ein wenig gereizt aussehen ließ; aber seit Katt und ihre Schwester ihn hierher geführt hatten, schien seine Laune noch weiter gesunken zu sein. Er hatte eine ganze Weile gar nichts gesagt, sondern Anders und sein Werk nur abwechselnd und mit finsterer werdender Miene gemustert. Und als er schließlich sein Schweigen brach, war das, was er sagte, nicht unbedingt das, was Anders erwartet hatte.

»Wer hat dir das erlaubt?«

Anders wusste, dass er jetzt am besten beraten gewesen wäre, die Klappe zu halten und möglichst kleine Brötchen zu backen. Aber er war müde, seine Hände schmerzten, er war vollkommen erschöpft und gereizt und hatte den ganzen Tag in der Gluthitze eines wolkenlosen Hochsommernachmittags geschuftet. Und er war der Meinung, dass er sich zumindest ein winziges *Dankeschön* als Lohn für seine Mühe verdient hatte: wenn schon nicht für das Ergebnis, so doch wenigstens für die investierte Arbeit. Anklagend hielt er die Hände in die Höhe und drehte sie so, dass Bull seine mit Blasen übersäten Handflächen sehen konnte.

»Derselbe, der mir erlaubt hat mir die Hände blutig zu arbeiten«, antwortete er ärgerlich. Katt warf ihm einen erschrockenen Blick zu und ihre Schwester wich vorsichtshalber ein paar Schritte zurück, und auch die warnende Stimme in Anders' Gedanken, es lieber nicht zu übertreiben, wurde lauter. Aber er fuhr trotzdem und in sogar noch schärferem Ton fort: »Entschuldige bitte, aber da, wo ich herkomme, muss man nicht extra um Erlaubnis bitten, wenn man jemandem einen Gefallen tun will.«

Es war nicht zu erkennen, ob Bull seinen Zorn überhaupt zur Kenntnis nahm, und wenn, was er davon hielt. Er starrte Anders weiter aus seinen unheimlichen schwarzen Augen an, aber schließlich seufzte er nur tief und wandte sich mit einer irgendwie schwerfällig wirkenden Bewegung wieder ganz dem Kanal zu.

»Dann erklär mir den Gefallen, den du uns getan hast«, verlangte er. Katt wirkte ein wenig überrascht – sie hatte ganz offensichtlich mit einer anderen Reaktion des Minotaurus gerechnet – und Liz zischelte wütend in seine Richtung. Bull war natürlich nicht allein gekommen, sondern in Begleitung der beiden anderen *Ältesten.*

»Ich weiß, dass es ein bisschen komisch aussieht«, sagte Anders, der plötzlich Mühe hatte, die richtigen Worte zu finden. Dass Bull auf seinen herausfordernden Ton so gar nicht eingegangen war, hatte ihm den Wind aus den Segeln genommen, und er wäre nicht einmal erstaunt gewesen, hätte er in Erfahrung gebracht, dass das volle Absicht war. Das Aussehen des muskelbepackten Riesen mit dem Stierkopf prädestinierte ihn geradezu dafür, unterschätzt zu werden, und Bull wusste das. »Aber es wird seinen Dienst tun – wenigstens so lange, bis wir eine bessere Möglichkeit gefunden haben.« Er wies – plötzlich verlegen wie jemand, der sehr wohl wusste, dass er eine unzulängliche Arbeit abgeliefert hatte und sich nun schwer damit tat, sie zu verteidigen – auf die unregelmäßige Reihe krumm und schief eingeschlagener Steigeisen und Griffe, die an der gegenüberliegenden Wand in die Höhe führten.

»Es ist nicht so bequem wie die Brücke, doch es funktioniert. Später können wir vielleicht etwas Besseres bauen, vielleicht sogar eine Treppe, aber im Moment ist das das Beste, was ich euch anbieten kann. Auf diese Weise kannst du über den Kanal und auch wieder zurück. Ihr wollt doch bald auf die Jagd gehen, oder?«

Bull sah ihn nur wortlos an, aber Katt wirkte regelrecht entsetzt und auch ihre Schwester sah ziemlich erschrocken aus. Rex knurrte leise. Hatte er etwas Falsches gesagt?

»Zeige es«, verlangte Bull.

Anders war nicht wirklich begeistert. Natürlich hatte er gewusst, dass Bull genau diese Forderung stellen würde – das unvermeidliche Schicksal des Erfinders –, aber jeder einzelne Muskel in seinen Armen und Schultern tat weh. Dennoch blieb ihm nichts anderes übrig. Mit einem wortlosen Nicken drehte er sich um, griff nach der Kette, die er neben dem improvisierten Steigeisen an der Wand angebracht hatte, und begann in den Kanal hinabzusteigen. Es fiel ihm leichter, als er gefürchtet hatte, aber er ging auch sehr vorsichtig zu Werke – es wäre ihm mehr als peinlich gewesen, auf halbem Wege abzustürzen. Bull war aus irgendeinem Grund nicht begeistert von dem, was er getan hatte; ein Fehlschlag würde ihm wahrscheinlich nicht den Kopf kosten, seine Position in der Sippe allerdings bestimmt auch nicht verbessern.

Er war im Laufe des Nachmittags mindestens ein Dutzend Mal hin- und hergelaufen und hatte bereits eine deutliche Spur aus zertrampelten Pflanzen hinterlassen, sodass der Geruch ihn nun vollkommen einhüllte und er fast Mühe hatte, zu atmen. Anders ging sehr vorsichtig und setzte die Füße behutsam genau auf die Stellen, wo er schon entlanggegangen war. Er hatte keine Ahnung, wie schnell die Pflanzen nachwuchsen, aber er hatte an diesem Tag schon mehr als genug Schaden angerichtet; schließlich wollte er einen Weg für Bull und die anderen schaffen, nicht für die Fresser.

Bull und die anderen sahen ihm interessiert, aber wortlos zu, während er auf der anderen Seite wieder hinaufkletterte und sich auf dem schmalen Betonsims des Kanals wieder aufrichtete. Nahezu totale Dunkelheit umgab ihn. Es war absolut still.

Diesmal blieb Anders nur einen kurzen Moment. Er war vier- oder fünfmal hier oben gewesen, vor allem um die Kette zu befestigen, die schließlich das enorme Gewicht des Minotaurus halten musste, und er hatte nicht einen einzigen Fresser zu Gesicht bekommen, keinen Späher und schon gar keinen kompletten Schwarm. Der Geruch der zertretenen Pflanzen hüllte ihn auch hier oben wie eine unsichtbare Wolke ein, und er war jetzt ziemlich sicher, dass es genau dieser Geruch war, der ihm die kleinen Ungeheuer vom Hals hielt.

Dennoch – dieses Ufer des Kanals mit seiner immer währenden Nacht und seiner lastenden Stille war ihm einfach unheimlich. Anders atmete innerlich auf, als er nach wenigen Augenblicken wieder hinunterkletterte und im schwindenden Licht des Tages den Kanal durchquerte.

Er dachte flüchtig an den zweiten Beutel, den er am jenseitigen Ufer versteckt hatte und der einige nützliche Gegenstände enthielt, die er aus dem Keller unter Bulls Haus mitgenommen hatte – selbstverständlich ohne dass der Minotaurus etwas davon wusste –, um seine baldige Flucht vorzubereiten. Er hatte ihn eher nachlässig hinter einem Felsbrocken abgelegt und vorsichtshalber mit einer Hand voll der geheimnisvollen Blüten gefüllt, die er abgerissen hatte, um sich vor den Fressern zu schützen. Wenn Bull auf die Idee kam, seine improvisierte Brücke selbst auszuprobieren, bestand durchaus die Gefahr, dass er ihn entdeckte. Er würde nicht begeistert sein.

Aber nun war es zu spät für solcherlei Bedenken. Wenn er kehrtmachte, um sein Beutestück sorgfältiger zu verstecken, würde er Bulls Misstrauen erst recht wecken. Er musste es einfach darauf ankommen lassen.

Sich ein letztes Mal an der Kette und den improvisierten Steigeisen nach oben zu hangeln überstieg um ein Haar seine Kräfte. Anders musste mit zusammengebissenen Zähnen darum kämpfen, sich über die raue Betonkante zu ziehen, und als er es endlich geschafft hatte, war er so erschöpft, dass er einen Moment lang auf den Knien sitzen blieb und keuchend nach Luft rang. Bull sah aus seinen unergründlichen Augen auf ihn herab, während sich Rex sehr viel mehr für die Jutetasche zu interessieren schien, in der er sein Werkzeug transportiert hatte; zusammen mit den gestohlenen Lebensmitteln. Anders machte sich jedoch keine Sorgen. Die Tasche enthielt rein gar nichts mehr, was ihn noch kompromittieren konnte. Vor allem Ratt hatte ihm lautstark und überaus wortreich Vorwürfe gemacht, was ihm denn einfiele, Bull zu bestehlen – was sie allerdings auch nicht davon abgehalten hatte, ihren Anteil an Anders' Beute in Windeseile hinunterzuschlingen.

»Beeindruckend«, sagte Bull plötzlich. Von allen Kommentaren, die Anders erwartet hätte, war dies so ziemlich der unwahrscheinlichste, weshalb er überrascht aufsah und halbwegs darauf wartete, dass Bull in spöttischem Ton fortfuhr, doch der Minotaur nickte ganz im Gegenteil. »Bei der Jagd könnte sich das durchaus als nützlich erweisen. Katt scheint Recht mit dem zu haben, was sie über dich sagt. Du bist ein kluger Bursche.«

»Vielleicht ein bisschen zu schlau«, fügte Rex hinzu. Er schwenkte anklagend den leeren Beutel. »Der Kerl hat uns bestohlen!«

Er ließ den Beutel fallen, kam näher und schnüffelte demonstrativ in Anders' Richtung. »Er hat unser Essen genommen!«

Im allerersten Moment wollte Anders einfach alles ableugnen – wo sind denn bitte schön die Beweise? –, aber dann registrierte er aus den Augenwinkeln, wie Ratt schon wieder ein kleines Stück zurückwich, und auch Katt wirkte mit einem Mal deutlich nervöser. Außerdem brauchte Rex vermutlich keinen Beweis. Er war schließlich ein Hund, auch wenn er fast wie ein normaler Mensch aussah.

»Wer arbeitet, muss auch essen«, sagte er mit einem feindseligen Blick in Rex' Richtung. Zu Bull gewandt und noch immer in herausforderndem Ton, aber nicht mehr ganz so patzig, fuhr er fort: »Seht es als Bezahlung an.«

»Du hättest fragen können«, sagte Bull.

Und du hättest es mir erlaubt, wie?, dachte Anders spöttisch. Er hütete sich die Worte laut auszusprechen, aber Bull schien sie irgendwie doch zu hören, denn seine Stirn umwölkte sich. Anders drehte sich hastig um und deutete in den Kanal hinab.

»Wir sollten ein paar Steine herbeischaffen, über die ihr gehen könnt«, sagte er. »Ich weiß nicht, wie schnell dieses Zeug nachwächst, aber allzu schnell kann es nicht sein, sonst wäre der Kanal wahrscheinlich schon zugewachsen.«

Bull legte den Kopf in den Nacken und suchte aus zusammengekniffenen Augen den Himmel ab, als vermute er die Antwort auf seine Frage irgendwo dort oben. Dann wandte er sich ohne ein weiteres Wort um und begann mit schnellen Schritten auf die nahe gelegenen Ruinen zuzugehen. Liz folgte ihm sofort, während es Rex sich nicht nehmen ließ, Anders noch einmal drohend anzuknurren und Katt den leeren Jutesack vor die Füße zu werfen, bevor auch er ging.

Anders sah den drei ungleichen Ältesten mit einer Mischung aus Erleichterung, aber auch Enttäuschung nach. Bull war nicht umhingekommen, ihn für seine Arbeit zu loben, und wenn er die Blicke Ratts und ihrer Schwester richtig deutete, dann schien das schon eine Menge mehr zu sein, als sie erwartet hatten. Dennoch hatte er seinen größten Trumpf gar nicht ausspielen können.

Aber vielleicht war das auch ganz gut so, dachte er. Bulls brachiales Äußeres täuschte möglicherweise nicht nur über seine zweifellos vorhandene Intelligenz hinweg, sondern auch darüber, wie empfindlich der Minotaur war. Anders hatte die Hoffnung längst aufgegeben, Bulls Freundschaft zu erringen, aber ihm wurde allmählich klar, dass er aufpassen musste, sich nicht seine offene Feindschaft zuzuziehen. Vielleicht war es klüger, zuerst einmal unter vier Augen mit ihm zu sprechen, um ihm zu verraten, was er über die Pflanzen herausgefunden hatte. Anders legte nicht den geringsten Wert darauf, sich mit dieser Entdeckung zu brüsten, denn ihm wurde mit jedem Moment klarer, dass Bull – in einem Sinn, auf den dieser selbst bisher noch gar nicht gekommen war – durchaus Recht mit seiner Behauptung hatte, Wissen sei gefährlich. Zumindest für ihn. Kein Anführer mochte es, von einem dahergelaufenen Neuankömmling, der bisher noch dazu nichts als Ärger gemacht hatte, als Dummkopf geoutet zu werden.

Katt und ihre Schwester hatten mittlerweile damit begonnen, das übrig gebliebene Material und sein Werkzeug einzusammeln und wieder in den Jutesack zu stopfen. Anders sah ihnen mit nur mäßig schlechtem Gewissen dabei zu. Er war so erschöpft, dass er selbst die kleine Anstrengung scheute, sich zu bücken, und seiner Meinung nach war es der Mühe auch nicht wert. Die Vorstellung, hier einfach aus einem angeborenen Ordnungssinn heraus aufzuräumen, erschien ihm geradezu lächerlich; und er hatte ohnehin vor, am nächsten Morgen wieder hierher zu kommen, um sein Werk noch einmal und mit einigem Abstand zu begutachten. Es gab sicher noch etliches, was er verbessern konnte.

Er wandte sich nachdenklich in die Richtung, in der der zerstörte Feuerwehrwagen lag. Das Licht begann jetzt rasch zu verblassen und Anders scheute davor zurück, in der hereinbrechenden Dunkelheit noch einmal dorthin zu gehen, aber er nahm sich vor, das gleich am nächsten Morgen nachzuholen. Die Leiter war zwar hoffnungslos verbogen und ihre einzelnen Teile nahezu miteinander verschweißt, aber mit ein bisschen Glück (und einer Menge Knochenarbeit) konnte er sie vielleicht doch noch retten. Sie würde sich auf jeden Fall als praktischer erweisen als die Kombination aus rostigen Stahlnägeln, die er in den Beton getrieben hatte, und einer nicht minder rostigen Kette. Anders ärgerte sich einen Moment lang über sich selbst, nicht gleich darauf gekommen zu sein und sich auf diese Weise nicht nur eine Menge Arbeit, sondern auch die eine oder andere Blase an den Händen erspart zu haben, dann schob er den Gedanken mit einem lautlosen Seufzen beiseite und drehte sich ungeduldig wieder zu Katt und Ratt um.

Die beiden waren mittlerweile endlich fertig und Ratt schwang sich gerade den schmaler gewordenen Beutel über die Schulter, in dem es leise klimperte. Der Blick, mit dem sie ihn dabei streifte, war schwer zu deuten, aber alles andere als freundlich.

Wortlos brachen sie auf. Sie gingen jetzt auf direktem Weg zum Lager zurück, wie Bull und die beiden anderen vor ihnen. Die Dämmerung holte sie trotzdem ein, noch bevor sie die halbe Strecke hinter sich gebracht hatten, aber sowohl Katt als auch ihre Schwester wurden immer langsamer, als wollten sie den Moment, in dem sie endgültig ins Lager zurückkehrten, möglichst lange hinauszögern. Ratt ging demonstrativ ein paar Schritte voraus und auch Katt, die neben ihm herschlenderte, sah überallhin, nur nicht in seine Richtung.

Schließlich reichte es Anders. »Könnte mir eine der Damen vielleicht verraten, was ich verbrochen habe?«, platzte er heraus. »Ich meine: Habe ich plötzlich die Pest oder einen unappetitlichen Ausschlag oder so was?«

Katt sah noch demonstrativer in eine andere Richtung, aber Ratt, die weiterhin drei Schritte vorausging, sagte: »Du hättesss Bull nisss bessstehlen sssollen.«

»Hätte ich nicht?«, fragte Anders spitz. »Doch geschmeckt hat es dir trotzdem, oder?«

Er lauschte in sich hinein und wartete darauf, seine eigenen Worte schon wieder zu bedauern, aber das geschah nicht. Er war wütend und frustriert und er wollte einen Teil dieser unangenehmen Gefühle einfach weitergeben und es tat ihm weder Leid noch verspürte er auch nur einen Hauch schlechten Gewissens. Warum auch?

Wirklich verletzt war er, als auch Katt ihrer Schwester beisprang. »Wir hätten das nicht tun dürfen.«

Anders war verwirrt, trotzdem fühlte er sich auch ein wenig von ihr verraten, und so fiel seine Antwort schärfer aus, als er eigentlich wollte. »Aber du hast das Essen doch auch genossen, oder?«

Diesmal *taten* ihm die Worte Leid, kaum dass er sie ausgesprochen hatte – und das war vielleicht der Unterschied zwischen Katt und ihrer Schwester –, aber Worte gehörten leider zu den Dingen, die man zwar entschuldigen, doch kaum mehr zurücknehmen konnte, wenn sie einmal ausgesprochen waren.

Katt zeigte sich jedoch vollkommen unbeeindruckt. »Hunger macht schwach«, sagte sie. »Aber Ratt hat völlig Recht. Ich mache mir schwere Vorwürfe. Das Essen hat den Ältesten gehört. Wir hätten es nicht nehmen dürfen. Ich werde es ihm sagen.«

»Das wirst du schön bleiben lassen«, entgegnete Anders. »Es tut ihnen ganz gut, wenn sie auch einmal erfahren, wie sich ein knurrender Magen anfühlt.« Katt wollte antworten, aber

Anders machte eine ärgerliche Handbewegung und fuhr in schärferem Tonfall fort: »Solche Kerle machen mich wütend, weißt du? Sie schlagen sich die Bäuche voll und leben in Saus und Braus, während die Leute ringsum Not leiden! Solche Kerle gibt es bei uns auch und ich war schon immer ganz besonders gut auf sie zu sprechen.«

»Bull ist der beste Jäger, den wir je hatten«, sagte Katt. »Er braucht das Essen. Wenn er sein Essen mit uns allen teilt, dann hungert keiner von uns weniger. Aber wenn er schwach ist und bei der nächsten Jagd versagt, leidet die ganze Sippe darunter.«

Ganz automatisch wollte Anders widersprechen, doch er setzte nur dazu an und beließ es dann bei einem verärgerten Blick, der Katt und ihrer Schwester gleichermaßen galt. Alles in ihm sträubte sich dagegen, ihr Argument auch nur in Betracht zu ziehen. Unglücklicherweise fiel ihm einfach nichts ein, mit dem er es hätte entwerten können. Vielleicht hatte sie ja sogar Recht, dachte er bitter. Was Katt gesagt hatte, klang in seinen Ohren unfair und zutiefst unmoralisch – aber wer hätte je behauptet, dass das Schicksal moralisch oder fair wäre?

»Ich möchte trotzdem nicht, dass du es ihm sagst«, sagte er.

»Was?«

»Bull«, antwortete Anders. »Er muss nicht wissen, dass wir uns das Essen geteilt haben. Auf mich ist er sowieso wütend. Es gibt keinen Grund, warum er auf Ratt und dich auch noch zornig werden sollte.«

Katt sah ihn auf sonderbare Weise an. »Ich verstehe. Du hast mich dazu gebracht, ihn zu bestehlen, und nun soll ich ihn auch noch belügen.«

»Du sollst einfach nur schweigen«, verteidigte sich Anders. Nicht dass es irgendeinen Sinn gehabt hätte. Rein gar nichts, was er sagen konnte, hatte in diesem Moment irgendeinen Sinn.

»Und das macht es besser, wie?«, fauchte sie. »Allmählich frage ich mich, ob Bull nicht vielleicht Recht hat.«

Sie maß ihn noch einmal mit einem verächtlichen Blick, dann beschleunigte sie ihre Schritte und stürmte an Ratt vorbei. Schon nach einem Augenblick war sie in der Dunkelheit verschwunden. Anders machte zwei rasche Schritte und ging dann wieder langsamer, als er prompt über einen Stein stolperte, der seinen normalen menschlichen Augen entgangen war.

Ratt lachte leise. »Dasss ging sssnell.«

»Was?«, fauchte Anders. Er hatte wirklich keine Lust, sich jetzt auch noch eine von Ratts Bosheiten anzuhören.«

»Euer erssster Ssssreit«, kicherte Ratt. »Isss hätte nissst gedacht, dasss esss ssso ssssnell passsiert.«

»Aber ich wollte ihr doch nur einen Gefallen tun«, antwortete Anders hilflos.

»Und?«, kicherte Ratt. »Wasss erwartesss du? Sssie isss eine Katssse.«

»Ja, und ich ein Blödmann«, knurrte Anders. »Was hat sie gerade gemeint? Womit hat Bull Recht?«

»Er sssagt, dasss du einen ssslesssten Einflusss auf sssie hassst.«

Vielleicht stimmte das ja sogar, dachte Anders. Immerhin war er gerade einmal ein paar Tage hier – subjektiv noch nicht einmal zwei! – und schon hatte er ihr das Stehlen und das Lügen beigebracht.

»Wiessso trage isss eigentlisss deinen Krempel?«, fragte Ratt plötzlich. Sie hielt ihm den Beutel hin und erwartete augenscheinlich, dass Anders ihn ihr abnahm. Fünf Minuten zuvor hätte er das wahrscheinlich auch noch getan.

»Weil du stärker bist als ich«, schlug Anders vor.

»Vielleissst sssolltesss du dasss besser nissst vergessen«, knurrte Ratt.

»Warum schleppst du das Zeug überhaupt mit?«, fragte Anders.

»Damit sssie esss nissst sssehen.«

»Sie?«

»Die Drachen«, antwortete Ratt. »Bull sssagt esss nissst, aber du hassst ihn sssiemlisss ersssreckt. Wenn die Drachen sssehen, wasss du getan hasss, werden sssie vielleisss wieder sssornig.«

Anders verstand das nicht, aber er kam nicht dazu, eine entsprechende Frage zu stellen, denn in diesem Moment kam Katt zurück. Sie wirkte aufgeregt.

»Der Wagen ist da«, sagte sie. »Sie sind zu früh.«

»Welcher Wagen?«, fragte Anders.

»Jesss ssson?«, fragte Ratt.

Katt blickte ihre Schwester auf eine sonderbar erschrockene Art an. Sie nickte nur, aber Anders sah ihr selbst in der Dunkelheit an, dass da noch etwas war, was ihr Sorgen machte.

»Dann gibt es ja wohl gleich ein großes Fest«, sagte er. Es klang nicht einmal in seinen eigenen Ohren komisch. Katt schenkte ihm auch nur einen eisigen Blick und wandte sich dann wieder an ihre Schwester.

»Bull will nicht, dass sie ihn sehen«, fuhr sie mit einer Geste auf Anders fort. »Ihr müsst euch verstecken. Ich komme später und hole euch, wenn sie wieder weg sind.«

»*Wer* soll mich nicht sehen?«, fragte Anders.

»Kein Problem«, antwortete Ratt. Hatte er wirklich geglaubt eine Antwort zu bekommen?

»Ich muss zurück«, sagte Katt. »Bleibt irgendwo in der Nähe, aber zeigt euch nicht!«

Sie verschwand so schnell, wie sie gekommen war, und Anders konnte ihr nur verblüfft hinterherblicken. Was hatte Ratt gerade gesagt – sie ist eine Katze? Anders wäre im Moment eher ein anderer Vergleich eingefallen, der allerdings auch aus dem Tierreich stammte …

Auch Ratt blickte nachdenklich in die Richtung, in die ihre Schwester verschwunden war. Irgendwo am Ende der Straße kämpfte blassrotes Fackellicht gegen die hereinbrechende Nacht. Ratt sah nur einen kurzen Moment in diese Richtung, dann deutete sie (wie Anders befürchtete, ziemlich wahllos) nach rechts.

»Dorthin.«

»Warum bleiben wir nicht einfach hier?«, schlug Anders vor; allerdings nicht wirklich ernsthaft. Er würde den Teufel tun und gehorsam dasitzen und Däumchen drehen, während ein Stier und ein größenwahnsinniger Köter dort vorne möglicherweise über sein Schicksal entschieden.

»Nissst unssser Gebiet«, antwortete Ratt knapp. »Komm.«

Anders' Nervosität stieg sprunghaft, während er dem Rattenmädchen folgte, das nun mit so schnellen Schritten in die Dunkelheit hineinmarschierte, als könne es hier ebenso gut sehen wie seine Schwester. Anders stolperte – wortwörtlich – hinter Ratt her, sah aber immer wieder zu dem blassen Lichtschein am Ende der Straße hin. Ein paar Schatten bewegten sich davor, doch sie waren viel zu weit entfernt um Einzelheiten zu erkennen.

»Was ist eigentlich so schlimm daran, dass der Wagen zu früh kommt?«, fragte er. »Ich dachte, ihr wartet alle mit knurrendem Magen auf ihn?«

»Sssie kommen immer pünktlisss«, antwortete Ratt widerwillig. »Ssstill jesss. Isss sssuche unsss ein Verssseck.«

»Von wegen«, knurrte Anders.

Ratt blieb stehen und blickte verwirrt zu ihm hoch.

»Ich will wissen, was da vorgeht«, erklärte Anders.

»Aber Bull hat gesssagt, wir sssollen hier bleiben«, piepste Ratt. »Die Elder sssind gefährlisss. Du willsss unsss doch nisss alle in Gefahr bringen, oder?« Sie zuckte nervös mit dem Schwanz. »Katt isss auch im Lager.«

»Du kannst es dir aussuchen«, antwortete Anders. »Du bringst mich hin und niemand kriegt was mit oder ich gehe allein.« Er hob die Schultern. »Deine Entscheidung.«

Ratt überlegte einen Moment sichtlich angestrengt. »Alssso gut«, seufzte sie schließlich. »Aber wenn Bull oder Rex etwasss davon erfahren …«

»Kein Wort«, versprach Anders. »Und auch nicht zu Katt.«

Das Rattenmädchen wirkte nicht überzeugt – doch welche

Wahl hatte es schon? Anders war fest entschlossen weiterzugehen, auch wenn ihm die Vorstellung, ganz allein durch die fast völlige Dunkelheit zu stolpern, schon wieder einen eisigen Schauer über den Rücken laufen ließ – vor allem nach dem, was Ratt gerade über dieses *Gebiet* gesagt hatte. Sie hatte nicht erklärt, welcher Sippe dieser Teil der Stadt gehörte, aber vor Anders' Augen entstand für einen Moment das Bild einer fast mannsgroßen Spinne. Auch wenn zwischen den Sippen Frieden zu herrschen schien, konnte sich Anders durchaus etwas Angenehmeres vorstellen als eine unverhoffte Begegnung mit einer solchen Kreatur.

Ratt machte eine Kopfbewegung nach links, und somit in die genau entgegengesetzte Richtung wie noch vor einer Minute. »Kansss du klettern?«

»Es geht so«, antwortete Anders spöttisch.

»Dann komm!«

23

Auch noch das allerletzte bisschen Licht erlosch, als er hinter Ratt in eines der zerstörten Gebäude eindrang. Ein strenger Geruch wie nach verschmortem Gummi schlug ihm entgegen und irgendwo über ihnen knisterte und raschelte es, leise aber stetig wie von feinem Staub, der aus einer unerschöpflichen Quelle rieselte. Er war vollkommen blind. Hätte Ratt ihn nicht an der Hand ergriffen und geführt, wäre er wahrscheinlich schon nach wenigen Schritten gegen ein Hindernis geprallt, gestolpert und der Länge nach hingeschlagen oder hätte sich auf andere Weise verletzt.

»Kannst du zufällig auch im Dunkeln sehen?«, fragte er.

»Nein«, antwortete Ratt. »Isss kenne misss hier ausss. Aber essss wäre bessser, wenn du ssstill biss.«

Anders ersparte sich die Frage, warum. Eigentlich wollte er es gar nicht genau wissen.

Ihre Schritte bekamen lang nachhallende Echos, als sie einen größeren Raum durchquerten, dann stieß sein Fuß gegen die Stufe einer gemauerten Treppe, die sie vorsichtig hinaufstiegen. Das unheimliche Rascheln und Rieseln hielt an, aber Anders war plötzlich gar nicht mehr so sicher, dass es wirklich das Geräusch von fallendem Staub war. Vielmehr schien es plötzlich wie das Huschen unzähliger winziger Füßchen auf hartem Beton zu klingen. Anders fühlte sich unwillkürlich an das Geräusch erinnert, das der Schwarm der Fresser verursacht hatte. Er sagte sich, das könne nicht sein, und der logische Teil seines Bewusstseins stimmte diesem Gedanken auch begeistert zu, aber die Vorstellung war trotzdem so schrecklich, dass er die Hand fest genug um Ratts zerbrechliche Finger schloss, um ihr einen leisen Schmerzenslaut zu entlocken.

»Entschuldige«, murmelte er.

»Ssson gut«, antwortete Ratt. »Esss wird gleisss bessser.«

Etwas polterte. Ratt fluchte ungehemmt und humpelte plötzlich und Anders grinste flüchtig in der Dunkelheit. Nein, Ratt konnte ganz eindeutig *nicht* im Dunkeln sehen.

Die Treppe schien kein Ende zu nehmen. Anders schätzte, dass sie mindestens zwei Etagen weit in die Höhe stiegen, wenn nicht drei; dann quietschte eine Tür und es wurde tatsächlich besser, wie Ratt gesagt hatte. Allerdings war Anders nicht unbedingt glücklich über das, was er sah.

»Isss habe disss gefragt, ob du klettern kannsss«, sagte Ratt.

Anders zog eine Grimasse. Ratt hatte ihn nicht gefragt, ob er auf einem Hochseil balancieren konnte. Ihre Auffassungen des Wortes *klettern* schienen sich radikal voneinander zu unterscheiden.

Vor ihnen lag eine Halle, die das gesamte Stockwerk des Gebäudes zu beanspruchen schien, denn er konnte deutlich die leeren Fensterhöhlen auf der anderen Seite erkennen, auch wenn die Dunkelheit dahinter fast ebenso tief war wie die davor. Die Decke fehlte komplett, aber es waren auch keine Trümmer zu sehen – was daran liegen mochte, dass der Raum keinen Boden hatte. Alles, was darauf hinwies, dass es hier jemals so etwas wie einen Fußboden gegeben hatte, war ein halbes Dutzend rostige Eisenträger, die sich vor ihm fünfzehn oder zwanzig Meter weit über einen mindestens ebenso tiefen Abgrund spannten …

»Das ist nicht dein Ernst«, murmelte er.

Immerhin war es hier drinnen hell genug, dass er Ratts schadenfrohes Grinsen sehen konnte. »Esss isss der einsssige Weg«, behauptete sie. »Oder wir gehen sssurück und warten, bisss die Elder wieder fort sssind. Aber sssie bleiben mansssmal gansss ssssön lange.«

Sie gab sich nicht einmal die Mühe, überzeugend zu lügen. Doch was sollte er tun? Ratt hatte ihren Spaß gehabt, und falls er jetzt kehrtmachte, dann würde er sie damit allerhöchstens provozieren, ihn in eine noch unangenehmere Situation zu bringen – auch wenn er sich beim allerbesten Willen kaum vorstellen konnte, wie diese aussehen könnte. Außerdem war da noch immer dieses unheimliche Geräusch, das ihn mehr denn je an das Trippeln zahlloser winziger Füßchen auf nacktem Stein oder Beton erinnerte. Es war jetzt eindeutig hinter ihm und drang durch die offene Tür, die er gerade durchschritten hatte. Möglicherweise kam es sogar näher. Vielleicht spielte ihm seine Fantasie auch nur wieder einen Streich. Anders gedachte nicht, lange genug hier zu bleiben um das herauszufinden. Er machte eine auffordernde Geste.

Ratt sah ziemlich überrascht aus. Sie schien fest damit gerechnet zu haben, dass er einen Rückzieher machte, und wusste nun für einen Moment nicht, was sie tun sollte; und auch Anders erlitt so etwas wie einen letzten Anfall von Vernunft: Was sie hier trieben, war nicht nur vollkommen unsinnig, sondern auch lebensgefährlich. Die typische Situation, die als harmloser Scherz begann und zu einem gefährlichen Abenteuer eskalierte, nur weil alle Beteiligten zu stur oder zu feige waren rechtzeitig aufzugeben.

Ratt nahm ihm die Entscheidung ab, indem sie sich umdrehte und geduckt loshuschte. Sie rannte nicht wirklich auf allen vieren, aber in der Dunkelheit sah es im ersten Moment genauso aus: Sie lief so weit nach vorne gebeugt, um die Balance zu halten, und sie bewegte sich nicht nur mit traumwandlerischer Sicherheit, sondern legte dabei auch ein Tempo vor, bei dem Anders vielleicht nicht einmal auf festem Boden hätte mithalten können.

»Komm sssson!«, piepste sie. »Esss isss gar nisss ssso ssswer.«

Sie blieb genau in der Mitte des leeren Raumes stehen, richtete sich auf dem Träger auf, der in Anders' Augen mittlerweile auf die Dimension einer besonders schlanken Stricknadel zusammengeschmolzen war, und winkte spöttisch in seine Richtung. »Isss kann aber auch sssurückkommen und wir warten unten. Villeissst bleiben ssssie ja nisss die ganssse Nacht.«

Das reichte. Anders' Stolz versetzte auch noch dem Rest seines Verstandes einen Tritt, der diesen verstummen ließ, und er breitete die Arme aus und trat mit klopfendem Herzen auf den rostigen Träger hinaus.

Objektiv betrachtet war es nicht einmal sehr gefährlich. Wie alle Gebäude hier war auch dieses besonders massiv gebaut gewesen und vielleicht hatte die Decke einst dazu gedient, tonnenschwere Maschinen oder nicht minder schwere voll beladene Regale zu tragen. Die Stahlträger waren gute dreißig Zentimeter breit und somit mehr als ausreichend, um bequem darauf zu gehen. Nur dass dreißig Zentimeter auf festem Boden etwas gänzlich anderes waren als dreißig Zentimeter in *zwanzig Metern Höhe* …

Es funktionierte, bis Anders den Fehler beging, nach unten zu sehen.

Er konnte den Boden unter sich nicht richtig erkennen und er lag wahrscheinlich auch nicht wirklich zwanzig Meter tiefer, sondern nur acht oder zehn. Dennoch wurde ihm prompt schwindelig und der Stahlträger unter seinen Füßen schien plötzlich zu wanken. Hastig fing er an mit den Armen zu rudern, doch damit machte er es eher noch schlimmer. Anders spürte, wie er langsam und unbarmherzig das Gleichgewicht zu verlieren begann – und dann krallte sich eine winzige, aber unglaublich starke Hand in seinen Gürtel und hielt ihn mit eiserner Kraft fest.

»Bleib gansss ruhig ssstehen«, sagte Ratt. »Keine Angssss. Ich halte disss.«

Keine Angst!? Anders' Herz hämmerte so wild, dass er sich nicht gewundert hätte, hätte es im nächsten Moment gegen die Innenseite seiner zusammengebissenen Zähne geklopft, und obwohl Ratt ihn tatsächlich so fest hielt, dass er sich praktisch nicht mehr bewegen konnte, hatte er mit einem Mal das Gefühl, der Stahlträger versuche immer heftiger ihn abzuschütteln.

Endlich kam er auf die Idee, die Augen zu schließen, aber es nutzte nicht viel. Auch die Dunkelheit hinter seinen Lidern drehte sich immer schneller. Anders begann am ganzen Leib zu zittern.

»Sesss disss«, sagte Ratt. Aus ihrer Stimme war jede Spur von Spott oder Schadenfreude verschwunden. »Keine Angssss. Isss halte disss fesss.«

Das war zwar aufrichtig gemeint, tröstete Anders aber auch nicht wirklich. Sie konnte so stark sein, wie sie wollte – Anders war mindestens doppelt so schwer wie Ratt. Wenn er das Gleichgewicht verlor und fiel, würde er sie einfach mit sich in die Tiefe reißen.

Unendlich behutsam ließ er sich in die Hocke sinken, stützte sich mit beiden Händen auf und setzte sich dann rittlings auf den Träger. Erst dann wagte er es, die Augen wieder zu öffnen und keuchend einzuatmen. Ihm fiel erst jetzt auf, dass er die ganze Zeit über die Luft angehalten hatte.

»Alles in Ordnung?«, fragte Ratt.

Anders nickte mühsam. Die Bewegung war ebenso lächerlich wie ihre Frage, aber er antwortete trotzdem nach einer weiteren Sekunde auch laut: »Ja. Ich brauche … nur einen Moment.«

Ratt musterte ihn durchdringend und versuchte in seinem

Gesicht zu lesen. Anders vermutete, dass es im Moment nicht besonders schwer war und dass ihr das, was sie erkannte, nicht besonders gefiel.

»Nur einen Moment«, bat er noch einmal. »Lass mich eine Minute zu Atem kommen, dann geht es weiter.«

»Dasss ... dasss tut mir Leid«, stammelte Ratt. »Isss wussste nisss, dasss ... Isss meine, Katt und isss machen dasss ssso oft, dasss ...«

Sie hielt verlegen inne und schien plötzlich nicht mehr zu wissen, wohin mit ihrem Blick, aber Anders begriff auch, dass sie ihn wahrscheinlich gar nicht absichtlich in diese lebensgefährliche Situation gebracht hatte. Er hatte ja gerade mit eigenen Augen gesehen, mit welch traumwandlerischer Sicherheit sie sich auf den schmalen Eisenplanken bewegte, und spätestens seit ihrem olympiareifen Sprung aus dem Fenster war ihm auch klar, dass Katt eindeutig mehr von einer Katze hatte als nur ihr scharfes Gehör und einen getigerten Streifen Fell auf dem Rücken. Wahrscheinlich war es für die beiden sonderbaren Schwestern tatsächlich das Selbstverständlichste von der Welt, nach Belieben hier oben herumzuflitzen, und zumindest für Katt bedeutete vermutlich nicht einmal ein Sturz eine ernsthafte Gefahr.

»Schon gut«, sagte er noch einmal. Mit einem Kopfschütteln und einem schiefen Grinsen fügte er hinzu: »Allmählich frage ich mich, wie der Mensch jemals die Krone der Schöpfung werden konnte.«

»Wer sssagt dasss?«, fragte Ratt.

»Niemand«, seufzte Anders. »Nur ein paar Verrückte draußen.« Er stemmte die Hände gegen den Träger. »Versuchen wir es noch einmal?«

Ratt nickte zögernd. »Isss kann disss fessshalten.«

Sie meinte das ernst und Anders dachte auch einen Moment lang ganz ernsthaft über ihren Vorschlag nach, schüttelte aber dann den Kopf. Sie war vermutlich wirklich stark genug um ihn zu halten, doch es würde seine Unsicherheit nur vergrößern. Außerdem regte sich nun, wo der erste Schrecken allmählich verebbte, nicht nur sein Trotz, sondern auch ein immer größerer Zorn auf sich selbst, so erbärmlich versagt zu haben. Anders war stolz darauf, absolut schwindelfrei zu sein, und auch wenn er kein Freeclimber war, machte es ihm normalerweise nichts aus, auch vierzig oder fünfzig Meter hohe Felswände mit nichts weiter als einer dünnen Sicherungsleine um die Hüften zu ersteigen.

Er sah sich aufmerksam um – vorsichtshalber allerdings nur in der Horizontalen. Er hatte ungefähr ein Viertel des Weges hinter sich gebracht, bevor er den Fehler beging, nach unten zu sehen. Einen Moment lang spielte er mit dem Gedanken, umzukehren und Ratts Vorschlag zu folgen und unten zu warten; gedemütigt, aber auf sicherem Boden.

Aber wirklich nur für einen Moment. Sein Trotz war mittlerweile der eisernen Entschlossenheit gewichen, die andere Seite zu erreichen, und das hatte jetzt rein gar nichts mehr damit zu tun, dass er Ratt irgendetwas beweisen wollte. Er stemmte erneut die Handflächen gegen das rostige Eisen und wollte aufstehen, und unter ihm erscholl ein berstender Knall und dann ein Kreischen, das ihm schier das Blut in den Adern gerinnen ließ. Flackerndes rotes Licht stach aus der Tiefe zu ihnen herauf.

»Keinen Laut!«, zischte Ratt. »Beweg disss nisss!«

Anders war vor Schreck ohnehin schier zur Salzsäule erstarrt und sein Herz hämmerte schon wieder so schnell, dass er sowieso keinen Laut hervorgebracht hätte – wenn auch aus einem vollkommen anderen Grund als zuvor. Das flackernde rote Licht unter ihm reichte nicht aus, um Einzelheiten zu erkennen – aber den riesigen haarigen Leib mit den acht staksigen Beinen und dem absurden menschlichen Oberkörper hätte er auch bei noch sehr viel schlechterer Beleuchtung wiedererkannt.

Es war die Spinne!

Der Anblick schnürte Anders buchstäblich die Kehle zu.

Von einem Sekundenbruchteil zum anderen hatte er panische Angst. Er war dem haarigen Ungeheuer ja nicht sehr viel näher als am Morgen, aber da waren Bull und der Rest der Sippe dabei gewesen und nun waren Ratt und er vollkommen alleine. Die Bestie konnte mit ihnen machen, was sie wollte.

Wieder ertönte ein Krachen, gefolgt von einem zischelnden Schrei, der eindeutig nicht aus einer menschlichen Kehle stammte, und das flackernde rote Licht, das hinter der Spinne in den Raum fiel, wurde stärker. Das groteske Wesen fuhr herum, machte einen einzelnen Schritt und blieb dann wieder stehen. Der Kopf mit den unheimlichen Insektenaugen drehte sich immer hektischer hin und her, als suche er verzweifelt einen Fluchtweg.

Dann polterte eine riesige menschliche Gestalt herein. Jedenfalls hielt Anders sie im ersten Moment dafür. Sie musste an die zwei Meter groß sein und war mindestens ebenso massig wie Bull; aber anders als alle anderen Bewohner dieser verbrannten Welt, die er bisher zu Gesicht bekommen hatte, war sie nicht in Lumpen gehüllt oder ganz nackt, sondern trug eine Art barbarische Rüstung. In der rechten Hand hielt sie einen langen Speer, fast schon eine Hellebarde, und in der anderen schwenkte sie die Fackel. Irgendetwas stimmte mit ihrem Gesicht nicht, aber Anders hätte nicht zu sagen vermocht, was es war, denn sie stürmte mit gesenktem Schädel und angelegtem Speer auf die Spinnenkreatur los, die sich mit einem gewaltigen Satz in Sicherheit brachte, und bevor er Genaueres erkennen konnte, winkte Ratt ihm aufgeregt zu, obwohl sie ihm noch vor ein oder zwei Sekunden eingeschärft hatte sich nur nicht zu bewegen.

Sie selbst hatte sich durchaus bewegt, lag jetzt bäuchlings ausgestreckt auf dem Träger und gab ihm mit einer fast schon panisch wirkenden Geste zu verstehen, es ihr nachzumachen. Noch vor einer knappen Minute hatte Anders nicht einmal gewagt zu atmen; jetzt schwang er seine Beine mit einer einzigen fließenden Bewegung auf den Stahlträger hinauf, streckte sich lang aus und presste sich so fest gegen das rostige Metall, wie er konnte. Er war nicht annähernd so schmal wie Ratt, aber zumindest vor einem flüchtigen Blick würde ihn der Träger – vielleicht – schützen.

Anders überzeugte sich davon, dass er so sicher auf dem Träger lag, wie man es in einer Haltung wie dieser eben sein konnte, erst dann wagte er es, wieder nach unten zu sehen. Die wenigen Augenblicke, die er abgelenkt gewesen war, hatten ausgereicht, um das Bild vollkommen zu ändern.

Zwei weitere riesige Gestalten in zerschrammten Leder- und Eisenrüstungen hatten den Raum unter ihnen betreten. Auch sie waren mit Fackeln und gefährlich aussehenden Hellebarden bewaffnet, mit denen sie immer wieder in Richtung der Spinne stießen, ohne dass sie sie bisher allerdings getroffen zu haben schienen. Das achtbeinige Scheusal war fast bis in die Mitte des Raumes zurückgewichen und hatte einen faustgroßen Stein aufgerafft, wie um damit nach den Angreifern zu werfen. Es sah sich immer hektischer um und bewegte sich nervös hin und her, aber Anders glaubte nicht, dass es den drei Angreifern noch entkommen konnte. Durch ihre Größe und Massigkeit wirkten die gepanzerten Gestalten auf den ersten Blick schwerfällig, doch das täuschte. Sie bewegten sich mit einer Schnelligkeit, die der der Spinne in nichts nachstand, und stießen immer wieder mit den Spitzen ihrer Hellebarden nach ihrem Opfer. Anders musste dem grausamen Spiel nur einen Moment lang zusehen um zu begreifen, dass die Spinne keine Chance hatte, den lebenden Belagerungsring zu durchbrechen.

Die Spinne schien das wohl auch einzusehen, denn sie änderte ihre Taktik.

Sie sprang. Mit weit ausgebreiteten Beinen landete sie auf einem der Angreifer und riss ihn einfach von den Füßen. Die Fackel flog davon und erlosch, noch bevor sie auf dem Boden aufprallte. Irgendwie gelang es dem Gepanzerten, seine Hellebarde zu behalten, aber gleich zwei der riesigen Spinnenbeine pressten seinen Arm nieder und verhinderten, dass er die Waffe einsetzte, dann krachte der Stein, den die Spinne in ihren beiden menschlichen Händen hielt, mit einem dröhnenden Schlag gegen den eisernen Helm des Angreifers.

Zu einem zweiten Schlag kam die Spinne nicht, denn in diesem Moment waren die beiden anderen Gepanzerten heran. Einer von ihnen stieß ihr die Hellebarde tief in den Leib, der zweite versengte ihre Beine mit seiner Fackel. Es stank plötzlich durchdringend nach verbranntem Fell, und die Spinne bäumte sich auf, ließ von ihrem Opfer ab und kroch rückwärts davon. Die beiden Gepanzerten setzte ihr sofort nach – aber Anders sah nicht einmal hin. Er starrte aus fassungslos aufgerissenen Augen auf die dritte Gestalt hinab, die stöhnend auf dem Rücken lag.

Der eiserne Helm hatte dem Gepanzerten möglicherweise das Leben gerettet, aber der Schlag musste ihn trotzdem schwer verletzt haben. Blut floss in Strömen unter dem wulstigen Rand seines Helmes hervor und färbte sein Gesicht fast komplett rot.

Aber Anders erkannte trotzdem, dass er nicht in das Gesicht eines Menschen blickte.

Es war ein Schwein.

Winzige Augen starrten ihn unter von dichtem, borstigem Fell bedeckten Knochenwülsten hervor an. Die Nase war nicht rosa, sondern schwarz, und aus dem breitlippigen, sabbernden Maul wuchsen zwei gewaltige Hauer.

Anders war so fasziniert und entsetzt zugleich, dass etliche Sekunden vergingen, bis er begriff, nicht nur er blickte die Schweinekreatur an, sondern sie auch genauso ihn.

Er prallte erschrocken zurück, presste sich eine weitere Sekunde lang mit angehaltenem Atem gegen den Träger und klammerte sich für die gleiche Zeit wider besseres Wissen an die Hoffnung, dass das Wesen ihn vielleicht doch nicht bemerkt haben könnte oder einfach zu benommen gewesen war um überhaupt zu begreifen, was es da sah.

Die geschleuderte Hellebarde, die weniger als zehn Zentimeter an ihm vorbeiflog, machte diese Hoffnung auf ziemlich eindeutige Art zunichte.

»*Weg!*«, kreischte Ratt. Sie sprang mit einem gewaltigen Satz auf die Füße und raste los, und auch Anders sprang hoch und rannte hinter ihr her, ohne den gähnenden Abgrund neben sich auch nur zur Kenntnis zu nehmen. Es spielte keine Rolle mehr. Ein einziger Fehltritt bedeutete den sicheren Tod, aber wenn er langsamer lief, war er genauso erledigt. Eine weitere Hellebarde zischte zu ihm hoch und verfehlte ihn noch knapper, und Anders konnte gerade noch den Impuls unterdrücken, einen Haken zu schlagen, um dem nächsten Wurfgeschoss auszuweichen.

Was all seine Vorsicht und Konzentration nicht geschafft hatten, das gelang der Todesangst spielend. Anders hetzte mit weit ausgreifenden Sprüngen hinter Ratt her und hielt nicht nur mit ihr Schritt, sondern hätte sie sogar beinahe eingeholt. Dicht vor ihm erreichte sie die andere Seite und sprang ohne innezuhalten aus einem der Fenster.

Anders tat dasselbe. Noch während er sich abstieß, erschien noch einmal das Bild Katts vor seinem inneren Auge, wie sie mit weit ausgebreiteten Armen aus einem Fenster im zweiten Stock sprang und dann sicher auf den Füßen landete, und eine hässliche Stimme in seinen Gedanken fragte ihn, ob Ratten eigentlich auch Weltmeister im Springen waren.

Möglicherweise waren sie es, aber in diesem Fall wäre es nicht nötig gewesen. Hinter dem Fenster lauerte kein tödlicher Abgrund auf ihn, sondern nur ein Sprung von einem knappen Meter und dann das mit geschmolzener Teerpappe bedeckte Flachdach des angrenzenden Gebäudes. Anders kam trotzdem schlecht auf und fiel, rollte sich aber instinktiv ab und nutzte den Schwung seiner eigenen Bewegung, um wieder auf die Füße zu kommen.

Ratt zollte seiner sportlichen Leistung jedoch keinerlei Anerkennung, sondern fegte in großen hüpfenden Sprüngen über das Dach, erreichte den gegenüberliegenden Rand und sprang auch darüber ohne langsamer zu werden. Anders jagte hinter ihr her, aber diesmal war er vorsichtig genug, im letzten Moment abzubremsen und einen Blick über die Brüstung nach unten zu werfen.

Er war sehr froh, es getan zu haben. Auch unter dieser Brüstung lag ein weiteres Dach. Die Entfernung betrug vielleicht drei Meter; ein Sprung, der durchaus zu schaffen war.

Dummerweise bestand dieses Dach nicht aus Beton, sondern aus halb geschmolzenem und blasig erstarrtem Wellblech, das möglicherweise Ratts Kindergewicht trug, aber bestimmt nicht seines; und schon gar nicht, wenn er aus drei Metern Höhe darauf sprang.

Hastig sah er zurück. Das Fenster, durch das sie gesprungen waren, war noch leer, und er konnte sich beim besten Willen kein Dreihundert-Kilo-Schwein vorstellen, das leichtfüßig wie eine Primaballerina über einen frei schwebenden Stahlträger tänzelte, aber er hatte auch wenig Lust, es darauf ankommen zu lassen – und wahrscheinlich hatte Ratt auch einen Grund, sich so zu beeilen.

Zu seiner Erleichterung entdeckte er ein kleines Stück zur Linken eine eiserne Leiter, die auf das Wellblechdach und von dort aus weiter zur Straße hinunterführte; und zu seiner noch sehr viel größeren Erleichterung war sie zwar rostig und zum Teil verbogen, dennoch aber stabil genug um sein Körpergewicht zu tragen.

Ratt wartete bereits voller Ungeduld auf ihn. Sie zitterte am ganzen Leib und ihr Schwanz peitschte nervös hin und her. »Beeil disss!«, piepste sie überflüssigerweise. Sie blickte jedoch nicht zum Dach hinauf, von dem er gerade heruntergeklettert war, sondern nervös nach rechts und links, und kaum war Anders neben ihr angekommen, fuhr sie auch schon herum und überquerte die Straße und verschwand in einem Gebäude auf der gegenüberliegenden Seite. Ein langer Flur mit zahlreichen leeren Türöffnungen zu beiden Seiten nahm sie auf. Sie durchquerten ihn, verließen das Gebäude auf der Rückseite und hetzten über einen mit Schutt und Unrat voll gestopften Innenhof. Ohne auch nur langsamer zu werden, durchquerten sie auch das nächste Gebäude. Anders schaffte es irgendwie, mit Ratt Schritt zu halten, aber er war so vollkommen außer Atem, dass er nach Luft ringend stehen blieb und erschöpft gegen die Mauer sank, als sie wieder auf die Straße hinaustraten. Hinter den Häusern auf der anderen Seite leuchtete der Himmel düsterrot im Widerschein zahlreicher Feuer und brennender Fackeln. Das Lager war jetzt nicht mehr weit entfernt.

Ratts Reaktion nach aber anscheinend immer noch zu weit, denn sie gönnte ihm nur ein paar Augenblicke, um wieder zu Atem zu kommen, bevor sie ihn unbarmherzig weitertrieb. Sie überquerten auch diese Straße, betraten das gegenüberliegende Haus und hetzten zwei Treppen hoch, die mit jeder Stufe steiler zu werden schienen, zum Ausgleich aber kein Geländer hatten. Anders keuchte bald nicht mehr vor Anstrengung, er japste nach Luft wie ein Fisch auf dem Trockenen. Er hatte entsetzliches Seitenstechen und die letzten Stufen verlangten ihm beinahe mehr Kraft ab, als er aufbringen konnte. Als Ratt endlich auf das nächste Dach hinausstürmte, taumelte er noch zwei Schritte hinter ihr her und fiel dann keuchend auf die Knie. Er konnte nicht mehr. Ganz egal wer oder was möglicherweise durch diese Tür gestürmt kommen würde, er konnte keinen einzigen Schritt mehr tun. Letzten Endes war ein Herzschlag genauso tödlich wie eine Hellebarde.

»Ich glaube, dasss müssste reichen«, sagte Ratt. Sie besaß tatsächlich die Unverschämtheit, noch nicht einmal sonderlich außer Atem zu sein. »Ssssie sssind ssswar gefährlisss, aber auch genaussso dumm wie ssstark. Und sssie sssind mässstig ssstark.«

»Wer … wer war … das?«, japste Anders.

»Wilderer«, antwortete Ratt.

»Wilderer?«

»Elder«, erklärte Ratt. »Isss habe dir doch gesssagt, dasss sssie unangenehme Bursssen sssind. Hasss mir wohl nisss geglaubt, wie?«

»Unangenehme … Burschen«, wiederholte Anders. Sein keuchender Atem beruhigte sich, doch nur ganz langsam. »Allmählich kommen mir ernsthafte Zweifel, ob wir wirklich dieselbe Sprache sprechen.«

Ratt grinste, klopfte aber gleichzeitig ungeduldig mit dem Schwanz auf den Boden. Vielleicht war sie doch nicht ganz so überzeugt davon, in Sicherheit zu sein, wie sie ihm gegenüber behauptet hatte. Offensichtlich wollte sie weiter. Anders kämpfte sich wortlos in die Höhe und sah sich um. Das Dach ging nahezu nahtlos in das des dahinter liegenden Gebäudes über, hinter dem wiederum ein von düsterem flackerndem Licht erfüllter Abgrund gähnte. Der Platz, an dem die Sippe lebte.

Er drehte sich um und überlegte einen Moment, zurückzugehen und nach ihren Verfolgern zu sehen, entschied sich aber dann dagegen. Vor dem zwar blassen, in der Dunkelheit aber dennoch deutlich sichtbaren Feuerschein musste sich seine Silhouette klar abzeichnen. Selbst wenn Ratt Recht hatte und ihre Verfolger so dumm wie stark waren – blind waren sie garantiert nicht und er musste das Glück ja nicht unbedingt herausfordern. Stattdessen zögerte er nur noch einen winzigen Moment und schlurfte dann mit hängenden Schultern hinter dem Rattenmädchen her.

Ratt hatte bereits das nächste Dach erreicht und ging nun langsamer, konnte es sich aber natürlich nicht verkneifen, immer wieder ungeduldig zu ihm zurückzublicken und dabei mit den Augen zu rollen, damit ihm auch ja nicht entging, um wie vieles schneller sie hätte sein können, wäre er nicht dabei. Anders hatte sich mittlerweile auch weit genug erholt, um wieder mit ihr Schritt halten zu können, hütete sich aber, es auch zu tun. Vielleicht war die wichtigste Lektion, die er seit seiner

Ankunft in dieser bizarren Welt gelernt hatte, die, dass es besser war, mit seinen Kräften hauszuhalten, wann immer er die Möglichkeit dazu hatte, denn schon hinter der nächsten Ecke konnte wieder eine tödliche Überraschung lauern.

Er wollte zum Rand des Daches gehen, aber Ratt schüttelte den Kopf und deutete auf einen halbhohen Aufbau, unter dem sich vermutlich eine Treppe nach unten befand. Anders nickte zum Zeichen, dass er verstanden hatte, ging aber trotzdem unbeeindruckt weiter, duckte sich jedoch auf den letzten Metern, um nicht von unten gesehen zu werden. Die *allerletzten* Meter legte er auf Händen und Knien kriechend zurück, bevor er vorsichtig den Kopf über die niedrige Brüstung hob und auf den Platz hinabsah.

Anders hatte halbwegs erwartet, die ganze Sippe wieder auf dem Platz versammelt zu sehen wie am Morgen, als die Boten der benachbarten Sippe gekommen waren, doch trotz der zahlreichen brennenden Fackeln erblickte er kaum mehr als ein Dutzend Tiermenschen, die zwei gegenläufige, unterbrochene Ketten zwischen Bulls Haus und dem bizarren Gefährt bildeten, das in der Mitte des Platzes angehalten hatte.

Zweifellos war es der *Wagen*, von dem Katt und ihre Schwester gesprochen hatten. Allerdings sah er vollkommen anders aus, als Anders sich vorgestellt hätte – *wenn* er versucht hätte sich etwas vorzustellen.

Der Wagen war riesig. Jedes der insgesamt sechs Räder war fast so hoch wie ein Mann und mit schweren Kupfer- oder Bronzeplatten verstärkt. Der Wagen selbst war ein klobiger rechteckiger Kasten, fast so hoch wie ein Bungalow und auch nicht wesentlich kürzer und ebenfalls bis auf den letzten Quadratzentimeter mit schweren Eisenplatten gepanzert. Die wenigen Fenster glichen eher schmalen Schießscharten, die auch noch zusätzlich vergittert waren. Das sonderbare Gefährt hatte weder einen Turm noch ein Kanonenrohr, aber Anders war sicher, hätte ein Alchimist im frühen Mittelalter versucht einen Panzer zu bauen, das Ergebnis hätte ungefähr so ausgesehen.

Nur dass ein Panzer aus der Zeit Wilhelm des Eroberers vermutlich nicht von leibhaftigen Zentauren gezogen worden wäre.

24

Anders hätte sich nie vorstellen können, dass er einmal wirklich und leibhaftig Zentauren zu Gesicht bekommen würde. Es waren gleich vier der bizarren Geschöpfe, die vor dem riesigen Wagen angeschirrt waren. Ihre Unterkörper waren eindeutig die von Pferden, nur dass sie viel größer waren als jedes Pferd, das Anders jemals gesehen hatte, und auch die menschlichen Teile mit den kraftvollen, edel geschnittenen Gesichtern waren die von Riesen. Das Einzige, was nicht mit dem Bild der mythischen Fabelwesen übereinstimmte, das Anders im Kopf hatte, war die prachtvolle borstige Mähne, die wie der Helm eines griechischen Kriegers auf den Köpfen begann und sich sowohl über den menschlichen als auch den tierischen Rücken zog und schließlich zu einem fast bis auf den Boden reichenden Schweif wurde.

Umgeben wurde der Wagen von einem Kreis aus gut anderthalb Dutzend Geschöpfen, die Anders bereits kannte: in zerschrammte Eisenrüstungen gehüllte, übermannsgroße Schweine, die aufrecht auf den Hinterläufen standen. Mit ihren aufgereckten Hellebarden wirkten sie nicht nur wie eine groteske Palastwache, sondern standen auch reglos und in eindeutig militärischer Präzision ausgerichtet da. Bull war heftig gestikulierend in ein Gespräch mit einem weiteren Schwein verstrickt, dessen prachtvoll schimmernde Rüstung und dunkelroter Umhang es wohl als Anführer der bizarren Rotte auswiesen, obwohl es ein gutes Stück kleiner als die anderen war. Es war als einziges nicht mit einer Hellebarde bewaffnet, sondern mit Schild und Schwert, und Anders konnte sein Gesicht nicht erkennen, denn es verbarg sich hinter dem heruntergeklappten Visier seines Helmes, das die Form eines pausbäckigen Kindergesichts hatte.

Bei dem Gespräch, das Bull und das Schwein führten, schien es sich nicht unbedingt um freundlichen Smalltalk zu handeln. Bulls Gesten wurden heftiger, während sich die Antworten des Puttengesichts im Prinzip auf eine einzige Bewegung beschränkten: Ein Kopfschütteln, das es umso begeisterter zu wiederholen schien, je wütender Bulls Gesten wurden.

»Freunde von euch?«, fragte Anders.

»Sssie werden immer ssslimmer«, zischte Ratt. In ihrer Stimme schwang etwas, das an Hass erinnerte, aber zugleich auch beinahe resigniert klang.

»Was wird schlimmer?«

»Ihre Forderungen«, antwortete Ratt. »Esss wird immer ssswerer, neue Sssätze sssu finden, aber sssie verlangen jedesss Mal mehr. Und jedesss Mal geben sssie unsss weniger Lebensssmittel.«

»Sie bezahlen euch mit Essen?«, fragte Anders überrascht. Ratt nickte düster und Anders beugte sich ein wenig weiter vor und strengte die Augen an, um erkennen zu können, was die Tiermenschen dort unten eigentlich so emsig hin- und hertrugen. Bei den Säcken und Kisten, die sie aus dem Wagen luden und ins Haus hinübertrugen, schien es sich eindeutig um Lebensmittel zu handeln, während ihm einige der Gegenstände, die sie in umgekehrter Richtung transportierten, von seinem morgendlichen Raubzug in Bulls Keller bekannt vorkamen. Er begriff, dass er hier einen Einblick in das Wirtschaftssystem dieser unheimlichen postatomaren Welt bekam. Ganz offensichtlich bezahlten die Elder Bulls Sippe dafür, dass sie ihr Leben bei Ausflügen ins Reich der Fresser riskierten, um die Reste der verbrannten Zivilisation dort drüben zusammenzukratzen.

»Wie lange kann das dauern?«, fragte er.

»Nissst sssehr lange«, antwortete Ratt. »Ssssie bleiben nie länger alsss unbedingt nötisss. Aber sssie sssind auch noch nie ssso früh gekommen.«

Anders sah sie nicht an, aber er registrierte aus den Augenwinkeln, wie sie den Kopf hob und mit einem besorgten Blick den Himmel absuchte.

»Sie fürchten die Drachen«, vermutete er.

Ratt schüttelte heftig den Kopf. »Die Drachen tun ihnen nisss«, sagte sie. »Sssie fürssten unsssere Ssstadt.«

Anders sah sie nun doch – zweifelnd – an, aber Ratt nickte nur heftig mit dem Kopf und deutete mit der Hand auf den Platz hinab. »Isss habe einmal ssswei von ihnen belaussst. Einer hat gesssagt, er hassst die Ssstadt, weil sssie ihm ssseigt, wie esss hätte sssein können.« Sie hob die Schultern. »Isss weiß nisss, wasss er damit gemeint hat.«

Die Worte berührten Anders auf sonderbare Weise. Er hätte nicht sagen können wieso – aber er hatte das Gefühl, eigentlich wissen zu müssen, wie diese sonderbaren Worte gemeint waren. Obwohl er angestrengt nachdachte, kam er nicht darauf; doch sie hinterließen ein nicht sehr angenehmes Gefühl in ihm.

»Komm weiter«, drängte Ratt. »Wenn sssie unsss hier oben erwisssen, sssind wir geliefert.« Sie sah nervös in die Richtung zurück, aus der sie gekommen waren.

»Ich dachte, wir sind hier sicher?«, fragte Anders.

Ratt hob die Schultern. »Man kann nie wisssen.« Sie wiederholte ihr aufforderndes Winken, stand auf und huschte geduckt zur Tür hin. Anders wäre gern noch ein wenig geblieben, um dem Geschehen unten auf dem Platz zuzusehen, aber allein hier oben zurückzubleiben kam nicht infrage. Unabhängig davon, dass Ratt anscheinend doch nicht so sicher war, ihre schweinsgesichtigen Verfolger abgeschüttelt zu haben, trieb ihm allein der Gedanke, allein durch die stockdunklen Ruinen zu stolpern, bereits den Angstschweiß auf die Stirn. Widerstrebend löste auch er sich von seinem Platz und folgte dem Rattenmädchen.

Der Treppenschacht, in den sie gelangten, war ausnahmsweise einmal nicht pechschwarz. Durch die leeren Fensterhöhlen fiel tanzendes rotes Licht herein und die Stufen waren sogar beinahe frei von Trümmern, sodass sie das Erdgeschoss unversehrt und rasch erreichten.

Die Tür, zu der sie gelangten, führte auf den Platz hinaus. Anders konnte von hier aus den Wagen nicht sehen und Ratt gebot ihm mit einer fast herrischen Geste, zurückzubleiben. Sie huschte nach draußen, kam jedoch schon nach einem kurzen Moment zurück und trug eine zusammengeknüllte Decke über den Armen.

»Häng dir dasss über den Kopf«, befahl sie. »Und dann geh einfach hinter mir her. Bleib nisss ssstehen und sssieh sssie nisss an. Sssie mögen dasss nisss.«

Anders schlang sich gehorsam die Decke um die Schultern und zog ein Ende wie eine Kapuze über den Kopf und so weit nach vorne, dass sein Gesicht fast vollkommen darunter verborgen war. Die Decke roch, als wäre nicht nur ein, sondern ein ganzes Dutzend Tiermenschen nacheinander darin gestorben und beerdigt worden, und er konnte nur noch seine Schuhspitzen und einen schmalen Streifen des Bodens davor erkennen. Ratt schien das zu genügen, denn sie eilte unverzüglich los und Anders tastete sich halb blind hinter ihr her.

Nach ein paar Schritten wagte er es, den Kopf zumindest weit genug zu heben um sich orientieren zu können. Der Wagen stand irgendwo links von ihm, ein gutes Stück näher, als er erwartet hatte. Ratts Wohnung befand sich in fast gerader Linie dahinter, sodass er an dem Wagen und seiner unheimlichen Eskorte in weniger als zehn Schritten Entfernung vorbeigehen musste. Sein Herz klopfte so laut, dass das Geräusch allein eigentlich hätte genügen müssen, um ihn zu verraten. Aber das Wunder geschah: Angeführt von Ratt, die mit gesenktem Blick, aber ganz selbstverständlichen Schritten vor ihm herging, passierten sie den Wagen und betraten einen Moment später unbehelligt das Haus. Keines der Schweinewesen hatte auch nur Notiz von ihnen genommen.

»Pfff!«, machte Ratt. »Dasss war knapp. Auf sssolssse Abenteuer kann isss auch gerne versssichten!«

Anders schleuderte die Decke angeekelt von sich, ging zur Tür zurück und zog den Vorhang zu. Durch die zahllosen Löcher in dem zerschlissenen Stoff konnte er bequem hinaussehen, ohne selbst entdeckt zu werden. Der Wagen war kaum zehn Meter entfernt, stand aber so, dass er weder Bull noch den Schweinemann mit der Kindermaske sehen konnte und auch nicht die bizarren Zugtiere.

Dafür sah er die unheimlichen Krieger umso deutlicher und der Anblick ließ ihn innerlich erschauern. Die Geschöpfe waren noch um etliches größer, als es von weitem den Anschein gehabt hatte, und auch wenn die barbarische Rüstung aus schwarzem Leder und groben Eisenplatten es nach wie vor schwer machte, ihre wirkliche Statur zu erkennen, fand er seine anfängliche Schätzung bestätigt: Sie mussten drei, wenn nicht vier Zentner wiegen. Dass ihre Körper nur aus Muskeln zu bestehen schienen, ließ sie nicht gerade harmloser wirken, genauso wenig wie die anderen Details, die er ausmachen konnte. Sie hatten keine richtigen Füße, sondern gespaltene breite Hufe, und ihre Hände bestanden aus zwei hornigen Klauen und einem plumpen Daumen.

Die Gesichter waren ein Albtraum.

Es waren eindeutig die Gesichter von Schweinen, gepaart mit etwas schwer in Worte zu fassendem Menschlichen, das in dieser Kombination zu etwas unglaublich Abstoßendem wurde, das Furcht erzeugte wie etwas fast körperlich Greifbares. Viele von Katts Brüdern und Schwestern waren bizarrer oder auch abstoßender, doch nicht eine einzige dieser Kreaturen erfüllte Anders mit einer Angst, die auch nur annähernd so schlimm gewesen wäre. Er versuchte sich einzureden, dass es an ihrer bewusst martialischen Erscheinung lag, an ihren Waffen oder einfach an ihrer Größe, aber das war es nicht.

Vielleicht lag es daran, dass er gesehen hatte, was sie der Spinne angetan hatten.

Als hätte es seine Blicke gespürt, wandte eines der Schweine plötzlich den massigen Schädel und blickte genau in seine Richtung. Die Bewegung war umso erschreckender, als die unheimlichen Krieger bisher so reglos wie lebensechte Statuen dagestanden hatten. Für einen schrecklichen Moment war Anders felsenfest davon überzeugt, dass das Geschöpf nun hier hereinkommen und zu Ende bringen würde, was seine Brüder vorhin begonnen hatten, doch dann drehte es im Gegenteil den Kopf wieder zurück und versank erneut in absolute Starre. Anders atmete erleichtert auf, trat aber dennoch ein paar Schritte von der Tür zurück.

»Gansss sssön unheimlisss, wie?«, fragte Ratt.

Anders wäre ein anderes Wort eingefallen, doch er nickte nur. »Wie oft kommen sie hierher?«

»Immer fünf Tage nach Vollmond«, antwortete Ratt. »Aussser heute. Sssie sssind noch nie sssu früh gekommen. Aber auch noch nie sssu ssspät.«

»Ich hab anscheinend doch einen schlechten Einfluss auf euch«, sagte Anders. »Vielleicht hat Bull ja Recht und ich bringe Unglück.«

Eigentlich hatte es ein Scherz sein sollen; nichts als ein Versuch, die immer unbehaglicher werdende Stimmung zu durchbrechen. Er erreichte damit jedoch eher das Gegenteil. Ratt antwortete nicht und es war auch zu dunkel hier drinnen, um in ihrem Gesicht zu lesen, aber er spürte trotzdem, dass sich irgendetwas verändert hatte, und das nicht zum Guten.

»Woher kommen sie?«, fragte er, nur um überhaupt etwas zu sagen und das Schweigen zu unterbrechen, das sich allmählich als etwas Bedrohliches zu entwickeln begann. »Du sagst, sie leben im Norden?«

»In einer grosssen Ssstadt«, bestätigte Ratt. »Sssie liegt auf der anderen Ssseite der Todesssebene. Ihre Häussser reichen bisss in den Himmel und esss gibt dort immer genug sssu esssen.«

»Hast du sie schon einmal gesehen?«, fragte Anders.

Ratt lachte, als hätte er etwas unglaublich Dummes gefragt. »Niemand hat dasss«, antwortete sie. »Ein paar haben esss versssucht, aber niemand kann die Todesssebene überqueren. Keiner von denen, die esss versssucht haben, isss je sssurückgekommen.«

»Woher wisst ihr dann, wie es dort aussieht?«, fragte Anders.

Ratt runzelte die Stirn. Sie schwieg.

»Ich verstehe«, sagte Anders. »Lass mich raten. Ihr Name ist Camelot und ihre Mauern und Türme bestehen aus purem Gold. Und wer dort lebt, der wird niemals älter.«

»Wie?«, piepste Ratt hilflos.

»Vergiss es«, seufzte Anders. »Was kannst du mir noch von den Elder erzählen?«

»Ersssählen? Nisss.«

»Komm schon«, antwortete Anders. »Ihr müsst doch etwas über sie wissen.«

Er musste sich beherrschen, um Ratt nicht regelrecht mit Fragen zu überfallen. Natürlich glaubte er nicht, dass es irgendwo im Norden eine Stadt mit goldenen Türmen gab, deren Bewohner in ewiger Glückseligkeit lebten – aber allein die Gegenwart der Elder und vor allem ihr bizarres Gefährt bewiesen, dass es dort zumindest etwas wie eine rudimentäre Zivilisation gab, während Bulls Sippe selbst in der Steinzeit eine ziemlich kümmerliche Gestalt abgegeben hätte.

»Ssssie ssssind furssstbar mässstissss«, antwortete Ratt. »Alle haben Angsss vor ihnen.«

Nach allem, was er gerade erlebt hatte, konnte Anders das gut verstehen. Dennoch antwortete er nicht sofort, sondern zwang sich stattdessen die ganze Situation noch einmal zu überdenken. Seine erste Begegnung mit den geheimnisvollen Elder war alles andere als erfreulich gewesen – aber schließlich wusste er *nichts* über dieses Volk, ebenso wenig wie über die Sippe, der die Spinne angehört hatte, und ihr Verhältnis zu den Elder. Vielleicht herrschte eine uralte Feindschaft zwischen ihnen. Vielleicht hatten die Schweine einen *Grund* gehabt, die Spinne zu töten, und vielleicht hatten sie ja auch einen guten Grund, nicht allein hierher zu kommen, sondern in Kompaniestärke und schwer bewaffnet. Nur dass sie hässlich waren, machte sie nicht automatisch zu den Bösen in dieser Geschichte.

Als hätte sie seine Gedanken gelesen, sagte Ratt plötzlich: »Du denkssss doch nisss etwa daran, sssu ihnen sssu gehen? Du würdesss esss nissst überleben.«

Anders wusste nicht, ob sie bewusst übertrieb oder ob die Elder wirklich so gefährlich waren, aber allein nach dem, was er gerade in den Augen des Schweinekriegers gesehen hatte, hätte er das sowieso nicht gewagt. Immerhin war es eine Spur; vielleicht eine Möglichkeit, hier herauszukommen, ohne sich den Feuer speienden Drachen stellen zu müssen oder sein Leben bei dem Versuch zu riskieren, barfuß und ohne Ausrüstung den Mount Everest zu ersteigen.

Etwas an der Geräuschkulisse draußen änderte sich. Anders trat wieder an die Tür und spähte durch sein Guckloch. Bulls Leute hatten damit aufgehört, Kisten und Säcke zwischen dem Wagen und dem Eingang auf der anderen Seite des Platzes hin- und herzutransportieren, und auch die bewaffneten Elder hatten ihre Posten aufgegeben und formierten sich zu einer schnurgerade ausgerichteten Doppelreihe hinter dem riesigen Gefährt; schnell, so gut wie lautlos und mit schon fast lächerlicher militärischer Präzision.

Sie waren noch nicht einmal ganz fertig damit, als sich der schwere Wagen auch schon knarrend und ächzend in Bewegung setzte. Es gab weder Zügel noch einen Lenker, aber schließlich wurde das sonderbare Gefährt ja auch nicht von normalen Pferden gezogen. Dennoch war es ein so ungewöhnlicher Anblick, dass Anders dem Wagen fasziniert mit Blicken folgte, bis er auf dem Platz gewendet hatte.

Auch der Elder mit der Puttenmaske war nun wieder zu sehen. Im ersten Moment dachte Anders, dass er sich der Doppelreihe der Hellebardenträger anschließen würde, aber dann beschleunigte er seine Schritte, holte rasch zum Wagen auf und verschwand mit einem Satz in der offen stehenden Tür an seinem Heck.

»Isss habe dir doch gesssagt, sssie bleiben nie sssehr lange«, sagte Ratt. Sie klang hörbar erleichtert.

Anders nickte, sah aber konzentriert weiter durch das Loch im Vorhang hinaus. Bull stand noch immer an derselben Stelle, an der er mit dem Elder geredet hatte, doch er war jetzt nicht mehr allein. Katt und auch der Hundemann hatten sich zu ihm gesellt und alle drei blickten dem Wagen und seiner bizarren Eskorte hinterher, bis sie den Platz verlassen hatten. Beinahe jedenfalls. Trotz der großen Entfernung konnte Anders erkennen, dass Katt zwei- oder dreimal dazu ansetzte, den Kopf zu drehen, wie um zu ihnen hinzusehen, die Bewegung aber nie zu Ende führte.

Als der letzte Elder-Soldat außer Sicht war, drehten sich Bull und die beiden anderen um und kamen direkt auf sie zu.

»Oh, oh«, sagte Ratt. »Dasss sssieht nisss gut auss.«

Bull war auch nicht unbedingt bester Laune, als er wenige Atemzüge später hereinstürmte und den Vorhang mit solcher Wucht beiseite schlug, dass er zur Hälfte abriss. »Was tut ihr hier?!«, polterte er. »Ich hatte euch befohlen, euch zu verstecken und wegzubleiben, bis sie abgefahren sind!« Rex hechelte wie immer hinter ihm her und dachte vermutlich angestrengt über irgendeine boshafte Bemerkung nach, die er zu der Diskussion beisteuern konnte, während Katt erst in zwei oder drei Schritten Abstand folgte. Der Blick, mit dem sie Ratt und ihn maß, beunruhigte Anders beinahe noch mehr als das zornige Funkeln in den Augen des Minotaurus.

»Also?«, polterte Bull, als weder er noch Ratt sofort antworteten.

»Dasss wollten wir ja«, piepste Ratt.

»Und warum habt ihr es dann nicht getan?«

»Wilderer«, antwortete Ratt. »Sssie hätten unsss beinahe erwissst. Wir mussten laufen. Und da dachte isss mir, dasss wir unsss genausssso gut gleisss hier versssstecken können.«

»Wilderer?« Bull gab sich Mühe, sich seinen Schrecken nicht anmerken zu lassen, aber es gelang ihm nicht wirklich. Sein Blick tastete kurz und prüfend über Anders' Gesicht und richtete sich dann wieder auf Ratt. »Haben sie ihn gesehen?«

Ihn? Anders zog überrascht die Brauen zusammen.

»Isss glaube nisss«, antwortete Ratt. »Wenn isss nisss will, dass misss jemand sssieht, sssieht misss auch niemand.«

»Bist du sicher?« Auch Katt sah mit einem Mal sehr ängstlich aus. »Du weißt, was …«

»Niemand hat unsss gesssehen«, unterbrach sie ihre Schwester. Zugleich warf sie Anders einen fast beschwörenden Blick zu. »Sssie waren viel sssu sssehr damit bessäftigt, den Sssspinnenmann umsssubringen.«

»Sie haben ihn getötet?«, fragte Katt erschrocken.

»Abgeschlachtet würde es eher beschreiben«, sagte Anders. »Er hatte keine große Chance gegen die Elder.«

»Du hast es gesehen?«, keuchte Katt. Der Blick ihrer Schwester wurde fast verzweifelt.

»Andersss hat Recht«, sagte sie hastig. »Ssssie waren viel sssu bessäftigt um auf unsss sssu achten.«

»Wo genau war das?«, fragte Bull. Die Frage galt Anders, und er machte zugleich eine befehlende Geste in Ratts Richtung, sodass sie es nicht wagte, sich einzumischen.

»Ich weiß nicht genau«, antwortete er ausweichend. »Nicht weit von hier. Der Raum hatte keinen Boden, nur ein paar Träger.«

Katt riss die Augen auf. »Du bist mit ihm *dort hinauf*gegangen?«, keuchte sie, an ihre Schwester gewandt. »Bist du verrückt geworden?«

»Genug!«, sagte Bull streng. Ratt, die den Mund schon zu einer entsprechenden Antwort geöffnet hatte, klappte ihn vorsichtshalber wieder zu, und auch Katt verstummte gehorsam, aber ihre Augen sprühten Funken in Richtung ihrer Schwester.

»Bist du ganz sicher, dass sie euch nicht gesehen haben?«, fragte Bull, wieder direkt an Anders gewandt. Diesmal sagte er *euch*, aber Anders war ziemlich sicher, dass er *dich* meinte.

Anders antwortete nicht sofort, sondern machte ein nachdenkliches Gesicht und deutete dann etwas wie ein Achselzucken an. »Ich bin nicht ganz sicher«, sagte er schließlich. »Doch ich glaube nicht. So wie sie mit der Spinne umgesprungen sind, wären wir wahrscheinlich nicht mehr am Leben, wenn sie uns gesehen hätten.«

Der Minotaurus schwieg, aber Anders glaubte zu spüren, dass er genau die richtige Antwort gegeben hatte. Er wäre weniger überzeugend gewesen, hätte er die Möglichkeit, doch gesehen worden zu sein, ebenso rundweg abgeleugnet wie Ratt.

Dennoch schüttelte Bull nach einer Weile besorgt den Kopf. »Das hätte nicht passieren dürfen«, sagte er schleppend. »Wir müssen sichergehen.«

»Sssie werden nisss sssagen«, meinte Ratt und verbesserte sich hastig. »Isss meine, ssselbst wenn sssie unsss gesssehen hätten, würden sssie nisss sssagen. Esss würde sssie ssselbsss den Kopf kosssen.«

»Und uns allen vielleicht auch«, sagte Bull kopfschüttelnd. Er starrte zuerst sie, dann einen deutlich längeren und unangenehmeren Augenblick lang Anders durchdringend an, dann fuhr er mit einer so plötzlichen Bewegung zu Rex herum, dass der Hundemann erschrocken zusammenzuckte.

»Du wirst ihnen folgen«, sagte er. »Ich will wissen, was sie tun. Und gib Acht, dass sie dich nicht bemerken.«

»Ich weiß nicht«, antwortete Rex unbehaglich. Sein Blick streifte Anders, und für den Bruchteil einer Sekunde flammte unverhohlener Hass in seinen Augen auf. »Wenn sie mich entdecken …«

»Isss könnte doch gehen«, schlug Ratt vor. »Niemand sssieht misss, wenn isss esss nisss will.«

»Rex wird gehen«, bestimmte Bull. »Ihr bleibt hier. Alle drei.«

»Aber …« Ratt verstummte, als sie ein eisiger Blick aus

Bulls Augen traf, bewegte sich einen Moment unruhig auf der Stelle und versuchte dann irgendwie unsichtbar zu werden.

»Ihr habt mich verstanden«, grollte Bull. Rex trollte sich vorsichtshalber sofort und Bull warf einen drohenden Blick in die Runde und ging dann ebenfalls.

Er war noch nicht ganz außer Hörweite, da wirbelte Katt herum und fauchte ihre Schwester an: »Bist du verrückt geworden, mit Anders dort hinaufzugehen? Was hattest du vor? Wolltest du ihn umbringen?«

Ratt setzte zu einer Antwort an, aber Anders kam ihr zuvor. Das Letzte, was er jetzt brauchte, war ein Streit zwischen zwei eifersüchtigen Mädchen. »Sie kann nichts dafür«, sagte er rasch.

Was möglicherweise ein Fehler war, denn Katt fuhr – nun wirklich mehr gereizte Katze als irgendetwas anderes – herum und ihr Zorn suchte sich ein neues Ziel. Besonders groß war die Auswahl nicht. »Ach?«, fauchte sie. »Und was genau ist es, wofür sie nichts kann?«

Hinter Anders' Stirn begann eine ganze Batterie von Alarmglocken zu schrillen. Wäre die Situation nicht so ernst gewesen, hätte er sogar laut gelacht. Ohne dass er die Einzelheiten genau benennen konnte, spürte er, wie er hier möglicherweise in etwas hineinschlitterte, das sich zu einer existenziellen Krise der ganzen Sippe auswachsen konnte (und nebenbei zu einer handfesten Bedrohung seines Lebens), und das größte Problem, das er im Moment hatte, waren zwei eifersüchtige Schwestern, die drauf und dran waren, sich gegenseitig an die Kehle zu gehen!

»Ich wollte wissen, was es mit den Elder auf sich hat«, antwortete er vorsichtig. »Ich weiß, Bull hat uns gesagt, dass wir dem Lager fernbleiben sollen, aber ich lasse mir nun mal nicht gerne etwas verbieten. Deine Schwester kann nichts dafür. Ich habe sie gezwungen mich zu begleiten.«

Wahrscheinlich war das schon wieder ein Fehler, dachte er resigniert. Er konnte regelrecht sehen, wie sich Katt fragte, warum er sich solche Mühe gab, ihre Schwester zu verteidigen. Dennoch fuhr er fort: »Sie hat mir wahrscheinlich das Leben gerettet, als die Schweinebacken hinter uns her …«

Katts Augen wurden groß. »Sie haben euch also doch gesehen?«, keuchte sie.

So war das also, dachte Anders. Er hatte sich immer gefragt, was für ein Gefühl es eigentlich war, wenn man das dringende Bedürfnis verspürte, sich selbst zu ohrfeigen. Jetzt wusste er es.

»Sssie werden niss sssagen«, versicherte Ratt hastig. Sie wollte fortfahren, trippelte dann aber mit raschen Schritten zur Tür und warf einen misstrauischen Blick nach rechts und links, bevor sie sich umdrehte und – deutlich leiser – fortfuhr: »Ssssie wären ja verrückt, dass sssu tun.«

»Wieso?«, fragte Anders.

»Weil sie gewildert haben«, antwortete Katt anstelle ihrer Schwester. »Die Elder sind sehr streng, was das angeht. Sie würden auf der Stelle hingerichtet.«

»Aha«, sagte Anders. Er verstand kein Wort. »Aber das meine ich nicht. Warum hat Bull solche Angst davor, dass sie mich sehen könnten?«

»Dich?«

»Versuch es gar nicht erst«, sagte Anders sanft. »Ich gebe zwar zu, dass du mir in vieler Hinsicht überlegen bist, aber du bist eine miserable Lügnerin.« Er machte eine Kopfbewegung zur Tür, durch die Rex und der Minotaurus verschwunden waren. »Sie hatten Angst, dass sie mich gesehen haben. *Mich,* Katt, nicht *uns.*«

»Und?«, fauchte Katt. Anders war fast erstaunt, wie einfach es gewesen war, sie in die Enge zu treiben, aber er war nicht besonders stolz darauf.

»Ich wüsste nur gerne, was hier los ist.« Er versuchte ganz bewusst, einen versöhnlichen Ton anzuschlagen, nicht nur weil ihm seine Logik sagte, dass es möglicherweise lebenswichtig für ihn war, zu erfahren, *was* Bull und die anderen (und das schloss Katt und ihre Schwester durchaus mit ein, wie er sich schmerzhaft eingestehen musste) so krampfhaft vor ihm geheim zu halten versuchten. Es brach ihm schier das Herz, Katt so leiden zu sehen und – er war fast überrascht, doch es war so – ihre Schwester ebenfalls. Auch wenn es ihm selbst fast absurd vorkam (immerhin war Ratt genau das: eine *Ratte*), aber er hatte das drollige kleine Geschöpf irgendwie in sein Herz geschlossen.

»Es gibt … Gerüchte«, sagte Katt. Sie wich seinem Blick aus.

»Was für Gerüchte?«, fragte Anders.

Katt begann unruhig im Zimmer auf und ab zu gehen. »Seit du gekommen bist, sind die Drachen wie von Sinnen. Und auch die Elder …« Sie blieb einen Moment stehen und suchte nach Worten. »Es war ein Bote da, schon vor ein paar Tagen.«

»Als du noch gessslafen hasss«, fügte Ratt hinzu. »Er hat Fragen gessstellt. Eine Menge Fragen.«

Katt schenkte ihrer Schwester einen bösen Blick, den diese mit einem trotzigen Zähnefletschen beantwortete.

»Was für Fragen?«, hakte Anders rasch nach; und hauptsächlich um die beiden auseinander zu bringen. »Über mich?«

»Nicht nur«, antwortete Katt. Sie setzte ihr unruhiges Auf und Ab im Zimmer fort, und es war hauptsächlich ihre Körpersprache, die sie verriet – das und die Tatsache, dass sie plötzlich nicht mehr die Kraft zu haben schien, Anders in die Augen zu blicken. Sie beantwortete seine Fragen deshalb nicht direkt, weil sie nach einer möglichst glaubhaften Ausrede suchte. »Sie sind … nervös. Bull meint, irgendetwas macht ihnen Angst. Sie haben sich nie für uns interessiert, verstehst du? Manchmal kommen sie und bringen uns Essen, aber sie kommen *nie* hierher, wenn es keinen wirklich wichtigen Grund gibt.«

»Und auch die Drachen veranstalten normalerweise kein Scheibenschießen auf eure Häuser«, vermutete Anders. »Und das alles hat angefangen, seit ich hier bin.«

Ratt nickte, während ihre Schwester nur für einen Moment in ihrem ruhelosen Hin und Her innehielt und ihn stumm ansah. Er las die Angst in Katts Augen. Angst vor den unheimlichen Kriegern in dem gepanzerten Wagen, vor den Drachen und vor allem vor der Veränderung, die plötzlich über ihr bisher vielleicht hartes, aber doch klar geregeltes Leben hereingebrochen war. Vor allem jedoch Angst um ihn.

Oder war es nur die Angst, ihn zu verlieren?

Anders verscheuchte diesen hässlichen Gedanken; wenigstens versuchte er es. Nur wollte es ihm nicht gelingen, nicht wirklich. Er zweifelte nicht an der Aufrichtigkeit von Katts Gefühlen ihm gegenüber. In diesem Punkt konnte sie ihre Natur nicht verleugnen. Sie war stolz und eigenwillig, aber sie würde ihm niemals etwas vorspielen. Er glaubte nicht, dass sie das überhaupt *konnte.*

Was er nicht wusste, war der *Grund* ihrer Gefühle. Zweifellos fühlte sie sich ihm verpflichtet, weil er ihr das Leben gerettet hatte; aber Gefühle, die daraus entstanden, waren beinahe immer Strohfeuer, die ebenso schnell erloschen, wie sie aufgeflammt waren. Doch anschließend hatte sie ihn gepflegt, zehn Tage und Nächte lang, und Anders fragte sich, ob daraus vielleicht eine einseitige Intimität entstanden war, die ihr selbst etwas vorgaukelte, was sie nur zu gerne glaubte.

»Das ist doch Unsinn«, sagte Katt mit einiger Verspätung. »Bull ist …«

»Ein sehr kluger Mann«, unterbrach sie Anders. Bestimmt niemand, den er seinen Freund nennen würde, aber dennoch kein Dummkopf. Immerhin lenkte er die Geschicke der Sippe seit Jahren. Stark zu sein reichte dazu allein nicht aus.

»Ich werde mit ihm reden«, sagte Anders. »Sobald er sich ein wenig beruhigt hat. Vielleicht ist es wirklich das Beste, wenn ich gehe.«

»Und wohin?«, fragte Katt. »Über den Fluss, damit die Fresser dich erwischen? Oder nach Norden, zu den Elder?« Sie machte ein abfälliges Geräusch. »Sie töten dich, bevor du ihnen deinen Namen sagen kannst.«

»Wenn du Glück hasss«, pflichtete Ratt ihr bei.

Anders hätte ihr gern widersprochen – aber wie konnte er

das, nachdem er selbst gesehen hatte, was sie der Spinne angetan hatten. Selbst wenn sie einen triftigen Grund gehabt hatten, das Ungeheuer zu töten – sie hatten es *genossen.* Vielleicht bedeutete die Tatsache allein, dass ein Volk imstande war, Waffen zu schmieden und gepanzerte Wagen zu bauen, ja noch nicht automatisch, dass es auch *zivilisiert* war.

»Aber was soll ich denn tun?«, fragte er leise. »Einfach die Hände in den Schoß legen und darauf warten, dass etwas geschieht – oder auch nicht?« Er schüttelte müde den Kopf. »Selbst wenn all das jetzt nicht passiert wäre, Katt! Du weißt, ich kann nicht hier bleiben.«

Katt kam näher und er sah, wie sie plötzlich mit den Tränen kämpfte. »Ich … ich habe doch nur Angst, dass dir etwas passiert. Das würde ich nicht ertragen.«

Sie kam noch näher, schmiegte sich an seine Brust und schlang die Arme um ihn. Im allerersten Moment versteifte sich Anders, und für einen noch kürzeren Zeitraum war er nahe daran, sich aus ihrer Umarmung zu lösen und sie von sich zu schieben. Aber dann konnte er es nicht. Katt gab wieder dieses sonderbare Geräusch von sich, das ihn plötzlich mehr denn je an das Schnurren einer zufriedenen Katze erinnerte, und dieser Laut berührte irgendetwas in ihm und ließ seinen Widerstand dahinschmelzen. Statt sich zu wehren erwiderte er ihre Umarmung und beugte den Kopf zu ihr hinab.

Ratt verdrehte die Augen. »Na, dann lassse isss eusss beide jesss mal bessser allein.«

»Gute Idee«, murmelte Anders.

»Und lass dir ruhig Zeit«, fügte Katt hinzu.

25

Er war in Katts Armen eingeschlafen, die Hand auf ihrem Rücken und die Finger in dem getigerten weichen Fellstreifen vergraben, den er nicht müde geworden war zu streicheln.

Aber so angenehm das Einschlafen gewesen war, so schrecklich war das Erwachen. Statt des süßen Gefühls ihrer Nähe schlug ein Albtraum seine Krallen in Anders' Geist, um ihn hinüber in die Wirklichkeit zu begleiten. Er glaubte Schreie zu hören und ein Keuchen, und in seinem Albtraum erschien das haarige Antlitz eines riesigen schwergewichtigen Ungeheuers vor ihm und rasiermesserscharfer Stahl blitzte. Anders warf keuchend vor Furcht den Kopf hin und her und wandte all seine Willenskraft auf, um die Fesseln des Albtraumes abzustreifen und die Augen zu öffnen.

Der Albtraum wurde Wirklichkeit.

Das Schweinegesicht war immer noch da.

Der Traum war kein Traum gewesen.

Anders' Bewusstsein war noch viel zu benommen, um mehr als dumpfen Schrecken zu empfinden, der nicht einmal ganz ausreichte, um ihn von dem schmalen Grat zwischen Schlaf und Wirklichkeit herunterzuzerren, und allenfalls noch eine große Verständnislosigkeit, wieso das Gesicht aus seinem Albtraum denn plötzlich hier war; aber irgendetwas in ihm reagierte trotzdem, und dieses Etwas rettete ihm in buchstäblich allerletzter Sekunde den Hals – und auch das wortwörtlich.

Die Hellebarde des Elder-Kriegers bohrte sich genau dort in die Decken, wo sich einen Sekundenbruchteil zuvor noch seine Kehle befunden hatte.

Der Stoß war gewaltig genug, das gesamte Bettgestell zusammenbrechen zu lassen, noch bevor Anders auf der anderen Seite ganz hinuntergerollt war und zu Boden fiel, aber er raubte dem Angreifer auch das Gleichgewicht. Das Vier-Zentner-Schwein stand einen Moment lang mit wild rudernden Armen und weit nach vorne gebeugt da, dann stürzte es mit gewaltigem Getöse auf das Bett und zertrümmerte es endgültig, und Anders rollte hastig noch zwei- oder dreimal über den Boden, bevor er von der Wand gebremst wurde.

Er und der Elder kamen praktisch gleichzeitig in die Höhe, aber seine Lage war weitaus weniger vorteilhaft als die der

Schweinekreatur. Er stand mit dem Rücken zur Wand und der Elder ragte wie ein zum Leben erwachter Berg zwischen ihm und dem einzigen Ausgang auf. Er war so groß, dass er sich hier drinnen nicht einmal vollständig aufrichten konnte. Seine Hellebarde war abgebrochen und steckte immer noch in den Trümmern des Bettes; aber dieser Koloss brauchte keine Waffe, um ihn zu töten. Seine dreifingerigen Klauen sahen so aus, als könne er selbst Bull damit ohne Anstrengung in Stücke reißen, und als wäre das noch nicht genug, ragten aus seinem Maul zwei mehr als zehn Zentimeter lange nadelspitze Hauer.

Trotz der Dunkelheit erkannte Anders den Elder wieder. Das borstige Fell, das einen Großteil seines Gesichtes bedeckte, war mit eingetrocknetem Blut verklebt, das unter seinem Helm hinabgelaufen war. Es war der Krieger, den die Spinne mit dem Stein angegriffen hatte.

Anders' Gedanken jagten umher. Der Elder und er standen sich jetzt schon mehrere Sekunden gegenüber und taxierten sich wie zwei wirklich ungleiche Gegner, die nicht so genau wussten, was sie voneinander zu halten hatten. Ganz bestimmt fürchtete ihn der Elder nicht – aber vielleicht erinnerte er sich daran, wie schnell Anders sich bewegt hatte, als er in der alten Fabrikhalle vor ihm geflohen war. Er schien zu überlegen, wie er ihn mit einer einzigen Bewegung packen und erledigen konnte.

Erst jetzt fiel ihm auf, dass der Elder bisher nicht den geringsten Laut von sich gegeben hatte. Abgesehen von dem Krachen, mit dem das Bett zusammengebrochen war, hatte sich der bizarre Kampf bisher in nahezu vollkommener Lautlosigkeit abgespielt.

Ein leises Wimmern erklang. Anders drehte erschrocken den Kopf und auch der Elder machte einen halben tapsenden Schritt in die Richtung, aus der das Geräusch kam, dann drehte er mit einem Ruck den Kopf und starrte Anders weiter aus seinen kleinen tückisch funkelnden Augen an.

Das Stöhnen erklang erneut, ein Schatten bewegte sich in der Dunkelheit.

»Katt!«, keuchte Anders. Und dann schrie er noch einmal, so laut er konnte und mit vor Entsetzen schier überschnappender Stimme: »*Katt!!*«

Für den Elder war das das Zeichen zum Angriff. Er ließ alle Rücksicht fallen und raste los, wobei er sich nicht einmal die Mühe machte, über das zusammengebrochene Bettgestell hinwegzuspringen, sondern wie eine lebendig gewordene Lawine aus Muskeln und Panzerplatten einfach hindurchwalzte. Und er war entsetzlich *schnell.*

Anders wich dem heranstürmenden Koloss im letzten Moment aus. Der Elder schien das vorausgesehen zu haben und schlug nach ihm. Anders duckte sich unter der herabsausenden Klaue weg, entging dem Schlag jedoch nicht mehr ganz. Es tat nicht einmal sehr weh, aber er wurde hilflos davongeschleudert, kämpfte verzweifelt um sein Gleichgewicht und hätte diesen Kampf vielleicht sogar gewonnen, wäre er nicht über etwas gestolpert. Er fiel, rollte sich instinktiv zusammen und warf sich zur Seite, als er eine Bewegung aus den Augenwinkeln gewahrte.

Der gespaltene Huf des Elder zertrümmerte den Steinfußboden unmittelbar neben ihm.

Anders rappelte sich mit einem keuchenden Schrei auf und kroch rücklings vor dem tobenden Giganten davon. Der Elder trat wieder nach ihm, verfehlte ihn abermals und schlug blitzschnell zu. Anders riss verzweifelt die Arme in die Höhe und irgendwie gelang es ihm sogar, dem Schlag die allergrößte Wucht zu nehmen, sodass er ihm zumindest keine Knochen brach. Trotzdem wurde er zurückgerissen und schlitterte hilflos meterweit über den Boden, wobei er eine breite Spur durch die Trümmer grub, die mittlerweile überall im Raum verteilt waren. Schließlich prallte er gegen etwas Weiches, das mit einem dünnen Wimmern darauf reagierte.

Katt! Halb benommen richtete er sich auf Hände und Knie auf und sah auf sie hinab. Zumindest auf den ersten Blick konnte er keine äußeren Verletzungen erkennen und sie war sogar bei Bewusstsein. Ihre Augen standen weit offen, aber ihr Blick war leer; alles, was er darin las, war pures Grauen. Er registrierte aus den Augenwinkeln, wie der Elder sich aufrichtete und näher kam, doch er achtete kaum darauf. Es war vorbei. Wenn er sich jetzt noch wehrte oder davonzulaufen versuchte, würde er es bloß schlimmer machen und das unvermeidliche Ende nur herauszögern. Anders war alles andere als ein Fatalist, aber der Schlag hatte ihn in eine Ecke geschleudert, aus der es kein Entkommen mehr gab.

Und er hätte es auch nicht über sich gebracht, Katt im Stich zu lassen.

Statt seinem Instinkt zu folgen und wider jede Wahrscheinlichkeit doch noch zu fliehen, hob er Katt behutsam an und drückte sie fest an sich.

Der Vorhang wurde heruntergerissen und ein riesiger gehörnter Schatten erschien unter der Tür.

Der Elder war nur noch einen Schritt von Anders und Katt entfernt und hätte nur noch die Hand auszustrecken brauchen um sie zu packen, fuhr aber nun mit einer unglaublich schnellen Bewegung herum, um sich dem neu aufgetauchten Gegner zuzuwenden. Das Interessesse an Anders schien er schlagartig verloren zu haben.

Doch auch Bull überraschte Anders. Bisher hatte er den Minotaur nur langsam und behäbig erlebt; ein Koloss, der sich ebenso bedächtig bewegte, wie er sprach. Nun aber explodierte der Stiermann regelrecht. Mit einer Schnelligkeit, die Anders ihm niemals zugetraut hätte, stürmte er vor und hämmerte dem Elder die verschränkten Hände gegen den Brustkorb.

Anders konnte die ungeheure Wucht des Schlages beinahe selbst spüren. Hinter dem Hieb stand die gesamte übermenschliche Kraft des Minotaurus und sein gewaltiges Körpergewicht. Selbst einen wirklich starken Mann hätte dieser Hieb vermutlich auf der Stelle getötet, zumindest aber niedergestreckt.

Der Elder fiel nicht. Er stieß ein kurzes Grunzen aus und

wankte ganz leicht, zeigte sich von Bulls Attacke aber nicht nur nicht im Geringsten beeindruckt, sondern schlug ganz im Gegenteil blitzartig zurück, und *sein* Hieb zeigte Wirkung. Bull stöhnte, taumelte zwei Schritte zurück und versuchte einen weiteren Hieb anzubringen, doch der Elder setzte mit einem wütenden Grunzen nach und schlug ihm seinerseits rasch hintereinander beide Fäuste ins Gesicht. Diesmal taumelte der Minotaur stärker. Mit mehr Glück als allem anderen gelang es ihm, die nächsten beiden Hiebe des riesigen Kriegers abzuwehren, aber er wurde weiter zurückgetrieben und prallte schließlich gegen die Wand neben der Tür. Der Elder stürmte mit einem dumpfen Knurren hinterher und deckte ihn mit einem Hagel von Schlägen ein, unter dem der gehörnte Riese immer mehr taumelte. Bull wehrte sich erbittert und brachte ebenfalls den einen oder anderen harten Schlag an, den der riesige Schweinekrieger aber nicht einmal zu spüren schien.

Anders sah dem ungleichen Kampf zitternd vor Entsetzen zu. Irgendwo in seinem Hinterkopf war noch ein dünnes Stimmchen, das ihm klar zu machen versuchte, dass es seine Pflicht sei, dem Minotaurus zu helfen, aber er presste Katt nur umso fester an sich. In diesem Kampf der Giganten würde er einfach zermalmt werden, ohne dass es einer der beiden auch nur merkte. Und auch fliehen war sinnlos. Der ungeheure Kampf tobte genau vor dem einzigen Ausgang des Raumes.

Er wäre wahrscheinlich nicht einmal dazu gekommen. Der Kampf war praktisch vorbei, noch bevor er richtig begonnen hatte. Bull wehrte sich verbissen, aber dem in Eisen gepanzerten Giganten war er nicht gewachsen. Der Elder schlug drei-, viermal mit all seiner gewaltigen Kraft zu und schließlich brach der Minotaurus mit einem dumpfen Stöhnen in die Knie. Der Elder versetzte ihm noch einen letzten fürchterlichen Fausthieb auf den Schädel und Bull sank kraftlos nach vorne. Der ganze bizarre Kampf hatte nicht einmal eine Minute gedauert.

Grunzend drehte sich der Elder herum. Er hatte die Hände noch immer zu gewaltigen Keulen aus eisenhartem Horn geballt, und das tückische Funkeln in seinen Augen hatte grimmiger Entschlossenheit Platz gemacht. Er würde jetzt nicht mehr mit ihnen spielen, begriff Anders. Es war vorbei. Jetzt.

Katt begann in seinen Armen zu zittern. Sie sagte irgendetwas, aber ihre geflüsterten Worte gingen im sabbernden Grunzen des Elder unter. Das Ungeheuer machte einen einzelnen stampfenden Schritt und hinter ihm stemmte sich Bull stöhnend in die Höhe.

Der Elder grunzte wütend, ließ die Arme sinken und drehte sich um, und Bull sprang auf und rannte schnaubend und mit gesenktem Schädel vor. Er erreichte den Elder, als dieser seine Drehung beendet hatte. Das rechte Horn verfehlte den Krieger, das andere jedoch bohrte sich knirschend durch seinen Brustpanzer und brach ab.

Der Elder taumelte. Für die Dauer eines einzelnen Atemzuges stand er vollkommen reglos da und starrte sein Gegenüber mit dumpfer Verständnislosigkeit an, und in Anders' nahm die schreckliche Vorstellung Gestalt an, dass nicht einmal diese furchtbare Verletzung ausreichte, um den gepanzerten Giganten zu Fall zu bringen.

Dann begann der Elder zu wanken. Vielleicht war er einfach zu dumm um zu sterben, vielleicht war seine Zähigkeit auch genauso groß wie seine Körperkraft. Er machte einen torkelnden halben Schritt, streckte die Arme nach Bull aus, als wolle er ihn mit seinem letzten Atemzug noch packen und mit sich in den Tod reißen, dann kippte er nach hinten.

Anders schrie vor Entsetzen auf und warf sich schützend über Katt, obwohl er wusste, wie sinnlos diese Geste war. Der stürzende Gigant würde sie einfach zermalmen.

Bull sprang vor und versetzte dem Elder einen Stoß. Seine Kraft reichte nicht, um ihn vollends herumzureißen, aber er stieß ihn weit genug aus dem Weg, um ihn wie einen stürzenden Berg direkt neben Anders und Katt zu Boden krachen zu lassen.

Dennoch beugte sich Anders noch tiefer über Katt, um sie schützend an sich zu pressen, und wartete endlose Sekunden mit hämmerndem Pulsschlag darauf, dass das Schicksal doch noch zuschlug und auch diese Rettung in allerletzter Sekunde nicht mehr war als eine weitere grausam falsche Hoffnung, die nur dem einzigen Zweck diente, ihn umso härter treffen zu können.

Stattdessen berührte ihn eine riesige, unglaublich starke Hand an der Schulter und eine ebenso tiefe wie schleppende Stimme sagte: »Es ist alles in Ordnung. Er ist tot.«

Anders drehte zitternd den Kopf. Bulls Gesicht schwebte unmittelbar vor ihm. Er war blutüberströmt und Anders registrierte mit einem Gefühl leiser Überraschung, dass auch aus dem Stumpf des abgebrochenen Horns Blut lief. Aber die Augen des Minotaurus waren klar, und anstelle des Zorns, den er darin erwartete, las er nun eine Mischung aus Sorge und vorsichtiger Erleichterung.

»Bist du verletzt?«, fragte Bull.

Anders schüttelte nur stumm den Kopf und beugte sich wieder zu Katt hinab. Ebenso wie er war auch sie nackt, er konnte erkennen, dass sie zumindest keine äußerlichen Verletzungen aufwies, aber was bedeutete das schon? Er hatte die fürchterlichen Hiebe, die Bull eingesteckt hatte, beinahe selbst spüren können – und sie hatten immerhin ausgereicht, sogar den Stiermann von den Füßen zu reißen.

»Mir … fehlt nichts«, flüsterte Katt. »Er hat mir nichts … getan.«

»Ja, das sieht man«, sagte Anders sarkastisch, doch Katt schüttelte den Kopf und behauptete noch einmal: »Er hat mich nicht angerührt. Ich wollte fliehen und bin gestürzt.« Um ihre Behauptung unter Beweis zu stellen, streifte sie seine Hände ab und versuchte sich aufzusetzen, führte die Bewegung jedoch nicht einmal halb zu Ende, sondern sog nur scharf die Luft zwischen den Zähnen ein. So viel zu ihrer Behauptung, sie wäre nicht verletzt.

Irgendwo hinter ihnen erscholl ein schriller Schrei, und als Anders überrascht den Kopf drehte, sah er einen struppigen Schatten mit spitzen Ohren auf sich zurasen. Ratt war nicht die Einzige, die die Schreie und der Kampflärm angezogen hatten. Unter der offenen Tür und vor den Fenstern drängten sich zahllose Schatten, von denen es allerdings keiner gewagt hatte, hereinzukommen – außer Ratt. Sie rannte auch jetzt einfach an Bull und dem toten Elder vorbei, fiel neben ihrer Schwester auf die Knie und konnte sich sichtlich gerade noch beherrschen, um Anders nicht einfach wegzustoßen.

»*Katt!*«, piepste sie. »Katt, ssso sssag doch wasss! Issst dir wasss passsiert? Wasss hat er dir getan? Ssso antworte doch!«

»Das würde ich ja gerne, aber du redest ja die ganze Zeit«, sagte Katt gepresst.

Ratt blinzelte. Sie hob mit einem Ruck den Kopf, sah zuerst Anders und dann Bull an und schließlich den toten Elder. Ihre Augen wurden groß, und Anders war plötzlich fast sicher, dass sie das tote Ungeheuer bisher noch gar nicht zur Kenntnis genommen hatte.

»Wasss …?«, keuchte sie.

»Das würde ich auch gerne wissen«, sagte Bull. Sein Blick wurde bohrend. Einen Herzschlag lang starrte er Ratt an, dann für einen etwas kürzeren Augenblick Anders und schließlich stand er auf und drehte sich zu den Neugierigen um, die Tür und Fenster mittlerweile fast vollkommen ausfüllten. »Lasst uns allein!«

Das Ergebnis dieser Worte war verblüffend. Es dauerte noch einen Moment – ganz einfach weil die Menge draußen zu groß war, um sich in wenigen Sekunden aufzulösen. Trotzdem gehorchte die Sippe sofort und ohne zu murren. Bull wartete zwar, bis sie allein waren, aber er machte sich nicht einmal die Mühe, zur Tür zu gehen und sich davon zu überzeugen, dass auch wirklich alle seinem Befehl nachgekommen waren.

»Also?«, fragte er.

»Alssso wasss?«, piepste Ratt.

»Bitte!«, sagte Anders rasch. Er hob die Hand, schüttelte ganz leicht den Kopf in Ratts Richtung und wandte sich dann an Bull. »Das ist einer von den dreien, die wir gesehen haben«, sagte er.

»Und sie euch«, vermutete Bull. Er wirkte kein bisschen überrascht.

»Ja«, gestand Anders.

Katt riss ungläubig die Augen auf und ihre Schwester fuhr heftig zusammen und warf Anders einen fast hasserfüllten Blick zu.

»Warum habt ihr mir das nicht gesagt?«, wollte Bull wissen. »Ich hatte euch danach gefragt.«

»Ich wusste nicht, dass es so wichtig ist«, antwortete Anders.

»War esss ja auch nisss«, fügte Ratt patzig hinzu. Sie deutete anklagend auf den toten Elder. »Isss habe dir doch gesssagt, esss waren Wilderer.«

»Du hast uns alle in große Gefahr gebracht, du dummes Kind«, antwortete Bull. »Nicht nur uns hier, sondern die ganze Sippe.«

»Wiessso?«, verteidigte sich Ratt. »Er isss tot, oder?«

»Aber sie waren zu dritt«, sagte Anders müde. Er schüttelte erneut den Kopf, als Ratt auffahren wollte, und wandte sich direkt an den Minotaurus. »Sie waren insgesamt drei«, wiederholte er.

»Und zwei sind noch am Leben«, sagte Bull düster. »Sie werden uns verraten.«

»Gansss bessstimmt nisss«, antwortete Ratt heftig.

»Wieso bist du da eigentlich so sicher?«, fragte Anders.

»Weil sssie Wilderer waren, Dummkopf«, sagte Ratt verächtlich.

»Die Soldaten dürfen nicht jagen«, erklärte Katt. »Sie tun es trotzdem, aber wenn sie ertappt werden, werden sie auf der Stelle hingerichtet. Die Gesetze der Elder sind sehr hart.«

»Genau!«, sagte Ratt hastig. »Die beiden anderen werden sssisss hüten unsss sssu verraten. Sssie wären tot.«

Anders ließ die schrecklichen Augenblicke noch einmal in Gedanken Revue passieren. Er war voll und ganz damit beschäftigt gewesen, am Leben zu bleiben, sodass er nicht auf solche Feinheiten geachtet hatte – aber jetzt wurde ihm klar, wie sich der monströse Attentäter tatsächlich alle Mühe gegeben hatte, jedes Geräusch zu vermeiden. Wäre er nicht im allerletzten Moment aufgewacht, dann hätte er ihm die Spitze seiner Hellebarde in die Kehle gerammt, und er wäre nicht einmal dazu gekommen, einen Todesschrei auszustoßen.

»Vielleicht hat Ratt wirklich Recht«, sagte er nachdenklich.

»Wieso?« Bulls Augen wurden schmal.

»Er hat sich ziemliche Mühe gegeben, leise zu sein«, sagte er mit einer Geste auf den toten Elder. »Ich glaube, er wollte mich umbringen und dann unauffällig verschwinden. Und dich wahrscheinlich auch«, fügte er mit einem Blick in Katts Gesicht hinzu.

»Warum sollte er das tun?«, fragte Bull.

»Wenn es wirklich so ist, wie Ratt behauptet, dann hätte ich an seiner Stelle wahrscheinlich dasselbe versucht«, antwortete Anders. »Lästige Zeugen beseitigen.«

»Das mag sein«, antwortete Bull – allerdings erst, nachdem er eine geraume Weile über Anders' Worte nachgedacht hatte und noch schleppender als sonst. »Aber sie waren zu dritt.«

»Die anderen werden nisss sssagen«, behauptete Ratt. »Sssie sssind doch nisss lebensssmüde.«

»Vielleicht«, erwiderte Bull. »Trotzdem müssen wir Späher aussenden. Und ich werde eine Wache aufstellen, die auf euch Acht gibt. Ihr werdet das Haus nicht verlassen.«

Er ging ohne ein weiteres Wort. Anders sah ihm nach. Er sagte nichts, aber ihm entging keineswegs, dass Bulls Schritte viel von ihrer gewohnten Kraft eingebüßt hatten. Er wankte nicht, doch er war auch nicht mehr besonders weit davon entfernt.

»Vielen Dank auch!«, zischte Ratt, kaum dass der Minotaur das Haus verlassen hatte – und vermutlich *bevor* er außer Hörweite war. »Ssso etwass nenne isss einen esssten Freund!«

»Bull hat völlig Recht«, sagte Anders. »Wir hätten es ihm sagen sollen.«

»Wosssu?«, fauchte Ratt. »Meinsss du, dann wäre er nisss gekommen?« Sie sprang auf und versetzte dem toten Elder einen wütenden Tritt. Anders wünschte sich, sie hätte das nicht getan. Er wusste zwar, wie unsinnig es war, aber er konnte sich der schrecklichen Vorstellung nicht erwehren, dass das Schwein im nächsten Moment die Augen öffnen und wieder zum Leben erwachen könnte.

»Nein«, antwortete Katt an Anders' Stelle. »Aber wir hätten uns darauf vorbereiten können und er hätte Anders nicht beinahe umgebracht.«

Angesichts der Tatsache, dass *sie* schwer angeschlagen in seinen Armen lag und er schlimmstenfalls am nächsten Morgen ein paar blaue Flecken haben würde, klangen diese Worte einigermaßen grotesk.

»Also los!«, sagte er. »Raus mit der Sprache. Was ist dir wirklich passiert?«

Katt setzte sichtbar dazu an, ihm erneut zu versichern, dass sie allenfalls gestolpert und unglücklich gefallen war, dann aber beließ sie es bei einem schmerzhaften Verziehen der Lippen.

»So schlimm ist es nicht«, behauptete sie dennoch. »Du weißt doch, ich bin zäh. Da muss schon mehr als ein hässliches Schwein kommen um mich umzubringen.«

Anders blieb ernst. Katt *war* verletzt, davon war er mittlerweile überzeugt, und vermutlich sogar schwer. Er dachte einen Moment nach, dann ließ er Katt behutsam zu Boden gleiten und stand auf.

»Hilf mir das Bett zu reparieren«, wandte er sich an Ratt. »Wir müssen sie hinlegen.«

Ratt sah sich demonstrativ in dem verwüsteten Zimmer

um. »Wir brauchen eine neue Wohnung«, sagte sie. Dann drehte sie sich zu ihm um und maß ihn mit einem langen demonstrativen Blick von Kopf bis Fuß. »Und isss ssslage vor, du sssiehsst dir etwasss an, bevor du meine Sssswesssster insss Bett legsss.«

26

In dieser Nacht wäre Katt beinahe gestorben. Sie war die ganze Zeit wach und anscheinend auch bei klarem Verstand, denn sie fantasierte nicht, sondern ließ im Gegenteil keine Gelegenheit aus, ihm zu versichern, dass es ihr gut gehe und er sich keine Sorgen um sie machen müsse – was so ziemlich der sicherste Weg war, ihm *wirklich* Sorgen zu machen. Denn er spürte, wie es in ihr aussah. Es war fast unheimlich und im Grunde so unmöglich, dass er sich am Anfang weigerte, es zur Kenntnis zu nehmen: Er konnte Katts Qualen fühlen. Nicht im übertragenen, sondern im ganz konkreten Sinn. Irgendwie war ihr Schmerz auch in ihm, so schlimm, dass er ein paarmal nahe daran war, sich vor lauter Qual zu krümmen und es vielleicht nur deshalb nicht tat, weil er wusste, er würde Katt damit nur noch mehr belasten.

Erst als es draußen zu dämmern begann, wurde es ein wenig besser. Katt fiel endlich in einen unruhigen, von Fieber heimgesuchten Schlaf, und auch Anders fühlte sich müde und hatte das Gefühl, ein wenig erhöhte Temperatur zu haben. Er hätte sich gerne einfach neben Katt gelegt, um sie in die Arme zu schließen und ihr allein durch seine Nähe Trost zu spenden, wenn es ihm schon anders nicht möglich war, aber er war mittlerweile so müde, dass er auch mit dem harten Boden zufrieden gewesen wäre.

Stattdessen verließ er das Haus und trat auf den Platz hinaus.

Wie Bull gesagt hatte, standen zwei Tiermenschen vor dem Gebäude, beide bewaffnet und beide ausnehmend große und kräftige Gestalten. Anders schenkte ihnen nicht genug Beachtung, um erkennen zu können, mit welchem anderen Geschöpf sich ihre menschlichen Gene vermengt hatten, und es interessierte ihn auch nicht. Wozu auch? Er würde nicht mehr lange genug hier bleiben, um Freundschaften zu schließen.

Vielleicht hatte er schon eine Freundschaft zu viel geschlossen.

Bei dem Gedanken kam er sich gemein vor und vielleicht sogar ein bisschen schäbig. Er mochte Katt. Er wusste nicht, ob das, was er ihr gegenüber empfand, Liebe war – ganz einfach weil er auf diesem Gebiet noch nicht besonders viel Erfahrung hatte –, aber er empfand etwas für sie; und allein der Gedanke, sich von ihr zu trennen, war ihm zuwider.

Doch vielleicht hatte er gar kein Recht, länger hier zu bleiben. Vielleicht *musste* er gehen, gerade weil sie ihm so viel bedeutete, ganz gleich ob es aus Liebe war, Zuneigung oder nur Sympathie und falsch verstandener Dankbarkeit. Seit er hierher gekommen war, hatte er nur Chaos und Unheil über diese Menschen gebracht, und in der vergangenen Nacht wäre Katt beinahe gestorben.

Sie würde leben. So sicher, wie er gefühlt hatte, wie schlimm es um sie stand, fühlte er auch, dass sie das Schlimmste überstanden hatte und gesund werden würde, aber das änderte nichts. Sie hatte Glück gehabt – diesmal. Doch was würde als Nächstes kommen? Ein weiterer willkürlicher Angriff der Drachen? Oder eine ganze Armee schwer bewaffneter Kampfschweine, die über das Lager herfielen und die gesamte Sippe abschlachteten?

Er würde gehen. Er *musste* gehen. Nicht jetzt, denn dazu fühlte er sich körperlich gar nicht in der Lage und außerdem gab es noch gewisse Vorbereitungen zu treffen, aber vielleicht am Abend, wenn er ein paar Stunden geschlafen hatte, oder spätestens am nächsten Morgen. Er war es nicht nur Katt, sondern allen anderen hier einfach schuldig, so schnell zu verschwinden, wie er nur konnte.

»Hat Bull dir nicht gesagt, dass du das Haus nicht verlassen sollst?«

Anders erkannte die Stimme sofort, aber er ließ ganz bewusst einige Sekunden verstreichen, bevor er sich – betont langsam – umdrehte. Er hatte Hunde nie besonders leiden können und ihm wurde mit jeder Stunde, die er hier verbrachte, klarer, warum.

»Ich habe nicht vor, wegzulaufen oder einen Krieg anzufangen«, sagte er. Vielleicht hatte er das ja schon.

Rex zeigte sich von seinem Argument auch wenig beeindruckt. Er fletschte die Zähne und ließ ein leises drohendes Knurren hören. »Du bist anscheinend auf Ärger aus«, sagte er.

Anders setzte zu einer Antwort an, riss sich dann aber im letzten Moment zusammen und beließ es bei einem übertrieben beiläufigen Heben der Schultern. Rex' Körpersprache war eindeutig: *Er* war auf Ärger aus und er gab sich nicht einmal besondere Mühe, es zu leugnen. Rex hatte ihn vom ersten Moment an gehasst, und warum auch nicht? Schließlich gab es kein universelles Gesetz, das besagte, dass die gesamte Welt ihn lieben musste.

Er hielt Rex' herausforderndem Blick ohne Mühe stand, aber es nutzte nichts. Der Zorn in den Augen des Hundemannes nahm im Gegenteil mit jeder Sekunde zu, die sie versuchten sich gegenseitig niederzustarren, und vielleicht wäre die Situation vollends eskaliert, hätte sich Anders nicht im letzten Moment an etwas erinnert, was er einmal über Hunde gelesen hatte: Was für Menschen galt, war bei Hunden das Schlimmste, was man tun konnte. Menschen mochten einander niederstarren und die gewalttätige Auseinandersetzung auf diese zivilisierte Weise vermeiden, für einen Hund jedoch war direkter Blickkontakt eine Herausforderung, der er einfach nicht ausweichen *konnte.* Die Frage war nicht, *ob* es zu einer Auseinandersetzung kam, sondern nur, *wann* und wer als Erster angriff.

Er senkte – bewusst langsam, damit Rex die Bewegung

nicht als Schwäche auslegte – den Blick und sagte: »Bring mich zu Bull.«

»Der ist beschäftigt«, knurrte Rex.

»Ich muss ihn sprechen«, beharrte Anders. Er bemühte sich um einen möglichst versöhnlichen Ton ohne bittend zu klingen, was Rex ganz bestimmt als Schwäche ausgelegt hätte. »Es ist wichtig.«

Rex maß ihn noch einen Moment lang feindselig, doch schließlich drehte er sich mit einem Ruck um und gebot ihm zugleich mit einer herrischen Geste, ihm zu folgen. Sie überquerten den Platz, blieben aber stehen, bevor sie das Haus betraten, in dem Bull und die Ältesten wohnten.

»Warte hier«, bellte Rex. »Ich werde Bull fragen, ob er Zeit für dich hat.«

Anders schluckte alles hinunter, was ihm dazu auf der Zunge lag. Rex wartete einen Moment – vergeblich – auf irgendeine Antwort, die er als Anlass für eine weitere gehässige Bemerkung nehmen konnte, und verschwand dann wortlos im Haus.

Es verging nur ein Augenblick, bis der Minotaurus herauskam; eigentlich nicht einmal genug Zeit für Rex, ihm Bescheid zu sagen. Vermutlich hatte er hinter dem Fenster gestanden und den Hundemann und ihn beobachtet.

»Was willst du?«, fragte er unfreundlich. Er sah noch immer erschöpft aus und der durchgeblutete Verband, den er um den Stumpf des abgebrochenen Horns trug, wirkte geradezu grotesk. Anders war jedoch nicht unbedingt zum Lachen zumute.

»Ich muss mir dir reden«, antwortete Anders.

»Worüber?«

»Über mich.« Anders war zu müde, um lange um den heißen Brei herumzureden. »Ich werde gehen.«

»So?«, fragte Bull. »Wirst du das?«

»Seit ich hier bin, habe ich euch nichts als Unglück gebracht.« Er deutete auf das niedergebrannte Haus. »Sie haben

Bat und ihr Kind getötet. Sie haben die Brücke zerstört und heute Nacht wäre Katt um ein Haar umgebracht worden.«

»So wie du.«

Anders ignorierte die Worte. »Das alles hat angefangen, seit ich hier bin«, fuhr er fort. »Ich will nicht warten, bis vielleicht etwas noch Schlimmeres geschieht. Ich werde gehen.«

Bull nickte langsam. »Und wohin?«

Anders deutete vage in die Richtung, in der der Fluss lag. »Ich werde nach Hause gehen. Irgendwie komme ich schon über die Berge.«

»Niemand kommt über die Berge«, antwortete Bull. Es war nicht seine Meinung, sondern eine Tatsache, so unerschütterlich wie die Berge selbst. »Du würdest sterben.«

Vielleicht hatte er damit ja sogar Recht, dachte Anders. Aber wenn er hier blieb, würde er mit Sicherheit sterben, wie der Vorfall aus der vergangenen Nacht bewies. Und wahrscheinlich nicht nur er. »Ja, vielleicht«, gab er zu. »Doch dieses Risiko muss ich eingehen. Aber wenn ich es schaffe, dann wird sich auch für euch einiges ändern.«

»So?«, fragte Bull. »Was?«

Die simple Antwort wäre gewesen: Alles. »Ich kann mir vorstellen, dass es dir nicht leicht fällt, mir zu glauben, aber nicht alle bei uns draußen sind so wie die, die ihr Drachen nennt. Die allermeisten von uns wissen nicht einmal, dass es euch gibt.«

»Und vielleicht ist das auch gut so«, sagte Bull.

»Ganz bestimmt nicht«, antwortete Anders heftig. »Wenn ich es über die Berge schaffe, dann werden Leute kommen, um euch zu helfen.«

»Helfen?«, wiederholte Bull. »Wobei?«

»Ein anderes Leben zu führen«, antwortete Anders. »Ein besseres.«

»Und was soll das sein, ein besseres Leben?« Anders wollte antworten, aber Bull brachte ihn mit einer raschen Geste zum Verstummen. »Ich glaube dir, dass du es gut meinst. Aber woher nimmst du die Gewissheit, entscheiden zu können, was gut für uns ist und was nicht?«

»Was hast du gegen ein Leben ohne Hunger einzuwenden?«, fragte Anders. »Oder ohne Elder und Drachen?«

»Wir leben schon immer so«, antwortete Bull. »Wer sagt dir, dass es nicht gut so ist, wie es ist?«

»Weil *so etwas* hier für niemanden gut ist«, antwortete Anders heftig und mit einer ausladenden Handbewegung in die Runde.

»Und das entscheidest du?«

Anders setzte zu einer noch schärferen Antwort an, schluckte sie jedoch hinunter und zwang sich eine Sekunde lang zur Ruhe, bevor er in wieder verändertem Tonfall fortfuhr: »Vielleicht hast du Recht. Ich sollte aufhören mich in Dinge einzumischen, die mich nichts angehen. Im Grunde wollte ich dir auch nur sagen, dass du dir keine Sorgen mehr zu machen brauchst. Ich werde euch verlassen.«

»Und du erwartest, dass ich dir dabei helfe.«

»Es würde mir reichen, wenn du mir den Weg durch die Stadt erklären würdest«, antwortete Anders. »Ich könnte mich erkenntlich zeigen.«

Bulls Blick war nicht zu deuten, aber sein Interesse schien von vollkommen anderer Art zu sein, als Anders erwartet hatte. Er erzählte dem Minotaur von der Tiefgarage, in der mindestens dreißig oder vierzig Autowracks nur darauf warteten, geborgen zu werden – für die Sippe, die rostige Konservendosen gegen Brot einzutauschen gewohnt war, zweifellos ein gewaltiger Schatz.

»Ich kenne diesen Ort«, antwortete Bull. »Ich war schon oft dort.«

»Das ist mir klar«, antwortete Anders. »Aber ich könnte dir sagen, wie ihr dorthin kommt, ohne die Fresser fürchten zu müssen.«

Bull starrte ihn an. Er schwieg.

»Versteh mich nicht falsch«, sagte Anders rasch. »Ich

glaube, ich habe herausgefunden, wie man die Fresser überlisten kann. Ich verrate es dir so oder so, auch wenn du mir nicht hilfst. Ich wollte dich nicht erpressen, aber …«

»Ich kann dich nicht gehen lassen«, unterbrach ihn Bull.

»Wieso nicht?«

»Du hast Recht, Anders«, sagte Bull. »Die Dinge haben sich geändert, seit du hier bist. Ich weiß nicht, ob es an dir liegt oder an etwas, was du getan hast, oder vielleicht an dem, was du bist. Aber ich weiß auch nicht, ob es aufhört, wenn du gehst. Vielleicht wird es schlimmer. Vielleicht wäre es falsch, dich gehen zu lassen.«

»Und was genau heißt das?«, fragte Anders. »Bin ich jetzt euer Gefangener?«

»Ich bitte dich nur zu bleiben, bis wir entschieden haben, wer du eigentlich bist. Und warum das Schicksal dich zu uns geschickt hat.«

»Und wie lange wird das dauern?«

Bulls schleppende Art, zu reden, machte es unmöglich, zu sagen, ob er sich eine passende Antwort zurechtlegte oder die Wahrheit sagte. »Ich gehe in drei Tagen auf die Jagd. So lange wirst du bleiben.«

»Und wenn ich das nicht will?«, fragte Anders.

Bull schüttelte den Kopf. »Es steht nicht zur Debatte, ob du willst oder nicht«, sagte er. »Du bist zu uns gekommen und hast unsere Gastfreundschaft erbeten. Du hast unter unserem Dach geschlafen und unser Essen genommen. Du wirst gehorchen.« Er deutete auf die beiden Gestalten hinter ihm. »Ich könnte dich einsperren lassen. Aber das möchte ich nicht. Ich will es Katt nicht antun und auch ich will es nicht. Wenn du mir dein Wort gibst, bis nach der Jagd abzuwarten, wirst du so lange als Gast bei uns bleiben. Oder als Gefangener. Es ist deine Entscheidung.«

»Drei Tage?«, vergewisserte sich Anders.

Bull nickte. Und nach einem weiteren Augenblick tat Anders dasselbe.

27

Natürlich hatte er nicht wirklich vor, noch drei Tage hier zu bleiben. Wenn er bedachte, was allein seit seiner Ankunft geschehen war, konnte die Situation im Grunde nur noch weiter eskalieren; und irgendetwas sagte ihm, dass genau das auch passieren würde. Nichts von alledem, was geschehen war, war Zufall. Er konnte das Muster, das hinter all diesen zusammenhanglosen Ereignissen steckte, noch nicht erkennen, aber es war da, und es hatte mit ihm zu tun.

Schon während er zu Katt zurückging, überlegte er, wie er das Lager verlassen konnte, ohne dass es Bull oder gar Rex sofort auffiel – sobald er den Fluss einmal erreicht und überquert hatte, war er praktisch in Sicherheit, denn kein Mitglied der Sippe würde es wagen, ihm dort hinüberzufolgen.

Aber dann geschah etwas Sonderbares, etwas, womit Anders nie gerechnet hätte: Er fühlte sich an das Wort gebunden, das er Bull gegeben hatte.

Drei Tage waren nicht so endlos lang und von der Seite der Logik aus betrachtet, war es sogar höchst vernünftig, zumindest noch eine Weile zu bleiben. Sein Körper hatte die Folgen des Fiebers, gegen das er zehn Tage lang gekämpft hatte, noch lange nicht überwunden und sein Magen hatte es mittlerweile sogar aufgegeben, zu knurren. Der Hunger war nicht mehr ganz so quälend – es schien zu stimmen, dass nur die ersten Tage wirklich schlimm waren und man sich zumindest in gewissem Sinne daran gewöhnte –, aber er würde Kraft brauchen, wenn er den Weg über die Berge schaffen wollte. Auf jeden Fall mehr Kraft, als er jetzt hatte.

Und da war auch noch Katt.

Sie schlief, als er hineinkam. Ratt und er hatten versucht die schlimmsten Schäden zu beseitigen, die der Kampf zwischen Bull und dem Elder angerichtet hatte, aber das rostige Feldbett war nicht mehr zu retten gewesen, sodass sie sich auf einem Stapel schmutziger Decken auf dem Boden zusammengerollt hatte. Sie schlief nicht ruhig, sondern zitterte ganz sacht, und in unregelmäßigen Abständen zuckte sie heftiger zusammen. Anders näherte sich ihr leise, sah einen Moment schweigend auf sie hinab und ließ sich schließlich im Schneidersitz neben ihr nieder.

Obwohl er sicher war, nicht das geringste Geräusch verursacht zu haben, drehte sie sich zu ihm um und ihre Hand kroch unter der Decke hervor und tastete nach ihm. Fast zu seiner eigenen Überraschung griff er nicht nach ihren Fingern, sondern zog den Arm im Gegenteil zurück. Er wollte sie im Moment nicht berühren.

Katt wimmerte leise im Schlaf und der Laut berührte ihn auf eine Weise, die weit über Mitleid hinausging. Gerade war er ihrer Berührung ausgewichen. Nun streckte er selbst die Hand aus und strich ihr eine Strähne schweißnassen Haares aus der Stirn.

Das Mädchen verwirrte ihn mit jeder Sekunde mehr. Er war noch immer sicher, dass Katt sich erholen würde, doch er spürte auch, wie sehr sie litt, und er wünschte sich für einen Moment nichts mehr, als einen Teil ihrer Leiden übernehmen zu können. Was natürlich Unsinn war – aber es machte ihm klar, wie sehr Katt seine Gefühle in Aufruhr versetzt hatte. Sie war nicht das erste Mädchen, das er kennen lernte, und auch nicht das erste, mit dem er mehr getan hatte als Händchen zu halten. Aber er hatte noch nie so etwas gefühlt wie jetzt.

Und sie war noch nicht einmal ein Mensch …

»Sssie wird wieder gesssund«, sagte eine Stimme von der Tür aus. »Keine Sssorge. Sssie isss ssson viel ssslimmer verlessst worden und hat esss überlebt.«

»Ich weiß«, antwortete Anders. Er drehte sich nicht einmal zu Ratt um, aber er zog die Hand so rasch zurück, als wäre es ihm peinlich, sie in Ratts Gegenwart zu berühren.

Er hörte die leisen Schritte des Rattenmädchens und dass es

zwei oder drei Schritte hinter ihm anhielt. Eine geraume Weile stand Ratt einfach nur da und sagte nichts, doch sie brach das Schweigen genau in dem Moment, in dem es wirklich unangenehm werden konnte. »Bull hat mit mir gesssprochen. Er hat misss gebeten auf disss aufsssupasssen. Aber isss habe ihm gesssagt, dasss er sssisss keine Sssorgen sssu machen braucht. Du wirsss nisss weglaufen.«

»So?«, fragte Anders. »Bist du da so sicher?«

Er konnte Ratts überzeugtes Kopfschütteln hören. »Nissst sssolange Katt noch nisss wieder gesssund isss.«

»Ich habe ihm mein Wort gegeben«, antwortete Anders. Er drehte sich beinahe widerwillig nun doch zu ihr um und las etwas in ihrem Blick, das ihn aufschreckte. Angst.

»Sie wird doch wirklich wieder gesund, oder?«, fragte er alarmiert.

»Isss sssagte doch, sssie isss ssson ssslimmer verlessst worden und wieder gesssund geworden.« Ratt schüttelte heftig den Kopf. Die Angst in ihren Augen blieb. Sie hatte andere Gründe. »Sssie isss sssäh.« Mit einem raschen, eindeutig besorgten Seitenblick auf Katt fügte sie hinzu: »Dasss musss sssie auch.«

»Wieso?«

»Sssie hat Wassserdiensss«, antwortete Ratt. »In ssswei Tagen.«

»Das ist jetzt nicht dein Ernst«, entfuhr es Anders. »Bull wird sie nicht in diesem Zustand Wasser holen schicken.«

Ratt hob die Schultern. »Esss isss ihre Arbeit. Wer niss arbeitet, bekommt auch nisss sssu esssen.« Sie hob besänftigend die Hand, als Anders abermals auffahren wollte. »Keine Angsss. In ssswei Tagen isss sssie wieder auf den Beinen.«

»Und wenn nicht, dann hungert sie eben«, sagte Anders finster. »Noch ein Grund mehr für mich, zu gehen, Ratt.« Er wartete auf eine Reaktion des Rattenmädchens, aber es wich seinem Blick aus und begann nervös mit der Schwanzspitze auf den Boden zu klopfen.

»Was ist eigentlich mit dem versprochenen Fest?«, fragte er.

Ratt sah ihn verständnislos an. »Fessst?«

»Du hast gesagt, es gibt ein großes Fest, wenn der Wagen hier war und die Elder euch Essen gebracht haben.« Ratt sah ihn immer noch verständnislos an und Anders machte eine entsprechende Geste zum Mund und sagte: »Ein Fest. Satt zu essen.« Was für Ratt – und den Rest der Sippe – vermutlich ein und dasselbe war.

Endlich begriff sie. Aber ihre Antwort bestand nur aus einem Kopfschütteln. »Bull isss besssorgt«, sagte sie. »Der Wagen isss sssu früh gekommen. Dasss isss noch nie passsiert.«

»Und deshalb sagt er das Fest ab?« Anders zog die Stirn kraus. »Das ist nicht alles, habe ich Recht?«

Ratt schwieg.

Anders erhob sich umständlich aus dem Schneidersitz und ging zur Tür. Er sagte nichts, aber nach einem Moment folgte sie ihm. Katt schlief, doch er war nicht sicher, dass sie tatsächlich nicht hörte, was um sie herum vorging.

»Warum lasst ihr euch diese grausamen Regeln gefallen?«, fragte er.

»Wasss meinsss du damit?«

»Wer nicht arbeitet, bekommt nichts zu essen«, antwortete Anders. »Wer krank ist, hat eben Pech gehabt. Und wer sich in Gefahr begibt, kommt darin um, wie?« Er drehte sich zu Ratt um und sah auf sie hinab. Seine Stimme wurde ätzend. »Habe ich noch etwas vergessen? O ja, natürlich. Wissen ist gefährlich, und wir machen alles so, wie wir es schon immer gemacht haben, nicht wahr?«

Ratt war einen Schritt vor ihm zurückgewichen. Ihr Blick flackerte. Sein plötzlicher Wutausbruch hatte sie erschreckt und sie war anscheinend nicht ganz sicher, ob der Zorn in seiner Stimme nicht doch ihr galt.

»Aber esss isss doch ssso«, sagte sie schwächlich.

»Ach ja?«, fragte Anders spöttisch. »Tatsächlich? Weil ihr immer schon so gelebt habt?« Er machte eine ärgerliche Geste. »Ihr seid verrückt!«

»Aber wir leben sssson immer ssso«, antwortete Ratt.

»Schon immer?« Anders warf einen langen nachdenklichen Blick in die Runde. »Was genau verstehst du unter *schon immer?*«

Ganz eindeutig verstand Ratt nicht einmal die Frage.

»Wie alt bist du, Ratt?«, fragte er.

Sie musste einen Moment überlegen, und als sie antwortete, klang sie nicht wirklich überzeugt. »Vier.«

»*Vier?*«, wiederholte Anders ungläubig. »Vier Jahre?«

»Vielleissst auch fünf.« Ratt hob die Schultern. »Isss wachssse sssnell.«

»Fünf Jahre?«, vergewisserte sich Anders. Er hatte nie wirklich darüber nachgedacht, wie alt das Rattenmädchen sein mochte, aber er hatte es allenfalls auf zwei oder drei Jahre jünger als Katt geschätzt.

Was ihn unweigerlich zu der Frage führte, wie alt Katt eigentlich war …

Er verscheuchte den Gedanken hastig. »Aber du bist hier geboren«, fuhr er fort. »So wie alle anderen.«

»Die meisssten«, antwortete Ratt. »Wiessso interesssiert diss dasss?«

Anders ertappt sich bei der albernen Überlegung, ob sie eigentlich stets Worte benutzte, in denen sich möglichst viele »s« befanden. »Weil keiner von euch besonders alt ist, habe ich Recht?«, antwortete er. »Bull und die beiden anderen sind wirklich eure Ältesten. Ich meine: Es ist nicht nur ein Titel oder eine respektvolle Bezeichnung. Keiner von euch ist sehr viel älter als du oder Katt.«

»Dasss sssstimmt.«

»Und eure Eltern?« Wieder dieser verständnislose Blick. Anders präzisierte seine Frage. »Deine Mutter, Ratt. Die Frau, die dich geboren hat.« Oder was auch immer es gewesen war.

»Isss weiß nisss«, antwortete Ratt. »Katt hat sisss um misss gekümmert, nachdem isss hergebracht worden bin.«

»Hergebracht? Von wem?« Anders wurde hellhörig.

»Von den Elder«, antwortete Ratt. »Mansssmal bringt der Wagen auch Kinder. Nisss oft.«

»Woher?«, fragte Anders, doch diesmal bekam er nur ein Achselzucken zur Antwort.

»Von den anderen Sippen?«, bohrte er nach. »Aber wieso?«

»Warum ssstellsss du mir all diessse Fragen?«, gab Ratt zurück.

»Vielleicht weil keiner von euch sie stellt«, antwortete Anders. »Hat dich denn niemals interessiert, wo ihr herkommt? Hast du dich nie gefragt, wie das alles hier passiert ist?«

»Passsiert?« Ratt blinzelte. »Wasss?«

»Das hier!« Anders machte eine zornige Geste in die Runde. »Diese Stadt war nicht immer so, Ratt. Jemand hat sie zerstört. Und es ist noch nicht einmal sehr lange her.« *Und er hat euch dabei erschaffen.* Den letzten Satz sprach er nicht aus – nicht um Ratt zu schonen, sondern weil er ihr ansah, dass sie einfach nicht verstand, worüber er sprach. Er sah sie noch einen Moment lang fast hilflos an, doch dann resignierte er innerlich und wandte sich mit einem leisen Seufzen ab, um nach Süden zu sehen.

Es war mittlerweile vollkommen hell geworden. Der Morgendunst hatte sich verzogen und er konnte die Berggipfel wie verschwommene steinerne Wächter hinter den zerbröckelnden Dächern der Stadt erkennen; schwarze stumme Giganten, die ihn durch ihre bloße Anwesenheit zu verspotten schienen.

Bald, dachte er.

Bald.

28

Der Moment kam eher, als er geglaubt hatte; und eindeutig eher, als er *wollte.* Das große Fest, das die Sippe normalerweise immer feierte, wenn der Wagen der Elder kam und ihnen Lebensmittel brachte, fiel tatsächlich aus. Doch im Laufe des Vormittags wurde ihnen gleich zweimal Essen gebracht, das zwar von kaum besserer Qualität war als die dünne Wassersuppe, mit der Anders schon mehrmals vergeblich versucht hatte seinen Magen zu täuschen, aber zumindest *ausreichend*. Er musste sich beherrschen, um seine Ration nicht gierig hinunterzuschlingen, und obwohl es schon am Nachmittag eine weitere reichliche Mahlzeit gab, war sich Anders darüber im Klaren, dass es längst nicht genug war. Auch ohne das, was das Fieber ihm angetan hatte, hatte er gute zehn Kilo abgenommen, seit er hierher gekommen war; und selbst wenn die Portionen von nun an immer so üppig wären wie heute (was er heftig bezweifelte), würde es nicht einmal ausreichen, um sein Gewicht zu halten. Noch ein paar Wochen und er würde keinen anderen Anblick mehr bieten als die bis zum Skelett abgemagerten Jammergestalten, die ihn umgaben. Und das war noch sein kleinstes Problem.

Katt wachte im Laufe des Tages ein paarmal auf; aber niemals richtig. Ihre Augen blieben trüb und sie redete wirres Zeug und kam gerade weit genug zu sich, um zu essen und ein paar Schlucke Wasser zu trinken, bevor sie wieder in einen unruhigen Dämmerzustand zwischen Schlaf und Bewusstlosigkeit sank. Ratt wurde zwar nicht müde zu versichern, sie würde wieder ganz gesund werden und ihr momentaner Zustand wäre ganz normal, und Anders glaubte ihr das sogar – aber das änderte nichts daran, dass er den ganzen Tag mit einer Mischung aus Schmerz und Mitleid auf das fiebernde Mädchen hinabsah.

Eine knappe Stunde vor Sonnenuntergang entstand draußen auf dem Platz Aufregung. Anders nahm sie im ersten Moment nicht einmal zur Kenntnis. Er saß – wie fast den ganzen Tag – mit untergeschlagenen Beinen neben Katts Krankenlager und wartete darauf, dass sie endlich erwachte und er mit ihr reden konnte, hin- und hergerissen zwischen Mitleid und einem nagenden, aber allmählich stärker werdenden Zorn auf Bull, auf die Elder und vor allem auf ein Schicksal, das Katt und ihr ganzes Volk dazu verdammte, ein Leben zu führen, das selbst wirklichen Tieren nicht würdig gewesen wäre.

Die Überlegung weckte einen anderen, hässlichen Gedanken, der schon die ganze Zeit über in ihm gewesen war, den er aber bisher erfolgreich unterdrückt hatte. Wenn sie nun wirklich nichts anderes waren als Tiere?

Die Tatsache, dass Ratt und der Stiermann und alle anderen hier *reden* konnten, in Häusern lebten und in Betten schliefen, bedeutete nicht zwangsläufig, dass sie tatsächlich Menschen waren. Er hatte es ganz automatisch unterstellt, als er hierher gekommen war, und sich bisher gehütet, diese Annahme zu kritisch zu hinterfragen – aber war es wirklich so? Es gab auch Tiere, die in komplizierten und kunstvoll errichteten Bauten lebten, die soziale Gemeinschaften mit klar verteilten Rollen bildeten und sogar so etwas wie eine rudimentäre Sprache entwickelt hatten. Vielleicht hatte er den allerletzten, grausamsten Scherz des Schicksals noch gar nicht enttarnt. Was, wenn all diese bizarren Geschöpfe wirklich nichts als die Tiere waren, nach denen sie aussahen, und die schrecklichen Veränderungen, die die Explosion und der nachfolgende radioaktive Fallout bei den nachgeborenen Generationen auslösten, gerade ausreichten, um ihnen einen *Anschein* von Menschlichkeit zu verleihen, die sie in Wahrheit gar nicht hatten?

Anders wollte diesen Gedanken nicht denken. Er hatte das Gefühl, damit nicht nur unfair zu sein, sondern Katt und ihrer Schwester und allen anderen hier ihre Hilfe damit auf die schlimmstmögliche Art zu danken. Niemals würde er diesen Gedanken laut aussprechen, aber ihm war auch klar, dass Katt seine Zweifel spüren musste, sobald sie ihm das erste Mal wieder in die Augen sah, und unfair oder nicht, einmal losgetreten, machte sich der Gedanke selbstständig und löste eine ganze Lawine hässlicher Fragen in ihm aus, deren Antworten er gar nicht wissen wollte. Was war überhaupt der Unterschied zwischen Mensch und Tier? Nicht die Sprache. Auch nicht die Fähigkeit zu sozialer Interaktion oder die Tatsache, dass sie Werkzeuge benutzten und in künstlich errichteten Behausungen lebten. Wenn überhaupt, dann vielleicht die typisch menschliche Eigenschaft, sich nicht mit seinem Schicksal abzufinden, sondern dagegen anzukämpfen, immer nach einem neuen, besseren Weg zu suchen und selbst dann noch weiterzumachen, wenn es scheinbar keinen Ausweg mehr gab.

Und genau das vermisste er hier. Er hatte den Ausdruck vollkommener Verständnislosigkeit in Ratts Augen nicht vergessen, als er am Morgen mit ihr gesprochen hatte. Sie hatte überhaupt nicht *verstanden*, was er ihr zu erzählen versuchte. Und vielleicht *war* das der Unterschied, den er nicht wahrhaben wollte. Er war gerade erst seit ein paar Tagen hier, und doch hatte er in dieser kurzen Zeit schon mehr verändert als die Sippe in einer ganzen Generation. Trotz ihres zum Teil bizarren Äußeren war das Erschreckendste an diesen Leuten ihr angeborener Fatalismus. Sie lebten, sie gingen auf die Jagd und aßen und sie hatten (vermutlich nicht einmal von selbst, sondern von den Elder erzwungen) sogar eine Art primitives Handelssystem entwickelt, aber sie schienen darüber hinaus keinerlei Initiative zu besitzen. Vielleicht würden die Nachfahren Bulls und der anderen noch in einer Million Jahren mit knurrenden Mägen an ihren Lagerfeuern sitzen und darauf warten, dass ein von Schweinen gelenkter Wagen kam und ihnen Essen brachte.

Oder wenigstens so lange, wie die Vorräte in den Ruinen reichten, die sie für ihren Lebensunterhalt plünderten.

Ratt hob plötzlich den Kopf, lauschte einen Moment mit aufgestellten Ohren und ließ die Schultern dann wieder sinken, als sie seinen Blick bemerkte. Sie war vor einer knappen Stunde zurückgekommen – Anders hatte nicht gefragt, woher – und hatte ihm voller Stolz ein paar harte Brotkanten präsentiert, die sie irgendwo ergattert hatte. Seither hatte sie aber nicht mehr viel gesagt, sondern fast die ganze Zeit damit verbracht, an ihrem Anteil der Beute herumzuknabbern, wobei sie jeden einzelnen Bissen regelrecht zelebrierte.

Anders hatte seinen Anteil nicht einmal angerührt, sondern zu dem (ohnehin größeren) Teil gelegt, den Ratt für ihre Schwester abgezweigt hatte. Sein Magen knurrte noch immer hörbar, aber ganz abgesehen davon, dass er es ihr schuldete, würde Katt das Essen nötiger brauchen als er, um wieder zu Kräften zu kommen.

Irgendetwas an der Geräuschkulisse draußen hatte sich geändert. Ratt hatte es möglicherweise früher gemerkt als er, doch nun nahm der Lärm zu, weshalb er auch ohne ihre verräterische Reaktion darauf aufmerksam geworden wäre. Er überzeugte sich mit einem raschen Blick davon, dass Katt noch schlief, dann stand er auf und ging zum Fenster. Ratt warf ihm einen fast erschrockenen Blick zu und sprang danach ebenfalls in die Höhe.

Anders' Beine kribbelten und waren halb steif, weil er stundenlang im Schneidersitz neben Katt auf dem Boden gesessen hatte – eine Haltung, die angeblich bequem sein sollte, es aber ganz und gar nicht war; doch das merkte man erst, wenn man wieder aufstand –, sodass Ratt das Fenster vor ihm erreichte. Im Stehen überragte Anders sie jedoch um fast einen halben Meter. Es bereitete ihm nicht die geringste Mühe, einfach über sie hinwegzublicken.

Das Erste, was ihm auffiel, war der Schatten, der außen am Fensterrahmen lehnte und sich rasch und nahezu lautlos entfernte, als er seine Schritte hörte. Er hatte Bull zwar sein Wort gegeben, hier zu bleiben, bis die Jagd vorüber war, aber so ganz schien ihm der Minotaurus offenbar nicht geglaubt zu haben. Er hatte eine Wache neben der Tür postiert. Anders war jedoch weder überrascht noch verärgert. Er an Bulls Stelle hätte nicht anders gehandelt.

Vor dem Haus, in dem Bull und die beiden anderen Ältesten lebten, war so etwas wie ein kleiner Auflauf entstanden. Im ersten Moment erkannte Anders nicht mehr als ein Durcheinander aus Fell und bizarren Gesichtern und spitzen Ohren und Schwänzen, aber dann runzelte er überrascht die Stirn.

»Rex ist zurück.« *Jetzt erst?* Er war doch zwischendurch auch schon da gewesen, um ihn in die Mangel zu nehmen.

Ratt nickte wortlos, was allein schon beinahe Beweis genug war, dass irgendetwas nicht stimmte; denn normalerweise hätte sie sich eher eine Pfote abhacken lassen, bevor sie eine Gelegenheit verstreichen ließ, um loszuplatzen. Anders trat dichter ans Fenster heran, wobei er sie einfach mit seinem Körper zur Seite drängte. Ratt warf ihm einen Blick zu, den er im ersten Moment einfach nur für zornig hielt, bevor ihm klar wurde, dass sie ihn auf den Schatten draußen vor dem Fenster aufmerksam machen wollte, der offenbar nicht nur bewaffnet war, sondern auch *Ohren* hatte. Anders nickte ebenso lautlos zurück und sah dann wieder zu der Versammlung auf der anderen Seite des Platzes hin.

Mittlerweile war auch Bull aus dem Haus getreten und redete mit dem Hundemann. Natürlich verstand Anders nicht, was dort drüben besprochen wurde, aber das war auch gar nicht nötig: Rex gestikulierte ebenso heftig wie wütend abwechselnd immer wieder in die Richtung, in der der Wagen am vergangenen Abend verschwunden war, und in jene, in der das Haus der Schwestern lag. Bulls Gesten waren deutlich weniger erregt, was aber durchaus daran liegen konnte, dass einfach *alles,* was er sagte oder tat, von einer gewissen Behäbigkeit war, und zwei- oder dreimal drehte er auch den Kopf und schien ihn direkt anzusehen.

»Anscheinend bringt er keine guten Neuigkeiten«, sagte er.

»Resss bringt nie gute Neuigkeiten«, antwortete Ratt – eine Spur zu laut und in eindeutig *zu* beiläufigem Ton, wie Anders fand. Fragend sah er auf sie hinab, und was er in ihrem Gesicht las, das behauptete das genaue Gegenteil ihrer Worte. »Er weisss überhaupt nisss, wasss dass isss. Resss isss nur dann glücklisss, wenn er ssso risssstisss unglücklisss sssein kann.«

Ihr Blick wurde fast beschwörend und endlich begriff er: Die Worte galten viel weniger ihm als dem Schatten, der draußen neben dem Fenster stand und lauschte; und zweifellos den Auftrag hatte, Bull über jedes Wort Bericht zu erstatten, das er aufschnappen konnte.

»Ja, solche Leute gibt es bei uns auch«, antwortete er mit einem leisen Lachen. »Und sie sind bei uns genauso beliebt wie bei euch.«

Er wich einen halben Schritt vom Fenster zurück und machte zugleich eine fragende Geste in Ratts Richtung. Ihre Antwort bestand aus einem Achselzucken, das aber nur bewies, was Anders ohnehin schon wusste: Sie war eine erbärmliche Lügnerin.

Die von hektischem Gestikulieren und Kopfschütteln begleitete Diskussion zwischen Rex und dem Minotaurus ging weiter und allmählich begann sich auch unter der bunt zusammengewürfelten Zuhörerschar eine gewisse Unruhe breit zu machen. Naturgemäß fiel es Anders schwer, die Reaktionen von Wesen zu deuten, die mehr von einem Wiesel oder einem Kaninchen hatten als von einem Menschen, aber ihm wurde doch klar, dass seine erste Einschätzung richtig gewesen war: Rex brachte keine guten Nachrichten.

Nach einer Weile drehte sich Bull mit einem Ruck um und verschwand im Haus, aber die Menge zerstreute sich nicht und der Minotaur kehrte auch schon nach einem Augenblick zurück. Er trug jetzt einen zerschlissenen Umhang um die Schultern und hatte einen Helm aufgesetzt, in den zwei große Löcher für seine Hörner gebohrt waren. Um die Hüften trug er einen breiten Ledergürtel, von dem eine grobschlächtige Keule baumelte, die im Grunde wie ein derber Knüppel aussah, in den jemand ein paar Nägel getrieben hatte. Anders war auch ziemlich sicher, dass es ganz genau das war. Beiläufig fragte er sich, warum Bull nicht Schwert und Schild des toten Elder benutzte, wenn er schon so offensichtlich in den Krieg zu ziehen gedachte. Er verstand nicht besonders viel von archaischen Waffen, aber die Klinge des toten Schweinekriegers musste ungleich gefährlicher sein als diese selbst gebastelte Stachelkeule.

»Zieht euer Boss in den Krieg?«, fragte er – wohlweislich aber so leise, dass der Lauscher draußen vor der Tür die Worte nicht mitbekam.

Ratt hob hilflos die Schultern. Diesmal war ihre Ratlosigkeit nicht gespielt. »Ssso etwasss sssieht er sssiss normalerweissse nur an, wenn er auf die Jagd geht.«

»Vielleicht hat er seine Pläne ja geändert und bricht früher auf«, sagte Anders. »Euer Terminkalender scheint ja ohnehin ein bisschen durcheinander geraten zu sein.«

Ratt sah ihn entgeistert an. Offenbar schien sie allein der *Gedanke* zu entsetzen, dass der Minotaur irgendetwas anders machen könnte, als sie es von jeher gewohnt war.

»Isss glaube, Katt wird wach«, sagte sie laut. Anders wandte automatisch den Kopf und hätte sich beinahe durch eine entsprechende Bemerkung verraten. Katt schlief wie ein Stein.

»Passs auf sssie auf«, fuhr Ratt fort. »Isss hole ihr etwasss Wassser.« Die verbeulte Blechschüssel neben Katts Bett war noch halb voll, aber Ratt war bereits herum und wuselte aus der Tür, bevor Anders sie zurückhalten konnte.

Es vergingen gut fünf Minuten, bis sie zurückkam. Eindeutig mehr, als sie gebraucht hätte um einen Schluck Wasser zu holen. Sie sah besorgt aus.

»Was ist passiert?«, fragte er.

»Nisss«, antwortete Ratt. Gleichzeitig bedeutete sie ihm mit Blicken, leiser zu reden, und wies mit dem Kopf auf den hinteren Teil des Raumes; den, der am weitesten vom Fenster entfernt war. Während sie die Wasserschüssel behutsam neben ihrer schlafenden Schwester abstellte, ging Anders hin und wartete ungeduldig, dass sie ihm folgte.

»Also?«, flüsterte er. »Was ist passiert?«

»Isss weisss esss nisss genau«, zischte Ratt. Sie winkte erschrocken mit beiden Händen ab. Anscheinend sprach er ihr immer noch zu laut. »Ress isss sssrecklisss aufgeregt und Bull auch. Esss hat irgendetwasss mit den Elder sssu tun, aber isss konnte nisss genau versssstehen, wasss.«

Anders sah wieder zum Fenster hin. Das dumpfe Murren und unruhige Rumoren dort draußen hatte sich nicht beruhigt, ganz im Gegenteil. Wortlos ging er zur nackten Fensteröffnung und sah hinaus; gerade rechtzeitig genug um zu erkennen, wie sich Bull, der Hundemann und Liz einen Weg durch die Menge bahnten und in die Richtung losmarschierten, aus der Rex erst vor wenigen Minuten gekommen war.

»Wie wäre es mit der Wahrheit?«, fragte er, nachdem er zu Ratt zurückgegangen war.

»Wie?«, piepste Ratt. Sie wich noch weiter in die Schatten zurück, als hoffe sie seiner Frage zu entgehen, wenn es ihr nur irgendwie gelänge, unsichtbar zu werden.

Anders musste sich beherrschen, um seine Stimme zu senken. »Du weißt genau, was da draußen passiert«, behauptete er. »Lass mich raten: Rex ist heute ganz besonders zufrieden, weil er nämlich *wirklich* schlechte Nachrichten bringt. Habe ich Recht?«

»Isss weisss esss wirklisss nisss«, beteuerte Ratt. »Isss konnte nisss allesss versssstehen. Aber esss hat … irgendetwasss mit dem Elder sssu tun.«

»Und mir«, fügte Anders hinzu.

»Nein!«, antwortete Ratt erschrocken. »Isss meine … isss … isss glaube nisss, dasss …«

»Ich muss sehen, wo sie hingehen«, unterbrach sie Anders. »Wie kommen wir hier raus?« Er machte eine Kopfbewegung hinter sich. »Ohne dass uns der Posten sieht.«

»Überhaupt nisss«, behauptete Ratt.

»Quatsch«, sagte Anders. »Du bist eine Ratte, oder?«

»Aber nisss unsssisssbar«, sagte Ratt. Natürlich ließ Anders dieses Argument ebenso wenig gelten wie das zuvor.

»Bei uns gibt es auch Ratten«, sagte er. »Und wenn ich eines über sie weiß, dann, dass eine Ratte überall reinkommt, wo sie will. Und auch raus. Möchtest du behaupten, unsere Ratten wären klüger als du?«

Ratt schwieg. Aber das war Antwort genug.

»Ich kann es auch allein versuchen«, fügte Anders nach ein paar Sekunden hinzu. »Doch wenn Bull mich erwischt, dann behaupte ich, dass du mir geholfen hast.«

»Dasss tusss du ja doch nisss«, sagte Ratt.

»Stimmt«, grinste Anders. »Aber ich kann doch wenigstens damit drohen, oder?«

Ratt überlegte einen Moment, bevor sie zögernd nickte. »Alssso gut. Wenn sssie unsss erwisssen …«

»Dann behaupte ich, dass ich dich gezwungen habe.« Anders grinste. »Ich könnte dir ein Stück vom Schwanz abschneiden, damit es glaubwürdiger klingt.«

»Sssehr witsssisss. Passs lieber an der Tür auf, dasss niemand kommt.«

Anders ersparte sich die Frage, wie er das denn bitte schön bewerkstelligen sollte. Er ging auch nicht zur Tür, sondern kehrte zu Katts Krankenlager zurück und ließ sich neben ihr in die Hocke sinken.

Diesmal reagierte sie nicht auf seine Nähe. Anders war nahe daran, sie zu wecken und darüber zu informieren, was Ratt und er vorhatten, damit sie nicht erschrak, wenn sie zwischendurch wach wurde und sich allein fand. Aber er ließ es bleiben. Katts Atem ging jetzt sehr viel ruhiger. Aus ihrem unruhigen Fieber wurde allmählich ein tiefer, entspannter Schlaf. Es hatte keinen Sinn, sie unnötig zu beunruhigen, und mit etwas Glück würde sie nicht einmal merken, dass sie weg gewesen waren.

Etwas polterte, dann piepste Ratts Stimme hinter ihm: »Wie lange sssoll isss denn noch auf disss warten?«

Er konnte nur Schatten erkennen, als er sich aufrichtete und zu ihr umdrehte. Irgendetwas an ihrer Gestalt hatte sich geändert, aber er konnte nicht gleich sagen, was. Mit einem letzten, fast zärtlichen Blick auf das schlafende Katzenmädchen hinunter wandte er sich endgültig um.

Ratt hatte einen Teil der Möbel zur Seite geschoben und war gerade damit beschäftigt, eine metergroße Betonplatte hochzuwuchten. Darunter kam ein quadratischer Schacht zum Vorschein, der in vollkommene Dunkelheit hinabführte.

»Hilf mir«, verlangte Ratt. Sie hatte kein Problem damit gehabt, die zentnerschwere Platte in die Höhe zu stemmen, aber es war ungleich schwerer, sie zu Boden sinken zu lassen, ohne dass der Knall die halbe Sippe alarmierte; oder wenigstens den Posten draußen vor der Tür. Selbst mit vereinten Kräften taten sie sich schwer damit.

»Wusst ich's doch«, sagte Anders leicht atemlos. »Kein Rattennest ohne einen Notausgang.« Er beugte sich vor, um nach unten zu sehen, und konnte nur mit Mühe ein Schaudern unterdrücken. *Wahrscheinlich* führte der Schacht nur ein kurzes Stück in die Tiefe, aber das Licht verlor sich schon nach wenigen Zentimetern und er suchte vergeblich nach Trittstufen oder irgendeiner anderen Möglichkeit, an den glatten Betonwänden hinabzusteigen.

»Wie tief … ist das?«, fragte er unsicher.

»Sssehr tief«, antwortete Ratt. Sie gab sich keine Mühe, die Schadenfreude aus ihrer Stimme zu verbannen. »Ssso isss dasss nun einmal mit Notausssgängen.« Ihr Grinsen wurde geradezu unverschämt, dann beugte sie sich vor und ließ sich ohne zu zögern kopfunter an dem glatten Beton hinabgleiten.

»Worauf wartessss du?«, drang ihre Stimme aus der Dunkelheit herauf.

Anders versuchte herauszufinden, wie tief sie unter ihm war. Wahrscheinlich nur zwei oder drei Meter, dem Klang ihrer Stimme nach zu urteilen – aber er traute dem kleinen Biest auch durchaus zu, sich ein kleines Stück weit unter ihm an die Wand zu klammern und darauf zu warten, dass er im Dunkeln an ihr vorübersegelte.

Anders tastete mit den Händen in die Dunkelheit hinab, fühlte aber nichts als rauen Beton.

»Nur sssu«, flötete Ratt zu ihm herauf. »Wasss eine Ratte

kann, dasss sssafft ssso ein grossser, tapferer Burssse wie du doch bessstimmt auch, oder?«

Ihre Stimme troff nur so vor Hohn und sie ärgerte Anders nicht nur, sondern weckte auch seinen Trotz. Mit einer wütenden Bewegung drehte er sich um, stemmte die Füße gegen die eine und den Rücken gegen die andere Schachtwand, um wie ein Bergsteiger in einem Kamin nach unten zu steigen.

Wäre der Schacht nicht schon nach nur einem halben Meter zu Ende gewesen, hätte es sogar funktioniert. So stießen seine tastenden Füße plötzlich ins Leere und auch in seinem Rücken war mit einem Mal nichts mehr. Anders riss instinktiv die Hände nach vorne, erreichte aber nichts mehr, als sich die Fingerkuppen an dem rauen Beton zu zerschrammen. Er fiel, rollte sich instinktiv zu einem Ball zusammen und prallte gute zwei Meter tiefer auf etwas auf, das weicher war als Beton, aber auch keine auffallende Ähnlichkeit mit einer Daunendecke hatte.

Der Schlag war hart genug, ihm die Luft aus den Lungen zu treiben. Zwei, drei hämmernde Herzschläge lang blieb er benommen liegen. In seinen Ohren klingelte etwas, und es verging eine ganze Zeit lang, bis er begriff, dass der Laut nicht eine Folge des Sturzes war, sondern von Ratts halblautem schadenfrohem Gelächter stammte.

»Du bisss alssso ein guter Kletterer, wie?«, spöttelte sie. »Eine etwasss eigenwillige Methode. Aber sssie geht sssehr sssnell, dasss musss isss sssugeben.«

Anders stemmte sich benommen hoch. Es war nicht so vollkommen dunkel, wie es von oben den Anschein gehabt hatte. Er konnte Ratt als verschwommenen schwarzen Schemen neben sich erkennen, mehr allerdings auch nicht.

»Du blöder Nagezahn«, stöhnte er. »Du hättest mich warnen können.«

»Wärsss du dann langsssamer gefallen?«, erkundigte sich Ratt.

»Ich hätte mir sämtliche Knochen brechen können!«

»Hasss du aber nisss«, sagte Ratt patzig.

Anders setzte zu einer geharnischten Antwort an, doch dann beließ er es bei einem wortlosen Blick in ihre Richtung. Da war schon wieder so ein hässlicher Gedanke, der im Grunde so gar nicht zu ihm passte: Vielleicht war es Ratt ja gar nicht so unlieb, wenn er sich verletzte. Natürlich nicht schlimm. Nur ein bisschen; gerade genug um nicht weitergehen zu können.

»Stimmt«, sagte er gepresst. Vorsichtig stemmte er sich weiter hoch und lauschte einen Moment in sich hinein. Es war bedeutend leichter, die Stellen zu zählen, die *nicht* wehtaten, aber er schien sich nicht ernsthaft verletzt zu haben. »Geh weiter.«

Ratt zischelte noch eine Antwort (Anders zog es vor, sie nicht zu verstehen), wandte sich aber dann um und verschwand mit trippelnden Schritten in der Dunkelheit. Anders' Augen hatten sich erstaunlich schnell auf die veränderten Lichtverhältnisse eingestellt. Er sah sie nicht wirklich, konnte aber immer noch ihre Bewegungen wahrnehmen. Vorsichtig und misstrauisch mit dem Fuß den Boden vor sich nach verborgenen Hindernissen abtastend, folgte er ihr.

Gottlob war der Weg durch die Schwärze nicht besonders weit. Schon nach einem Dutzend Schritten wurde es vor ihnen wieder hell: Ein verfallener Treppenschacht, der steil in die Höhe führte, wies ihnen den Weg. Anders machte sich erst gar nicht die Mühe, sich die Route merken zu wollen, die Ratt einschlug, nachdem sie den Treppenschacht hinter sich gelassen hatten. Zurückbringen würde sie ihn auf jeden Fall, und solange er nicht wieder über frei schwebende T-Träger balancieren oder in einen dreißig Meter tiefen Brunnenschacht springen musste, sollte es ihm recht sein.

Nach einer Ewigkeit – wie es ihm vorkam – traten sie wieder ins Tageslicht hinaus. Die Dämmerung war nicht mehr weit entfernt. Noch herrschte heller Tag, aber die Schatten waren bereits von tiefer, unangenehmer Schwärze. Seine Versuche, sich zu orientieren, erwiesen sich als hoffnungslos. Obwohl die Stadt nicht gerade unüberschaubar groß war, hatte er nicht die geringste Ahnung, wo er sich befand. Sehr weit konnten sie auf ihrer Odyssee durch das unterirdische Labyrinth nicht gekommen sein, was ihm jedoch nicht viel half; für ihn sah hier ein Straßenzug wie der andere aus.

Ratt schien in diesem Punkt weniger Schwierigkeiten zu haben. Sie sah sich nur kurz um, dann deutete sie nach links, huschte voraus und hielt an der nächsten Ecke an, um auf ihn zu warten. Anders runzelte nachdenklich die Stirn. Er hatte weder irgendwelche Spuren von Bull und den beiden anderen Ältesten gesehen noch etwas gehört, aber ihm wurde auch gleich klar, warum: Ratt war nicht auf Spuren angewiesen. Sie wusste, wohin Bull und die anderen unterwegs waren.

Er verbiss sich jeden Kommentar, sondern ging nur schneller um zu ihr aufzuholen. Kurz bevor er sie erreichte, gab sie ihm mit einem Wink zu verstehen, dass er zurückbleiben sollte.

»Klar doch«, knurrte Anders und ging noch ein bisschen schneller.

Ratt wandte unwillig den Kopf und Anders war zumindest vorsichtig genug, nur einen raschen Blick um die Ecke zu werfen. Sie hatten das Ende der Stadt erreicht. Vor ihnen lagen noch einige halb von Unkraut und wucherndem Gestrüpp überwachsene Grundmauern, hinter denen eine allmählich ansteigende Geröll- und Grasebene begann. Der Wagen stand vielleicht hundert Meter entfernt und war von einem zweifachen Kreis aus brennenden Fackeln und reglos dastehenden Elder-Soldaten umgeben.

»Nisss hier!« Ratt zog ihn ungeduldig am Arm und deutete zugleich mit einer Kopfbewegung auf das Gebäude neben sich. Anders hatte eine ziemlich genaue Vorstellung davon, was mit dieser Geste gemeint war, und war wenig begeistert. Aber noch war es wenigstens einigermaßen hell. Immerhin besser, als schon wieder eine baufällige Treppe in vollkommener Dunkelheit hinaufzustolpern.

Wie er erwartet hatte, führte ihn Ratt zum Dach hinauf. Das Gebäude war nicht sehr schlimm beschädigt. Die hüfthohe Mauer, die das Dach umgab, war nahezu ganz, sodass sie ihnen eine ausgezeichnete Deckung gewährte und sie das Feldlager der Elder komplett überblicken konnten, ohne selbst gesehen zu werden.

Von oben aus betrachtet war das Lager viel größer, als er angenommen hatte. Außer dem gepanzerten Wagen, der im Lager der Sippe gewesen war, gab es noch fast ein Dutzend Zelte, und statt der acht oder zehn Schweinekrieger, die er in der Nacht gezählt hatte, erblickte er an die fünfzig der riesigen Kreaturen. Der Vergleich, den er gerade ganz automatisch gezogen hatte, war nur zu richtig gewesen. Es *war* ein Heerlager.

»Haben die Elder ein Problem mit Plünderern?«, fragte er.

Ratt sah ihn nur wortlos an, aber Anders hatte dennoch das Gefühl, mit seiner Vermutung ziemlich danebenzuliegen. Er konzentrierte sich wieder auf das Geschehen im Lager.

Auch zwischen den Zelten bewegten sich Gestalten in groben Rüstungen – und dann entdeckte er Bull, Rex und den Reptilienmann. Sie standen unweit des Wagens, gerade weit genug um ihre Gesichter nicht erkennen zu können. Jeder der drei wurde von einem riesenhaften Schweinekrieger flankiert, und Anders hätte die blankgezogenen Schwerter in den Klauen der Elder nicht sehen müssen um zu wissen, dass die Ältesten nicht in der Rolle von Gästen gekommen waren. Der Elder mit der Puttenmaske stand vor ihnen. Obwohl er kleiner als selbst Rex war, schien er die drei anderen irgendwie zu überragen.

»Wasss tun sssie da?«, flüsterte Ratt. »Bull isss noch nie freiwilllig sssu den Elder gegangen.«

»Kannst du dir das nicht denken?« Anders' Miene verdüsterte sich. »Euer sauberer Anführer ist gerade dabei, mich zu verkaufen, wenn du mich fragst.«

Ratt sah ihn erschrocken an und Anders fragte sich selbst,

ob er es sich nicht ein bisschen zu leicht machte. Der Verdacht lag nahe, machte auf der anderen Seite aber auch keinen Sinn. Hätte Bull ihn – warum auch immer – an die Elder ausliefern wollen, so hätte er das in der vergangenen Nacht weitaus bequemer und ohne das geringste Risiko tun können.

Er brach den Gedanken ab, denn unten auf dem Platz tat sich etwas. Der Elder mit dem Puttengesicht drehte sich um und ging mit schnellen Schritten los, und obwohl Bull und die beiden anderen ihm unverzüglich folgten, ließen es sich die Schweinekrieger nicht nehmen, ihnen noch ein paar auffordernde Stöße mit ihren Schwertspitzen zu verpassen. Nein, sie waren ganz eindeutig *keine* Gäste, dachte Anders. Vielleicht war das Verhältnis zwischen Bulls Sippe und den Elder doch ein wenig komplizierter, als er bisher angenommen hatte.

Ratt sog plötzlich scharf die Luft ein und deutete zum anderen Ende des Lagers, in die Richtung, in die der Elder und seine *Gäste* gingen, und auch Anders fuhr erschrocken zusammen, als sein Blick ihrer Bewegung folgte.

Ein gutes Dutzend Elder-Krieger hatte sich um ein hell loderndes Feuer versammelt, in dessen flackerndem Licht er zwei weitere Schweine erkannte. Sie trugen keine Rüstungen, sondern nur ihr struppiges braunes Fell, und man hatte sie an grobe Holzgerüste gebunden, die sie zu einer knienden Haltung mit weit ausgebreiteten Armen zwangen.

»Dasss müsssen die beiden von gessstern Abend ssssein.« Ratts Stimme war noch immer zu einem Flüstern gesenkt, als fürchte sie, trotz der großen Entfernung unten im Lager gehört zu werden.

»Wie kommst du darauf?«

Ratt beantwortete seine Frage nicht, aber was er beobachtete, schien ihre Worte zu bestätigen. Der Elder mit dem Puttengesicht näherte sich den beiden Gefangenen, blieb zwischen ihnen stehen und wartete ungeduldig, bis Bull und die beiden anderen heran waren. Er streckte fordernd die Hand aus, und zu Anders' maßloser Überraschung griff der Minotaur unter seinen Mantel und zog das Schwert des getöteten Schweinekriegers hervor. Der Elder ergriff es, drehte sich ohne das geringste Zögern, aber auch ohne Hast um und schlug einem der Gefangenen den Kopf ab.

Anders riss entsetzt die Augen auf, und wäre er nicht viel zu schockiert gewesen, hätte er wahrscheinlich gellend aufgeschrien, was möglicherweise tatsächlich zu ihrer Entdeckung geführt hätte. So saß er einfach nur wie erstarrt da und blickte die schreckliche Szenerie an, ohne wirklich zu begreifen, was er da sah. Es dauerte fast eine Minute, bis er auch nur seine Sprache wiederfand.

»Aber … aber warum hat er das getan?«, stammelte er.

»Weil sssie ohne Erlaubnisss gewildert haben«, antwortete Ratt. »Die Gesssessse der Elder sssind da sssehr ssstreng. Auf Wilderei sssteht der Tod.«

Mittlerweile hatte sich der Elder dem zweiten Gefangenen zugewandt. Anders konnte nicht erkennen, was er tat, aber der Krieger begann plötzlich zu quieken wie das sprichwörtliche abgestochene Schwein und stemmte sich mit seiner gesamten ungeheuerlichen Körperkraft gegen seine Fesseln. Anders nahm an, dass der Elder den Krieger folterte.

»Warum tut er das?«, flüsterte Anders schockiert.

»Kannsss du dir dasss nisss denken?«, fragte Ratt. »Isss sssätsssе, er will ihm noch ein paar Fragen ssstellen, bevor er ihn tötet. Nach unsss.«

Nein, dachte Anders. *Nach mir.*

Endlich schien der Elder genug von seinem grausamen Tun zu haben, denn er trat zurück, hob das Schwert und enthauptete auch den zweiten Gefangenen. Doch damit war es nicht vorbei. Praktisch aus der gleichen Bewegung heraus und trotzdem fast beiläufig drehte er sich um, machte einen Schritt und stieß Liz die Klinge bis zum Heft in die Brust.

Diesmal konnte Anders ein entsetztes Keuchen nicht mehr unterdrücken. Er war fest davon überzeugt, dass es nun auch um Rex und den Minotaurus geschehen war, aber der Elder ließ den Schwertgriff los, als Liz zusammenbrach, und wandte sich ruhig zu Bull um. Gegen den einhornigen Minotaurus war er beinahe ein Zwerg, doch er zeigte nicht die geringste Spur von Furcht, und warum auch? Bull schien sich der Krieger hinter sich – und vor allem der Waffen in ihren Händen – voll und ganz bewusst zu sein, denn er stand stocksteif da und rührte sich nicht. Nicht einmal als der Elder nach einem Moment ausholte und ihm mehrmals mit der flachen Hand ins Gesicht schlug.

»Sieht so aus, als hätte er geredet«, sagte Anders bitter.

Ratt nickte nur.

»Verdammt, Ratt, sag mir endlich, was hier gespielt wird«, murmelte er. »Und diesmal die Wahrheit, bitte.«

Ratt schwieg einige Sekunden. »Isss weisss esss wirklisss nisss«, sagte sie schließlich. »Nisss genau. Aber ssseit … ssseit du gekommen bisss, geht etwasss vor. Die Elder … ssseinen etwasss sssu sssuchen.«

»Mich«, vermutete Anders.

Wieder hob Ratt die Schultern. »Bull hat dasss jedenfalls geglaubt. Er hat gedacht, dasss …« Sie sprach nicht weiter.

»Ich verstehe«, murmelte Anders. »Er hat gedacht, er könnte ein kleines Extrageschäft mit den Schweinebacken machen.« Sein Blick suchte den toten Echsenmann. Er hatte den Echsenmann praktisch nicht gekannt und er war ihm möglicherweise nicht so unsympathisch wie Rex gewesen, aber sehr viel unheimlicher. Dennoch zog sich etwas in ihm zusammen, als er beobachtete, wie sich der Elder vorbeugte und das Schwert aus der Brust des toten Tiermenschen zog. Hatte er bisher noch gezweifelt, ob es wirklich klug war, vor den Schweinemenschen davonzulaufen, statt einfach zu ihnen zu gehen und Hallo zu sagen, so war er nun vollkommen sicher. Auch wenn die Männer in den schwarzen Helikoptern versucht hatten ihn umzubringen, würde er doch hundertmal eher versuchen mit ihnen in Kontakt zu treten, bevor er sich diesen Ungeheuern auslieferte. In seinen Ohren war noch immer das gepeinigte Quieken des Schweins, das der Führer der Elder gefoltert hatte. Wenn sie schon einem ihrer eigenen Leute so etwas antaten, was mochten sie dann erst mit ihm anstellen?

»Komm«, flüsterte er.

»Wohin?«, fragte Ratt. »Sssurück insss Lager?«

»Du schon«, antwortete Anders. »Aber vorher muss ich dich noch um einen Gefallen bitten.«

Er konnte in Ratts Gesicht lesen, dass sie eine ziemlich konkrete Vorstellung von der Art des Gefallens hatte, um den er sie bitten wollte, und dass sie ihr nicht gefiel. Fast so wenig wie ihm.

»Bring mich zum Fluss«, bat er.

»Du bisss verrückt«, antwortete Ratt.

»Ich glaube, das hast du schon ein paarmal gesagt«, antwortete Anders mit einem schiefen Grinsen. »Wahrscheinlich hast du sogar Recht damit. Aber ich kann nicht wieder ins Lager.« Er deutete auf die Elder hinab. »Sie werden kommen um mich zu holen. Ich hätte zwar gerne noch ein paar Tage gewartet, doch ich fürchte, ich muss meine Expedition in die Berge vorziehen.«

»Aber dasss isss Ssselbssstmord!«, keuchte Ratt.

»Ja, wahrscheinlich.« Anders sah mit einem Seufzen auf die beiden erschlagenen Elder und den toten Echsenmann hinab. »Aber hier zu bleiben wahrscheinlich auch.«

»Bull bringt misss um«, jammerte Ratt. »Und Katt auch.«

»Ich komme zurück«, antwortete Anders. »Sag ihr, dass ich wiederkomme. Und dass dann alles besser wird. Und was Bull angeht …« Er sah kurz auf den Minotaurus hinab, und allein der Anblick der riesigen gehörnten Gestalt ließ die bloße Vorstellung, ihn erfolgreich belügen zu wollen, zu etwas Lächerlichem werden. Trotzdem fuhr er nach einem Moment fort: »Sag ihm einfach, ich hätte dich niedergeschlagen und wäre geflohen.«

»Du misss?«, kreischte Ratt. »Wer sssoll dasss glauben?«

Bull zum Beispiel, dachte Anders. *Er weiß, dass ich es kann.* Laut sagte er: »Sag es ihm einfach. Er wird dir nichts tun, glaub mir.« Er blinzelte verschwörerisch. »Vielleicht sollte ich vorsichtshalber ein Stück von dir abschneiden, damit er dir auch wirklich glaubt.«

Ratt verbarg hastig den Schwanz hinter dem Körper. In ihrem pelzigen Gesicht arbeitete es. »Und du kommsss auch bessstimmt sssurück?«

Wenn ich es über die Berge schaffe, ja. »Ganz bestimmt«, versicherte er. »Es kann eine Weile dauern. Vielleicht ein paar Tage oder eine Woche. Aber ich komme wieder.« Er stand auf. »Du musst mich nicht bis zum Fluss begleiten. Zeig mir nur die Richtung, und dann mach, dass du wieder ins Lager kommst. Es wäre vielleicht glaubhafter, wenn Bull und sein neuer Freund dich friedlich schlafend vorfinden und nicht dabei überraschen, wie du gerade aus einem Loch im Boden kriechst.«

Ratt kämpfte noch einen Moment sichtlich mit sich selbst, doch dann drehte sie sich wortlos um und ging los.

29

Die Nacht war endgültig hereingebrochen, bevor Anders den Kanal erreichte, und als hätte das Schicksal Wert auf eine besonders symbolträchtige Inszenierung gelegt, hatte sich der Himmel kurz nach Einbruch der Dämmerung nahezu lückenlos zugezogen, sodass es fast so dunkel wie in einem fensterlosen Raum ohne Beleuchtung war. Trotzdem schien es noch dunkler zu werden, als er das jenseitige Ufer erreichte, als wäre er in einen unbekannten Bereich der Nacht vorgedrungen, in dem das Wort Dunkelheit eine vollkommen neue Bedeutung bekam.

Es war nicht so, dass er blind gewesen wäre. Im Gegenteil. Obwohl nirgends ein Licht brannte und der Himmel über ihm so finster wie ein Stück schwarz lackiertes Blech war, kam von irgendwo her ein diffuser grauer Schein, sodass er sehen konnte, wenn auch weder besonders gut noch sonderlich weit.

Anders drehte sich schaudernd einmal um sich selbst und versuchte sich zu orientieren. Das Lagerhaus, das ihm die Drachen über dem Kopf weggeschossen hatten, lag fast in gerader Linie vor ihm, eine unbestimmbare Distanz, aber nicht sehr weit entfernt. Dahinter war – möglicherweise – das Flugzeugwrack, und wenn er noch ungefähr eine Million Mal mehr Glück hatte, der Rucksack mit seinem Handy. Und dahinter wiederum, das aber mit unerschütterlicher Gewissheit – die Berge. Anders versuchte in Gedanken die Strecke zu überschlagen, die vor ihm lag. Vielleicht eine Stunde, ganz bestimmt nicht mehr als anderthalb, vorausgesetzt, er traf nicht auf Fresser oder Männer in schwarzen ABC-Anzügen, die ihn mit einer lebendigen Schießbudenfigur verwechselten. Danach kam der schwierige Teil. Er hatte keine Zeit zu verlieren.

Trotzdem marschierte er nicht sofort los, sondern wandte sich noch einmal in die Richtung, aus der er gekommen war, um einen langen nachdenklichen Blick auf die Stadt am anderen Ufer zu werfen. Es war zu dunkel, um mehr als die Silhouetten der ausgebrannten Häuser zu erkennen, und er hörte auch nicht den mindesten Laut. Falls er verfolgt wurde, so gaben sich seine Verfolger auf jeden Fall alle Mühe, möglichst leise zu sein.

Anders glaubte jedoch nicht, dass die Elder so schnell hier auftauchen würden. Ratt hatte ihm den kürzesten Weg zum Kanal gezeigt und er hatte sich wirklich beeilt, um hierher zu kommen, und war im Grunde nur deshalb nicht gerannt, weil er seine Kräfte sparen wollte. Seiner Rechnung nach konnten Bull und seine unzuverlässigen Verbündeten das Lager der Sippe allerhöchstens in diesen Minuten erreichen. Selbst wenn Ratt ihnen sofort verriet, wo er war, blieb ihm eine gute halbe

Stunde Vorsprung. Nicht besonders viel Zeit, aber mit ein wenig Glück trotzdem genug. Anders glaubte nämlich nicht, dass Bull – und erst recht die Elder – ihm hierher folgen würden. Er war im Nachhinein sehr froh Bull nicht verraten zu haben, was er über die Pflanzen herausgefunden hatte.

Falsch. Die korrekte Formulierung musste lauten: herausgefunden zu haben glaubte.

Falls er sich irrte, würde er es möglicherweise schon bald merken.

Anders wandte sich nach links und ging die paar Schritte bis zu der Stelle, an der er die Dinge versteckt hatte, die er aus Bulls *Schatzkammer* mitgenommen hatte. Der Beutel war noch da. Anders konnte nicht sagen, ob er einfach Glück gehabt oder seine improvisierte chemische Keule tatsächlich gewirkt hatte. Er selbst hatte sich etliche Male durch die Pflanzenmasse gewälzt, bis er am ganzen Leib nach dem durchdringenden Geruch der Blüten stank, und sich zusätzlich die Taschen mit Dutzenden abgerissener Blüten voll gestopft.

So oder so, der Beutel wirkte noch vollkommen unberührt. Anders öffnete ihn mit fliegenden Fingern, um seinen Inhalt zu überprüfen, und dankte Bull in Gedanken für seine Sammelwut, die ihn dazu gebracht hatte, einfach wahllos alles mitzunehmen, was ihm in die Finger geriet. Anders hätte sich eine bessere Ausrüstung gewünscht, aber er musste nehmen, was er bekam. Der Beutel enthielt ein zusammengerolltes Nylonseil von vielleicht dreißig Metern Länge, ein beschädigtes Fernglas sowie einen Hammer und einige Metallteile, die den improvisierten Steigeisen ähnelten, die er in die Betonmauer unter sich getrieben hatte, nur deutlich stabiler waren, dazu noch zwei zusammengerollte Decken.

Während er aufstand und sich den Beutel über die Schulter warf, sah er in die Richtung, in der er die Berge wusste. Sehen konnte er sie nicht. Die Schwärze des Himmels ging nahtlos in eine andere, massivere Dunkelheit über, die die zersägte Skyline der Stadt wie eine Gestalt gewordene Drohung des Schicksals überragte, und ein allerletztes Mal meldete sich die Stimme seiner Vernunft zu Wort, die versuchte, ihn von diesem wahnsinnigen Unternehmen abzuhalten.

Das Schlimme war, dachte er, dass sie Recht hatte. Es *war* Wahnsinn und er *hatte* keine Chance.

Entschlossen marschierte er los.

Neben ungefähr zehntausend anderen, durchaus triftigen Gründen machte Anders vor allem die Tatsache zu schaffen, dass sein Aufbruch so überstürzt hatte vonstatten gehen müssen. Er hatte auf jeden Fall geplant, noch einen weiteren Raubzug in Bulls Schatzkammer zu unternehmen und sich mit Lebensmitteln einzudecken; und vor allem mit *Wasser.* Auch wenn er jedes bisschen Kraft brauchen würde, so wusste er dennoch, dass *Durst* der größte Feind aller Bergsteiger war – neben Steinschlägen, Wetterstürzen, Nebel, Regen, Kälteeinbrüchen, Lawinen und anderen vernachlässigbaren Kleinigkeiten. Selbst wenn die Wand nicht so unüberwindbar war, wie Katt und alle anderen behaupteten (und wie sie aussah), würde er mindestens einen Tag brauchen, um sie zu übersteigen, und möglicherweise ein Mehrfaches an Zeit, um auf der anderen Seite hinunter und wieder in die Nähe einer menschlichen Ansiedlung zu kommen. Vollkommen unmöglich ohne ständige Flüssigkeitszufuhr. Es blieb ihm nichts anderes übrig, als darauf zu bauen, dass er Glück hatte und unterwegs ausreichend Wasser fand.

Höchst erfreut, wie emsig seine Fantasie an die Aufgabe ging, ihn zu motivieren, beschleunigte Anders seine Schritte noch und hielt auf die schmale Straßenschlucht zu. Da er ohnehin nicht viel sah, konzentrierte er sich lieber auf die Informationen, die ihm seine anderen Sinne lieferten. Das Ergebnis war allerdings höchst mäßig: Sein Geruchssinn war praktisch ausgeschaltet, denn er stank zehn Meter gegen den Wind nach dem Pflanzensaft, in dem er sich gewälzt hatte, und alles, was er hörte, war das unheimlich verzerrte Echo seiner eigenen

Schritte, das von den nahezu unsichtbaren Wänden ringsum zurückgeworfen wurde, und das immer schneller werdende Geräusch seines eigenen Herzens. Kein Rascheln. Nicht das Klicken Millionen winziger harter Insektenbeine auf Beton. Jedenfalls noch nicht.

Es kostete Anders fast seine gesamte Willenskraft, den Gedanken an die Spinnenkakerlaken zu verscheuchen und sich auf das Wenige zu konzentrieren, das er von seiner Umgebung wahrnahm. Er hatte das halb zusammengebrochene Lagerhaus mittlerweile erreicht und sein Blick wanderte fast ohne sein Zutun an der asymmetrisch gewordenen Fassade empor. Die Silhouette des Hauses hatte sich radikal verändert, aber es hätte auch vollkommen zerstört sein können und er hätte es dennoch niemals in seinem ganzen Leben vergessen.

Auf dem Dach dieses Hauses hatte er Katt das erste Mal gesehen.

Und dort oben war Jannik gestorben.

Die Erinnerung bohrte sich wie ein glühender Stachel in Anders' Gedanken.

Es war erst das zweite Mal, dass er sich an Jannik erinnerte, und das zweite Mal, dass er sich wie ein Verräter vorkam. Jannik war umgebracht worden, beiläufig, brutal und unwiderruflich, und er hätte ihn weder retten noch irgendetwas anderes tun können.

Aber er hatte ihn *vergessen*, und das war vielleicht der schlimmstmögliche Verrat überhaupt …

Er wollte es nicht: Alles in ihm sträubte sich dagegen, doch er blieb plötzlich stehen, zögerte noch einen Moment und machte dann im rechten Winkel kehrt, um an der Fassade des Gebäudes entlangzugehen. Er hatte vor nichts mehr Angst als davor, Janniks zerschmetterten Leichnam zu finden, aber er hatte auch keine andere Wahl. Jetzt einen anderen Weg zu wählen hätte bedeutet, Jannik ein weiteres Mal zu verraten; und das wäre noch schlimmer gewesen.

Der absolute Horror blieb ihm erspart. Jannik war nicht mehr da.

Anders ging an der gesamten Länge der zerborstenen Fassade entlang, doch alles, was er fand, waren verbrannte Trümmer und Schutt. Natürlich wusste er, was mit Janniks Körper geschehen war. Protein, das von einer glitzernden schwarzen Flut aufgesogen wurde, die wie ein Sturmwind durch die verheerte Stadt tobte und alles fraß, was nicht Stahl oder Stein war.

Seltsamerweise hatte der Gedanke nichts Erschreckendes. Vielleicht weil Anders' Fantasie eine noch viel grässlichere Vorstellung für ihn parat hatte – nämlich die, Janniks Leichnam zu finden und erkennen zu müssen, dass er vielleicht noch eine Weile gelebt hatte und einsam und unter Qualen gestorben war. Ihn nicht zu finden war kein Beweis dafür, dass es nicht doch so gewesen war; aber es machte es leichter, an ein gnädiges Ende Janniks zu glauben. Manchmal war es tatsächlich einfacher, an eine Lüge zu glauben. Sogar wenn man ganz genau wusste, dass es eine Lüge war.

Er ging den Weg noch einmal komplett zurück, ohne mehr als Steine und Schutt zu finden, und schlug schließlich wieder seinen ursprünglichen Kurs ein. Der Platz, auf dem sein bizarres Abenteuer begonnen hatte, lag jetzt nur noch wenige Dutzend Schritte vor ihm, aber er war so dunkel, es hätte dort auch ebenso gut ein ganzes Geschwader der schwarzen Kampfhubschrauber gelandet sein können, ohne dass er es gemerkt hätte.

Dafür sah er das halbe Dutzend Fresser, das mitten auf der mit Schutt übersäten Straße saß und mit zitternden Antennen in seine Richtung tastete, umso deutlicher.

Anders erstarrte mitten in der Bewegung. Wortwörtlich. Er hatte zu einem Schritt angesetzt und verharrte nun für endlose Sekunden wie zur Salzsäule erstarrt, den Fuß halb erhoben und mit angehaltenem Atem. Vielleicht schlug nicht einmal sein Herz während dieser Zeit. Erst nach einer schieren Ewigkeit (und als seine verspannten Muskeln einfach nicht mehr mitspielten) wagte er es, den Fuß wieder auf den Boden zu senken. Sein Herz schlug weiter. Er konnte wieder atmen. Das Zittern der Insektenfühler nahm zu.

Diesmal waren es keine Späher. Es war ein – kleiner – Teil des Schwarms, der Katt und ihm um ein Haar zum Verhängnis geworden wäre.

Anders blieb eine geschlagene Minute lang stehen und starrte die Miniaturmonster an, und obwohl ihm seine Logik mitteilte, im dumpf-rudimentären Verstand der primitiven Insektenmonster sei kaum Platz für eine solch komplizierte Erkenntnis, hatte er das unheimliche Gefühl, dass ihn die facettierten Augen der winzigen Ungeheuer voll gehässigen Triumphs anstarrten. Ihre Fühler zitterten zunehmend nervöser.

Anders nahm all seinen Mut zusammen und machte einen Schritt. Die tastenden Fühler der Spinnenkakerlaken bewegten sich heftiger, suchten die Luft nach einer bestimmten Witterung ab und fanden einen Geschmack, der sie zu irritieren schien; vielleicht zu erschrecken.

Anders machte einen zweiten Schritt. Sein Herz jagte. Er war nahezu überzeugt davon, dass die Fresser jetzt einfach angreifen *mussten.*

Aber das Wunder geschah. Die haardünnen Fühler der Insekten tasteten noch einen kurzen Moment immer aufgeregter in seine Richtung, dann wandten sie sich plötzlich und wie auf ein unhörbares Kommando um und verschwanden in der Dunkelheit. Anders blieb noch für die Dauer von fünf oder sechs rasend hämmernden Pulsschlägen stehen, bevor er aufatmete und langsam weiterging. Er gestattete sich noch nicht, vollkommen erleichtert zu sein, und er hätte bestimmt nicht sein Leben darauf verwettet – aber es sah tatsächlich so aus, als funktioniere der Trick mit den Pflanzen.

Vorsichtig und mit allen Sinnen in die Runde lauschend, trat er auf den Platz hinaus. Irgendwo vor ihm war etwas, doch er musste noch ein gutes Dutzend Schritte machen, bevor aus dem vage erkennbaren Schemen ein Umriss wurde und kurz darauf ein Schatten.

Es war die Cessna.

Oder was davon übrig war.

Anders' Erleichterung wich grenzenloser Enttäuschung, als er sich dem abgenagten Stahlskelett des Sportflugzeugs näherte und mehr und mehr Details erkannte.

Die Fresser hatten ganze Arbeit geleistet. Von der Cessna waren nur noch die blanken Metallteile übrig geblieben. Etwas wie schwarzes Popcorn schimmerte im blassen Licht und zerbrach knisternd unter seinen Schuhen; die Chitinpanzer der Fresser, die ihrem Namen alle Ehre gemacht und sich in ihrer Gier offenbar gegenseitig aufgefressen hatten.

Sein Rucksack war verschwunden. Ungefähr dort, wo Anders ihn vermutet hätte, glitzerten ein paar Metallteile; Schnallen und Nieten und was die Fresser von seinem Inhalt übrig gelassen hatten. Das Allermeiste konnte er nicht einmal identifizieren. Dennoch ließ er sich in die Hocke sinken und sortierte einen Moment lang enttäuscht Metallteile und glitzernde Insektenpanzer auseinander. Von seinem Handy war nicht einmal mehr eine Spur zu finden.

Vermutlich hätte er damit hier oben sowieso nichts anfangen können, versuchte er sich selbst zu trösten. Die Wahrscheinlichkeit, hier ein Netz zu bekommen, war sozusagen weniger als null. Trotzdem blieb er noch einige Augenblicke lang in der Hocke sitzen und tat sich selbst Leid. Dass sich seine Hoffnung zerschlagen hatte, kam ihm wie ein böses Omen vor, auch wenn sie von Anfang an nicht besonders realistisch gewesen war.

Etwas raschelte. Anders schrak hoch und entdeckte einen einzelnen Fresser, der sich ihm bis auf fünf oder sechs Meter genähert hatte und nun zitternd stehen geblieben war. Seine Antennen tasteten zitternd die Luft ab und Anders konnte regelrecht *sehen*, wie unangenehm dem kleinen Monster der stechende Pflanzengeruch war, der ihn noch immer wie eine unsichtbare Wolke einhüllte.

Dann machte er einen zitternden Schritt.

Auf ihn zu.

Anders' Herz machte einen erschrockenen Sprung und schlug plötzlich noch schneller, obwohl er das vor einem Moment noch gar nicht für möglich gehalten hatte. Verlor der Pflanzensaft etwa bereits seine Wirkung? Wenn ja, war er verloren.

Der Fresser machte einen weiteren, zitternden Schritt, der so mühsam wirkte, als koste es ihn alle Willenskraft, die er nur aufbringen konnte. Und dann geschah etwas noch viel Unheimlicheres.

Anders spürte den Blick des winzigen Ungeheuers. Es war nicht der Blick eines Insekts, dessen dumpfer Verstand allenfalls in der Lage war, die Welt in einfache Kategorien wie *bewegt sich/bewegt sich nicht* und *kann man fressen/kann man nicht fressen/sollte man auf jeden Fall versuchen zu fressen* einzuteilen. Da war … mehr. Etwas Lauerndes, Abschätzendes. Fast schon so etwas wie Neugier … Auf jeden Fall aber ein Gefühl, das eine so winzige, einfach konstruierte Kreatur nicht haben sollte.

Er bewegte sich nun seinerseits einen halben Schritt auf das Insekt zu, und das war augenscheinlich zu viel: Der Fresser fuhr herum und verschwand auf wirbelnden Beinchen in der Dunkelheit. Und Anders blieb mit klopfendem Herzen zurück, hin- und hergerissen zwischen Überraschung und Furcht, die plötzlich eine vollkommen neue, unbekannte Dimension annahm.

Er schüttelte den Gedanken mit einiger Mühe ab. Er hatte auch so schon genug Probleme, ohne diesen kleinen Ungeheuern eine Intelligenz zuzuschreiben, die sie nicht besaßen.

Wenigstens hatte ihn die unheimliche Begegnung aus seiner Starre gerissen und ihn davor bewahrt, sich einem Feind zu stellen, der nicht nur mindestens ebenso gefährlich war wie

Hunger und Durst und alles andere, sondern dem er obendrein auch noch selbst alle Tore geöffnet hatte: der Mutlosigkeit.

Er richtete sich vollends auf und wandte sich wieder der Mauer aus Schatten jenseits der Ruinen zu, ging los und blieb nach zwei Schritten abermals stehen. Er hatte schon wieder ein Geräusch gehört, doch diesmal war es nicht das Trippeln winziger Füßchen auf ausgeglühtem Kopfsteinpflaster.

Es waren ganz eindeutig menschliche Schritte.

Anders fuhr herum und drückte sich – instinktiv und vollkommen widersinnig – hinter die blank polierte Motorhaube der kleinen Cessna (die Fresser hatten anscheinend sogar den Lack verzehrt, um seine organischen Bestandteile herauszufiltern) und spähte in die Richtung, aus der er selbst gerade gekommen war. Es fiel ihm schwer, genau zu orten, woher sich die Schritte näherten, aber die Auswahl war schließlich nicht besonders groß. Wer immer ihn verfolgte, musste dieselbe Straße nehmen wie er – es sei denn, er war verrückt und versessen darauf, einen riesigen Umweg durch die unbeleuchteten und mit Heerscharen von Fressern verseuchten Ruinen zu machen.

Die Schritte kamen langsam näher und nun glaubte er auch einen Schatten zu erkennen. Einen einzelnen Schatten, der (gottlob!) entschieden zu klein für einen Elder war, sogar zu klein für Bull. Anders erkannte den Schemen im gleichen Moment, in dem er erschrocken stehen blieb und dann zu vollkommener Reglosigkeit erstarrte.

»Katt?«, murmelte er entsetzt. Und dann schrie er noch einmal und jetzt mit vollem Stimmaufwand: *»Katt! Um Gottes willen, komm her!«*

Der Schatten bewegte sich nicht, aber Anders war auch schon um das Flugzeugwrack gestürmt und rannte los, so schnell er konnte. Mit weniger als einem Dutzend gewaltiger Sätze erreichte er die Straße und raste hinein.

Katt stand stocksteif aufgerichtet da. Selbst in dem kaum

vorhandenen Licht konnte er sehen, wie bleich ihr Gesicht war und wie groß ihre Augen. Es war vollkommen unmöglich, dass sie ihn nicht bemerkt hatte, aber sie reagierte weder auf seine Annäherung noch auf seine Schreie, sondern starrte wie gelähmt das winzige achtbeinige Insekt an, das einen halben Schritt vor ihr auf dem Pflaster hockte und mit wippenden Fühlern in ihre Richtung tastete.

Anders war mit einem einzigen Satz (wobei er sorgsam darauf achtete, den Fresser nicht zu zertreten; man konnte schließlich nie wissen) bei ihr, packte ihren Arm und zerrte sie einfach mit sich. Im allerersten Moment reagierte sie nicht nur nicht, sondern versuchte ganz im Gegenteil sogar sich loszureißen, aber nach zwei oder drei Schritten fiel die Lähmung von ihr ab, als hätte sie die bloße Nähe des Fressers paralysiert wie der Blick einer Schlange das sprichwörtliche Kaninchen. Sie hörte auf, sich zu wehren, und verfiel stattdessen in einen so schnellen Laufschritt, dass er es war, der plötzlich alle Mühe hatte, noch mit ihr Schritt zu halten. Irgendwo, noch ein gutes Stück entfernt, aber näher kommend, glaubte er ein leises Klicken und Rascheln zu hören, wie eine Million Glasmurmeln, die in einem Stoffbeutel aneinander rieben. Er achtete nicht darauf, sondern stürmte weiter und zog Katt einfach mit sich, als sie sich sträubte und die entgegengesetzte Richtung einzuschlagen versuchte.

Anders blieb erst stehen, als sie das Flugzeugwrack erreicht hatten. Katt wollte unverzüglich weiterstürmen, aber Anders hielt ihr Handgelenk eisern fest.

»Wir müssen weiter!«, keuchte Katt. »Schnell! Sie sind gleich hier!«

Sie versuchte erneut sich loszureißen, doch Anders hielt sie nur mit umso größerer Kraft fest und schüttelte den Kopf. Sein Atem ging so schnell, dass er Mühe hatte, überhaupt zu antworten. »Uns passiert … nichts«, keuchte er. »Keine … Angst.«

Irgendwie gelang es Katt, seinen Griff mit einer blitzschnellen Bewegung des Handgelenks zu sprengen. Sie prallte einen Schritt zurück, aber sie lief nicht weiter, sondern sah sich mit gehetzten Blicken um.

»Wir müssen weiter!«, stammelte sie. »Der Sicherplatz! Sie … sie sind gleich hier!«

Das Geräusch klickender Glasmurmeln wurde lauter und jetzt kam noch ein unheimliches, sonderbar organisches Rascheln hinzu, als kröche etwas Riesiges und Weiches aus der Dunkelheit heran. Anders starrte aus weit aufgerissenen Augen nach rechts und korrigierte in Gedanken das, was Katt gerade gesagt hatte: Sie würden nicht gleich hier sein.

Sie *waren* hier.

Nur ein paar Schritte vor ihnen schien die Nacht selbst zu brodelndem Leben zu erwachen. Er konnte keine Einzelheiten erkennen, nur das Schimmern von blassem Licht auf hartem Chitin und das Wuseln unzähliger dünner durcheinander staksender Beinchen und schnappender Mandibeln, aber die Bewegung war plötzlich *überall.*

Katt sog erschrocken die Luft ein, fuhr herum und schlug die Hand vor den Mund, und auch Anders konnte einen Schrei nicht mehr ganz unterdrücken.

Auch hinter ihnen war das verbrannte Kopfsteinpflaster einem Teppich lebendig gewordener Schwärze und schnappender Kiefer gewichen.

Sie waren umzingelt. Die Fresser schienen den gesamten Platz überflutet zu haben. Sie befanden sich genau im Herzen der gewaltigen Insektenmasse, eingeschlossen in einem lebenden Belagerungsring, in dessen Zentrum sich das Flugzeugwrack, Katt und er zusammendrängten. Und er wurde kleiner, so schnell wie ein winziger heller Fleck auf einem Blatt Löschpapier, auf dem jemand ein ganzes Fass Tinte ausgeschüttet hatte.

»Nein!«, wimmerte Katt. »Wir sind verloren!«

Anders war mit einem einzigen Schritt bei ihr, schloss sie in die Arme und presste sie an sich, so fest er konnte. »Nicht bewegen«, keuchte er. »Keinen Mucks!«

Katt zitterte am ganzen Leib. Ihr Atem ging so schnell, dass er sich wie eine Folge kleiner schluchzender Schreie anhörte, und sie presste sich plötzlich ihrerseits so fest an ihn, dass es beinahe wehtat.

Der Kreis aus Milliarden winziger tödlicher Spinnenkakerlaken schloss sich immer schneller. Anders stockte der Atem, als die Fresser die Distanz unterschritten, bei der die anderen Insekten zuvor die Flucht ergriffen hatten, und der Abstand zu der kribbelnden Flut immer noch kleiner wurde. Vielleicht funktionierte es ja nicht. Vielleicht wirkte der Pflanzenduft nur abschreckend auf die Späher, oder die Blutgier der winzigen Ungeheuer war einfach größer als ihr Widerwille vor dem Geruch. Der Kreis wurde enger – und war verschwunden.

Katt stieß einen dünnen Schrei aus, als die ersten Fresser über ihre nackten Füße hinwegfluteten, und auch Anders stöhnte vor Furcht und Widerwillen und presste die Kiefer aufeinander, um einen Schrei zu unterdrücken.

Es war das grässlichste Gefühl, das er jemals erlebt hatte. Die einzelnen Insekten wogen fast nichts, aber in ihrer Masse fluteten sie doch immer heftiger gegen ihre Beine, und die lebendige Woge aus Gliedmaßen und winzigen gepanzerten Leibern wuchs mit jedem Atemzug weiter heran, sodass es Anders immer schwerer fiel, das Gleichgewicht zu halten und nicht von den Füßen gerissen zu werden. Wenn das geschah, das wusste er mit unerschütterlicher Sicherheit, würden sie sterben. Und ebenso, wenn sie auch nur ein einziges dieser Abermillionen Insekten töteten.

»Beweg dich nicht!«, flüsterte er. »Ganz egal was passiert, beweg dich nicht oder sie reißen uns in Stücke!«

Die lebende Flut wuchs noch immer an und reichte ihnen nun schon fast bis an die Knie, und auch ihr Druck nahm unbarmherzig zu. Anders stemmte die Beine mit aller Kraft gegen den Boden, aber es fiel ihm immer schwerer, aufrecht stehen zu bleiben. Und dazu kam, dass er auch noch Katts Gewicht halten musste. Seine Muskeln waren verkrampft und schmerzten unerträglich. Er wusste, dass er nur noch wenige Augenblicke durchhalten würde.

Dann war es vorbei, von einer Sekunde auf die andere. Die glitzernde Flut ebbte nicht so langsam ab, wie sie gekommen war, sondern hörte einfach auf, und Anders ließ Katt los und sank mit einem erschöpften Keuchen auf die Knie. Vor ihnen kroch die Armee der Fresser klickend und raschelnd wieder in die Dunkelheit zurück, aus der sie gekommen war. Nur einige Nachzügler waren noch zu sehen, die sich auf sechs, vier oder sogar noch weniger Beinen hinter dem Tross herschleppten; und zwei oder drei besonders hungrige Fresser, die einen kurzen Zwischenstopp eingelegt hatten, um sich an einem ihrer Kameraden gütlich zu tun.

Auch Katt war auf die Knie herabgesunken und keuchte so heftig, als hätte sie einen Tausend-Meter-Lauf hinter sich. »Wie … wie hast du das gemacht?«

Anders antwortete nicht, sondern blickte nur ihre nackten Beine an. Sie waren so schmutzig und dünn wie immer. Und ebenso unversehrt. Ihn selbst hatten seine festen Schuhe und die zähen Jeans geschützt, aber auch Katts Haut hatte nicht den mindesten Kratzer davongetragen.

»Wie hast du das gemacht?«, fragte Katt noch einmal. Sie fuhr herum und starrte ihn aus weit aufgerissenen Augen an. »Du … du bist ein Zauberer!«

Es gelang Anders, sich zu einem matten Lächeln zu zwingen, während er aufstand. »Schön wär's«, murmelte er. Er bedeutete Katt mit einer Geste, sich ebenfalls zu erheben, und sie gehorchte.

Misstrauisch sog er die Luft ein, in der nun ein anderes, scharfes Aroma lag; der Gestank des Schwarms, den dieser zurückgelassen hatte und der den Geruch der Blüten beinahe überlagerte.

»Zieh dich aus«, sagte er.

Katt riss die Augen auf. »Wie?«

»Nein, zum Teufel, nicht das, was du denkst«, antwortete

Anders unwillig. »Zieh deine Kleider aus, schnell! Es ist wichtig, falls sie zurückkommen!«

Katt sah ihn noch einen Moment lang vollkommen verstört an, aber dann streifte sie gehorsam das dünne Kleid über den Kopf. Anders fuhr leicht zusammen, als er den fast schwarzen Bluterguss sah, der sich von ihrem Brustkorb bis fast hinunter zum Oberschenkel zog, griff aber trotzdem in die Hosentaschen und zog zwei Hand voll der Blüten heraus, die er im Kanal gepflückt hatte. Ohne ein weiteres Wort zerquetschte er sie zu einem Brei, den er auf Katts Beinen zu verreiben begann. Für einen Moment wurde ihr Blick noch verständnisloser, aber dann schien sie zu begreifen und half ihm dabei, sich von Kopf bis Fuß mit den zerquetschten Blüten einzureiben. Als sie fertig waren, war sie vor dem nächsten Angriff der Killerinsekten ebenso gut geschützt wie Anders. Dummerweise war sein Vorrat an Blüten dabei fast vollständig zur Neige gegangen. Ganz offensichtlich reichte der abschreckende Geruch der Blüten aus, um auch zwei Personen zu schützen, wenn sie sich nur nahe genug waren; aber mehr als eine weitere Begegnung mit den gefräßigen Killerinsekten konnten sie sich nicht leisten.

Katt streifte ihr Kleid wieder über und die Bewegung lenkte Anders' Blick noch einmal auf den gewaltigen Bluterguss, wo der Elder sie geschlagen hatte.

»Tut es noch sehr weh?«, fragte er.

Zu seiner Überraschung versuchte Katt nicht, die Heldin zu spielen. »Ja«, sagte sie. »Aber es wird besser. Du weißt doch: Ich bin zäh. In ein paar Tagen ist nichts mehr zu sehen.«

»Dazu werde ich sowieso keine Gelegenheit mehr haben«, antwortete Anders ernst. Er deutete in die Dunkelheit hinter ihr. »Du musst auf dem schnellsten Weg zurück. Verdammt, Katt, du hättest gar nicht herkommen dürfen! Was hattest du vor – dich umzubringen?«

»Ich wollte dich warnen«, antwortete Katt. Sie wirkte irritiert. Das war nicht die Begrüßung, die sie erwartet hatte.

»Bull ist unglaublich wütend. Er hat Ratt geschlagen und mir hat er nur nichts getan, weil ich verletzt bin.«

Anders' schlechtes Gewissen meldete sich. Tatsache war, er hatte bisher gar nicht darüber nachgedacht, dass Bull dem Rattenmädchen möglicherweise mehr antun könnte, als es anzubrüllen oder ihm eine Woche Extraarbeit bei halber Ration aufzubrummen.

Trotzdem schüttelte er nach einem Moment den Kopf. »Du kannst mich nicht begleiten. Es wäre dein Tod.« *Und mein eigener vermutlich auch,* fügte er in Gedanken hinzu. Er war nicht einmal sicher, dass er es alleine über die Berge schaffen würde. Er konnte nicht auch noch ein halb totes Mädchen mitnehmen. Nicht einmal wenn es Katt hieß.

Katt sah ihm eine Sekunde lang tief in die Augen, als suche sie darin die Antwort auf die Frage, ob er die Wahrheit sagte oder sie einfach nur nicht mitnehmen *wollte*, dann trat sie einen Schritt zurück, legte den Kopf in den Nacken und sah sich mit demonstrativ neugierigen Blicken um. »Was ist das?«, fragte sie.

»Ein Flugzeug.« Anders bückte sich nach seinem Beutel und schwang ihn sich über die Schulter. »Die Maschine, mit der ich hierher gekommen bin. Sie funktioniert so ähnlich wie die Drachen. Nur anders.«

»Aha«, machte Katt.

»Sie fliegt auf jeden Fall«, antwortete Anders.

»Es fliegt?«, wiederholte Katt spöttisch. »Das hier?«

»Es sah noch ein bisschen anders aus, als wir angekommen sind«, antwortete Anders ungeduldig. »Verdammt, Katt, lenk nicht ab! Ich habe schon genug Zeit verloren. Ich bringe dich jetzt zurück zum Fluss und dann musst du weiter.«

»Ich kann nicht zurück«, beharrte Katt.

»Und ich kann dich nicht mitnehmen.« Anders schlug ganz bewusst einen groben Ton an. Der Schreck über ihre Begegnung mit den Fressern saß ihm immer noch in den Knochen und er wusste auch, dass er Katts Drängen am Schluss wahrscheinlich nachgeben würde, wenn er ihr nur lange genug zuhörte. »Und ich will es auch nicht. Es ist unmöglich, verstehst du nicht? Ich habe keine Ahnung, was mich dort in den Bergen erwartet. Ich bin nicht einmal sicher, dass ich es allein schaffe! Warst du schon einmal in den Bergen?«

»Nein«, antwortete Katt. »Du doch auch nicht.«

»Nicht in diesen, aber ich bin schon geklettert. Du nicht.« Anders kam sich selbst ein bisschen albern vor, sich mit einer *Katze* darüber zu streiten, wer von ihnen besser klettern konnte. Er hatte gesehen, wozu sie fähig war.

Trotzdem: Im Hochgebirge zu klettern war etwas anderes, als über Stahlträger zu balancieren und aus Fenstern zu springen.

»Versteh doch, Katt«, sagte er. »Ich bin sicher, dass ich es schaffen kann, aber es wird verdammt hart. Ich komme zurück, das verspreche ich dir. Und dann wird hier alles anders.«

»Ich kann nicht zurück«, beharrte Katt. Anders setzte zu einer wieder etwas schärferen Antwort an und Katt fuhr fort: »Sie werden mich töten.«

»Was?«, fragte Anders erschrocken.

»Der Elder war sehr wütend. Er hat von Bull verlangt, dass er uns tötet. Ratt und mich. Bull hat uns entkommen lassen, aber wenn ich zurückkehre, töten sie mich. Die Elder kennen keine Gnade.«

Anders schwieg. Er befand sich in einem Dilemma, das er nicht aufzulösen vermochte. Er *konnte* Katt nicht mitnehmen, doch wenn es stimmte, was sie erzählt hatte – und nach allem, was er mit den Elder erlebt hatte, zweifelte er keine Sekunde daran –, konnte er sie auch nicht zurückschicken.

»Und was passiert, wenn ihr nicht zurückkommt, Ratt und du?«, fragte er.

Katt hob die Schultern. »Der Elder hat gedroht dann Bull umzubringen«, sagte sie. »Aber das glaube ich nicht. Sie brauchen Bull für die Jagd. Sie werden ein paar der anderen hinrichten, das ist alles.«

»Das ist *alles?!*«, ächzte Anders.

»So war es immer«, antwortete Katt gleichmütig. »Sie werden ein paar von uns töten, aber der Rest wird weiterleben.« So, wie sie das sagte, hörte es sich wie das Selbstverständlichste von der Welt an. Und das war es auch, begriff er plötzlich. Auch in dieser Welt war der Tod etwas ebenso Unwiderrufliches wie in seiner, doch ihre Bewohner hatten gelernt ihn so klaglos zu akzeptieren wie eine Naturgewalt, gegen die man sich nicht wehren konnte.

»Also schön, in Gottes Namen«, seufzte er. »Dann komm mit. Wenigstens, bis mir etwas Besseres eingefallen ist.« Aber er hatte ein sehr, sehr ungutes Gefühl.

30

Er hatte sich entweder kräftig verschätzt oder sie kamen nicht annähernd so gut voran, wie er gehofft hatte – vermutlich beides. Nach den anderthalb Stunden, von denen er angenommen hatte, dass er bis dahin den Fuß der Berge erreicht haben würde, hatten sie allerhöchstens die halbe Strecke geschafft. Auch nach weiteren anderthalb Stunden waren sie noch nicht wirklich im Gebirge; allenfalls dass der Boden leicht anstieg und mit Geröll und Schutt übersät war. Aber er konnte nicht einmal sagen, ob er über Felstrümmer oder weggesprengte Betonbrocken lief.

Die gute Nachricht war, sie waren auf keine weiteren Fresser gestoßen; und Katt hielt nicht nur besser durch, als er erwartet hatte, sondern, um ehrlich zu sein, auch besser als *er.*

Anders schätzte, dass es ungefähr Mitternacht sein musste, als sie die erste Rast einlegten. Er hatte Hunger und bekam allmählich Durst – auch wenn es ihm zumindest im Moment noch halbwegs erfolgreich gelang, das Gefühl zu verleugnen –, aber er war eigentlich noch nicht wirklich müde. Trotzdem bestand er darauf, dass sie mindestens eine halbe Stunde lang rasteten. Wenn er sich schon bei der Größe der Stadt so gewaltig verschätzt hatte, um wie vieles mochte er da – möglicherweise – bei seiner Vermutung danebengelegen haben, was die Berge anging? Es war wichtig, dass sie ihre Kräfte einteilten.

Katt hatte während des gesamten Weges kaum mehr als fünf Sätze mit ihm gewechselt, und jetzt suchte sie sich einen Sitzplatz zwischen den Felsen, der ein gutes Stück weiter entfernt war, als notwendig gewesen wäre. Sie sah nicht in seine Richtung. Das Wenige, was er bei der schwachen Beleuchtung von ihrem Gesicht erkennen konnte, wirkte verschlossen und abweisend – aber Anders konnte nicht sagen, ob sie sich nun vorwarf, sich ihm aufgedrängt zu haben und ihn bei seiner Flucht zu behindern oder mit ihrer Schwäche für ihn den ganzen Stamm in Gefahr gebracht zu haben. Er an ihrer Stelle hätte es jedenfalls so gesehen.

»Das mit deiner Schwester tut mir wirklich Leid«, sagte er um das Schweigen zu brechen, das nun, nachdem sie nicht mehr in Bewegung waren, ungleich unangenehmer zu werden drohte. Katt drehte nur widerwillig den Kopf und sah ihn mit verschlossenem Gesicht an.

»Aber sie kommt doch klar, oder?«, fuhr er fort. Nun stellte er ganz bewusst eine direkte Frage, damit sie antworten musste. »Ich meine, sie wird sich ein paar Tage verstecken, und …«

»… und dann zur Sippe zurückkehren, mach dir keine Sorgen«, unterbrach ihn Katt. »Niemand fängt sie ein, wenn sie es nicht will. Ihr wird nichts passieren.«

»Und dem Rest der Sippe?«

Katt schwieg.

»Weißt du es nicht oder willst du mich bloß schonen?«, fragte Anders geradeheraus.

»Ich weiß es nicht«, behauptete Katt. »Niemand weiß, was die Elder tun oder warum sie tun, was sie tun.«

»Und es hat euch auch niemals interessiert, wie?«

Der vorwurfsvolle Ton in seiner Stimme fiel ihm gerade

noch rechtzeitig genug auf, um den Satz in eher resignierendem Ton und mit einem Lächeln ausklingen zu lassen. Er stand auf, ignorierte die unsichtbare Mauer, die sie um sich herum aufgebaut hatte, und ließ sich auf den gleichen Stein sinken wie sie. Noch immer wortlos streckte er die Hand aus und legte ihr den Arm um die Schulter. Im allerersten Moment versteifte sie sich, und noch für einen viel kürzeren Moment war er davon überzeugt, dass sie seinen Arm einfach abstreifen würde; dann tat sie das genaue Gegenteil, lehnte sich gegen seine Schulter und bettete den Kopf an seine Wange.

Plötzlich war ihm die Berührung unangenehm, denn er spürte, dass sie nicht freiwillig geschah, sondern einzig und allein, weil sie zu glauben schien, er *erwartete* es von ihr.

Beinahe schon hastig löste er den Arm von ihrer Schulter und rutschte ein kleines Stück von ihr weg. Katt wirkte verwirrt, aber auch ein klein wenig verletzt.

»Warum hast du mir nicht gesagt, wie schlimm dich der Elder verwundet hat?«, fragte er.

»So schlimm war …«

»… es nun auch wieder nicht?« Anders lachte böse und schüttelte den Kopf. »Ich bin vielleicht kein Arzt, Katt, doch ich bin auch nicht blind. Du wärst fast gestorben.«

»Aber nur fast. Und auch nicht zum ersten Mal.«

»Ja, es war jedoch noch nie meinetwegen«, erwiderte Anders heftig. »Dieses verdammte Schwein hätte dich fast umgebracht! Und ich weiß nicht einmal, warum.«

Katt blieb ihm auch die Antwort auf diese Frage schuldig. Jetzt war sie es, die ein Stück von ihm wegrutschte und schließlich aufstand. Anders hatte das sichere Gefühl, dass sie ihm etwas sagen wollte, es aber einfach nicht wagte. Sie begann unruhig im Kreis herumzulaufen und sah immer wieder zu den unsichtbaren Berggipfeln über ihnen hinauf.

»Wenn du willst, bringe ich dich zurück«, sagte Anders.

»Du willst mich loswerden«, behauptete Katt.

Natürlich wollte er das. »Unsinn«, widersprach er dennoch. Er war fast selbst überrascht, wie überzeugend es klang. »Unser kleiner Ausflug ist nur nicht besonders gut vorbereitet, das ist alles. Ich könnte dich zurückbringen und wir verstecken uns ein paar Tage irgendwo und versuchen es dann noch einmal.«

Katts Blick machte ihm unmissverständlich klar, was sie von diesem Vorschlag hielt. »Und du würdest nicht zufällig vergessen mich über den Fluss zu begleiten, wie?«, fragte sie spöttisch. »Ich ...«

Sie brach ab. Für einen winzigen Moment – aber nicht schnell genug, damit ihm die Bewegung entging – legte sie den Kopf schräg und schien zu lauschen, dann hatte sie sich wieder in der Gewalt.

»Was hast du?«, fragte Anders alarmiert.

»Nichts«, behauptete Katt. »Ich dachte, ich hätte etwas gehört. Aber ich muss mich wohl getäuscht haben.«

Anders sah sie zweifelnd an und schloss dann ebenfalls die Augen, um mit schräg gehaltenem Kopf zu lauschen. Natürlich hörte er nichts, und allein der Versuch war schon lächerlich. Katts Gehör war schätzungsweise hundertmal so scharf wie seines.

Dennoch beruhigte ihn die Tatsache, dass er selbst nichts hörte. Er lauschte ganz bewusst noch einige Augenblicke länger, dann schüttelte er den Kopf und deutete auf die Wand aus schwarzen Schatten, die unmittelbar vor ihnen aufzuragen schien. »Gehen wir weiter. Wir haben noch einen langen Weg vor uns.«

Katt nickte zwar gehorsam, aber sie konnte einen weiteren verräterischen Blick auf die Ruinenstadt hinter sich nicht ganz unterdrücken. Anders verzichtete darauf, in die gleiche Richtung zu sehen. Auch Katts Augen waren schärfer als seine. Irgendjemand – oder etwas – *war* dort.

»Kommen die Fresser eigentlich auch hierher?«, fragte er.

Katt hob die Schultern. »Wenn es dort oben Beute gibt.«

Ja. Ganz genau das war es, was er jetzt hatte hören wollen. Wortlos drehte er sich um und ging weiter. Katt schloss sich ihm an, hielt aber nun einen noch größeren Abstand ein als zuvor, und ein paarmal wurden ihre Schritte so leise, dass er den Kopf drehte, um sich davon zu überzeugen, ob sie überhaupt noch hinter ihm war. Sie war es und sogar sehr viel näher, als er erwartet hatte, aber sie bewegte sich vollkommen lautlos und mit der katzenhaften Geschmeidigkeit, die ihn trotz allem immer noch in Erstaunen versetzte.

Da war er wieder, dieser hässliche Gedanke, für den er sich beinahe schämte und der trotzdem nicht nur immer wieder kam, sondern auch in immer kürzeren Abständen. Was war stärker in ihr – der Mensch oder das Tier?

Katt hatte auf jeden Fall nicht das heuchlerische Talent der meisten *richtigen* Menschen, die Anders kannte. Sie versuchte sich zu beherrschen, aber sie konnte weder die kleinen nervösen Blicke unterdrücken, die sie manchmal über die Schulter zurückwarf, noch ihr verändertes Verhalten. Ihre Schritte wurden immer leiser und ihre Haltung war jetzt gleichermaßen angespannt wie geschmeidig. Was hinter ihm herging, war jetzt viel weniger ein Mädchen als ein elegantes Raubtier, das sich auf der Flucht befand, seinen Verfolger aber bereits witterte. Er wusste jedoch auch, dass er sich jede entsprechende Frage sparen konnte.

Außerdem hätte er erklären müssen, *warum* er sie stellte.

Er ging jetzt etwas schneller, bemühte sich aber trotzdem, sich auf ein einigermaßen kräftesparendes Tempo zu beschränken, und außerdem wollte er selbst nicht, dass es wirklich nach *Weglaufen* aussah; auch wenn es nichts anderes war. Der Boden begann allmählich anzusteigen und Anders hatte zumindest das Gefühl, die massive Mauer aus Schatten vor ihnen wäre allmählich näher gekommen. Nur hier und da ragte noch ein Umriss aus dem Boden, der ein wenig zu symmetrisch schien, um auf natürlichem Wege entstanden zu sein, eine Linie, die zu gerade war, um nicht von Menschenhand zu stammen. Er versuchte sich das Bild der Stadt ins Gedächtnis zurückzurufen, wie er es aus der Luft gesehen hatte, aber es gelang ihm nicht. Es war ja nur ein einziger Blick gewesen, eine Impression aus Schwarz auf Schwarz, die wie ein Blick in einen chaotischen Albtraum für einen einzigen Moment aufblitzte und wieder erlosch. Es war einfach zu schnell gegangen. Er konnte nicht sagen, ob sich die Stadt auch bis in die eigentlichen Berge hinaufzog und wenn ja, wie weit. Das Gelände wurde auf jeden Fall immer unwegsamer, und mehr als einmal mussten sie nun wirklich klettern, um plötzlich auftauchende Hindernisse zu überwinden.

Schließlich fand er, wonach er gesucht hatte: ein verbogenes Drahtgespinst, das wie ein Spinnennetz aus halb zerschmolzenem Eisen fünfzehn oder zwanzig Meter weit in die Höhe ragte, aufrecht zermalmt von den unvorstellbaren Gewalten, die hier getobt hatten, aber wie durch ein Wunder stehen geblieben.

Wozu es einmal gedient hatte, war nicht mehr zu sagen. Das klobige Metallgebilde an seinem oberen Ende war zu einem formlosen Klumpen zerschmolzen wie der Stumpf einer Wachskerze, die zu lange in der Sonne gestanden hatte. Falls es einmal eine Leiter gegeben hatte, so war sie vermutlich verdampft, aber es bereitete Anders keine Schwierigkeiten, an den rostigen Metallstreben hinaufzuklettern. Er hatte Katt mit einer Geste zu verstehen gegeben, dass sie unten auf ihn warten sollte, wäre allerdings erstaunt gewesen, hätte sie gehorcht.

Er stieg nicht ganz nach oben, sondern machte in zehn oder zwölf Metern Höhe Halt und suchte sich eine einigermaßen sichere Position, bevor er in seinen Beutel griff und das Fernglas hervorkramte, das er in Bulls Schatzkammer gefunden hatte. Es war beschädigt. Eines der Gläser war gesprungen und die Plastikhülle war weich geworden und in verzogener Form wieder erstarrt. Dennoch funktionierte es noch. Die gestauchten Schatten der Stadt wurden nicht klarer, als er das linke

Auge zukniff und das Glas ansetzte, aber sie kamen ein gutes Stück näher.

»Links«, sagte Katt. Sie war ein Stück vorausgeklettert und kam nun wieder zurück, und sie ließ sich die Gelegenheit natürlich nicht entgehen, ihn dezent darauf hinzuweisen, dass sie mit bloßem Auge immer noch besser sah als er mit seinem technischen Hilfsmittel. Anders verkniff sich die spitze Bemerkung, die ihm auf der Zunge lag, und schwenkte den Feldstecher in die entsprechende Richtung. Die Umrisse der zerstörten Gebäude wurden zu zerfließenden Schemen und geronnen wieder zu fester Form, einer der Schatten jedoch bewegte sich immer noch.

Anders konnte nicht sagen, was er da sah, aber irgendetwas an dem Umriss war … falsch. Selbst in dieser bizarren Umgebung aus Schatten und Linien, die alle nicht so waren, wie sie sein sollten, wirkte er fremd und auf schwer in Worte zu fassende Weise bedrohlich.

Dann hörte er ein Geräusch, von dem er beinahe schon vergessen hatte, dass es existierte: Hundegebell.

»Elder«, sagte Katt.

Anders versuchte das Glas schärfer zu stellen, doch das kleine Plastikrädchen war unverrückbar mit dem Kunststoffgehäuse verschmolzen. Er fluchte lautlos, als er den Umriss für einen Moment verlor, fand ihn nach kurzem, aber hektischem Suchen wieder und starrte den Schatten noch eine gute Minute lang an ohne sagen zu können, was daran auf so unheimliche Weise falsch war.

Schließlich ließ er das Glas sinken, drehte sich vorsichtig auf seinem unsicheren Halt um und blickte wieder durch den Feldstecher. Er konnte auch jetzt keine Details erkennen, aber er sah zumindest, dass sie den Bergen jetzt wirklich nah waren und das Schlimmste hinter ihnen lag – oder vor ihnen, das kam ganz auf den Standpunkt an. Der Boden stieg jetzt immer steiler an und verwandelte sich dabei allmählich in eine mit Geröll und Felsschutt übersäte Böschung, auf der jeder Schritt zur Tortur werden musste. Zugleich war es aber das ideale Gelände, um jeden Verfolger abzuschütteln.

Das Hundegebell wiederholte sich, wie um ihn daran zu erinnern, dass sie nicht alle Zeit der Welt hatten. Anders widerstand der Versuchung, sich noch einmal zu ihren Verfolgern umzudrehen, verstaute den Feldstecher wieder in seinem Beutel und machte sich auf den Rückweg.

Wie immer war der Abstieg weitaus schwieriger als der Weg hinauf. Anders war in Schweiß gebadet und zitterte vor Erschöpfung, als er endlich wieder festen Boden unter den Füßen hatte, während Katt nicht einmal schneller atmete. Die letzten drei oder vier Meter war sie einfach gesprungen und dabei zielsicher auf einem Stück ebenen Bodens gelandet, das er nicht einmal *gesehen* hatte.

»Wenn wir hier heraus sind, dann weiß ich einen prima Job für dich«, sagte er schwer atmend. »Du wärst *die* Attraktion in jedem Zirkus. Ein Jahr und du bist Millionärin.«

Katt sah ihn nur verständnislos an, aber sie sagte nichts. Wahrscheinlich hatte sie sich schon daran gewöhnt, dass er Dinge redete, die sie nicht verstand, und Anders war in diesem Moment sogar ganz froh darüber. So hatte sie wenigstens die boshafte Spitze nicht bemerkt, die sich in seinen Worten verbarg. Die Anspielung war keineswegs beabsichtigt gewesen, aber vielleicht war es genau das, was Anders so zu schaffen machte. Sie hatte sich ebenso in seine Worte geschlichen wie andere, noch viel hässlichere Dinge in seine Gedanken.

Vielleicht lag es nur an seiner Erschöpfung. Menschen, die die Grenzen ihrer Leistungsfähigkeit erreicht hatten, neigten dazu, Dinge zu sagen, die sie nicht so meinten. Anders hatte nie verstanden, warum es so war, aber es schien tatsächlich so zu sein, dass man ein Leid leichter ertrug, wenn es jemanden gab, den man dafür verantwortlich machen konnte. Auch wenn man ganz genau wusste, wie unsinnig das war und wie unfair.

Schon nach wenigen Schritten wurde aus dem ohnehin

mühevollen Vorwärtsstolpern eine regelrechte Kletterpartie, die ihnen einen ersten, wahrscheinlich noch harmlosen Vorgeschmack auf das gab, was sie erwartete, wenn sie wirklich in die Wand einstiegen. Katt stellte sich weitaus geschickter an als er und schien nur zu oft regelrecht über Hindernisse hinwegzugleiten, die er mühsam überklettern musste, aber Anders' Erleichterung hielt sich dennoch in Grenzen. Eine senkrechte Felswand hinaufzuklettern war etwas anderes.

Wieder bellte ein Hund hinter ihnen. Vielleicht waren es auch zwei. Anders war nicht sicher. Diese sonderbare Umgebung machte es nicht nur fast unmöglich, Entfernungen zu schätzen und die Richtung zu bestimmen, aus der ein Geräusch kam, sondern verzerrte auch jeden Ton.

Was er jedoch bemerkte, war, dass das Geräusch jetzt deutlich näher erklang.

»Diese Hunde«, begann er.

»Es sind grässliche Biester«, sagte Katt. »Selbst Rex fürchtet sich vor ihnen. Sie verlieren nie eine Spur, wenn sie sie einmal aufgenommen haben.«

»Das wollte ich jetzt eigentlich nicht hören«, murmelte Anders.

Er hatte sehr leise gesprochen, doch Katt hatte die Worte trotzdem gehört und antwortete mit einem leisen spöttischen Lachen. »Aber sie sind auch sehr dumm. Es ist nicht schwer, sie zu überlisten.«

»Du meinst, es sind … richtige Hunde?«, fragte Anders. »Keine …« *Tiermenschen wie Rex und du?* Nein, das konnte er unmöglich aussprechen.

»Sie können nicht miteinander reden, wenn du das meinst«, antwortete Katt mit sonderbarer Betonung und einem noch seltsameren leicht verletzten Blick in seine Richtung, den er spürte, obwohl er gerade damit beschäftigt war, sich mühsam über einen Felsbrocken zu ziehen. Er zog es vor, es bei dieser Antwort zu belassen und das Thema nicht zu vertiefen. Katts Antwort beruhigte ihn auch nicht wirklich. Selbst wenn sie es nur mit ganz normalen Hunden zu tun hatten und nicht mit irgendwelchen mutierten Bestien, die über ein eingebautes Radar verfügten oder sich mittels purer Willenskraft von einem Ort zum anderen teleportieren konnten, durfte er sie keinesfalls unterschätzen. Es gab hier nicht besonders viele Bäume, auf die sie klettern konnten, um sich vor den Hunden in Sicherheit zu bringen.

Und vor ihrem Herren schon gar nicht.

Anders kletterte ebenso mühsam auf der anderen Seite des Felsbrockens hinunter, wie er ihn gerade erklommen hatte – Katt sprang kurzerhand und landete mit einer federnden Eleganz auf den Füßen, die ihn jedes Mal ein bisschen wütender machte, wenn er sie sah –, und blieb einen Moment stehen, um Atem zu schöpfen. Die Geröllebene erstreckte sich vielleicht noch hundert Meter weiter und endete dann vor einer zerschundenen Felswand, die zu einem Absatz in ungefähr zwanzig Metern Höhe hinaufführte. Nicht unbedingt ein Baum – aber er war gespannt, wie die Elder-Hunde sie *dort hinauf* verfolgen würden.

Katt war seinem Blick gefolgt und er hatte das Gefühl, dass sie ein bisschen blass geworden war. »Du willst doch nicht wirklich da raufklettern?«, fragte sie.

»Es sei denn, du hast noch eine Überraschung auf Lager und gestehst mir, dass du fliegen kannst«, sagte Anders.

Katts Reaktion verwirrte ihn. Einen halben Atemzug lang starrte sie ihn entsetzt an, dann legte sie den Kopf in den Nacken und suchte rasch und erschrocken den Himmel ab. Vielleicht reichte ja schon die bloße Erwähnung des Wortes, um die Angst vor den Drachen in ihr wieder zu wecken.

Sie gingen weiter. Der kurzen Zwischenfall hatte Anders wieder einmal klar gemacht, wie erbärmlich wenig er nicht nur über Katt, sondern über diese ganze Welt wusste. Er fragte sich, wie viele Fehler er noch gemacht hatte, ohne es überhaupt zu merken.

Auf halbem Wege deutete Katt nach links. »Da drüben

scheint es einen Weg zu geben. Wahrscheinlich kommen wir dort leichter nach oben.«

»Ja, und die Hunde auch.« Anders schüttelte heftig den Kopf und ging weiter, ohne auch nur in die Richtung zu sehen, in die Katt gedeutet hatte. Stattdessen suchte er noch einmal die dünne, fast waagerechte Linie ab, die den Absatz über ihnen markierte. Er konnte weder sagen, wie breit er war, noch wohin er führte und wie es darüber weiterging; oder ob überhaupt. Ihre Chancen, sich dort hinaufzuquälen, nur um festzustellen, dass sie in eine Sackgasse geklettert waren, standen nicht schlecht. Vielleicht war das das Schlimmste überhaupt. Kein Bergsteiger, der seine fünf Sinne beisammen hatte – oder auch nur ein paar davon – würde in eine Wand einsteigen, die er nicht einsehen konnte. Und er stand hier, nur mit einer besseren Angelschnur ausgerüstet, einem Rucksack voller rostiger Nägel und einem kaputten Fernglas, und hatte sich allen Ernstes vorgenommen, ein ganzes *Gebirge* zu übersteigen, von dem er nicht einmal wusste, wie hoch es war!

Wenn er das schaffte, das nahm er sich fest vor, dann würde er auf einem Eintrag im Guinness-Buch der Rekorde bestehen.

Aber vor den Erfolg hatten die Götter bekanntlich den Schweiß gesetzt – und in diesem Fall eine zwanzig Meter hohe Felswand, von der ihm seine randalierende Fantasie weismachen wollte, dass sie absolut senkrecht nach oben führte und so glatt wie sorgsam poliertes Metall war.

Als sie näher kamen, stellte er fest, dass weder das eine noch das andere stimmte – aber es war auch nicht allzu weit von der Wahrheit entfernt. Die Wand führte tatsächlich beinahe senkrecht nach oben, doch immerhin gab es eine Anzahl schmaler Risse und Spalten, in denen er Halt finden würde. Anders schreckte davor zurück, jetzt schon seine Steigeisen zu verbrauchen. Er hatte zwar eine größere Anzahl geeigneter Metallstücke mitgenommen, aber er hatte keine Ahnung, welche Hindernisse sich ihnen noch in den Weg stellen würden. Vielleicht würden sie sie später noch bitter benötigen.

Katts Blick wanderte immer nervöser an der Felswand hinauf. Sie sagte nichts, aber das musste sie auch nicht. Anders konnte in ihrem Gesicht lesen wie in einem offenen Buch.

»Das ist jetzt vielleicht der letzte Moment, um umzukehren«, sagte er. »Der Elder ist hinter mir her, nicht hinter dir. Ich glaube nicht, dass er dich verfolgen wird, wenn du einen Bogen schlägst und zu deinen Leuten zurückkehrst.«

Katt sagte gar nichts.

»Ich meine es ernst, Katt«, fuhr Anders in eindringlichem Ton fort. »Das hier ist erst der Anfang. Weiter oben ist es wahrscheinlich noch viel schwieriger. Und wenn man einmal angefangen hat, ist es fast unmöglich, umzukehren.«

»Was du nicht sagst.« Katt hob die Arme, tastete nach Halt und versuchte sich an der Wand in die Höhe zu ziehen. Dank ihrer erstaunlichen Körperkraft gelang es ihr sogar, sich ein gutes Stück in die Höhe zu arbeiten, bevor sie mit einem erschöpften Seufzen wieder zurücksank.

»Wenn du dieses Kunststück etwas weiter oben versuchst, bist du tot«, sagte Anders ernst.

Katt betrachtete missmutig ihre abgebrochenen Fingernägel.

»Also gut.« Anders gab sich geschlagen. Nicht mehr allzu weit entfernt bellte ein Hund und erinnerte ihn daran, dass sie sich den denkbar schlechtesten Moment für einen Anfängerkurs im Freihandklettern ausgesucht hatten. »Sieh mir zu und tu ganz genau das, was ich tue, verstanden? Auch wenn du glaubst es besser zu können.«

Katt blickte weiter auf ihre Fingernägel. Mindestens einer davon blutete und musste höllisch schmerzen, und Anders musste wieder an den gewaltigen Bluterguss denken, der sich unter ihrem Kleid verbarg. Ihr Nicken war kaum sichtbar.

»Wenn wir dort oben sind, dann vergiss deine Kraft«, fuhr er fort. »Ich weiß, dass du dreimal so stark bist wie ich, aber das nutzt dir im Berg überhaupt nichts. Sicherer Halt, das ist alles, was zählt. Du kletterst immer erst dann weiter, wenn du festen Halt gefunden hast oder ich es dir sage, hast du das verstanden?«

»Klar«, antwortete Katt. »Falls wir heute überhaupt noch einmal losklettern, heißt das.«

Anders schenkte ihr noch einen ärgerlichen Blick, sagte aber nichts mehr, sondern nahm das Seil aus seinem Beutel und hängte es sich über die Schulter, nachdem er das eine Ende um seine Hüften gewickelt hatte. Ohne ein weiteres Wort kletterte er los und Katt folgte ihm ebenso stumm.

Er bewegte sich langsamer, als er es gekonnt hätte, und nahm auch nicht unbedingt den kürzesten Weg, sondern den, der ihm leichter und vor allem sicherer erschien. Immer wieder sah er zu Katt hinab, die zwei Meter unter ihm in der Wand hing und eisern mit ihm Schritt hielt. Er konnte ihre Nervosität und ihre Furcht spüren, aber sie gab nicht den geringsten Laut von sich und lächelte sogar, wenn sich ihre Blicke begegneten. Einmal löste sich ein Stein unter seinen Fingern und stürzte so haarscharf an Katts Schulter vorbei, dass er erschrocken die Luft anhielt, aber sie war taktvoll genug, so zu tun, als hätte sie es gar nicht gemerkt. Bis sie ungefähr drei oder vier Meter von ihrem Ziel entfernt waren, ging es sogar ganz gut.

Das letzte Stück bildete einen Überhang. Nicht sehr hoch und auch nicht besonders schlimm, aber der Fels neigte sich eindeutig ein Stück nach *außen*. Wäre Anders allein gewesen, hätte er es vielleicht trotzdem riskiert, allein um seine kostbaren Haken zu sparen, doch mit einer Anfängerin wie Katt im Schlepptau war das einfach nicht möglich. Schweren Herzens rief er Katt zu, zu bleiben, wo sie war, suchte mit beiden Füßen und der linken Hand nach festem Halt und kramte ein Eisen aus seinem Beutel, um es in einer Felsspalte zu befestigen.

Es erwies sich als fast unmöglich. Anders war ein geübter Bergsteiger, aber er war es gewohnt, mit vernünftigem Werkzeug zu arbeiten; Karabinerhaken aus Titanstahl, die sich nahezu von selbst in den Fels fraßen, wenn man mit dem Hammer darauf schlug, und mittels ausgeklügelter Vorrichtungen das Seil eisern festhielten. Er hatte ein paar Stücke Schrott und einen Hammer, der diesen Namen nur mit sehr viel gutem Willen verdiente, und die Wand, an der er hing, war zwar glatt, aber auch brüchig. Er verlor zwei seiner improvisierten Haken und die, die er schließlich halbwegs tief in den Fels schlagen konnte, sahen alles andere als Vertrauen erweckend aus. Sie hatten eine halbe Stunde gebraucht, um bis hier herauf zu gelangen. Für die letzten zwei Meter brauchte er fast genauso lange, und als er sich endlich auf den schmalen, mit Geröll und Schutt übersäten Absatz hinaufzog, war er so erschöpft, dass ihm fast schwarz vor Augen wurde.

Dennoch drehte er sich fast sofort um, nahm das Seil von seiner Schulter und warf das Ende zu Katt in die Tiefe. »Bind es dir um den Leib«, rief er. Zugleich verfluchte er sich in Gedanken dafür, Katt nicht wenigstens gezeigt zu haben, wie man sich vernünftig anseilte – aber auch dazu war es zu spät. Er wartete, bis das Seil in seinen Händen aufhörte zu pendeln, zählte in Gedanken langsam bis fünf und stemmte sich gleichzeitig mit den Füßen fest gegen den Fels.

»Fertig?«, rief er.

Katt ruckte zur Antwort kurz am Seil. »Es kann losgehen.«

Anders stemmte sich fester gegen den Stein, aber nichts geschah. Das Seil in seinen Händen blieb so straff gespannt, wie es war, und es vergingen etliche Sekunden, bis es Anders allmählich dämmerte. Erwartete sie etwa, dass er sie an dem Seil nach oben zog wie einen Sack Kartoffeln?

»Du musst schon klettern«, rief er. »Mach alles genauso, wie du es bei mir gesehen hast. Und verlass dich nicht zu sehr auf das Seil. Ich weiß nicht, ob ich stark genug bin dich zu halten.«

Das Schweigen, das als Antwort aus der Tiefe heraufdrang, klang irgendwie enttäuscht, aber nach einem weiteren Moment entspannte sich das Seil in seinen Händen, als Katt gehorsam zu klettern begann.

Anders zog die Leine behutsam wieder straff und versuchte in Gedanken jeden einzelnen Handgriff nachzuvollziehen, den sie tat. Der Weg war gefährlich, aber Katt war auch sehr geschickt und sie konnte die Steighaken benutzen, die er mühsam in den Felsen eingeschlagen hatte. Sie würde es schaffen und mit ein bisschen Glück sogar, bevor seine Kräfte versagten und er das Seil einfach losließ.

Tatsächlich legte sie den Weg in einem Bruchteil der Zeit zurück, die er selbst dafür benötigt hatte, und das Schicksal war darüber hinaus unerwartet gnädig: Seine improvisierten Kletterhaken hielten und sie rutschte auch kein einziges Mal ab, sodass sich das straff gespannte Seil in seinen Händen als zwar umsichtige, aber letzten Endes unnötige Vorsichtsmaßnahme erwies. Anders schickte ein dankbares Stoßgebet zum Himmel, dass es so war. Er hätte sie vermutlich nicht halten können, wenn sie gestürzt wäre, sondern wäre allerhöchstens mit ihr in die Tiefe gerissen worden.

Katt war allerdings ebenso erschöpft wie er, als er schließlich das Seil losließ und nach ihrer Hand griff, um sie über die Kante zu ziehen. Sie brach zitternd neben ihm auf dem Sims zusammen und brauchte mindestens eine Minute, um überhaupt wieder weit genug zu Atem zu kommen, dass sie sprechen konnte.

»Und so etwas … machst du … öfter?«, fragte sie atemlos.

»Sooft ich kann«, antwortete Anders – was nicht ganz der Wahrheit entsprach, jedoch auch nicht vollkommen gelogen war.

»Aber … warum?«, japste Katt.

»Weil es mir Spaß macht«, sagte Anders.

»*Spaß*?«, ächzte Katt. In ihren aufgerissenen Augen konnte Anders deutlich lesen, dass sie an seinem Verstand zweifelte.

»Und wie«, bestätigte er. »Sei froh, dass es so ist. Sonst wären wir jetzt bestimmt nicht hier.«

Und das wäre auch ganz bestimmt nicht schlimm, erwiderte ihr Blick. Darüber hinaus antwortete sie nur mit einem leicht verunglückten Lächeln und einem Kopfschütteln, dessen Bedeutung er sich aussuchen konnte.

Anders ließ sich mit dem Rücken gegen den rauen Stein sinken und sah kurz nach rechts und links; hauptsächlich allerdings um Katts sonderbarem Blick zu entgehen. Der Absatz war nicht mehr als eine Zwischenetappe, die zumindest in horizontaler Richtung nicht weiterführte: eine steinerne Sichel, die an der breitesten Stelle kaum einen Meter maß und in beiden Richtungen allmählich mit dem Berg verschmolz. Über ihnen setzte sich die Wand nicht ganz so steil fort, dafür aber gut sechzig oder siebzig Meter hoch, wenn nicht hundert.

Ächzend stemmte sich Anders hoch und beugte sich nach vorne, um einen Blick nach unten zu werfen. Ihn schwindelte fast, als er sah, wie weit sie tatsächlich nach oben geklettert waren. Und was er noch viel weniger komisch fand, war die vollkommen in Eisen gepanzerte Gestalt, die zwischen den Felsen stand und mit weit in den Nacken gelegtem Kopf zu ihm heraufsah.

»Das war eine beachtliche Leistung, mein Junge.« Die Stimme des Elder drang nur verzerrt hinter der schimmernden Maske hervor, die seinem Schweinegesicht das Aussehen eines pausbäckigen Rauschgoldengels verlieh. »Es scheint zu stimmen, was man mir über dich erzählt hat.«

Katt ächzte und richtete sich mit einer so erschrockenen Bewegung auf, dass sie eine kleine Steinlawine auslöste, die zu dem Elder hinunterpolterte, ohne allerdings auch nur in seine Nähe zu kommen.

Trotzdem scheute das bizarre Reittier, auf dem er saß. Anders begriff jetzt immerhin, warum ihm der Schatten so sonderbar vorgekommen war. Der Elder ritt kein Pferd, sondern einen der Zentauren, die Anders bereits im Lager gesehen hatte.

»Und dasselbe gilt auch für dich, Kleines«, fuhr der Elder fort. »Ich habe ehrlich gesagt nicht geglaubt, dass ihr es schafft.

Aber jetzt ist es genug mit dem Unsinn. Kommt da runter, bevor am Ende wirklich noch etwas Schlimmes passiert.«

»Ganz bestimmt nicht«, antwortete Anders. »Was willst du von uns? Wieso verfolgt ihr mich?«

»Warum kommt du nicht herunter und wir unterhalten uns in aller Ruhe darüber?«, fragte der Elder.

»Für wie dumm hältst du mich?«, fragte Anders zurück.

»Es ist nichts so, wie du glaubst«, erwiderte der Elder. »Ich bin nicht dein Feind. Komm herunter und ich erkläre dir alles. Ich gebe dir mein Wort, dass dir nichts geschieht und deiner kleinen Freundin auch nicht. Du hast mein Ehrenwort.«

Was immer das Ehrenwort eines Schweins auch wert sein mochte. »Und wenn nicht?«, fragte er.

»Dann müsste ich dich holen«, antwortete der Elder.

»Wenn du auf einem Pegasus sitzen würdest, hätte ich jetzt Angst«, sagte Anders spöttisch. »Leider hast du dir das falsche Fabelwesen ausgesucht.« Irgendetwas regte sich tief in ihm, als er diese Worte aussprach; ein Gedanke, der Gestalt annehmen wollte und wieder verschwand, bevor er ihn wirklich greifen konnte.

»Du solltest meine Geduld nicht über die Maßen strapazieren, mein Junge«, rief der Elder. »Ich bin hier, um dir zu helfen, du Dummkopf. Was hast du vor? Willst du dich und deine Freundin umbringen?«

»Wenn wir das wollten, hätten wir uns die Mühe gespart, hier heraufzuklettern«, sagte Anders. »Wir wären gleich unten geblieben und hätten auf dich gewartet.«

»Ja, man hat mir auch berichtet, dass du eine spitze Zunge hast«, antwortete der Elder. »Aber jetzt komm endlich zurück und zwing mich nicht, dich zu holen. Ich bin nicht besonders erpicht darauf, doch ich werde es tun, wenn es sein muss.«

Anders wollte antworten, aber Katt beendete die Diskussion auf ihre eigene Weise: Sie klaubte einen faustgroßen Stein vom Boden auf und schleuderte ihn mit aller Kraft nach dem

Elder. Die Entfernung war zu groß und der Winkel zu ungünstig, als dass sie treffen konnte, doch die Botschaft kam an. Das schimmernde Puttengesicht starrte noch einen Moment lang beinahe hasserfüllt zu ihnen hoch, dann zwang der Elder sein bizarres Reittier mit einer wütenden Bewegung herum und entfernte sich.

»Ich weiß nicht, ob das so besonders klug war«, sagte Anders.

»Stimmt«, pflichtete ihm Katt bei. »Ich hätte besser zielen sollen.«

Anders lächelte zwar flüchtig, aber er sah dem Elder trotzdem mit unverhohlener Sorge nach, bis er auf seinem mythischen Reittier in der immer währenden Nacht unter ihnen verschwunden war; was nur einen Moment dauerte. Er hätte sich gerne eingeredet, dass die Worte des Schweinekriegers nichts als eine leere Drohung darstellten, doch es gelang ihm nicht. Wer sagte ihm denn, dass es nur diesen einen Weg über die Berge gab?

Er stellte die Frage laut, aber Katt zuckte bloß mit den Schultern. »Ich weiß es nicht«, sagte sie. »Ich war noch niemals hier.«

Anders seufzte, blickte nur einen Moment niedergeschlagen in die Richtung, in die der Elder verschwunden war, und legte dann erneut den Kopf in den Nacken, um die Felswand über sich zu betrachten.

»Also gut«, murmelte er. »Dann sehen wir eben nach.«

31

Er hatte sich wieder verschätzt, was die Höhe der Felswand anging, diesmal aber zu seinen Gunsten. Die Wand war vielleicht doppelt so hoch wie das Stück, das sie bereits zurückgelegt hatten – allerhöchstens jedoch fünfzig Meter –, und nicht einmal annähernd so steil, hatte dafür aber ungleich mehr Risse und Unebenheiten, die ihnen das Klettern erleichterten. Er musste keinen weiteren seiner wertvollen Kletterhaken opfern um hinaufzukommen, und insbesondere nach den letzten Metern unterhalb des Absatzes kam ihnen der Aufstieg nun beinahe wie ein Spaziergang vor.

Das blieb allerdings nicht lange so. Fünfzig Meter waren trotz allem ein gehöriges Stück und sie waren schon erschöpft gewesen, bevor sie überhaupt losgeklettert waren, sodass sie immer langsamer wurden und in immer kürzeren Abständen Pausen einlegen mussten, je weiter sie sich dem Gipfel näherten. Anders' Rücken schmerzte schier unerträglich und seine Hände bluteten, als er den letzten Meter überwand und das schmale, zur anderen Seite leicht abfallende Plateau erreichte, das den Gipfel bildete.

Dafür wurde er mit einem Anblick belohnt, den er gar nicht mehr zu erwarten gewagt hatte.

Dem eines ganz normalen Himmels.

Es war alles andere als hell. Über ihnen herrschte das trübe Zwielicht der Dämmerung – Anders konnte nicht sagen, ob es Morgen- oder schon Abenddämmerung war. Die Sonne konnte er nicht sehen. Sein Zeitgefühl war ihm irgendwo auf halber Strecke zwischen hier und dem Fluss abhanden gekommen – und der Himmel hatte sich zusätzlich mit den schwarzen Wolken eines heraufziehenden Unwetters bezogen, in denen es unheilschwanger wetterleuchtete, ohne dass auch nur der geringste Laut zu hören war. Immerhin *war* es ein ganz normaler Himmel, nicht mehr dieses schreckliche lichtschluckende Etwas, das über der zerstörten Stadt lag und das Licht der Sonne für immer aussperrte.

Trotzdem lief ihm ein kalter Schauer über den Rücken, als er in das unheimliche lautlose Gewitter hinaufsah. Es war derselbe Sturm, den sie durchflogen hatten und der sie vermutlich auch dann hätte abstürzen lassen, wenn die Hubschrauber sie nicht abgeschossen hätten. Er hatte nicht den geringsten Beweis dafür, aber er wusste einfach, dass es noch immer dasselbe

Unwetter war. Es hatte die ganze Zeit nicht aufgehört und das würde es auch nie, denn es war nicht auf natürlichem Wege entstanden. Vielleicht gehörte das mit zu den Gründen, warum bislang kein Satellit verräterische Bilder von dem Tal geschossen hatte.

Er wartete, bis Katt neben ihm ebenfalls auf das Plateau heraufgekrabbelt war. Bis zum jenseitigen Rand waren es nur drei oder vier Meter, sodass er sich nicht einmal die Mühe machte, wieder aufzustehen, sondern das kurze Stück auf Händen und Knien kroch.

Vielleicht war das auch gut so, denn möglicherweise hätte ihn der Anblick so hart getroffen, dass er sich ohnehin nicht mehr auf den Beinen gehalten hätte.

Vor ihnen lag nicht die Freiheit. Vielleicht der Weg dorthin, jedoch nicht die Freiheit.

Der Berg fiel auf dieser Seite nicht annähernd so steil ab, wie er hinter ihnen aufgestiegen war, dafür aber ungleich weiter; mindestens tausend Meter, schätzte Anders, wenn nicht mehr, und das in allen Richtungen. Die zerstörte Stadt musste auf einer Art Hochplateau liegen, das tief im eigentlichen Gebirge verborgen war. Am Fuße des steilen Hanges, der sich unter ihnen befand, begann eine gewaltige schneebedeckte Ebene, die sich fast bis zum Horizont ohne Unterbrechung erstreckte. Zu beiden Seiten wurde sie von gewaltigen, mehrere tausend Meter hohen Bergen flankiert, deren von ewigem Eis bedeckte Gipfel in den schwarzen Gewitterwolken verschwanden und manchmal im Widerschein eines lautlosen Blitzes geisterhaft aufleuchteten; schlafende Giganten, die lediglich manchmal ein Auge öffneten und misstrauisch in das Reich hinabblinzelten, dessen Grenzen sie bewachten.

»Das ist also deine Heimat?«, flüsterte Katt. Sie klang … erschüttert. Vielleicht entsetzt.

»Nein«, antwortete Anders mit belegter Stimme. »Es ist nur der Weg dorthin.« Sein Blick löste sich mit einiger Mühe von den schneebedeckten Flanken der Berge und suchte die Lücke zwischen den steinernen Giganten. Die Ebene schien endlos zu sein; mindestens zehn Kilometer, doch vermutlich noch sehr viel mehr, denn es war schwer, aus der großen Höhe herab und bei dem schwachen Licht Entfernungen zu schätzen. Was dahinter war – zwischen den Bergen – konnte er nicht erkennen. Das lag weniger an der großen Entfernung als vielmehr daran, dass es dort hinten irgendetwas zu geben schien, was das Licht verzehrte.

Anders versuchte sich die Klamm in Erinnerung zu rufen, wie er sie von der anderen Seite aus gesehen hatte. Er hatte nicht darauf geachtet, was genau sich zwischen den Bergen befand, aber er erinnerte sich sehr wohl, wie unnatürlich tief der Spalt in der Gebirgsmauer ihm vorgekommen war. Was umgekehrt bedeutete, dass das Hindernis, das sich zwischen den Bergen befand, nicht allzu hoch sein konnte, falls es überhaupt existierte. Auf keinen Fall höher als der Berg, den sie bereits überwunden hatten.

Allmählich bekam er Übung darin, sich die Zukunft schönzureden …

»Was ist so komisch?«, fragte Katt.

Anders wandte verwirrt den Kopf und begriff erst jetzt, dass der Gedanke offenbar ein Lächeln auf sein Gesicht gebracht hatte, auch wenn es vermutlich eher bitter gewesen war. »Mir ist nur gerade eingefallen, dass ich vergessen habe meine Langlaufskier einzupacken«, sagte er.

Katt zog die Augenbrauen hoch, schien aber dann – zu Recht – zu dem Schluss zu gelangen, dass er wieder einmal von etwas sprach, das sie ohnehin nicht kannte, und es sich nicht lohnte, weiter darüber nachzudenken.

Tatsächlich hatte ihn der Anblick der schneebedeckten Ebene mehr erschreckt, als er zugeben wollte; vielleicht sogar mehr als der der Berge. Sie sah täuschend harmlos aus, aber sie war alles andere. Auf ihre Art mochte sie ebenso gefährlich sein wie die Felswand, die sie gerade erklommen hatten; auf jeden Fall aber tückischer. Hätte Anders an eine Verschwörung des Schicksals geglaubt, an der sich mittlerweile auch unbelebte Dinge beteiligten (was er tat, ohne es allerdings zugeben zu wollen), hätte man die beiden durchaus für ungleiche Verbündete halten können. Der Berg hatte ihre Kräfte aufgezehrt, ihnen mit Steinschlag und einem tödlichen Absturz gedroht und ihre Hände und Arme zerschunden. Die Ebene würde an dem zehren, was von ihren Kräften noch übrig war, und sie mit Kälte und Erschöpfung heimsuchen – und vielleicht mit der einen oder anderen Gletscherspalte, die unter der nur scheinbar festen Schneedecke lauerte.

Katts Gedanken schienen auf ganz ähnlichen Pfaden zu wandeln wie seine, denn auf ihrem Gesicht hatte sich ein Ausdruck vagen Schreckens breit gemacht. Sie saß so dicht neben ihm, dass sich ihre Schultern berührten, und er konnte spüren, dass sie am ganzen Leib zitterte. Während des Aufstiegs hatte sie die Anstrengung warm gehalten und der Berg selbst hatte sie vor dem Wind geschützt. Jetzt erst spürte Anders, wie kalt es hier oben wirklich war. Der Wind, der von der Ebene zu ihnen heraufstrich, war eisig; ein kleiner Vorgeschmack dessen, was sie dort unten erwartete.

»Glaubst du, dass du es schaffst?«, fragte er.

Katts Schulterzucken war allenfalls angedeutet. »Das werde ich wohl müssen.« Sie fuhr sich in einer unbewussten Bewegung über die nackten Füße. Sie waren zerschunden und bluteten an mehreren Stellen und vermutlich taten sie auch ziemlich weh. Trotzdem kam es Anders so vor, als spürte sie bereits die Kälte, die dort unten lauerte und schon ganz zitterig vor Ungeduld war, ihre rasiermesserscharfen Zähne in ihre nackte Haut zu graben.

»Das werde ich wohl müssen«, wiederholte sie leise.

»Nein, das musst du nicht.« Anders machte eine Kopfbewegung in die Richtung, aus der sie gekommen waren. »Wir können immer noch zurück. Es wird bestimmt nicht leicht, aber weiterzugehen ist noch viel gefährlicher.« Er sah Katt an, dass sie widersprechen wollte, und unterbrach sie mit einer

Geste. »Wenn wir erst einmal dort unten sind, gibt es wirklich kein Zurück mehr.«

»Das hast du schon einmal gesagt.«

»Aber diesmal meine ich es ernst. Der Elder ist sicher längst weg, und bis du wieder bei der Sippe bist, ist Bulls schlimmster Zorn bestimmt verraucht.«

»Du willst mich nicht mitnehmen«, vermutete Katt.

»Ich will nicht, dass dir etwas passiert!«, widersprach Anders. Er begann sich zu fragen, wen er eigentlich überzeugen wollte – sie oder sich selbst. »Natürlich will ich dich mitnehmen«, sagte er schließlich. »Aber du könntest dabei sterben.«

»Du doch auch.«

»Das ist etwas anderes!«

»Ach, und wieso?«

»Weil ich keine andere Wahl habe«, sagte Anders ernst. Er ergriff ihre Hand. »Ich muss es einfach versuchen, verstehst du nicht? Ich gehöre nicht hierher. Ich kann in eurem Tal nicht leben, und selbst wenn ich es wollte, würde ich euch nur alle in Gefahr bringen.« Er wies mit der freien Hand auf die Dunkelheit am Ende der Schlucht. »Ich gehöre dorthin. Ich weiß nicht, ob ich es schaffe, aber ich muss es wenigstens versuchen.«

»Und ich kann nicht mehr zurück«, beharrte Katt. *Und ich will auch nicht.*

Anders gab sich geschlagen. Seine Logik und das starke Gefühl von Verantwortung, das er für sie empfand, wollten auf gar keinen Fall, dass sie ihn noch weiter begleitete und sich dabei endgültig den Gewalten auslieferte, die hier auf sie lauerten. Aber ein mindestens ebenso großer Teil von ihm *wollte*, dass sie bei ihm blieb, mehr als alles andere auf der Welt.

Außerdem reichte ein einziger Blick in ihre Augen, um ihm klar zu machen, wie sinnlos jedes weitere Wort war. Wahrscheinlich hätte er sie niederschlagen und fesseln müssen um zu verhindern, dass sie ihm folgte.

»Also gut«, seufzte er. »Aber dann sollten wir nicht noch

mehr Zeit verlieren.« Er beugte sich etwas weiter vor und schauderte. Obwohl der Abstieg leichter war als der Aufstieg, bedeutete das nicht, dass er *leicht* war. Es war genauso, wie er zu Katt gesagt hatte: Nach unten zu klettern war ihm schon immer schwerer gefallen als hinauf.

Er öffnete den Beutel und nahm eine kurze Inventur seiner verbliebenen Ausrüstung vor. Das Ergebnis war entmutigend – das Fernglas, eine Hand voll Metallstücke und der Hammer, dessen Stiel ihm nun schon deutlich wackeliger vorkam. Für den Abstieg musste es reichen. Wenn sie es gegen jede Wahrscheinlichkeit irgendwie bis zum anderen Ende der schneebedeckten Ebene schafften, war an Bergsteigen ohnehin nicht mehr zu denken, falls sie auf irgendein Hindernis trafen, das deutlich höher als ein Gartenzaun war.

Letzten Endes erwies sich der Abstieg als einfacher, als er zu hoffen gewagt hatte. Sie mussten sich nur auf dem ersten Stück anseilen, dann nahm die Neigung des Bodens allmählich ab und sie konnten auf die Sicherungsleine verzichten. Anders schätzte, dass sie es bis zur Ebene hinab ohne Probleme bis Mittag – oder Mitternacht, da war er noch immer nicht ganz sicher – schaffen konnten. Er ließ es bewusst langsam angehen, bis er sicher war, dass das heller werdende Grau, das manchmal durch eine Lücke in den Wolken aufblitzte, der Morgendämmerung gehörte. Sie waren die ganze Nacht unterwegs gewesen.

»Gibt es irgendeinen Grund, zu trödeln?«, fragte Katt endlich.

»Sicher«, antwortete Anders. »Ich will dem Elder Gelegenheit geben, wieder ein bisschen aufzuholen. Sonst macht das Spiel doch keinen Spaß.«

»Du glaubst wirklich, dass er uns noch verfolgt?« Anders konnte nicht sagen, ob Katt seine Worte wirklich ernst genommen hatte oder das Spiel einfach mitspielte.

»Falls er kein fliegendes Pferd besitzt, wahrscheinlich nicht«, sagte er, schüttelte jedoch auch fast gleichzeitig den

Kopf und verbesserte sich: »Vielleicht gibt es ja wirklich einen anderen Weg über die Berge, aber wenn, ist es wahrscheinlich sehr weit.«

»Wie kommst du darauf?«

»Weil er sonst wahrscheinlich schon hier auf uns warten würde, mit irgendeinem dummen Spruch auf den Lippen«, antwortete er.

»Und warum beeilen wir uns dann nicht?«

Anders setzte sich auf einen Stein und drehte das Gesicht aus dem Wind, der mittlerweile mehr als nur unangenehm kalt war. Sein Atem kondensierte bei jedem Wort zu grauem Dampf.

»Wir brauchen mindestens einen halben Tag, um die Ebene zu schaffen«, sagte er. »Wahrscheinlich länger. Möchtest du im Schnee übernachten?«

»Du willst bis morgen früh hier warten?«, keuchte Katt.

»Irgendwo zwischen den Felsen«, bestätigte Anders. »Sie schützen uns wenigstens vor dem Wind.«

»Vor dem Wind, so«, wiederholte Katt. »Und wer schützt uns vor denen da?«

Anders' Blick folgte der Richtung, in die ihre ausgestreckte Hand wies – und im nächsten Sekundenbruchteil duckte er sich hastig hinter einen Felsen und zerrte Katt mit einem Ruck zu sich herab.

Die Dunkelheit am Endes des Tales hatte einen schwarzen, fliegenden Hai ausgespien. Die Maschine bewegte sich nahezu lautlos, dafür aber erschreckend schnell und so tief über dem Boden, dass sie eine Fontäne aus pulverigem hochgerissenem Schnee hinter sich herzog.

Und sie bewegte sich schnurgerade auf sie zu.

Anders duckte sich noch tiefer hinter den Felsen und hielt instinktiv den Atem an. Der Helikopter steuerte so schnurgerade auf Katt und ihn zu, dass er felsenfest davon überzeugt war, längst entdeckt worden zu sein; möglicherweise schon bevor die Maschine überhaupt gestartet war. Die tonnenschweren Felsen, hinter denen sie saßen, würden sie nicht schützen. Dieses Ding besaß genug Feuerkraft, um den ganzen Berg zusammenzuschmelzen, wenn es sein musste.

Buchstäblich einen Atemzug, bevor der Helikopter sie erreichte, drehte die Maschine nach links ab. Für einen Moment verschwand sie fast hinter einer Wolke aus stiebenden Eiskristallen, und als sie wieder daraus emporschoss, hatte sie nicht nur die Richtung geändert, sondern entfernte sich auch beinahe noch schneller, als sie gekommen war.

Anders blickte ihr mit klopfendem Herzen nach, bis das düstere Licht sie verschlungen hatte. Das war knapp gewesen! Nur ein kurzer Moment mehr und …

»Anscheinend gibt es doch etwas, wovor du Angst hast«, sagte Katt spöttisch. »Glaubst du, dass sie unseretwegen hier sind?«

»Keine Ahnung«, antwortete Anders. »Aber jedenfalls wissen wir jetzt, dass wir auf dem richtigen Weg sind.« Der Helikopter war mittlerweile vollkommen verschwunden. Anders war jedoch ziemlich sicher, er würde nicht allzu lange fortbleiben, und er sollte Recht behalten. Es vergingen nicht einmal fünf Minuten, bis der Drache wieder auftauchte und Kurs auf die schwarze Wand am Ende der Schlucht nahm.

»Und jetzt?«, fragte Katt, nachdem die unheimliche Dunkelheit ihn ebenso lautlos und schnell wieder aufgesogen hatte, wie er erschienen war.

»Jetzt warten wir, bis es dunkel ist«, antwortete Anders.

32

Das Wort *Kälte* hatte für Anders eine neue Bedeutung gewonnen. Sie hatten sich einen windgeschützten Platz zwischen den Felsen gesucht, der ihnen auch Deckung vor neugierigen Blicken aus der Luft gewährte, wenn ein weiterer Drache sein Versteck verließ und auf Beutezug in die Berge ging, und dort eng aneinander geschmiegt den Rest des Tages und den allergrößten Teil der nachfolgenden Nacht verschlafen.

Kälte und nagender Hunger und noch viel schlimmerer Durst hatten ihn ein paarmal geweckt, bis er es schließlich nicht mehr aushielt und ihr Versteck verließ, um die letzten hundert Meter hinunter zur Ebene zu gehen, jederzeit darauf gefasst, sich unvermittelt im Zentrum eines gleißenden Scheinwerferstrahls wiederzufinden, den ein lautlos über ihm schwebender Helikopter auf ihn abschoss, oder auch gleich von einem blauen Blitz niedergestreckt zu werden. Weder das eine noch das andere geschah und nach ein paar Minuten war er mit zwei Händen voller Schnee zurückgekommen, den Katt und er stückchenweise im Mund schmolzen, um wenigstens den schlimmsten Durst zu stillen.

Der Hunger war geblieben, genau wie die Kälte. So eng sie sich auch zusammenkuschelten, hatte das bisschen Körperwärme, das sie sich gegenseitig spendeten, keine Chance gegen die eisige Kälte, die wie ein Rudel unsichtbarer Raubtiere über sie hergefallen war. Eine Stunde vor Einbruch der Dämmerung schließlich waren sie aufgebrochen.

Seither war es ununterbrochen kälter geworden.

Längst war jedes Gefühl aus Anders' Gliedern gewichen; zuerst aus Fingern und Zehen, danach aus seinen Händen und Füßen und schließlich aus Armen und Beinen. Für eine Weile hatte er noch die Kälte gespürt und für eine noch etwas längere Weile nichts als Schmerzen, und dann waren selbst sie vergangen. Seither fühlte er gar nichts mehr. Seine Beine, die bei jedem Schritt bis weit über die Waden in den pappigen Schnee einsanken, waren vollkommen gefühllos, und dass er noch Füße hatte, registrierte er nur, wenn er den Blick senkte und sie sah. Wie es Katt ging, die nur ein zerschlissenes, papierdünnes Kleid trug und nicht einmal Schuhe hatte, wagte er sich nicht vorzustellen. Er hörte, dass sie sich neben und ein kleines Stück hinter ihm mühsam dahinschleppte. Sie hatten vor zwei Stunden das letzte Mal miteinander gesprochen und vor über einer Stunde hatte er sich das letzte Mal zu ihr umgedreht, aber vor Erschöpfung kein Wort mehr herausgebracht.

Sie hatten ihr Ziel fast erreicht. Die schneebedeckte Ebene lag ebenso wie der größte Teil des Tages hinter ihnen, zehn Kilometer, die zu zehn Lichtjahren, und zehn Stunden, die zu zehn Jahrhunderten geworden waren. Vielleicht waren es auch nur fünf gewesen oder irgendetwas dazwischen. Anders hatte längst jedes Gefühl für die Zeit verloren. Die Sonne stand irgendwo über ihnen am Himmel und blinzelte manchmal träge durch eine Lücke, die in der immer währenden lautlosen Gewitterfront aufriss und sich meist genauso schnell wieder schloss, wie sie entstanden war – also herrschte noch Tag. Aber das war auch alles, was er wusste. Es war auch vollkommen egal. Sie hatten ihr Ziel erreicht. Vor ihnen endete die Ebene. Vielleicht noch hundert Schritte, wahrscheinlich sogar weniger.

Obwohl er wusste, dass es ein schwerer Fehler war, verlangsamte er seine Schritte und blieb schließlich stehen um sich zu Katt umzudrehen.

Der Abstand zwischen ihnen hatte sich vergrößert. Sie stapfte jetzt sechs oder sieben Meter hinter ihm her und sie schien nicht einmal gemerkt zu haben, dass er stehen geblieben war, denn ihr Blick blieb auf einen imaginären Punkt irgendwo zwischen ihm und der Unendlichkeit gerichtet. Anders konnte den Ausdruck in ihrem Gesicht nicht deuten, ganz einfach weil er es nicht richtig erkennen konnte. Wie ihre ganze Gestalt verschwamm es immer wieder vor seinen Augen, und dasselbe galt für die nicht ganz gerade doppelte Spur, die sie über die scheinbar endlose Ebene gezogen hatten. Anders nahm an, dass es sich um eine leichte Form von Schneeblindheit handelte; immerhin marschierten sie seit Stunden durch eine Welt, die nur aus den unterschiedlichsten Abstufungen der Farbe Weiß zu bestehen schien. Sie würde vergehen. Wenigstens hoffte er es.

Quälend langsam holte Katt zu ihm auf. Er hätte gern die Hand ausgestreckt, um sie zu berühren, einfach um ihre Nähe zu spüren und vielleicht sogar ein bisschen Wärme zu ergattern, aber sie kam nicht nahe genug an ihm vorbei und er hatte nicht die Kraft, einen Schritt in ihre Richtung zu machen. Unendlich mühsam drehte er sich um und ging weiter, als sie zu ihm aufgeschlossen hatte.

Ganz wie er erwartet hatte, erwies es sich als Fehler, stehen geblieben zu sein. Irgendwann im Verlauf der zurückliegenden Stunden hatten sich seine Beine in eine von selbst arbeitende Maschine verwandelt, die nur dem einzigen Zweck diente, einen Schritt nach dem anderen zu tun und zu nichts anderem nütze war. Er hatte diese Maschine zum Halten gebracht, und nun fiel es ihm unendlich schwer, sie wieder in Bewegung zu setzen. Er musste seine ganze Kraft aufwenden, um nicht hinter Katt zurückzufallen.

»Wir haben es gleich geschafft«, sagte er. Er war nicht sicher, dass Katt ihn verstand. Seine Lippen waren so taub vor Kälte, er konnte kaum reden. Sein Atem erschien als grauer Dampf vor seinem Gesicht, aber die Worte schienen seine Kehle wie Rasierklingen aus Eis zu zerschneiden.

Nach einem Moment reagierte sie jedoch. »Was … ist das?«, keuchte sie, ebenso leise und beinahe unverständlich wie er.

Sie meinte die schwarze Wand, die die Welt nur noch wenige Dutzend Schritte vor ihnen verschlang. Es war nicht wirklich eine Wand, sondern eher eine Barriere aus flirrendem schwarzem Nichts, die kaum mit Blicken zu erfassen, viel weniger noch zu beschreiben war. Die Welt schien dort einfach aufzuhören. Zauberei, dachte Anders, oder irgendeine Art von optischem Verzerrungsfeld, was für ihn aber praktisch auf dasselbe hinauslief. Vielleicht hörte die Welt dort vor ihnen auch einfach auf.

Schritt für Schritt schleppten sie sich weiter. Katt wurde fast unmerklich langsamer, als sie sich der Barriere aus geronnener Nacht näherten, während Anders es irgendwie fertig brachte, seine Schritte noch einmal zu beschleunigen, sodass er die unheimliche Grenze als Erster erreichte und auch überschritt.

Er wusste nicht, was er erwartet hatte, aber er fühlte rein gar nichts, und auch die Landschaft auf der anderen Seite der Nacht unterschied sich kaum von der, aus der sie kamen, nur dass hier die gleiche erstickende Dunkelheit herrschte wie in der Stadt diesseits des Flusses. Die Ebene setzte sich noch ein gutes Stück fort und stieg dabei leicht an. Er hatte das Tal nicht aus der Luft gesehen, aber es sah exakt so aus, wie er es sich vorgestellt hatte, dass es schon fast unheimlich war: Die Flanken der Berge bewegten sich aufeinander zu und berührten sich fast. Unten, an der schmalsten Stelle, war der Einschnitt allerhöchstens hundert Meter breit.

Was er sich nicht vorgestellt hatte, war die gut fünfzehn Meter hohe Betonmauer, die diese Lücke verschloss.

»O nein«, stöhnte Katt. Mehr nicht, aber dieser kurze Ausruf machte das ganze Ausmaß von Hoffnungslosigkeit und Schwäche klar, das sie beim Anblick der Mauer überkommen haben musste.

Anders erging es genauso. Nach allem, was sie überstanden und geschafft hatten, erschien ihm dieses letzte Hindernis geradezu lächerlich – aber das war es ganz und gar nicht. Es war eine fünfzehn Meter hohe Wand aus fugenlosem Beton, an der er möglicherweise sogar gescheitert wäre, hätte er eine professionelle Ausrüstung gehabt und wäre nicht halb tot vor Erschöpfung und zu drei Vierteln erfroren gewesen.

Trotzdem schleppte er sich weiter, wenn auch vielleicht nur, weil er nicht sicher war, ob er noch einmal die Kraft haben würde, weiterzugehen, falls er erneut stehen blieb. Die Mauer war noch gute hundertfünfzig oder zweihundert Meter entfernt, weit, aber dennoch nicht zu weit um es zu schaffen, sogar in seinem Zustand. Sie wurde ihm allerdings mit jedem Schritt, den sie sich ihr näherten, unheimlicher. Es gab keinerlei Unterbrechung oder irgendeine Art von Struktur, und ihre Oberkante war so glatt und gerade wie mit einem riesigen Lineal gezogen. Keinerlei Geländer, keine Scheinwerfer oder Wachtürme; nichts. Aber vielleicht war es gerade das, was dieser Wand etwas so Bedrückendes, ja beinahe schon Furchteinflößendes verlieh. Das einzig irgendwie Außergewöhnliche, das ihm auffiel, war der Schnee: Er bedeckte sowohl den Boden als auch die Bergflanken, wurde aber ungefähr dreißig Meter vor dem Fuß der Mauer dünner und hörte dann ganz auf.

Anders löste seinen Blick von der Mauer und lenkte ihn auf die Berge, aus denen der graue Beton herauswuchs. Auch dort wich der Schnee nacktem Gestein, sobald er eine gewisse Distanz zu der Mauer unterschritt. Vielleicht war der Beton ja warm. Für einen Moment blieb sein Blick an einem rechteckigen Schatten hängen, dessen Linien ihm ein bisschen zu regelmäßig erschienen um natürlich entstanden zu sein. Vielleicht eine künstlich geschaffene Höhle. Der Eingang befand sich in kaum zehn Metern Höhe in der Wand, nur ein kleines Stück entfernt. Dort würden sie wenigstens vor dem Wind geschützt sein und vermutlich war es dort drinnen auch wärmer. Die Verlockung, hinzugehen und eine Pause einzulegen, war groß.

Aber natürlich erlag er ihr nicht. Es war ihm unendlich schwer gefallen, weiterzugehen, nachdem er nur stehen geblieben war. Wenn sie sich in diese Höhle verkrochen um zu rasten, würden sie sie vielleicht nie wieder verlassen.

Er konzentrierte sich wieder auf die Wand und setzte den unterbrochenen Gedanken fort. Möglicherweise war es ja mehr als eine bloße Mauer, sondern so etwas wie ein Staudamm; auch wenn Anders bezweifelte, dass dahinter Wasser war. Er glaubte ein Summen zu hören wie von gewaltigen elektrischen Maschinen, die tief unter der Erde verborgen arbeiteten.

Katts Schritte wurden allmählich langsamer, aber Anders hatte nicht das Gefühl, dass es an ihrer Schwäche lag. Sie schien eher zu zögern, weil es ihr immer schwerer fiel, sich der Wand nähern zu *wollen.*

Durch diese Beobachtung überhaupt erst darauf aufmerksam geworden, lauschte er in sich hinein und stellte fest, dass es ihm ebenso erging. Er wollte sich dieser Wand nicht nähern. Er hatte Angst davor; vor dem, was geschehen mochte, sobald er ihr zu nahe kam, vor dem Moment abgrundtiefer Enttäuschung, wenn er vor ihr stand und sich endgültig und unwiderruflich eingestehen musste, dass es unmöglich war, sie zu überklettern, sogar vor dem, was sie sehen würden, falls es ihnen trotz allem gelingen mochte. Was, wenn sie dort oben ankamen und sahen, dass hinter der Wand nichts war als ein weiteres, noch viel unüberwindlicheres Hindernis? Eine weitere, höhere Mauer, ein tausend Meter tiefer Abgrund aus spiegelglattem Beton oder ein reißender Fluss aus Eiswasser?

Und doch war es das nicht allein. All diese Schreckensvisionen waren letzten Endes nur vorgeschobene Gründe, die sein Verstand bemühte, um etwas zu erklären, was einfach nicht zu erklären *war*, nämlich dass er keinen Schritt näher an diese unheimliche Barriere heran*wollte*. Alles in ihm sträubte sich dagegen umso heftiger, je näher er der Wand kam.

Schließlich blieb Katt stehen, drehte sich halb zu ihm um und hob hilflos die Hände. »Ich … ich kann nicht mehr.«

Anders nickte nur. Es war keine Einbildung. In dieser Wand war irgendetwas, das verhinderte, dass man ihr zu nahe kam. Ein vermutlich höchst komplizierter, in seiner Wirkung aber ebenso simpler wie unüberwindlicher Abwehrmechanismus, der sie dazu brachte, das Hindernis gar nicht überwinden zu *wollen.*

»Was … was ist das, Anders?«, hauchte Katt. Ihr Blick flackerte, und allein der Anblick der Angst, die Anders in ihren Augen las, ließ ihn erschauern. Eine Angst, der es gelang, die Mauern aus Erschöpfung und Mattigkeit zu überwinden, die sich um ihre Gedanken aufgetürmt hatten, musste gewaltig sein.

»Ich weiß es nicht«, antwortete er leise. »Vielleicht irgendein Abwehrmechanismus.« Er versuchte weiterzugehen. Es gelang, auch wenn es ihn unendliche Überwindung kostete. Das Geräusch war immer noch da, ein unheimliches tiefes Summen, das er eigentlich nicht wirklich hörte, sondern vielmehr spürte.

Sie hatten die Schneegrenze jetzt erreicht. Unter seinen mit Eis verkrusteten Schuhen knirschten nur noch vereinzelte Nester aus matschigem, halb geschmolzenem Schnee, und weitere zwei Meter vor sich erblickte er nur noch blanken Fels und Geröll. Es war spürbar wärmer geworden. Sein Atem hinterließ jetzt keine grauen Dampfwolken mehr vor seinem Gesicht, wenn er sprach. Und jeder Schritt fiel ihm schwerer.

Aus dem Unbehagen war längst etwas anderes geworden. Das Geräusch war nicht lauter geworden, aber er fühlte es nun in jeder einzelnen Zelle seines Körpers, als würden ihre Atome ganz allmählich in eine Schwingung versetzt, die ihren natürlichen Bewegungen widersprach. Er bekam leicht Kopfschmerzen, und ein – noch – sachtes Gefühl von Unwohlsein erwachte in seinem Magen und begann sich langsam in seinem Körper auszubreiten.

Anders machte noch einen letzten Schritt und blieb dann stehen. Katt trat neben ihn und hielt ebenfalls an.

»Was ist das?«, murmelte sie.

Anders konnte nur die Schultern heben. Er starrte die Wand an und die Enttäuschung, die sich in ihm breit machte, war so gewaltig, dass sie fast körperlich wehtat. »Ich weiß es nicht«, flüsterte er. »Vielleicht Infraschall oder so was.«

»Infraschall?«

»Ein Geräusch«, erklärte Anders. »Es ist so tief, dass man es nicht wirklich hört. Doch man fühlt es.«

»Ein Geräusch.« Katt nickte. »Du meinst dieses Summen. Dann brauchen wir uns doch nur die Ohren zuzuhalten.«

»Das würde nichts nutzen«, antwortete Anders resigniert. »Aber versuch es ruhig.«

Tatsächlich hob Katt die Arme und presste beide Handflächen gegen die Ohren. Nach einem Moment ließ sie sie wieder sinken und sah noch enttäuschter und verwirrter aus. Anders' Blick tastete weiter über die messerscharf gezogene Mauer und seine Verzweiflung wuchs noch mehr. Zorn mischte sich hinein. Er hätte die Hände zu Fäusten geballt, hätten sie nicht viel zu sehr geschmerzt. Die Wand war so nahe! Sie waren keine dreißig Meter mehr entfernt. Die Rettung lag buchstäblich zum Greifen nahe vor ihnen. Und doch hätten sie genauso gut am Rande des Grand Canyon stehen können. Es war einfach nicht *fair!*

»Und wenn wir … einfach weitergehen?«, fragte Katt. »Wenn es doch nur ein Geräusch ist?«

»Was macht dein Kopf?«, fragte Anders, statt direkt zu antworten.

»Er tut weh«, sagte Katt. »Aber was …?«

»Es würde mit jedem Schritt schlimmer werden«, unterbrach sie Anders. »Du würdest aus der Nase bluten, später aus den Ohren und den Augen, und wenn du dann immer noch weitergehst, würde es dir deine inneren Organe zerreißen.« Er lachte bitter. »Du hast Recht. Es ist nur ein Geräusch. Aber es kann töten.«

»Dann … ist es vorbei?«, flüsterte Katt. »Wir … wir können nicht weiter?«

Anders antwortete nicht. Katt hatte die Wahrheit so brutal und einfach ausgesprochen, dass jedwedes Leugnen nur lächerlich gewesen wäre. Aber er war nicht bereit aufzugeben. Sie waren nicht so weit gekommen, um jetzt vor einem *Ton* zu kapitulieren!

Er riss seinen Blick fast gewaltsam von der Betonmauer los und betrachtete aufmerksam die Stelle, an der sie in gewachsenen Fels überging. Die Wand strebte so lotrecht und glatt in die Höhe, als wäre sie mit einem gewaltigen Messer abgeschnitten worden, und vermutlich war auch genau das der Fall – nur dass die Messerklinge aus gebündeltem Licht bestanden hatte, das heißer war als die Oberfläche der Sonne. Sie strebte mindestens zwanzig Meter weit in die Höhe, ehe sie wieder in normalen rissigen Fels überging. Dort oben gab es auch wieder Schnee. Wenn es ihm gelang, irgendwie dort hinaufzukommen – in großem Bogen, um die Barriere aus lautlosem Lärm zu umgehen –, hatte er vielleicht eine Chance.

»Also kehren wir um«, flüsterte Katt. Ihre Stimme war nur noch ein flacher Hauch, als fehle ihr selbst die Kraft, die grenzenlose Enttäuschung auszudrücken, die sie empfinden musste.

Umkehren?, dachte Anders. Aber wohin denn? Es war ein reines Wunder, dass sie es überhaupt bis hierhin geschafft hatten. Den Weg zurück über die Ebene – von der Felswand und der verbrannten Stadt gar nicht zu reden – würde keiner von ihnen überleben.

Als wäre Katts Frage ein Stichwort gewesen, spürte er, wie etwas Warmes aus seiner Nase lief. Er wischte es weg, sah auf seine Hand hinab und stellte ohne große Überraschung fest, es war Blut. Es wurde Zeit, dass sie sich wieder ein Stück von der Wand entfernten.

Er drehte sich herum, bedeutete Katt mit einer müden Geste, ihm zu folgen, und beantwortete ihre Frage, wenn auch erst mit einiger Verspätung. »Nein. So schnell gebe ich nicht auf.« Er deutete auf die Höhle, an der sie gerade vorbeigekommen waren. »Wir müssen ausruhen. Und ich muss nachdenken. Komm.«

Der stumme Blick, mit dem Katt auf seine Worte reagierte, wollte etwas in ihm zerbrechen lassen. Er las nicht den geringsten Vorwurf in ihren Augen, nur eine stumme Resignation, mit der sie sich ohne die leiseste Spur von Zorn oder Bitterkeit in ihr Schicksal ergab.

Nur dass es nicht das Schicksal war, das sie an diesen öden, kalten Ort am Ende der Welt geführt hatte, wo sie sterben würde.

Er war es.

Anders fühlte sich so elend, dass er am liebsten laut losgeheult hätte. Er hatte alles riskiert und war der Meinung gewesen, das Risiko zu kennen (und selbstverständlich *hatte* er es gekannt!), aber tief in sich hatte er genauso gedacht wie jeder, der ein vermeintlich kalkuliertes Risiko einging: Er war davon ausgegangen, dass es am Ende schon irgendwie gut gehen würde. Hart, entsetzlich und grausam, aber am Ende doch erfolgreich. Aber vielleicht war dies eine von den Geschichten, die eben *nicht* gut ausgingen. Man hörte weniger von ihnen als von denen, die einen guten Ausgang nahmen, was in der Natur der Sache lag. Seine Chancen, sein Leben nicht nur riskiert, sondern *verspielt* zu haben, waren entsetzlich hoch.

Und das bedeutete, dass er nicht nur sein Leben verspielt hatte, sondern auch das Katts.

Oder – brutaler ausgedrückt – er hatte sie umgebracht.

Sie hatten sich wieder ein Stück von der unsichtbaren Barriere entfernt. Unter ihren Füßen knirschte jetzt wieder Schnee und es war spürbar kälter geworden. Aber auch das unangenehme Kribbeln in seinen Eingeweiden hatte aufgehört und seine Nase blutete nicht mehr – und die Höhle lag jetzt nur noch ein paar Schritte vor ihnen. Sie mussten noch eine kurze Kletterpartie hinter sich bringen. Der Aufstieg war nicht annähernd so schwierig, wie es von unten ausgesehen hatte. Die Wand wirkte abweisend und steil, doch als sie sich näherten, erkannte Anders, dass es eine regelrechte Treppe gab, die zum Höhleneingang hinaufführte; zum Teil auf natürlichem Wege entstanden, zum Teil so geschickt in den Fels geschnitten, dass man schon sehr genau hinsehen musste um sie zu entdecken.

Anders schleppte sich mit letzter Kraft die unregelmäßigen Stufen hinauf und hätte fast vor Enttäuschung aufgestöhnt. Er hatte sich geirrt und zugleich auch Recht gehabt. Der Höhleneingang war durchaus auf natürliche Weise entstanden, die massive Metallplatte, die ihn verschloss, dagegen nicht.

Unendlich müde hob er den Arm und schlug mit der flachen Hand gegen den schwarzen Stahl. Er war glatt wie Glas und fühlte sich kälter an als Eis und es verursachte nicht das mindeste Geräusch, als Anders' Hand dagegenschlug. Die Platte musste sehr dick sein.

Katt berührte ihn zaghaft am Arm. Anders reagierte im ersten Moment nicht einmal auf die Berührung, sondern fuhr fort, müde und gleichmäßig mit der flachen Hand gegen das kalte Metall zu schlagen, und legte schließlich sogar die Stirn gegen die Tür, als könnte er sie mit seiner bloßen Willenskraft öffnen, wenn er es nur angestrengt genug versuchte. Das Zupfen an seinem Arm hielt jedoch an und schließlich gab er auf und drehte sich widerstrebend um. Katts ausgestreckte Hand deutete nach rechts, auf eine Stelle vielleicht eine Handbreit neben der Tür.

»Was ist das?«

Ohne zu antworten schlurfte Anders an ihr vorbei und blinzelte sekundenlang verständnislos auf die flache Vertiefung im Fels, die Katt entdeckt hatte. Was er sah, war so banal, dass er es im ersten Moment nicht einmal erkannte: eine Zehnertastatur, wie auf einem ganz simplen Taschenrechner, nur deutlich robuster.

»Was ist das?«, fragte Katt noch einmal.

»Herzlichen Glückwunsch«, murmelte Anders. »Du hast das Schloss gefunden.«

»Dann … können wir rein?«, fragte Katt schüchtern.

»Klar«, antwortete Anders. »Falls du jetzt auch noch die richtige Kombination weißt …« Er wusste nicht, ob er hysterisch loslachen oder vor Enttäuschung laut schreien sollte. Selbstverständlich war es nicht so – aber für eine Sekunde war er fest davon überzeugt, dass diese Tür und dieses Schloss aus keinem anderen Grund hier angebracht worden waren als dem, Katt und ihn zu verhöhnen. Er …

… entdeckte etwas.

In den oberen, etwas breiteren Rand der Tastatur war etwas

eingraviert. Die Schrift war nicht wirklich zu erkennen, denn sie war mit schmutzig eingetrocknetem Schnee verklebt und fast unleserlich, und die Kälte hatte seine Finger zu nutzlosen Klauen verkrümmt, die zu nichts anderem mehr gut waren als wehzutun. Es kostete ihn erhebliche Mühe und trieb ihm vor Schmerzen die Tränen in die Augen, die Schrift freizulegen.

Als er es endlich geschafft hatte, brauchte er noch einmal endlose Sekunden, um dem einfachen Symbol einen Sinn abzugewinnen:

$\sqrt{289}$

»Was bedeutet das?«, fragte Katt. »So eine Art Zauberspruch?«

»Nein«, antwortete Anders verwirrt. »Oder vielleicht doch …« Er hob die Hand und ließ sie sofort wieder sinken. Die Quadratwurzel aus zweihundertneunundachtzig? Normalerweise hätte er diese Aufgabe gelöst, ohne auch nur nachdenken zu müssen. Aber Kälte und Erschöpfung hatten auch seinen Gedanken zugesetzt. Hinter seiner Stirn wirbelten Zahlen durcheinander, die sich umso beharrlicher weigerten einen Sinn zu ergeben, je angestrengter er es versuchte. Vierzehn? Er rechnete nach. Nein. Fünfzehn?

»Siebzehn«, murmelte er.

»Was ist siebzehn?«, fragte Katt. »Was meinst du damit?«

»Die Quadratwurzel aus zweihundertneunundachtzig«, antwortete Anders, »ist siebzehn … glaube ich.« Er streckte abermals die Hand aus und zögerte wieder. Konnte es so einfach sein?

Anders weigerte sich im ersten Moment beinahe, das zu glauben. Warum sollte sich jemand solche Mühe machen und ein so kompliziertes Sicherheitssystem installieren und den Schlüssel dann praktisch dazulegen?

Die Antwort fiel ihm beinahe augenblicklich ein. Diese Tür war für Menschen wie ihn gedacht, ein simpler, aber wirkungsvoller Test, der es sämtlichen Tiermenschen unmöglich machte, das Schloss zu öffnen. Man musste kein zweiter Hawking sein, um die einfache Rechenaufgabe zu lösen, aber man musste wissen, dass es so etwas wie eine Quadratwurzel überhaupt gab; und wie man sie zog. Und auch diese relativ komplizierte Aufgabe war keineswegs pure Schikane, denn die Lösung der beiden einzigen wirklich *einfachen* Wurzeln – elf und zwölf – lagen auf dem Zehnerblock dicht genug nebeneinander, um sie durch willkürliches Probieren rein zufällig zu erwischen.

So weit die Theorie.

Trotzdem zögerte er die beiden Ziffern einzugeben. Er war ziemlich sicher, dass sie nur einen einzigen Versuch hatten und sich die Tür bei einer falschen Eingabe wahrscheinlich für unbestimmte Zeit nicht mehr öffnen ließ – falls er nicht gleich einen verborgenen Abwehrmechanismus auslöste, der Katt und ihn in eine Wolke aus feiner grauer Asche verwandelte.

»Worauf wartest du?«, fragte Katt.

Anders dachte an den schwarzen Helikopter, der sie gestern um ein Haar erwischt hätte. »Vielleicht löse ich ja einen Alarm aus, wenn ich die Tür öffne«, murmelte er.

Und was war die Alternative? Die Antwort war simpel: Sie konnten hier stehen bleiben und warten, bis sie endgültig erfroren waren. Besonders reizvoll fand er diese Möglichkeit allerdings auch nicht …

Er drückte die Eins, dann die Sieben. Nichts geschah.

Anders wartete fünf, dann zehn Sekunden, seufzte tief und hob die Hand, um es noch einmal zu versuchen, und ein schweres, dumpfes Klacken erscholl, gefolgt von einem durchdringenden Summen, mit dem die schwarze Metallplatte langsam zur Seite glitt. Katt sog erschrocken die Luft ein und wich ganz instinktiv einen Schritt zurück, während Anders voller Ungeduld darauf wartete, dass sich die Tür weit genug öffnete, um sich durch den entstandenen Spalt zu quetschen. Irgendwo in seinen Gedanken war noch ein dünnes hysterisches Stimmchen, das ihm klar zu machen versuchte, was für tödliche Gefahren und Fallen hinter der Tür warten mochten, aber er ignorierte sie. Es war ihm auch gleich. Hier draußen erwartete sie nichts als der sichere Tod und aus der Tür schlug ihm ein warmer Luftstrom entgegen, und das war alles, was zählte. Er glaubte zu hören, dass Katt ihm eine Warnung zurief, doch er ignorierte sie.

Im ersten Moment umgab ihn vollkommene Dunkelheit. Ein warmer, sonderbar vertrauter Geruch erfüllte die Luft und das hallende Echo seiner Schritte verriet ihm, dass er sich in einem relativ großen Raum befand.

Die Tür glitt weiter auf, aber das graue Licht, das durch den allmählich breiter werdenden Spalt hereinfiel, bekam keine Chance, die Dunkelheit zu vertreiben. Unter der Decke des Raumes erwachte eine ganze Batterie großer Neonröhren zum Leben, die den Raum in schattenloses, grelles Licht tauchten.

Anders hob schützend die Hand über die Augen und blinzelte in die Runde. Im allerersten Moment erkannte er nicht viel, aber es gab dennoch keinen Zweifel daran, dass er sich in einer Art Maschinenraum befand. Der durchdringende Geruch, den er wahrgenommen hatte, war der von heißem Öl und emsig laufenden Maschinen, und er spürte ein dumpfes Summen und Vibrieren, das durch den Betonboden unter seinen Füßen lief und sich durch seinen ganzen Körper bis in die Fingerspitzen fortsetzte. Im Gegensatz zu der tödlichen Schallbarriere draußen war es jedoch ein beinahe angenehmes Gefühl. Und es war warm, herrlich warm.

Hinter ihm trat auch Katt zögernd ein. Wie er selbst gerade blinzelte sie im ersten Moment geblendet in das weiße Neonlicht und nahm wahrscheinlich nicht mehr wahr als Schatten und verschwommene Umrisse, aber auf ihrem Gesicht breitete sich trotzdem ein Ausdruck zwischen Furcht und fassungslosem Staunen aus.

Anders ging rasch zu ihr zurück und nahm sie an der Hand, um sie vom Eingang wegzuziehen. Durch die geöffnete Tür strömte Kälte herein und Anders begriff auch fast sofort, dass es hier drinnen nicht mehr allzu lange so warm bleiben würde wie jetzt. Unmittelbar neben der Tür gab es eine zweite massive Schalttafel, aber er wagte es nicht, sie zu berühren. Diesmal gab es keine Algebraaufgabe, die in das Metall eingeätzt war. Wer immer die Anlage gebaut hatte, war wohl davon ausgegangen, dass jedermann, der hereinkam, auch wusste, wie er wieder hinauskommen konnte. Anders vermutete zwar, dass derselbe Code die Tür auch von innen öffnete, aber ganz sicher sein konnte er nicht. Und er hatte keine Lust festzustellen, dass er sich geirrt hatte, um dann zusammen mit Katt hier drinnen zu verhungern.

»Was ist das hier?«, flüsterte Katt, während Anders sie tiefer in den Raum führte, weiter hinein in die Wärme, die die summenden Maschinen ausstrahlten.

»Genau weiß ich es auch noch nicht«, antwortete Anders. »Eine Maschinenhalle, nehme ich an.«

»Maschinen?« Katt sah sich immer nervöser um. Was sie erblickte, war ihr nicht nur vollkommen fremd, sondern machte ihr ganz offensichtlich Angst.

»Sie sind nicht gefährlich«, sagte Anders. Wenigstens hoffte er es. »Du kennst sie. Es ist derselbe Krempel, den Bull und die anderen plündern, um Essen dagegen zu tauschen. Nur dass die hier noch funktionieren.«

Katt riss ihren Blick für einen Moment von den gewaltigen Apparaturen los und sah ihn aus großen Augen an. »Und wozu sind sie gut?«

»Keine Ahnung«, gestand Anders. »Ist mir auch egal. Sie sind warm.« Er schüttelte den Kopf, um seine Worte zu bekräftigen, und zog Katt weiter mit sich, bis sie das andere Ende des Raumes erreicht hatten; und somit so weit von der Tür entfernt waren, wie es ging. Anders glaubte die Kälte jetzt schon zu spüren, die durch die Öffnung hereinkroch.

Im Moment jedoch war es behaglich warm. Anders' Finger- und Zehenspitzen begannen bereits zu kribbeln, als das Blut unter seiner zu Eis erstarrten Haut allmählich wieder in Bewegung geriet, und ihm war klar, dass aus dem Kribbeln bald heftige Schmerzen werden würden. Nichts davon spielte eine Rolle. Ihm wurde erst jetzt klar, *wie* nahe Katt und er daran gewesen waren, zu erfrieren.

Er deutete auf einen schmalen Spalt zwischen zwei gewaltigen, leuchtend orange lackierten Maschinen und bugsierte Katt mit sanfter Gewalt hinein, als sie nicht sofort reagierte. Er folgte ihr dichtauf, unterzog die eisernen Wände rechts und links aber anders als sie einer aufmerksamen Musterung.

Allerdings entdeckte er nichts anderes als auf den ersten Blick: Maschinen. Große und ungewöhnlich massiv konstruierte Maschinen vielleicht; die meisten Schrauben waren so groß wie Untertassen und es gab Hebel, Ventile und Flansche, die für Riesen gebaut zu sein schienen, kaum für normale Menschen. Rohrleitungen und Verbindungen aus einer Welt der Giganten, und Hebel, die allenfalls ein Elefant hätte umlegen können.

Nach einer Weile aber wurde Anders klar, warum hier alles so groß erschien. Diese ganze Maschinenanlage war vermutlich nicht für Riesen gebaut worden, sehr wohl aber für die Ewigkeit; oder zumindest eine Spanne, die dieser nach menschlichem Ermessen nahe kam. Alles hier war ungemein wuchtig und hoffnungslos überdimensioniert, um dem einzigen Feind zu trotzen, der dem Erfindungsreichtum der Menschen wirklich gefährlich werden konnte: der Zeit.

Anders konnte nicht sagen, wie lange sie – ebenso eng aneinander wie an das warme Metall der Maschinen geschmiegt – dasaßen, aber es musste lange gewesen sein. Die Schmerzen in seinen Gliedern kamen, genau wie er es vorausgesehen hatte (nur viel schlimmer), und auch Katt begann nach einer Weile am ganzen Leib zu zittern und schließlich zu schluchzen, aber der Moment ging auch ebenso schnell vorbei, wie er gekommen war; nach ein paar kurzen qualvollen Augenblicken beruhigte sie sich wieder und fiel dann in einen unruhigen Dämmerzustand, von dem er gerne geglaubt hätte, dass es der

Schlaf der Erschöpfung war, aus dem sie halbwegs gestärkt wieder aufwachen würde.

So wie schon einmal (war das wirklich erst zwei Nächte her?) spürte er auch diesmal genau, wie es um Katt stand. Während er sie im Arm hielt und versuchte ihr fiebriges Zittern zu besänftigen, indem er ihr liebevoll über Stirn und Wangen strich, spürte er so deutlich, was in ihr geschah, als wäre es sein eigener Schmerz. Sie waren auf eine Weise verbunden, die er vor wenigen Tagen noch nicht einmal für möglich (und wenige weitere Tage zuvor einfach für absurd) gehalten hätte. Er wusste auch jetzt, dass sie es überleben würde – irgendwie –, aber er spürte auch, wie erbittert der Kampf war, der in ihrem ausgemergelten Körper tobte, und wie hoch der Preis, den sie für den vermeintlichen Sieg zahlte.

Auch Anders war so müde wie nie zuvor in seinem Leben. Seine Augenlider schienen sich in Blei verwandelt zu haben und jeder einzelne Atemzug kostete ihn eine bewusste Anstrengung. Die überstandenen Entbehrungen der letzten Stunden forderten ihren Tribut und die Wärme tat ein Übriges, um ihn einzulullen und schläfrig zu machen. Aber er wagte es nicht, der Müdigkeit nachzugeben. Er hatte plötzlich Angst, dass er aufwachen und eine Tote in seinen Armen halten könnte.

33

Irgendwann begann sich Katts keuchender Atem zu beruhigen und ihr Puls schlug regelmäßiger, wenn auch nicht langsamer. Sie hatte das Schlimmste überstanden und würde zumindest wieder aufwachen. Anders war erleichtert, zugleich aber auch zutiefst verstört. Er kannte dieses Mädchen erst seit wenigen Tagen, doch nach allem, was er mit ihm erlebt hatte, war er einfach davon ausgegangen, dass es unverwüstlich war; auf jeden Fall aber weitaus zäher und leistungsfähiger als er.

In mancher Hinsicht mochte das stimmen. Der Hieb, den der Elder Katt versetzt hatte, hätte ihn vermutlich getötet. Aber sie war nicht unverwundbar und ihre Kraftreserven waren nicht unerschöpflich. Vielleicht war sie, wenn auch nur in einem kleinen Bereich, weit weniger stark und leistungsfähig als er selbst.

Ihr Atem beruhigte sich zusehends, und nach einer Weile glaubte Anders zu spüren, dass sie nun in einen ganz normalen, wenn auch sehr tiefen Schlaf hinüberglitt. Es konnte kein ruhiger Schlaf sein. Sie begann zu fantasieren, ihre Stirn war noch immer heiß und manchmal zuckten ihre Glieder unkontrolliert. Als er sie behutsam zu Boden sinken ließ und die Hand unter ihrem Hinterkopf hervorzog, klammerte sie sich instinktiv an ihn, und es kostete ihn etliche Mühe, ihren Griff zu lösen, ohne zu viel Gewalt anwenden zu müssen oder sie gar zu wecken.

Der Anblick ihrer Hände versetzte Anders einen tiefen Stich und seine Schuldgefühle flackerten zu neuer, noch hellerer Glut auf. Katts Finger und Zehen waren so steif gefroren wie seine eigenen. Im Gegensatz zu ihm hatte sie jedoch auf festes Schuhwerk verzichten müssen und auf Hosentaschen, in denen sie die Hände hätte vergraben können, auch wenn dieser Schutz noch so erbärmlich anmuten mochte. Ihre Finger und Zehen hatten sich dunkelblau verfärbt, an manchen Stellen sogar schwarz. Man musste kein Arzt sein um die Erfrierungen zu erkennen.

So behutsam, wie er nur konnte, legte Anders das fiebernde Mädchen zwischen den Maschinen hin, wobei er darauf achtete, dass es möglichst viel von seiner Haut gegen das orangerot lackierte Metall schmiegte, von dem tatsächlich eine spürbare Wärme ausging. In Wirklichkeit waren es wahrscheinlich nur wenige Grad, so wie die gesamte Temperatur hier drinnen wohl kaum über zehn oder zwölf Grad Celsius lag. Aber nach den höllischen Minusgraden, durch die sie sich auf dem Weg hierher geschleppt hatten, wäre ihm vermutlich auch das Innere eines Kühlschrankes wie eine Sauna vorgekommen.

Er richtete sich auf, trat ein paar Schritte zurück und betrachtete dann zum ersten Mal wirklich aufmerksam seine eigenen Hände. Seine Finger schmerzten höllisch und es bereitete ihm immer noch Mühe, sie zu bewegen. Hier und da entdeckte er einen Flecken, der ihm nicht gefiel, aber im Großen und Ganzen schien er ohne schwere Erfrierungen davongekommen zu sein. Wie es um seine Füße stand, wusste er nicht, denn er traute sich nicht, die Schuhe auszuziehen. Er hatte Angst, sie nicht wieder anzubekommen.

Da es nichts gab, was er im Moment für Katt tun konnte, und er es auch nicht wagte, einzuschlafen, sah er sich in der Maschinenhalle um. Es blieb im Grunde bei dem, was er vorhin zu Katt gesagt hatte: Es waren Maschinen und sie arbeiteten, und sehr viel mehr konnte er auch dann nicht sagen, nachdem er den Raum zweimal komplett abgesucht hatte. Die Maschinen waren gewaltig und zumindest bei einigen schien es sich um riesige Pumpen zu handeln, aber nicht einmal dessen war er sich wirklich sicher. Nun ja – zumindest konnte er die Ziffern und Buchstaben lesen, die überall mit großer Schablonenschrift aufgespritzt waren. Wenigstens handelte es sich nicht um Alien-Hieroglyphen …

Vielleicht hätte ihn nicht einmal mehr das wirklich überrascht. Während Anders langsam zum dritten Mal durch die Höhle ging – wobei er sich möglichst dicht an den gewaltigen summenden Maschinen hielt, um so viel von der kostbaren Wärme zu ergattern, die sie ausstrahlten, wie er nur konnte –, erwog er auch diese Möglichkeit ganz ernsthaft. Natürlich war allein der Gedanke absurd, tatsächlich von Außerirdischen entführt und Teil irgendeines monströsen Experiments geworden zu sein, das sie mit ebenso ahnungs- wie hilflosen (und ganz und gar nicht freiwilligen) menschlichen Versuchspersonen durchführten. Noch vor ein paar Tagen hätte er über den bloßen Gedanken laut gelacht.

Aber jetzt befand er sich in einem Tal, das gar nicht existierte, wurde von Geschöpfen gejagt, die es gar nicht geben konnte, und hatte Wesen getroffen, deren bloße Existenz jedem Naturgesetz spottete. Und nicht zu vergessen: Er hatte sich in ein Mädchen verliebt, von dem er auch jetzt noch nicht wusste, ob es ein Mensch war, der etwas von einer Katze mitbekommen hatte, oder vielleicht eine Katze, die sich nur hervorragend darauf verstand, sich als Mensch auszugeben.

Das war auch nicht abwegiger als der Gedanke, von kleinen grünen Männchen gekidnappt worden zu sein, die nur ein grausames Spiel mit ihm spielten. Im Gegenteil. Plötzlich wurde ihm klar, dass er sich beinahe wünschte, es wäre so. Die Vorstellung, zum hilflosen Spielzeug einer außerirdischen Macht geworden zu sein, die den Menschen – zumindest technisch – um Jahrtausende voraus war, erschien ihm plötzlich viel erträglicher als die, dass es tatsächlich *Menschen* sein könnten, die hinter alldem hier steckten. Er verstand nicht, *warum*. Ganz gleich, wer das alles hier zu verantworten hatte, ob es nun kleine grüne Männchen mit drei Köpfen oder Verbrecher in schwarzen ABC-Anzügen waren, es musste einen *Grund* für all das hier geben! Je länger er darüber nachdachte, desto weniger konnte er sich allerdings vorstellen, wie dieser Grund aussehen könnte. Katt, ihre Schwester und Bull, selbst die Furcht einflößende Spinnenkreatur und die Elder waren letzten Endes die Nachkommen von Menschen, die einmal so ausgesehen hatten wie er. Und nichts, kein Grund auf der ganzen Welt war gut genug, Menschen *so etwas* anzutun!

Anders spürte, wie sich seine Gedanken schon wieder im Kreis zu drehen begannen. Es war nicht das erste Mal, dass er sich diese Frage nach dem Warum stellte, auch wenn er sie vielleicht noch nie so klar formuliert hatte, und nicht das erste Mal, dass er sich hinterher hilfloser und verwirrter fühlte als zuvor.

Und übrigens auch nicht das erste Mal, dass er das Gefühl hatte, über einen Fehler in diesem Gedankengang zu stolpern. Da war irgendetwas, das er vergessen oder übersehen hatte.

Er fand die Antwort nicht, weil er bisher noch nicht die richtigen Fragen gestellt hatte.

Anders hielt in seinem ruhelosen Hin und Her inne, fuhr sich mit beiden Händen durchs Gesicht und ging schließlich zur Tür zurück. Er fror noch immer, trotz der vermeintlichen Wärme, die er zu spüren glaubte, und doch hatte er plötzlich das Gefühl, frische Luft zu brauchen, die das Durcheinander hinter seiner Stirn beseitigen und seine Gedanken klären konnte. Vielleicht war das die Lösung. Er musste aufhören nach Antworten zu suchen. Er musste die richtigen Fragen finden, dann würden die Antworten wahrscheinlich ganz von selbst kommen. Einen Schritt vor der Tür blieb er stehen, schloss die Augen und sog die eisige Schneeluft so tief in die Lungen, wie er konnte.

Als er die Augen wieder öffnete, blickte er in ein poliertes Puttengesicht aus Bronze.

Anders war beinahe selbst überrascht, wie schnell er reagierte; unglücklicherweise aber auch ebenso *falsch*. Beinahe, bevor er selbst richtig begriff, was er tat, sprang er den Elder an, packte seinen Arm und drehte sich aus der gleichen Bewegung herum, um ihn aus dem Gleichgewicht zu bringen und über die Schulter zu schleudern, genau wie er es mit Bull getan hatte.

Aber das war zwei Tage her. Im Vergleich zu heute war er da im Vollbesitz seiner Kräfte gewesen, und Bull hatte die Freundlichkeit besessen, ihm so perfekt entgegenzukommen, dass er einen Judogriff wie aus dem Lehrbuch ansetzen und sich seine eigenen Kräfte zunutze machen konnte.

Jetzt war er so erschöpft, dass er sich kaum selbst auf den Beinen halten konnte, und der Elder war weit weniger kooperativ, als es der Minotaurus gewesen war.

Er rührte sich nicht einmal.

Anders ächzte vor Schmerz, als die Kraft seines eigenen Griffs in seinem Schultergelenk explodierte, ließ den Arm des Elder los und brach wimmernd in die Knie. Er war nicht ganz sicher, ob er stürzte oder der Elder ihm einen Stoß versetzte. Ganz instinktiv versuchte er den Sturz abzufangen, schlug aber trotzdem so hart auf, dass grelle Lichtblitze vor seinen Augen zuckten und er fast das Bewusstsein verlor.

Stöhnend wälzte er sich auf den Rücken, kämpfte die schwarzen Wirbel nieder, die seine Gedanken zu verschlingen drohten, und stemmte sich hoch. Er schmeckte Blut und die Gestalt des gepanzerten Kriegers begann sich vor seinen Augen zu verzerren wie ein Spiegelbild im Wasser, in das in rascher Folge immer mehr und mehr Steine geworfen wurden.

Irgendwie gelang es ihm, noch einmal genug Kraft zusammenzukratzen, um sich vollends aufzurichten und sich mit hoch erhobenen Fäusten auf seinen Gegner zu stürzen.

Der Elder schlug ihm fast beiläufig mit dem Handrücken ins Gesicht.

Anders fiel auf die Knie, keuchte vor Schmerz und rasender Enttäuschung und kam taumelnd wieder auf die Füße.

Diesmal machte sich der Elder nicht einmal mehr die Mühe, ihn zu schlagen. Er schubste ihn einfach um.

Anders taumelte zwei Schritte rückwärts, landete unsanft auf dem Hinterteil und schlittert ein Stück weit über den rauen Betonboden, bis etwas unangenehm Hartes seine Schlitterpartie beendete. Der Aufprall war nicht annähernd so heftig wie der zuvor; trotzdem musste er wohl für einen Moment das Bewusstsein verloren haben, denn der Elder stand plötzlich mit leicht gespreizten Beinen über ihm und sein poliertes Rauschgoldengel-Gesicht grinste höhnisch auf ihn herab.

»Ich bin nicht ganz sicher«, sagte er. »Bist du nun ganz besonders mutig oder einfach nur dumm?«

»Komm in einer Woche wieder und stell die Frage dann noch einmal, wenn du dich traust«, quetschte Anders zwischen zusammengebissenen Zähnen hervor. Gleichzeitig versuchte er sich hochzustemmen und die Hände zu Fäusten zu ballen, aber für das eine fehlte ihm die Kraft und das andere tat einfach zu weh.

Der Elder lachte. Der Laut drang dumpf und sonderbar verzerrt hinter seiner polierten Maske hervor, aber irgendwie hörte er sich nicht so an, wie Anders erwartet hätte. »Wie ist es?«, fragte er. »Möchtest du, dass ich dich noch ein bisschen schlage, oder sollen wir uns wie halbwegs intelligente Menschen unterhalten?«

»Gern«, murmelte Anders. »Ich fürchte nur, einer von uns ist da von der Natur ein wenig benachteiligt.«

»Und was glaubst du, was dir fehlt?«, fragte der Elder und klappte das polierte Visier seines Helms nach oben.

Werkverzeichnis der im Heyne Verlag von Wolfgang und Heike Hohlbein erschienenen Titel

› Werkverzeichnis

© Tom Platzer

HEYNE ‹

Die Autoren

Wolfgang Hohlbein wurde 1953 in Weimar geboren. Schon als Jugendlicher begann er, fantastische Geschichten zu schreiben. Nach der Schulzeit in Nordrhein-Westfalen machte er eine Ausbildung zum Industriekaufmann und arbeitete daraufhin in diesem Beruf.
Bei einem Wettbewerb des Ueberreuter Verlags im Jahre 1982 belegte er zusammen mit seiner Frau Heike den ersten Platz: mit dem Jugendbuch ***Märchenmond***, das ursprünglich der Fantasie seiner Frau entsprang und mit über 700.000 verkauften Exemplaren zum Bestseller wurde. Im gleichen Jahr erschien Hohlbeins Roman ***Der wandernde Wald***, der ebenfalls großen Erfolg hatte. Wolfgang Hohlbein verlegte sich daraufhin ganz auf das Schreiben und hat inzwischen ein Millionenpublikum gewonnen.
Er ist einer der beliebtesten deutschen Autoren auf dem Gebiet der fantastischen Literatur und zählt mit seinen Romanen aus den verschiedensten Genres – Thriller, Horror, Science-Fiction und historischer Roman – zu den erfolgreichsten und produktivsten deutschen Autoren überhaupt. Zusammen mit seiner Frau Heike, der gemeinsamen Tochter Rebecca und etlichen anderen Co-Autoren hat er bislang mehr als 220 Bücher und Geschichten verfasst.
Heute leben Wolfgang und Heike Hohlbein mit ihren sechs Kindern in der Nähe von Düsseldorf.

1. Fantasy von Wolfgang Hohlbein

Die Nacht des Drachen

Die 13jährige Yori begegnet auf der Jagd einer verwundeten Smaragdechse und rettet ihr das Leben. Doch damit beschwört sie die Rache eines brutalen Sklavenhändlers herauf, der sie und ihr Dorf vernichten will. In einem riesigen alten Drachen findet Yori einen mächtigen, aber auch gefährlichen Verbündeten.

Saint Nick

Eigentlich ist Nikolaus der Schutzheilige der Kinder, doch jetzt ist er als Weihnachtsmann der Manager des großen Festes – und hat den Sinn von Weihnachten völlig vergessen! Da setzen die Elfen ein Ultimatum: Ein neuer Elf muss her, sonst wird Weihnachten ausfallen. Gelingt es Saint Nick, mit Hilfe der Waisen Virginia und Stan das Weihnachtsfest zu retten?

Die Magier-Trilogie

Erbe der Nacht (Band 1)

Der junge Robert Craven erfährt, dass er der Nachfahre eines großen Magiers ist. Nun ist in längst vergangener Zeit eine geheimnisvolle Kraft erwacht, die die Gegenwart bedroht. Als sein Großvater umkommt, erkennt Robert, dass er in großer Gefahr schwebt. Kann er dem nächtlichen Besucher trauen, der ihm seine Hilfe anbietet?

Tor ins Nichts (Band 2)

Seit Robert Craven erfahren hat, dass er magische Kräfte besitzt, beschäftigt er sich mit dem Okkulten. Noch ist er ein Anfänger und erhofft sich Hilfe und Anleitung von dem Holländer DeVries. Dieser jedoch nutzt seine magischen Kenntnisse auf zerstörerische Weise. Um ihn aufzuhalten, begibt sich Robert in einen gefährlichen Kampf.

Sand der Zeit (Band 3)
Robert wird von Visionen aus den Wikingerzeiten gequält. Um diesen auf den Grund zu gehen, reist er mit seinem Freund Jake Becker nach Mexiko zu Professor Havilland, einem bedeutenden Wikingerforscher. Doch dort wartet das Grauen auf sie.

2. Fantasy von Wolfgang & Heike Hohlbein

Märchenmond

Nach einer Blinddarmoperation liegt Kims kleine Schwester im Koma. Da erfährt Kim von dem Land Märchenmond, in dem der böse Boraas seine Schwester gefangenhält. Kim gelangt in das magische Land und macht sich mit seinen neuen Freunden auf die abenteuerliche Suche nach seiner Schwester.

Märchenmonds Erben

Bei seiner Rückkehr nach Märchenmond stellt Kim erschrocken fest, dass sich vieles verändert hat: Niemand glaubt mehr an Träume und Magie, alte Bräuche und Riten werden missachtet. Kim versucht mit Hilfe des Zauberers Themistokles, Märchenmond zu retten. Denn ohne seine magischen Kräfte ist die Welt verloren.

Der Greif

Als Mark in den schwarzen Turm eindringt, ahnt er nicht, welche Kräfte er entfesselt. Der Greif, magischer Herrscher über dieses alptraumhafte Reich, versucht den Jungen in seine Gewalt zu bringen. Doch inmitten von Feuer und Schatten liegt ein Paradies, und um dieses zu retten, nimmt Mark den aussichtslos scheinenden Kampf gegen den mächtigen Greif auf.

Schattenjagd

»Schattenjagd« ist für David das beste Computerspiel aller Zeiten. Bald greift die virtuelle Welt jedoch nach der Wirklichkeit, und ihre Geschöpfe entwickeln ein unheimliches Eigenleben. David muss ein letztes Mal in das Spiel einsteigen, um die bedrohlichen Geschöpfe aufzuhalten.

Krieg der Engel

Der 15-jährige Eric hat stets denselben Traum. Ein weißer Engel steht mit brennendem Gefieder auf dem Dach einer gigantischen schwarzen Kathedrale, die sich über einer trostlosen Landschaft erhebt. Als Erics Eltern plötzlich in die Gewalt der schwarzen Engel geraten, entbrennt ein gnadenloser Kampf.

Dreizehn

Das Mädchen Thirteen entdeckt im alten Haus ihres Großvaters ein Labyrinth, in dem sechs Kinder gefangen gehalten werden – die letzten Kinder, die der Rattenfänger damals aus Hameln entführte. Beim Versuch, sie zu retten, geraten Thirteen und ihr Freund Frank in Lebensgefahr. Am Freitag den 13. wird sich ihr Schicksal entscheiden.

Das Buch

Leonie stammt aus einer altehrwürdigen Buchhändlerfamilie. Wie schon ihre Großmutter ist auch sie eine »Hüterin der Wirklichkeit«. Als zwei Unbefugte ein Buch aus dem Archiv entwenden, muss sich Leonie einem gefährlichen Kampf um die einzig gültige Wahrheit stellen, denn die beiden schreiben die Wirklichkeit um - mit katastrophalen Folgen!

Die Legende von Camelot (Trilogie)

Gralszauber (Band 1)

Der Küchenjunge Dulac träumt davon, ein heldenhafter Ritter zu werden. Als er eine alte Rüstung und ein Schwert findet, verwandelt er sich in den tapferen Helden seiner Träume. Als Silberner Ritter Lancelot zieht er an der Seite von König Artus in den Kampf gegen den finsteren Mordred. Das Schicksal Britanniens steht auf dem Spiel.

Elbenschwert (Band 2)

Die Hochzeit von König Artus und Gwinneth soll gefeiert werden. Doch Morgaine, die Mutter des finsteren Mordred, entführt die junge Braut. Lancelot macht sich auf, um Gwinneth zu retten. Währenddessen sammelt Mordred seine Krieger zum Angriff auf Camelot.

Runenschild (Band 3)

Nach Lancelots Flucht von Camelot geraten er und Gwinneth in die sagenhafte Welt von Avalon. Ohne sein Schwert glaubt Lancelot, chancenlos gegen die Dunkelelben zu sein. Doch sein Schild erweist sich als rettende, magische Waffe. Und noch etwas erfährt Lancelot: Das Schicksal aller liegt in den Händen der Dunkelelben.

Die Bedrohung

Die friedliche Zeit im Tal ist vorbei, als Ungeheuer Elben und Menschen bedrohen. Ger Frey bietet den verzweifelten Menschen seine Hilfe an - zu spät durchschauen Anders und die Elbin Madras, dass sich sein Plan gegen das Volk der Elben richtet. Können sie den Angriff der Menschen auf die Elben noch verhindern?

Spiegelzeit

In einem Glaslabyrinth auf einem Rummelplatz gelangt Julian durch einen Spiegel in eine längst vergangene Zeit, in der sich eine schreckliche Katastrophe Tag für Tag aufs Neue ereignet. Nur er kann die unschuldigen Opfer erlösen.

Unterland

Bei einem Ausflug in die Katakomben trifft Michael auf den Schriftsteller Henry Wolf, mit dem er in ein Labyrinth finsterer Gänge gerät. Von bizarren Wesen verfolgt, stoßen sie unter einem See auf eine uralte Stadt. Michael wird in den Kampf zwischen zwei gewaltigen Mächten hineingerissen.

Die Prophezeiung

Vor mehr als dreitausend Jahren sprach der sterbende Pharao Echnaton einen Fluch aus, dessen Magie bis in die heutige Zeit reicht. Der junge Aton ist nun ausersehen, die Prophezeiung zu erfüllen. Doch dunkle Mächte haben sich verschworen, um dies zu verhindern.

Drachenfeuer

Hinter einem Wasserfall entdeckt Chris ein Bronzetor. Als er es durchschreitet, findet er sich im geheimnisvollen Land der Feen wieder, das von einem kriegerischen Volk bedroht wird. Chris ist erwählt, das Land zu retten: Er soll den mächtigen Drachen wecken, der hoch im Norden schläft. Doch der Drache selbst wird zur tödlichen Gefahr.

3. Mystery-Thriller

Die Azrael-Bücher

Azrael (Band 1)

Mehrere Menschen bringen sich in Berlin auf außergewöhnliche Weise um, nachdem sie mit ihrem eigenen Blut den Namen des Todesengels Azrael an die Wand geschrieben haben. Hinweise auf Fremdverschulden scheint es nicht zu geben, bis man im Blut eines der Toten eine unbekannte Droge entdeckt.

Azrael - Die Wiederkehr (Band 2)

Eine rätselhafte Mordserie sucht Berlin heim, an jedem Tatort findet sich der Schriftzug »Azrael«. Kriminalinspektor Bremer wird an die Geschehnisse vor einigen Jahren erinnert, die er lange verdrängt hat. Dann entdeckt er einen Mann, der im Koma liegt und stets reagiert, wenn der geheimnisvolle Mörder zuschlägt. Hat das Ungeheuer überlebt?

Wyrm

In Maggoty gehen seltsame Dinge vor. Schon bei der Anfahrt des Landvermessers Joffrey Coppelstone wird sein Auto von einer unheimlichen Substanz regelrecht aufgefressen. Als er im Dorf Hilfe sucht, begegnet man ihm mit unverhohlener Feindseligkeit. Er gerät in einen Sumpf von Aberglauben und sklavischer Vergötterung einer dämonischen Macht.

Katzenwinter

Nach dem Tod von Justins Großmutter liegt etwas Bedrohliches über der kleinen Stadt. Justin entdeckt die Quelle der Gefahr: in den Ruinen eines alten Klosters, wo im Mittelalter finstere Magie herrschte. Justin muss die Kräfte zurückzudrängen, andernfalls droht der Untergang. Doch die Tore zu dieser dunklen Welt sind bereits geöffnet.

Druidentor

Uhren laufen rückwärts und Menschen verschwinden, ein Tunnel in den Schweizer Bergen wird zur schwarzen Hölle. Schon bald ist klar, dass hier Dinge geschehen, die die Existenz des Lebens auf der Erde gefährden und vernichten werden, wenn nichts Entscheidendes passiert.

Im Netz der Spinnen

Den Horrorstreifen auf seinem Videogerät findet der Kriminalbeamte Fred Issler eher lächerlich. Bis zum Abspann, als eine Horde Vogelspinnen aus der Bildröhre kriecht. Ein mörderischer Alptraum beginnt – und die Polizei ist machtlos.

Teufelsloch

In der Mine Devil's Hole geschieht Entsetzliches. Als Bergbauingenieur Harrison in den Stollen hinabsteigt, stößt er auf einen entstellten Toten und ein Labyrinth von Gängen. An den Wänden findet er Bilder jener Kreaturen, die auch seine Träume vergiften. Dort unten lauert etwas Grauenhaftes.

Die Dark-Skies-Bücher

Dark Skies - Das Rätsel um Majestic 12 (Band 1)

Der jungen John Loengard ist entsetzt. Bei Recherchen über UFO-Sichtungen stößt er auf ein geheimes Projekt der US-Regierung: Majestic 12. Unfassbares soll vertuscht werden: Aliens haben sich unter die Menschheit gemischt. Bald wissen John und seine Verlobte zuviel. Ihnen bleibt nur noch die Flucht.

Majestic – Die Saat des Todes (Band 2)

Nov. 1963, Kennedys Ermordung erschüttert die Welt. Keiner ahnt, dass zur gleichen Zeit eine außerirdische Macht die Weltherrschaft anstrebt. Sie hat sich schon der wichtigsten Entscheidungsträger Washingtons bemächtigt. Nur John Loengard kann das Schlimmste verhindern, doch es ist schon fast zu spät

4. Historische Romane von Wolfgang Hohlbein

Die Nibelungensaga

Der Ring der Nibelungen (Band 1)

Als der junge Drachentöter Siegfried an den Hof der Burgunder kommt, verliebt er sich in die schöne Kriemhild. Er bietet sich an, ihrem Bruder König Gunther bei dessen Brautwerbung zu Seite stehen. Die beiden schließen einen verräterischen Pakt, der beiden das Eheglück sichern soll, jedoch nur Tod und Verderben bringt.

Die Rache der Nibelungen (Band 2)

Siebzehn dunkle Winter sind seit dem verräterischen Mord an Siegfried vergangen. Weitab vom Schatz der Nibelungen wächst sein Sohn Sigurd in Island auf. Als dort die Dunklen Horden von König Wulfgar von Xanten einfallen, greift er nach dem Schwert seines Vaters und eine Odyssee durch den ganzen Kontinent beginnt.

Odysseus

Auf der Fahrt zu seiner Heimat Ithaka gerät Odysseus in einen schrecklichen Sturm. Während der darauf folgenden Irrfahrt muss er unglaubliche Hindernisse überwinden. Als Odysseus nach langen Jahren endlich nach Hause gelangt, stellt er fest, dass sein Königreich in großer Gefahr ist.

Das Siegel

Am frühen Morgen landet ein Schiff im Hafen von Alexandria. Unter den Gefangenen ist Ulrich von Wolfenstein, der als Kreuzfahrer ins Heilige Land ziehen wollte und es nun als Sklave betritt. Er wird zum Mittelpunkt einer Intrige der Tempelritter und Sarazenen und das Schicksal Jerusalems liegt in seiner Hand.

Hagen von Tronje

Hagen von Tronje gilt als der einsame, finstere Verräter und Königsmörder, während Siegfried, der Drachentöter und Herrscher der Nibelungen, der strahlendste aller Helden ist. Im Spannungsfeld dieser beiden großen, schillernden Gestalten entwickelt sich das dramatische Geschehen des Nibelungenepos.

Die Templer-Saga

Die Templerin (Band 1)

Friesland im 12. Jahrhundert: Robin ist noch ein junges Mädchen, als Fremde ihr Dorf überfallen und ihre Mutter töten. Man verdächtigt die Tempelritter, doch Robin kennt die Wahrheit. Sie sucht Zuflucht vor den wirklichen Mördern bei den Templern und beginnt ihr eigenes, geheimnisvolles Schicksal zu begreifen.

Der Ring des Sarazenen (Band 2)

Die junge Friesin Robin ist in der Rüstung eines Tempelritters unterwegs ins Gelobte Land. Sie gerät in die Fänge eines Sklavenhändlers und soll als Haremsdame verkauft werden. Als einziger Schutz bleibt ihr der geheimnisvolle Ring, den sie von ihrem treuen Freund und Begleiter Salim bekam.

Die Rückkehr der Templerin (Band 3)

Um ihr eigenes Leben zu retten, sieht sich Robin noch einmal gezwungen, im Heiligen Land für die Sache der Templer zu kämpfen. Während das Heer der Kreuzfahrer in Auflösung begriffen ist, rettet sie dem König von Jerusalem das Leben und wird Zeugin eines weiteren heimtückischen Mordanschlags. Bald steht sie im Mittelpunkt einer groß angelegten Intrige.

Die Templerin - Das Wasser des Lebens (Band 4)
Das Heilige Land im Jahr 1179: Balduin, der junge König von Jerusalem, leidet an Lepra. Seine inneren und äußeren Feinde wittern in dieser Schwäche ihre Chance. In geheimer Mission bricht die königstreue Templerin Robin nach Ägypten auf, um das rettende „Wasser des Lebens" zu finden. Aber die Feinde sind allgegenwärtig ... Wolfgang und Rebecca Hohlbein haben die Fortsetzung der großen Saga um die legendäre Templerin Robin geschrieben.

5. Kurzgeschichten von Wolfgang Hohlbein

Wolfgang Hohlbeins Fantasy Selection

Von Wolfgang Hohlbein zusammengestellte Fantasy-Geschichten verschiedener Autoren mit Spannung vom Feinsten, die den Leser mit dunklem Grauen erfüllen.

Wolfgang Hohlbeins New Fantasy Selection

Geschichten, die dem Leser Schauder über den Rücken laufen lassen! Die in diesem Band versammelten Erzählungen erfolgreicher Autoren sind nichts für furchtsame Gemüter, denn in ihnen regiert der Schrecken. Hohlbein selbst leitet jede Erzählung ein.

Nächtliche Begegnung. Wolfgang Hohlbeins Fantasy Selection

Blutsaugende Zeitgenossen, verlogene Engel und ein gefühlskalter Arzt, der seinem todgeweihten Patienten um jeden Preis das Augenlicht zurückgeben will, sorgen in der von Wolfgang Hohlbein zusammengestellten Kurzgeschichtensammlung für hochgradigen Nervenkitzel.